J.K. Rowling 1997-2007 yılları arasında yayımlanan, dünya çapında 450 milyondan fazla satarak bestseller olan, 200'den fazla bölgede dağıtılan ve 73 dile çevrilen Harry Potter serisinin yazarıdır. Yedi kitaptan oluşan seri, sekiz kez filme çekilmiş, film versiyonları da hâsılat rekorları kırmıştır.

J.K. Rowling, çocuk edebiyatına yapmış olduğu katkılardan ötürü aldığı İngiliz Kraliyet Nişanı'nın yanı sıra, Asturias Prensi Barış Ödülü, Fransa'dan Légion d'honneur nişanı ve Hans Christian Andersen Ödülü de dahil olmak üzere sayısız ödülün ve onursal derecenin sahibidir.

Harvard Üniversitesi'nde mezuniyet konuşması yapan Rowling, pek çok toplumsal davaya destek vermektedir ve yardıma muhtaç çocukların hayatlarına katkı sağlamak için çalışan Lumos adlı derneğin de kurucusudur.

# Boş Koltuk

**BOŞ KOLTUK**

**Orijinal adı:** The Casual Vacancy

Kitabın ilk basımı İngiltere'de 2012 yılında Little Brown tarafından yapılmıştır.
**Yazan:** J.K. Rowling

**1. baskı** / Mart 2013 / ISBN 978-605-09-1386-6
**Sertifika no:** 11940
**İngilizce aslından çeviren:** Dost Körpe
**Kapak tasarımı:** Mario J. Pulice
**Kapak illüstrasyonu ve el yazısı:** Joel Holland
**Kapak copyright:** Hachette Book Group, Inc., USA. 2012
**Yazar fotoğrafı:** Debra Hurford Brown © J.K. Rowling 2012
**Baskı:** Mega Basım, Baha İş Merkezi. A Blok
Haramidere / Avcılar - İSTANBUL
Tel. (212) 422 44 45
Sertifika no: 12026

**Doğan Egmont Yayıncılık ve Yapımcılık Tic. A.Ş.**
19 Mayıs Cad. Golden Plaza No. 1 Kat 10, 34360 Şişli - İSTANBUL
Tel. (212) 373 77 00 / Faks (212) 355 83 16
**www.dogankitap.com.tr / editor@dogankitap.com.tr / satis@dogankitap.com.tr**

## Kitaptaki şarkılar

"Umbrella"



"Green Green Grass of Home"

J.K. ROWLiNG

# Boş Koltuk

Çeviren: Dost Körpe

DK
DOĞAN KİTAP

*Neil'a*

# Birinci bölüm

**6.11** Münhal mevki aşağıdaki durumlarda oluşur:

(a) bir belediye meclisi üyesinin, makamını kabul ettiğini zamanında bildirmemesi halinde; veya

(b) istifa dilekçesini vermesi halinde; veya

(c) öldüğü gün...

Charles Arnold-Baker
*Yerel Belediye Yönetimi*
Yedinci Baskı

## Pazar

Barry Fairbrother akşam yemeği için dışarı çıkmak istememişti. Hafta sonunun çoğunu şiddetli baş ağrısıyla geçirmişti ve yerel gazeteye yazı yetiştirmeye çalışıyordu.

Ama karısı öğle yemeğinde biraz ters ve ketum davranınca, Barry ona verdiği yıldönümü kartının, bütün sabahı çalışma odasında geçirerek işlediği suçu hafifletmediği sonucuna varmıştı. Mary'nin, aksini öne sürse de, hazzetmediği Krystal hakkında bir yazı yazmakla uğraşması da bilakis kötü olmuştu.

Barry buzları eritmek için, "Mary, seni akşam yemeğine çıkarmak istiyorum" diye yalan söylemişti. "Çocuklar, on dokuz yıl! Tam on dokuz yıl oldu ve anneniz eskisinden daha da güzel görünüyor."

Yumuşayan Mary gülümseyince Barry golf kulübünü aramıştı, çünkü orası yakındı ve masa bulacakları kesindi. Barry karısını küçük şeylerle mutlu etmeye çalışıyordu, çünkü birlikte geçirdikleri neredeyse yirmi yıldan sonra, onu büyük şeyler konusunda genellikle hayal kırıklığına uğrattığını fark etmişti. Bunu kasıtlı yapmıyordu. Hayattaki öncelikleri çok farklıydı o kadar.

Barry ile Mary'nin dört çocuğu, bakıcıya ihtiyaç duymayacak kadar büyümüşlerdi. Barry onlara son kez veda ettiğinde televizyon seyrediyorlardı, sadece en küçükleri Declan, Barry'ye dönüp el salladı.

Arabayı garaj yolundan geri geri çıkarırken de, evlendiklerinden bu yana yaşadıkları küçük, güzel Pagford kasabasında sürerken de, Barry'nin kulağının arkasındaki zonklama devam etti. Victoria Dönemi'nden kalma gösterişli, sağlam ve en pahalı evlerin bulunduğu Church Row'dan geçtiler; Barry bir zamanlar, köşedeki gotik taklidi kilisede *Joseph and the Amazing Technicolor Dreamcoat* müzikalinde oynayan ikiz kızlarını izlemişti. Karşıdaki meydandan baktıklarında, tepenin üstünde kapkara bir iskelet gibi yükselerek mor gökyüzüne karışan yıkık manastırı görebiliyorlardı.

Direksiyon kırarak tanıdık köşelerden dönen Barry'nin aklında tek bir şey vardı: *Yarvil and District* gazetesine az önce e-postayla gönderdiği yazıyı aceleye getirdiği için kesin imla hataları yaptığını düşünüyordu. Sosyal hayatta konuşkan ve sempatik biri olmasına karşın, kişiliğini kâğıda aktarmakta zorlanıyordu.

Golf kulübü Meydan'a sadece dört dakikalık mesafede ve kasabanın eski kulübelerle son bulduğu kısmın hemen ilerisindeydi. Barry kulübün restoranı Birdie'nin önüne park ettiği arabasının yanında durdu, Mary'nin rujunu tazelemesini bekledi. Yüzünde serin akşam havasını hissetmek hoşuna gitti. Alacakaranlıkta uzanan golf sahasına bakarken, üyeliğini neden iptal etmediğini düşündü. Kötü bir golfçüydü; topa yanlış vuruyor ve yüksek avans puanlarıyla oyuna başlıyordu. Hem zaten işi başından aşkındı. Başı da her zamankinden beter zonkluyordu.

Tavan lambasını söndüren Mary, arabadan inip yolcu kapısını kapadı. Barry anahtarlığın uzaktan kumandasına basarak kapıları kilitledi; arabanın kilit sistemi biplerken ve karısının topuklu ayakkabıları asfaltta tıkır tıkır sesler çıkarırken, Barry yemek yiyince mide bulantısının geçip geçmeyeceğini merak etti.

Sonra hayatında hiç hissetmediği kadar büyük bir acı beynini yardı geçti. Barry soğuk asfalta çarpan dizlerinin acısını hayal meyal algıladı; kafatasının içi ateş ve kanla doluydu; dayanılmaz bir ıstırap çekiyordu ama kendinden geçene kadar, bir dakika daha katlanması gerekecekti.

Mary çığlık atmaya başladı. Bardan çıkan birkaç adam koşarak geldiler. Adamlardan biri, kulüp üyesi iki emekli doktorun içeride olup olmadığına bakmak için binaya geri döndü. Barry ile Mary'nin tanıdıkları evli bir çift gürültüyü restorandan duyunca ordövrlerini bırakarak, yardım etmek için telaşla dışarı çıktılar. Kadının kocası cep telefonuyla acil yardımı aradı.

Komşu Yarvil şehrinden yola çıkan ambulansın gelmesi yirmi beş dakika sürdü. Siren lambası mavi ışığıyla sahneyi aydınlattığında Barry yerde, kendi kusmuğunun içinde kıpırdamadan öylece yatıyordu; Mary onun yanında diz çökmüştü, külotlu çorabının dizleri parçalanmıştı, Barry'nin elini tutuyor ve onun ismini fısıldayarak hüngür hüngür ağlıyordu.

## Pazartesi

### 1

"Sıkı dur" dedi Miles Mollison. Church Row'daki büyük evlerden birinin mutfağında ayaktaydı.

Telefon etmek için sabahın altı buçuğunu beklemişti. Kötü bir gece geçirmişti, uzun süre uyanık kalmış, daldığında da uykusu sürekli bölünmüştü. Sabahın dördünde karısının da uyanık olduğunu anlayınca karanlıkta fısıldaşmışlardı bir süre. Belli belirsiz bir korku ve şok hissinden kurtulmaya çalışarak, tanık olmak zorunda kaldıkları şeyi konuşurlarken bile Miles'ın içi, haberi babasına verecek olmanın heyecanıyla kıpır kıpırdı. Niyeti saat yediye kadar beklemekti ama babasının haberi başkasından öğrenmesinden korktuğu için daha erken telefon etmişti.

"Ne oldu ki?" diye gürleyen Howard'ın sesi biraz tiz çıktı. Miles, Samantha da dinleyebilsin diye telefonun hoparlörünü açmıştı. Üstünde uçuk pembe sabahlığı olan bronz tenli Samantha erken kalkmalarını fırsat bilerek, rengi açılmaya başlayan yerlerine bir avuç daha Self-Sun sürmüştü. Mutfak hazır kahve ve sentetik hindistancevizi kokuyordu.

"Fairbrother öldü. Dün gece golf kulübünde yığılıp kaldı. Sam'le ikimiz Birdie'de akşam yemeği yiyorduk."

"Fairbrother *öldü* mü?" diye kükredi Howard.

Ses tonundan, Barry Fairbrother'ın hayatında dramatik bir değişiklik beklese de, öleceğini aklının ucundan bile geçirmediği belli oluyordu.

"Otoparkta yığılıp kaldı" diye yineledi Miles.

"Ulu Tanrım!" dedi Howard. "Daha kırklarının başındaydı, değil mi? Ulu Tanrım!"

Miles ile Samantha, Howard'ın yorgun bir at gibi solumasını dinlediler. Adam sabahları nefes darlığı çekerdi hep.

"Neyi varmış? Kalp krizi mi?"

"Beyniyle ilgili bir şey olduğunu düşünüyorlar. Mary'yle birlikte hastaneye gittik ve..."

Ama Howard dinlemiyordu. Miles ile Samantha onun telefondan uzağa seslendiğini duydular.

"Barry Fairbrother! Ölmüş! Miles söyledi!"

Miles ile Samantha kahvelerini yudumlayarak Howard'ın yeniden konuşmasını beklediler. Mutfak masasında oturan Samantha'nın sabahlığı açılmıştı ve kollarının üstüne yasladığı iri memeleri meydandaydı. Aşağıdan gelen baskı, memelerinin, desteksiz halinden daha dolgun ve pürüzsüz görünmesine yol açıyordu. Göğüs çatalının kayış gibi derisindeki hafif kırışıklıklar baskı azalınca da kaybolmuyordu artık. Samantha gençliğinde şezlonglarda epey yatmıştı.

"Ne?" dedi hatta geri dönen Howard. "Hastane mi demiştin?"

"Sam'le ikimiz ambulansla gittik" dedi Miles tane tane. "Mary ve cesetle birlikte."

Samantha, Miles'ın bu ikinci yorumunda, olayın reklam ayağını daha çok öne çıkardığını fark etti. Miles'ı suçlamıyordu. O berbat deneyime katlanmalarının ödülü, bu olayı insanlara anlatma hakkına sahip olmalarıydı. Olanları unutabileceğini sanmıyordu. Mary'nin feryatlarını; Barry'nin bir hayvan burnunu andıran maskenin ardındaki hâlâ yarı açık gözlerini; Miles ile kendisinin, Barry'nin durumunu sağlık görevlisinin yüz ifadesinden anlamaya çalışmalarını; ambulansın sarsılıp duran daracık bölmesini; koyu renkli pencereleri; dehşeti.

"Ulu Tanrım!" dedi Howard üçüncü kez. Tüm dikkati Miles'taydı artık ve Shirley'nin arkadan usulca sorduğu sorulara aldırmıyordu. "Durup dururken otoparkta düşüp öldü yani?"

"Hı hı" dedi Miles. "Onu görür görmez yapılacak bir şey olmadığını anladım."

Bu ilk yalanıydı; konuşurken bakışlarını karısından kaçırdı. Samantha onun korumacı bir edayla kolunu Mary'nin sarsılan omzuna attığını hatırladı: *Kurtulacak... kurtulacak...*

*Ama sonuçta,* diye düşündü Samantha, Miles'a hak vererek, *maske takmışlardı ve iğne yapıyorlardı; insan adamın öleceğini nereden bilebilir ki?* Sağlık görevlileri Barry'yi kurtarmayı becerecek gibiydiler ve çabalarının sonuç vermediği ancak hastanede, genç doktor Mary'ye doğru yürürken anlaşılmıştı. Mary'nin cansız, taşlaşmış yüzü ve beyaz önlük giymiş, ipeksi saçları olan, gözlüklü kadın doktorun yüz ifadesi, korkunç bir netlikle Samantha'nın gözlerinin önündeydi hâlâ. Doktor sakin ama biraz ihtiyatlıydı... Böyle şeyleri televizyondaki dramlarda sürekli gösteriyorlardı ama gerçek hayatta olunca...

"Yok canım" diyordu Miles. "Daha geçen perşembe, Gavin onunla *squash* oynuyordu."

"O zaman iyi görünüyor muydu peki?"

"Kesinlikle. Gavin'ı ezdi resmen."

"Ulu Tanrım! İnsanın başına ne geleceği hiç belli olmuyor, değil mi? Hiç belli olmuyor. Bekle, annen konuşmak istiyor."

Takırtılar duyuldu ve ardından Shirley'nin yumuşak sesi geldi.

"Ne korkunç bir şok bu Miles" dedi. "Sen iyi misin?"

Samantha kahvesinden beceriksizce bir yudum aldı; ağzının kenarlarından çenesine, oradan da göğsüne akan kahveyi sabahlığının yeniyle sildi. Miles genellikle annesiyle konuşurken kullandığı ses tonuna geçmişti; daha kalın, sert, saçmalıklara tahammülsüz ve korkusuz bir ses tonuydu bu. Samantha bazen, içkiyi fazla kaçırdığında Miles ile Shirley'nin konuşmalarını taklit ederdi. "Merak etme anneciğim. Miles burada. Senin küçük askerin." "Canım, muhteşemsin. Boylu poslu, cesur ve zekisin." Samantha son zamanlarda bunu başkalarının önünde de bir iki kez yapmıştı; Miles gülümsemeye çalışsa da bozulmuş ve savunmacı bir havaya bürünmüştü. Son defasında, eve dönerken arabada tartışmışlardı.

"Mary'yle birlikte ta hastaneye kadar gittiniz mi?" diye soruyordu Shirley telefon hoparlöründen.

*Yok* diye geçirdi içinden Samantha, *yolun yarısında sıkılıp inmek istedik.*

"Ona destek olmamız gerekiyordu. Keşke elimizden daha fazlası gelseydi."

Samantha kalkıp ekmek kızartma makinesine doğru yürüdü.

"Mary çok minnettar kalmıştır eminim" dedi Shirley. Samantha makineye dört dilim ekmek soktu. Miles'ın sesi biraz doğallaştı.

"E tabii, aslında doktorlar Barry'nin öldüğünü söyleyince... yani onaylayınca Mary, Colin ile Tessa Wall'u istedi. Sam onları aradı, gelmelerini bekledik, sonra da çıktık biz."

"Eh, orada olmanız Mary için büyük şansmış" dedi Shirley. "Baban bir şey daha söyleyecekmiş Miles, ona veriyorum. Sonra konuşuruz."

"Sonra konuşuruz" diye içinden söylendi Samantha, çaydanlığa doğru başını sallayarak. Çaydanlığa yansıyan çarpık görüntüsü, uykusuz geçirdikleri geceden sonra şişmiş yüzünü ve kanlanmış kestane rengi gözlerini açığa çıkarıyordu. Kocasının haberi Howard'a verişini izleme telaşıyla dikkatsizlik ederek, göz çevresine de bronzlaştırıcı losyondan sürmüştü.

"Sam'le bu akşam gelsenize." Howard gürler gibi konuşuyordu. "Hayır, dur... annen hatırlattı, bu akşam Bulgen'lerle briç oynayacağız. Yarın gelin. Akşam yemeğine. Yedi civarında."

"Olabilir" dedi Miles, Samantha'ya bir bakış atarak. "Sam'e bir planı olup olmadığını sorayım."

Samantha gitmek isteyip istemediğini belli etmedi. Miles telefonu kapatırken, mutfağın enerjisi de tuhaf bir şekilde söndü.

"İnanamadılar" dedi Miles, sanki Samantha konuşulanları duymamış gibi.

Kızarmış ekmeklerini yiyip taze kahvelerini içerken konuşmadılar. Samantha'nın huysuzluğu karnını doyurdukça azaldı. Sabahın köründe karanlık yatak odalarında irkilerek uyandığında, yanındaki iriyarı, göbekli, samanımsı bir ter kokusu yayan Miles'a dokununca saçma bir şekilde rahatladığını ve minnet duyduğunu anımsadı. Sonra mağazadaki müşterilere, gözünün önünde bir adamın düşüp öldüğünü ve yardımcı olmak için ambulansla hastaneye kadar gittiklerini anlatırken hayal etti kendini. Yolculuğu ve doktorla yaşanan dramatik sahneyi nasıl anlatacağını düşündü. O soğukkanlı kadın doktorun genç olması, her şeyin daha da kötü görünmesine yol açmıştı. Haberi verme işini daha yaşlı birilerine yaptırmalıydılar. Sonra ertesi gün Champêtre'in satış temsilcisiyle görüşeceğini hatırlayınca keyfi iyice yerine geldi; adam telefonda hoş bir şekilde kur yapmıştı.

"Çıksam iyi olacak" diyen Miles, pencerenin ardında gittikçe aydınlanan gökyüzüne bakarak kahvesini bitirdi. Derin bir soluk aldı ve boş tabağıyla fincanını bulaşık makinesine götürürken karısının omzuna hafifçe vurdu.

"Tanrım, cidden insanın hayata bakışı değişiyor, değil mi?" Üç numaraya vurulmuş kır saçlı başını sallayarak mutfaktan çıktı.

Samantha, bazen Miles'ın acayip biri olduğunu düşünüyordu ve gün geçtikçe onu daha sıkıcı buluyordu. Yine de kendini beğenmişliği hoşuna gidiyordu arada bir; tıpkı resmi ortamlarda şapka giymekten hoşlandığı gibi. Hem zaten bu sabah vakur ve biraz da kibirli olmak normaldi. Kızarmış ekmeğini bitirip sofrayı toplarken, yardımcısına olayı nasıl anlatacağını ayrıntılarıyla düşündü.

# 2

"Barry Fairbrother öldü" dedi Ruth Price soluk soluğa.

Kocasını işe gitmeden önce yakalayıp onunla birkaç dakika geçirebilmek için, buz gibi havada bahçe yolunu koşar adım kat etmişti. Verandada durup paltosunu çıkarmamış, atkısı ve eldivenleriyle mutfağa dalmıştı; Simon ve yeniyetme oğulları mutfakta kahvaltı ediyorlardı.

Ağzına bir parça kızarmış ekmek götürmekte olan kocası, havada donakalan elini teatral bir yavaşlıkla indirdi. Üzerlerinde okul formaları olan iki oğlan, bir annelerine bir babalarına baktılar belli belirsiz bir ilgiyle.

"Anevrizmadan öldüğünü düşünüyorlar" dedi Ruth; eldivenlerini parmaklarından tek tek çekip çıkarırken, atkısını çözerken ve paltosunun düğmelerini açarken hâlâ biraz nefes nefeseydi. Donuk ve kederli bakışları olan zayıf, esmer bir kadındı Ruth; üstündeki sade, mavi hemşire üniforması ona yakışıyordu. "Golf kulübünde yere yığılıp kalmış... Sam ile Miles Mollison onu hastaneye getirdiler... sonra da Colin ile Tessa Wall geldi..."

Kadın verandaya koşturup üstündekileri astıktan sonra çabucak geri döndü, Simon'ın seslenerek sorduğu soruyu yanıtladı.

"Anavrizma ne ki?"

"*Anevrizma.* Beyinde atardamarın patlamasına deniyor."

Kadın su ısıtıcının düğmesine bastıktan sonra mutfak tezgâhındaki, ekmek kızartma makinesinin etrafındaki kırıntıları temizlemeye başladı; bir yandan da durmadan konuşuyordu.

"Ağır bir beyin kanaması geçirdi herhalde. Karısına yazık... Kadıncağız yıkıldı..."

Bir an duygulanan Ruth mutfak penceresinin ardına, kırağıyla kaplı bembeyaz çimenliğe, vadinin diğer tarafındaki sade manastıra (uçuk pembe ve mavi göğün altında iskelet gibi yükseliyordu) ve Tepedeki Ev'in muhteşem, panoramik manzarasına baktı. Geceleri çok aşağılardaki, karanlık vadideki bir grup titrek ışıktan ibaret olan Pagford soğuk gün ışığında yavaş yavaş belirmekteydi. Ruth bunların hiçbirini görmüyordu aslında. Aklı hâlâ hastanedeydi, Barry'nin yattığı odadan çıkan Mary'yi seyrediyordu; adamı yaşama döndürme çabalarından vazgeçilmişti. Ruth Price en çok kendisi gibi olduğuna inandığı kişilere karşı içten bir acıma duyardı. "Hayır, hayır, hayır, hayır" diye inlemişti Mary ve bu içgüdüsel inkâr Ruth'un içini sızlatmıştı, çünkü benzer bir durum yaşasa kendisinin de o halde olacağını biliyordu...

Bu düşünceye katlanmakta zorlanarak, dönüp Simon'a baktı. Adamın açık kahverengi saçı hâlâ gürdü, vücudu neredeyse yirmili yaşlardaki hali kadar formdaydı ve göz çevresindeki kırışıklıklar ona çekicilik katıyordu sadece; ama Ruth'un uzun bir aradan sonra hemşireliğe geri dönmesi, insan vücudunda çıkabilecek milyon tane tersliğin yeniden bilincine varmasına neden olmuştu. Gençken daha gamsızdı; oysa şimdi hâlâ hayatta olmanın ne büyük şans olduğunu fark ediyordu.

"Bir şey yapamadılar mı?" diye sordu Simon. "Damarı dikiverseler olmaz mıydı?"

Adamın canı sıkılmış gibiydi; sanki tıp dünyası en basit ve bariz çözümü uygulamayı reddederek çuvallamıştı yine.

Andrew'nun içini zalimce bir haz kapladı. Babasının son zamanlarda, annesinin tıpla ilgili sözlerine yetersiz ve cahilce önerilerle karşılık vermeyi huy edindiğini fark etmişti. *Beyin kanaması. Dikiverin gitsin.* Annesi bunun farkında değildi. Hiçbir zaman da olmazdı zaten. Andrew için için nefret duyarak Weetabix'ini yedi.

"Adamı bize getirdiklerinde her şey için artık çok geçti" dedi Ruth, çaydanlığın içine demlik poşet çay atarken. "Ambulansta ölmüş, hastaneye varmadan hemen önce."

"İşe bak" dedi Simon. "Kaç yaşındaydı ki, kırk mı?"

Ama Ruth'un dikkati dağılmıştı.

"Paul, saçının arkası karman çorman olmuş. Hiç tarak sürmedin mi?"

El çantasından saç fırçasını çıkarıp küçük oğlunun eline tutuşturdu.

"Durup dururken olmuş ha?" diye sordu Simon, Paul gür saçını fırçayla tararken.

"İki gündür başı ağrıyormuş galiba."

"Ah" dedi Simon kızarmış ekmeğini çiğnerken. "Ve de umursamamış ha?"

"Evet, önemsememiş."

Simon lokmasını yuttu.

"Önemsemezse böyle olur işte, değil mi ama?" dedi kötücül bir sesle. "İnsanın kendine dikkat etmesi gerek."

*Aman ne büyük laf* diye düşündü Andrew hiddet ve küçümsemeyle; *pek derin laf canım.* Barry Fairbrother'ın beyninin patlaması adamın kendi suçuydu yani. *Seni kendini beğenmiş puşt* diye bağırdı Andrew babasına içinden.

Simon bıçağını büyük oğluna doğrultarak, "Ha, bu arada" dedi. "*Bizimki* işe başlıyor. Bizim Pizza Surat."

Ruth şaşkın bakışlarını kocasından oğluna çevirdi. Bej rengi lapayla dolu kâsesine bakan Andrew'nun morarmış yanağında kocaman, parlak bir sivilce çıkmıştı.

"Yaa" dedi Simon. "Bizim tembel piç kurusu para kazanmaya başlayacak. Sigara istiyorsa kendi parasıyla alsın. Artık harçlık yok."

"*Andrew!*" diye feryat etti Ruth. "Yoksa sen?.."

"Ah evet, içiyor. Odunlukta bastım onu" dedi Simon, resmen fesat bir ifadeyle.

"*Andrew!*"

"Artık bizden zırnık işlemez. Sigara istiyorsan kendi paranla al" dedi Simon.

"Ama şey demiştik ya" diye sızlandı Ruth, "sınavları yaklaşıyor demiştik..."

"Böyle dalga geçmeye devam ederse mezun olması zor görünüyor. Bari yol yakınken McDonald's'a filan girsin de biraz tecrübe kazansın" dedi Simon, sandalyesini iterek ayağa kalkarken; Andrew'nun eğik başına, sivilcelerle gölgelenmiş yüzüne bakmaktan keyif alıyordu sanki. "Sen bütünleme sınavlarına girerken sana bakmaya devam edeceğimizi sanma yani ahbap. Ya şimdi, ya hiç."

"Ah Simon" diye sitem etti Ruth.

"*Ne?*"

Simon hışımla iki adım atarak karısının üstüne yürüdü. Ruth geriye çekilip lavaboya yaslandı. Paul pembe, plastik saç fırçasını elinden düşürdü.

"Bu piç kurusunun pis alışkanlığının parasını ben ödeyecek değilim! Bir de hiç utanmadan *benim* odunluğumda içiyor kahrolası!"

Simon "benim" derken kendi göğsüne vurdu; çıkan boğuk ses Ruth'un irkilmesine yol açtı.

"Ben bu sivilceli piç kurusunun yaşındayken eve para getiriyordum. Sigara istiyorsa parasını kendi cebinden ödesin, tamam mı? *Tamam mı?*"

Yüzünü Ruth'unkine iyice yaklaştırmıştı; aralarında sadece yirmi santim vardı artık.

"Tamam Simon" dedi kadın usulca.

Andrew'nun bağırsakları boşalır gibi oldu. Kendi kendine yemin edeli daha on gün bile olmamıştı. O an gelmiş miydi hemen? Ama babası annesinden uzaklaşıp mutfaktan hışımla çıkarak verandaya doğru yürüdü. Ruth, Andrew ve Paul hiç kımıldamadan durdular; adam gidince hareket etmeyeceklerine ant içmişlerdi sanki.

"Depoyu doldurdun mu?" diye seslendi Simon, Ruth'un gece vardiyasından her dönüşünde yaptığı gibi.

"Evet" diye karşılık verdi Ruth, neşeli ve normal konuşmaya çalışarak.

Ön kapı gıcırdayıp sertçe kapandı.

Çaydanlıkla oyalanan Ruth, içerideki gergin havanın dağılmasını bekledi. Andrew dişlerini fırçalamak için mutfaktan çıkmaya davrandığında konuştu ancak.

"O seni düşünüyor Andrew. Sağlığını düşünüyor."

*Ne de düşünüyor ya, puşt herif.*

Andrew düşünürken Simon'ın konuşurken kullandığı kadar argo kullanıyordu. Kafasının içinde, adil bir dövüşte Simon'ı yere yıkıyordu hep.

Annesine, "Hı hı. Evet" dedi.

## 3

Pagford'un anacaddesine iki dakikalık mesafedeki Evertree Crescent hilal şeklindeydi ve 1930'lardan kalma tek katlı evlerden oluşuyordu. Sokağın en eski evi olan 36 numarada Shirley Mollison yastıklarına yaslanarak oturmuş, kocasının getirdiği çayı yudumluyordu. Karşısındaki gömme gardırobun aynalarındaki görüntü buğuluydu; bunun bir nedeni Shirley'nin gözlük takmamış olmasıydı, diğer nedeni de gül desenli perdelerden geçerken yumuşayan gün ışığıydı. Bu loş ve puslu ışık, kadının kısa ve kırçıl saçının altındaki gamzeli, pembe beyaz yüzünün meleksi görünmesine yol açıyordu.

Shirley'nin tek kişilik yatağıyla Howard'ın çift kişilik yatağı (çift yumurta ikizi gibiydiler), yatak odasına ancak sığıyordu. Howard'ın iri cüssesi yüzünden hâlâ ortası çukur olan şiltesi boştu. Shirley gül pembesi yansımasıyla karşı karşıya oturup, banyodan gelen hafif duş seslerini, şırıltıları dinlerken, sanki havada hâlâ şampanya gibi köpüren haberin tadını çıkarıyordu.

Barry Fairbrother ölmüştü. Öbür dünyayı boylamıştı. Mevta olmuştu. Ulusal önem taşıyan hiçbir haber, hiçbir savaş, borsanın çökmesi ya da terörist saldırısı Shirley'yi bu kadar ilgilendirmez, şu an hissettiği dehşete, aklından peş peşe geçen tahminlere yol açamazdı.

Barry Fairbrother'dan nefret ederdi. Shirley ile kocası genellikle dostlar ve düşmanlar konusunda hemfikir olsalar da bu konuda ayrı düşüyorlardı. Howard, Pagford Kilisesi salonunun uzun ve çizik masalarında karşılıklı otururlarken kendisine karşı amansızca muhalefet yapan o sakallı, ufak tefek adamı eğlenceli bulduğunu itiraf etmişti birkaç kez; Shirley ise siyasi hayat ile özel hayatı birbirinden ayrı tutmuyordu. Barry Fairbrother, hayatının en önemli amacı yolunda Howard'a köstek olmuştu; bu yüzden Shirley'nin can düşmanıydı.

Shirley'nin o adamdan hiç hazzetmemesinin başlıca sebebi kocasına olan bağlılığıydı, ama tek sebep bu değildi. Tıpkı uyuşturucu kokusu almak için eğitilmiş bir köpek gibi, özellikle bir konuda sezgisi güçlüydü. Küçümsemeyi hemen algılardı ve küçümsemenin pis kokusunu Barry Fairbrother'dan ve Belediye Meclisi'ndeki yandaşlarından epeydir almaktaydı. Fairbrother gibi tipler üniversitede okudular diye Shirley ve Howard gibi insanlardan üstün olduklarını, kendi fikirlerinin daha değerli olduğunu düşünürlerdi. Eh, küstahlıklarına ağır bir darbe inmişti bugün. Fairbrother'ın ani ölümü Shirley'nin uzun süredir sahip olduğu bir inancı, Fairbrother ile yandaşları ne düşünürlerse düşünsünler, o adamın Shirley'nin kocasından daha aşağı ve zayıf bir insan olduğu inancını pekiştirmişti; Howard pek çok meziyetinin yanı sıra, yedi yıl önce kalp krizi geçirip sağ kalmayı başarmıştı.

(Shirley kocasının öleceğini bir an olsun aklından geçirmemişti, Howard ameliyathanedeyken bile. Shirley'ye göre Howard'ın yeryüzündeki varlığı gün ışığı ve oksijen gibi, olmazsa olmaz bir şeydi. Shirley böyle bir şeyin olacağına hiç inanmadığını sonradan arkadaşlarına ve komşularına da anlatmıştı. Onlar da mucizevi kurtuluşlardan bahsetmiş ve Yarvil'deki hastanede kardiyoloji bölümü bulunmasının ikisi için ne büyük şans olduğunu söyleyerek Shirley'nin kim bilir ne kadar kaygılandığından dem vurmuşlardı.

"Kurtulacağını biliyordum" demişti Shirley istifini bozmadan, sakince. "Bundan hiç şüphe duymadım."

İşte, Howard eskisi kadar sağlıklıydı artık; Fairbrother ise morgdaydı. Shirley haklı çıkmıştı.)

Sabahın bu erken vaktinde neşe dolu olan Shirley, oğlu Miles'ın doğumunun ertesi gününü anımsadı. Onca yıl önce de tıpkı şimdiki gibi yatakta oturmuştu, hastane penceresinden gün ışığı giriyordu; biri eline bir fincan çay tutuşturmuştu ve yeni doğmuş güzel oğlunu getirmelerini, onu emzirmeyi bekliyordu. Doğum ve ölüm: İkisi de Shirley'nin bilincini aynı şekilde yükseltiyor ve kendini önemli hissetmesini sağlıyordu. Barry Fairbrother'ın ani ölüm haberi Shirley'nin kucağında yeni doğmuş tombul bir bebek gibi yatıyordu ve kadının bütün tanıdıkları gelip bu bebeği seveceklerdi. Shirley pınar olacaktı, kaynak olacaktı, çünkü haberi alan ilk kişiydi, en azından ilk kişilerden biriydi.

Howard odadayken Shirley sevincini, içinin kıpır kıpır olduğunu hiç belli etmemişti. Bir insanın ani ölümünden sonra söylenmesi âdetten olan sözleri söylemişlerdi birbirlerine, sonra da Howard banyoya gitmişti. Shirley sözcükleri ve deyimleri abaküs boncukları gibi sıralarken, Howard'ın da kendisi kadar mutlu olduğunu biliyordu elbette; ama adamın ölüm haberini daha yeni almışken bu hissini ifade etmesi, çırılçıplak soyunup edepsiz sözler haykırarak dans etmek gibi olurdu; oysa Howard ile Shirley hep giyiniktiler; aralarındaki görünmez adap duvarını asla yıkmazlardı.

Shirley'nin aklına mutluluk verici başka bir düşünce geldi. Fincanı tabağıyla birlikte komodine bırakıp usulca ayağa kalktı, fitilli sabahlığını giyip gözlüğünü taktı, koridordan geçip banyo kapısını çaldı.

"Howard?"

Şırıltının arasından Howard'ın sorgulayıcı sesi geldi.

"İnternet sitesine bir şeyler yazsam mı? Fairbrother'ı?"

Adam bir an düşündükten sonra, "İyi fikir" diye seslendi kapının ardından. "Mükemmel bir fikir."

Bunu duyan Shirley çalışma odasına koşturdu. Burası evin en küçük yatak odasıydı eskiden; artık pek bahsetmedikleri kızları Patricia'nın Londra'ya taşınmadan önce kaldığı odaydı.

Shirley internet konusundaki ustalığından son derece gurur duyardı. On yıl önce Yarvil'de akşam kursuna gitmişti; kursun en yaşlı öğrencilerinden biri olmasının yanı sıra en zor öğrenen de oydu. Yine de azmetmişti, çünkü Pagford Belediye Meclisi'nin yeni ve heyecan verici internet sitesinin yöneticisi olmaya kararlıydı. Belediye Meclisi'nin sayfasını açıp şifresini girdi.

Çok kolay oldu; sanki parmakları kısa haberi kendiliğinden yazmıştı.

Belediye Meclisi Üyesi Barry Fairbrother

Belediye Meclisi Üyesi Barry Fairbrother'ı kaybetmenin derin üzüntüsü içindeyiz. Acılı ailesine başsağlığı diliyoruz.

Shirley yazdıklarını dikkatle okuduktan sonra gir tuşuna basıp yazdıklarının mesaj sayfasında belirmesini izledi.

Prenses Diana ölünce Kraliçe, Buckingham Sarayı'ndaki bayrağı yarıya indirtmişti. Shirley'nin iç dünyasında Majesteleri'nin çok özel bir yeri vardı. İnternet sitesindeki mesajı inceleyen Shirley kendini hoşnut ve mutlu hissetti; doğru olanı yapmıştı. Kendine en iyiyi model almıştı...

Belediye Meclisi sitesinden çıkıp en sevdiği tıp sitesine

geçti ve arama kutusuna "beyin" ve "ölüm" sözcüklerini özenle yazdı.

Önerilen linklerin sonu gelmiyordu. Shirley onlara göz gezdirirken, şimdiki mutluluğunu bu ölümcül hastalıklardan (ki bazılarının isimlerini telaffuz etmek bile mümkün değildi) hangisine borçlu olduğunu merak etti. Shirley hastanede gönüllü çalışıyordu; South West General'da çalışmaya başlayalı beri tıbbi meselelere epey ilgi duyuyordu ve arada sırada arkadaşlarının hastalıklarına teşhis koyduğu bile oluyordu.

Ama bu sabah uzun sözcüklerde ve semptomlarda odaklanmayı başaramıyordu; haberi aklından çıkaramıyor, telefon edileceklerin listesini düşünüyordu. Aubrey ile Julia'nın bilip bilmediklerini ve öğrenince ne diyeceklerini merak etti; acaba Howard bu haberi Maureen'e onun söylemesine izin verir miydi, yoksa bu hazzı kendine mi saklamak isterdi?

Her şey, ama her şey *öyle* heyecan vericiydi ki.

## 4

Andrew Price küçük beyaz evin ön kapısını kapatıp metal bahçe kapısına kadar uzanan, cam gibi kırağıyla kaplı eğimli bahçe yolunda erkek kardeşinin peşinden yürüdü. İkisi de üç tepenin arasındaki vadide bulunan küçük Pagford kasabasına, aşağıdaki tanıdık manzaraya bakmadılar; tepelerden birinin zirvesinde, on ikinci yüzyılda inşa edilmiş manastırın kalıntıları vardı. O tepenin etrafından dolanan küçük nehir kasabanın içinden, oyuncak gibi görünen taş köprünün altından geçiyordu. İki kardeş, bu manzarayı tek renkli bir sahne perdesi kadar sıkıcı buluyorlardı; Andrew eve nadiren de olsa misafir geldiğinde babasının bu manzarayla, sanki kendi tasarımı ve eseriymiş gibi övünmesine gıcık olurdu. Bu manzara yerine kırık camlar, asfalt ve graffiti görmeyi tercih edeceğini düşünmeye başlamıştı son zamanlarda; Londra'nın ve yaşamaya değer bir hayatın hayalini kuruyordu.

Kardeşler yolun sokağa açıldığı yere gelince durdular. Andrew elini çalı çite soktu ve biraz yokladıktan sonra yarı dolu bir Benson & Hedges paketi ile biraz nemli bir kibrit kutusu çıkardı. Birkaç başarısız girişimden sonra kibritlerden birini yaktı. İki üç derin nefesin ardından sessizliği okul otobüsünün homurtusu bozdu. Andrew sigaranın yanan ucunu dikkatle koparıp attıktan sonra kalan kısmı pakete geri koydu.

Tepedeki Ev'in bulunduğu sapağa gelene kadar otobüsün üçte ikisi dolmuş olurdu hep, çünkü öncesinde civardaki çiftlikler ile evlere uğrarlardı. Kardeşler her zamanki gibi ayrı oturdular; ikisi de pencere kenarını seçip bakışlarını dışarıya çevirdiler, otobüs gürültüyle sarsılarak Pagford'a doğru inmeye başladı.

Tepenin dibinde, kama şeklindeki bahçenin içinde bir ev vardı. Fairbrother'ların dört çocuğu genellikle bahçe kapısının önünde beklerlerdi, ama bugün kimse yoktu. Evin bütün perdeleri kapalıydı. Andrew birisi ölünce karanlıkta oturmak âdet midir acaba diye düşündü.

Birkaç hafta önce, Barry'nin ikiz kızlarından biri olan Niamh Fairbrother'la birlikte, okulun tiyatro salonunda düzenlenen disko partisine gitmişti. Kız gıcık bir şekilde Andrew'nun hareketlerini taklit etmişti. Andrew'nun annesiyle babası, Fairbrother'larla pek samimi değildi; Simon ile Ruth'un arkadaşları yok gibiydi zaten, ama Pagford'da kalan tek banka şubesinin, o küçücük şubenin müdürü olan Barry'den biraz hoşlanırlardı sanki. Belediye Meclisi'nden, Belediye Tiyatrosu'ndan ve kilisenin düzenlediği eğlence koşularından bahsedildiğinde Fairbrother'ın adı sık sık geçerdi. Bunlar Andrew'nun hiç ilgi duymadığı, annesiyle babasının da uzak durduğu şeylerdi;

onlar arada sırada kampanya formlarına imza atar ve eşya piyangosu biletlerinden alırlardı o kadar.

Otobüs sola sapıp Church Row'dan, sıra sıra uzanan büyük, Victoria tarzı evlerin arasından inerken Andrew küçük bir fantezi kurdu: Babasının görünmeyen bir keskin nişancı tarafından vurulup öldüğünü hayal etti. Kendisinin cenazeciyi ararken, bir yandan da hüngür hüngür ağlayan annesinin sırtını okşadığını hayal etti. En ucuz tabutu ısmarlarken ağzında sigara vardı.

Church Row'un dibinde otobüse Jawanda'ların üç çocuğu, Jaswant, Sukhvinder ve Rajpal bindiler. Andrew bilerek boş bir koltuğun arkasına oturmuştu ve düşünce gücüyle önüne Sukhvinder'in oturmasını sağlamaya çalıştı; bunun sebebi o kızdan hoşlanması değil (Andrew'nun en iyi arkadaşı Şişko o kıza Bıyıklı Memeli lakabını takmıştı), asıl hoşlandığı kızın çoğunlukla Sukhvinder'in yanına oturmasıydı. O sabah Andrew'nun telepati gücü yüksek miydi değil miydi bilinmez, ama Sukhvinder sahiden de onun önündeki koltuğu seçti. Çok sevinen Andrew kirli pencereye görmeyen gözlerle bakarken, otobüsün şiddetli sarsıntılarının yol açtığı ereksiyonunu gizlemek için okul çantasına iyice sarıldı.

Otobüs dar sokaklardan ağır ağır geçerken, Meydan'a sapıp kızın sokağının köşesine yaklaşırken her sarsıntı Andrew'nun heyecanını daha da artırdı.

İlk kez bir kıza bu kadar ilgi duyuyordu. Kız kasabaya yeni gelmişti. Okul değiştirmek için tuhaf bir zamandı, ikinci yarıyıl başlamıştı. Kızın ismi Gaia'ydı; ona yakışıyordu ismi, çünkü Andrew için daha önce hiç duymadığı yeni bir isimdi; kıza olan hisleri de yeniydi. Gaia bir sabah otobüse, doğanın ulaşabileceği en yüce doruktan kopup gelmişçesine binip, Andrew'nun iki sıra önüne oturmuştu; Andrew kızın mükemmel omuzları ve biçimli kafasını seyrederken kalakalmıştı.

Kızın bakır rengi, uzun, dalgalı saçları sırtına kadar iniyordu; dümdüz, dar ve küçük burnu, solgun ağzının tahrik edici dolgunluğunu ön plana çıkarıyordu; ela, benekli, gür kirpikli gözleri birbirinden epey ayrıydı. Andrew onu makyajlı görmemişti hiç, cildinde ben veya siyah nokta da görmemişti. Kızın yüzü, kusursuz bir simetri ile sıra dışı bir orantının senteziydi; Andrew cazibesinin gerçek kaynağını bulmaya çalışarak bu yüze saatlerce bakabilirdi. Daha geçen hafta biyoloji dersinde, ilahi bir rastlantı sonucu görebileceği bir yere oturan kızı iki saatlik blok ders boyunca, gözünü neredeyse hiç ayırmadan seyrettikten sonra eve dönmüştü. Yatak odasına kapağı atınca, "Güzellik geometridir" diye yazmıştı (öncesinde yarım saat boyunca gözlerini duvara dikmiş sonra da mastürbasyon yapmıştı). Kâğıdı yırtıp atmıştı hemen, yazdıklarını her hatırlayışında utanıyordu, ama doğruydu yazdığı şey. Kızın güzelliği, ayrıntıların nefes kesici uyumundan kaynaklanıyordu.

Kız birazdan burada olacaktı, eğer çoğunlukla yaptığı gibi o şişko ve somurtkan Sukhvinder'in yanına oturursa, Andrew'nun üstündeki nikotin kokusunu alabilirdi. Andrew cansız nesnelerin kızın vücuduna verdikleri tepkiyi görmekten hoşlanıyordu; kız otururken otobüs koltuğunun biraz çökmesini ve o bakır sarısı saçlarının koltuğun tepesindeki çelik tutunma çubuğunun üstünde kıvrılmasını görmekten hoşlanıyordu.

Otobüs yavaşlayınca Andrew yüzünü kapıdan başka tarafa çevirerek düşüncelere dalmış gibi yaptı; kız otobüse binince, Andrew durduklarını daha yeni fark etmişçesine etrafa bakınacaktı; göz teması kuracak, belki de başıyla selam verecekti. Kapının kanatlarının açıldığını duymayı bekledi, ama motorun hafif homurtusunu bastıran tanıdık sürtünme ve çarpma seslerini duymadı.

Andrew etrafa bakınınca kısa, bakımsız Hope Sokağı'ndan başka bir şey görmedi: Küçük, verandalı evler iki sıra halinde uzanıyordu. Otobüs şoförü öne eğilmiş kız geliyor mu diye bakıyordu. Andrew ona beklemeye devam etmesini söylemek istedi, çünkü daha geçen hafta kız şu küçük evlerden birinden fırlayıp asfaltta koşarak gelmişti (Andrew gönlünce seyredebilmişti o gün, çünkü herkes seyrediyordu) ve Andrew o sahneyi saatlerce düşünmüştü. Ama şoför büyük direksiyonu çevirdi ve otobüs tekrar yola koyuldu. Andrew kafasını çevirip yeniden düşünceli gözlerle kirli pencereye bakmaya başladı; kalbi ve testisleri sızlıyordu.

## 5

Hope Sokağı'ndaki küçük, sıra sıra evlerde eskiden işçiler yaşardı. On numaranın banyosunda Gavin Hughes ağır ağır ve gereksiz bir özenle tıraş oluyordu. Öyle sarışındı ve sakalı da öyle seyrekti ki, haftada iki kez tıraş olması yeterliydi aslında; ama bu soğuk ve biraz pis banyo tek sığınağıydı. Banyoda sekize kadar oyalanırsa, hemen işe gitmesi gerektiğini söylemesi inandırıcı olurdu. Kay'le konuşmak zorunda kalmaktan ödü kopuyordu.

Dün akşam konuşmamayı, upuzun ve renkli bir sevişmeyi arzuluyormuş gibi yaparak başarabilmişti ancak; ilişkilerinin en başından beri böyle sevişmemişlerdi. Kay hemen ve insanı huzursuz eden bir şehvetle karşılık vermiş, pozisyondan pozisyona geçmişti; kısa, güçlü bacaklarını Gavin için havaya dikmişti; zeytin rengi teni ve kısacık esmer saçıyla o çok benzediği Slav akrobat gibi şekilden şekile girmişti. Gavin, bu sıra dışı girişkenliğinin Kay tarafından söylememekte kararlı olduğu şeylerin sözsüz itirafı olarak yorumlandığını çok geç fark etmişti. Kay onu açgözlülükle öpmüştü; ilişkilerinin başında Gavin onun dilini kullanarak, şapur şupur öpüşmesini erotik bulurdu, şimdiyse biraz itici geliyordu. Gelmesi uzun sürmüştü; başlattığı şeyin korkunçluğu, ereksiyonunun inmesinden sürekli endişe etmesine yol açmıştı. Bu bile aleyhine olmuştu. Kay onun sıra dışı performansını bir tür virtüözlük gösterisi olarak yorumlamıştı.

Sevişmeleri nihayet bittiğinde Kay karanlıkta ona sokulmuş, bir süre saçını okşamıştı. Perişan bir halde boşluğa bakan Gavin, aralarındaki bağları zayıflatmak için gizli gizli kurduğu onca plandan sonra, istemeden o bağları daha da güçlendirdiğinin farkındaydı. Kay uykuya daldıktan sonra Gavin öylece yatmıştı, kolu kadının altında sıkışıp kalmıştı, nemli çarşafın kalçalarına yapışması rahatsız ediciydi, şiltenin yayları eskimişti. Gavin, puştluk yapacak, usulca sıvışacak ve bir daha geri dönmeyecek kadar cesur olsaydım keşke diye düşünmüştü.

Kay'in banyosu küf ve ıslak sünger kokuyordu. Küçük küvetin yan tarafına saç telleri yapışmıştı. Duvarların boyası dökülüyordu.

"Biraz tadilat gerek" demişti Kay.

Gavin bilinçli olarak yardım etme teklifinde bulunmuyordu. Onun tılsımı ve kalkanı, Kay'e söylemediği sözlerdi; onları zihninde sıraya dizip, tespih çeker gibi gözden geçirdi. "Seni seviyorum" dememişti hiç. Evlilikten hiç bahsetmemişti. Kay'den Pagford'a taşınmasını istememişti. Ama kadın buradaydı işte ve Gavin'ın bir şekilde kendini sorumlu hissetmesine yol açıyordu.

Gavin lekeli aynada kendi yüzüne bakıyordu. Gözlerinin altı mor, giderek seyrelen sarı saçı kabarık ve kuruydu. Tepedeki çıplak ampul o zayıf, keçi gibi suratı adli tıp zalimliğiyle aydınlatıyordu.

*Otuz dört yaşındayım* diye düşündü Gavin, *ama en aşağı kırk gösteriyorum.*

Usturayı aşağıdan yukarı kaydırıp çıkık âdemelmasının yanlarındaki iki kalın, sarı kılı kesti.

Banyo kapısı yumruklandı. Gavin'ın eli kayınca, zayıf boynundan temiz, beyaz gömleğine kan damladı.

"Erkek arkadaşın" diye haykırdı bir kız sesi hiddetle, "hâlâ banyoda ve ben geç kalacağım!"

"Benim işim bitti!" diye bağırdı Gavin.

Kesik acıyordu, ama ne önemi vardı ki? Gavin'ın bahanesi hazırdı işte. *Bak kızın yüzünden ne yaptım. İşe gitmeden önce eve gidip gömleğimi değiştirmem gerek.* Kapının arkasına astığı kravatla ceketi neredeyse neşeyle alıp kapıyı açtı.

Gaia onu iterek banyoya girip kapıyı ardından sertçe kapadı ve kilitledi. Gavin iğrenç, yanık lastik gibi kokan küçük sahanlığa çıkınca, dün gece karyola başının duvara çarpmasını, ucuz çam yatağın gıcırdamasını, Kay'in inlemelerini ve kesik çığlıklarını hatırladı. Kızın evde olduğunu unutmak kolay oluyordu bazen.

Halısız merdiveni koşarak indi. Kay basamakları zımparalayıp cilalamak niyetinde olduğunu söylemişti, ama Gavin kadının bunu yapacağından şüpheliydi; Kay'in Londra'daki eski dairesi de dağınık ve bakımsızdı. Her halükârda Gavin, Kay'in çok yakında onun evine taşınmayı umduğundan emindi, ama buna müsaade etmeyecekti; orası son kalesiydi ve Kay ısrar etse bile taviz vermeyecekti.

"Kendine ne yaptın böyle?" diye ciyakladı Kay, Gavin'ın gömleğindeki kanı görünce. Üstünde Gavin'ın sevmediği, ama ona çok yakışan ucuz kızıl kimono vardı.

"Gaia kapıya vurunca bir an elim kaydı. Eve gidip gömleğimi değiştirmem lazım."

"Ama sana kahvaltı hazırladım!" dedi kadın hemen.

Gavin yanık lastik kokusu sandığı şeyin aslında sahanda çırpılmış yumurta kokusu olduğunu anladı. Yumurtalar soluk ve fazla pişmiş görünüyorlardı.

"Yapamam Kay, bu gömleği değiştirmem şart, erkenden bir..."

Kadın yanmış yumurtaları kaşıkla tabaklara koymaya başlamıştı bile.

"Beş dakika. Beş dakika kalabilirsin herhalde?.."

Gavin'ın ceket cebindeki telefon yüksek sesle vızıldadı; Gavin cep telefonunu çıkarırken, acil bir işim çıkmış numarası yapsam mı acaba diye düşündü.

"Ulu Tanrım" dedi, gerçekten dehşete kapılarak.

"Ne oldu?"

"Barry. Barry Fairbrother! O... hassiktir, o... ölmüş! Miles göndermiş. Ulu Tanrım. Ulu Tanrım, şu işe bak!"

Kadın tahta kaşığı bıraktı.

"Barry Fairbrother kim?"

"Onunla *squash* oynardım. Daha kırk dört yaşındaydı! Ulu Tanrım!"

Gavin mesajı tekrar okudu. Kay onu şaşkınlıkla seyretti. Miles'ın, Gavin'ın avukatlık firmasının ortağı olduğunu biliyordu, ama onunla tanışmamıştı. Barry Fairbrother ismini ise ilk kez duyuyordu.

Merdivenden gök gürültüsünü andıran sesler geldi: Gaia paldır küldür koşarak aşağı iniyordu.

"Yumurta ha!" dedi mutfak kapısından. "Bana hiç yapmıyorsun ama. *Hiç*. Ve *şunun* yüzünden" dedi, Gavin'ın başının arkasından hiddetle bakarak, "lanet olası otobüsümü kaçırdım herhalde."

"Eh, saçınla o kadar uğraşmasaydın sen de" diye seslendi Kay giden kızının arkasından; karşılık vermeyen kız koridordan hışımla geçti (çantası duvarlara çarpıyordu) ve ön kapıyı arkasından sertçe kapadı.

"Kay, benim gitmem lazım" dedi Gavin.

"Ama baksana, sofrayı hazırladım, hemen iki dakikada..."

"Gömleğimi değiştirmem gerek. Ah, kahretsin, şimdi hatırladım; Barry'nin vasiyetini ben yazmıştım, gidip kontrol etmeliyim. Hayır, kusura bakma, gitmem gerek. İnanamıyorum" diye ekledi, Miles'ın mesajını tekrar okuduktan sonra. "İnanamıyorum. Daha perşembe günü *squash* oynamıştık. İnanamıyorum... Tanrım."

Bir adam ölmüştü; Kay ne dese haksız duruma düşerdi. Gavin onun tepkisiz dudaklarına küçük bir öpücük kondurduktan sonra dar, karanlık koridorda yürüyerek uzaklaştı.

"Ne zaman görüşe..."

"Sonra ararım" diye seslendi Gavin, kadını duymamış gibi yaparak.

Yolun karşı tarafındaki arabasına doğru hızlı adımlarla yürürken, taze ve soğuk havayı derin derin içine çekerken, Barry'nin öldüğü gerçeğini patlayıcı sıvıyla dolu, küçük bir şişeyi elinde tutarcasına ihtiyatla tuttu zihninde. Kontak anahtarını çevirirken, Barry'nin ikiz kızlarının ranzalarında yüzükoyun yatarak ağladıklarını hayal etti. Akşam yemeği için o eve son gidişinde kızların yatak odalarının kapısının önünden geçmişti; kızlar ranzalarında üst üste yatmış, ellerindeki Nintendo DS'leriyle oynuyorlardı.

Fairbrother'lar Gavin'ın tanıdığı, birbirine en bağlı çifttiler. Gavin bir daha onların evinde akşam yemeği yiyemeyecekti. Barry'ye ne kadar şanslı olduğunu söylerdi. Adam o kadar da şanslı değildi demek ki.

Kaldırımdan biri yaklaşıyordu; Gaia'nın geldiğini sanarak, kızın bağırıp çağıracağını ya da onu okula bırakmasını isteyeceğini düşünüp paniğe kapılan Gavin geri viteste gaza fazla basınca arkasındaki arabaya çarptı: Kay'in eski Vauxhall Corsa'sına. Kaldırımdan geçen kişi Gavin'ın arabasının penceresine eğildi; havlu terlik giymiş, bir deri bir kemik, topal, yaşlı bir kadındı. Gavin küfrederek direksiyon kırıp yola çıktı. Hızlanırken dikiz aynasına bakınca, Gaia'nın Kay'in evine geri döndüğünü gördü.

Ciğerlerini yeterince havayla doldurmakta zorlanıyordu. Göğsü sıkışmıştı. En iyi dostunun Barry Fairbrother olduğunu ancak fark ediyordu.

# 6

Okul otobüsü Fields'a, Yarvil civarında yayılmış geniş bölgeye ulaşmıştı. Duvarlarına sprey boyayla harfler ve müstehcen sözler yazılmış kirli, gri evler; yer yer tahta çakılmış pencereler; çanak antenler ve fazla büyümüş çimler... Andrew'nun gözünde bunların hiçbiri, kırağıyla ışıldayan harap Pagford manastırından daha dikkate değer değildi. Andrew bir zamanlar Fields'ı ilginç ve ürkütücü bulurdu, ama artık iyice alıştığı için epeydir her şeyiyle sıradan buluyordu burayı.

Kaldırımlar okula doğru yürüyen küçük çocuklar ve yeniyetmelerle doluydu; soğuğa rağmen çoğu tişört giymişti. Andrew adı çıkmış, ağzı bozuk Krystal Weedon'ı gördü. Kızlı erkekli bir yeniyetme grubunun ortasında kahkahalar atan Krystal hoplaya zıplaya yürüyordu. Her kulağında birkaç küpe sallanıyordu ve eşofmanının beli aşağı kaydığından tangası bariz bir şekilde görünüyordu. Andrew bu kızı ilkokuldan beri tanıyordu; Krystal onun çok küçük yaşlardan beri en renkli anılarının birçoğunda hep vardı. Beş yaşındayken, çocuklar onunla dalga geçtiklerinde Krystal başka kızlar gibi ağlamak yerine gülmeye başlamış ve "Sidikli! Sidikli Krystal!" diye bağırarak onlara katılmıştı. Dersin ortasında da pantolonunu indirip işer gibi yapmıştı. Andrew onun çıplak, pembe cinsel organını çok net hatırlıyordu. Sanki birdenbire Noel Baba sınıfın ortasında beliriverişti; kıpkırmızı kesilen Bayan Oates'un Krystal'ı sınıftan çıkardığını da hatırlıyordu.

Krystal on iki yaşına geldiğinde artık Winterdown'da okuyordu ve yaşıtı olan kızlardan daha çok serpilmişti. Bir gün sınıfın en arkasında, matematik işlem tablolarının toplanıp dağıtıldığı yerde takılıyordu. Andrew (matematik sorularını en geç yanıtlayanlardan biriydi her zamanki gibi) arka taraftaki dolapların üstüne düzgünce dizilmiş plastik işlem tablosu kutularına ulaştığında, nasıl olduysa Rob Calder ile Mark Richards'ın Krystal'ın memelerini sırayla mıncıkladıklarını görünce şaşırmıştı. Diğer oğlanların çoğu heyecanla seyrediyorlardı, yüzlerini ders kitaplarının ardına gizlemişlerdi; kızlarsa görmemiş gibi yapıyorlardı ve çoğunun yüzü kızarmıştı. Andrew oğlanların yarısının Krystal'ın memelerini ellediklerini ve şimdi sıranın kendisinde olduğunu, bunu yapmasının beklendiğini fark etmişti. Bunu yapmayı hem istiyor, hem de istemiyordu. Korktuğu şey kızın memeleri değil, yüzündeki cesur ve meydan okuyan ifadeydi. Andrew bu işi düzgün yapamamaktan korkmuştu. Ne olup bittiğinin farkında bile olmayan, otoritesiz Bay Simmonds sonunda başını kaldırıp da, "Krystal, çok durdun orda, bir işlem tablosu al da yerine geç artık" deyince Andrew resmen derin bir oh çekmişti.

Epeydir birbirlerine uzak sıralarda oturuyorlardı ama aynı sınıfta olduklarından Andrew Krystal'ın derse pek gelmediğini biliyordu; kızın başının neredeyse hep dertte olduğunu da biliyordu. Krystal korkusuzdu, tıpkı okula mürekkeple kendi çizdikleri dövmelerle gelen, dudakları yarılmış, sigara içen, polislerle kapıştıklarını, uyuşturucu kullandıklarını ve canları istediğinde seks yaptıklarını anlatan oğlanlar gibiydi.

Winterdown Lisesi, Yarvil'in hemen girişinde büyük, çirkin, üç katlı bir binaydı; dış cephesi turkuvaz paneller ile pencerelerden ibaretti. Otobüs kapıları gıcırdayarak açılınca Andrew otoparktan okulun iki ön kapısına doğru giden, siyah *blazer* ceketli ve kazaklı çocuklar kalabalığına katıldı. Tam kapıdan sıkış tıkış geçecekken, bir Nissan Micra'nın park ettiğini görünce en iyi arkadaşını beklemek için kalabalıktan ayrıldı.

Fıçı, Leğen, Göbekli, Yağ Tulumu, Andaval, Valla, Tombul, Şişko... Stuart Wall okuldaki en çok lakaba sahip çocuktu. Badi badi yürümesi, sıskalığı, zayıf ve solgun yüzü, aşırı büyük kulakları ve yüzünden hiç eksik olmayan ıstıraplı ifade yeterince dikkat çekiciydi; ama onu asıl farklı kılan şey keskin mizahı, mesafeli hali ve duruşuydu. Daha dayanıksız birini olumsuz etkileyebilecek her şeyden kendini soyutlamayı, sevilmeyen ve dalga geçilen bir müdür yardımcısının oğlu olmanın utancını umursamamayı her nasılsa başarıyordu; üstüne üstlük annesi de demode giyinen, aşırı kilolu bir rehber öğretmendi. Okulun en ünlü ve en dikkat çekici çocuklarından biri olan Şişko, benzersiz ve saygı uyandıracak bir şekilde kendi olmayı başarıyordu; dalga geçenlere öyle sakin ve zalimce karşılıklar veriyordu ki, Fields'lılar bile onun esprilerine gülüp talihsiz akrabalık bağlarıyla dalga geçmekle pek uğraşmıyorlardı.

Şişko o sabah, yanında anne babası olmayan öğrenci kalabalığının karşısında Nissan'dan yalnızca annesiyle değil, babasıyla da (adam normalde okula ayrı gelirdi) inmek zorunda kalmasına karşın gayet soğukkanlıydı. Şişko'nun badi badi yaklaştığını gören Andrew'nun aklına Krystal Weedon ve görünen tangası geldi hemen.

"N'aber Arf?" dedi Şişko.

"Şişko."

Birlikte kalabalığa karıştılar, sırtlarındaki okul çantalarını küçük çocukların yüzlerine çarpa çarpa akıntıda kendilerine biraz yer açtılar.

"Göz ağlıyordu" dedi Şişko, iğne atılsa yere düşmeyecek merdiveni çıkarlarken.

"Ne?"

"Barry Fairbrother dün gece durup dururken ölmüş."

"Ha evet, duymuştum" dedi Andrew.

Şişko, Andrew'ya kurnaz, sorgulayıcı bir bakış fırlattı; blöf yapan, bilmediği şeyleri bilirmiş gibi davranan, kendini fazla önemseyen kişilere böyle bakardı.

"Hastaneye getirdiklerinde annem oradaymış" dedi Andrew sinirlenerek. "Annem orada çalışıyor, hatırlıyorsun herhalde?"

"Ha, evet" diyen Şişko'nun yüzündeki kurnazlık kayboldu. "Eh, adam Göz'ün yakın arkadaşıydı biliyorsun. Göz haberi ilan edecekmiş. Bu iyi değil Arf."

Merdivenin tepesinde ayrılıp kendi sınıflarına gittiler. Andrew'nun sınıfı neredeyse tamamen dolmuştu; öğrenciler sıraların üstünde oturuyor, bacaklarını sallıyor, yanlardaki dolaplara yaslanıyorlardı. Çantaları sandalyelerinin altındaydı. Pazartesi sabahları normalden daha yüksek sesle ve rahat konuşurlardı hep, çünkü yoklamadan sonra açık havada yürüyerek spor salonuna götürülürlerdi. Öğretmenleri masasında oturuyor, yoklama alıyordu. Kadın sözlü yoklama almakla uğraşmazdı hiç; sınıfın gözüne girmeye yönelik ufak çabalarından biriydi bu ve öğrencilerinin onu küçümsemelerine yol açıyordu.

Toplanma zili çalarken Krystal geldi. Kapıdan "Buradayım öğretmenim!" diye seslenip dışarıya döndü. Herkes konuşmayı sürdürerek onun peşinden gitti. Andrew ile Şişko merdivenin başında tekrar buluştular ve kalabalıkla birlikte arka kapıdan çıkarak gri asfalt avluda yürüdüler.

Spor salonu ter ve ayak kokuyordu; vızır vızır konuşan bin iki yüz yeniyetmenin uğultusu çıplak, beyaz duvarlarda yankılanıyordu. Yerdeki sert, sanayi grisi, leke içindeki halıya *badminton* ve tenis kortu, hokey ve futbol sahası çizgileri çekilmişti; yalınayak basınca halı epey can yaksa da, yapılan konuşmaları oturarak dinlemek zorunda olanlar için çıplak tahtadan iyiydi. Andrew ile Şişko ise salonun arka tarafındaki, beşinci ve altıncı sınıflara ayrılmış, boru ayaklı, plastik sırtlı sandalyelere oturma ayrıcalığına sahiptiler.

Ön taraftaki, öğrencilere dönük, eski, ahşap kürsünün yanında okul müdiresi Bayan Shawcross oturuyordu. Şişko'nun babası “Göz” Colin Wall gelip kadının yanındaki yerini aldı. Adam çok uzun boylu ve geniş alınlıydı, saçları alnından itibaren kelleşmeye başlamıştı; son derece kolay taklit edilebilir bir şekilde, kollarını iki yanında kaskatı tutarak ve dizlerini gereğinden fazla kaldırarak, yaylana yaylana yürürdü. Herkes ona Göz derdi, çünkü okuldaki odasının önünde bulunan dolabın gözlerinin düzenli olmasına kafayı takmıştı. Bu gözlere kayıt belgeleri ve çeşitli departmanlara gönderilecek belgeler konurdu. “Onu doğru göze koysana Ailsa!” “Öyle bırakırsan düşer Kevin!” “Üstüne basmasana kızım! Ver şunu; onun yeri şuradaki göz!”

Diğer bütün öğretmenler dolabın gözlerine güvercin yuvası derlerdi. Bunu kendilerini Göz'den ayrı tutmak için yaptıklarını düşünürdü herkes.

Ahşap işleri öğretmeni Bay Meacher'ın, “Geçin, geçin” dediği Andrew ile Şişko, Kevin Cooper'la aralarına bir sandalye bırakarak oturdular.

Göz kürsüye geçti. Öğrencilerin susmaları biraz zaman aldı, kürsüdeki kişi okul müdiresi olsa farklı olurdu. Tam son seslerin de kesildiği anda, sağ duvarın ortasındaki çift kanatlı kapılardan biri açıldı ve içeri Gaia girdi.

Kız spor salonuna göz gezdirdi (Andrew kendine onu seyretme iznini verdi, çünkü salondakilerin yarısı seyrediyordu; kız geç kalmıştı, yabancıydı ve güzeldi, hem zaten konuşan da Göz'dü alt tarafı) ve hızla, ama çok da acele etmeden yürüyerek (çünkü Şişko gibi o da soğukkanlıydı) öğrencilerin arkasından dolandı. Andrew başını geriye çevirse de, bir noktadan sonra kızı göremez oldu; ama yanında boş bir sandalye bıraktığı aklına gelince kulakları çınlamaya başladı.

Hafif, hızlı ayak seslerinin yaklaştığını duydu, derken kız yanında bitiverdi; Gaia, Andrew'nun yanına oturmuştu. Andrew'nun sandalyesini ve vücudunu yana itti. Andrew hafif bir parfüm kokusu aldı. Vücudunun sol tarafının tamamı kızın orada oluşunun yarattığı farkındalık hissiyle yanıyordu; sol yanağı, yani kızın tarafındaki yanağı diğer yanağı kadar sivilceli olmadığı için sevindi. Kıza ilk kez bu kadar yakındı ve dönüp ona bakacak, onu tanıdığını belli edecek birşey yapacak kadar cesur olup olamayacağını düşündü; ama böyle donakalmış halde fazla uzun durmuştu, artık kızla doğal bir şekilde iletişim kurmak için çok geç kaldığına karar verdi.

Yüzünü gizlemek için sol şakağını kaşıyarak, kızın kucağında gevşekçe kavuşturduğu ellerine göz ucuyla baktı. Kızın tırnakları kısa, temiz ve ojesizdi. Serçeparmağında sade bir gümüş yüzük vardı.

Şişko, çaktırmadan Andrew'nun böğrünü dirseğiyle dürttü.

Göz, "Son olarak" deyince Andrew adamın bunu ikinci kez söylediğini, spor salonunda artık çıt çıkmadığını, kimsenin hareket etmediğini, havanın merak, neşe ve huzursuzlukla ağırlaşmış olduğunu fark etti.

"Son olarak" dedi Göz tekrar, sesi kontrolsüzce titreyerek, "çok... ama çok üzücü bir haber vereceğim. Son derece başşrılı... başa... başarılı kız kürek takımımızın son iki yıldır antrenörlüğünü yapan Sayın Barry Fairbrother..."

Adam tıkandı ve bir eliyle gözlerini ovuşturdu.

"... vefat etti..."

Göz Wall herkesin önünde ağlıyordu; yamru yumru, kel kafası göğsüne düştü. Kalabalıktan birden hayret nidaları ve kıkırtılar yükseldi; herkes dönüp, son derece kayıtsız bir şekilde oturan Şişko'ya baktı, Şişko biraz şaşırsa da etkilenmemiş gibiydi.

Göz ağlayarak tekrar, "... vefat etti..." deyince okul müdiresi ayağa kalktı; kadın biraz sinirlenmiş gibiydi.

"... dün gece... vefat etti."

Salonun arka tarafındaki sandalyelerin ortasından bir ciyaklama sesi yükseldi.

Göz, "Kim güldü?" diye gürleyince salona heyecanlı bir gerilim çöktü. "BU NE CÜRET? O gülen kız kimdi, kimdi?"

Bay Meacher ayağa fırlamıştı bile, Andrew ile Şişko'nun arkasında bulunan sıranın ortasındaki birine el kol hareketleri yaparak bağırıyordu; Andrew'nun sandalyesi biraz daha yana kaymıştı, çünkü herkes gibi Gaia da seyretmek için geriye dönmüştü. Andrew'nun vücudunun her noktası daha da duyarlı hale gelmiş gibiydi; kendisine yaslanan Gaia'nın vücudunu hissedebiliyordu. Kendisi de dönerse göğüs göğüse geleceklerdi.

"*Kim güldü?*" diye tekrarladı Göz, suçluyu bulunduğu yerden seçebilirmiş gibi tuhaf biçimde parmak uçlarında yükselerek. Meacher suçlu olduğunu düşündüğü kişiyi çağırıyordu öfkeyle.

"Kim o Bay Meacher?" diye bağırdı Göz.

Meacher bunu söylemeye gönülsüz gibiydi; suçlu kızı sandalyesinden kalkmaya ikna etmekte zorlanıyordu hâlâ, ama Göz kürsüden inip de oraya bizzat gidecekmiş gibi birtakım kaygı verici hareketler yapmaya başlayınca kıpkırmızı kesilmiş olan Krystal Weedon ayağa fırlayıp sandalyelerin arasından ite kaka geçmeye girişti.

"Buradan çıkınca dosdoğru odama gelip beni gör!" diye bağırdı Göz. "Bu ne rezillik... saygısız! Gözüm görmesin seni!"

Ama Krystal sıranın sonuna varınca durdu ve Göz'e ortaparmağını kaldırarak, "BEN Bİ ŞEY YAPMADIM GERİ ZEKÂLI!" diye haykırdı.

Öğrenciler heyecanla hep bir ağızdan konuşmaya ve gülmeye başladılar; öğretmenler onları susturmaya boşuna çabaladılar, bir ikisi kendi öğrencilerini dizginlemek için ayağa kalktı.

Kapının kanatları Krystal'la Bay Meacher'ın ardından kapandı.

Müdire, "Oturun!" diye bağırınca salona her an bozulabilecek gibi görünen bir sessizlik çöktü yeniden; öğrenciler kıpırdanıyor, fısıldaşıyorlardı. Şişko dosdoğru ileriye bakıyordu; kayıtsızlığı ilk kez zorlama görünüyordu ve yüzü kararmıştı.

Andrew, Gaia'nın sandalyesine tekrar oturduğunu hissetti. Cesaretini toplayıp bakışlarını soluna çevirdi ve sırıttı. Kız da gülümseyerek karşılık verdi.

## 7

Pagford'un şarküterisi dokuz buçuğa kadar açılmayacak olsa da, Howard Mollison erken gelmişti. Altmış dört yaşında, son derece kilolu bir adamdı. Göbeği öyle sarkmıştı ki çoğu insan ilk görüşte onun penisini düşünürdü; adamın kendi penisini en son ne zaman gördüğünü, onu nasıl yıkadığını, amacına uygun işlerde nasıl kullanabildiğini merak ederlerdi. Howard'ın hem fiziği sebebiyle böyle düşünceler uyandırması, hem de insanlara neredeyse aynı derecede huzursuz edici ve cana yakın gelmesi, dükkânına ilk defa gelen müşterilerin niyetlendiklerinden fazla alışveriş yapmalarına neden olurdu. Howard çalışırken çabuk çabuk konuşurdu; kısa parmaklı eliyle kestiği incecik salam dilimleri alttaki yağlı kâğıda düşerken, yuvarlak mavi gözleri her an kırpılmaya hazır olurdu ve gerdanı kolayca attığı kahkahalarla titreşirdi.

Howard'ın iş kıyafeti kendi tasarımıydı: beyaz gömlek, nefti kanvas önlük, fitilli kadife pantolon ve üstüne birkaç olta tüyü iliştirdiği bir kep. Kepi bir zamanlar komiklik olsun diye takıyordu ama epeydir durum öyle değildi. Howard her sabah işe başlarken gür, gri, kıvırcık saçının üstündeki kepi personel tuvaletinin küçük aynasına gülümsemeden bakarak, özenle düzeltirdi.

Howard sabahları dükkânı açmaya bayılırdı. Soğutucuların

hafif uğultusundan başka ses duyulmazken dükkânda gezinip her şeyi tek tek hayata döndürmeye başlardı... Işıkları ve kepenkleri açmaya, dondurucululu tezgâhın kapaklarını kaldırıp içerideki hazineleri; soluk grimsi yeşil enginarları, siyah zeytinleri, içinde otlar olan yağda al denizatları gibi kıvrılmış yatan kurutulmuş domatesleri ortaya çıkarmaya bayılırdı.

Ama bu sabah keyfine biraz da sabırsızlık eşlik ediyordu. Ortağı Maureen şimdiden geç kalmıştı ve Howard, tıpkı daha önce Miles'ın korktuğu gibi, kadının bu heyecan verici haberi başkasından almış olmasından korkuyordu; telefonla haber veremiyordu, çünkü Maureen'in cep telefonu yoktu.

Howard, Pagford'un en yeni kafesine dönüşecek eski ayakkabı dükkânı ile kendi şarküterisi arasındaki kemerli girişte durdu. Kemerli girişi geçenlerde yaptırmışlardı. Şarküterinin içine toz girmesini engelleyen sağlam, şeffaf plastiği kontrol etti. Kafeyi paskalyadan önce açmayı planlıyorlardı, böylece batıya gelecek turistlerden faydalanabileceklerdi; Howard her paskalya bayramında turistler için vitrinlerini yerli elma şaraplarıyla, peynirlerle ve oyuncak saman bebeklerle doldururdu.

Arkasından çan sesi gelince döndü; ameliyatla sağlamlaştırılmış kalbi heyecandan küt küt atıyordu.

Maureen altmış iki yaşında, zayıf, omuzları düşük bir kadındı; Howard'ın eski ortağının dul karısıydı. Saçını siyaha boyayarak, parlak renkli giysiler ve fazla yüksek topuklu ayakkabılar giyerek (dükkânda bunları çıkarıp Dr. Scholl's marka sandalet giyiyordu) çeşitli şekillerde gençliğe dört elle tutunmaya çalışsa da kambur durması, olduğundan çok daha yaşlı görünmesine yol açıyordu.

"Günaydın Mo" dedi Howard.

Haberi bir çırpıda vererek ziyan etmek istemiyordu, ama birazdan müşteriler gelmeye başlardı ve Howard'ın söyleyecek çok şeyi vardı.

"Haberi duydun mu?"

Kadın kaşlarını çatarak ona sorgulayıcı bir ifadeyle baktı.

"Barry Fairbrother öldü."

Kadın ağzı açık kalakaldı.

"*Hadi canım!* Nasıl?"

Howard şakağına tık tık vurdu.

"Bir şey olmuş. Burada. Miles oradaymış, her şeyi görmüş. Golf kulübünün otoparkında."

"*Hadi canım!*" dedi kadın tekrar.

"Barry basbayağı ölü şimdi" dedi Howard, sanki ölümün dereceleri varmış da Barry Fairbrother'ınki gerçekten çok şiddetli türdenmiş gibi.

Maureen istavroz çıkardı; parlak rujlu ağzı gevşekçe sarkıyordu. Katolikliği böyle anlara canlı bir hava katardı hep.

"Miles orada mıymış?" dedi çatlak sesle. Howard onun bütün ayrıntıları duymak istediğini, kadının kalın, eski tiryakilere has sesindeki arzudan anladı.

"Çayı koymak ister misin Mo?"

Howard kadının ıstırabını en azından birkaç dakika uzatabilirdi. Kadın onun yanına geri dönme telaşıyla eline kaynar su döktü. Tezgâhın arkasındaki, Howard'ın molalar için getirdiği yüksek ahşap taburelere oturdular ve Maureen zeytinlerin altındaki buzdan bir avuç alarak, acıyan eline bastırdı. Oturup bu trajediyi geleneksel açılardan irdelediler birlikte: dul kalmış eş ("Ne yapacağını bilemez şimdi, Barry için yaşıyordu o"); çocuklar ("Dört ergen: Onları babasız yetiştirmesi çok zor olacak"); ölen adamın göreceli gençliği ("Miles'tan çok yaşlı sayılmazdı, değil mi?"); ve nihayet hepsini gölgede bırakacak asıl mesele.

Maureen, "Şimdi ne olacak?" diye sordu Howard'a açgözlülükle.

"Ah" dedi Howard. "Yani şimdi. Asıl mesele bu, değil mi? Ortada münhal mevki durumu var Mo ve bu her şeyi değiştirebilir."

"Ne durumu?" diye sordu Maureen, çok önemli bir şeyi kaçırdığından korkarak.

"Münhal mevki" diye yineledi Howard. "Bir Belediye Meclisi üyesinin ölmesi sebebiyle koltuğunun boşalmasına deniyor. Uygun terim bu" dedi çocuğa ders anlatır gibi.

Howard Belediye Meclisi başkanıydı ve Pagford'un Birinci Yurttaşıydı. Mevkisi sebebiyle kendisine verilen yaldızlı ve mineli boyun zinciri, Shirley'yle birlikte gömme dolaplarının dibine monte ettirdikleri küçük kasanın içinde duruyordu şimdi. Pagford'a ilçe statüsü verilse, Howard göğsünü gere gere kendine belediye başkanı diyebilirdi; kim ne derse desin pratikte öyleydi zaten. Shirley bunu meclisin internet sitesinde açıkça belirtmişti; Howard'ın boynunda Birinci Yurttaş zinciriyle, pişmiş kelle gibi sırıtarak çektirdiği al yanaklı fotoğrafının altında, onun yerel belediyeyle ve iş dünyasıyla ilgili meseleleri görüşmeye hazır olduğu yazılıydı. Daha birkaç hafta önce, ilkokulda geridönüşüm verimliliği sertifikaları dağıtmıştı.

Howard çayını yudumladı ve tadının acılığını unutmak için gülümseyerek, "Unutma ki Fairbrother tam bir baş belasıydı Mo" dedi. "Bazen tam bir baş belası olabiliyordu."

"Ah, biliyorum" dedi kadın. "Biliyorum."

"Ölmese onunla fena kapışacaktım. Shirley'ye sor. O herif sinsi bir baş belası olabiliyordu."

"Ah, biliyorum."

"Eh, göreceğiz bakalım. Göreceğiz. Artık sorun çıkmaz herhalde. Gerçi bu şekilde kazanmayı kesinlikle istemezdim" diye ekledi adam, derin derin iç geçirerek; "ama Pagford adına konuşursam... halk adına... çok da kötü olmadı aslında..."

Howard saatine göz attı.

"Buçuğa geliyor Mo."

Dükkânı asla geç açmaz, erken kapatmazlardı; sanki bir tapınakta hizmet eder gibi törenlerle ve dakik çalışırlardı.

Maureen yalpalayarak gidip kapıyı ve kepenkleri açtı.

Kepenkler sarsılarak açıldıkça Meydan yavaş yavaş ortaya çıktı; canlılığını ve bakımlılığını, büyük ölçüde Meydan'a bakan dükkânların sahiplerinin ortak çabalarına borçluydu. Etrafını çevreleyen çiçekliklerin, asma sepetlerin ve saksıların renkleri her sene ortaklaşa kararlaştırılırdı. Black Canon (İngiltere'nin en eski barlarından biriydi), Meydan'da Mollison and Lowe'un karşısında yer alıyordu.

Arka odaya girip çıkan Howard içinde taze pate bulunan, dikdörtgen şeklindeki uzun tabakları, parlak limon parçaları ve böğürtlenlerden oluşan, mücevher gibi ışıltılı süsleriyle birlikte cam tezgâhın altına düzgünce yerleştirdi. Sabah sohbeti yüzünden yorulduğu için biraz nefes nefese kalan Howard son pate tabağını da yerleştirdikten sonra, kısa bir süre öylece durup Meydan'ın ortasındaki savaş anıtına baktı.

Pagford bu sabah her zamanki kadar güzeldi; kendisinin ve ait olduğu kasabanın varlığı (Howard kendini kasabanın atan kalbi olarak görürdü), adama büyük bir esriklik yaşattı bir an. Bütün bunları özümsemek için buradaydı... parlak siyah bankları, kırmızı ve mor çiçekleri, taş haçın tepesinden yansıyan gün ışığını... ve Barry Fairbrother ölmüştü. Howard'ın çok uzun süredir hasmı olan Barry'nin durup dururken ölüvermesini ilahi takdire yormamak güçtü.

"Howard" dedi Maureen sertçe. "*Howard.*"

Bir kadın, Meydan'da uzun adımlarla yürüyordu; trençkot giymiş, zayıf, siyah saçlı, esmer tenli bu kadın yürürken kaşlarını çatmış çizmeli ayaklarına bakıyordu.

"Sence o?.. Duymuş mudur?" diye fısıldadı Maureen.

"Bilmem" dedi Howard.

Dr. Scholl's'larını giymeye hâlâ fırsat bulamamış olan Maureen pencerenin önünden telaşla geri çekilip tezgâhın arkasına koşarken bileğini burkacaktı az kalsın. Howard görev yerine giden bir topçu gibi haşmetle yürüyerek yazarkasanın arkasına geçti.

Çan çaldı ve hâlâ kaşları çatık olan Doktor Parminder Jawanda şarküterinin kapısını iterek açtı. Howard ile Maureen'e selam vermeden dosdoğru sıvıyağ rafına gitti. Maureen onu tarlafaresini seyreden şahin gibi, hevesle ve gözünü kırpmadan izledi.

"Günaydın" dedi Howard, Parminder elinde bir şişeyle yazarkasaya yaklaşınca.

"Günaydın."

Doktor Jawanda Belediye Meclisi toplantılarında, kilise salonunda karşılaştıklarında da Howard'la göz göze gelmezdi pek. Kadının ondan hazzetmediğini gizleyememesini eğlenceli bulurdu Howard hep; kendini neşeli, son derece cesur ve kibar hissetmesine yol açardı kadının davranışı.

"Bugün çalışmıyor musun?"

"Hayır" dedi Parminder cüzdanını karıştırırken.

Maureen kendini tutamadı.

"Haberler çok kötü" dedi boğuk, çatlak sesiyle. "Barry Fairbrother'la ilgili."

"Mmm" dedi Parminder, ama sonra, "Ne?" diye ekledi.

"Barry Fairbrother'la ilgili" diye tekrarladı Maureen.

"Ne olmuş ona?"

Parminder, Pagford'da on altı yıldır yaşamasına karşın hâlâ belirgin bir Birmingham ağzıyla konuşuyordu. Kaşlarının arasındaki derin dikey çizgi ona bazen ciddi bir huysuzluk, bazense odaklanmışlık ifadesi veriyordu.

"Öldü" dedi Maureen, kadının çatık kaşlı yüzüne büyük bir açlıkla bakarak. "Dün gece. Howard da tam bana anlatıyordu şimdi."

Elini cüzdanına sokmuş olan Parminder öylece kalakaldı. Sonra Howard'a yan gözle baktı.

"Golf kulübünün otoparkında durup dururken yığılıp kalmış ve ölmüş" dedi Howard. "Miles oradaymış, görmüş."

Birkaç saniye geçti.

"Şaka mı bu?" diye sordu Parminder, sert ve tiz bir sesle.

"Tabii ki şaka değil" dedi Maureen, kendi hiddetinin tadını çıkararak. "Kim böyle bir şaka yapar ki?"

Parminder sıvıyağ şişesini cam tezgâha küt diye bırakıp dükkândan çıktı.

"Şuna bak!" dedi Maureen, kadını kınamanın hazzıyla kendinden geçerek. "'Şaka mı bu?' diyor. Ne hoş!"

"Şoke oldu" dedi Howard bilmiş bir ifadeyle, Parminder'in Meydan'ı gerisingeri, telaşla kat etmesini ve kadının trençkotunun arkasında dalgalanmasını seyrederken. "Barry'nin karısı kadar yıkılmıştır. Göreceksin bak, ilginç şeyler olacak" diye ekledi, sık sık kaşınan iri göbeğini dalgınca kaşıyarak; "bakalım ne yapacak..."

Cümlesini tamamlamadı, ama önemli değildi bu. Maureen onun ne demek istediğini çok iyi biliyordu. Meclis Üyesi Jawanda'nın köşeyi dönüp gözden kaybolmasını seyrederlerken, ikisinin de aklında aynı şey vardı: münhal mevki boş bir koltuk olarak değil, bir sihirbazın olasılıklarla dolu cebi gibi görünüyordu onlara.

# 8

Eski Papaz Evi, Church Row'daki Victoria tarzı evlerin sonuncusu ve en büyüğüydü. En uçtaydı, köşedeki büyük bahçenin içindeydi, yolun karşısındaki St. Michael and All Saints'e bakıyordu.

Sokağın son birkaç yüz metresini koşarak inmiş olan Parminder ön kapının takılan kilidiyle cebelleştikten sonra içeri girdi. Habere inanabilmesi için onu başkasından, herhangi birinden daha duyması gerekiyordu; ama mutfaktaki telefon uğursuzca çalmaya başlamıştı bile.

"Evet."

"Ben Vikram."

Parminder'in kocası kalp cerrahıydı. Yarvil'deki South West General Hastanesi'nde çalışıyordu ve işyerinden aramazdı hiç. Parminder ahizeyi öyle sıkı tutuyordu ki, parmakları acıdı.

"Tesadüfen duydum. Bana anevrizma gibi geldi. Huw Jeffries'e bir an önce otopsi yapılmasını söyledim. Mary'nin sebebi bilmesi daha iyi olur. Şu an otopsiyi yapıyorlardır herhalde."

"Evet" diye fısıldadı Parminder.

"Tessa Wall oradaydı" dedi adam. "Tessa'yı ara."

"Evet" dedi Parminder. "Tamam."

Ama telefonu kapattıktan sonra mutfak sandalyelerinden birine çöküp parmaklarını ağzına bastırarak pencereden dışarıya, arka bahçeye görmeyen gözlerle baktı.

Dünyası yıkılmıştı. Her şeyin –duvarların, sandalyelerin ve çocuklarının duvarlardaki fotoğraflarının– hâlâ yerli yerinde olmasının anlamı yoktu. Dünyasının her atomu bir anda parçalanıp tekrar bir araya gelmişti ve bu dünyanın ebedi ve sağlam görünmesi komikti; bir dokunuşta dağılıverecekti, çünkü ansızın her şey incelmiş, kırılgan bir hal almıştı.

Parminder düşüncelerini kontrol edemiyordu; onlar da dağılmışlardı ve anı parçaları rasgele bir belirip bir kayboluyorlardı. Wall'ların yeni yıl partisinde Barry ile dans etmesi, son Belediye Meclisi toplantısından çıktıktan sonra Barry'yle birlikte yürürken ettikleri salakça sohbet.

"Evin inek suratlı" demişti Parminder ona.

"*İnek suratlı mı*? Nasıl yani?"

"Ön kısmı dar arka kısmı daha geniş. Şanslısınız. Ama ev T kavşağa bakıyor. Bu açıdan da şanssızsınız."

"Şansımız şanssızlığımızın etkisini ortadan kaldırıyor yani" demişti Barry.

Kafasının içindeki atardamar o zaman bile tehlikeli biçimde bombe yapmış durumdaydı herhalde ve ikisi de bundan habersizdiler.

Parminder mutfaktan loş oturma odasına körlemesine geçti; ön bahçedeki yüksek sarıçam yüzünden, hava nasıl olursa olsun, burası hep loştu. O ağaçtan nefret ediyordu, ama kestiremiyorlardı, çünkü Vikram'la ikisi komşularının sorun çıkaracağını biliyorlardı.

Yerinde duramıyordu. Holde yürüdü, sonra da mutfağa geri dönüp telefonu kaptı ve Tessa Wall'u aradı; kadın telefonu açmadı. İşteydi herhalde. Titreyen Parminder mutfak sandalyesine oturdu yeniden.

Dehşete kapılmasına yol açacak kadar şiddetli ve derin bir üzüntü duyuyordu; üzüntüsü döşeme tahtalarının altından çıkıvermiş fesat bir hayvandı sanki. Barry, ufak tefek ve sakallı Barry, dostu, müttefiki...

Parminder'in babası da aynen o şekilde ölmüştü. Parminder o sırada on beş yaşındaydı; şehirden döndüklerinde babasının çimenlikte, çim biçme makinesinin yanında yüzükoyun yattığını görmüşlerdi; adamın başının arka tarafı güneş yüzünden ısınmıştı. Parminder ani ölümlerden nefret ederdi. Çoğu insan günbegün eriyerek, yavaş yavaş ölmekten korksa da Parminder bunu rahatlatıcı bulurdu; işlerini düzene koyacak, vedalaşacak kadar zamanının olmasını istiyordu...

Ellerini ağzına sımsıkı bastırıyordu hâlâ. Mantar panoya tutturulmuş Guru Nanak resmine baktı; adamın yüzü ciddi ve hoştu.

(Vikram bu resmi sevmiyordu.

"Şunun orada ne işi var?"

"Ben seviyorum" demişti Parminder meydan okur gibi.)

Barry ölmüştü.

Parminder içindeki korkunç ağlama dürtüsünü var gücüyle bastırdı; annesi kendini böyle tutabilmesine kızardı hep, özellikle de Parminder'in babası öldüğünde, kız kardeşleri, halaları ve kuzinleri feryat ederek bağırlarını döverlerken onun ağlamamasına sinirlenmişti. "Üstelik en çok da seni severdi!" Ama Parminder dökmediği gözyaşlarını içinde tutardı ve bu gözyaşları içinde bir tür dönüşüm geçirirdi; sonra da Parminder'in bazen çocuklarını, bazen işyerindeki sekreterleri hedef alan hiddet patlamaları şeklinde dışarıya geri dönerlerdi sanki.

Tezgâhın arkasındaki dev gibi Howard ile sıska Maureen hâlâ gözünün önünden gitmiyorlardı; sanki ona arkadaşının öldüğünü söylerken tepeden bakmışlardı. Neredeyse iyi hissettiren bir öfke ve nefretle şöyle düşündü: *Sevindiler. Artık kazanacaklarını düşünüyorlar.*

Tekrar ayağa fırlayıp oturma odasına girdi ve en üst raftan, yeni kutsal kitabı *Sainchi*'lerin bir cildini indirdi. Kitabı rasgele açtı, önüne çıkan satıra hiç şaşırmadı; aynadan kendi perişan yüzüne bakarmış gibi okudu:

*Ey akıl, dünya derin ve karanlık bir uçurumdur. Ölüm dört bir yandan ağını atar.*

## 9

Winterdown Lisesi'nin rehberlik bölümüne okul kütüphanesinden girilirdi. Oda penceresizdi ve tek bir çubuk ampulle aydınlatılmıştı.

Müdür yardımcısının karısı ve rehberlik bölümü başkanı Tessa Wall odaya on buçukta girdiğinde bitkinlikten uyuşmuş haldeydi, elinde öğretmenler odasından getirdiği bir fincan koyu hazır kahve vardı. Giderek kırçıllaşan saçını kendi kesen –kâkülü biraz yamuk olurdu genellikle–, el emeği, göz nuru çeşit çeşit giysiler giyen, boncuklu ahşap takılardan hoşlanan, ablak suratlı, kısa boylu, tıknaz bir kadındı. O günkü uzun eteği çuval bezinden yapılmış gibiydi; eteğini bezelye yeşili, kalın, bol bir hırkayla eşleştirmişti. Tessa kendine boy aynasından bakmazdı pek, bundan kaçınmanın mümkün olmadığı mağazalara da girmezdi.

Rehberlik odasının bir hücreyi andıran havasını kırmak için duvara öğrencilik yıllarından kalma bir Nepal duvar kilimi asmıştı: gökkuşağı, parlak sarı güneş ve dalgalı ışınlar yayan ay vardı üzerinde. Duvarların geri kalanıysa özgüveni artırmaya yönelik faydalı ipuçları veren, sağlık sorunları ya da duygusal sorunlar yaşanması durumunda aranabilecek çeşitli telefon numaralarının yazılı olduğu posterlerle kaplıydı. Müdire rehberlik odasına son gelişinde bunlarla ilgili biraz alaycı bir laf etmişti.

"Hiçbir şey işe yaramazsa, son çare olarak Alo Çocuk Hattı'nı arasınlar diyorsun yani" demişti, en dikkat çekici posteri göstererek.

Tessa hafifçe inleyerek koltuğuna çöktü ve bileğini acıtan kol saatini çıkarıp masaya, çıktılar ile notların yanına koydu. Bugün bir gelişme kaydetmek mümkün olacak mıydı, şüpheliydi; Krystal Weedon'ın gelip gelmeyeceğinden bile emin değildi. Krystal morali bozulunca, sinirlenince ya da sıkılınca okuldan çıkıp giderdi çoğunlukla. Bazen bahçe kapısına varmadan yakalanırdı ve yaka paça geri getirilirken haykırarak küfürler savururdu; bazense yakalanmamayı başarırdı ve okulu günlerce asardı. Saat on kırk oldu, zil çaldı, Tessa beklemeye devam etti.

Onu elli bir geçe Krystal içeri daldı ve kapıyı ardından sertçe kapattı. Tessa'nın karşısına çöküp, kollarını iri göğüslerinin üstünde kavuşturdu; ucuz küpeleri sallanıyordu.

"O geri zekâlı kocana söyle" dedi sesi titreyerek, "ben gülmedim, tamam mı?"

"Ağzını bozma lütfen Krystal" dedi Tessa.

"*Ben gülmedim... tamam mı?*" diye haykırdı Krystal.

Kütüphaneye, dosyalar taşıyan bir grup altıncı sınıf öğrencisi gelmişti. Kapı penceresinden baktılar; içlerinden biri, arkadan Krystal'ı görünce sırıttı. Tessa kalkıp pencerenin jaluzisini indirdikten sonra koltuğuna, ay ile güneşin karşısına geri döndü.

"Tamam Krystal. Olanları sen anlatır mısın bana?"

"Kocan Bay Fairbrother'dan filan bahsediyordu, tamam mı, ben de dediklerini duyamıyordum, tamam mı, sonra Nikki söyleyince ben de vay, hassik..."

"Krystal!.."

"... inanamadım, tamam mı ve bağırdım ama gülmedim! Böyle işin a..."

"... Krystal..."

"*Ben gülmedim, tamam mı?*" diye bağırdı Krystal; kollarını göğsünde sımsıkı kavuşturmuş, bacaklarını birbirine dolamıştı.

"Tamam Krystal."

Tessa rehberlik odasına sık gelen öğrencilerin sinirli olmalarına alışkındı. Çoğu en basit ahlaki değerlerden yoksun olurdu; sürekli yalan söyler, kabahat işler ve kopya çekerlerdi, ama haksız oldukları durumlarda bile içten ve sınırsız bir hiddete kapılırlardı. Tessa, Krystal'ın bu kez ustaca rol yapmadığını, gerçekten kızgın olduğunu düşündü. Her halükârda, Tessa'nın spor salonunda duyduğu ciyaklamada neşeden çok afallamışlık ve can sıkıntısı vardı; Colin'in herkesin karşısında o sesin gülme sesi olduğunu söylemesi, Tessa'nın dehşete kapılmasına yol açmıştı.

"Göz'le görüştüm..."

"Krystal!.."

"O geri zekâlı kocana dedim ki..."

"Krystal, son kez söylüyorum, ağzını bozma..."

"Ben gülmedim dedim ona, söyledim. Yine de o geri zekâlı bana okulda kalma cezası verdi!"

Kızın kalın bir çizgi şeklinde kalem çekilmiş gözleri hiddet gözyaşlarıyla parlıyordu; yüzü al al olmuş, Tessa'ya öfkeyle bakarken kaçmaya, küfretmeye, Tessa'ya da ortaparmağını göstermeye hazırdı. Tessa kızın güvenini kazanmak için iki yıldır uğraşıyordu, hem daha yeni yeni biraz sonuç almaya başlamışken emekleri boşa gidebilirdi.

"Sana inanıyorum Krystal. Gülmediğine inanıyorum, ama lütfen karşımda ağzını bozma."

Kız boyası akmış gözlerini kısa ve kalın parmaklarıyla ovuşturdu birden. Tessa çekmecesinden birkaç kâğıt mendil çıkarıp Krystal'a uzattı; kız mendilleri teşekkür etmeden kapıp gözlerine bastırdı ve burnunu sildi. Krystal'ın en dokunaklı tarafı parmaklarıydı. Kısa ve geniş tırnaklarına beceriksizce oje sürer, ellerini küçük bir çocuğun nahifliği ve sarsaklığıyla kullanırdı.

Tessa, Krystal'ın burnunu çeke çeke aldığı nefeslerin düzene girmesini bekledi. Sonra, "Bay Fairbrother'ın ölümüne üzüldüğünü görebiliyorum..." dedi.

"Hı hı, üzüldüm" dedi Krystal son derece saldırgan bir şekilde. "Ne olmuş yani?"

Tessa, Barry'nin bu konuşmaya kulak misafiri olduğunu hayal etti birden. Adamın kederle gülümsediğini görebiliyordu; "Tanrı ondan razı olsun" dediğini net bir şekilde işitiyordu sanki. Konuşamayan Tessa yaşaran gözlerini kapadı. Krystal'ın kımıldadığını duydu, yavaşça ona kadar saydı ve gözlerini açtı. Yüzü kızarmış olan Krystal, ona asice bakıyor; kollarını kavuşturmuş duruyordu hâlâ.

"Bay Fairbrother'a ben de çok üzüldüm" dedi Tessa. "Aslında çok eski dostumuzdu. Bay Wall bu yüzden biraz..."

"Ona söyledim..."

"Krystal, bitirmeme izin ver lütfen. Bay Wall bugün çok üzgün; herhalde o yüzden senin... yaptığın şeyi yanlış yorumladı. Onunla konuşurum."

"O geri zekâlı, kararından..."

*"Krystal!"*

"Vazgeçmez."

Krystal, Tessa'nın masasının ayağına kendi ayağıyla, hızlı bir ritimle vurmaya başladı. Titreşimleri hissetmemek için dirseklerini masadan kaldıran Tessa, "Bay Wall'la konuşurum" dedi.

Tarafsız olduğuna inandığı bir yüz ifadesi takınarak, Krystal'ın bir sonraki adımı atmasını sabırla bekledi. Krystal masa ayağını tekmeleyerek, düzenli aralıklarla yutkunarak, kavgacı bir ruh haliyle, sessizce oturdu.

"Bay Fairbrother'ın nesi varmış?" dedi sonunda.

"Beynindeki bir atardamarın patladığını düşünüyorlar" dedi Tessa.

"Neden patlamış ki?"

"Doğuştan gelen bir şeymiş, ama kendisi bilmiyormuş" dedi Tessa.

Tessa ani ölümlere Krystal'ın kendisinden daha aşina olduğunu biliyordu. Krystal'ın anne tarafından akrabalarının çoğu genç yaşta ölmüşlerdi; dünyanın geri kalanının bilmediği, gizli bir savaşta can vermişlerdi sanki. Krystal altı yaşındayken annesinin banyosunda tanımadığı bir genç adamın cesedini bulduğunu anlatmıştı Tessa'ya. Kız, cesedi bulduktan sonra, Cath Nine'ye emanet edilmişti; daha sonra da sık sık kadına götürülmüştü zaten. Cath Nine, Krystal'ın çocukluk anılarının birçoğunda ön plandaydı; hem kurtarıcı, hem de baş belası rolündeydi tuhaf bir şekilde.

"Bizim takım ayvayı yedi" dedi Krystal.

"Hayır" dedi Tessa. "Hem düzgün konuş lütfen Krystal."

"Ama öyle" dedi Krystal.

Tessa itiraz etmek istedi, ama bitkinliği baskın çıktı. Krystal haklı zaten, dedi mantıklı, soyutlanmış bir ses beyninin içinden. *Sahiden de* sekiz kişilik kürek takımının işi bitecekti. Barry'den başka hiç kimse, Krystal Weedon'ın herhangi bir gruba katılmasını ve orada kalmasını sağlayamazdı. Kız takımdan ayrılacaktı, Tessa bunu biliyordu; Krystal da biliyordu muhtemelen. Bir süre konuşmadan oturdular; Tessa onları birbirine yakınlaştırabilecek sözcükleri bulamayacak kadar yorgundu. Üşüdüğünü hissediyordu; sanki derisi kalkmış, vücudu kemiklerine kadar ortaya serilmiş gibiydi. Uyumayalı yirmi dört saati geçmişti.

(Saat onda, Tessa uzun uzun yıkandıktan sonra tam BBC haberlerini izlemek için banyodan çıkarken, Samantha Mollison hastaneden aramıştı. Colin ile Tessa telaşla giyinmişlerdi; Colin mobilyalara çarptıkça homurdanmıştı. Üst kattaki oğullarına seslenerek nereye gittiklerini söyledikten sonra dışarı fırlayıp arabaya atlamışlardı. Colin, Yarvil Yolu'nda arabayı müthiş hızlı sürmüştü; sanki yolculuğu rekor sürede tamamlayabilirse Barry'yi geri getirebilecek, gerçekliği kandırıp değişmeye zorlayabilecekti.)

"Benimle konuşmayacaksan gideyim" dedi Krystal.

"Kabalık yapma lütfen Krystal" dedi Tessa. "Bu sabah çok yorgunum. Bay Wall'la ikimiz dün gece hastanedeydik, Bay Fairbrother'ın karısının yanındaydık. Onlar yakın arkadaşlarımız."

(Mary, Tessa'yı görür görmez kendini koyuvermişti; iniltiyle karışık korkunç bir çığlık atarak Tessa'ya sarılıp, yüzünü onun boynuna gömmüştü. Tessa kendi gözyaşlarını Mary'nin dar sırtına akıtırken, kadının resmen ağıt yaktığını düşünmüştü. Sık sık kıskandığı o tığ gibi, ufak tefek bedeniyle Mary, payına düşen kedere dayanmakta zorlanarak Tessa'nın kollarının arasında titremişti.

Tessa, Miles ile Samantha'nın gittiklerini görmemişti. Onları pek tanımıyordu. Gittikleri için sevinmişlerdi herhalde.)

"Karısını görmüştüm ben" dedi Krystal. "Sarışın bir kadın; yarışlarımızı izlemeye gelirdi."

"Evet" dedi Tessa.

Krystal tırnaklarını kemiriyordu.

"Beni gazeteye çıkaracaktı" dedi kız durup dururken.

"Nasıl yani?" diye sordu Tessa şaşırarak.

"Bay Fairbrother'ı diyorum. Benimle röportaj yaptıracaktı. Sırf benimle."

Yerel gazetede Winterdown kürek takımının bölge finalinde galip gelmesiyle ilgili bir haber çıkmıştı bir keresinde. Okuma yazması iyi olmayan Krystal gazetenin bir nüshasını getirip Tessa'ya göstermişti; haberi yüksek sesle okuyan Tessa arada sevinç ve takdir çığlıkları atmıştı. Hayatının en mutlu rehberlik seansıydı.

"Kürekçilikle mi ilgili röportaj yapacaklardı?" diye sordu Tessa. "Yine takımla mı ilgili olacaktı?"

"Hayır" dedi Krystal. "Başka şeylerle ilgili." Sonra, "Cenazesi ne zaman?" dedi.

"Henüz bilmiyoruz" dedi Tessa.

Krystal tırnaklarını kemirirken, Tessa etraflarında elle tutulur hale gelmeye başlayan sessizliği bozacak enerjiyi toplayamadı.

## 10

Belediye Meclisi'nin internet sitesindeki, Barry'nin ölümüyle ilgili ilan pek ses getirmedi; koca okyanusa atılmış, dibe batarken belli belirsiz bir dalga yaratan minik bir çakıl taşı gibiydi. Yine de o pazartesi Pagford'un telefon hatları her zamankinden yoğundu ve dar kaldırımlarda küçük gruplar halinde toplanan yayalar, duyduklarının doğru olup olmadığını teyit etmeye çalışıyor, hayret nidaları çıkarıyorlardı.

Haber yayıldıkça tuhaf bir dönüşüm gerçekleşti. Barry'nin ofisindeki belgelerde bulunan imzası ve sürüsüne bereket ahbabının e-posta kutularına gönderdiği e-postalar (ormanda kaybolan bir oğlan çocuğunun onu bulsunlar diye yollara döktüğü ekmek kırıntılarına benzemeye başlamışlardı) değişim geçirdiler. Üstünkörü karalanmış, her bir harfi artık sonsuza dek hareketsiz kalacak parmaklar tarafından oluşturulmuş bu yazılar, ürkütücü bir şekilde içi boşalmış kovanlara dönüştüler sanki. Gavin şimdiden, cep telefonunda ölü arkadaşından gelmiş mesajları görmekten rahatsız olmaya başlamıştı; kürek takımından bir kız da spor salonundan çıktıktan sonra okul çantasında Barry'nin imzaladığı bir formu bulunca sinir krizi geçirecekti neredeyse.

*Yarvil and District* gazetesinin yirmi üç yaşındaki muhabiri, Barry'nin bir zamanlar faal olan beyninin şimdi South West General'daki metal bir tepsinin üstünde yatan bir avuç dolusu süngersi dokudan ibaret olduğundan habersizdi. Kız Barry'nin, ölümünden bir saat önce gönderdiği e-postayı okuduktan sonra onu cep telefonundan aradı, ama açan olmadı. Barry'nin golf kulübüne gitmeden önce Mary'nin isteğiyle kapattığı cep telefonu, mutfaktaki mikrodalga fırının yanında, hastanedekilerin Mary'ye eve götürmesi için verdikleri, Barry'ye ait diğer özel eşyalarla birlikte öylece duruyordu. Kimse onlara el sürmemişti. Bu tanıdık nesneler –Barry'nin anahtarlığı, telefonu, eskiyip yıpranmış cüzdanı– ölü adamın parçası gibiydiler; onun parmakları, ciğerleri gibiydiler.

Barry'nin ölüm haberi, hastaneye gidenlerden başlayarak dalga dalga yayıldı. Ta Yarvil'e kadar ulaştı; Barry'nin yalnızca simasını ya da ününü veya ismini bilen kişiler bile öğrendi. Gerçekler değişim geçirmeye başladılar giderek; çarpıtıldıkları da oldu. Bazı yerlerde Barry'nin isminin üstünde hiç durulmadı ve ölüm şekli ön plana çıktı; Barry kusarak, altına işeyerek, spazm geçirerek can vermiş sıradan birine dönüştü; bir insanın o havalı, küçük golf kulübünde etrafı öyle batırarak ölmesi uygunsuz, hatta tuhaf bir şekilde komik bulundu.

Barry'nin ölümünü ilk duyanlardan biri de Simon Price'tı. Tepenin doruğundaki Pagford manzaralı evindeyken haberi alan Simon Price'ın kulağına, okulu bıraktığından beri çalıştığı yerde, Yarvil'deki Harcourt-Walsh basımevinde olayın başka bir versiyonu ulaştı. Anlatan kişi Simon'ın akşama doğru, tuvaletten dönünce ofis kapısının yanında sinsi sinsi dolanırken gördüğü, sakız çiğneyen genç bir forklift sürücüsüydü.

Delikanlı, Barry'den bahsetmeye gelmemişti aslında.

"Hani şu ilgilenebileceğini söylediğin şey var ya" diye mırıldandı, Simon'ın peşinden ofise girince; Simon kapıyı kapatınca da, "istersen çarşamba günü halledebilirim" diye sözünü tamamladı.

"Öyle mi?" dedi Simon, masasına otururken. "Hazır dedin sanıyordum?"

"Evet, ama çarşamba günü elime geçecek."

"Ne kadar demiştin?"

"Seksen *pound*, nakit."

Delikanlı şakır şukur sakız çiğniyordu; Simon onun tükürük seslerini duyuyordu. Sakız çiğnenmesi Simon'ın hazzetmediği birçok şeyden biriydi.

"Gerçek ama, değil mi?" diye sordu Simon sertçe. "Boktan bir taklit olmasın?"

"Direkt depodan geldi" dedi çocuk ayaklarını ve omuzlarını oynatarak. "Gerçek, hâlâ kutusunda."

"Tamam öyleyse" dedi Simon. "Çarşamba getir."

"Nasıl yani, buraya mı?" Delikanlı gözlerini devirdi. "Hayatta olmaz arkadaşım... Nerede oturuyorsun?"

"Pagford'da" dedi Simon.

"Pagford'un neresinde?"

Simon'ın adresini vermekten kaçınma huyu bir tür batıl inanç gibiydi adeta. Misafirden hazzetmediği gibi –mahremiyetine tecavüz eden, malına mülküne zarar verebilecek insanlardı onlar– Tepedeki Ev'i Yarvil'den ve gürültülü, stresli basımevinden uzak, bakir, saf bir dünya olarak görürdü.

"İşten çıkınca gelip alırım" dedi Simon soruyu duymazdan gelerek. "Nereye geleyim?"

Delikanlı mutlu görünmüyordu. Simon ona öfkeyle baktı.

"Eh, parayı peşin almam gerek" dedi forklift sürücüsü vakit kazanmak ister gibi.

"Ben malı alınca sen de parayı alırsın."

"Ben öyle çalışmayı sevmem arkadaşım."

Simon, başına ağrı girmeye başladığını hissetti. Düşüncesiz karısı o sabah aklına korkunç bir fikir sokmuştu. İnsanın beyninde minik bir saatli bombanın yıllarca fark edilmeden tıkır tıkır çalışabileceğini söylemişti ve şimdi Simon bu düşünceyi kafasından atmayı başaramıyordu. Kapının ardından biteviye işitilen fabrika gürültüsünün de iyi gelmediği kesindi; bu amansız saldırı, atardamar çeperlerini yıllardır zayıflatıyor olabilirdi.

"Tamam" diye homurdanıp, koltuğunda dönerek arka cebinden cüzdanını çıkardı. Delikanlı masaya yaklaşıp elini uzattı.

"Pagford'daki golf sahasının civarında mı oturuyorsun?" diye sordu, Simon onlukları onun avucuna sayarken. "Dün gece bir arkadaşım oradaymış, bir adamın durup dururken düşüp öldüğünü görmüş. Adam otoparkta kusmuş, sonra da yığılıp kalmış."

"Hı hı, duydum" dedi Simon; son banknotu verirken, yanlışlıkla iki banknot birden verip vermediğini kontrol etti.

"Belediye Meclisi üyesiymiş. Ölen adam. Rüşvetçiymiş. Grays inşaat işlerinde ona rüşvet verirmiş."

"Hadi ya?" dedi Simon, ama pür dikkat kesilmişti.

*Barry Fairbrother mı? Kimin aklına gelirdi ki?*

"Görüşürüz öyleyse" dedi delikanlı, seksen *pound*'u arka cebinin diplerine doğru sokarken. "Çarşamba hazır olur."

Ofis kapısı kapandı. Simon çok da şiddetli olmayan baş ağrısını unutmuştu; Barry Fairbrother'ın namussuzluğunu öğrenmek hayrete kapılmasına yol açmıştı. Son derece faal, sosyal, popüler ve neşeli bir insan olan Barry Fairbrother, onca zamandır Grays'ten rüşvet alıyordu demek.

Bu haber Simon'ı, Barry'yi tanıyan diğer hemen herkesi sarsacağı kadar sarsmadı, gözünde Barry'nin değerini de azaltmadı; tersine, ölen adama saygısının arttığını hissetti. Kafası çalışan herkes gizliden gizliye cebini doldurmak için elinden geleni yapıyordu; Simon bunu biliyordu. Bilgisayar ekranındaki elektronik çizelgeye görmeyen gözlerle baktı; tozlu penceresinin ardından gelen fabrika gürültüsünü duymaz olmuştu yeniden.

İnsanın bir ailesi varsa dokuzdan beşe kadar çalışmaktan başka şansı olmuyordu, ama Simon daha iyi yollar olduğunu hep bilmişti; rahat ve bolluk içinde bir hayat tepesinde sallanan iri, tombul bir pinata[1] gibiydi; Simon, eline yeterince büyük bir sopa geçirir, ne zaman vurması gerektiğini bilirse, o hayata kavuşabilecekti. Simon çocuksu bir şekilde, dünyanın geri kalanının sırf onun kişisel tiyatro oyununun sahnesi olarak var olduğuna inanırdı; kaderin ona ipuçları verip alametler gösterdiğine inanırdı, şu anda da bir alamet gördüğünü, Tanrı'nın kendisine göz kırptığını hissediyordu elinde olmadan.

Simon'ın geçmişte verdiği, Don Kişotça gibi görünen birçok kararın sebebi bu doğaüstü tüyolardı. Yıllar önce, henüz fabrikada bir çırak parçasıyken, evinin kredi borcunu ödemekte zorlanıyordu; karısı da yeni hamile kalmıştı. Simon Grand National'da yarışacak Ruthie's Baby adlı favori ata yüz *pound* yatırmış, at sondan ikinci gelmişti. Tepedeki Ev'i satın almalarından kısa süre sonra Simon, Ruth'un perde ve ha-

1. Noel'de ya da doğum günü kutlamalarında yüksekten sallandırılan, gözleri bağlı çocukların sopayla kırdıkları ve içine şeker, oyuncak vs. konmuş, topraktan ya da kartonpiyerden yapılma figür. (ç.n.)

lı almakta kullanmayı umduğu bin iki yüz *pound*'u Yarvil'li, ağzı iyi laf yapan, üçkâğıtçı bir ahbabına devremülk işi için vermişti. Simon'ın yatırımı şirketin müdürüyle birlikte buhar olup uçmuştu; Simon küplere binip küfürler savurmuş, küçük oğlunu ayak altında dolaştığı için tekmeleyerek merdivenin ortasından aşağı yuvarlamıştı ama yine de polise başvurmamıştı. Şirkete parasını yatırırken, orada bazı usulsüzlükler döndüğünü biliyordu ve bu işin ucunun kendisine dokunabileceğinin farkındaydı.

Ama bu musibetlerin yanı sıra şansının yaver gittiği, risk alarak kazandığı, sezgilerinin onu yanıltmadığı zamanlar da olmuştu. Simon kâr zarar hesabı yaparken bunlara büyük önem verirdi; şansına inanmasının, hayatının emekli olana ya da ölene kadar üç kuruş para için didinmekle geçmeyeceğine ve evrenin onun için başka planları olduğuna inanmasının sebebiydi bunlar. Üçkâğıtlar ve kestirme yollar; destek çıkmalar ve sırt sıvazlamalar; bunları herkes yapıyordu, anlaşılan o ki şu ufak tefek Barry Fairbrother bile yapmıştı.

Küçük ve bunaltıcı ofisinde oturan Simon Price'ın hayalinde, Belediye Meclisi üyelerinin arasında boş bir koltuk canlandı; ve o koltuğa yağan, konacak bir kucak bulamayan ağız sulandıran paralar.

# (Eski Günler)

**Sınır İhlali Yapan Kişiler**

**12.43** Sınır ihlali yapan (yani başkasının mülküne sahibinin rızası olmadan giren) kişilere karşı da...

Charles Arnold-Baker
*Yerel Belediye Yönetimi*
Yedinci Baskı

# 1

Pagford Belediye Meclisi küçüklüğünden beklenmeyecek kadar güçlüydü. Victoria tarzı güzel kilisenin salonunda ayda bir toplanırlardı ve bütçesinde kesinti yapılması, yetkilerinin azaltılması, yeni peyda olmuş bir üniter otoritenin yönetimine girmesi yönündeki çabalara onlarca yıldır canla başla ve başarıyla direnmekteydiler. Pagford, Yarvil Şehir Meclisi'nin çatısı altında bulunan yerel belediyeler arasında en yaygaracı, en muhalif ve en başına buyruk belediye olmakla gurur duyardı.

Pazar akşamına kadar, kasabalı on altı erkek ve kadından oluşuyordu. Kasabanın seçmenleri Belediye Meclisi'nde yer almak isteyen kişilerin bu işin altından kalkabileceklerini varsaymaya meyilli olduğundan, on altı meclis üyesinin tamamı da mevkilerini herhangi bir itirazla karşılaşmadan elde etmişlerdi.

Ama sorunsuz seçilmiş bu mecliste şimdi iç savaş vardı. Altmış küsur yıldır Pagford'da öfke ve hınca neden olmuş bir mesele artık doruğa ulaşmıştı ve taraflar iki karizmatik liderin arkasında saflarını almışlardı.

Bu sorunun sebebini tam manasıyla anlayabilmek için Pagford'un, kuzeyinde yer alan Yarvil şehrine karşı nefretini ve güvensizliğini tüm boyutlarıyla kavramak gerekir.

Pagford'luların başlıca gelir kapısı Yarvil'deki dükkânlar, işletmeler, fabrikalar ve South West General Hastanesi'ydi. Küçük kasabanın gençleri genellikle cumartesi gecelerini Yarvil'in sinemalarında ve gece kulüplerinde geçirirlerdi. Yarvil'in bir katedrali, birkaç parkı ve iki tane dev alışveriş merkezi vardı; Pagford kadar güzel olmasa da, değişiklik olsun diye gidilebilecek hoş bir şehirdi. Yine de gerçek Pagford'luların gözünde Yarvil şeytandı ama gerekliydi. Pagford'luların tavrını, doruğunda Pargetter Manastırı bulunan yüksek tepe simgeliyordu; Yarvil'in Pagford'dan görülmesini engelleyen bu tepe, kasabalıların şehrin bulunduğu yerden kilometrelerce daha uzakta olduğu yanılsamasıyla mutlu olmalarını sağlıyordu.

## 2

Pargetter Tepesi'nin Pagford'dan görülmesini engellediği bir yer daha vardı ki, kasabalılar burayı hep kendilerine ait sayarlardı. Sweetlove Köşkü adlı bu muhteşem, bal rengi, Kraliçe Anne dönemi tarzı konak dönümlerce bahçe ve tarım arazisine sahipti. Kasaba ile Yarvil'in ortasındaydı ve Pagford sınırları dahilindeydi.

Köşkün mülkiyeti neredeyse iki yüzyıl boyunca aristokrat Sweetlove'lar arasında nesilden nesile sorunsuzca aktarılmış,1900'lerin başlarında ise ailenin son ferdi ölmüştü. Bugünlerde, Sweetlove'ların Pagford'la yaşadıkları uzun ilişkiden geriye yalnızca St. Michael and All Saints Kilisesi'nin mezarlığındaki en görkemli mezar taşı ve belediye kayıtları ile bina tapularındaki, soyu tükenmiş yaratıkların ayak izlerini ve fosilleşmiş dışkılarını andıran armalar ve baş harfler kalmıştı.

Sweetlove'ların en son üyesinin de ölmesinden sonra köşk baş döndürücü bir hızla el değiştirmişti. Pagford'lular orayı bir inşaatçının satın alacağı ve kasabalarının güzelim simgesinin mahvedileceği korkusuyla yaşamışlardı hep. Sonra, 1950'lerde orayı Aubrey Fawley adında bir adam satın almıştı. Fawley'nin şehirde gizemli yollardan servet edinmiş çok zengin biri olduğu kısa sürede öğrenilmişti. Dört çocuğu vardı ve köşke kalıcı olarak yerleşmek niyetindeydi. Fawley'nin Sweetlove'ların uzaktan akrabası olduğu bilgisinin hızla yayılması sayesinde, Pagford'lular onu iyice benimsemişlerdi. Adam yarı Pagford'luydu belli ki; Yarvil'in değil Pagford'un tarafını tutacaktı elbette. Yaşlı Pagford'lular Aubrey Fawley'nin gelişinin, kasabanın eski görkemli günlerine dönüşünün başlangıcı olduğuna inandılar. Adam tıpkı ataları gibi kasabanın sihirli güçlere sahip manevi babası olacaktı; Pagford'un arnavutkaldırımlı sokaklarına lütuf ve ihtişam yağdıracaktı.

Howard Mollison, annesinin Hope Sokağı'ndaki küçük mutfaklarına dalıp da Aubrey'nin yerel çiçek festivalinde jüri üyeliği yapması için davet edildiği haberini verişini dün gibi hatırlıyordu. Fasulyeleri üç yıl peş peşe sebze ödülünü kazanan kadın, daha şimdiden eski dünyanın romantik bir figürü olarak gördüğü adamın elinden gümüş kaplamalı gül kâsesini almaya can atıyordu.

## 3

Ama anlatılanlara göre, tam da o günlerde, kötülük perilerinin gelişiyle ortaya çıkan karanlık da bir anda çöküvermişti.

Pagford'lular Sweetlove Köşkü'nün emin ellere teslim edilmesine sevinirken, Yarvil'in güneyinde de harıl harıl sosyal konutlar inşa edilmekteydi. Pagford'lular yeni caddelerin şehir ile kasabanın arasındaki araziden çalınarak yapıldığını öğrenince huzursuzlandılar.

Ucuz evlere talebin savaştan beri giderek arttığını herkes bilse de, Aubrey Fawley'nin gelişi yüzünden dikkati kısa bir süre dağılan küçük kasabanın halkı, Yarvil tarafının niyetleriyle ilgili kuşkularını da dillendirmeye başladı. Bir zamanlar Pagford'un bağımsızlığını garanti altına alan, doğal engel teşkil eden nehir ile tepe, sayıları hızla artan kırmızı kâgir evlerin karşısında duramayacak gibiydiler. Elindeki toprakların her metrekaresini dolduran Yarvil, Pagford'un kuzey sınırında durdu.

Kasabalıların rahat bir nefes almak konusunda fazla acele ettikleri kısa sürede anlaşıldı. Çok geçmeden Cantermill arazisinin halkın taleplerini karşılamaya yetmeyeceğine hükmeden şehir belediyesi, topraklarına katacak yeni araziler aramaya girişti.

İşte o zaman Aubrey Fawley (ki Pagford halkının gözünde insandan çok bir efsaneydi hâlâ) altmış yıllık bir garezi başlatacak kararı verdi.

İnşa edilen yeni sitenin civarındaki, ihtiyaç duymadığı, vahşi otlarla kaplı arazilerini Yarvil Belediyesi'ne iyi fiyattan sattı ve aldığı parayla Sweetlove Köşkü'nün salonunun yamulmaya başlamış panjurlarını restore ettirdi.

Pagford'lular sınırsız bir hiddete kapıldılar. Sweetlove'ın tarlaları, istilasını sinsi sinsi sürdüren şehirle aralarındaki tampon bölgedeydi; şimdiyse Pagford'un kadim topraklarına fakir Yarvil'liler üşüşecekti. Ne tartışmalı geçen Belediye Meclisi toplantıları, ne gazeteye ve Yarvil Belediyesi'ne gönderilen zehir zemberek mektuplar, ne de sorumlulara bizzat edilen sitemler işe yaradı... Gidişatı hiçbir şey değiştiremedi.

Sosyal konut inşasına tekrar başlandı, ama bir farkla: İlk sitenin tamamlanmasından sonra verilen kısa arada, Belediye Meclisi binaların daha ucuza mal edilebileceğini fark etmişti. Yeni yapılar kırmızı kâgir değil, çelik iskeletli betonarme binalardı. Pagford'lular kullanılan malzeme ve tasarım açısından Cantermill'in gerisinde olan bu ikinci siteye, inşa edildiği arazi sebebiyle Fields[2] adını verdiler.

Barry Fairbrother 1960'ların sonunda Fields'ta, daha o zamandan çatlamaya ve eğilmeye başlamış olan bu çelik betonarme binalardan birinde doğmuştu.

## 4

Yarvil Belediyesi yeni sitenin belediye işlerini üstleneceği konusunda teminat vererek insanları yatıştırmaya çalışsa da, çok geçmeden Pagford'lulara yeni faturalar gelmeye başladı – öfkeli kasabalılar bunu daha en başından öngörmüşlerdi. Burnundan kıl aldırmayan Yarvil Belediyesi, Fields'a verilen çoğu hizmetin masraflarını ve bina bakım giderlerini karşılasa da, bazı meselelerle (yol bakımıyla, ışıklandırmayla, banklarla, otobüs duraklarıyla ve parklarla) ilgilenmeyi kasabaya bıraktı.

Pagford ile Yarvil Yolu'nun arasındaki köprülerde graffitiler filizlendi; Fields'ın otobüs durakları vandalların hışmına uğradı; Fields'lı gençler oyun parkına bira şişeleri attılar ve sokak lambalarını taşladılar. Turistler ile kasabalı halkın çok sevdikleri bir patika, Fields'lı gençlerin (Howard Mollison'ın annesinin fesat bir edayla söylediği gibi, "kim bilir ne haltlar karıştırmak için") toplandıkları yer haline geldi. Temizlik, onarım ve yenileme işleri Pagford Belediyesi'nin üstüne kaldı; Yarvil'in verdiği ödenekler daha en başından beri masrafları karşılamayacak kadar düşüktü zaten.

Pagford istemeden bir yük sırtlanmıştı ve bu yükün neden olduğu en büyük öfke ve hınç çocuklarla ilgiliydi. Çünkü

---

**2.** İngilizce"Tarlalar. (ç.n.)

Fields'lı çocuklar artık İngiliz St. Thomas Kilisesi İlkokulu'nun öğretim bölgesinde sayılıyorlardı. Genç Fields'lılar da herkesin giymeye can attığı mavili beyazlı okul formasını kuşanma, Leydi Charlotte Sweetlove'ın attığı taş temelin yanındaki bahçede oynama ve küçücük sınıflarda Yarvil aksanıyla ciyak ciyak konuşarak Pagford'luları sağır etme hakkına sahiptiler.

Fields'taki evlere yerleşmenin, okul çağında çocukları olan ve devletten geçinen bütün Yarvil'li ailelerin amacı haline geldiği efsanesi Pagford'da kısa sürede yayıldı; Cantermill'den bu tarafa bir akın başlamıştı, tıpkı Teksas'a akın eden Meksikalılar gibiydiler. Güzelim St. Thomas'ları –ki Yarvil'e çalışmaya gidip gelirken okulun önünden geçen banliyö sakinleri onun küçük sınıflarına, storlu çalışma masalarına, kadim taş binasına ve yemyeşil oyun sahasına hayrandılar– hırsızların ve keşlerin veletleri, anası belli babası yüz elli çocuklar tarafından istila edilecekti.

Bu kâbus senaryosu asla tam manasıyla gerçekleşmedi, çünkü St. Thomas'ta okumanın su götürmez avantajlarının yanı sıra dezavantajları da vardı: Forma satın almak ya da bir sürü form doldurmayı göze alarak parasız forma başvurusunda bulunmak gerekiyordu; otobüs pasosu almak, çocukları uyandırmak için daha erken kalkmak zorundaydılar. Fields'taki bazı aileler bu ağır engeller karşısında çocuklarını Cantermill Sitesi için inşa edilmiş, forma zorunluluğu olmayan büyük ilkokula göndermeyi tercih ettiler. St. Thomas'a gelen Fields'lı öğrencilerin çoğu Pagford'lu yaşıtlarıyla iyi anlaştılar; hatta bazılarının gayet iyi çocuklar olduğu kabul edildi. Barry Fairbrother okulda popüler bir çocuk, sınıfın zeki şaklabanı haline geldi; bir tek oturduğu yerden bahsedince Pagford'lu ebeveynlerin gülümsemelerinin solduğuna tanık oluyordu o kadar.

Ama St. Thomas'ın düzeni bozdukları inkâr edilemeyecek bazı Fields'lı öğrencileri kabul etmek zorunda kaldığı zamanlar da oluyordu. Krystal Weedon okul çağına geldiğinde Hope Sokağı'nda büyük ninesiyle birlikte yaşadığından, onun okula gelmesini engellemek olanaksızdı; gerçi sekiz yaşındayken annesiyle birlikte Fields'a geri dönünce Pagford'lular onun St. Thomas'tan da ayrılacağı umuduna kapılmışlardı ama bu olmadı.

Krystal'ın sınıflarını yavaş yavaş geçmesi, bir keçinin boa yılanının vücudunda ilerleyişi gibiydi; gözle görülür bir gelişmeydi ve rahatsız ediciydi. Gerçi Krystal sık sık devamsızlık yapıyordu ama St. Thomas'taki eğitimi sırasında ona çoğunlukla özel bir öğretmen tarafından da bire bir ders verildi.

Krystal'ın Howard ile Shirley'nin en büyük torunları Lexie'yle aynı sınıfa düşmesi kaderin bir cilvesiydi. Krystal bir keresinde Lexie Mollison'ın yüzüne öyle fena vurdu ki, kızın iki dişi kırıldı. Lexie'nin anne babası, dedesi ve ninesi, o dişlerin zaten sallanıyor olmalarını hafifletici unsur olarak görmediler pek.

Miles ile Samantha Mollison'ın sonunda kızlarını Yarvil'deki özel yatılı kız okulu St. Anne'e göndermeye karar vermelerinin sebebi, Winterdown Lisesi'nde bütün sınıfların Krystal gibilerle dolu olacağına kanaat getirmeleriydi. Howard çeşitli sohbetlerde, sitenin Pagford hayatındaki olumsuz etkilerinden bahsederken bu örneği vermeyi çok sever; torunlarının hak ettikleri yerde okumasının Krystal Weedon tarafından engellendiğini söylerdi.

## 5

Pagford'luların baştaki öfkesi yerini daha sessiz, ama bir o kadar derin bir kine bıraktı. Fields huzurlu ve güzel bir yeri mahvetmişti; için için köpüren kasabalılar, bu siteden kurtulmakta kararlıydılar. Ama yapılan sınır değerlendirmelerinden de, belediye reformlarından da sonuç çıkmadı. Fields hâlâ Pagford'un bir parçasıydı. Kasabaya yeni taşınanlar, bütün ipleri ellerinde tutan, taviz vermez Pagford'luların gözüne girebilmek için bu siteden nefret etmeleri gerektiğini çabucak öğreniyorlardı.

Ama şimdi –yaşlı Aubrey Fawley'nin o önemli arazileri Yarvil'e satmasının üstünden altmış yıldan fazla zaman geçmişken– Fields karşıtı Pagford'lular onlarca yıl sabırla uğraştıktan, stratejiler hazırlayıp dilekçeler yolladıktan, bilgi topladıktan ve alt komitelerde nutuklar çektikten sonra, nihayet zaferin eşiğine geldiklerini görüyorlardı.

Ekonomik kriz yetkililerin masrafları azaltmasına, bütçe kısıntısına gitmesine ve yeni düzenlemeler yapmasına yol açıyordu. Yarvil Şehir Meclisi'nin bazı üyeleri de, küçük ve bakımsız sitenin, devletin dayattığı tasarruf önlemleri yüzünden muhtemelen iyice sıkıntıya düşecek olan hoşnutsuz sakinlerini kendi taraflarına çekebileceklerini düşündüler.

Pagford'un Yarvil'de bir temsilcisi vardı: Yarvil Şehir Meclisi üyesi Aubrey Fawley. Fields'ın kurulmasına yol açan adamın kendisi değil, "Genç Aubrey" denen oğluydu; Sweetlove Köşkü ona miras kalmıştı ve hafta içleri Londra'da bir yatırım bankasında çalışıyordu. Aubrey babasının küçük kasabaya düşüncesizce verdiği zararı telafi etmeye çalışır gibiydi. Karısı Julia'yla birlikte tarım festivalinde bağış yapıyor, ödül dağıtıyor, yerel komitelere katılıyor, kasabalıların davet edilmeye can attığı Noel partileri düzenliyordu.

Howard, Fields'ın Yarvil'e iade edilmesi yolunda verdiği mücadelede Aubrey'nin yakın müttefiki olmasından gurur ve sevinç duyuyordu; çünkü Aubrey, Howard'da hayret ve saygı uyandıran, daha yüksek bir ticari dünyanın içindeydi. Howard her akşam, şarküteriyi kapattıktan sonra, külüstür yazarkasasındaki bozukluklar ile kirli banknotları alır, saydıktan sonra da kasaya koyardı. Aubrey ise çalışma saatlerinde para eline bile değmediği halde akıl almaz meblağları başka kıtalara gönderebiliyordu. Parayı yönetiyor ve artırıyordu; şansının yaver gitmediği zamanlardaysa, paranın erimesini olaya hâkim bir şekilde seyrediyordu. Howard'ın gözünde Aubrey dünya çapında bir ekonomik krizin bile çökertemeyeceği esrarlı güçlere sahipti sanki; ülkenin durumundan Aubrey gibileri sorumlu tutan herkes şarküteri sahibini sinirlendiriyordu. "İşler tıkırında giderken kimsenin şikâyet ettiği yoktu ama" diyordu Howard sık sık ve Aubrey'ye kimsenin umursamadığı bir savaşta yaralanmış bir generalin layık olduğu saygıyı gösteriyordu.

Bu arada Aubrey Şehir Meclisi üyesi olarak her türden ilginç istatistiğe ulaşabiliyordu ve Pagford'un baş belası uydusuyla ilgili birçok bilgiyi Howard'la paylaşabilecek konumdaydı. İki adam, Pagford'un kaynaklarından tam olarak ne kadarının Fields'ın bakımsız sokaklarına bir daha geri dönmemek üzere ve besbelli ki boş yere aktarıldığını biliyorlardı. Fields'taki hiç kimsenin ev sahibi olmadığını (oysa Cantermill Sitesi'nin kırmızı kâgir evlerinin neredeyse tamamı özel mülktü artık; öyle güzelleştirilmişlerdi ki, eski hallerinden eser yoktu; çiçeklikleri, sundurmaları ve bakımlı çimenlikleri vardı), Fields'lıların yaklaşık üçte ikisinin devletten geçindiğini ve hatırı sayılır bir kısmının Bellchapel Bağımlılık Kliniği'ne gittiğini de biliyorlardı.

## 6

Fields'ın görüntüsü bir kâbus sahnesi gibi Howard'ın aklından çıkmıyordu hiç. Pencerelere çakılmış tahtaların üstündeki müstehcen yazıları; sürekli sağı solu kırılıp dökülen otobüs duraklarında sigara içerek takılan yeniyetmeleri; dört bir taraftaki, gökyüzüne iç karartıcı metal çiçeklerin çıplak kalmış ovülleri gibi çevrilmiş çanak antenleri... Fields'lıların neden şöyle bir araya gelip de orayı güzelleştirmediklerini sorardı sık sık, yanıt almayı beklemeden sorduğu bir soruydu bu... İmkânları kısıtlı olsa da, paralarını birleştirip bir çim biçme makinesi almalarını engelleyen neydi? Ama böyle bir şey olmuyordu. Fields'lılar temizlik, onarım ve bakım işlerini şehrin ve kasabanın belediye meclislerinin halletmesini bekliyorlardı; hep verilsin, hep verilsin, hep verilsin istiyorlardı.

Howard'ın aklına çocukluğunu geçirdiği Hope Sokağı'nın küçük arka bahçeleri geliyordu; neredeyse bir masa örtüsünden büyük olmayan bu bahçelerde fasulyeler, patatesler baş verirdi hep, özellikle de annesininkinde. Howard'ın görebildiği kadarıyla Fields'lıların sebze ekmelerini engelleyen bir şey yoktu; sprey boyalarla sağa sola resimler yapan o meymenetsiz, kapüşonlu veletlerini disipline etmelerini, temiz pak yıkanıp iş bulmalarını engelleyen bir şey yoktu; hiç yoktu. Dolayısıyla Howard onların böyle yaşamayı kendilerinin tercih ettikleri sonucuna varıyordu; ve sitenin biraz tehditkâr bir şekilde giderek bakımsızlaşmasının, cehaletin ve tembelliğin fiziksel tezahüründen başka bir şey olmadığını düşünüyordu elinde olmadan.

Pagford ise tersine, Howard'ın zihninde bir çeşit ahlaki ışık saçıyordu; sanki oranın halkının kolektif ruhu kasabanın arnavutkaldırımlı sokaklarında, tepelerinde, güzel evlerinde vücut buluyordu. Howard'ın gözünde doğduğu yer eski binaların, hızla akan ve kıyıları ağaçlarla kaplı nehrin, tepedeki manastırın görkemli siluetinin ve Meydan'daki asma sepetlerin toplamından çok daha fazlasıydı. Onun gözünde kasaba bir idealdi, bir varoluş biçimiydi; ulusal yozlaşmaya direnen bir mikro uygarlıktı.

"Ben Pagford'luyum" derdi Howard, yazın gelen turistlere;

"doğma büyüme buralıyım." Bunu öylesine söylermiş gibi görünse de, aslında övünüyordu. Pagford'da doğmuştu, orada ölecekti ve gitme hayali kurmamıştı hiç, manzara değişikliği de istememişti, çünkü etraftaki orman ile nehrin mevsimsel dönüşümlerini seyretmek ona yetiyordu; Meydan'ın baharda çiçek gibi açmasını, Noel'deyse ışıl ışıl olmasını seyretmek yetiyordu ona.

Barry Fairbrother bütün bunları biliyordu; hatta dile getirmişti de. Kilise salonunda, masanın karşısından gülmüştü, Howard'ın yüzüne gülmüştü. "Biliyor musun Howard, bana göre *sen* Pagford'sun." İstifini hiç bozmayan Howard (Barry'nin şakalarını asla karşılıksız bırakmazdı), "Bunu hangi niyetle söylemiş olursan ol, iltifat kabul edeceğim Barry" demişti.

Artık gülme sırası ondaydı. Howard'ın hayatta sahip olduğu tek ideali neredeyse elini uzatsa dokunacağı kadar yakındaydı artık. Fields'ın çok yakında Yarvil'e iade edileceği kesindi.

Sonra, Barry Fairbrother'ın bir otoparkta yere yığılıp ölmesinden iki gün önce, Howard hasmının bütün yükümlülük kurallarını çiğnediğini, yerel gazeteye yazdığı yazıda Krystal Weedon'ın St. Thomas'ta okumasının Tanrı'nın bir lütfu olduğunu söylediğini sağlam bir kaynaktan öğrenmişti.

Krystal Weedon'ın, halkın okur yazar kesimine Fields ile Pagford'un başarılı entegrasyonunun örneği olarak sunulması fikri, ortadaki mesele böylesine ciddi olmasa komik gelebilirdi (Howard böyle demişti). Fairbrother kıza akıllı uslu davranmasını tembihlemişti mutlaka; kızın ağzının bozukluğu, okulu asıp durması, diğer çocukları ağlatması, sürekli uzaklaştırma cezası alması ve uyumsuzluğu yalanlarla örtbas edilecekti.

Howard kasabalı yoldaşlarının sağduyusuna güvense de, gazetecilerin yalanlarından ve cahil işgüzarların müdahalesinden korkuyordu. Onun itirazı hem prensip gereği, hem de kişiseldi; torununun, düşen dişlerinin bıraktığı boşluklardan kanlar akan torununun, kollarının arasında hüngür hüngür ağladığını unutmamıştı; o sırada kendisinin, ağlayan kızı diş perisinin bu kez üç kat fazla hediye getireceğini söyleyerek teselli etmeye çalıştığını da unutmamıştı.

## Salı

### 1

Mary Fairbrother kocasının ölümünden iki sabah sonra, saat beşte uyandı. Geceyarısından hemen sonra kocasıyla yattığı yatağa sürünerek, hüngür hüngür ağlayarak giren on iki yaşındaki oğlu Declan'la birlikte yatmıştı. Çocuk şimdi mışıl mışıl uyuyordu; Mary odadan usulca çıkıp, daha rahat ağlayabilmek için mutfağa indi. Geçen her saat kederini artırıyordu, çünkü Barry'nin canlı hali giderek geçmişte kalıyordu; Mary onsuz geçirmek zorunda kalacağı sonsuz gibi gelen zamanın nasıl olacağını az da olsa anlamaya başlamıştı. Kaç kez, bir anlığına da olsa, onun sonsuza dek gittiğini ve artık kendisine destek olmayacağını unutuvermişti.

Kız kardeşi ile eniştesi kahvaltı hazırlamak için geldiklerinde Mary, Barry'nin cep telefonunu alıp çalışma odasına kapandı ve adamın sürüsüne bereket tanıdıklarının telefon numaralarına göz gezdirdi. Birkaç dakika geçti geçmedi elindeki telefon çaldı.

"Evet?" diye mırıldandı Mary.

"Ah, merhaba! Barry Fairbrother'ı aramıştım. Ben Alison Jenkins, *Yarvil and District* gazetesinden."

Genç kadının neşeli sesi, Mary'nin kulağına bir zafer marşı gibi yüksek perdeden ve korkunç geliyordu; bu korna gibi sesin ne dediği anlaşılmıyordu.

"Pardon?"

"Ben Alison Jenkins, *Yarvil and District* gazetesinden. Barry Fairbrother'la görüşmek istemiştim? Fields'la ilgili yazısı hakkında."

"Ya?" dedi Mary.

"Evet, bahsettiği kızla ilgili ayrıntılı bilgi verecekti. O kızla röportaj yapacağız da. Krystal Weedon."

Her sözcük Mary'ye vurulan bir tokat gibiydi. Barry'nin eski döner koltuğunda inatla, hiç kımıldamadan, sessizce oturup darbelerin inmesine izin verdi.

"Beni duyabiliyor musunuz?"

"Evet" dedi Mary sesi çatlayarak. "Sizi duyabiliyorum."

"Bay Fairbrother biz Krystal'la röportaj yaparken yanımızda olmayı çok istiyordu biliyorum, ama zamanımız azalıyor..."

"Yanınızda olamayacak" dedi Mary sesi gittikçe daha cırlak çıkarken. "O *lanet olası* Fields'lılar hakkında da, başka herhangi bir şey hakkında da konuşamayacak bir daha!"

"Ne?" dedi kız hattın diğer ucundan.

"Kocam *öldü*, tamam mı? *Öldü*, yani artık Fields'lıların onsuz idare etmeleri gerekecek herhalde."

Mary'nin elleri öyle titriyordu ki cep telefonu parmaklarının arasından kaydı; telefonu kapatmayı başaramadan önce, birkaç saniye boyunca hıçkırıklarını muhabirin duyduğunu anladı. Sonra Barry'nin yeryüzündeki son gününün ve evlilik yıldönümlerinin büyük bölümünü Fields'lılar ve Krystal Weedon'la ilgili saplantısına ayırmış olduğunu anımsadı; hiddete kapıldı ve telefonu öyle sert fırlattı ki, alet dört çocuklarının çerçeveli fotoğrafına çarpıp yere düşürdü. Mary ağlayıp çığlıklar atmaya başlayınca kız kardeşi ile eniştesi koşarak üst kata çıkıp odaya daldılar.

Başta ağzından alabildikleri tek cümle, "Fields'lılar, o lanet olası, *lanet olası* Fields'lılar..." oldu.

"Barry ile ikimizin büyüdüğü yer" diye mırıldandı eniştesi,

ama Mary'nin histerisini körüklemekten korktuğundan daha fazla konuşmadı.

## 2

Kay Bawden ile kızı Gaia, Pagford'un en yeni sakinleriydiler; Londra'dan taşınalı henüz dört hafta olmuştu. Sosyal Hizmetler görevlisi olan Kay, Fields'ın çekişmeli tarihinden habersizdi; burası işi gereği görüştüğü birçok kişinin oturduğu siteydi, o kadar. Barry Fairbrother'la ilgili tek bildiğiyse, adamın ölümünün Kay'in mutfağında yaşanan berbat sahneye neden olduğu; sevgilisi Gavin'ın ondan ve yağda pişirdiği yumurtalarından kaçmasına, dolayısıyla sevişmelerinin uyandırdığı bütün umutların yerle bir olmasına yol açtığıydı.

Kay salı günü öğle tatilini Pagford ile Yarvil'in arasındaki bir konaklama tesisinde, arabasında sandviç yiyerek ve kalın bir tomar notu okuyarak geçirdi. İş arkadaşlarından biri stres yüzünden izne çıkınca, işlerinin üçte biri Kay'in üstüne kalmıştı. Saat bire gelirken Kay Fields'a doğru yola çıktı.

Bu siteye daha önce defalarca gelmiş olsa da, kalabalık sokaklarını tanımıyordu henüz. Sonunda Foley Yolu'nu buldu ve Weedon'lara ait olduğunu tahmin ettiği evi uzaktan seçti. Neyle karşılaşacağını dosyadan biliyordu ve yanılmadığını evi görür görmez anladı.

Ön cephenin dibinde bir çöp yığını vardı: atık dolu çöp torbaları, eski giysiler ve poşete konmamış kirli bebek bezleri. Bakımsız çimenliğe de saçılmış olan çöplerin en fazla yığıldığı yer, iki alt kat penceresinden birinin dibiydi. Çimenliğin ortasında eski bir otomobil lastiği duruyordu; yakın zamanda yeri değiştirilmiş olacak ki otuz santim kadar ötede, ezilmiş kuru çimenlerden oluşan sarımsı kahverengi bir halka vardı.

Kay zili çaldıktan sonra ayaklarının dibinde, çimenlerin arasında dev bir larvanın tülsü kozasını andıran kullanılmış bir prezervatifin ışıldadığını fark etti.

Hafif bir kaygı hissetti, asla tam manasıyla yenemiyordu bu duyguyu; gerçi ilk zamanlardaki, tanımadığı insanların kapılarının önündeyken hissettiği korkuyla kıyaslanamazdı bu duygu. O zamanlar, aldığı onca eğitime ve yanında genellikle bir iş arkadaşının bulunmasına karşın, bazen gerçek anlamda korkuya kapılırdı. Tehlikeli köpekler; bıçaklı adamlar; korkunç yara izleri taşıyan çocuklar; Kay girip çıktığı yabancı evlerde bunlarla ve daha kötüleriyle karşılaşmıştı.

Kapıyı açan olmadı, ama Kay solundaki aralık zemin kat penceresinden küçük bir çocuğun sızlanmalarının geldiğini duyuyordu. Kapıya eliyle vurunca küçük bir boya tabakası ayakkabısının burnuna düştü. Kay'e yeni evinin durumunu anımsattı bu. Gavin'ın tadilat işlerinde ona yardımcı olmayı teklif etmesi hoş olurdu, ama adam tek kelime etmemişti. Kay bazen, Gavin'ın söylemediği ve yapmadığı şeyleri elindeki borç senetlerine göz gezdiren bir pinti gibi sayıyor ve hınca, öfkeye kapılarak intikam almaya karar veriyordu.

Kapıyı tekrar çaldı; normalde biraz daha beklerdi ama bir an önce düşüncelerinden kurtulmak istemişti; bu sefer, uzaktan gelen bir ses, "*Patlama*, geliyorum" dedi.

Kapı açıldı ve hem çocuk hem de nine gibi görünen, kirli, uçuk mavi bir tişört ile erkek pijaması altı giymiş bir kadın belirdi. Kay'in boyundaydı, ama çökmüştü; yüz kemikleri ve iman tahtası, incecik beyaz derisinin altından belli oluyordu. Evde boyanmış, kalın telli ve kıpkırmızı saçı peruk gibi duruyordu; gözbebekleri minicikti ve göğsü hiç kımıldamıyordu; nefes almıyordu sanki.

"Merhaba, siz Terri misiniz? Ben Sosyal Hizmetler'den Kay Bawden. Mattie Knox'un yerine geldim."

Kadının narin, gri-beyaz kolları gümüşi çiçek bozuğu lekeleriyle kaplıydı. Sağ kolunun iç tarafında kıpkırmızı, açık bir yara vardı. Kolundaki ve boynunun alt tarafındaki geniş yara izleri, parlak plastiği andırıyordu. Kay Londra'dayken, kendi evinde yanlışlıkla yangın çıkaran ve bunu çok geç fark eden bir uyuşturucu bağımlısıyla tanışmıştı.

"Hı hı, tamam" dedi Terri fazla uzun bir duraksamadan sonra. Konuştuğunda çok daha yaşlı görünüyordu; birkaç dişi eksikti. Kay'e sırtını dönüp, karanlık holde birkaç sarsak adım attı. Kay onu takip etti. Ev bayat yiyecek, ter ve birikmiş çöp kokuyordu. Terri soldaki ilk kapıdan geçerek küçük bir oturma odasına girdi.

İçeride kitap, tablo, fotoğraf, televizyon yoktu; eski ve kirli bir çift koltuk ile kırık bir raf seti vardı, o kadar. Yerler çerçöp içindeydi. Duvarın dibine istiflenmiş yepyeni karton kutular, odanın geri kalanıyla uyumsuzdu.

Odanın ortasında tişörtlü, altı bağlanmış, bezi dolu görünen, çıplak ayaklı, küçük bir oğlan çocuğu duruyordu. Kay çocuğun üç buçuk yaşında olduğunu dosyadan biliyordu. Çocuk farkında olmadan, amaçsızca sızlanıyor gibiydi; motor gürültüsünü andıran o sesi, varlığını belli etmek için çıkarıyordu sanki. Küçük bir kahvaltılık gevrek paketini sımsıkı tutuyordu.

"Bu Robbie olmalı" dedi Kay.

İsmini duyan çocuk Kay'e baktı, ama sızlanmayı sürdürdü.

Terri kirli ve yıpranmış koltuklardan birinin üstündeki, çizik çizik olmuş eski bisküvi kutusunu yana itip koltuğa kıvrıldı; Kay'i kısık gözlerle seyrediyordu. Kay diğer koltuğa oturdu; bunun kolçağında da tepeleme izmarit dolu bir kül tablası vardı. Kay'in oturduğu koltuğa da düşmüştü izmaritler, altında hissediyordu. "Selam Robbie" dedi, Terri'nin dosyasını açarak.

Küçük çocuk sızlanmayı sürdürerek kahvaltılık gevrek paketini salladı; paketin içinde bir şey tıkırdadı.

"Ne var onun içinde?" diye sordu Kay.

Yanıt vermeyen çocuk paketi daha kuvvetli sallamaya başladı. Paketin içinden fırlayan küçük bir plastik figür, havada kavis çizerek karton kutuların arkasına düştü. Robbie bağırarak ağlamaya başladı. Kay, oğluna ifadesizce bakan Terri'yi seyretti. Terri, "Ne oldu Robbie?" diye mırıldandı sonunda.

"Bakalım, çıkartabiliriz belki" dedi Kay kalkıp; bacaklarının arkasını temizlemek için eline fırsat geçmesine çok sevinmişti. "Bir bakalım şuna."

Başını duvara yaslayıp kutuların arasına baktı. Küçük figür fazla aşağı düşmeden sıkışıp kalmıştı. Kay elini araya güçlükle soktu. Kutular ağırdı, onları kımıldatmak zordu. Kay tutmayı başardığı oyuncağa bakınca, onun baştan aşağı parlak mor renkte, bodur ve şişman, Buda'ya benzeyen bir adam olduğunu gördü.

"Al bakalım" dedi.

Robbie sızlanmayı kesti; oyuncağı alıp kahvaltılık gevrek paketinin içine geri koydu ve yeniden paketi sallamaya başladı.

Kay etrafa bakındı. Kırık rafların altında iki küçük oyuncak araba ters dönmüş duruyordu.

Kay onları göstererek, "Arabaları seviyor musun?" diye sordu Robbie'ye.

Kay'in gösterdiği yere bakmayan çocuk gözlerini kısarak kadını tartıp biçen, meraklı bir ifadeyle süzdü. Sonra koşarak gidip arabalardan birini aldı ve kaldırıp Kay'e gösterdi.

"Vınnnn" dedi. "Ayaba."

"Evet" dedi Kay. "Çok güzel. Araba. Vınn vınnn."

Kay tekrar oturup çantasından not defterini çıkardı.

"Eee Terri. Hayat nasıl gidiyor?"

Bir süre sessizlik oldu; sonra Terri, "İyi" dedi.

"Durumu açıklayayım: Mattie hastalık iznine çıktı, o yüzden yerine ben geldim. Bana bıraktığı bazı bilgileri kontrol etmem gerekiyor; Mattie seninle en son geçen hafta görüşmüş, o zamandan beri bir değişiklik olup olmadığını kontrol etmem gerekiyor, tamam mı?

Evet, bir bakalım. Robbie artık kreşe gidiyor, değil mi? Haftada dört gün sabah ve iki gün öğleden sonra?"

Kay'in sesi Terri'ye çok uzaklardan ulaşıyordu sanki. Bir kuyunun dibinde oturan biriyle konuşmak gibiydi.

"Hı hı" dedi kadın durakladıktan sonra.

"Kreşi sevdi mi peki? Hoşuna gidiyor mu?"

Robbie kibrit kutusu büyüklüğündeki arabayı kahvaltılık gevrek paketine soktu. Kay'in pantolonundan düşmüş izmaritlerden birini alıp arabanın ve mor Buda'nın üstüne bastırarak ezdi.

"Hı hı" dedi Terri uykulu bir edayla.

Ama Kay, Mattie'nin en son yazdığı kargacık burgacık notları sökmeye çalışıyordu.

"Bugün kreşte olması gerekmiyor mu Terri? Salı günleri kreşe gitmiyor mu?"

Terri uyumamak için direniyor gibiydi. Başı bir iki kez düşer gibi oldu. "Krystal onu götürecekti, ama gelmedi" dedi sonunda.

"Krystal kızın, değil mi? Kaç yaşında?"

"On dört" dedi Terri rüyada gibi, "buçuk."

Notlarda Krystal'ın on altı yaşında olduğu yazılıydı. Uzun bir sessizlik oldu.

Terri'nin koltuğunun ayağının dibinde kenarları kırık iki fincan duruyordu. Bir tanesinin içindeki pis sıvı iğrenç görünüyordu. Terri kollarını düz göğsünde kavuşturmuştu.

"Üstünü giydirmiştim" dedi Terri, sözcükleri bilincinin derinliklerinden zorla çekip alarak.

"Kusura bakma ama sana sormam gerek Terri" dedi Kay. "Bu sabah uyuşturucu kullandın mı?"

Terri kuş pençesini andıran eliyle ağzını sildi.

"Yok."

"Kaka geldi" dedi Robbie kapıya doğru koşarak.

"Yardıma ihtiyacı var mı?" diye sordu Kay, Robbie gözden kaybolurken; üst kata doğru koştuğunu işittiler.

"Yok, tek başına yapabiliyor" dedi Terri peltek peltek. Öne düşen başını yumruğuna, dirseğini de koltuğa yasladı. Robbie sahanlıktan seslendi.

"Kapı! Kapı!"

Ahşaba vurduğunu duydular. Terri kımıldamadı.

"Ona yardım edeyim mi?" diye teklifte bulundu Kay.

"Hı hı" dedi Terri.

Kay merdiveni çıkıp, kapının sıkışmış kolunu Robbie için indirdi. Banyo pis kokuyordu. Gri küvetin kenarlarında kahverengi lekeler vardı ve klozetin sifonu çekilmemişti. Kay, Robbie'nin klozete tırmanmasına izin vermeden önce sifonu çekti. Suratını buruşturan çocuk Kay'e aldırmadan sesli sesli ıkındı. Kakanın düşme sesi duyuldu ve havadaki iğrenç kokulara bir yenisi daha eklendi. Robbie tuvalet kâğıdı kullanmadan klozetten inip, kabarık bezini yukarı çekti; Kay onu klozete gerisingeri oturttu ve altını silmesi için ikna etmeye çalıştı, ama çocuk onun ne demek istediğini anlamıyor gibiydi. Sonunda çocuğun altını Kay sildi. Robbie'nın poposu tahriş olmuş, kızarmış, yaraları kabuk bağlamıştı. Bezinden leş gibi amonyak kokusu geliyordu. Kay çocuğun bezini çıkarmayı denedi, ama Robbie kesik bir çığlık atarak ona vurmaya çalıştı, sonra da kendini kurtarıp oturma odasına doğru koştu; bezi altından sarkıyordu. Kay ellerini yıkamak istedi, ama sabun yoktu. Nefes almamaya çalışarak banyo kapısını ardından kapadı.

Alt kata geri dönmeden önce yatak odalarına göz attı. Üçünün de içindeki eşyalar dışarı taşıp sahanlığı doldurmuştu. Evdeki herkes şiltelerin üstünde uyuyordu. Robbie annesiyle aynı odada kalıyordu anlaşılan. Her yere saçılmış kirli giysilerin arasında birkaç oyuncak vardı. Robbie'den daha küçük çocukların ilgisini çekecek ucuz, plastik oyuncaklar. Kay yorgan ve yastıkların kılıflı olduğunu görünce şaşırdı.

Oturma odasına geri döndüğünde Robbie hâlâ sızlanıyor, karton kutuları yumrukluyordu. Terri çocuğu yarı kapalı gözlerle seyretmekteydi. Kay tekrar oturmadan önce koltuğunun minderini eliyle süpürdü.

"Terri, Bellchapel Kliniği'nde metadon tedavisi görüyorsun, değil mi?"

"Mmm" dedi Terri uykulu bir sesle.

"Tedavin nasıl gidiyor Terri?"

Kalemini hazırlayan Kay, sanki bu sorunun yanıtı tam karşısında oturan kadının kendisi değilmiş gibi bekledi.

"Kliniğe gitmeye devam ediyor musun Terri?"

"Geçen hafta... cuma gittim."

Robbie kutuları yumrukluyordu.

"Bugün ne kadar metadon aldığını söyleyebilir misin?"

"Yüz elli miligram" dedi Terri.

Kızının yaşını hatırlamayan Terri'nin bunu hatırlaması Kay'i şaşırtmadı.

"Mattie'nin yazdığına göre, annen Robbie ile Krystal'a bakmana yardım ediyormuş; hâlâ ediyor mu?"

Robbie karton kutu yığınına minik, sağlam vücuduyla çarpınca kutular sallandı.

"Dikkatli ol Robbie" dedi Kay; Terri de, "Oynama onlarla" dedi. Kay kadının cansız sesinde ilk kez bir kaygı tınısı duydu.

Robbie kutuları yumruklamaya başladı yeniden; çıkan davul sesi gibi sesler hoşuna gidiyordu anlaşılan.

"Terri, annen Robbie'ye bakmana yardım ediyor mu hâlâ?"

"Annem değil, ninem."

"Robbie'nin ninesi mi?"

"*Benim* ninem be. Bakamıyor, sağlığı... pek iyi değil."

Kalemini hazır tutan Kay, Robbie'ye tekrar göz attı. Çocuk sıska değildi; Kay bunu Robbie'nin görünüşünden anlayabiliyordu, hem çocuğun altını silerken de onu yarı çıplak görmüştü. Çocuğun tişörtü kirliydi, ama Kay onun üstüne eğildiğinde saçının şampuan koktuğunu fark ederek şaşırmıştı. Robbie'nin sütbeyaz kolları ile bacaklarında morluk falan yoktu, ama işte altı değiştirilmemişti ve bezi ıslaktı; çocuk üç buçuk yaşındaydı.

"Acıktım" diye bağırdı Robbie, kutuya son bir kez, isabet ettiremeden vurarak. "Acıktım."

"Bisküvi yiyebilirsin" dedi Terri peltek peltek, ama yerinden kımıldamadı. Robbie'nin bağırışları yüksek hıçkırıklara ve çığlıklara dönüştü. Terri koltuğundan kalkmaya teşebbüs etmedi. Bu gürültüde konuşmak da olanaksızdı.

"Ben vereyim mi?" diye seslendi Kay.

"Hı hı."

Robbie koşarak Kay'in yanından geçip mutfağa girdi. Mutfak da banyo kadar kirliydi neredeyse. İçeride buzdolabından, fırından ve bulaşık makinesinden başka cihaz yoktu; tezgâhlarda da kirli tabaklar, dolup taşmış bir başka kül tablası, poşetler, küflü ekmekler vardı sadece. Yerdeki muşamba Kay'in ayakkabılarına yapışıyordu. Dolup taşmış çöp tenekesinin üstündeki pizza kutusu hassas bir dengede duruyordu.

"Oyda" dedi Robbie, Kay'e bakmadan dolabı göstererek. "Oyda."

Dolapta Kay'in beklediğinden daha çok yiyecek vardı; konserveler, bir paket bisküvi, bir kavanoz dolusu hazır kahve. Kay paketin içinden iki bisküvi alıp çocuğa verdi; çocuk bisküvileri kaptığı gibi annesinin yanına geri koştu.

"Eee, kreşe gitmeyi seviyor musun Robbie?" diye sordu Kay, yere oturup bisküvileri hapır hupur yiyen çocuğa.

Çocuk yanıt vermedi.

"Hı hı, seviyor" dedi Terri; biraz daha açılmış gibiydi şimdi. "Değil mi Robbie? Seviyor."

"Oraya en son ne zaman gitti Terri?"

"En son... Dün."

"Dün pazartesiydi, dün gitmiş olamaz" dedi Kay not alarak. "Pazartesileri gitmiyor."

"Ne?"

"Kreşe diyorum. Robbie'nin bugün kreşe gitmiş olması gerekiyordu. Oraya en son ne zaman gittiğini bilmem gerek."

"Dedim ya! En son o zaman diye."

Kay kadının gözlerini ilk kez bu kadar açık görüyordu. Kadının sesi hâlâ cansızdı, ama öfkesi yüzeye çıkmaya çabalıyordu.

"Lezbiyen misin?" diye sordu Terri.

"Hayır" dedi Kay yazmayı sürdürerek.

"Lezbiyene benziyorsun" dedi Terri.

Kay yazmaya devam etti.

"Meyve suyu" diye bağırdı Robbie; çenesine bisküviden çikolata bulaşmıştı.

Kay bu sefer yerinden kımıldamadı. Bir başka uzun sessizlikten sonra Terri koltuğundan kalkıp hole girdi. Kay öne eğilip, Terri'nin otururken yana ittiği teneke bisküvi kutusunun kapağını açtı. Kutunun içinde bir şırınga, kirli bir pamuk parçası, paslı görünen bir kaşık ve tozlu bir naylon torba vardı. Robbie, Kay'in kutuyu kapamasını seyretti. Uzaktan tangır tungur sesler geldi; sonra Terri geri döndü ve elindeki meyve suyu dolu fincanla küçük çocuğu dürttü.

"İşte al" dedi oğlundan çok Kay'e söyler gibi ve tekrar oturdu. İlk denemesinde yanlışlıkla kolçağa oturdu; Kay kadının kemiğinin ahşaba çarpınca çıkardığı sesi işitti, ama Terri acı hissetmemiş gibiydi. Ezilmiş mindere oturup sosyal hizmet görevlisine kızarmış, kayıtsız gözlerle baktı.

Kay dosyayı baştan sona okumuştu. Terri Weedon'ın uyuşturucu bağımlılığının kadının hayatında değerli olan ne varsa kara bir delik gibi emip yok ettiğini, ona iki çocuğuna mal olduğunu, Terri'nin kalan iki çocuğuna bakmakta zorlandığını, eroin parası bulmak için fahişelik yaptığını, her türlü adi suçu işlediğini, şimdi de kim bilir kaçıncı rehabilitasyon denemelerinden birinde olduğunu biliyordu.

Ama bu hissizlik, umursamazlık... *Şu an,* diye düşündü Kay, *bu kadın benden daha mutlu.*

## 3

"Şişko" Stuart Wall öğle tatilinden sonraki ikinci teneffüsün başında okuldan çıktı. Bu okulu asma denemesine öylesine, düşünmeden girişmiş değildi; blok bilgisayar dersine girmemeye dün gece karar vermişti. Herhangi bir dersi kırmayı seçebilirdi, ama en yakın arkadaşı Andrew Price (Şişko ona Arf diyordu) bilgisayar dersine başka sınıfta giriyordu ve Şişko tüm çabalarına karşın o sınıfa geçememişti.

Şişko ile Andrew arkadaşlıklarının büyük ölçüde Andrew'nun Şişko'ya duyduğu hayranlık üstüne kurulu olduğunun aynı derecede farkındaydılar muhtemelen; ama Şişko kendisinin Andrew'ya duyduğu ihtiyacın, Andrew'nun ona duyduğu ihtiyaçtan daha fazla olduğundan şüpheleniyordu. Şişko son zamanlarda bu bağımlılığı zayıflık olarak görmeye başlasa da, son iki derste Andrew'nun arkadaşlığından her halükârda yoksun kalacağına göre okulu asmasından bir zarar gelmeyeceğine karar vermişti.

Winterdown'ın bahçesinden pencerelerden görülmeden çıkmanın tek yolunun, bisiklet barakasının arkasındaki yan duvara tırmanmak olduğunu güvenilir bir kaynaktan öğrenmişti. Dolayısıyla o da öyle yaptı ve diğer taraftaki dar sokağa atladı.

Bu işi kazasız belasız hallettikten sonra dar yolda hızlı adımlarla yürüyüp sola, trafiğin yoğun olduğu pis caddeye saptı.

Sağ salim yola çıkınca bir sigara yaktı, küçük dükkânların önünden geçerek yürümeye başladı. Beş sokak sonra tekrar sola, Fields'ın ilk sokağına saptı. Yürürken kravatını bir eliyle gevşetse de çıkarmadı. Kıyafetinden öğrenci olduğunun anlaşılması umurunda değildi. Şişko okul formasını herhangi bir şekilde süslemekle de uğraşmazdı; yakasına rozet takmaz ve kravatını modaya uygun şekilde bağlamaya çalışmazdı; okul giysilerini bir mahkûmun horgörüsüyle giyerdi.

Şişko'nun görebildiği kadarıyla insanların yüzde doksan dokuzunun düştüğü hata kendilerinden utanmaktı; kendilerini gizleyerek başkası olmaya çalışmaktı. Dürüstlük Şişko için geçer akçeydi, onun silahı ve zırhıydı. Dürüstlük insanları korkuturdu; afallatırdı. Şişko insanların kendileriyle ilgili gerçeklerin öğrenilmesinden ödlerinin patladığını keşfetmişti; utanç bataklığında yaşıyorlardı, mış gibi yapıyorlardı; oysa çiğlik, çirkin ama samimi olan her şey, babası gibi insanların rezil bulduğu ve tiksindiği pis şeyler Şişko'ya cazip geliyordu. Şişko mesihleri ve dışlanmışları, deli ya da suçlu damgası yemiş insanları, ayakta uyuyan kitlelerin sırt çevirdiği soylu uyumsuzları düşünürdü sık sık.

Zor olan şey, görkemli olan şey insanın kendisi olmasıydı, zalim ya da tehlikeli biri olsa bile; *özellikle* de zalim ve tehlikeli biriyse. İnsanın hayvan olduğunu gizlememesi cesaret isterdi. Öte yandan, olduğundan fazla hayvani de görünmemeliydi. İnsan o yoldan giderse, abartmaya ya da mış gibi yapmaya başlarsa tıpkı Göz gibi yalancı, ikiyüzlü birine dönüşürdü. Şişko *sahici* ve *sahte* sözcüklerini geçirirdi sık sık aklından; bu sözcüklerin anlamı, kendisiyle ve başkalarıyla ilgili anlamı çok netti ona göre.

Sahici, dolayısıyla teşvik edilmesi ve geliştirilmesi gereken özelliklere sahip olduğuna karar vermişti; ama bazı düşünsel alışkanlıkları talihsiz yetiştirilme tarzının sonucu ve dolayısıyla sahteydi; bunlardan arınması gerekiyordu. Son zamanlarda bu konuda denemeler yapıyordu; sahici görünen dürtülerine uygun davranmaya ve böyle eylemlerin genellikle yol açtığı suçluluk duygusunu ve korkuyu (ki bunlar sahteydiler) umursamamaya ya da bastırmaya başlamıştı. Bu iş pratik yaptıkça kesinlikle daha kolay oluyordu. Şişko katılaşmak, yenilmez olmak, sonuçlardan korkmamak istiyordu. İyilik ve kötülük gibi yapay kavramlardan kurtulmak istiyordu.

Andrew'ya olan bağımlılığı canını sıkmaya başlamıştı; bunun nedenlerinden biri de, Andrew'nun varlığının bazen Şişko'nun sahici benliğini tam olarak ifade etmesini engellemesi, onu kısıtlamasıydı. Andrew adil olmak gerektiğine inanıyordu ve Şişko son zamanlarda eski dostunun yüzünde, pek gizleyemediği hoşnutsuzluk, şaşkınlık ve hayal kırıklığı ifadeleri görür olmuştu. Andrew'nun öfke ve küçümseme gibi aşırı hislere kapılmasına ramak kalıyordu böyle zamanlarda. Şişko bu konuda Andrew'yu suçlamıyordu; gerçekten istediği bu değilse eğer Andrew'nun Şişko'yu onaylamak için kendini zorlaması sahte olurdu zaten. Mesele şuydu ki Andrew, Şişko'nun giderek artan bir kararlılıkla mücadele ettiği türden bir ahlaki anlayışa bağlılık sergiliyordu. Şişko yapması gereken şeyin; mutlak sahicilik yolunda atması gereken doğru, duygusallıktan uzak adımın Andrew'yla arkadaşlığını bitirmek olduğundan şüpheleniyordu; yine de Andrew'nun arkadaşlığını başka herkesinkine tercih ederdi.

Şişko kendini çok iyi tanıdığından emindi; kendi ruhunun girdisini çıktısını son zamanlarda başka hiçbir şeye yöneltmediği bir dikkatle keşfetmekteydi. Kendi dürtülerini, arzularını ve korkularını saatlerce sorguluyordu; gerçekten kendisine ait olan duyguları, hissetmesi öğretilmiş duygulardan ayırt etmeye çalışıyordu. Duyduğu bağlılıkları irdeliyordu (tanıdığı hiç kimsenin kendine karşı bu kadar dürüst olmadığından emindi; onlar hayatı uyurgezer gibi yaşıyorlardı). Vardığı sonuç, beş yaşından beri tanıdığı Andrew'nun, en sevdiği insan olduğuydu. Annesine de, artık onun gerçek yüzünü görebilecek kadar büyümüş olsa da, hâlâ bağlılık duyduğu ve bunun kendi suçu olmadığı sonucuna varmıştı; sahteliğin doruğu olan Göz'den ise resmen iğreniyordu.

Neredeyse her şeyden daha çok ilgilendiği Facebook sayfasında, anne babasının kitaplığındaki bir kitaptan alıntı yapmıştı:

Bana inanmalarını istemiyorum, ben kendime inanamayacak kadar kötüyüm sanırım... Günün birinde kutsallaştırılmaktan ölesiye korkuyorum... Aziz olmak istemiyorum, budala olurum daha iyi... belki sahiden de budalayım...

Andrew'nun bundan çok hoşlanması, etkilenmesi Şişko'nun da hoşuna gitmişti.

Şişko bahisçinin önünden yürürken –sadece birkaç saniyeliğine– babasının ölen arkadaşı Barry Fairbrother'ı düşündü. Kirli camın diğer tarafına asılmış posterlerdeki yarış atlarının önünden üç uzun adımla geçerken, şakalar yapan Barry'nin sakallı yüzünü gördü sanki ve Göz'ün gürleyen kahkahasını işitti; Göz, onun yanında olmanın heyecanıyla, daha Barry kötü esprilerini tamamlamadan kahkahayı basardı genellikle. Şişko bu anıları daha fazla irdelemek istemiyordu; içgüdüsel olarak irkilmesinin sebepleri hakkında kendini sorguya çekmedi; kendine ölen adamın sahici mi, yoksa sahte mi olduğunu sormadı; Barry Fairbrother'ı ve babasının gülünç kederini aklından kovup yoluna devam etti.

Şişko, herkesi her zamanki gibi güldürmeyi başarsa da bugünlerde tuhaf bir şekilde keyifsizdi. Kısıtlayıcı ahlaktan kurtulma arayışı, içindeki bastırılmış bir şeyi, çocukluktan çıkarken yitirdiğine emin olduğu bir şeyi geri kazanma çabasıydı. Şişko'nun geri kazanmak istediği şey bir çeşit masumiyetti. Bu uğurda seçtiği yol çelişkili biçimde güya kötü olan şeylerden geçse de Şişko'ya sahiciliğe, bir çeşit saflığa giden tek yol gibi geliyordu. Genellikle her şeyin tam tersinin doğru olması, söylenenlerin tam tersinin geçerli olması ilginçti; Şişko, başkalarının söylediği her şeyin tam tersine inanırsa gerçeğe ulaşacağını düşünmeye başlamıştı. Karanlık labirentlerde yolculuk etmek, kendi içinde pusuya yatmış tuhaflıkla boğuşmak istiyordu; sofuluğun ardındaki ikiyüzlülüğü ifşa etmek istiyordu; tabuları yıkmak, kahrolası kalpleri sıkarak içteki bilgeliği dışarı çıkarmak istiyordu; ahlak üstü bir zarafete ulaşmak ve vaftizini bozup cehalete ve sadeliğe erişmek istiyordu.

Bu yüzden, şimdiye kadar karşı gelmediği az sayıdaki okul kuralından birini çiğnemeye karar verip Fields'a girdi. Bunun tek sebebi, gerçekliğin kaba nabzının burada, bildiği diğer her yerdekinden daha şiddetli atması değildi; merak ettiği bazı kötü şöhretli tiplere rastlamayı da umuyordu; gerçi merakını kendine bile itiraf etmiyordu pek, çünkü kelimelerle ifade edemediği pek az arzudan biriydi bu. Açık bir kapı arıyordu, yavaş yavaş orayı tanıdığını fark etmek istiyordu, sahip olduğunu bilmediği bir yuvada ağırlanmak istiyordu.

Macun rengi binaların önünden bu kez annesinin arabasıyla değil, yürüyerek geçerken çoğunun graffitisiz olduğunu gördü, etraflarında çerçöp yoktu ve bazılarında Pagford'un asaletinin tül perdelerle ve pencere pervazlarındaki süslerle taklit edildiğini (ona öyle geldi) fark etti. Hareketli bir aracın içindeyken bu ayrıntıları görmek daha güçtü; arabayla geçerken, tahta çakılı pencerelerden ve çöplerle kaplı çimenliklerden gözlerini alamamıştı. Bakımlı evler Şişko'nun ilgisini çekmiyordu. Onun ilgisini kaosun ya da kanunsuzluğun bariz olduğu yerler çekiyordu, ortada sadece sprey boyayla yazılmış çocukça yazılar olsa bile.

Buralarda bir yerde (Şişko tam yerini bilmiyordu) Dane Tully oturuyordu. Tully'ninki kötü şöhretli bir aileydi. Çocuğun iki ağabeyiyle babası epey hapis yatmışlardı. Dane'i son kavgasına (Cantermill Sitesi'nden, on dokuz yaşında bir delikanlıyla kavga ettiği söyleniyordu) babasının götürdüğü ve adamın Dane'in hasmının ağabeyiyle dövüştüğü söylentisi vardı. Tully okula suratında bir kesik, dudağı şişmiş ve gözü morarmış halde gelmişti. Normalde okula pek uğramayan Dane'in sırf yaralarını gösterip hava atmak için geldiğinde herkes hemfikir olmuştu.

Şişko aynı şey kendisinin başına gelse farklı davranacağından emindi. İnsanın yara bere içinde kalmış yüzü hakkında başkalarının ne düşüneceğini umursaması sahteydi. Şişko kavga ettikten sonra normal hayatını sürdürmeyi, ettiği kavgayı sadece rastlantısal görgü tanıklarının anlatmasını yeğlerdi.

Şişko insanları giderek daha fazla kışkırtmasına karşın hiç yumruk yememişti. Kavga etmenin nasıl bir şey olduğunu iyice merak etmeye başlamıştı son zamanlarda. Peşine düştüğü sahicilik halinin şiddeti de içereceği geliyordu aklına; veya en azından o hale *ulaşmak* için şiddeti yaşamak gerektiği. Yumruk atmaya ve yumruk yemeye hazır olma cesaretine sahip olması gerektiğini düşünüyordu. Yumruklarını kullanmaya ihtiyaç duymamıştı hiç. Dilini kullanması yetmişti; ama bu yeni haliyle, kendi konuşma becerisinden tiksinmeye ve sahici gaddarlığa hayranlık duymaya başlıyordu. Temkinli bir şekilde de olsa bıçak taşıma fikrini kafasında evirip çeviriyordu. Şimdi gidip de bir çakı satın alması ve insanlara çakı taşıdığını söylemesi son derece sahte olurdu, Dane Tully gibileri taklit etmek olurdu; bunu düşünmek Şişko'nun midesini bulandırıyordu. Ama bir gün bıçak taşıması *gerekirse* iş değişirdi. Şişko bu fikrin korkutucu olduğunu kendine itiraf etse de bunun bir gün gerekebileceğini göz ardı etmiyordu, Şişko delici aletlerden, iğnelerden ve bıçaklardan korkardı. St. Thomas'ta menenjit aşısı yapılırken bir tek o bayılmıştı. Andrew, Şişko'yu tedirgin etmenin yollarından birinin onun yanındayken EpiPen'ini çıkarmak olduğunu keşfetmişti; Andrew tehlikeli kabuklu yemiş alerjisi yüzünden, o adrenalin dolu iğneyi sürekli yanında taşımak zorundaydı. Andrew'nun şırıngayı Şişko'ya doğru sallaması veya ona saplar gibi yapması, Şişko'nun kusacak gibi olmasına yol açıyordu.

Şişko amaçsızca gezinirken Foley Yolu tabelasını gördü. Krystal Weedon orada oturuyordu. Şişko, kızın bugün okulda olup olmadığından emin değildi; ayrıca buraya sırf onun için gelmiş gibi görünmek de istemiyordu.

Cuma akşamı buluşmayı kararlaştırmışlardı. Şişko ailesine Andrew'nun evine gideceğini, birlikte bir İngilizce ödevi üstünde çalışacaklarını söylemişti. Krystal ne yapacaklarını anlamış görünüyordu; kabul etmiş gibiydi. Şişko'nun iki parmağını içine, sıcak, dar ve kaygan içine sokmasına izin vermişti ne de olsa; Şişko'nun sutyenini çıkarmasına, ellerini ılık ve dolgun memelerine koymasına da izin vermişti. Şişko Noel disko partisinde onu bilerek arayıp bulmuştu; Andrew'nun ve diğerlerinin şaşkın bakışları altında kızı tiyatro salonunun arka kapısından çıkarmıştı. Kız da diğer herkes kadar şaşırmış görünse de, tam da Şişko'nun umduğu ve beklediği gibi, hiç direnmemişti. Şişko, Krystal'ı bilinçli olarak seçmişti; ve arkadaşlarının dalga geçmelerine, alaylarına önceden planladığı gibi, soğukkanlı ve umursamaz biçimde cevabı yapıştırarak karşılık vermişti:

"Canın cips çekiyorsa boktan salata barına gitmezsin."

Bu benzetmeyi önceden düşünmüştü, ama onlara açıklamak zorunda kalmıştı yine de.

"Siz otuzbire devam edin oğlum. Ben düzüşmek istiyorum."

Bunu duyunca sırıtmayı kesmişlerdi. Şişko tek hedefin, tek gerçek hedefin peşinde koştuğunu utanıp sıkılmadan itiraf etmesine, Andrew da dahil olmak üzere hepsinin hayranlık duyduklarını ve dalga geçmekten vazgeçmek zorunda kaldıklarını görmüştü. Şişko hedefe ulaşmak için en kestirme yolu seçmişti şüphesiz; onun pratik sağduyusuna hiçbiri itiraz edemezdi ve Şişko hepsinin de onun gittiği yoldan giderek mutlu sona ulaşacak cesareti neden toplayamadıklarını kendi kendilerine sorduklarını anlamıştı.

"Bana bir iyilik yap; anneme bundan bahsetme, tamam mı?" diye mırıldanmıştı Krystal'a, birbirlerinin ağzını uzun uzun, şapur şupur keşfederken, nefes almak için verdikleri aralardan birinde; o sırada bir yandan da kızın meme uçlarını başparmaklarıyla okşuyordu.

Kız kıs kıs güldükten sonra Şişko'yu daha sertçe öpmüştü. Şişko'ya neden onu seçtiğini sormamıştı, aslında hiçbir şey sormamıştı; Şişko gibi o da, birbirinden tamamen farklı sosyal çevrelerinin tepkilerinden, insanların şaşkınlıklarından hoşlanmış gibiydi; hatta Şişko'nun arkadaşlarının kusarmış gibi yapmalarından bile. Şişko ile Krystal cinselliği birlikte üç kez daha, pek konuşmadan keşfetmeyi denemişlerdi. Bütün bu görüşmeleri Şişko ayarlasa da, Krystal da onun kendisini kolayca bulabileceği yerlerde takılmayı seçmişti. Cuma gecesi ilk kez randevulaşmış olarak görüşeceklerdi. Şişko prezervatif satın almıştı.

Şişko bugün okulu asıp Fields'a gelmişti, nihayet milli olacaktı; gerçi sokağın adını görene dek Krystal'ı düşünmemişti ama onun muhteşem memelerini ve inanılmaz bir şekilde korunmasız görünen vajinasını düşünmüştü.

Şişko geriye dönüp bir sigara daha yaktı. Foley Yolu'nun adını görmek tuhaf bir hisse, zamanlamasının yanlış olduğu hissine kapılmasına yol açmıştı. Fields bugün sıradan ve anlaşılmazdı; Şişko'nun aradığı şey, bulunca tanıyacağını umduğu şey gözlerden ırak bir yerde gizleniyordu. Bu yüzden Şişko okula geri döndü.

# 4

Kimse telefonunu açmıyordu. Kay Çocuk Esirgeme ekibinin odasına geri döndüğünden beri, yaklaşık iki saattir insanları arayıp mesaj bırakıyor, herkese kendisini aramalarını söylüyordu. Weedon'ların sağlık gözetmenini, aile doktorlarını, Cantermill Kreşi'ni ve Bellchapel Bağımlılık Kliniği'ni aramıştı. Terri Weedon'ın kabarık ve eskimiş dosyası önündeki masada açık duruyordu.

"Yine kullanmaya başlamış ha?" dedi Alex; Kay'in ofisini paylaştığı kadınlardan biriydi. "Bu sefer Bellchapel'dan kovulur. Hem Robbie'nin elinden alınmasından korktuğunu söylüyor, hem de uyuşturucuyu bırakmıyor."

"Bellchapel'da üçüncü seferdir tedavi görüyor" dedi Una. Kay, Terri Weedon'ın hayatının çeşitli yönlerinin sorumluluğunu paylaşan profesyonelleri bir araya getirerek kadının dosyasını gözden geçirmenin vaktinin geldiğine karar vermişti. Bir taraftan başka işlerle uğraşırken, yeniden arama tuşuna basmayı sürdürdü; bu arada ofislerinin köşesindeki telefon defalarca çaldı ve sonunda telesekreter tıkırdayarak devreye girdi. Çocuk Esirgeme ekibinin odası küçük ve sıkış tıkıştı, bozuk süt kokuyordu; çünkü Alex ile Una'nın, fincanlarında kalan kahveyi köşedeki iç karartıcı avizeağacının saksısına dökmek gibi bir huyları vardı.

Mattie'nin son notları düzensiz ve karman çormandı; bir şeyler yazmış yazmış sonra üstlerini çizmişti, bilgiler eksikti, tarihleri de yanlıştı. Dosyada birçok önemli belge eksikti, ki bunlardan biri de bağımlılık kliniğinin iki hafta önce gönderdiği mektuptu. Alex ile Una'dan bilgi almak daha kısa sürerdi.

"Dosyası en son ele alınalı..." dedi Alex, avizeağacına çatık kaşlarla bakarak, "bir yıldan fazla oluyor galiba."

"Robbie'nin onun yanında kalmasının uygun olduğunu düşünmüşler anlaşılan" dedi Kay; telefonu kulağı ile omzunun arasında tutarken, kabarık dosyada durum değerlendirme toplantısının notlarını aradı, ama bulamadı.

"Konu çocuğun onun yanında kalıp kalmaması değildi; ona geri verilsin mi verilmesin mi meselesiydi. Terri parayla yattığı adamlardan biri tarafından dövülüp hastanelik olunca çocuk evlatlık verildi. Terri uyuşturucuyu bırakıp hastaneden çıkınca Robbie'yi geri almak için deli gibi uğraştı. Tekrar Bellchapel programına başladı, uyuşturuculardan uzak durdu ve gerçekten çaba sarf etti. Annesi de ona yardım edeceğini söylüyordu. Böylece Terri çocuğuna kavuştu, birkaç ay sonra da tekrar uyuşturucuya başladı."

"Ama Terri'ye annesi yardım etmiyor, değil mi?" dedi Kay; Mattie'nin iri harfli, kargacık burgacık elyazısını çözmeye çalışmak başını ağrıtmaya başlamıştı. "Ninesi yardım ediyor, yani çocukların büyük ninesi. Bu sabah Terri ninesinin hasta olduğunu söyledi. Yani şu an çocuğa göz kulak olan tek kişi Terri'yse..."

"Kızı on altı yaşında" dedi Una. "Robbie'ye genellikle o bakıyor."

"Eh, bu işi çok iyi yaptığı söylenemez" dedi Kay. "Bu sabah gittiğimde çocuk felaket durumdaydı."

Ama Kay çok daha kötülerini de görmüştü: kemer izlerini ve simsiyah morlukları, kesikleri ve yanıkları; uyuz ve bitleri; köpek pisliğiyle kaplı halıların üstünde yatan bebekleri; kırık kemiklerinin üstünde sürünen çocukları; hele bir keresinde (hâlâ rüyalarına giriyordu bu sahne), psikopat üvey babası tarafından kapatıldığı dolapta beş gün kalmış bir çocuk görmüştü. Ulusal gazetelerde haber olmuştu olay. Robbie Weedon'ın güvenliğine yönelik en büyük tehdit, annesinin oturma odasında üst üste duran, ağır kutulardı; çocuk kutulara tırmanmaya çalışmasının Kay'in çok dikkatini çektiğini görünce, tırmanmaya iyice heveslenmişti. Kay gitmeden önce kutuları iki sıra halinde düzgünce dizerek yığını alçaltmıştı. Kutulara dokunması Terri'nin hoşuna gitmemişti; Kay'in ona Robbie'nin bezinin kirli olduğunu, altını değiştirmesi gerektiğini söylemesinden de hoşlanmamıştı. Aslında Terri hiddete kapılmıştı ve kafası hâlâ biraz dumanlı olsa da ağzını bozmuştu; Kay'e siktir olup gitmesini ve bir daha gelmemesini söylemişti.

Kay çalan cep telefonunu açtı. Arayan, Terri'nin klinikteki doktoruydu.

"Günlerdir size ulaşmaya çalışıyorum" dedi kadın huysuzca. Kay'in kendisinin Mattie olmadığını açıklaması dakikalar sürdü, ama bu bile kadının düşmanca tavrını pek azaltmadı.

"Evet, evet, tedavisi hâlâ sürüyor, ama geçen haftaki testi pozitif çıktı. Bir daha kullanırsa onu programdan çıkaracağız. Şu an onun yerine geçebilecek ve belki de tedaviden fayda görecek yirmi kişi var sırada. Programa üçüncü kezdir katılıyor."

Kay, Terri'nin o sabah uyuşturucu kullandığını bildiğini söylemedi.

Doktor Terri'nin devamsızlığını ve tedavisinde ilerleme kaydedilemediğini uzun uzadıya anlattıktan sonra telefonu kapattı. Kay, "Parasetamolü olan var mı?" diye sordu Alex ile Una'ya.

Kay ağrı kesicilerini soğuk çayla yuttu, çünkü kalkıp koridordaki su soğutucusuna gidecek enerjisi yoktu. Ofis boğucuydu, radyatör sonuna kadar açılmıştı. Dışarıda gökyüzü karardıkça Kay'in masasının yukarısındaki floresan lambanın ışığı iyice parlak gelmeye başladı. Kay'in masasını kaplamış kâğıtları parlak sarımsı beyaza boyuyordu; sonsuz satırlarda marş adımlarıyla yürüyen siyah sözcükler vızıldıyordu sanki.

"Bellchapel Kliniği'ni kapatacaklar, görürsünüz" dedi Una; PC'sinde çalışıyordu ve sırtı Kay'e dönüktü. "Tasarruf yapmaları gerekiyor. Klinikteki doktorlardan birinin maaşını belediye ödüyor. Bina da Pagford Belediyesi'nin. Duyduğuma göre orayı daha yüksek kira verecek birine kiralayacaklarmış. Yıllardır o kliniğe kafayı takmış durumdalar zaten."

Kay'in şakakları zonkluyordu. Yeni yerleştiği kasabanın ismini duymak hüzünlendirmişti onu. Hiç düşünmeden cep telefonunu alıp Gavin'ın ofisini aradı; oysa adamın dün akşam aramamasından sonra, bunu yapmayacağına söz vermişti kendine.

"Edward Collins ve Ortakları" dedi bir kadın sesi, üçüncü çalıştan sonra. Özel sektörde telefonlar hemen açılırdı, çünkü işin ucunda para olabilirdi.

"Gavin Hughes'la konuşabilir miyim lütfen?" dedi Kay, Terri'nin dosyasına bakarak.

"Kiminle görüşüyorum?"

"Kay Bawden" dedi Kay.

Başını kaldırıp bakmadı; Alex'le ya da Una'yla göz göze gelmek istemiyordu. Hiç bitmeyecekmiş gibi gelen bir sessizlik oldu.

(Londra'da, Gavin'ın ağabeyinin doğum günü partisinde tanışmışlardı. Kay oradaki hiç kimseyi tanımıyordu, onu eşlik etsin diye yanında getiren arkadaşı hariç. Gavin, Lisa'dan yeni ayrılmıştı; biraz sarhoştu ama düzgün, güvenilir ve eski kafalı bir adam gibi görünüyordu; Kay'in normalde ilgi duyduğu erkek tipi bu değildi kesinlikle. Gavin biten ilişkisini anlatmıştı, sonra da Kay'in Hackney'deki dairesine gelmişti. Uzak mesafe ilişkisi yaşadıkları sürece Gavin ilgili davranmıştı; hafta sonları gelmiş ve Kay'i düzenli olarak aramıştı; ama sonra, bir mucize olmuş, Kay Yarvil'de maaşı daha düşük olsa da başka bir iş bulmuştu ve Hackney'deki dairesini satışa çıkarmıştı, bütün bunlar Gavin'ı ürkütmüş gibiydi...)

"Hattı hâlâ meşgul; sizi beklemeye alayım mı?"

"Evet, lütfen" dedi Kay; kendini berbat hissediyordu.

(Gavin'la ilişkisi yürümezse... ama *yürümeliydi*, başka yolu yoktu. Kay onun için taşınmış, onun için iş değiştirmişti, kızını yaşadığı yerden onun için koparmıştı. Gavin'ın niyeti ciddi olmasa, bütün bunlara göz yummazdı herhalde! Ayrılmalarının sonuçlarını hesap etmişti muhakkak. Pagford gibi küçücük bir kasabada sürekli rastlaşıp durmaları ne kadar berbat ve rahatsız edici olurdu kim bilir?)

Sekreter, "Sizi bağlıyorum" deyince Kay umutlandı.

"Selam" dedi Gavin. "Nasılsın?"

"İyiyim" diye yalan söyledi Kay, çünkü Alex ile Una dinliyorlardı. "Günün güzel geçiyor mu?"

"Yoğun geçiyor" dedi Gavin. "Senin?"

"Benim de öyle."

Kay telefonu kulağına sımsıkı yaslayıp beklerken, sessizliği dinlerken, Gavin'ın konuşmasını dinliyormuş gibi yaptı.

"Bu gece görüşmek ister misin diye merak etmiştim" dedi Kay sonunda; midesi bulanıyordu.

"Eee... görüşebileceğimizi sanmıyorum" dedi Gavin.

*Neden sanmıyorsun? Ne işin var ki?*

"Birine yardım etmem gerekebilir... Mary'ye. Barry'nin karısı. Tabutu taşımamı istiyor. Yani ben... tam olarak neler yapmam gerektiğini filan öğrenmem gerekiyor sanırım."

Bazen, Kay suskun kalırsa ve böylece Gavin'ın bahanelerinin yetersizliğini vurgularsa, Gavin utanıp geri adım atabiliyordu.

"Ama bütün akşamımı almaz herhalde" dedi adam. "Sonrasında görüşebiliriz, istersen."

"Tamam öyleyse. Yarın okul var, o yüzden bana gelmek ister misin?"

"Eee... hı hı, tamam."

"Kaçta?" diye sordu Kay; Gavin'ın en azından bir karar vermesini istiyordu.

"Bilmem... dokuz civarı?"

Gavin kapattıktan sonra da Kay telefonu birkaç saniye boyunca kulağında tutmayı sürdürdü; ardından da, Alex ile Una duysunlar diye, "Ben de seni. Görüşürüz bebeğim" dedi.

# 5

Rehber öğretmen olduğu için Tessa'nın çalışma saatleri kocasınınkilerden daha düzensizdi. Mesaisi bittikten sonra oğullarını Nissan'ıyla eve götürmek için beklerdi; Colin ise (Tessa ona Göz demezdi hiç – diğer herkesin, adamın lakabını çocuklarından öğrenen ebeveynler dahil, öyle dediğini bilse de demezdi) bir iki saat sonra Toyota'sıyla eve gelirdi. Ama Colin o gün dördü yirmi geçe, çocuklar hâlâ okul kapısından fırlayıp ailelerinin arabalarına ya da parasız servis otobüslerine binmeyi sürdürürken, otoparkta Tessa'yla buluştu.

Gökyüzü soğuk demir grisiydi, bir kalkanın iç tarafı gibiydi. Sert bir esinti etekleri havalandırdı ve güdük ağaçların yapraklarını hışırdattı; insanın en zayıf yerlerine, ensesine ve dizlerine girmeye çalışan bir rüzgârdı; insana tatlı tatlı hayal kurmayı, gerçeklikten biraz olsun uzaklaşmayı bile çok gören fesat, buz gibi bir rüzgâr. Tessa araba kapısını kapattıktan sonra bile kendini sersemlemiş ve keyifsiz hissetmeyi sürdürdü; sanki birisi ona çarpmış ve özür dilememişti.

Yanındaki yolcu koltuğunda oturan, arabanın küçüklüğü yüzünden dizlerini tuhaf bir şekilde yukarı kaldırmış olan Colin yirmi dakika önce odasına gelen bilgisayar öğretmeninin söylediklerini Tessa'ya aktardı. "... yokmuş. İki derse de girmemiş. Adam da hemen gelip bana söylemek istemiş. Yani yarın öğretmenler odasında herkes öğrenir. O da bunu istiyor zaten" dedi Colin hiddetle; Tessa artık bilgisayar öğretmeninden bahsetmediklerini anladı. "Bana isyan ediyor her zamanki gibi."

Tessa'nın kocası yorgunluktan sararmıştı; kızarmış gözlerinin altı gölgeliydi ve evrak çantasının sapını tutan elleri hafifçe titriyordu. İri eklemli, uzun ince parmaklı bu güzel eller, oğlunun ellerine benziyordu biraz. Tessa geçenlerde bunu oğluyla kocasına söylemişti; birbirlerine fiziksel açıdan biraz olsun benziyor olmaları fikri ikisinin de hiç hoşuna gitmemişti.

"Sanmıyorum, bence o..." diye söze başladı Tessa, ama Colin hâlâ konuşuyordu.

"... Yani, okulda kalma cezasını herkes gibi paşa paşa çekecek; eve gidince ben de ceza vereceğim. Bakalım bu hoşuna gidecek mi? Bakalım bu hafife alınacak bir mesele miymiş? Bir hafta sokağa çıkma cezası vermekle başlayabiliriz; bunu komik bulacak mı, görürüz bakalım."

Karşılık vermemeye çalışan Tessa başları eğik yürüyen, titreyen, ince ceketlerine sarınan, saçları ağızlarına giren öğrenci denizine göz gezdirdi. Okula bu sene gelmiş, tombul yanaklı, biraz şaşkın görünen bir öğrenci etrafa bakınarak, bineceği arabayı arıyordu. Kalabalık yarıldı ve Şişko belirdi; her zamanki gibi Arf Price'la birlikte yürüyordu ve saçını geriye savuran rüzgâr sıska yüzünü açığa çıkarıyordu. Bazen, belirli bir ışıkta belirli bir açıdan bakıldığında, Şişko yaşlı bir adam gibi görünürdü. Çok yorgun olan Tessa'nın gözüne oğlu tamamen yabancı biri gibi göründü bir an; Tessa onun dönüp arabaya doğru yürümeye başlamasını, kendisinin birazdan o korkunç, gerçek ötesi rüzgârda kapıyı açıp da onu içeri alacak olmasını tuhaf buldu. Ama Şişko yaklaşıp da Tessa'ya hafifçe gülümseyince, her şeye karşın sevdiği çocuğa dönüşüverdi ve kadın arabadan inip bıçak gibi keskin rüzgârda metanetle durarak çocuğun arabaya binmesini, babasının arkasına geçmesini bekledi; adam koltuğunu öne kaydırmadı.

Otoparktan parasız servis otobüslerinden önce çıktılar ve Yarvil'den, Fields'ın çirkin ve döküntü evlerinin önünden geçerek, Pagford'a çabucak geri dönmelerini sağlayacak çevre yoluna yöneldiler. Tessa dikiz aynasından Şişko'yu seyretti. Çocuk arka koltuğa yayılmış, pencereden dışarı bakıyordu; sanki annesi ile babası, onu otostop çektiği sırada tesadüfen görüp arabalarına almış iki yabancıydılar.

Colin çevre yoluna çıkana kadar bekledikten sonra, "Öğleden sonraki bilgisayar dersine girmemişsin; neredeydin?" diye sordu.

Tessa ister istemez dikiz aynasına baktı tekrar. Oğlunun esnediğini gördü. Colin'e sürekli aksini savunsa da, Şişko sahiden de babasına karşı bütün okulun gözleri önünde adice, kişisel bir savaş mı yürütüyor acaba diye merak ediyordu bazen. Oğluyla ilgili öyle şeyler biliyordu ki, bunları ancak rehber öğretmen olduğu için öğrenebilmişti; öğrenciler ona bazı şeyler anlatıyorlardı, bazen saf saf, bazense sinsice.

*Şişko'nun sigara içmesine kızmıyor musunuz? Evde içmesine izin veriyor musunuz?*

Tessa böyle bilgileri zihnindeki gayrimeşru ganimetler kutusuna koyup kaldırıyor, kocasına da, oğluna da onlardan bahsetmiyordu; ama içi içini yiyordu.

"Gezmeye çıktım" dedi Şişko istifini bozmadan. "Bacaklarım biraz hareket etsin dedim."

Colin koltuğunda geriye dönüp Şişko'ya baktı ve bağırmaya başladı; emniyet kemeri, paltosu ve evrak çantası el kol hareketlerini kısıtlıyordu. Colin kontrolünü yitirince sesini giderek yükseltirdi, öyle ki sonunda sesi neredeyse falsetto gibi çıkardı. Şişko ince dudaklarında yarım bir gülüşle, küstahça sırıtarak sessizce oturdu, ta ki babası ona haykırarak hakaretler savurmaya başlayana dek; Colin hakaret ederdi ama küfretmeyi sevmezdi.

"Seni küstah, bencil, küçük... küçük *bok*" diye haykırdı

adam; gözlerindeki yaşlar yüzünden yolu görmekte zorlanan Tessa, Şişko'nun ertesi gün Andrew Price'a Colin'in tiz falsetto sesle, tutuk küfürler savurmasını taklit edeceğinden emindi.

*Şişko, Göz'ün yürüyüşünü çok iyi taklit ediyor öğretmenim, gördünüz mü?*

"Benimle böyle konuşmaya nasıl cüret edersin? Derslerini asmaya nasıl *cüret* edersin?"

Colin öfkeyle bağırıp çağırmayı sürdürdü; Tessa, Pagford Yolu'na saparken ve Meydan'ın içinden, Mollison and Lowe'un önünden, savaş anıtı ile Black Canon'ın önünden geçerken yaşlı gözlerini kırpıştırdı; St. Michael and All Saints'ten Church Row'a saptı ve nihayet evlerinin garaj yoluna girdiğinde, Colin'in artık bağırmaktan sesi kısılmıştı, Tessa'nın yanakları ise parlak ve tuzluydu. Arabadan indiklerinde, babasının uzun uzun ettiği hakaretler karşısında yüz ifadesi zerre kadar değişmemiş olan Şişko kendi anahtarını kullanarak ön kapıdan eve girdi ve arkasına bakmadan, merdivenden ağır ağır üst kata çıktı.

Colin evrak çantasını karanlık hole atıp hışımla Tessa'ya döndü. Ön kapının yukarısındaki vitraydan gelen ışık öfkeli Colin'in kelleşmeye yüz tutmuş, kubbemsi kafasını tuhaf renklere, kan rengine ve hayalet mavisine boyuyordu.

"Görüyor musun?" diye haykırdı adam, uzun kollarını sallayarak. "Neyle uğraşıyorum, görüyor musun?"

"Evet" dedi kadın; hol sehpasındaki kutudan bir avuç kâğıt mendil alıp yüzünü kurulayıp burnunu silerken. "Evet, görüyorum."

"Bizim neler çektiğimiz umurunda değil!" diyen Colin boğmaca olmuş bir çocuk gibi sesler çıkararak ağlamaya başladı. Tessa hemen Colin'in yanına gidip adamın göğsüne, belinin biraz üstünden sarıldı; kısa boylu ve tıknaz olduğundan ancak oraya ulaşabiliyordu çünkü. Colin de eğilip ona sarıldı;

Tessa adamın titrediğini, paltosunun altındaki göğüs kafesinin inip kalktığını hissedebiliyordu.

Birkaç dakika sonra kendini usulca kurtarıp adamı mutfağa götürdü ve ona çay yaptı.

Bir süre oturup onun elini okşadıktan sonra, "Mary'ye güveç götüreceğim" dedi. "Akrabalarının yarısı orada. Ben dönünce erkenden yatarız."

Adam başıyla onaylayarak burnunu çekti; Tessa onu şakağından öptükten sonra derin dondurucuya gitmek için dışarı çıktı. Buz gibi olmuş ağır yemeği taşıyarak geri döndüğünde adam masada oturuyordu, fincanını iki eliyle tutmuştu ve gözleri kapalıydı.

Tessa plastik torbaya sarılı güveci ön kapının yanına, fayansların üstüne koydu. Genellikle ceket niyetine giydiği kalın, yeşil hırkayı üstüne geçirdi, ama ayakkabılarını giymedi. Parmak uçlarına basa basa sahanlığa çıktı; oradan da ikinci kattaki çatı odasına çıkarken, sessiz olmaya daha az özen gösterdi.

Kapıya yaklaşınca içeride bir sıçan koşturdu sanki. Tessa kapıyı çalarak, Şişko'ya internette neye bakıyorsa kapatması ve varsa ortalıktaki sigaraları saklaması için zaman tanıdı; Şişko sigara içtiğini onun bildiğinden habersizdi.

"Evet?"

Tessa kapıyı açtı. Oğlu yapmacık bir edayla okul çantasının üstüne eğilmişti.

"Okulu asacak başka gün bulamadın mı?"

Şişko doğruldu; annesinden uzun boyluydu ve sırım gibiydi.

"Okuldaydım. Geç girdim. Bennett fark etmedi. İşe yaramazın teki."

"Stuart, lütfen. *Lütfen.*"

Tessa bazen okuldaki çocuklara da bağırmak istiyordu. *Başka insanların varlığını kabul etmelisin* diye haykırmak istiyordu. *Gerçekliği değiştirilebileceğini sanıyorsun, gerçek-*

*lik sen ne dersen odur sanıyorsun. Bizim de senin kadar gerçek olduğumuzu kabul etmelisin; kendinin Tanrı olmadığını kabul etmelisin.*

"Baban çok üzgün Stu. Barry yüzünden. Anlamıyor musun?"

"Anlıyorum" dedi Şişko.

"Yani, Arf ölse sen ne hissederdin, bir düşün."

Şişko yanıt vermedi, yüz ifadesi de pek değişmedi; ama Tessa onun küçümsediğini, eğlendiğini hissetti.

"Senin ve Arf'ın, baban ve Barry gibi insanlardan çok farklı olduğunuzu düşündüğünü biliyorum..."

"Hayır" dedi Şişko; ama Tessa oğlunun bunu sırf konuşmayı bitirme umuduyla söylediğini biliyordu.

"Mary'ye yemek götüreceğim. Ben yokken babanın canını daha fazla sıkacak şeyler yapma Stuart; sana yalvarıyorum. Lütfen Stu."

"Tamam" dedi Şişko hafifçe gülüp omuz silkerek. Tessa daha kapıyı kapamadan önce bile, Şişko'nun dikkatinin kırlangıç gibi süzülerek kendi kaygılarına geri döndüğünü hissetti.

## 6

Fesat rüzgâr ikindi sonundaki alçak bulutları alıp götürdü ve günbatımında dindi. Wall'ların evinden sonraki üçüncü evde, lambayla aydınlanan makyaj masasının aynasındaki yansımasına bakarak oturan Samantha Mollison'a sessizlik ve sakinlik iç karartıcı geldi.

Son iki günü kötü geçmişti. Samantha neredeyse hiçbir şey satamamıştı. Champêtre'in satış temsilcisi adam kat kat gerdanlı, sinir bozucu biri çıkmıştı; bavulunun içi de çirkin sutyenlerle doluydu. Adam yalnızca ilk konuşmalarda öyle kibardı anlaşılan, çünkü bu kez tam bir işadamı gibi davranmış, Samantha'ya tepeden bakmış, mallarını eleştirmiş ve onu sipariş vermesi için zorlamaya çalışmıştı. Samantha daha genç, uzun boylu ve seksi birini hayal etmişti; o adamı ve cart renkli iç çamaşırlarını küçük dükkânından bir an önce çıkarmak istemişti.

Öğleyin Mary Fairbrother için başsağlığı kartı almıştı ama içine ne yazacağını bilemiyordu; birlikte hastaneye yaptıkları o kâbus gibi yolculuktan sonra sadece imza atması yeterli gelmiyordu. Birbirlerine asla çok yakın olmamışlardı. İnsan Pagford gibi küçük yerlerde herkesle sürekli karşılaşırdı, ama Samantha ile Miles, Barry ile Mary'yi *gerçek* anlamda tanımıyorlardı. Hatta karşıt gruplarda oldukları da söylenebilirdi, çünkü Howard ile Barry, Fields konusunda tartışıp dururlardı hep... Gerçi Samantha o konuda taraf tutmuyordu, çünkü umurunda değildi. Yerel siyaset gibi önemsiz şeylerle ilgilenmezdi o.

Yorgundu, keyifsizdi ve bütün gün abur cubur yediği için karnı şişmişti; Miles'ın anne babasının evine akşam yemeğine gideceklerdi ama keşke gitmeseydik diye düşündü. Kendini aynada seyrederken, ellerini yanaklarına bastırdı ve derisini hafifçe geriye, kulaklarına doğru çekti. Bu küçücük değişim Samantha'yı gençleştirdi. Yüzünü yavaşça iki yana çevirerek bu gergin maskeyi inceledi. Böyle daha iyiydi, çok daha iyiydi. Ameliyat olmanın ne kadara mal olacağını merak etti; canının ne kadar yanacağını; böyle bir şeye cesaret edip edemeyeceğini. Kaynanasının onun yeni, kırışıksız yüzünü görünce ne diyeceğini hayal etmeye çalıştı. Shirley ile Howard, torunlarının eğitim masraflarının bir kısmını karşılıyorlardı ve Shirley bunu onlara hatırlatıp dururdu hep.

Miles yatak odasına girdi; Samantha cildini germeyi bırakıp gözaltı kapatıcısını aldı ve makyaj sırasında hep yaptığı gibi başını geriye attı. Böylece hafif sarkık gerdanı geriliyor ve gözaltı torbaları küçülüyordu. Ağız kenarlarında küçük, incecik kırışıklıklar vardı. Sentetik bir bileşik enjekte edilerek bu kırışıklıkların doldurulabildiğini okumuştu. Acaba çok fark eder mi diye düşündü. Yüzünü gerdirmekten daha ucuza mal olacağı kesindi, hem belki Shirley de fark etmezdi. Aynadan omzunun üstüne dönüp bakınca, Miles'ın kravatı ile gömleğini çıkardığını gördü; adamın iri göbeği pantolonunun üstüne sarkmıştı.

"Bugün biriyle görüşmeyecek miydin? Bir satış temsilcisiyle?" diye sordu adam. Gardırobun içine bakarken kıllı karnını dalgın dalgın kaşıdı.

"Evet, ama iyi geçmedi" dedi Samantha. "Malları berbattı."

Miles eşinin yaptığı işten hoşlanıyordu; onun büyüdüğü evde tek önemli meslek perakendecilikti ve ticarete olan saygısını, Howard'ın ona aşıladığı saygıyı asla yitirmemişti. Hem Samantha'nın işiyle bol bol dalga geçme ve kendini daha etkili şekillerde övme fırsatı geçiyordu eline. Miles aynı iğneleyici sözleri, aynı kurnazca göndermeleri tekrarlayıp durmaktan asla bıkmıyor gibiydi.

"Kesimleri mi kötüydü?" diye sordu çokbilmişçe.

"Tasarımları kötüydü. Renkleri de korkunçtu."

Samantha kuru, kalın telli, kahverengi saçını tarayıp arkadan toplarken, Miles'ın pamuklu dokumadan bir pantolon ve polo gömlek giymesini aynadan seyretti. Gergindi; en ufak bir tahrik karşısında ters bir laf edebileceğini veya ağlayabileceğini hissediyordu.

Evertree Crescent yalnızca birkaç dakikalık mesafedeydi, ama Church Row'un yolu sarp olduğundan arabayla gittiler. Hava iyice kararmaya başlamıştı; yolun tepesine varınca gölgelerin içinde yürüyen, silueti ve yürüyüşüyle Barry Fairbrother'ı andıran bir adamın yanından geçtiler; afallayan Samantha, adamın kim olduğunu merak ederek dönüp baktı. Miles'ın arabası yolun tepesinden sola saptı ve bir dakika sonra da sağa saparak, 1930'lardan kalma tek katlı evlerden oluşan hilalin içine girdi.

Howard ile Shirley'nin oturduğu geniş pencereli, alçak kâgir binanın önünde ve arkasında büyük birer bahçe vardı; Miles yazları bu bahçelerin çimlerini yol yol biçerdi. Bu evde uzun yıllardır oturan Howard ve Shirley bahçeye fayton lambaları ile dökme demirden beyaz bir bahçe kapısı eklemiş, ön kapının iki yanına sardunyalarla dolu toprak saksılar koymuşlardı. Zilin yanına da ahşap bir levha çakmışlardı; levhada eski tarz, siyah gotik harflerle ve tırnak işaretiyle yazılmış "Ambleside" yazısı vardı.

Samantha bazen kayınpederi ve kaynanasının eviyle ilgili acımasız espriler yapardı. Miles onun iğnelemelerine göz yumar, Samantha ile kendisinin daha zevk sahibi olduklarını kabul ederdi; onların evi laminant parkeliydi, kapıları ahşaptı, yerleri halı kaplıydı, duvarlarında çerçeveli tablolar asılıydı, kanepeleri de rahatsız ama şıktı; yine de Miles içten içe çocukluğunu geçirdiği bu tek katlı evi daha çok severdi. Bu evde neredeyse tüm zeminler tüylü ve yumuşak şeylerle kaplıydı; içeride cereyan olmazdı hiç, televizyon koltukları da son derece rahattı. Yazları, Miles çimleri biçmeye ara verip de bu koltuklardan birine oturarak geniş ekran televizyonda kriket maçı izlerken, Shirley ona soğuk bira getirirdi. Bazen Miles'ın kızlarından biri de gelip yanına oturur ve babaannelerinin onlar için yaptığı çikolata soslu dondurmayı yerdi.

"Selam canım" dedi Shirley kapıyı açınca. Üstünde desenli önlüğü vardı ve kısa boyu, tıknaz vücuduyla küçük, muntazam bir biberliğe benziyordu. Kadın uzun boylu oğlunun onu öpmesi için parmak uçlarında yükseldikten sonra, "Selam Sam" dedi ve hemen sırtını döndü. "Yemek hazır sayılır. Howard! Miles ile Sam geldiler!"

Ev mobilya cilası ve lezzetli yemek kokuyordu. Howard mutfaktan, bir elinde bir şişe şarap, diğerinde tirbuşonla çıktı. Shirley ustaca gerileyerek oturma odasına girip, holü neredeyse tamamen kaplayan Howard'a yer açtı ve ardından mutfağa daldı.

"İşte geldiler, yardımsever insanlar!" diye gürledi Howard. "Sutyen işi nasıl gidiyor Sammy? Ekonomik krizi göğüsleyebiliyor musun?"

"Şaşırtıcı ama satışlar zıplıyor Howard" dedi Samantha.

Howard kahkahayı bastı; Samantha adamın ellerinde tirbuşon ve şişe olmasa, kalçalarına şaplak atacağından emindi. Kayınpederinin mıncıklamalarına ve şaplaklarına, bunların daha fazlasını yapamayacak kadar şişmanlamış ve yaşlanmış olan adamın zararsız teşhirciliğinden kaynaklandığını düşünerek göz yumuyordu; ayrıca böyle hareketlerin Shirley'nin sinirini bozması da hoşuna gidiyordu. Shirley hoşnutsuzluğunu asla açıkça belli etmezdi; gülümsemesi solmazdı, tatlı ve sağduyulu sesi de titremezdi, ama Howard'ın küçük tacizlerinden hemen sonra gelinine inceden inceye giydirirdi mutlaka. Kızların okul aidatlarının yükseldiğinden bahsederdi, Samantha'nın diyetiyle ilgili sorular sorardı, Miles'a, sence de Mary Fairbrother çok hoş bir kadın değil mi diye sorardı; Samantha bütün bunlara gülümseyerek katlanırdı ve daha sonra acısını Miles'tan çıkarırdı.

"Selam Mo!" diyen Miles, Howard ile annesinin salon dedikleri odaya Samantha'dan önce girdi.

"Selam yakışıklı" dedi Maureen kalın ve hırıltılı sesiyle. "Bir öpücük ver bakayım."

Howard'ın iş ortağı kanepenin bir köşesine oturmuş, elindeki küçük şeri bardağını sımsıkı tutuyordu. Fuşya pembesi bir elbise, siyah külotlu çorap ve yüksek topuklu ayakkabılar giymişti. Kabartılmış ve bol jöleli, simsiyah saçının altındaki yüzü solgun, maymun gibiydi; kat kat ve cart pembe rujlu dudaklarını, Miles onu yanağından öpmek için eğilirken büzdü.

"İş konuşuyorduk. Yeni kafeyle ilgili planlarımızı. Sam, selam canım" diye ekledi Maureen, yanındaki kanepe minderine pat pat vurarak. "Ah, ne hoşsun ve ne güzel yanmışsın; İbiza'dan mı kalma hâlâ? Gel de yanıma otur. Golf kulübünde şoka girmiş olmalısın. Korkunçtu mutlaka."

"Evet, öyleydi" dedi Samantha.

Ve ilk kez Barry'nin ölümünü anlatmaya başladı, o sırada Miles da etrafında dört dönerek araya girme fırsatı yakalamaya çalışıyordu. Howard, Pinot Grigio'yla dolu büyük kadehleri dağıtırken, Samantha'nın anlattıklarını ilgiyle dinledi. Howard ile Maureen'in ilgisinden hoşlanan ve alkolün midesini rahatlatıcı bir şekilde yaktığını hisseden Samantha'nın iki gündür süren gerginliği giderek azaldı; kendini az da olsa iyi hissetmeye başladı.

Oda sıcak ve tertemizdi. Gazlı şöminenin iki yanındaki raflarda çeşitli porselen süsler vardı; bunların neredeyse her biri II. Elizabeth'in hükümdarlık dönemine ait bir dönüm noktasını ya da yıldönümünü temsil ediyordu. Köşedeki küçük kitaplıkta mutfakta yer kalmadığı için oraya konmuş kitaplar, kral ve kraliçelerin yaşamöyküleri ile parlak ciltli yemek kitapları duruyordu. Raflar ve duvarlar fotoğraflarla bezeliydi: Miles ile kız kardeşi Patricia, üzerlerinde benzer okul formalarıyla yan yana çerçevelerin içinden gülümsüyorlardı; Miles ile Samantha'nın iki kızının, Lexie ile Libby'nin, bebekliklerinden gençliklerine dek çeşitli dönemlerine ait fotoğrafları konmuştu. Samantha aile galerisindeki tek bir fotoğrafta vardı, ama en büyük ve en dikkat çekici fotoğraflardan biriydi bu. On altı yıl önce, Samantha ile Miles'ın düğününde çekilmişti. Genç ve yakışıklı Miles, delici mavi gözlerini kısarak fotoğrafçıya bakmıştı; Samantha ise gözlerini kırpıştırmış gibiydi biraz, yüzü yana dönüktü, başka bir objektife doğru gülümserken gerdanı katlanmıştı. Hamileliği yüzünden şişmiş olan memeleri beyaz saten gelinliğini germiş, fazla iri görünmesine yol açmıştı.

Maureen zayıf, pençe gibi eliyle boynundan hiç çıkarmadığı zinciriyle oynuyordu; zincirde bir haç ve müteveffa kocasının alyansı asılıydı. Samantha, doktorun Mary'ye yapılacak bir şey olmadığını söylediği kısma gelince Maureen boşta kalan eliyle Samantha'nın dizini tutup sıktı.

"Sofra hazır!" diye seslendi Shirley. Samantha başta gelmek istememiş olsa da, kendini iki gündür ilk kez bu kadar iyi hissediyordu. Maureen ile Howard ona sakat bir kahramanmış gibi davranıyorlardı ve yemek odasına gitmek üzere onların yanından geçerken sırtına hafifçe vurdular.

Shirley ışıkları kısmış, duvar kâğıdıyla ve en iyi peçeteleriyle uyumlu, uzun, pembe mumlar yakmıştı. Loş ışıkta çorba tabaklarından yükselen buharlar, Howard'ın geniş ve al yanaklı yüzünün bile hayalet gibi görünmesine yol açıyordu. Büyük kadehindeki şarabı neredeyse bitirmiş olan Samantha, Howard golf kulübünde olanları bir de Barry'nin ağzından dinlemek için ruh çağırma seansı düzenleyeceklerini açıklasa bunun ne komik olacağını düşündü.

"Eh" dedi Howard kalın sesle. "Barry Fairbrother'a kadeh kaldırsak iyi olur herhalde."

Samantha şarabının çoğunu içmiş olduğunu Shirley fark etmesin diye çabucak fondip yaptı.

"Anevrizmadan öldüğü neredeyse kesin" dedi Miles, kadehler masa örtüsüne bırakılır bırakılmaz. Bu bilgiyi Samantha'dan bile gizlediğine memnundu, çünkü aksi takdirde Samantha Maureen ve Howard'la konuşurken söyleyip heba edebilirdi. "Gavin firma adına başsağlığı dilemek ve vasiyet hakkında konuşmak için Mary'yi aradığında ondan duymuş. Barry'nin beynindeki bir atardamar şişip patlamış." (Miles, Gavin'la konuştuktan sonra ofisine döndüğünde atardamar kelimesini internette araştırmıştı.) "Her an olabilirmiş zaten. Doğuştan gelen bir şeymiş."

"Korkunç" dedi Howard; ama sonra Samantha'nın kadehinin boş olduğunu fark etti ve doldurmak için sandalyesinden kalktı. Shirley çorba içmeyi sürdürdü; kaşları saç çizgisine değecekti neredeyse. Samantha nispet yapar gibi biraz daha şarap içti.

"Ne oldu biliyor musunuz?" dedi, biraz dili dolanarak. "Buraya gelirken yolda onu gördüğümü sandım. Karanlıkta. Barry'yi."

"Erkek kardeşlerinden birini görmüşsündür" diye kestirip attı Shirley. "Hepsi birbirine benziyor."

Ama Maureen'in kahkahası, Shirley'nin sesini bastırdı.

"Ben Ken'in öldüğü günün akşamı Ken'i gördüğümü sanmıştım. Bahçede duruyordu resmen, mutfak penceresinin ardından bana bakıyordu. Güllerinin arasındaydı."

Kimse karşılık vermedi; bu hikâyeyi daha önce de duymuşlardı. Bir dakika boyunca hafif şapırtılardan başka ses çıkmadı, sonra Maureen karga gibi sesiyle tekrar konuştu:

"Gavin, Fairbrother'ların yakın arkadaşı değil mi Miles? Barry'yle *squash* oynamıyor mu? Yani oynamıyor *muydu*?"

"Hı hı, Barry her hafta tozunu attırıyordu onun. Gavin çok kötü oynuyor herhalde; Barry ondan on yaş büyüktü."

Masada oturan üç kadının da mum ışığıyla aydınlanan yüzlerinde kibirli bir neşe belirdi. Belki de tek ortak yönleri, Miles'ın genç ve sırım gibi iş ortağına karşı duydukları biraz sapıkça ilgiydi. Maureen'in ilgisi, esas olarak, Pagford'da dönen bütün dedikodulara karşı duyduğu bitmek bilmez açlıktan kaynaklanıyordu; genç bir bekârın yaptığı şeyler birinci sınıf dedikodu malzemesiydi. Shirley, Gavin'ın aşağılık kompleksi ve kendine güvensizliğiyle ilgili sözler duymaktan çok hoşlanıyordu, çünkü bu duydukları kendi hayatının ikiz tanrıları Howard ile Miles'ın başarıları ve özgüvenleriyle hoş bir tezat oluşturuyordu. Samantha'nın durumuysa farklıydı, Gavin'ın pasifliği ve ihtiyatlılığı onda kadınsı bir zalimlik uyandırıyordu; onun bir kadın tarafından tokatlanarak uyandırılmasını, hizaya getirilmesini ya da tartaklanmasını görmeyi çok isterdi. Her görüşmelerinde Gavin'a biraz gıcık davranıyordu; adamın onunla başa çıkamadığını hissettiğinden, onu kolay idare edilemeyecek bir kadın olarak gördüğünden emin oluyor, bundan büyük bir haz alıyordu.

"Eee, Londralı bayan arkadaşıyla arası nasıl bu aralar?" diye sordu Maureen.

"O kadın artık Londra'da oturmuyor Mo. Hope Sokağı'na taşındı" dedi Miles. "Ve bana sorarsan, Gavin onunla tanıştığına tanışacağına pişman oldu. Gavin'ı bilirsin. Doğuştan ürkektir."

Miles okuldayken Gavin'dan birkaç sınıf üstteydi ve iş ortağından bahsederken altıncı sınıfta okuyan bir sınıf başkanıymış edası takınırdı hep.

"Hani şu esmer kız? Kısacık saçlı?"

"Evet, o" dedi Miles. "Sosyal hizmet görevlisi. Düz tabanlı ayakkabılar giyen."

"Şarküteriye de gelmişti, değil mi How?" dedi Maureen heyecanla. "Ama iyi yemek yapan biri gibi gelmedi bana, en azından öyle görünmüyor."

Çorbadan sonra fırında pişirilmiş domuz kontrfile geldi. Howard'ın teşvikiyle içtikçe içen Samantha giderek çakırkeyif oluyordu; ama halinden memnun olsa da, içinden bir ses açık denize sürüklenmiş bir adam gibi, boş yere imdat diyordu. Samantha bu sesi susturmak için daha da fazla şarap içti.

Masaya saf ve beklenti yüklü bir sessizlik çöktü, sanki temiz bir masa örtüsü serilmişti ve artık herkes Howard'ın yeni bir konu açacağını biliyor gibiydi. Howard bir süre yemeğini yemeğe devam etti ve büyük yudumlarla şarap içti; onu seyrettiklerinin farkında değildi sanki. Tabağındaki yemeğin yarısını bitirdikten sonra nihayet ağzını peçeteyle silip konuşmaya başladı:

"Evet, şimdi Belediye Meclisi'nde neler yaşanacağını görmek ilginç olacak." Yüksek sesle geğirmemek için kendini tutmak zorunda kaldı; kusacakmış gibi oldu bir an. Göğsüne vurdu. "Pardon. Evet. Gerçekten ilginç olacak. Fairbrother öldüğüne göre" –Howard adamdan iş hayatında bahsettiği şekilde bahsetmeye başlamıştı– "yazısı gazetede yayımlanmaz herhalde. Bezdiren işgüzarlık etmezse tabii" diye ekledi.

Howard, Parminder Jawanda'nın Belediye Meclisi'ne katıldığı gün kadına "Bezdiren Butto" lakabını takmıştı. Fields karşıtları bu lakabı sevmişlerdi.

Maureen, "Yüzündeki ifadeyi görecektin" dedi Shirley'ye. "Haberi verdiğimizde kadının yüzünü görecektin. Eh... ben aslında hep şey diye düşündüm... *anlarsın ya...*"

Samantha kulak kabarttı ama Maureen'in iması kesinlikle komik ötesiydi. Parminder, Pagford'un en yakışıklı adamıyla evliydi: boylu poslu, kartal burunlu, uzun ve gür kirpikli, tembel tembel ve çokbilmişçe gülümseyen Vikram'la. Bunca yıldır Samantha ne zaman adamla sokakta karşılaşsa saçını geriye savuruyor ve gereğinden fazla gülüyordu; Vikram'ın vücudu Miles'ın ragbi oynamayı bırakmadan önceki haline benziyordu. Şimdi yumuşamış, göbeği çıkmıştı kocasının.

Samantha, Vikram ve Parminder'le komşu olmalarından kısa süre sonra, ikisinin görücü usulüyle evlendiklerini duymuştu. Bu olayı inanılmaz derecede erotik bulmuştu. Vikram'la evlenmesinin *emredildiğini*, bunu yapmak *zorunda* kaldığını hayal etmişti; kurduğu küçük bir fantezide, yüzünde peçesiyle bir odaya sokulan kader kurbanı bir bakireydi... Başını kaldırıp bakınca öyle bir *vücut* görmek, ona sahip olduğunu bilmek müthiş olmalıydı... Üstelik adamın mesleği de heyecan vericiydi. Öyle büyük bir sorumluluk, çok daha çirkin bir adamı bile seksi kılardı...

(Vikram yedi yıl önce Howard'ın dörtlü baypas ameliyatını yapmıştı. O zamandan beri Vikram ne zaman Mollison and Lowe'a girse, Howard'ın esprilerine ve gevezeliğine maruz kalıyordu.

"Kuyruğun başına geçin lütfen Bay Jawanda! Hanımlar, yana çekilin lütfen... Hayır Bay Jawanda, ısrar ediyorum... bu adam hayatımı kurtardı benim, yaşlı kalbimi iyileştirdi... Bay Jawanda, ne istersiniz efendim?"

Howard, Vikram'a tadımlık bir şeyler vermekte diretirdi hep, adamın satın aldığı her şeyden de fazla fazla koyardı. Samantha, Vikram'ın artık şarküteriye pek gelmemesinin sebebinin Howard'ın bu maskaralıkları olduğunu düşünüyordu.)

Samantha son konuşulanları duymamıştı, ama bunun bir önemi yoktu. Diğerleri Barry Fairbrother'ın yerel gazete için yazdığı bir şeylerden bahsediyorlardı hâlâ.

"... onunla bu konuda konuşmak zorunda kalacaktım" diye gürledi Howard. "Çok sinsi bir tavırdı. Eh, neyse, artık bunlar geçmişte kaldı.

Fairbrother'ın yerine kimin geçeceğini düşünmeliyiz artık. Çok yıkılmış olsa bile Bezdiren'i hafife almamalıyız. Bu büyük bir hata olur. Fairbrother'ın yerine kendi seçtiği birini geçirmek için çalışmalarına çoktan başlamıştır herhalde, o yüzden biz de kendi adayımızı düşünmeliyiz. Bir an önce işe koyulmalıyız. İyi yöneticiliğin kuralıdır bu."

"Tam olarak ne yapılacak peki?" diye sordu Miles. "Seçim mi?"

"Olabilir" dedi Howard sağduyulu bir edayla, "ama sanmam. Ortada münhal mevki durumu var, hepsi bu. Seçim isteyenler azınlıkta kalırsa... gerçi dediğim gibi, Bezdiren'i hafife almamalıyız... ama referandum önerebilmesi için gereken dokuz kişiyi toplayamazsa, yeni meclis üyesini kendi aramızda seçeriz olur biter. Bu durumda bizim de dokuz üyenin oyuna ihtiyacımız olur. Dokuz oy yeter. Fairbrother'ın görev süresinin bitmesine üç yıl vardı. Bence değer. Fairbrother'ın koltuğuna bizden birini oturttuk mu meclise ağırlığımızı koyabiliriz."

Howard küre şeklindeki şarap kadehine kalın parmaklarıyla tık tık vurarak, masanın karşı tarafında oturan oğluna baktı. Shirley ile Maureen de Miles'ı seyrediyorlardı; Samantha, Miles'ın babasına mama beklentisiyle titreyen, iri, tombul bir Labrador gibi baktığını düşündü.

Samantha asıl meselenin ne olduğunu, masadakilerin neden tuhaf bir şekilde kutlama havasına büründüklerini anladı; ayık olsa biraz daha erken anlardı. Başlangıçta sarhoşluğu özgürleştirici olmuş, ama birdenbire fazla kısıtlayıcı gelmeye başlamıştı; çünkü Samantha bir şişeden fazla şarap içtikten ve uzun süre sustuktan sonra, şimdi doğru düzgün konuşup konuşamayacağından emin değildi. Dolayısıyla aklından geçen düşünceyi dillendirmedi.

*Onlara bu meseleyi önce benimle konuşacağını söyle Miles, yoksa karışmam.*

## 7

Tessa Wall'un Mary'nin evinde çok kalmaya niyeti yoktu –kocasıyla Şişko'yu evde baş başa bırakmaktan huzursuz olurdu hep– ama ziyareti her nasılsa uzayıp iki saat sürmüştü. Fairbrother'ların evi kamp yataklarıyla ve uyku tulumlarıyla doluydu; ölümün yol açtığı vakum uzak yakın bütün akrabaları buraya çekmişti, ama Barry'nin içinde kaybolduğu boşluğu hiçbir gürültü ya da faaliyet örtemezdi.

Arkadaşlarının ölümünden beri ilk kez düşünceleriyle baş başa kalan Tessa, karanlıkta Church Row'dan geri dönüyordu; ayakları ağrıyordu ve hırkası onu soğuktan yeterince korumuyordu. Kolyesindeki tahta boncukların tıkırtılarından ve önünden geçtiği evlerden gelen hafif televizyon seslerinden başka ses duymuyordu.

Birden aklına geldi. *Barry biliyor muydu acaba?*

Hayatının büyük sırrını, evliliğinin temelinde yatan o berbat şeyi kocasının Barry'ye söylemiş olabileceği aklına gelmemişti hiç. Colin'le ikisi, bu konuyu hiç konuşmazlardı (gerçi özellikle son zamanlarda birçok konuşmalarını gölgeleyen imalar da oluyordu).

Ama bu gece Tessa, Şişko'dan bahsedince Mary ona yan yan bakmıştı sanki...

*Bitkinsin, kuruntu yapıyorsun* dedi Tessa kendi kendine sertçe. Colin öyle ketumdu ki, ağzı öyle sıkıydı ki, söylemiş olması mümkün değildi; idolleştirdiği Barry'ye bile söylemiş olamazdı. Tessa, Barry'nin belki de gerçeği bildiğini düşünmekten nefret ediyordu... adamın ona, yani Tessa'ya, yaptığı şey yüzünden acıdığı için Colin'e iyi davrandığını düşünmekten...

Oturma odasına girdiğinde kocası televizyonun karşısında oturuyordu, gözlüğünü takmıştı ve arkadan haberlerin sesi geliyordu. Colin'in kucağında bir deste basılı kâğıt, elinde de kalem vardı. Tessa, Şişko'yu ortalıkta görmeyince rahatladı.

"Durumu nasıl?" diye sordu Colin.

"Şey, bilirsin... çok iyi değil" dedi Tessa. Eski koltuklardan birine çöktü ve rahatlayınca hafifçe inledi; eskimiş ayakkabılarını çıkardı. "Ama Barry'nin ağabeyi muhteşem."

"Hangi açıdan?"

"Şey... malum işte... çok yardımcı oluyor."

"Bana biraz güvenilmez bir insan gibi gelir hep" diyen sesi duyuldu Colin'in.

"Sahi mi?" dedi Tessa, seve seve gömüldüğü karanlığın derinliklerinden.

"Evet. Paxton Lisesi'ne karşı oynanacak maçta hakemlik yapacağını söylemişti, hatırlıyor musun? Sonra da maça yarım saat kala vazgeçmişti, onun yerine Bateman hakemlik yapmak zorunda kalmıştı hani?"

Tessa ters bir karşılık vermemek için kendini tuttu. Colin'in ilk izlenimlere dayanarak, tek bir eylemden yola çıkarak genelleme yapmak gibi bir huyu vardı. İnsan doğasının son derece değişken olduğunu ve her sıradan yüzün ardında kendisininki gibi ilginç ve eşsiz bir iç dünyanın yattığını asla anlayamıyor gibiydi.

"Eh, çocuklarla çok iyi anlaşıyor" dedi Tessa ihtiyatla. "Yatağa gitsem iyi olacak."

Ama kımıldamadı; vücudunun sızlayan yerlerine odaklandı. Ayakları, beli, omuzları, her yeri ağrıyordu.

"Tess, düşünüyordum da."

"Hımm?"

Colin'in gözlüğü gözlerini köstebek gözü gibi küçücük gösterdiğinden, kelleşmeye yüz tutmuş adamın yumrulu alnı iyice dikkat çekiyordu.

"Barry'nin Belediye Meclisi'nde yapmaya çalıştığı şeyleri düşündüm. Uğrunda mücadele ettiği her şeyi. Fields'ı. Bağımlılık kliniğini. Bütün gün bunları düşündüm." Adam derin bir soluk aldı. "Onun yarım bıraktığı işleri ben tamamlayabilirim diye düşündüm."

Kaygıya kapılan Tessa koltuğunda öylece kalakaldı, konuşamadı bir an. Yüzündeki ifadesizliği profesyonelce korumaya çabaladı.

"Eminim ki Barry de bunu isterdi" dedi Colin. Sesindeki tuhaf heyecana biraz savunmacı bir tını eklenmişti.

*Barry'nin* dedi Tessa'nın en dürüst iç sesi, *bunu yapmanı isteyeceğini asla, bir an olsun bile düşünme. Bunu yapmasını isteyeceği en son insansın sen.*

"Hoppala" dedi. "Eh. Biliyorum ki Barry çok... ama bu çok ağır bir sorumluluk Colin. Hem Parminder de ölmedi ya. O hâlâ yaşıyor ve Barry'nin istediği şeyleri yapmak için çaba gösterecektir."

*Parminder'i aramalıydım* diye düşündü konuşurken; suçluluk duygusu yüzünden midesine ağrı girdi. *Ah Tanrım, Parminder'i aramak niye aklıma gelmedi ki?*

"Ama desteğe ihtiyacı olacak; tek başına hepsiyle başa çıkamaz" dedi Colin. "Ve Howard Mollison şu an Barry'nin yerine bir kuklasını geçirmeye çalışıyordur eminim. Herhalde daha şimdiden..."

"Ah Colin..."

"Bahse girerim yapmıştır! O nasıldır bilirsin!"

Colin'in kucağındaki kâğıtlar beyaz bir şelale gibi yere aktılar.

"Bunu Barry için yapmak istiyorum. Onun bıraktığı yerden devam edeceğim. Çabalarının boşa gitmemesini sağlayacağım. Onun neler düşündüğünü biliyorum. Meclis üyeliğinin ona eşsiz fırsatlar sunduğunu söylerdi ve bak, halk için ne çok şey yaptı. Onun bıraktığı yerden devam edeceğim. Neler yapmam gerektiğine bir bakacağım yarın."

"Tamam" dedi Tessa. Colin bir şeye heveslendiğinde ona başta itiraz etmemek gerektiğini, yoksa adamın devam etme azminin iyice pekiştiğini bunca yıllık tecrübelerinden öğrenmişti. Colin de Tessa'nın çoğunlukla başta hemfikirmiş gibi yapıp sonradan itiraz ettiğini öğrenmişti. Böyle konuşmalar sırasında, uzun süredir gizledikleri ve dillendirmedikleri sırlarını anımsarlardı hep. Tessa, Colin'e borçlu olduğunu hissediyordu. Colin de alacaklı olduğunu hissediyordu.

"Bunu yapmayı gerçekten istiyorum Tessa."

"Anlıyorum Colin."

Tessa koltuktan kalkarken, üst kata çıkacak kadar enerjisi olup olmadığını düşündü.

"Yatağa geliyor musun?"

"Birazdan. Önce şu kâğıtları bitirmek istiyorum."

Adam yere düşmüş basılı kâğıtları toplamaya başlamıştı; gözünü karartarak giriştiği yeni projesi ona hummalı bir enerji veriyordu sanki.

Tessa yatak odalarında yavaşça soyundu. Yerçekimi artmış gibiydi; kollarını kaldırmak, inatçı fermuarını açmaya çalışmak Tessa'ya çok zor geliyordu. Geceliğini giyip banyoya girdiğinde, yukarıda Şişko'nun hareket ettiğini duydu. Bugünlerde çoğunlukla kendini yalnız ve bitkin hissediyordu; aralarında hiçbir bağ yokmuş gibi görünen, birbirlerine ev sahibi ile kiracı kadar yabancı olan kocası ile oğlunun arasında mekik dokuyordu.

Tessa kol saatini çıkarmak için davrandı, sonra da saati dün kaybettiğini hatırladı. Öyle yorgundu ki... sürekli bir şeyler kaybedip duruyordu... hem Parminder'i aramayı nasıl unutabilmişti? Yaşlı gözlerle, kaygılı ve gergin bir halde, ayaklarını sürüyerek yatağa gitti.

## Çarşamba

### 1

Krystal Weedon annesiyle çok kötü kavga ettikten sonra pazartesi ve salı gecelerini arkadaşı Nikki'nin yatak odasında, yerde yatarak geçirmişti. Her şey, Krystal'ın mahalle arkadaşlarıyla takıldıktan sonra eve geldiğinde, kapının önünde Terri'nin Obbo'yla konuştuğunu görmesiyle başlamıştı. Ablak, tombul suratlı, sırıtınca dişlerinin arasındaki boşluklar görünen, gözlük camları şişe dibi gibi olan, eski ve pis bir deri ceket giyen Obbo'yu Fields'taki herkes tanırdı.

"İki gün şurada dursunlar, olur mu Ter? Biraz mangır veririm, ta'am mı?"

"Ne duracakmış?" diye sormuştu Krystal sertçe. Terri'nin bacaklarının arasından geçen Robbie, Krystal'ın dizlerine sımsıkı tutunmuştu. Robbie eve erkek gelmesinden hoşlanmazdı. Haklıydı da.

"Hiiç. Bilgisayarlar."

Krystal, "Yapma" demişti Terri'ye.

Annesinin eline fazladan para geçmesini istemiyordu. Obbo kestirmeden gidip ödemeyi bir paket eroinle yapabilirdi, bunu istemiyordu.

"Kabul etme."

Ama Terri evet demişti. Krystal'ın hayatı boyunca annesi herkese ve her şeye evet demişti. Sürekli hemfikir olmuş, kabul etmiş, boyun eğmişti: *Hı hı, tamam, bırak buraya, tabii tabii, sorun değil.*

Hava kararırken Krystal salıncaklara gidip arkadaşlarıyla takılmıştı. Kendini gergin ve sinirli hissediyordu. Bay Fairbrother'ın ölümünü kabullenemiyordu bir türlü; karnına peş peşe yumruklar iniyormuş gibi hissediyor, birilerine çatmak istiyordu. Ayrıca Tessa Wall'un kol saatini çaldığı için huzursuzdu ve suçluluk duyuyordu. Ama o salak orospu neden saatini Krystal'ın önüne bırakıp sonra da gözlerini kapamıştı ki? Ne bekliyordu ki?

Başkalarıyla takılmak işe yaramamıştı. Jemma onu Şişko Wall'la ilgili iğneleyip durmuştu; Krystal sonunda patlayıp kızın üstüne saldırmıştı; Nikki ile Leanne onu tutmak zorunda kalmışlardı. Krystal öfkeyle eve gidince, Obbo'nun bilgisayarlarının geldiğini görmüştü. Robbie ön odada istiflenmiş kutulara tırmanmaya çalışıyordu; Terri ise kendinden geçmiş haldeydi ve malzemeleri ortada öylece duruyordu. Krystal'ın korktuğu gibi Obbo, Terri'ye ödemeyi bir paket eroinle yapmıştı.

"İçine sıçtığım klinikten yine kovulacaksın, geri zekâlı keş orospu!"

Ama eroin, Krystal'ın annesini kimsenin erişemeyeceği bir yere götürmüştü. Kadın Krystal'a küçük orospu ve kaltak diyerek karşılık verse de, boş boş bakarak ve ne dediğinin farkında değil gibi yapmıştı bunu. Krystal Terri'yi tokatlamıştı. Terri ona siktir olup gitmesini, gebermesini söylemişti.

"Bir kez olsun şu çocukla ilgilen; bir boka yaradığın yok, eroinman sürtük!" diye haykırmıştı Krystal. Robbie ağlayarak holde Krystal'ın peşinden koşmuştu, ama Krystal kapıyı vurup gitmişti.

En sevdiği ev Nikki'nin eviydi. Orası Cath Nine'nin evi kadar derli toplu olmasa da daha sıcaktı, insana kendini rahat hissettirecek şekilde gürültülü ve hareketliydi. Nikki'nin iki erkek ve bir kız kardeşi olduğundan Krystal kız kardeşlerin yataklarının arasında, katlanmış bir yorganın üstünde uyumuştu. Duvarlar dergilerden kesilmiş fotoğraflarla kaplıydı; çekici delikanlılar ile güzel kızlardan bir kolaj yapılmıştı. Krystal'ın aklına kendi yatak odasının duvarlarını süslemek gelmemişti hiç.

Ama suçluluk duygusu içini kemiriyordu; kapıyı çarpıp çıkarken Robbie'nin yüzünde gördüğü dehşet gözlerinin önünden gitmiyordu, çarşamba sabahı evine döndü. Zaten Nikki'nin ailesi onun peş peşe iki geceden fazla kalmasından hoşlanmıyorlardı. Nikki bunu her zamanki dobralığıyla açıklamıştı bir keresinde; Krystal çok sık kalmadığı sürece annesinin ses çıkarmadığını, ama Krystal'ın onların evini pansiyon gibi kullanmaktan ve özellikle de geceyarısından sonra gelmekten vazgeçmesi gerektiğini söylemişti.

Terri, Krystal'ın geri dönmesine her zamanki gibi sevinmiş görünüyordu. Yeni sosyal hizmet görevlisinin ziyaretinden bahsetti; Krystal o yabancının son zamanlarda iyice bakımsızlaşmış olan evleri hakkında ne düşündüğünü merak etti huzursuzlanarak. Kadın Robbie'nin kreşe gitmediğini öğrendiği için endişeleniyordu daha çok; çünkü çocuğun geçen sene eve geri getirilmesinin en önemli şartı, Terri'nin Robbie'yi kreşe göndermesiydi. Sosyal hizmet görevlisinin Robbie'nin bezli halini görmüş olmasına da çok kızdı, çünkü Robbie'yi tuvaleti kullanmaya ikna etmek için epey uğraşmıştı.

"Eee, ne dedi peki?" diye sordu Terri'ye sertçe.

"Tekrar gelecekmiş" dedi Terri.

Krystal'ın içinde bu meseleyle ilgili kötü bir his vardı. Onların asıl sosyal hizmet görevlisi olan kadın, Weedon ailesine pek bulaşmazdı. Dalgın ve özensizdi, sık sık isimlerini yanlış söyler, onları başkalarıyla karıştırırdı; iki haftada bir gelmesinin tek sebebi Robbie'nin hâlâ hayatta olup olmadığını kontrol etmekti sanki.

Bu yeni tehdit, Krystal'ın içini iyice kararttı. Terri uyuşturucu kullanmadığı zamanlarda kızının öfkesinden çekinir, onun sözünü dinlerdi. Geçici otoritesinden olabildiğince faydalanmak isteyen Krystal, Terri'ye düzgün bir şeyler giymesini emretti, Robbie'ye zorla temiz bir pantolon giydirdi, altına işememesi gerektiğini hatırlattı ve onu kreşe götürdü. Krystal kreşten ayrılmaya davranınca çocuk avaz avaz bağırdı; Krystal başta sinirlendiyse de, sonunda yanına diz çöküp saat birde onu almaya geleceğini söyledi; çocuk bunu duyunca Krystal'ı bıraktı.

Krystal okulu en çok çarşambaları sevmesine karşın astı; o gün hem beden eğitimi dersi, hem de rehber öğretmeniyle görüşmesi vardı. Evi biraz temizlemeye girişti, mutfağı çam kokulu dezenfektanla sildi, yemek artıkları ile izmaritleri çöp torbalarına doldurdu. Terri'nin uyuşturucu malzemelerinin bulunduğu teneke bisküvi kutusunu sakladı ve geride kalan bilgisayarları (üç tanesi götürülmüştü çoktan) holdeki dolabın içine koydu.

Tabaklardaki yiyecek artıklarını kazırken kürek takımını düşünüp durdu. Ertesi akşamki antrenman Bay Fairbrother'ın ölümü yüzünden iptal edilmişti. Adam onu antrenmanlara minivanıyla götürüp getirirdi genellikle, çünkü Krystal'ın Yarvil'deki su kanalına başka şekilde gitme imkânı yoktu. Adamın ikiz kızları Niamh ve Siobhan ile Sukhvinder Jawanda da arabada olurlardı hep. Krystal okulda bu üç kızla çok görüşmezdi, ama bir takım olduklarından beri koridorlarda birbirlerinin yanından geçerken mutlaka, "N'aber?" diyorlardı. Krystal kendisine tepeden bakmalarını beklemişti başta, ama onları tanıdıkça kanı ısınmıştı. Yaptığı esprilere gülüyorlardı. Krystal'ın ağzından düşürmediği bazı laflarını onlar da kullanmaya başlamıştı. Ekibin lideriydi bir bakıma.

Krystal'ın akrabalarından kimsenin arabası olmamıştı. Krystal kendini zorlarsa, Terri'nin leş gibi kokan mutfağındayken bile minivanın içindeki kokuyu alabiliyordu. İçini ısıtan o plastik kokusu gibi kokuya bayılıyordu. Bir daha asla o arabaya binemeyecekti. Kiralık minibüsle gidip geldikleri zamanlar da olmuştu; böyle zamanlarda, bütün takımın bindiği minibüsü Bay Fairbrother kullanırdı ve uzak okullarla yarışacaklarsa bazen geceyi gittikleri yerde geçirirlerdi. Takım, minibüsün arka tarafında Rihanna'nın "Umbrella"sını söylerdi. Onlara uğur getiren bir ritüel haline gelmişti bu, onların şarkısı olmuştu ve Krystal baştaki, Jay-Z'nin söylediği *rap* kısmını solo söylerdi. Bay Fairbrother onu ilk dinlediğinde gülmekten katılmıştı:

*Uh huh uh huh, Rihanna...*
*Good girl gone bad –*
*Take three –*
*Action.*
*No clouds in my storms...*
*Let it rain, I hydroplane into fame*
*Comin' down with the Dow Jones...*[3]

Krystal bu sözlerin anlamını çözememişti hiç.

Göz Wall hepsine mektup göndererek, yeni bir antrenör bulunana kadar takımın toplanmayacağını söylemişti, ama saçmalıktı bu, yeni bir antrenör bulunmayacaktı; bunu hepsi biliyordu.

Takım Bay Fairbrother'ın takımıydı, kendi projesiydi ve adam bu işe gönlünü koymuştu. Krystal takıma katıldığı için Nikki'den ve diğerlerinden epey laf işitmişti. Dalga geçseler de içten içe şaşırmışlardı, sonra da hayranlık duymaya başlamışlardı, çünkü takım madalyalar kazanmıştı (Krystal kendi madalyalarını Nikki'nin evinden çaldığı bir kutunun içinde tutuyordu. Krystal hoşlandığı insanlara ait şeyleri çalmaya çok meraklıydı. Bu kutu plastikti ve gül desenliydi. Aslında

3. A-ha a-ha, Rihanna... / İyi kız kötü kız oldu... / Üçe kadar say... / Aksiyon. / Fırtınalarım bulutsuz... / Bırak yağmur yağsın, şöhrete deniz uçağıyla dalıyorum / Dow Jones'la birlikte düşüyorum... (ç.n)

çocuklar için yapılmış bir mücevher kutusuydu. Tessa'nın kol saati de şimdi onun içinde, kıvrılmış halde duruyordu).

En güzeli, kendilerini bir şey sanan şu St. Anne'li küçük orospuları yendikleri zamandı; Krystal'ın hayatının en mutlu günüydü o. Bir sonraki törende müdire takımı bütün okulun karşısında sahneye çağırmıştı (Krystal biraz ürkmüştü. Nikki ile Leanne ona gülüp duruyorlardı), ama sonra herkes onları alkışlamıştı... Winterdown'ın St. Anne'i ezmesi önemli bir şeydi.

Ama bütün bunlar bitmişti artık, hepsi bitmişti, araba yolculukları, kürek takımı ve yerel gazeteyle röportaj. Yeniden gazeteye çıkacak olması hoşuna gitmişti Krystal'ın. Bay Fairbrother röportaj sırasında onun yanında olacağını söylemişti. Sadece ikisi olacaklardı.

"Benimle ne hakkında konuşmak istiyorlar ki?"

"Hayatın hakkında. Senin hayatınla ilgileniyorlar."

Krystal ünlü biriymiş gibi. Dergi alacak parası olmasa da, ünlü insanların fotoğraflarını Nikki'nin evinde ve Robbie'yi götürdüğü doktorun muayenehanesindeki dergilerde görüyordu. Gazetede takımla birlikte haber olmasından bile iyiydi bu. Heyecandan içi içine sığmamıştı, ama çenesini tutmayı her nasılsa başarmış ve Nikki'ye ya da Leanne'e bu konuda böbürlenmemişti. Onları şaşırtmak istemişti. Bir şey söylememesi iyi olmuştu aslında. Bir daha asla gazeteye çıkamayacaktı.

Krystal'ın içinde bir boşluk vardı. Evde hareket ederken, acemice ama gayretle temizlik yaparken Bay Fairbrother'ı daha fazla düşünmemeye çalıştı; annesi mutfakta oturuyor, sigara içerek arka pencereden dışarı bakıyordu.

Öğlen olmak üzereyken, bir kadının kullandığı eski bir mavi Vauxhall evin önünde durdu. Krystal kadını Robbie'nin yatak odasının penceresinden gördü. Gelen kadının saçı siyah ve çok kısaydı; üstünde siyah pantolon ve etnik tarzda bir boncuklu kolye vardı, omzunda taşıdığı büyük alışveriş çantası dosyalarla dolu gibiydi.

Krystal koşarak alt kata indi.

"O geldi galiba" diye seslendi, mutfaktaki Terri'ye. "Sosyal hizmet görevlisi."

Kadın kapıyı çaldı; Krystal açtı.

"Merhaba, ben Kay; Mattie'nin yerine bakıyorum. Sen Krystal olmalısın."

"Hı hı" dedi Krystal, Kay'in gülümsemesine aynı şekilde karşılık verme zahmetine girmeden. Oturma odasına geçtiler; Krystal kadının içerisinin az çok toplanmış halini incelediğini gördü: Küllükler boştu ve yere saçılmış şeylerin çoğu sıkış tıkış kırık raflara konmuştu. Halı hâlâ pisti, çünkü elektrikli süpürge çalışmıyordu, yerde bir havlu ve çinkolu merhem vardı; plastik bir leğenin üstünde Robbie'nin oyuncak arabalarından biri duruyordu. Krystal, Robbie'nin altını temizlerken çocuğu arabayla oyalamaya çalışmıştı.

"Robbie kreşte" dedi Kay'e. "Ben götürdüm. Pantolonunu giydirdim. Terri onun altına bez bağlayıp duruyor. Bunu yapma dedim ona. Robbie'nin poposuna krem sürdüm. Pişik olmuş, ama geçer."

Kay ona tekrar gülümsedi. Krystal kapıdan dışarı başını uzatıp, "*Anne!*" diye seslendi.

Terri mutfaktan çıkıp yanlarına geldi. Üstünde eski ve kirli bir kazak ile kot pantolon vardı; kapalı şeyler giydiği için şimdi daha iyi görünüyordu.

"Selam Terri" dedi Kay.

"N'aber?" dedi Terri, sigarasından derin bir nefes çekip.

Krystal, "Otur" diye emredince annesi itaat edip, daha önce oturduğu koltuğa kıvrıldı. Krystal, "Çay filan ister misin?" diye sordu Kay'e.

"Harika olur" diyen Kay oturup dosyasını açtı. "Teşekkürler."

Krystal odadan hemen çıktı. Kulak kabartarak, Kay'in annesine söylediklerini duymaya çalıştı.

Kadının, "Beni bu kadar erken görmeyi beklemiyordun herhalde Terri" dediğini işitti (Kay'in aksanı tuhaftı. Londra aksanına benziyordu; okuldaki oğlanların yarısının ağzını sulandıran o yeni, havalı şıllığın aksanı gibiydi), "ama dün Robbie için çok kaygılandım. Krystal'ın dediğine göre şimdi kreşteymiş?"

"Hı hı" dedi Terri. "Krystal onu götürdü. Bu sabah geri geldi."

"Geri mi geldi? Neredeydi ki?"

"Ben... bir arkadaşta kaldım" dedi Krystal, kendi adına konuşmak için telaşla oturma odasına dönerek.

"Hı hı, ama bu sabah geri geldi" dedi Terri.

Krystal tekrar su ısıtıcının başına gitti. Su kaynamaya başlayınca öyle çok ses çıkardı ki, Krystal annesiyle sosyal hizmet görevlisinin konuşmalarını duyamadı. Poşet çay koyduğu fincanlara olabildiğince çabucak süt döktü. Sonra üç sıcak fincanı taşıyarak oturma odasına girerken Kay'in, "... dün kreşten Bayan Harper'la konuştum..." dediğini işitti.

"Orospunun teki o" dedi Terri.

Krystal, "Buyur" dedi Kay'e, fincanları yere bırakıp bir tanesinin kulpunu kadına doğru çevirerek.

"Çok teşekkürler" dedi Kay. "Terri, Bayan Harper'ın söylediğine göre Robbie son üç ay kreşe çok az gitmiş. Aksatmadan bir hafta gittiği olmamış hiç, öyle mi?"

"Ne?" dedi Terri. "Yok. Gidiyor. Bir tek dün gitmedi. Bir de boğazı şişince."

"Ne zamandı bu?"

"Ne? Bir ay önce... bir buçuk ay... aşağı yukarı."

Krystal annesinin koltuğunun kolçağına oturdu. Kollarını annesi gibi kavuşturup, Kay'e yukarıdan öfkeyle bakarken şakır şukur sakız çiğnedi. Kay'in kucağında kalın, açık bir dosya vardı. Krystal dosyalardan nefret ederdi. Senin hakkında bir sürü şey yazarlardı, sonra da bunları saklayıp ileride aleyhinde kullanırlardı.

"Ben Robbie'yi kreşe götürüyorum" dedi. "Okula giderken."

"Eh, Bayan Harper'ın dediğine göre Robbie son zamanlarda pek gitmiyormuş" dedi Kay, kreş müdiresiyle yaptığı konuşmanın notlarına bakarak. "Mesele şu ki Terri, Robbie sana geçen sene geri verildiğinde, onu kreşe göndermeyi kabul etmiştin."

"Bana bak, ben..." diye söze başladı Terri.

"Hayır, sus bir, tamam mı?" dedi Krystal annesine yüksek sesle. Kay'e döndü. "Robbie hastaydı, tamam mı, bademcikleri şişmişti; doktor antibiyotik yazdı."

"Ne zaman?"

"Üç hafta filan önce... yani, evet..."

"Dün buraya geldiğimde" dedi Kay, tekrar Robbie'nin annesine hitap ederek (Krystal şakır şukur sakız çiğniyordu; kollarını bedenine sımsıkı sarmıştı), "Robbie'nin ihtiyaçlarına yanıt verme konusunda oldukça zorlanır gibiydin Terri."

Krystal annesine tepeden göz attı. Kendi bacağı, annesinin bacağının iki misli kalınlıktaydı.

"Yok canım... Ben hayatta..." Terri fikrini değiştirdi. "Robbie'nin durumu iyi."

Bir şüphe, Krystal'ın zihnini, turlayan bir akbabanın gölgesi gibi kararttı.

"Terri, dün geldiğimde uyuşturucu kullanmıştın değil mi?"

"Hayır be, kullanmadım! Bu pis bir yalan... seni adi... kullanmadım, tamam mı?"

Krystal'ın göğsüne bir ağırlık çökmüştü ve kulakları çınlıyordu. Obbo annesine birden fazla eroin paketi vermiş olmalıydı. Sosyal hizmet görevlisi, annesinin uçmuş halini görmüştü. Terri'ye Bellchapel'da yapılacak bir sonraki testte sonuçlar pozitif çıkacaktı, sonra da onu yine kovacaklardı...

(... Metadon olmayınca hayatları kâbusa dönüşecekti yine, Terri vahşi bir hayvan gibi olacaktı, damarlarını besleyebilmek için kırık dişli ağzını yine yabancıların çüklerine açacaktı. Robbie'yi yine götüreceklerdi ve bu kez bir daha geri dönmeyebilirdi. Krystal'ın cebindeki anahtarlığa takılı küçük, kırmızı plastik kalbin içinde Robbie'nin bir yaşındayken çekilmiş bir fotoğrafı vardı. Krystal'ın kalbi canla başla kürek çektiği zamanlardaki gibi küt küt atmaya başlamıştı; suda kürek çekip dururdu ve kasları seğirirken, rakip takımın giderek geride kalmasını seyrederdi...)

"Seni adi..." diye haykırdı Krystal, ama onu kimse duymadı, çünkü Terri, fincanı elinde, istifini bozmadan oturan Kay'e bağırıyordu hâlâ.

"Uyuşturucu filan kullanmadım ben, siktir git, elinde kanıt filan yok..."

"Seni adi, geri zekâlı..." dedi Krystal sesini yükselterek.

"Kullanmadım be, yalan söylüyorsun" diye haykırdı Terri; ağa takılmış çırpınan, çırpındıkça iyice dolanan bir hayvandı. "Hiç kullanmadım tamam mı, hiç..."

"Seni yine o lanet olası klinikten kovacaklar, geri zekâlı orospu!"

"Benimle böyle konuşamazsın!"

Sesini duyurmak için yüksek sesle, "Tamam" diyen Kay fincanını tekrar yere bırakıp ayağa kalktı; harekete geçirdiği şeyden ürkmüştü; sonra gerçekten kaygıyla, "Terri!" diye bağırdı, çünkü Terri kalkıp koltuğun diğer kolçağının kenarına oturarak kızına doğru döndü; şimdi neredeyse burun burunaydılar, ağızlarını açmış iki canavar gibi, haykırıyorlardı.

"*Krystal!*" diye bağırdı Kay, Krystal yumruğunu kaldırınca.

Krystal hızla koltuktan kalktı. Yanaklarından sıcak bir sıvı aktığını hissedince şaşırdı ve başta kan sandı, ama ağlıyordu sadece; yüzünü silince parmak uçlarında gözyaşları ışıldadı.

"Tamam" dedi Kay siniri bozulmuştu. "Sakin olalım lütfen."

"*Sen* sakin ol" dedi Krystal. Tir tir titreyerek yüzünü koluyla sildikten sonra annesinin koltuğuna yöneldi hışımla. Terri sindi, ama Krystal sigara paketini kaptı sadece; son sigarayı çıkarıp yaktı. Sigarayı içerken, sırtını dönerek annesinden uzaklaşıp pencereye gitti ve gözlerini sımsıkı yumarak gözyaşlarını engellemeye çalıştı.

"Pekâlâ" dedi Kay hâlâ ayakta durarak, "bunu sakin bir şekilde konuşabilirsek..."

"Öff, siktir git" dedi Terri cansız bir sesle.

"Mesele Robbie'yle ilgili" dedi Kay. Hâlâ ayaktaydı, yumuşamaktan korkuyordu. "Gelmemin sebebi bu. Robbie'nin iyi olduğundan emin olmak."

"Kreşe gitmediyse ne olmuş yani?" dedi Krystal pencerenin oradan. "Suç değil ki bu."

"Suç değil" diye ona katıldı Terri, boğuk bir yankı gibi.

"Mesele sadece kreş değil" dedi Kay. "Dün geldiğimde Robbie rahatsızdı ve pişik olmuştu. O yaşta çocuğun altına bez bağlanmaz."

"O lanet olası bezi çıkarıp pantolon giydirdiğimi söyledim sana!" dedi Krystal hiddetle.

"Üzgünüm Terri" dedi Kay, "ama küçük bir çocuğa tek başına bakabilecek durumda değildin."

"Ben hiç..."

"İstediğin kadar kullanmıyorum de" dedi Kay; kadının sesinde ilk kez samimi ve insani bir şeyler duyduğunu düşündü Krystal. Bıkkın ve sinirli bir sesti. "Klinikte test yapacaklar. Pozitif çıkacağını ikimiz de biliyoruz. Bunun son şansın olduğunu, seni yine kovacaklarını söylüyorlar."

Terri elinin tersiyle ağzını sildi.

"Bakın, ikinizin de Robbie'yi kaybetmek istemediğinizi görebiliyorum..."

"Almayın öyleyse kahrolasıcalar!" diye bağırdı Krystal.

"Mesele o kadar basit değil" dedi Kay. Tekrar oturdu ve

yere düşmüş olan kalın dosyayı alıp tekrar kucağına koydu. "Terri, geçen sene Robbie sana geri döndüğünde eroini bırakmıştın. Uyuşturucu kullanmayacağına ve programa uyacağına söz verdiğin gibi, başka bazı şeyleri de kabul etmiştin, örneğin Robbie'yi kreşe götürmeyi..."

"Evet, götürdüm de..."

"Kısa bir süre" dedi Kay. "Kısa bir süre götürdün Terri, ama göstermelik çaba yetmez. Dün burada gördüklerimden sonra, ayrıca doktorunla ve Bayan Harper'la yaptığım konuşmalardan sonra, korkarım tekrar bir durum değerlendirmesi yapmamız gerekiyor."

"Bu ne demek oluyor?" dedi Krystal. "Yine mi durum değerlendirmesi? Niye ki? Ne gereği var? Robbie'nin durumu iyi. Ben ona bakı... *bir sus be!*" diye haykırdı Terri'ye dönüp; kadın koltuğundan bağırmaya çalışıyordu. Krystal, "Ona... ben ona bakıyorum, tamam mı?" diye haykırdı Kay'e; yüzü pembeydi, kapkalın kalem çektiği gözleri öfkeden yaşarmıştı, parmağıyla göğsüne vurup duruyordu.

Krystal, Robbie'nin onlardan alınıp koruyucu aileye verildiği bir ay boyunca onu düzenli olarak ziyaret etmişti. Robbie ona sımsıkı tutunmuştu, kalıp çay içmesini istemişti, o giderken ağlamıştı. İnsanın iç organlarının yarısının kesilip alınması, tutsak edilmesi gibi bir duyguydu. Krystal, Robbie'nin Cath Nine'de kalmasını istemişti; tıpkı kendisinin çocukken,Terri'nin dağıldığı zamanlarda yaptığı gibi. Ama Cath Nine artık yaşlı ve güçsüzdü, Robbie'ye bakabilecek durumda değildi.

"Kardeşini sevdiğini ve onun için elinden geleni yaptığını biliyorum Krystal" dedi Kay, "ama sen Robbie'nin resmi..."

"Neden değilmişim? Onun ablası değil miyim ben be?"

"Tamam" dedi Kay kararlı bir sesle. "Terri, bence gerçeklerle yüzleşmemiz gerekiyor. Uyuşturucu kullanmadığını iddia edip de sonra test sonucu pozitif çıkarsa Bellchapel'ın seni programdan çıkaracağı kesin. Doktorun bunu telefonda gayet açıkça söyledi bana."

Koltuğa gömülmüş, dişlerinin arasındaki boşluklar yüzünden tuhaf bir şekilde hem yaşlı bir kadına, hem de bir çocuğa benzeyen Terri'nin bakışları dalgın, hali perişandı.

"Bence programdan çıkarılmamanın tek yolu" diye devam etti Kay, "uyuşturucu kullandığını açıkça itiraf etmen, yaptığın şeyin sorumluluğunu üstlenmen ve yeni bir sayfa açmakta kararlı olduğunu göstermen."

Terri öylece bakıyordu. Terri'nin suçlamalara karşı bildiği tek savunma yöntemi yalan söylemekti. *Hı hı, tamam öyleyse, ver hadi*; sonra da, *Hayır, hiç kullanmadım, yapmadım, kullanmadım diyorum be...*

"Bu hafta zaten yüksek dozda metadon kullanmışken, bir de üstüne eroin almanın özel bir sebebi var mıydı?" diye sordu Kay.

"Tabii tabii" dedi Krystal. "Tabii, çünkü Obbo geldi; Obbo'ya asla hayır demez o!"

"Kapa çeneni" dedi Terri, ama sesi cansız çıkmıştı. Kay'in söylediği şeyi anlamaya çalışıyor gibiydi. Gerçeği söylemekle ilgili o tuhaf, tehlikeli tavsiyeyi.

"Obbo" diye tekrarladı Kay. "Obbo kim?"

"Hıyarın teki" dedi Krystal.

"Torbacınız mı?" diye sordu Kay.

Terri, Krystal'a, "Kapa çeneni" dedi uyarır gibi.

Krystal, "Neden ona hayır demedin ki?" diye bağırdı annesine.

"Tamam" dedi Kay tekrar. "Terri, doktorunu arayacağım. Senin programa devam etmenin ailenin yararına olduğunu düşündüğümü söyleyerek onu ikna etmeye çalışacağım."

"Sahi mi?" dedi Krystal hayretle. Kay'in tam bir kaltak, Robbie'nin koruyucu annesinden bile daha pis bir kaltak olduğunu düşünmeye başlamıştı oysa; Robbie'nin koruyucu annesinin mutfağı pırıl pırıldı ve kadın Krystal'la öyle kibar konuşurdu ki, Krystal kendini bok gibi hissederdi.

"Evet" dedi Kay. "Bunu yapacağım. Ama Terri, bizim açımızdan, yani Çocuk Esirgeme ekibi açısından bakıldığında ortada ciddi bir durum var. Robbie'nin evdeki durumunu yakından takip etmemiz gerekiyor. Bir şeylerin değiştiğini görmemiz gerekiyor Terri."

"Tamam, hı hı" dedi Terri; ona katılıyordu, her zaman herkese katıldığı gibi.

Ama Krystal, "Değişeceksin, evet" dedi. "Değişecek. Ona yardım edeceğim. Değişecek."

## 2

Shirley Mollison, çarşamba günlerini Yarvil'deki South West General'da geçirirdi. Burada, kendisi gibi bir düzine gönüllüyle birlikte, basit işlere yardımcı olurdu; örneğin kütüphanenin el arabasını iterek yatakların arasında dolaşırdı, hastaların çiçekleriyle ilgilenirdi ve yataktan kalkamayan, ziyaretçisi de olmayan hastalar için lobideki kantine inip alışveriş yapardı. Shirley'nin en sevdiği işlerden biri bir yataktan diğerine gidip yemek siparişi almaktı. Bir keresinde, elinde klipsli klasörü ve boynunda asılı duran PVC kaplı giriş kartıyla yürürken, yanından geçen bir doktor onu hastane idaresinde çalışanlardan biri sanmıştı.

Gönüllü çalışma fikri Shirley'nin aklına Sweetlove Köşkü'nde düzenlenen muhteşem Noel partilerinden birinde, Julia Fawley'yle konuşurken gelmişti; onunla yaptığı en uzun konuşmaydı bu. Julia'nın yerel hastanenin pediatri bölümü için bağış toplamakla uğraştığını öğrenmişti.

"Asıl ihtiyacımız olan şey, soylu birilerinin hastaneyi ziyaret etmesi" demişti Julia, Shirley'nin omzunun üstünden kapıya bakarak. "Aubrey'ye Norman Bailey'yle bir konuşmasını söyleyeceğim. Pardon, Lawrence'a merhaba demeliyim..."

Shirley kuyruklu piyanonun yanında tek başına kalakalmıştı; kendi kendine, "Ah, elbette, elbette" diyordu. Norman Bailey'nin kim olduğuna dair hiçbir fikri yoktu, ama kendini oldukça heyecanlı ve keyifli hissetmişti. Hemen ertesi gün, Howard'a niyetinden bahsetmeden South West General'ı aramış ve gönüllü çalışmak istediğini söylemişti. Pırıl pırıl bir karakterden, sağlam bir zihinden ve güçlü bacaklardan başka bir şeye gerek olmadığını öğrenince başvuru formu talep etmişti.

Gönüllü çalışmak, Shirley'ye yepyeni ve muhteşem bir dünyanın kapılarını açmıştı. Julia Fawley'nin kuyruklu piyanonun yanında farkında olmadan aklına soktuğu bir hayaldi bu: Kraliçe'nin sıra halinde dizilmiş, ağızları kulaklarına varan gönüllülerin önünden ağır ağır geçtiğini, kendisininse ağırbaşlı bir edayla ellerini önünde kavuşturmuş ayakta durduğunu, boynunda PVC kaplı giriş kartının asılı olduğunu hayal ediyordu. Kraliçe'ye mükemmel bir reverans yaparken hayal ediyordu kendini; Kraliçe onunla ilgileniyor ve durup sohbet ediyordu; Shirley'yi, boş zamanlarını cömertçe hastaneye ayırdığı için kutluyordu... bir flaş patlıyordu, fotoğraf çekiliyordu ve ertesi günkü gazetelerde şöyle yazıyordu: "*Kraliçe gönüllü hastane çalışanı Bayan Shirley Mollison'la sohbet etti...*" Shirley bazen, bu hayali sahneye kendini gerçekten kaptırınca, neredeyse ulvi bir hisse kapılıyordu.

Hastanede gönüllü çalışmak Shirley'nin, kurum kurum kurumlanan Maureen'e haddini bildirmekte kullanabileceği yepyeni, gıcır gıcır bir silahtı. Ken'in dul karısı tezgâhtarlıktan iş ortaklığına Sindirella gibi geçiş yapıverince havalara girmişti, bu da Shirley'nin küplere binmesine yol açıyordu. Ama avantaj Shirley'deydi; o kendi çıkarı için değil, iyi kalpli olduğu için çalışıyordu. Gönüllü çalışmak klas bir davranıştı; paraya ihtiyacı olmayan kadınlar yapardı bunu; kendisi ve Julia Fawley gibi kadınlar. Dahası, Shirley hastanede duyduğu bir sürü dedikodu sayesinde, sürekli yeni kafeden bahsedip duran Maureen'i susturabiliyordu.

Shirley o sabah gönüllülerin şefine yirmi sekizinci koğuşta çalışmak istediğini kararlı bir sesle söyledi ve istediği oldu, onkoloji bölümüne gönderildi. Tek hemşire arkadaşı yirmi sekizinci koğuşta çalışıyordu; bazı genç hemşireler gönüllüleri tersler, patronluk taslayarak kötü davranırlardı, ama on altı yıllık aradan sonra hemşireliğe geri dönmüş olan Ruth Price en baştan itibaren ona çok sıcak davranmıştı. Shirley'nin dediği gibi, ikisinin de Pagford kadınları olması, aralarında bir bağ oluşturuyordu.

(Gerçi Shirley, Pagford'da doğmamıştı. O ve kız kardeşi, çocukluklarını anneleriyle birlikte, Yarvil'deki sıkış tıkış, dağınık bir dairede geçirmişlerdi. Shirley'nin annesi çok içerdi; kızların hiç görmedikleri babalarından da resmen boşanmamıştı. Görünüşe göre, kasabanın bütün erkekleri Shirley'nin annesinin ismini biliyorlar ve ondan bahsederken pis pis sırıtıyorlardı... ama köprünün altından çok sular akmıştı artık, Shirley geçmişin hiç bahsedilmezse silindiğine inanmayı yeğliyordu. Hatırlamayı reddediyordu.)

Shirley ile Ruth sevinçle selamlaştılar, ama yoğun bir sabahtı ve Barry Fairbrother'ın ani ölümünden şöyle üstünkörü bahsedecek vakitleri ancak vardı. Yarımda buluşup birlikte öğle yemeği yemeye karar verdiler ve Shirley kütüphanenin el arabasını almaya gitti.

Kendini şahane hissediyordu. Geleceği, sanki çoktan yaşanıp bitmiş gibi net bir şekilde görebiliyordu. Howard, Miles ve Aubrey Fawley el ele verip Pagford'u Fields'tan ebediyen kurtaracaklardı ve ardından Sweetlove Köşkü'nde kutlama yemeği düzenlenecekti...

Shirley köşkü göz kamaştırıcı buluyordu: güneş saatini, çalıları budanmış, havuzlu, muazzam bahçeyi; köşkün sahibinin kuyruklu piyanonun üstünde duran, Prenses'le gülüşürken çekilmiş gümüş çerçeveli fotoğrafını. Shirley, Fawley'lerin kendisine ve kocasına davranışlarında küçümseme algılamıyordu hiç; ama Fawley'lerin ilgisini çekmeye çalışan o kadar çok insan vardı ki. O muhteşem, küçük yan odalardan birinde beşinin oturup baş başa akşam yemeği yediklerini, Howard'ın Julia'nın yanında, kendisininse Aubrey'nin sağında oturduğunu ve aralarında da Miles'ın olduğunu hayal edebiliyordu. (Shirley'nin kurduğu hayalde Samantha bir işi çıktığı için gelemiyordu.)

Shirley ile Ruth saat yarımda birbirlerini yoğurtların önünde buldular. Gürültülü hastane kantini henüz çok kalabalık değildi, saat birde iyice dolacaktı; hemşire ile gönüllü, duvar dibinde iki kişilik, üstü kırıntılarla kaplı, yapış yapış bir boş masa bulmakta zorlanmadılar.

"Simon nasıl? Çocuklar nasıl?" diye sordu Shirley; Ruth masayı sildikten sonra tepsilerini koyup karşı karşıya, sohbete oturmuşlardı.

"İyiler, sağ ol, iyiler. Bugün eve yeni bilgisayar gelecek. Çocukların içi içine sığmıyor; tahmin edersin."

Bu kesinlikle doğru değildi. Andrew ile Paul'ün ucuz *laptop*'ları vardı; küçük oturma odasının köşesinde duran PC'ye ellerini sürmüyorlardı, çünkü babalarının civarında olmak istemiyorlardı. Ruth, Shirley'ye oğullarından bahsederken, sanki çok daha küçüklermiş gibi, kucakta taşınacak yaşta, uslu ve kolayca eğlendirilen çocuklarmış gibi konuşurdu çoğunlukla. Belki de kendini daha genç göstermek istiyordu, Shirley'yle arasındaki yaş farkını vurgulamak istiyordu –aralarında neredeyse yirmi yaş vardı–, iyice anne kız gibi olsunlar diye. Ruth'un annesi on yıl önce ölmüştü; Ruth hayatında kendinden büyük bir kadının olmasını özlüyordu ve Shirley de kendi kızıyla istediği kadar yakın olmadığını Ruth'a üstü kapalı biçimde söylemişti.

"Miles ile ben birbirimize hep çok yakın olduk. Ama Patricia sorun çıkarırdı her zaman. Şimdi Londra'da yaşıyor."

Ruth daha fazlasını öğrenmek istiyordu, ama Shirley'yle ortak bir yanları vardı, birbirlerinde takdir ettikleri bir nitelik: İkisi de kibar bir şekilde ketumdular, hayatlarını sorunsuzmuş gibi göstermekten gurur duyuyorlardı. Dolayısıyla Ruth merakını dizginlemişti, ama Patricia'nın nasıl sorun çıkardığını ileride öğrenmeyi umuyordu içten içe.

Shirley ile Ruth'un birbirlerinden görür görmez hoşlanmalarının temelinde, birbirlerine benzediklerini düşünmeleri yatıyordu; ikisinin de en gurur duyduklarını şey, kocalarının sevgisini kazanmış ve erkeklerini ellerinde tutmayı bilmiş olmalarıydı. Masonlar gibiydiler, prensipleri ortaktı; dolayısıyla birbirlerinin yanında başka kadınların yanında olduklarından daha rahattılar. İkisi de bir şekilde kendini diğerinden üstün görüyor, bu da arkadaşlıklarına tat katıyordu, çünkü ikisi de içten içe birbirlerine koca seçimleri yüzünden acıyorlardı. Howard'ın fiziksel görünüşünü çok çirkin bulan Ruth, biraz kilolu da olsa hâlâ zarif güzelliğini koruyan arkadaşının o adamla evlenmeyi nasıl kabul ettiğini anlayamıyordu. Hatırlayabildiği kadarıyla Simon'ı hiç görmemiş olan Shirley, Pagford sosyetesinde ondan bahsedildiğini hiç duymamıştı ve Ruth'un sosyal hayatının sıfır olduğunu görüyor, kocasının asosyal ve vasıfsız biri olduğu sonucuna varıyordu.

"Miles ile Samantha'nın Barry'yi getirdiklerini gördüm" dedi Ruth, lafı hiç dolandırmadan. Shirley kadar incelikli konuşamıyordu; Simon'ın asosyalliği yüzünden kasabadan uzaktaki, Tepedeki Ev'e tıkıldığını ve Pagford'da dönen dedikodulara hasret kaldığını gizlemekte zorlanıyordu. "Her şeyi görmüşler mi cidden?"

"Ah evet" dedi Shirley. "Golf kulübünde akşam yemeği yiyorlarmış. Pazar gecesi, bilirsin, kızlar okula geri dönmüş oluyorlar, Sam de dışarıda yemeyi tercih eder, yemek yapmayı pek beceremez de..."

Kahve aralarında ettikleri sohbetler sırasında Ruth, Miles ile Samantha'nın evliliklerinin öyküsünün bir kısmını azar azar öğrenmişti. Shirley ona oğullarının Samantha'yla mecbur kaldığı için evlendiğini, çünkü Samantha'nın Lexie'ye hamile kaldığını söylemişti.

"Geçinip gidiyorlar işte" demişti Shirley iç çekerek, cesurca bir iyimserlikle. "Miles doğru şeyi yaptı; başka türlüsünü istemezdim zaten. Kızlar dünya tatlısı. Miles'ın oğlu olmadı maalesef; oğlu olsa, ona çok iyi babalık ederdi. Ama Sam üçüncü bir çocuk istemedi."

Ruth, Shirley'nin gelinine yönelik bütün üstü kapalı eleştirilerini aklına yazıyordu. Samantha'yla ve kızı Lexie'yle yıllar önce, dört yaşındaki oğlu Andrew'yu St. Thomas'ın kreşine götürdüğü bir gün tanışmıştı ve kadından daha ilk görüşte hiç hazzetmemişti. Samantha yüksek perdeden kahkahalarıyla, çok açık göğüs dekoltesiyle ve okul bahçesindeki velilere yaptığı müstehcen esprilerle, Ruth'a tehlikeli bir avcı gibi gelmişti. Ruth, Samantha'nın veli toplantılarında Vikram Jawanda'yla koca memelerini öne çıkara çıkara konuşmasını yıllarca horgörüyle seyretmiş ve onunla konuşmak zorunda kalmamak için Simon'ı sınıfın kıyısından kıyısından yürütmüştü.

Shirley hâlâ Barry'nin yaptığı son yolculuğun kulaktan dolma öyküsünü anlatıyordu; Miles'ın çok soğukkanlı davrandığını, hemen ambulans çağırdığını, Mary Fairbrother'a destek olduğunu, Wall'lar gelene kadar hastanede onun yanında kalmakta ısrar ettiğini tekrar tekrar söylüyordu. Ruth dikkatle, ama biraz sabırsızca dinliyordu; Shirley'nin Samantha'nın kusurlarını bir bir saydığı zamanlar, Miles'ın erdemlerini övdüğü zamanlardan çok daha eğlenceliydi. Dahası, Ruth'un Shirley'ye söylemeye can attığı çok heyecan verici bir şey vardı.

"Yani Belediye Meclisi'nde bir koltuk boşaldı" dedi Ruth, Shirley, Miles ile Samantha'nın sahneyi Colin ile Tessa Wall'a bıraktıkları kısmı anlatmaya başladığında.

"Buna münhal mevki diyoruz" dedi Shirley nazikçe.

Ruth derin bir nefes aldı.

"Simon" dedi heyecanla, "aday olmayı düşünüyor!"

Shirley otomatikman gülümsedi, kaşlarını kibar bir şaşkınlık ifadesiyle kaldırdı ve yüzünü gizlemek için çayından bir yudum aldı. Ruth arkadaşını tedirgin eden bir şey söylediğinin hiç farkında değildi. Kocalarının Belediye Meclisi'nde birlikte oturduklarını hayal etmenin Shirley'nin çok hoşuna gideceğini varsaymıştı, onun az da olsa bu hayalin gerçekleşmesine katkıda bulunabileceğini umut ediyordu.

"Dün gece söyledi" diye devam etti Ruth ciddiyetle. "Bir süredir düşünüyormuş."

Simon'ın söylediği diğer sözleri, örneğin Belediye Meclisi'ne girerse Grays'ten rüşvet alabileceğini söylemesini aklından çıkarmıştı, tıpkı Simon'ın çevirdiği bütün ufak tefek dolapları, işlediği bütün küçük suçları aklından çıkardığı gibi.

"Simon'ın belediyecilikle ilgilendiğini hiç bilmiyordum" dedi Shirley canlı ve hoş bir sesle.

"Aaa, ilgilenmez olur mu" dedi Ruth, ki kendisi de daha önce hiç bilmiyordu bunu; "çok ilgileniyor."

"Doktor Jawanda'yla mı konuşmuş?" diye sordu Shirley, çayından bir yudum daha alarak. "Aday olmasını o kadın mı söylemiş?"

Gafil avlanan Ruth gerçekten şaşırdığını belli etti.

"Hayır, ben... Simon epeydir doktora gitmiyor. Yani, sağlığı gayet iyi."

Shirley gülümsedi. Simon tek başına hareket ediyorsa, arkasında Jawanda'nın kampının desteği yoksa, pek bir tehdit oluşturmazdı herhalde. Hatta Shirley, kötü bir sürpriz yaşayacağı için Ruth'a acıdı. Kendisi Pagford'un bütün önemli şahsiyetlerini tanıyordu ve Ruth'un kocası şarküteriye gelse, Shirley adamı tanımazdı bile. Zavallı Ruth, kocasına kimin oy vereceğini sanıyordu ki? Öte yandan Shirley, Howard ile Aubrey'nin kendisine kaçınılmaz olarak soracakları soruyu biliyordu.

"Simon hep Pagford'da yaşadı, değil mi?"

"Hayır, Fields'ta doğdu" dedi Ruth.

"Ha" dedi Shirley.

Yoğurt kutusunun folyosunu açtı ve düşünceli bir edayla ağzına bir kaşık yoğurt götürdü. Adamın seçilme ihtimali ne kadar düşük olursa olsun Simon'ın muhtemelen Fields'tan yana olacağını bilmesi önemli bir bilgiydi.

"Adaylığa nasıl başvurulacağı internet sitesinde çıkar mı?" diye sordu Ruth; hâlâ, son bir umutla Shirley'nin yardım teklif etmesini, destek olmasını bekliyordu.

"Ah, evet" dedi Shirley dalgın dalgın. "Çıkar herhalde."

## 3

Andrew, Şişko ve diğer yirmi yedi öğrenci çarşamba günü öğleden sonra, okulun son saatinde, Şişko'nun "spazmatik" adını verdiği dersteydiler. Sondan ikinci seviyedeki bu matematik sınıfına, okulun en beceriksiz öğretmeni ders veriyordu. Düzen sağlamaktan âciz, sık sık ağlamaklı olan, sivilceli, yeni mezun bir genç kadın. Geçen sene azmederek derslerinde başarısız olmayı beceren Şişko, en üst seviyeden spazmatiğe indirilmişti. Sayılarla kafası hiçbir zaman hoş olmayan Andrew ise en alt sınıfa indirilmekten, Krystal Weedon ve kuzeni Dane Tully'yle beraber okumaktan korkuyordu.

Andrew ile Şişko sınıfın en arkasında birlikte oturuyorlardı. Şişko arada bir, sınıfı eğlendirmekten ya da iyice galeyana getirmekten sıkıldığında, Andrew'ya toplama yapmayı gösteriyordu. Gürültü insanı sağır edecek seviyedeydi. Bayan Harvey sesini duyurmak için bağırıyor, sessiz olmaları için yalvarıyordu. İşlem tablolarına müstehcen sözler yazılıyordu; öğrenciler sık sık kalkıp birbirlerinin sıralarına ziyarete giderken, peşleri sıra çektikleri sandalyelerinin ayaklarını yere sürtüyorlardı; Bayan Harvey ne zaman kafasını başka tarafa çevirse, birbirlerine füze gibi küçük şeyler fırlatıyorlardı. Şişko arada sırada bir bahaneyle ayağa kalkıp sınıfta dolanıyor; Göz'ün, kollarını dümdüz sarkıtarak ve yaylanarak yürümesini taklit ediyordu. Şişko mizah duygusunu en çok burada sergiliyordu; İngilizce dersindeyse (o ve Andrew en üst seviye İngilizce sınıfındaydılar) Göz'ü malzeme olarak kullanmaya tenezzül bile etmiyordu.

Sukhvinder Jawanda, Andrew'nun hemen önünde oturuyordu. Çok eskiden, ilkokuldayken Andrew, Şişko ve diğer oğlanlar Sukhvinder'in uzun, mavimsi siyah saç örgüsünü çekiştirip dururlardı; elim sende oynarken kızı en kolay saçından tutabiliyorlardı ve sallanıp duran o saç örgüsü karşı konulmaz bir şekilde baştan çıkarıcıydı; şimdi de aynı şekilde arkasında sallanıyordu saçı, öğretmen görmüyordu tabii. Ama Andrew'nun içinden kızın saçını çekmek gelmiyordu artık, Sukhvinder'in başka herhangi bir yerine dokunmak da gelmiyordu; hiç ilgisini çekmeyen az sayıdaki kızdan biriydi o. Şişko söyledikten sonra kızın üstdudağındaki ince, siyah tüyleri fark etmişti o da. Sukhvinder'in ablası Jaswant'ın kıvrak ve kıvrımlı bir vücudu vardı; ince belliydi. Gaia gelmeden önce kızın çıkık elmacıkkemikleri, pürüzsüz ve altın sarısı teni, berrak kahverengi badem gözleri Andrew'ya güzel görünürdü. Andrew'nun Jaswant'la yakınlaşması gibi bir şey asla mümkün olmamıştı tabii. Kız ondan iki yaş büyüktü, altıncı sınıfın en zeki kızıydı ve kendi güzelliğinin de, kendisinden tahrik olan oğlanların da gayet farkında gibiydi.

Sukhvinder sınıfta sesi hiç çıkmayan tek kişiydi. Kamburunu çıkararak sırasının üstüne eğilmişti, kendini tamamen ödevine vermiş gibiydi. Kazağının kolunu indirip elini örtmüş, sol elini yünden bir yumruk haline getirmişti. Hiç kımıldamadan durması konuşmasından daha dikkat çekiciydi.

"Büyük hermafrodit heykel gibi oturuyor" diye mırıldandı Şişko, gözlerini Sukhvinder'in ensesinden ayırmadan. "Bıyıklı ama iri memeli, hem erkek hem kadın olan bu kıllı yaratığın barındırdığı tezatlar bilimadamlarını şaşkına çeviriyor."

Andrew kıs kıs güldü, ama huzursuz bir gülüştü. Sukhvinder'in Şişko'nun söylediklerini duyamadığını bilse, daha çok eğlenirdi. Şişko'nun evine son gidişinde, Şişko ona Sukhvinder'in Facebook sayfasına düzenli olarak yolladığı mesajları göstermişti. Şişko internette aşırı kıllanmayla ilgili yazılar ve fotoğraflar buluyor, kıza her gün bir alıntı ya da fotoğraf gönderiyordu.

Bir bakıma komikti bu, ama Andrew'yu huzursuz ediyordu. Sukhvinder'in böyle bir muameleyi hak ettiği söylenemezdi. Çok kolay bir hedef gibi görünüyordu. Andrew, Şişko'nun sivri dilini otorite figürlerine, yapmacık ya da kendini beğenmiş insanlara karşı kullanmasını seviyordu en çok.

"Sakallı, sutyenli sürüsünden ayrı düştüğünden" dedi Şişko, "düşüncelere dalmış, keçisakalının kendisine yakışıp yakışmayacağını merak ediyor."

Andrew güldü, sonra da suçluluk duydu; ama kıza ilgisini yitiren Şişko dikkatini işlem tablosundaki bütün sıfırları, büzülmüş anüslere dönüştürmeye verdi. Andrew da ondalık işaretini nereye koyması gerektiğini bulmak için önüne döndü yeniden; okul otobüsüyle yapacağı dönüş yolculuğunu ve Gaia'yı düşündü. Dönüş yolculuklarında kızı görebileceği bir yere oturması zor oluyordu, çünkü kızın etrafında boş koltuk bulamıyordu. Pazartesi sabahı törende paylaştıkları keyifli anlardan bir sonuç çıkmamıştı. Kız o günden beri, sabahları otobüste onunla göz teması kurmamıştı, onun farkında olduğunu belli edecek başka bir şey de yapmamıştı. Andrew dört haftadır Gaia'dan hoşlanıyordu ve bu süre içinde onunla hiç konuşmamıştı. Spazmatiğin gürültüsünde, onunla bir sohbet başlatmak için söyleyecek bir şeyler bulmaya çalıştı. "*Pazartesi tören komikti...*"

"Sukhvinder, iyi misin?"

Sukhvinder'e not vermek için onun ödevine eğilmiş olan Bayan Harvey, kızın yüzüne aval aval bakıyordu. Andrew hâlâ kambur duran Sukhvinder'in başıyla onaylamasını ve yüzünü elleriyle gizlemesini seyretti.

"Valla!" diye fısıldadı Kevin Cooper iki sıra önden. "Valla! Yerfıstığı!"

Zaten bildikleri şeye dikkatlerini çekmeye çalışıyordu. Sukhvinder'in omuzlarının hafifçe titremesine bakılırsa ağlıyordu ve Bayan Harvey sorunun ne olduğunu öğrenmek için faydasız, rahatsız edici bir çaba içindeydi. Öğretmenlerinin dikkatinin dağıldığını fark eden öğrenciler şamatanın dozunu iyice artırdılar.

"Yerfıstığı! Valla!"

Andrew, Kevin Cooper'ın farkında olmadan mı, yoksa bilerek mi böyle gıcık davrandığına asla karar verememişti; ama her halükârda o çocuğun insanları gıcık etmek gibi bir yeteneği vardı. "Yerfıstığı" lakabı çok eskiydi, Andrew'ya ilkokuldayken takılmıştı; Andrew bu lakaptan nefret etmişti hep. Şişko bu lakabı hiç kullanmayarak modasının geçmesini sağlamıştı; Şişko böyle konularda her zaman son sözü söyleyen kişi olurdu. Cooper, Şişko'nun lakabını bile yanlış söylüyordu. "Valla" lakabı geçen sene, kısa bir süre popüler olmuştu sadece.

"Yerfıstığı! Valla!"

"Siktir git Cooper, sik kafalı moron" diye fısıldadı Şişko.

Cooper sandalyesinin üstünden geriye eğilmişti; iki büklüm olmuş, yüzü neredeyse sıraya değen Sukhvinder'e ve onun yanında diz çökmüş, kıza dokunmaya korkuyormuş gibi elleri komik bir şekilde titreyen ve meselenin ne olduğunu bir türlü öğrenemeyen Bayan Harvey'ye bakıyordu. Bir terslik olduğunu birkaç kişi daha fark etmişti; ama sınıfın ön tarafındaki oğlanlar şamatayı sürdürüyorlardı, kendi eğlencelerinden başka hiçbir şeyin farkında değildiler. İçlerinden biri, Bayan Harvey'nin boş masasındaki ahşap sırtlı karatahta silgisini aldı. Fırlatıp attı.

Karatahta silgisi arka duvardaki saate çarptı; saat yere düşüp parçalandı. Her yere plastik ve metal parçaları saçıldı; Bayan Harvey ile birkaç kız şoke olup çığlığı bastılar.

Sınıfın kapısı bir anda açılıp küt diye duvara çarparak geri sekti. Sınıf sessizleşti. Kapıda Göz duruyordu; yüzü öfkeden al al olmuştu.

"Bu sınıfta neler oluyor? Nedir bu gürültü?"

Sukhvinder'in sırasının yanındaki Bayan Harvey, sürpriz kutusundan fırlayan kukla gibi ayaklanıverdi; suçüstü yakalanmış gibiydi, korkmuş görünüyordu.

"Bayan Harvey! Sınıfınızın gürültüsü ortalığı yıkıyor. Neler oluyor?"

Bayan Harvey apışıp kalmıştı. Sandalyesinden sarkan Kevin Cooper sırıtıyor, gözleri Bayan Harvey, Göz ve Şişko arasında mekik dokuyordu.

Şişko konuştu:

"Doğrusunu söylemek gerekirse, biz bu zavallı kadını parmağımızda oynatıyoruz baba."

Kahkahalar patladı. Bayan Harvey'nin boynu, yukarı doğru yayılan ciğer gibi kızarıklıkla iyice çirkinleşti. Şişko kendini sandalyesinin arka ayakları üstünde lakayt bir şekilde dengede tutarken Göz'e son derece ciddi bir ifadeyle, meydan okuyan bir kayıtsızlıkla bakıyordu.

"Bu kadarı yeter" dedi Göz. "Bu sınıftan bir daha böyle bir gürültü duyarsam, hepinize okulda kalma cezası veririm. Anlaşıldı mı? Hepinize."

Kapıyı kapatıp çıkarken öğrenciler yeniden kahkahalara gömüldü.

"Müdür yardımcısını duydunuz!" diye haykırdı Bayan Harvey, sınıfın ön tarafına doğru telaşla koşarak. "Sessiz olun! Sessizlik istiyorum! Sen... Andrew... ve sen, Stuart... ortalığı temizleyin! Şu saat parçalarını toplayın!"

Bu adaletsizliğe her zamanki gibi bağıra çağıra itiraz ettiler ve iki kızın tiz sesi de onları destekledi. Asıl suçlular, ki Bayan Harvey'nin onlardan korktuğunu herkes biliyordu, sıralarında sırıtarak oturmaktaydılar. Çıkış ziline sadece beş dakika kaldığından, Andrew ile Şişko saat parçalarını toplamaya giriştiler; nasılsa zil çalınca serbest kalacaklardı. Şişko kollarını dümdüz sarkıtıp yaylana yaylana yürüyor, Göz'ün yürüyüşünü taklit edip öğrencileri biraz daha güldürüyordu, Sukhvinder ise gözlerini yünle sarmalanmış eliyle gizlice sildi ve yeniden kendini kapattı.

Zil çalınca Bayan Harvey kopan gürültüyü de, öğrencilerin kapıya akın etmelerini de dizginlemeye ya da engellemeye çalışmadı. Andrew ile Şişko irili ufaklı saat parçalarını sınıfın arka tarafındaki dolapların altına tekmeleyerek soktular ve okul çantalarını omuzlarına astılar.

Koridorda yürürlerken Kevin Cooper, "Valla! Valla!" diye seslenerek peşlerinden koştu. "Evde Göz'e 'baba' mı diyorsun? Harbiden? Öyle mi diyorsun?"

Şişko'ya karşı eline koz geçtiğini sanıyordu; onun avucuna düştüğünü sanıyordu.

"Sen sik kafalının tekisin Cooper" dedi Şişko bezgince; Andrew güldü.

# 4

Sekreter, "Doktor Jawanda on beş dakika geç alacak sizi" dedi Tessa'ya.

"Ah, sorun değil" dedi Tessa. "Acelem yok."

Akşamın erken saatleriydi ve bekleme odasının pencereleri duvarlarda saydam, koyu mavi yamalar gibi duruyordu. İçeride sadece iki kişi daha vardı: havlu terlik giymiş, çağanoz gibi, hırıldayıp duran yaşlı bir kadınla, küçük çocuğu köşedeki oyuncak kutusunu eşelerken kendisi dergi okuyan genç bir anne. Tessa ortadaki sehpanın üstünde duran eski, yıpranmış *Heat* dergisini alıp oturdu ve sayfaları karıştırıp fotoğraflara baktı. Bu gecikme sayesinde, Parminder'e söyleyeceklerini düşünmek için daha fazla zamanı olacaktı.

Bu sabah telefonda kısa konuşmuşlardı. Tessa, Parminder'i hemen arayıp da Barry'nin öldüğünü haber vermediği için çok üzgündü. Parminder sorun olmadığını söylemiş, saçmalama demişti; hayır, hiç rahatsız olmamıştı; ama bu hassas ve alıngan kadını epeydir tanıyan Tessa, Parminder'in aksi ve umursamaz görünmesine karşın aslında incindiğini biliyordu. Son iki gündür çok yorulduğunu; Mary'yle, Colin'le, Şişko'yla, Krystal Weedon'la uğraşmak zorunda kaldığını; peş peşe çıkan sorunlar yüzünden ne yapacağını şaşırdığını ve bunları halletmekten başka bir şey düşünemeyecek duruma geldiğini açıklamaya çalışmıştı. Ama Parminder, Tessa bahanelerini sıralarken konuşmasını yarıda kesmiş ve onunla daha sonra, muayenehanede görüşeceğini söylemişti sakince.

Beyaz saçlı, ayıya benzeyen Doktor Crawford odasından çıkıp Tessa'ya neşeyle el salladı ve "Maisie Lawford?" dedi. Genç anne, kızını oyuncak kutusunda bulduğu eski, tekerlekli oyuncak telefonu bırakmaya ikna etmekte zorlandı. Küçük kız, annesi onu elinden tutup Doktor Crawford'un peşi sıra sürüklerken, başını geriye çevirip, sırlarını artık asla keşfedemeyeceği telefona özlemle baktı.

Kapı arkalarından kapanınca, Tessa aptal aptal gülümsediğini fark etti ve yüz ifadesini değiştirdi. Her gördüğü çocuğun üstüne eğilip agucuk gugucuk yaparak onları korkutan şu berbat, yaşlı kadınlardan birine dönüşecekti sonunda. Cılız, esmer oğlunun yanında bir de tombul, küçük, sarışın bir kızının olmasını çok isterdi. Şişko'nun küçüklüğünü anımsayan Tessa, insanın kalbine hayatta olan çocuklarının minik hayaletlerinin yerleşmesinin ne kötü olduğunu düşündü; çocuklar büyümelerinin sürekli bir matem hissi yaşattığını asla bilemezlerdi, bilseler de bundan nefret ederlerdi.

Parminder'in kapısı açıldı; Tessa başını kaldırıp baktı.

"Bayan Weedon" dedi Parminder. Tessa'yla göz göze gelince gülümsedi; ama gülümsememişti aslında, dudaklarını birbirine bastırmıştı o kadar. Havlu terlikli, ufak tefek, yaşlı kadın güçlükle ayağa kalkıp topallayarak Parminder'in peşinden gitti ve bölme duvarın arkasına geçti. Tessa, Parminder'in muayenehanesinin kapısının kapandığını işitti.

Bir futbolcunun karısının son beş günde giydiği kıyafetleri sergileyen bir dizi fotoğrafın altyazılarını okudu. Kadının uzun ve ince bacaklarını incelerken, öyle bacaklara sahip olsa kendi hayatının kim bilir ne kadar farklı olacağını düşündü. Neredeyse tamamen farklı olurdu diye düşünmeden edemiyordu ister istemez. Tessa'nın bacakları kalın, biçimsiz ve kısaydı; onları çizmelerle gizlemek istiyordu sürekli, ama çoğunun fermuarlarını baldırlarından yukarıya çekemiyordu. Rehberlik odasına gelen küçük, gürbüz bir kıza dış görünüşün önemli olmadığını, kişiliğin çok daha önemli olduğunu söylediğini anımsadı. *Çocuklara ne saçma şeyler söylüyoruz* diye düşündü, dergisinin sayfalarını çevirirken.

Görmediği bir kapı küt diye açıldı. Biri çatlak sesle bağırıyordu:

"Senin yüzünden büsbütün kötü oldum. İşe yaramadı. Sana yardım edesin diye geldim. Senin yüzünden oldu... senin..."

Tessa ile sekreter bakıştılar, sonra da bağırışların geldiği yöne doğru döndüler. Tessa, Parminder'in sesini duydu; kadın yıllardır Pagford'da yaşamasına karşın hâlâ Birmingham aksanıyla konuşuyordu.

"Bayan Weedon, hâlâ sigara içiyorsunuz, bu da size yazdığım ilacın etkisini azaltıyor. Sigarayı bıraksanız... sigara içenler Teofilin'i daha çabuk metabolize ederler; yani sigara amfizeminizi kötüleştirmekle kalmayıp, ilacın etkisini de..."

"Bağırma bana! Yettin artık! Seni şikâyet edeceğim! Bana yanlış hap verdin! Başka doktor istiyorum! Doktor Crawford'u istiyorum!"

Yaşlı kadın duvarın ardından yalpalayarak, hırıldayarak çıktı; yüzü al al olmuştu.

"Ölümüm bu Paki salağın yüzünden olacak! Ondan uzak dur!" diye bağırdı Tessa'ya. "Bu Paki kaltağın yazdığı ilaçları içersen geberir gidersin!"

Çırpı bacaklarıyla sendeleyerek çıkış kapısına doğru yürüdü. Terlikli ayaklarının üzerinde dengesizce yürüyor, hırıldayarak, hasta ciğerlerinin elverdiğince yüksek sesle küfrediyordu. Kapı ardından kapandı. Sekreter, Tessa'yla tekrar bakıştı. Parminder'in muayenehanesinin kapısının tekrar kapandığını işittiler.

Beş dakika sonra Parminder yeniden belirdi. Sekreter, bilgisayar ekranına yapmacık bir dikkatle bakmaya başladı.

"Bayan Wall" dedi Parminder, yine gülümsemeden dudaklarını birbirine bastırarak.

"Sorun neydi?" diye sordu Tessa, Parminder'in masasının kenarındaki sandalyeye oturunca.

"Bayan Weedon'ın yeni hapları midesini rahatsız ediyor" dedi Parminder sakince. "Eee, bugün kan tahlillerini yapacağız ha?"

"Evet" dedi Tessa; Parminder'in soğuk ve profesyonel tavrı karşısında hem ürkmüş, hem de gücenmişti. "Nasılsın Minda?"

"Ben mi?" dedi Parminder. "İyiyim. Neden sordun?"

"Şey... Barry... birbirinize ne kadar değer verdiğinizi biliyorum."

Tessa, Parminder'in gözlerinin içine baktı; kadın gözlerini kırpıştırdı, ama çok geç kalmıştı; Tessa o gözlerdeki ifadeyi gördü.

"Minda" dedi, tombul elini Parminder'in zayıf elinin üstüne koyarak; ama Parminder, Tessa onu sokmuşçasına elini geri çekiverdi; kendi refleksinin ihanetine uğradıktan sonra hüngür hüngür ağlamaya başladı; küçücük odada hislerini gizleyemiyordu artık, döner koltuğunu çevirerek Tessa'ya neredeyse tamamen sırtını dönmüş olsa da gizleyemiyordu.

"Seni aramadığımı fark edince öyle kötü oldum ki" dedi Tessa, Parminder hıçkırıklarını bastırmaya var gücüyle çabalarken. "Yerin dibine geçtim, ölmek istedim. Seni arayacaktım" diye yalan söyledi, "ama uyumamıştık, neredeyse bütün geceyi hastanede geçirdik, sonra da dosdoğru işe gitmek zorunda kaldık. Colin okulda haberi verirken kontrolünü kaybetti, sonra da herkesin önünde Krystal Weedon'la papaz oldu. Stuart da okulu asmaya başladı. Mary desen, yıkılmış durumda... ama çok üzgünüm Minda, seni aramalıydım."

"... saçmalama" dedi Parminder boğuk sesle; yüzünü yeninden çıkardığı kâğıt mendille gizliyordu. "... Mary... asıl önemli olan..."

"Barry'nin arayacağı ilk kişilerden biri sen olurdun" dedi Tessa kederle ve ardından hüngür hüngür ağlamaya başlayınca kendisi de dehşete kapıldı.

"Minda, öyle üzgünüm ki" dedi hıçkırarak, "ama Colin'le ve diğerleriyle uğraşmak zorunda kaldım."

"Saçmalama" dedi Parminder, zayıf yüzünü mendille silerken yutkunarak. "Saçmalıyoruz şu an."

*Hayır, saçmalamıyoruz. Ah, bir kez olsun kendini koyuver Parminder...*

Ama doktor zayıf omuzlarını kaldırıp burnunu sildi ve tekrar dikeldi.

"Sana Vikram mı söyledi?" diye sordu Tessa çekingenlikle, Parminder'in masasındaki kutudan bir avuç kâğıt mendil alarak.

"Hayır" dedi Parminder. "Howard Mollison. Şarküteride."

"Aman Tanrım, Minda, çok üzgünüm."

"Saçmalama. Önemli değil."

Ağlamak Parminder'e biraz iyi gelmiş; sade, müşfik yüzünü silen Tessa'ya karşı dostane bir havaya bürünmüştü. Bu rahatlatıcıydı, çünkü Barry öldüğüne göre artık Parminder'in Pagford'daki tek gerçek dostu Tessa'ydı. (Kendi kendine, "Pagford'daki" derdi hep, sanki o küçük kasabanın dışında yüzlerce sadık dostu varmış gibi. Birmingham'daki okul arkadaşlarından başka dostu olmadığını, onları da hayatın akışı içinde çoktan yitirdiğini tamamen kabullenemiyordu; bir de tıp fakültesinden arkadaşları vardı, ki hâlâ Noel kartı gönderirlerdi, ama onu ziyarete gelmiyorlardı hiç, kendisi de onları ziyaret etmiyordu.)

"Colin nasıl?"

Tessa inledi.

"Ah Minda... Ah Tanrım. Belediye Meclisi'nde Barry'nin koltuğuna adaylığını koyacakmış."

Parminder'in kalın, kara kaşlarının arasındaki dikey çizgi iyice derinleşti.

"Colin'in aday olduğunu düşünebiliyor musun?" diye sordu Tessa, elindeki ıslanmış kâğıt mendilleri sıkarak. "Aubrey Fawley ve Howard Mollison gibilerle uğraştığını? Barry'nin yerini doldurmaya çalışıyor, kendine bu savaşı Barry için kazanması gerektiğini söylüyor... onca sorumluluk..."

"Colin kendi işinde de epeyce sorumluluğun altından kalkıyor" dedi Parminder.

"Zorlanıyor ama" dedi Tessa düşünmeden. Sadakatsizlik etmiş gibi hissetti hemen ve tekrar ağlamaya başladı. Bu öyle tuhaftı ki; muayenehaneye girerken aklında Parminder'i teselli etmek vardı, ama şimdi kalkmış kendi sorunlarını sayıp döküyordu. "Colin'i bilirsin, yaptığı her işi canla başla yapar, her şeyi öyle *kişisel* algılar ki..."

"Aslında genel olarak gayet iyi idare ediyor" dedi Parminder.

"Evet, biliyorum, idare ediyor" dedi Tessa bezgince. Pes etmiş gibiydi. "Biliyorum."

Sert, duygularına hâkim bir insan olan Parminder'in gerçekten şefkat gösterdiği neredeyse tek kişi Colin'di. Colin de ona asla laf söyletmezdi; onun Pagford'daki en ateşli savunucusuydu; "Muhteşem bir pratisyen hekim" derdi, yanında Parminder'i eleştirmeye cüret eden herkese. "Hayatımda onun kadar iyisini görmedim." Parminder'in çok savunucusu yoktu; fazla antibiyotik yazmaması ve reçeteleri yenilememesiyle meşhur olduğundan, Pagford'un yaşlıları tarafından sevilmezdi.

"Howard Mollison'ın istediği olursa referandum filan olmaz" dedi Parminder.

"Ne demek istiyorsun?"

"Herkese e-posta gönderdi. Yarım saat önce."

Parminder bilgisayar monitörüne dönüp şifre girdi ve e-posta kutusunu açtı. Tessa'nın Howard'ın mesajını okuyabilmesi için monitörü çevirdi. Adam ilk paragrafta, Barry'nin ölümünden duyduğu üzüntüyü ifade ediyordu. Bir sonrakindeyse, Barry'nin görev süresinin bir yılı dolmuş olduğundan, referandum gibi külfetli bir işe girişmek yerine kendi aralarında seçim yapmalarının daha iyi olabileceğini söylüyordu.

"Çoktan birini seçmiştir" dedi Parminder. "O koltuğa kaşla göz arasında kendi adamını oturtmaya çalışıyor. Tahminimce de Miles'ı."

"Yok canım, Miles kabul etmez herhalde" dedi Tessa hemen.

"Hastanede Barry'nin yanındaydı... Hayır, çok üzüldü..."

"Sen gerçekten çok safsın Tessa" dedi Parminder; Tessa arkadaşının sesindeki acımasızlık karşısında afalladı. "Howard Mollison'ın nasıl biri olduğunu anlamıyorsun. O kötü bir adam, kötü. Barry'nin gazeteye Fields'la ilgili yazdıklarını öğrenince neler dediğini duymadın sen. Metadon kliniğine ne yapmaya çalıştığını da bilmiyorsun. Bekle bak. Görürsün."

Kadının eli öyle titriyordu ki, Mollison'ın e-postasını kapatmayı ancak birkaç denemeden sonra başarabildi.

"Görürsün" diye yineledi. "Neyse, biz işimize bakalım, bir dakika sonra Laura'nın gitmesi gerekiyor. Önce tansiyonunu ölçeyim."

Parminder, Tessa'yı bu geç saatte, okuldan sonra muayene etmekle ona kıyak geçiyordu. Yarvil'de oturan uzman hemşire, Tessa'nın kan örneğini eve giderken hastanenin laboratuvarına bırakacaktı. Kendini kaygılı ve tuhaf bir şekilde savunmasız hisseden Tessa eski yeşil hırkasının kolunu sıyırdı. Doktor onun koluna tansiyon aletinin cırt cırtlı manşonunu bağladı. Parminder ile küçük kızının arasındaki benzerlik yakından bakınca daha çok belli oluyordu, çünkü vücutlarının farklılığından çok (Parminder sırım gibiydi, Sukhvinder ise balıketliydi) yüz hatlarının benzerliği ön plana çıkıyordu: kanca burun, geniş ve altdudağı dolgun ağız, iri ve yuvarlak siyah gözler. Tansiyon aletinin manşonu Tessa'nın sarkık kolunu sıktıkça kadının canı acıdı; Parminder ise aletin ekranına bakıyordu.

"On altı buçuğa sekiz nokta sekiz" dedi Parminder kaşlarını çatarak. "Bu yüksek Tessa; çok yüksek."

Steril bir şırınganın paketini her zamanki beceriklilliği ve ustalığıyla açtı, Tessa'nın benlerle bezeli solgun kolunu düzleştirdi ve iğneyi dirseğin iç tarafına batırdı.

"Yarın Stuart'ı Yarvil'e götüreceğim" dedi Tessa tavana bakarak. "Cenaze için takım elbise alacağım ona. Kot pantolonla giderse olacakları görmeye dayanamayacağım. Colin delirir."

Küçük plastik tüpün içine dolan kara, gizemli sıvıyı düşünmemeye çalışıyordu. O sıvının ihanetine uğramaktan, yapması gerekenleri yapmadığının anlaşılmasından, yediği onca çikolata ile kekin glikoz suretinde haince ortaya çıkmasından korkuyordu.

Sonra, hayatı daha az stresli olsa çikolataya direnmesinin çok daha kolay olacağını düşündü içten içe. Neredeyse bütün vaktini başkalarına yardım etmeye çalışmakla geçirdiği göz önüne alındığında, kek yemesi o kadar da büyük bir kabahat olamazdı. Parminder'in onun kanıyla dolu tüplere etiket yapıştırmasını seyrederken, Howard Mollison'ın kazanmasını ve referandumu engellemesini umduğunu fark etti; kocası ile arkadaşı bunu ihanet olarak görebilirlerdi oysa.

## 5

Simon Price her gün saat tam beşte basımevinden çıkardı. Mesaisi bitti mi giderdi; Yarvil'deki işyerinin gürültüsünden uzakta, başka bir dünyada, tepenin üstünde, temiz ve serin evi onu beklerdi. Mesaiden sonra iş yerinde oyalanması, ev hayatının tatminkâr olmadığını veya daha da kötüsü, amirlerinin gözüne girmeye çabaladığını bariz bir şekilde itiraf etmesi anlamına gelirdi (Simon artık müdür olsa da, çıraklığındaki gibi düşünüyordu hâlâ).

Ama bugün, eve gitmeden önce halletmesi gereken bir iş vardı. Sakız çiğneyen forklift sürücüsüyle otoparkta buluştu ve birlikte arabaya binip, giderek kararan sokaklardan delikanlının talimatlarıyla geçerek Fields'a girdiler, hatta Simon'ın büyüdüğü evin önünden geçtiler. Simon o evin önünden yıllardır geçmemişti; annesi ölmüştü, babasını ise on dört yaşından beri görmediği gibi nerede olduğunu da bilmiyordu. Eski evlerinin bir penceresine tahta çakılmış olduğunu, bahçenin de ayak bileğine kadar otlarla kaplandığını görünce rahatsız oldu, canı sıkıldı. Müteveffa annesi eviyle gurur duyardı.

Delikanlı, Simon'a arabayı Foley Yolu'nun sonuna park etmesini söyleyip indi ve Simon'ı geride bırakarak, son derece bakımsız görünen bir eve doğru yürüdü. Simon'ın en yakın sokak lambasının ışığında görebildiği kadarıyla, evin alt kat pencerelerinden birinin dibinde çöp yığını var gibiydi. Simon çalıntı bilgisayar almaya kendi arabasıyla gelmesinin ne kadar akıllıca olduğunu kendi kendine ancak şimdi soruyordu. Artık bu mahallenin her yerinde kamera vardı herhalde; o küçük serserileri, kapüşonluları gözetlemek için. Etrafa bakındı, ama kamera göremedi; kare şeklindeki, küçük, bir kuruma ait gibi görünen pencerelerden birinin ardından onu seyreden şişman bir kadın hariç, kendisine bakan kimse yok gibiydi. Simon kadına bakarken kaşlarını çattı, ama kadın sigarasını içerek onu seyretmeyi sürdürdü; bunun üzerine yüzünü eliyle gizleyen Simon, ön camdan dışarıya öfkeyle baktı.

Arabayla getirdiği adam evden çıkmıştı bile, bilgisayar kutusunu taşıyarak arabaya geri dönerken badi badi yürüyordu biraz. Simon delikanlının arkasında, az önce çıktığı evin kapısında yeniyetme bir kız gördü; kız ayaklarının dibindeki küçük oğlan çocuğunu evin içine çekerek gözden kayboldu.

Delikanlı yaklaşırken Simon kontak anahtarını çevirip motoru çalıştırdı.

"Dikkatli ol" dedi Simon, yolcu kapısını açmak için eğilirken. "Buraya koyuver."

Delikanlı kutuyu hâlâ ılık olan yolcu koltuğuna bıraktı. Simon kutuyu açıp içini kontrol etmek istedi, ama giderek artan huzursuzluğu baskın çıktı. Kutuyu sarsmakla yetindi. Kutu epey ağırdı; Simon artık gitmek istiyordu.

"Seni burada bıraksam olur mu?" diye seslendi delikanlıya, sanki çoktan uzaklaşmaya başlamış gibiydi.

"Beni de Crannock Oteli'ne bırakabilir misin?"

"Kusura bakma arkadaşım, orası gideceğim tarafa çok ters kalıyor" dedi Simon. "Hoşça kal."

Simon gaza bastı. Delikanlının hiddetle kalakaldığını dikiz aynasından gördü; küfür ettiğini dudak hareketlerinden anladı. Ama umursamadı. Bir an önce tüyerse plaka numarasının haberlerde gösterdikleri şu grenli, siyah beyaz kayıtlardan birinde yer almasını engelleyebilirdi.

Çevre yoluna on dakika sonra vardı, ama Yarvil'i geride bırakıp da çift yönlü anayoldan ayrılıp tepeye, viran manastıra doğru çıkarken bile huzursuz ve gergindi; normalde akşamları tepeye çıkarken, Pagford'un bulunduğu vadinin ardında, karşı tepenin yamacındaki, küçük bir beyaz mendili andıran evini ilk görüşünde bir tür tatmin duygusu yaşardı, ama bu akşam öyle olmadı.

Simon bilgisayarı taşıyarak eve girdiğinde Ruth, geleli daha on dakika olmasına karşın, sofrayı hazırlamıştı bile; Simon Tepedeki Ev'de akşam yemeklerinin erken yenmesini isterdi. Ruth'un kutuyu görünce attığı heyecan çığlıkları kocasının sinirini bozdu. Ruth onun neler yaşadığını bilmiyordu; ucuz mal almanın her zaman riskli olduğunu bilmiyordu. Ruth Simon'ın genellikle patlamayla sonuçlanan gergin ruh hallerinden birinde olduğunu sezince, bildiği tek şekilde karşılık verdi: Neşeyle gününün nasıl geçtiğinden bahsetti, Simon'ın canını daha fazla sıkacak bir şey olmayacağını ve adamın karnını doyurunca keyifleneceğini umuyordu.

Saat tam altıda, Simon'ın kutuyu açıp da içinde kullanım kılavuzu bulunmadığını keşfetmesinin ardından, ailecek sofraya oturdular.

Andrew annesinin kaygılı olduğunu kadının sahte, tanıdık bir neşeyle havadan sudan bahsetmesinden anladı. Kadın onca yıldan sonra hâlâ, ortam yeterince sakin olursa çocukların babalarının kabalaşmaya cesaret edemeyeceğini sanıyordu. Andrew kendine dolu dolu kıymalı patates alırken (Ruth iş günlerinde önceden hazırladığı yemekleri ısıtıp sofraya koyardı), Simon'la göz göze gelmemeye özen gösterdi. Ailesinden daha ilginç meseleler vardı aklında. Biyoloji laboratuvarından çıkarken Gaia Bawden'la burun buruna gelmişti ve kız ona, "Selam" demişti; bunu otomatikman, öylesine söylemişti, ama ders boyunca Andrew'ya bir kez olsun bakmamıştı.

Andrew kızlar hakkında daha bilgili olmayı isterdi; bir kızla, onların kafalarının nasıl işlediğini çözecek kadar yakınlaşmamıştı hiç. Bu konudaki cehaletini pek dert etmemişti, ta ki Gaia'nın ilk kez okul otobüsüne bindiği, bütün dikkatini üzerinde topladığı güne kadar; Andrew o zaman, yeni tomurcuklanmaya başlamış memelere ve beyaz okul gömleklerinin altından belli olan sutyen askılarına karşı son birkaç yıldır duyduğu, giderek artan, genel ilgiden çok farklı bir hisse kapılmıştı; âdet görmenin tam olarak ne olduğu konusundaki, biraz ürkekçe merakından farklı bir histi bu.

Şişko'nun kuzinleri ziyarete gelirlerdi bazen. Bir keresinde Wall'ların tuvaletine, kuzinlerin en güzelinden sonra giren Andrew çöp kutusunun yanında saydam bir Lil-Lets marka tampon paketi bulmuştu. Yakınlarındaki bir kızın âdet görmekte olduğunun bu elle tutulur, somut kanıtı on üç yaşındaki Andrew için nadide bir kuyrukluyıldız görmek gibiydi. Gördüğü, bulduğu şeyi ve bunun ne kadar heyecan verici bir keşif olduğunu Şişko'ya anlatmayacak kadar sağduyuluydu. Paketi parmak uçlarıyla tutup kaldırarak çabucak çöp kutusuna atmış, sonra da ellerini hayatında hiç yıkamadığı kadar çok yıkamıştı.

Andrew *laptop*'unda Gaia'nın Facebook sayfasına bakarak epey zaman geçiriyordu. Kızın kanlı canlı halini görmekten daha çok gözünü korkutan bir şeydi bu adeta. Kızın geride, başkentte bıraktığı arkadaşlarının fotoğraflarına saatlerce bakıyordu. Gaia farklı bir dünyadan geliyordu. Zenci arkadaşları, Asyalı arkadaşları, Andrew'nun isimlerini telaffuz etmeyi bile beceremediği arkadaşları vardı. Mayolu bir fotoğrafı ve çok yakışıklı, esmer tenli bir delikanlıya yaslanırken çekilmiş bir fotoğrafı, Andrew'nun beynine kazınmıştı. Delikanlı sivilceli olmadığı gibi, üstüne üstlük kirli sakallıydı. Kızın tüm yazdıklarını dikkatle inceleyen Andrew, bu delikanlının on sekiz yaşındaki, Marco de Luca adlı biri olduğu sonucuna varmıştı. Marco ile Gaia'nın birbirlerine yazdıklarına bir şifre çözücünün dikkatiyle bakan Andrew, aralarında devam eden bir ilişki olup olmadığını anlayamamıştı.

Facebook'a bakarken çoğu zaman huzursuz oluyordu, çünkü internet konusunda pek bilgili olmayan ve oğullarının kendisinden daha özgür ve rahat oldukları tek alan olduğu için internete güvenmeyen Simon bazen, onların nelere baktıklarını görmek için yatak odalarına ansızın dalıveriyordu. Simon internet faturası kabarmasın diye böyle davrandığını öne sürse de, Andrew babasının bu yaptığının, kontrolün kendisinde olduğunu hissetme ihtiyacının yansımalarından biri olduğunu biliyordu ve ne zaman internette Gaia'nın hayatının ayrıntılarını incelese, fare imleci sayfayı kapatmaya yarayan kutucuğun üstünde hazır beklerdi hep.

Ruth hâlâ konudan konuya atlıyor, somurtan Simon'a tek heceli sözcüklerden fazlasını söyletmek için boşuna çabalıyordu.

"Aaaah" dedi birden. "Aklımdan çıkmış. Bugün Shirley'yle konuştum Simon; hani sen Belediye Meclisi'ne aday olmayı düşünüyorsun ya, onunla ilgili."

Bu sözleri duyan Andrew yumruk yemiş gibi oldu.

"Belediye Meclisi'ne aday mı olacaksın?" diye sordu temkini elden bırakıp.

Simon kaşlarını yavaşça kaldırdı. Çene kaslarından biri seğiriyordu.

"Ne olmuş, bir sorun mu var?" diye sordu çok saldırgan bir sesle.

"Hayır" diye yalan söyledi Andrew.

*Şaka yapıyor olmalısın. Sen? Aday olacaksın? Hassiktir, hayır.*

"Sanki senin için bir sorun varmış gibi duruyorsun ama" dedi Simon, Andrew'nun gözlerinin ta içine bakmayı sürdürerek.

"Hayır" dedi Andrew, gözlerini indirip kıymalı patatesine bakarak.

"Belediye Meclisi'ne aday olmamın ne sakıncası var ki?" diye devam etti Simon. Konuyu kapamaya yanaşmıyordu. Bir hiddet patlaması yaşayarak gerginliğini atmak, boşaltmak istiyordu.

"Bir sakınca yok. Şaşırdım sadece."

"Önce sana mı danışmalıydım?" dedi Simon.

"Hayır."

"*Sağ ol be*" dedi Simon. Altçenesi öne çıkmıştı; kontrolünü yitirmek üzere olduğu zamanlarda çenesi böyle öne çıkardı genellikle. "İş buldun mu seni hayta, asalak, bok herif?"

"Hayır."

Simon öfkeyle Andrew'ya bakıyordu; havada kalakalan çatalındaki patates parçası giderek soğuyordu. Babasını daha fazla tahrik etmemekte kararlı olan Andrew dikkatini tekrar yemeğine yöneltti. Mutfaktaki hava basıncı artmıştı sanki. Paul'ün bıçağı tabağına çarpıp duruyordu.

"Shirley diyor ki" dedi Ruth neşeli ve tiz bir sesle; her şey yolundaymış gibi davranmayı sürdürmekte sonuna kadar kararlıydı; "adaylığa nasıl başvurulacağı meclisin internet sitesinde çıkacakmış Simon."

Simon karşılık vermedi.

Ruth da sustu; son ve en sağlam çabası da boşa çıkmıştı. Simon'ın huysuzluğunun sebebini biliyor olmaktan korkuyordu. İçi içini yiyordu; çabuk kaygılanan bir insandı, hep öyle olmuştu; elinde değildi. İçini rahatlatması için Simon'a yalvarmasının adamı deliye döndüreceğini biliyordu. Bir şey söylememeliydi.

"Si?"

"Ne?"

"Sorun yok, değil mi? Bilgisayarla ilgili?"

Ruth berbat bir oyuncuydu. Rahat ve sakin konuşmaya çalışsa da, sesi titrek ve tiz çıkmıştı.

Evlerine daha önce de çalıntı mallar girmişti. Simon elektrik sayacıyla oynamanın bir yolunu da bulmuştu, ayrıca basımevinde ufak tefek yolsuzluklar yapıyordu. Bütün bunlar Ruth'u kaygılandırıyor, bu yüzden geceleri gözüne uyku girmiyordu; ama Simon kestirmeden gitmeye cesareti olmayan insanları hor görürdü (Ruth onun bu yönünü hep sevmişti; neredeyse herkese karşı küçümseyici, kaba ve saldırgan davranan o sert ve çılgın delikanlının kendisinden hoşlanmasını sevmişti; memnun edilmesi son derece güç biri olan Simon'ın sadece onu seçmesini, sadece onu değerli bulmasını sevmişti).

"Neden bahsediyorsun sen?" diye sordu Simon usulca. Tüm dikkatini Andrew'dan Ruth'a yönelterek kadına aynı hiddetle, gözlerini kırpıştırmadan baktı.

"Şey, yani... sorun çıkmaz, değil mi?"

Simon kendi korkularını sezen ve onları körükleyen Ruth'u cezalandırmak için vahşice bir dürtüye kapıldı.

"Eh, şey, aslında söylemeyecektim ama" dedi yavaşça, yalan uydurmak için zaman kazanarak; "bilgisayarlar çalınırken sorun çıkmış anlaşılan." Andrew ile Paul yemek yemeyi kesip bakakaldılar. "Bir güvenlik görevlisi dövülmüş. Öğrendiğimde artık çok geçti. Bir şey olmaz umarım."

Ruth nefes almakta zorlanıyordu. Simon'ın sesinin sakinliğine, fiziksel şiddet kullanılarak yapılmış bir soygundan hiç istifini bozmadan bahsetmesine inanamıyordu. Adamın eve geldiği zamanki ruh halini açıklıyordu bu; her şeyi açıklıyordu.

"O yüzden bu bilgisayarı aldığımızı kimsenin öğrenmemesi şart" dedi Simon.

Tehlikenin büyüklüğünü ifade etmek için hepsine teker teker, ateş saçan gözlerle baktı.

"Kimseye söylemeyiz" diye fısıldadı Ruth.

Hızla çalışan hayal gücünün ona şimdiden gösterdiği sahnelerde, kapıya polis dayanıyordu; bilgisayar inceleniyordu; Simon yaralama suçundan tutuklanıyordu haksız yere... hapse atılıyordu.

"Babanızı duydunuz mu?" dedi oğullarına, neredeyse fısıldayarak. "Yeni bilgisayarımızdan kimseye bahsetmek yok."

"Bir şey olmaz herhalde" dedi Simon. "Sorun çıkmaz. Herkes çenesini kapalı tuttuğu sürece."

Dikkatini tekrar kıymalı patatesine yöneltti. Ruth'un gözleri Simon ile oğullarının arasında mekik dokuyordu. Korkmuş olan Paul, tabağındaki yemekle oynuyordu sessizce.

Ama Andrew babasının söylediklerinin tek kelimesine bile inanmamıştı.

*Adi, yalancı piçin tekisin sen. Annemi korkutmak hoşuna gidiyor.*

Yemek bitince Simon ayağa kalktı. "Eh, şu canına yandığımın bilgisayarı çalışıyor mu diye bakalım bari. Sen" diye işaret etti Paul'e, "git onu kutusundan çıkar ve sehpanın üstüne dikkatle – *dikkatle*– koy. Sen" diye işaret etti Andrew'ya, "bilgisayarlardan anlıyorsun, değil mi? Bana nasıl kullanıldığını gösterebilirsin."

Simon öne düşüp oturma odasına girdi. Andrew adamın onlara hata yaptırmaya, başarısız olmalarını sağlamaya çalıştığını biliyordu. Ufak tefek ve ürkek bir çocuk olan Paul bilgisayarı düşürebilirdi; Andrew'nunsa hata yapacağı kesindi. Arkalarındaki mutfaktan tabak sesleri geliyordu; Ruth bulaşıklarla ilgileniyordu. En azından o, ateş hattının dışındaydı şimdilik.

Andrew bilgisayar kasasını kaldıran Paul'e yardıma gitti.

"Kendi başına yapabilir, o kadar da hanım evladı değil!" dedi Simon öfkeyle.

Kolları titreyen Paul, mucizevi bir şekilde bilgisayar kasasını sehpaya kazasız belasız koymayı başardı ve ardından kollarını gevşekçe sarkıtıp öylece durarak alete doğru gelen Simon'ın yolunu kesmiş oldu.

"Ayağımın altından çekilsene geri zekâlı küçük dingil" diye bağırdı Simon. Paul kanepenin arkasına seğirtip oradan seyretmeye başladı. Simon eline rasgele bir kablo alıp Andrew'ya döndü.

"Bunu nereye takayım?"

*Kıçına tak puşt.*

"Ver ben..."

"Ben nereye takayım diye soruyorum!" diye gürledi Simon. "Sen bilgisayarı kullanacaksın... bana bunun nereye takılacağını söyle!"

Andrew bilgisayarın arkasına eğildi; başta Simon'a yanlış talimat verdiyse de, sonunda doğru soketi şans eseri buldu.

Ruth yanlarına geldiğinde işleri bitmek üzereydi. Kadına kaçamak bir bakış fırlatan Andrew onun bilgisayarın çalışmasını istemediğini, Simon'ın seksen *pound*'un üzerine bir bardak soğuk su içerek bilgisayarı götürüp bir yerlere atmasını istediğini anladı.

Simon monitörün karşısına oturdu. Birkaç başarısız denemeden sonra, kablosuz farenin pilinin olmadığını fark etti. Paul mutfaktan pil getirmek için odadan fırladı. Geri dönüp de pilleri uzattığında babası onları elinden kaptı, sanki Paul pillerle birlikte kaçmaya çalışabilirmiş gibi.

Dilini altdudağıyla dişlerinin arasına soktuğu için altçenesi şişmiş, salak gibi görünen Simon pil takma işini abartılı hareketlerle yaptı. Sabrının tükenmek üzere olduğunu, eylemlerinden sorumlu tutulamayacağı hale gelmesine ramak kaldığını göstermek için böyle manyakça, zalim bir yüz ifadesi takınırdı hep. Andrew çıkıp gittiğini, böylece babasını öfkelendiği zamanlarda ortalıkta olmalarını tercih ettiği seyircilerin birinden mahrum bıraktığını hayal etti; hayalinde sırtını döner dönmez kulağının arkasına çarpan bilgisayar faresini gerçekten hissetti neredeyse.

"Girsene be!"

Simon saldırgan bir şekilde çarpılmış yüzüyle uyumlu olan, alametifarikası denebilecek kısık, hayvansı sesi çıkarmaya başladı.

"Iğhhhhh... ığhhhhh... KODUĞUMUN ŞEYİ! Sen yap şunu! *Sen!* Sende küçük kız parmakları var!"

Simon fareyi ve pilleri Paul'ün göğsüne doğru sertçe fırlattı. Paul küçük metal tüpleri titreyen ellerle yerleştirdi; plastik kapağı taktı ve fareyi babasına geri uzattı.

"Teşekkürler *Pauline.*"

Simon'ın çenesi Neandertal çenesi gibi öne çıkmıştı. Adam cansız nesneler onun sinirini bozmak için kumpas kuruyorlarmış gibi davranırdı hep. Fareyi altlığa koydu tekrar.

*N'olur çalışsın.*

Ekranda minik beyaz bir ok belirdi ve Simon'ın istediği şekilde hareket etmeye başladı neşeyle.

Odadaki korku atmosferi dağıldı; üç seyircinin içine rahatlık yayıldı; Simon'ın yüzü Neandertal yüzüne benzemiyordu artık. Andrew'nun hayalinde sıraya dizilmiş, beyaz önlüklü Japon adamlar ve kadınlar canlandı. Bu kusursuz makineyi bir araya getirmiş olan bu insanların hepsinin de parmakları Paul'ünküler gibi zarif ve becerikliydi; uygarca, kibarca, tatlı tatlı gülümseyerek Andrew'nun karşısında eğiliyorlardı. Andrew onlar ve aileleri için iyi dileklerde bulundu sessizce.

Bu makinenin çalışmasının ne kadar önemli olduğunu asla bilmeyeceklerdi.

Simon bilgisayarı kurcalarken Ruth, Andrew ve Paul diken üstünde beklediler. Simon menüleri açtı, onları kapatmakta zorlandı, işlevlerini anlamadığı ikonlara tıkladı ve sonuçlar karşısında aklı karıştı; ama tehlikeli hiddeti geçmişti artık. Masaüstüne geri dönmeyi başarınca başını kaldırıp Ruth'a baktı. "Sorun yok gibi görünüyor, değil mi?"

"Harika!" dedi Ruth hemen, zoraki bir gülümsemeyle; sanki son yarım saat hiç yaşanmamıştı, sanki Simon makineyi Dixons'tan satın almıştı ve her an şiddete başvuracakmış gibi görünmeden çalıştırmıştı. "Bu daha hızlı Simon. Öncekinden çok daha hızlı."

*Daha internete bağlanmadı ki salak kadın.*

"Hı hı, bana da öyle geldi."

Simon iki oğluna öfkeyle baktı.

"Bu yepyeni ve pahalı bir makine, o yüzden dikkatli kullanın, anlaşıldı mı? Ve sakın kimseye bu bilgisayardan bahsetmeyin" diye de ekledi Simon; odaya tehdit havası yayıldı yeniden. "Tamam mı? Anlıyor musunuz?"

Yine başlarıyla onayladılar. Paul'ün yüzü kasılmış, çarpılmış gibiydi. İnce işaretparmağıyla bacağının dış tarafına sekiz rakamı çizdiğini babası görmedi.

"Biriniz şu lanet olası perdeleri çeksin. Neden hâlâ açıklar?"

*Çünkü hepimiz burada durup senin dallamalığını seyrediyoruz.*

Andrew perdeleri çekip odadan çıktı.

Yatak odasına girip de yatağına uzandıktan sonra bile, tekrar keyifle Gaia Bawden'ı düşünmeye koyulamadı. Babasının Belediye Meclisi üyesi olması ihtimali, ansızın ortaya çıkan ve her şeyi, Gaia'yı bile gölgede bırakan dev bir buzdağı gibiydi.

Andrew'nun hayatı boyunca Simon başka insanları küçümsemiş, evini dış dünyaya karşı bir kaleye dönüştürmüştü; evinde onun dediği olurdu ve ruh halleri ailesinin ruh hallerini belirlerdi. Andrew büyüdükçe, ailesinin başkalarından böylesine mutlak bir soyutlanmışlık içinde yaşamasının normal olmadığını fark etmiş ve bundan biraz utanç duymaya başlamıştı. Arkadaşlarının anne babaları ona nerede oturduğunu soruyorlardı ve ailesini tanımıyorlardı; annesi ile babasının sosyal etkinliklere ya da bağış toplantılarına katılmak niyetinde olup olmadığını laf arasında soruyorlardı. Bazen, anneler okulun oyun bahçesinde sohbet ederlerken, Ruth'u ilkokuldan hatırlayan birileri çıkıyordu; Ruth, Simon'dan çok daha sosyaldi. Böyle asosyal bir adamla evlenmese, Şişko'nun annesine daha çok benzerdi belki de; öğle ya da akşam yemeklerini arkadaşlarıyla yer, kasabada daha çok zaman geçirirdi.

Simon'ın yaltaklanmaya değer bulduğu birileriyle karşılaştığı çok nadir zamanlarda düzgün bir insanmış gibi davranması Andrew'nun midesini bulandırıyordu. Böyle birilerini bulunca çenesi düşen Simon yaptığı esprilerle çam devirir, en hassas konularda salakça laflar ederdi farkında olmadan; ya hiçbir şey bilmiyordu ya da konuşmak zorunda olduğu insanları pek umursamıyordu. Andrew son zamanlarda, Simon'ın başka insanları gerçek olarak görüp görmediğini bile sorgulamaya başlamıştı.

Andrew, babasının durup dururken neden daha geniş bir sahnede oynamaya heveslendiğini bilmiyordu, ama bu işin sonunun iyi olmayacağı kesindi. Andrew, Meydan'ın Noel ışıklandırması için para toplamak amacıyla bisiklet yarışı düzenleyen veya çikolatalı kek satan, kitap kulübü kuran anne babalar tanıyordu. Simon ise işbirliği gerektiren hiçbir şey yapmıyordu, kendisinin doğrudan çıkarına olmayan herhangi bir şeye karşı da en ufak bir ilgi göstermemişti bugüne kadar.

Andrew'nun karman çorman zihninde berbat sahneler beliriyordu: Simon mecliste, bir tek karısının kandığı yalanlarla süslü bir konuşma yapıyordu; Simon bir hasmını ürkütmek için Neandertal ifadesini takınıyordu; Simon kontrolünü kaybediyor ve mikrofona karşı en sevdiği küfürlerini sıralamaya başlıyordu: *puşt, siktiğimin, dingil, bok...*

Andrew *laptop*'unu kendine doğru çekti, ama neredeyse aynı anda geri itti. Masasında duran cep telefonuna da el sürmedi. Hissettiği kaygı ve utanç öyle yoğundu ki, anlık iletiyle ya da mesajla ifade edilemezdi; bu konuda yalnızdı, Şişko bile onu anlayamazdı; ne yapacağını bilmiyordu.

## Cuma

Barry Fairbrother'ın cesedi cenaze evine götürülmüştü. Soluk alnındaki, buz pateni ayakkabısı izlerini andıran derin, siyah kesikler gür saçıyla gizlenmişti. Yıldönümlerinde giydiği gömlek ile pantolon üzerine giydirilmişti; soğuk, balmumunu andıran, ifadesiz ceset hafif müzik çalınan sergileme odasında yatıyordu. Ustaca yapılan makyaj sayesinde, teni sanki canlıymış gibi ışıldıyordu. Barry uyuyordu sanki; ama tam olarak da öyle görünmüyordu.

Barry'nin iki erkek kardeşi, dul karısı ve dört çocuğu cenaze arifesinde onu son yolculuğuna uğurlamaya gittiler. Mary, çocukların babalarının cesedini görmelerine izin verip vermeme konusunda, evden çıkmadan önceki son dakikaya dek kararsızdı. Declan kâbus görmeye meyilli olan hassas bir çocuktu. Cuma ikindisinde, Mary hâlâ kararsızlığın pençesinde kıvranırken, sıkıntılı bir durum oldu.

"Göz" Colin Wall da Barry'nin cesedine veda etmek istediğine karar vermişti. Genellikle yumuşak başlı ve uyumlu bir insan olan Mary bunu abartılı buldu. Tessa'yla telefonda konuşurken sesi tizleşti; sonra da yeniden ağlamaya başladı ve Barry'ye veda etmeye kalabalık gitmek istemediğini, bunun ailevi bir mesele olduğunu söyledi... Korkunç bir utanca kapılan Tessa özür dilemeye başladı, onu çok iyi anladığını söyledi ve ardından durumu Colin'e açıklamak zorunda kaldı.

Gururu incinen, gücenen Colin suskunlaşmıştı.

Colin, Barry'nin cesedinin yanında tek başına durup, hayatında eşsiz bir yere sahip olan o adama sessizce saygı gösterisinde bulunmak istemişti sadece. Colin başka hiçbir arkadaşına söylemediği gerçekleri ve sırları Barry'ye söylemişti ve Barry'nin kızılgerdan gözleri gibi parlayan küçük, kahverengi gözleri ona her zaman samimiyetle ve şefkatle bakmıştı. Barry, Colin'in en yakın dostuydu; Colin, Pagford'a taşınmadan önce hiçbir erkekle bu kadar samimi olmamıştı ve bundan sonra da olmayacağından emindi. Sürekli dışlandığını, tuhaf bulunduğunu hisseden ve her günü mücadeleyle geçen Colin'in neşeli, popüler ve daima iyimser Barry ile arkadaşlık kurabilmiş olması ona küçük bir mucize gibi gelmişti hep. Kuyruğu dik tutmaya çalışan Colin, Mary'ye kin gütmemeye karar verdi ve günün geri kalanını, dul karısının bu tavrını görse Barry'nin ne kadar şaşıracağını ve üzüleceğini düşünmekle geçirdi.

Pagford'un beş kilometre dışındaki, Demirhane adlı güzel kır evinde, Gavin Hughes, içinde giderek büyüyen sıkıntıdan kurtulmaya çalışıyordu. Az önce Mary aramıştı. Bütün çocuklarının yarınki cenaze konusunda çeşitli fikirlerle katkıda bulunduklarını ağlamaklı, titrek sesiyle açıklamıştı. Siobhan tohumdan yetiştirdiği bir ayçiçeğini kesip tabutun üstüne bırakacaktı. Dört çocuk da, babalarına yazdıkları mektupları tabutun içine, onun yanına koyacaklardı. Mary de mektup yazmıştı, mektubunu Barry'nin gömlek cebine, kalbinin üstüne koyacaktı.

Konuşma bittiğinde Gavin'ın midesi bulanıyordu. Çocukların yazdıkları mektupları da, uzun emeklerle yetiştirilmiş ayçiçeğini de bilmek istemiyordu; ama mutfak masasında tek başına lazanya yerken aklından kovamıyordu bu düşünceleri nedense. Mary'nin mektubunda neler yazdığını hayal etmeye çalışıp durdu; o mektubu okumamak için her şeyi yapardı oysa.

Yatak odasında, kuru temizlemecinin plastik kılıfıyla sarmalanmış siyah bir takım elbise, davetsiz bir misafir gibi asılı duruyordu. Mary, popüler bir insan olan Barry'nin en yakın arkadaşlarından biri olduğunu alenen kabul etmekle kendisini onurlandırmıştı; başlangıçta Gavin'ın hoşuna gitmişti bu durum, ama şimdi bu hissin yerini korku almıştı. Lavaboda tabağını, çatal bıçağını yıkarken, ona kalsa cenazeye hiç gitmeyeceğini düşünüyordu artık. Arkadaşının cesedini görme fikrine gelince, bu hiç aklına gelmemişti ve normalde gelmezdi de.

Kay'le ikisi dün akşam çok kötü tartışmışlardı ve o zamandan beri konuşmuyorlardı. Her şey Kay'in Gavin'a, cenazeye giderken ona eşlik etmesini isteyip istemediğini sormasıyla başlamıştı.

"Tanrım, hayır" demişti Gavin kendini tutamayıp.

Kay'in yüz ifadesini görür görmez, ne demek istediğini kadının anladığını fark etmişti. *Tanrım, hayır, insanlar bizim sevgili olduğumuzu düşünürler. Tanrım, hayır, seni neden yanımda isteyeyim ki?* Gavin aslında tam da böyle hissetse bile, kıvırmaya, durumu kurtarmaya çalışmıştı.

"Yani, sen onu tanımıyordun ki, değil mi? Biraz tuhaf olmaz mı?"

Ama Kay deliye dönmüştü; Gavin'ı köşeye sıkıştırmıştı ve ona gerçek hislerini, ne istediğini, ikisinin geleceği hakkında neler düşündüğünü söyletmeye çalışmıştı. Gavin elindeki tüm silahları kullanmıştı; önce salağa yatmış, sonra kaçamak laflar etmiş, sonunda da bilgiçlik taslamıştı; insanın netlik peşindeymiş gibi yaparak duygusal meseleleri geçiştirebilmesi harikaydı. Sonunda Kay onu evinden kovmuştu; Gavin itaat etmişti, ama ilişkilerinin bitmediğini biliyordu. Bittiğini düşünmek aşırı iyimserlik olurdu. Gavin'ın mutfak penceresindeki yansıması gergin ve perişan görünüyordu; Barry'nin çalınmış geleceği Gavin'ın önünde uzanan bir uçurum gibiydi; kendini yetersiz ve suçlu hissediyordu, ama Kay'in gerisingeri Londra'ya taşınmasını istiyordu hâlâ.

Pagford'a gece çökerken Parminder Jawanda, Eski Papaz Evi'nde gardırobunu inceliyor ve Barry'ye nasıl bir kıyafetle veda etmesi gerektiğini düşünüyordu. Siyah elbiseleri ile döpiyes takımlarının hepsi uygundu, ama Parminder yine de giysilerini kararsızlıkla karıştırıyordu.

*Sari giy. Shirley Mollison gıcık olur. Hadi, sari giy.*

Böyle düşünmesi salakçaydı –deliceydi ve yanlıştı–, hele Barry'nin sesiyle düşünmesi iyice kötüydü. Barry ölmüştü; Parminder neredeyse beş gündür onun yasını tutuyordu ve ertesi gün adamı gömeceklerdi. Düşüncesi bile kötüydü. Toprağa gömülme, yavaş yavaş çürüme, kurtçuklarla ve böceklerle kaplanma fikrinden nefret etmişti hep. Sihler cesetleri yakar ve küllerini bir akarsuya saçarlardı.

Asılı giysilere göz gezdirse de, Birmingham'deyken akraba düğünlerinde ve toplantılarında giydiği sarileri ona sesleniyorlardı sanki. Sari giymeyi böyle tuhaf bir şekilde istemesinin sebebi neydi? Alışık olmadığı bir teşhircilik arzusuna kapılmış gibiydi. En sevdiği, koyu mavi ve altın sarısı sarisinin kıvrımlarına dokundu. Bunu en son Fairbrother'ların Noel partisinde giymişti; Barry ona jive dansı öğretmeye çalışmıştı. Bu deneme tam manasıyla başarısız olmuştu, çünkü bir kere Barry'nin kendisi de ne yaptığını bilmiyordu; ama Parminder hayatında neredeyse hiç gülmediği kadar gülmüştü, kontrolsüzce, katıla katıla, tıpkı sarhoş kadınlar gibi.

Sari zarif ve kadınsıydı, fazla kilolarını gizlemek isteyen orta yaşlı kadınlar için biçilmiş kaftandı. Parminder'in seksen iki yaşındaki annesi her gün sari giyiyordu. Parminder'inse sarinin kamuflajına ihtiyacı yoktu. Yirmi yaşındaki hali kadar zayıftı. Yine de uzun, koyu renkli, yumuşak sariyi alıp sabahlığının üzerine tuttu ve eteğinin çıplak ayaklarını okşamasına izin verirken aşağıya, elbisenin ince nakışlarına baktı. Bunu giymesi Barry'yle özel bir espriyi paylaşmak gibi olurdu; bitmek bilmez, gergin meclis toplantılarından çıktıktan sonra birlikte yürürlerken Barry'nin Howard'la ilgili yaptığı espriler, inek suratlı ev lafı gibi bir espriyi.

Parminder'in yüreğine korkunç bir ağırlık çökmüştü; ama Guru Granth Sahib, ölen insanların arkadaşlarının ve akrabalarının yas tutmamaları, sevdikleri kişinin Tanrı'yla tekrar birleşmesine sevinmeleri gerektiğini söylememiş miydi? Hain gözyaşlarını tutmaya çabalayan Parminder gece duasını, Kirtan Sohila'yı içinden okudu.

*Dostum, şimdi azizlere hizmet etme zamanıdır diyorum sana.*
*Bu dünyada ilahi kazanç için çabalarsan, öbür dünyada huzur içinde ve rahat yaşarsın.*
*Ömür gece gündüz demeden kısalır.*
*Ey akıl, Guru'yla tanış ve hayatına çekidüzen ver...*

Karanlık odasında yatağında yatan Sukhvinder, ailesinin her üyesinin yaptıklarını duyabiliyordu. Tam altından, çok aşağıdan gelen televizyon mırıltısına Sukhvinder'in ağabeyi ile babasının boğuk kahkahaları karışıyordu zaman zaman; cuma gecesi komedi şovunu izliyorlardı. Sahanlığın diğer tarafındansa, sürüsüne bereket arkadaşlarından biriyle cep telefonuyla konuşan ablasının sesi geliyordu. En yakındaki kişiyse annesiydi, duvarın diğer tarafındaki gömme dolabın içini karıştırıyordu.

Sukhvinder penceresinin perdelerini çekmiş ve kapısının altını uzun, sosis köpek şeklindeki bir yastıkla kapamıştı. Bu köpek, kilitsiz kapının açılmasını yavaşlatıyor; Sukhvinder'e zaman kazandırıyordu. Ama Sukhvinder kimsenin gelmeyeceğinden emindi. Olması gereken yerde, yapması gereken şeyi yapıyordu. Daha doğrusu öyle sanıyorlardı.

Berbat günlük ritüellerinden birini yeni tamamlamıştı: Facebook sayfasını açmış ve kimliğini bilmediği birinin gönderdiği yeni mesajı silmişti. Kendisini mesaj bombardımanına tutan bu kişiyi engellemesi para etmiyordu; başka profillerden mesaj geliyordu bu defa. Sukhvinder ne zaman mesaj geleceğini asla bilemiyordu. Bugünkünde siyah beyaz bir fotoğraf, on dokuzuncu yüzyıldan kalma bir sirk afişinin fotoğrafı vardı.

*La Véritable Femme à Barbe, Miss Anne Jones Elliot.*

Fotoğrafta dantel elbiseli, uzun siyah saçlı, gür sakallı ve bıyıklı bir kadın görünüyordu.

Sukhvinder bunları Şişko Wall'un gönderdiğinden emindi, ama fail başkası da olabilirdi. Örneğin İngilizce dersinde, Sukhvinder ne zaman konuşsa usulca maymun sesi çıkaran Dane Tully ve arkadaşları. Sukhvinder'in ten rengindeki herkese yapıyorlardı bunu; Winterdown'da esmer tenlilerin sayısı azdı. Bu davranış Sukhvinder'in kendini aşağılanmış ve aptal hissetmesine yol açıyordu, özellikle de Bay Garry öyle davrananları asla azarlamadığı için. Adam onları duymamış ya da anlamamış gibi yapıyordu. Belki o da Sukhvinder Kaur Jawanda'nın maymun, kıllı bir maymun olduğunu düşünüyordu.

Yorganının üstünde sırtüstü yatan Sukhvinder tüm benliğiyle ölmeyi diledi. İntiharı sadece düşünmekle başarabilseydi, hiç tereddütsüz intihar ederdi. Ölüm Bay Fairbrother'a gelmişti; Sukhvinder'e neden gelmesindi ki? Hatta Bay Fairbrother'la yer değiştirebilse, bu daha da iyi olmaz mıydı? Niamh ile Siobhan babalarını geri alabilirlerdi; kendisiyse öylece yokluğa karışırdı. Silinirdi, yok olurdu.

Kendine karşı duyduğu tiksinti, ısırgan otundan yapılmış bir elbise gibiydi; her yerine batıyor, canını yakıyordu. Katlanmayı, hareketsiz kalmayı, ona yardımı dokunacak tek şeyi yapmamayı irade gücüyle anbean başarmak zorundaydı. Herkesin yatmasını beklemesi şarttı. Ama böyle yatmak, kendi soluklarını dinlemek, çirkin ve iğrenç vücudunun yatağın üstündeki işe yaramaz ağırlığını hissetmek ıstıraptı. Boğulduğunu, serin ve yeşil sulara battığını, basıncın altında giderek yok oluşunu hissettiğini hayal etmek hoşuna gidiyordu...

*Büyük hermafrodit heykel gibi oturuyor...*

Karanlıkta yatarken, utancı vücuduna yakıcı bir kızarıklık gibi yayıldı. Çarşamba günü matematik dersinde Şişko Wall'un söylediği o sözcüğü daha önce hiç duymamıştı. Ne anlama geldiğine bakamazdı, çünkü disleksikti. Ama buna gerek kalmamıştı, çünkü Şişko sözcüğün anlamını açıklama nezaketini göstermişti.

*Hem erkek hem kadın olan bu kıllı yaratığın...*

Şişko hep aynı şekilde alay eden Dane Tully'den daha kötüydü. Şişko Wall'un zalim dili her seferinde yeni işkenceler icat ediyordu ve Sukhvinder kulaklarını kapatamıyordu. Şişko'nun her hakareti ve alayı Sukhvinder'in hafızasında, hiçbir faydalı bilginin kazınmadığı kadar derine kazınıyordu. Sukhvinder, Şişko'nun ona ettiği hakaretler konusunda sınava girse, hayatının ilk A notunu alırdı. *Bıyıklı memeli. Hermafrodit. Sakallı dambıl.*

Kıllı, şişman ve aptaldı. Vasattı ve beceriksizdi. Annesinin gözünde tembeldi; kadın onu her gün eleştiri yağmuruna tutuyordu. Babasına göreyse, kafası biraz yavaş çalışıyordu; adamın bunu şefkatle söylemesi, ilgisizliğinin etkisini azaltmıyordu. Sukhvinder'in kötü notlar alması adamın canını sıkmıyordu. Ne de olsa Jaswant ile Rajpal sınıf birincisiydiler hep.

"Zavallı Neşeli" derdi Vikram düşüncesizce, Sukhvinder'in karnesine göz attıktan sonra.

Ama Sukhvinder babasının kayıtsızlığını annesinin öfkesine yeğliyordu. Parminder nasıl olup da üstün yetenekli olmayan bir çocuk doğurduğunu anlamıyor ve kabullenmiyor gibiydi. Öğretmenlerden herhangi biri, Sukhvinder'in biraz daha fazla çaba gösterebileceğini azıcık ima etse, zafer kazanmış gibi bu lafın üzerine atlıyordu.

"'Sukhvinder çok çabuk pes ediyor, kendine biraz daha güvenmesi gerek' dedi. Bak! Gördün mü? Öğretmenin yeterince çaba göstermediğini düşünüyor Sukhvinder."

Sukhvinder'in ikinci seviyeye ulaştığı tek ders olan bilgisayar dersi konusundaysa –Şişko Wall o derse girmediğinden, Sukhvinder soruları yanıtlamak için el kaldırmaya cesaret ediyordu bazen– Parminder, "Siz çocuklar internette o kadar çok zaman harcıyorsunuz ki, birinci seviyede olmamanıza şaşıyorum" diyordu küçümseyici bir şekilde.

Sukhvinder'in aklına, anne babasına o maymun seslerinden ya da Stuart Wall'un sonu gelmez fesatlıklarından bahsetmek gelmemişti hiç. Bunu yapması, ailesinin dışındaki insanların da onu aşağı ve değersiz gördüklerini itiraf etmesi anlamına gelirdi. Hem Parminder, Stuart Wall'un annesiyle arkadaştı. Sukhvinder bazen Stuart Wall'un anneleri tanıştığı halde neden hiç çekinmediğini merak ediyordu, ama Sukhvinder'in onu ele vermeyeceğini bildiği sonucuna varıyordu. Stuart Wall onun içini okuyordu. Onun korkaklığını biliyordu, tıpkı onun kendisiyle ilgili en kötü düşüncelerinin hepsini bildiği gibi biliyordu ve bunu Andrew Price'ı eğlendirmek için başarıyla kullanıyordu. Sukhvinder bir zamanlar Andrew Price'tan hoşlanıyordu, kimseden hoşlanacak durumda olmadığını fark etmeden önce; gülünç ve tuhaf olduğunu fark etmeden önce.

Merdiveni çıkan babası ile Rajpal'ın giderek yükselen seslerini işitti. Rajpal'ın kahkahaları, Sukhvinder'in kapısının önünde iyice yükseldi.

Sukhvinder annesinin, yatak odasından, "Saat geç oldu" diye seslendiğini duydu. "Rajpal'ın yatması gerek Vikram."

Vikram'ın yakından, Sukhvinder'in kapısının ardından gelen sesi yüksek ve sıcaktı.

"Uyudun mu Neşeli?"

Sukhvinder'e çocukken takılmış ironik lakaptı bu. Jaswant'a Süslü lakabı takılmıştı; nadiren gülümseyen, sızlanıp duran, mutsuz bir bebek olan Sukhvinder'eyse Neşeli denmişti.

"Hayır" diye seslendi Sukhvinder. "Yeni yattım."

"Eh, şunu ilginç bulabilirsin; bak ağabeyin diyor ki..."

Ama Rajpal'ın bağıra çağıra itirazları, kahkahaları babasının sesini boğdu; Sukhvinder, Vikram'ın Rajpal'a takılmayı sürdürerek uzaklaştığını işitti.

Evin sessizleşmesini bekledi. Tek tesellisine kavuşma umuduna tutunuyordu, can simidine tutunurcasına; bekliyordu, herkesin yatmasını bekliyordu...

(Beklerken, geçenlerde bir akşam, kürek antrenmanından sonra karanlıkta kanalın yanından otoparka doğru yürüdüklerini anımsadı. Antrenmanlar öyle yorucu oluyordu ki insanın kolları ile karnı sızlıyordu, ama güzel ve temiz bir acıydı bu. Sukhvinder kürek çektikten sonra mışıl mışıl uyurdu hep. Grubun arkasında Sukhvinder'le birlikte yürüyen Krystal, ona geri zekâlı Paki kaltak demişti.

Bunu durup dururken söylemişti. Hepsi Bay Fairbrother'la dalga geçiyorlardı. Krystal komik olduğunu sanıyordu. Küfür edip dururdu. Bu sefer de "Paki" sözcüğünü "gerzek" ya da "beyinsiz" anlamında kullanmıştı sanki. Sukhvinder'in yüzü düşmüştü; midesinde o tanıdık bulanma ve yanma hissi vardı.

"*Ne* dedin sen?"

Bay Fairbrother hışımla Krystal'a doğru dönmüştü. Onu ilk kez bu kadar kızgın görüyorlardı.

"Bir şey demedim" demişti Krystal, biraz şaşkın, biraz meydan okur gibi. "Şakaydı sadece. O şaka yaptığımı biliyor. Değil mi?" diye cevap bekleyerek sormuştu Sukhvinder'e; Sukhvinder onun şaka yaptığını bildiğini mırıldanmıştı korkakça.

"O kelimeyi bir daha söylediğini duymayayım."

Bay Fairbrother'ın Krystal'ı ne kadar sevdiğini hepsi biliyordu. Yarışmalar için bir yerlere gittiklerinde kızın yol masraflarını kendi cebinden karşıladığını biliyorlardı. Krystal'ın esprilerine en çok Bay Fairbrother gülerdi; Krystal bazen çok komik oluyordu.

Yürümeye devam etmişlerdi; herkes utanmıştı. Sukhvinder, Krystal'a bakmaya korkmuştu; kendini suçlu hissetmişti her zamanki gibi.

Minivana yaklaşırlarken Krystal, Bay Fairbrother'ın bile duyamayacağı kadar alçak sesle, "Şakaydı sadece" demişti.

Sukhvinder de, "Biliyorum" demişti hemen.

"Eh, tamam öyleyse. Kusura bakma."

Krystal son cümleyi bir nefeste söylemişti; Sukhvinder o kısmı duymamış gibi yapmasının daha iyi olacağını düşünmüştü. Yine de bu özür, Sukhvinder'in içini arındırmıştı. Ona haysiyetini geri kazandırmıştı. Pagford'a geri dönerlerken ilk kez takımı uğurlu şarkılarını söylemeye o teşvik etmiş, Krystal'ın Jay-Z'nin söylediği *rap* kısmıyla başlamasını istemişti.)

Ailesi nihayet, yavaşça, çok yavaşça yataklarına çekiliyorlardı sanki. Jaswant banyoda epey kaldı, tangır tungur sesler çıkardı. Sukhvinder, Jaz'in işini bitirmesini, annesiyle babasının da odalarında konuşmayı kesmelerini, eve sessizlik çökmesini bekledi.

Sonunda ortalık güvenliydi artık. Sukhvinder yatakta doğrulup, eski ve yumuşacık oyuncak tavşanının kulağından jileti çıkardı. Jileti banyodaki dolaptan, Vikram'ın malzemelerinin arasından çalmıştı. Yataktan kalkıp rafındaki el fenerini el yordamıyla buldu, bir avuç da kâğıt mendil aldı, ardından odanın diğer ucuna gidip, köşedeki küçük ve yuvarlak oyuncak kalenin içine girdi. El fenerini burada yakarsa, ışığının kapının kenarlarından görünmeyeceğini biliyordu. Sırtını duvara yaslayıp geceliğinin kolunu sıyırdı ve son seansından kalma, hâlâ belirgin olsalar da iyileşmeye başlamış, birbiriyle kesişen siyah yara izlerini fener ışığında inceledi. Hissettiği korku yüzünden hafifçe titreyerek jileti önkolunun ortasına dayadı. Bu korku aklındaki başka her şeyi siliyordu ve rahatlatıcıydı. Sonra kendi etini kesti.

Anında keskin, yakıcı bir acı hissetti ve kan akmaya başladı; kolunu dirseğine kadar kestikten sonra kâğıt mendilleri, geceliğine ya da halıya kan damlatmamaya özen göstererek uzun yaraya bastırdı. Bir iki dakika sonra, ilk kesiğe paralel bir yara açarak merdiven çizdi; arada sırada durup kolunu siliyordu. Jilet, çığlık çığlığa düşüncelerin yarattığı acıyı alıp, sinirlerin ve derinin gerçek yanmasına dönüştürüyordu. Her kesik rahatlatıcı ve özgürleştiriciydi.

Sonunda jileti silip, mahvettiği kolunu inceledi; birbiriyle kesişen yaralar kanıyor ve öyle acıyordu ki Sukvhinder'in yanaklarından yaşlar süzülüyordu. Acıya rağmen uyuyabilirdi belki; ama on ya da yirmi dakika beklemeliydi, taze kesiklerdeki kan pıhtılaşmalıydı önce. Pencerenin dibine oturup duvara yaslandı, dizlerini yukarı çekti ve yaşlı gözlerini kapadı.

Kendine duyduğu nefretin birazı kanla birlikte dışarı akmıştı. Düşünceleri Gaia Bawden'a, kendisinden anlaşılmaz bir şekilde hoşlanan o yeni gelen kıza yöneldi. Gaia güzelliği ve Londra aksanı sayesinde istediği herkesle takılabilirdi, ama öğle teneffüslerinde ve otobüste Sukhvinder'in yanına gelip duruyordu. Sukhvinder buna bir anlam veremiyordu. Gaia'ya neyin peşinde olduğunu sormak geliyordu içinden; yeni gelen kızın kendisinin, yani Sukhvinder'in kıllı, maymun gibi, salak, aptal, hor görülecek, hakaret edilecek, karşısında maymun sesleri çıkarılacak biri olduğunu fark etmesini bekliyordu her gün. Kızın hatasını yakında anlayacağı kesindi ve o zaman Sukhvinder en eski arkadaşlarının, kendisinden sıkılmış olan Fairbrother ikizlerinin insafına kalacaktı her zamanki gibi.

## Cumartesi

### 1

Sabahın dokuzunda Church Row'daki bütün park yerleri dolmuştu. Sokağın iki yanından birer ikişer ve gruplar halinde, siyahlar içinde cenazeye gelenler St. Michael and All Saints'e, mıknatısın çektiği demir tozları gibi akın ediyorlardı. Kilisenin çift kanatlı kapısına doğru uzanan bahçe yolu kalabalıklaştı, çok geçmeden de iğne atsan yere düşmeyecek hale geldi; yolun dışına taşanlar mezarların arasına yayıldılar ve ölülerin üstüne basmaktan korkarak, ama kilisenin girişinden fazla uzaklaşmayı da istemediklerinden mezar taşlarının arasında durabilecekleri güvenli noktalar aradılar. Kilisede Barry Fairbrother'a veda etmeye gelen herkese yetecek kadar sıra bulunmadığının hepsi farkındaydı.

Barry'nin bankadan iş arkadaşları, Sweetlove'ların mezarlarından en görkemlisinin etrafında toplanmışlardı ve genel merkezden gelmiş olan pek saygıdeğer temsilcinin gitmesini, geyik muhabbetini ve abuk sabuk esprilerini de yanında götürmesini istiyorlardı. Kürek takımından Lauren, Holly ve Jennifer anne babalarından ayrılmış, yosun tutmuş bir eli andıran porsukağacının gölgesinde birbirlerine sokulmuşlardı. Farklı farklı kıyafetler giymiş olan meclis üyeleri yolun ortasında, suratlarında ciddi ifadelerle konuşuyorlardı. Kiminin kafası kelleşmeye yüz tutmuştu, kiminin gözlüğü şişe dibi gibiydi; kimi siyah hasır şapka takmıştı, kimiyse inci kolye. *Squash* ve golf kulüplerinden tanışan adamlar usulca selamlaşıyorlardı; eski üniversite arkadaşları birbirlerini uzaktan tanıyıp, kalabalığın içinden ite kaka geçerek buluşuyorlardı. Görünüşe göre Pagford halkının neredeyse tamamı, en güzel ve en koyu renkli giysilerini giyerek gelmişlerdi. Havada kısık sesli sohbetlerin uğultusu vardı; yüzler seğiriyor, insanlar etrafı izleyerek bekleşiyorlardı.

Tessa Wall en güzel paltosunun, gri yün paltosunun omuzları dar geldiği için kollarını en fazla göğüs hizasına kadar kaldırabiliyordu. Kilise yolunun kenarında oğluyla birlikte dururken, tanıdıklara hüzünlü bir gülümsemeyle el sallayarak selam veriyordu; bir yandan da dudaklarını fazla kımıldatmamaya çalışarak, çaktırmadan Şişko'yla tartışmayı sürdürüyordu.

"Tanrı aşkına Stu. Babanın en yakın arkadaşıydı o. Bir kere de düşünceli davran."

"Bu lanet işin bu kadar uzun süreceğini kimse söylememişti. On bir buçuğa kadar biter demiştin."

"Düzgün konuş. St. Michael'dan on bir buçuk gibi çıkarız dedim..."

"... ben de çıkınca eve gideriz diye düşündüm doğal olarak. O yüzden de Arf'la buluşma ayarladım."

"Ama cenaze defnedilene kadar kalmalısın, baban tabutu taşıyacak! Arf'ı ara, yarın buluşalım de."

"Yarın işi var. Hem cep telefonum yanımda değil. Göz bana, kiliseye getirme dedi."

"Babana Göz deme! Arf'ı benim telefonumdan arayabilirsin" dedi Tessa, elini cebine atarak.

"Numarası ezberimde yok" diye yalan söyledi Şişko istifini bozmadan.

Tessa ile Colin önceki akşam, yemeği baş başa yemişlerdi, çünkü Şişko bisikletle Andrew'nun evine gitmişti; birlikte İngilizce ödevlerinin üstünde çalışacaklardı. En azından Şişko'nun annesine söylediği buydu ve Tessa inanmış numarası yapmıştı. Şişko'nun ayakaltından çekilmesi, böylece Colin'in canını sıkamaması Tessa'nın daha çok işine geliyordu.

Hiç değilse Şişko, Tessa'nın ona Yarvil'den aldığı yeni takım elbiseyi giymişti. Üçüncü mağazada artık Tessa'nın sabrı taşmıştı, çünkü Şişko ne giyse korkuluk gibi, biçimsiz ve hantal görünüyordu. Tessa sinirlenmişti, çünkü Şişko'nun bunu bilerek yaptığını düşünmüştü; sanki çocuk istese, giydiği takım elbiseyi kendine yakıştıracaktı.

"Şşşt!" dedi Tessa işi sağlama almak için. Şişko bir şey dememişti, ama Colin peşinde Jawanda'larla yaklaşıyordu; adam öyle gerilmişti ki sanki tabut taşıyıcısı değil teşrifatçı gibi davranıyordu; bahçe kapısının yanında durup gelenleri selamlıyordu. Sari giymiş, peşinde çocuklarıyla gelen Parminder kederli ve sıska görünüyordu; siyah takım elbiseli Vikram ise film yıldızı gibiydi.

Samantha Mollison kilise kapısından birkaç metre ötede, kocasının yanında beklerken aydınlık, kirli beyaz göğe bakıyor ve yükseklerdeki bulutların üstüne vuran gün ışığının boşa gittiğini düşünüyordu. Birçok yaşlı kadın ayak bileklerini otların arasında serinletseler de, kendisi sert yoldan ayrılmıyordu; topuklu rugan ayakkabıları yumuşak toprağa gömülüp kirlenebilir, çamurlanabilirdi.

Miles ile Samantha, tanışlarının selamlarına kibarca karşılık verseler de birbirleriyle konuşmuyorlardı. Dün akşam tartışmışlardı. Birkaç kişi, normalde hafta sonları eve gelen Lexie ile Libby'yi sormuşlardı; ama iki kız da arkadaşlarının evlerinde kalıyorlardı. Samantha, kızların yanlarında olmamasının Miles'ın hoşuna gitmediğini biliyordu; Miles toplum içinde aile babası rolü oynamaya bayılırdı. Belki de, diye düşündü Samantha keyifli bir hiddetle, Miles seçim afişleri için benimle ve kızlarla birlikte fotoğraf çektirmek ister. Miles'a bu konudaki fikrini söylemek çok hoş olacaktı.

Miles cenazeye bu kadar çok insanın gelmesine şaşırmış gibiydi. Cenazede başrolü oynayamayacağı için canı sıkılıyordu belli ki; Barry'nin meclisteki koltuğunu ele geçirmek amacıyla gizli bir kampanya başlatmak için bunca seçmenin arasında olmak ideal bir fırsattı aslında. Samantha uygun bir zamanda, bu kaçırılan fırsatla ilgili iğneleyici bir laf etmeye karar verdi.

"Gavin!" diye seslendi Miles, adamın o tanıdık, sarı saçlı, uzun kafasını görünce.

"Ah, selam Miles. Selam Sam."

Gavin'ın yeni siyah kravatı, beyaz gömleğinin üstünde göze çarpıyordu. Açık renkli gözlerinin altında mor torbalar vardı. Samantha parmak uçlarında yükseldi; Gavin onu yanağından öpmek zorunda kalsın ve böylece Samantha'nın sürdüğü misk kokulu parfümü fark etsin istedi.

"Amma çok insan geldi, değil mi?" dedi Gavin etrafa bakınarak.

"Gavin tabutu taşıyacak" dedi Miles karısına; umut vaat etmeyen küçük bir çocuğun mansiyon ödülü olarak kitap kazandığını söyler gibiydi. Aslında Gavin'in bu onura layık görüldüğünü kendisinden öğrendiğinde biraz şaşırmıştı. Miles içten içe kendisi ile Samantha'ya özel bir görev verilmesini ummuştu; ne de olsa Fairbrother can çekişirken adamın yanında bulunmuşlardı ve dolayısıyla bir tür gizem ve önem kazanmışlardı. Mary'nin veya bir yakınının kendisinden, yani Miles'tan konuşma yapmasını, Barry'nin son anlarında oynadığı önemli rolle ilgili iki çift laf etmesini istemesi hoş olurdu.

Samantha, Gavin'ın seçilmesine şaşırdığını bilinçli olarak belli etmedi.

"Sen Barry'yle epey samimiydin, değil mi Gav?"

Gavin başıyla onayladı. Kendini gergin hissediyordu, sanki midesi bulanıyordu. Gece doğru düzgün uyuyamamış, korkunç kâbuslar görmüş, sabahın köründe de uyanmıştı; ilk kâbusta kilisede tabutu düşürüp Barry'nin cesedinin yere yuvarlanmasına yol açıyordu, ikincisinde ise uyuyakalıyor, cenaze törenini kaçırıyordu. Sonra St. Michael and All Saints'e vardığında Mary'nin mezarlıkta tek başına durduğunu görüyordu. Yüzü kireç gibi olan kadın ona öfkeyle haykırıyor, her şeyi mahvettiğini söylüyordu.

"Nerede durmam gerektiğinden emin değilim" dedi etrafa bakınarak. "Bu işi ilk kez yapacağım."

"Gayet kolay dostum" dedi Miles. "Tek bir şeye dikkat edeceksin. Hiçbir şeyi düşürme, yeter, he he he."

Miles'ın kız gibi gülüşü, konuşurken kalın çıkan sesiyle tezat oluşturuyordu. Gavin da, Samantha da gülümsemedi.

İnsan kalabalığının arasından Colin Wall belirdi. İri cüssesi, sarsak yürüyüşü, yüksek ve yumrulu alnıyla adam Samantha'ya Frankenstein'ın canavarını hatırlatıyordu hep.

"Gavin" dedi adam. "Sonunda seni buldum. Kaldırımda dursak daha iyi olur herhalde; birkaç dakika sonra gelecekler."

"Tamam" dedi Gavin; birilerinin ona ne yapacağını söylemesi içini rahatlatmıştı.

"Colin" dedi Miles, başıyla selam vererek.

Bir an bocalayan Colin, "Ha, selam" dedikten sonra dönüp cenazeye gelen kalabalığa ite kaka daldı.

Sonra yine bir hareketlenme oldu ve Samantha, Howard'ın bağırdığını işitti: "Pardon... çok affedersiniz... ailemize ulaşmaya çalışıyoruz da..." Kalabalıktakiler adamın göbeğinden sakınmak için iki yana çekilince Howard göründü; kadife paltosunun içinde dev gibi duruyordu. Peşinden Shirley ile Maureen geliyorlardı; lacivert elbiseli Shirley derli toplu görünüyordu, küçük siyah peçeli bir şapka takmış olan Maureen ise akbaba gibi cılızdı.

"Selam, selam" dedi Howard, Samantha'yı yanaklarından

şapur şupur öperek. "Nasılsın Sammy?"

Ansızın herkesin geri geri giderek yoldan çekilmeye başlamasıyla birlikte ayak sürüme sesleri arttı, uğultu kadının yanıtını bastırdı. İnsanlar çaktırmadan yer kapmak istiyorlardı; kimse kilisenin girişine uzak kalmak istemiyordu. Kalabalık ikiye ayrılınca, tanıdık yüzler belirdi. Samantha, Jawanda'ları gördü. Kesilmiş süt rengi insanların arasında esmer tenleriyle dikkat çekiyorlardı; Parminder sari giymişti (bunu neden yapmıştı ki? Howard ile Shirley gibilerin eline koz verdiğini bilmiyor muydu?), yanında duran tıknaz, ufak tefek Tessa Wall'unsa gri paltosunun düğmeleri patlayacak gibiydi.

Mary Fairbrother ile çocuklar kiliseye doğru ağır ağır yürüyorlardı. Felaket solgun görünen Mary birkaç kilo vermiş gibiydi. Altı günde bu kadar zayıflamış olabilir miydi? İkizlerden birinin elini tutuyordu, diğer kolunuysa küçük oğlunun omuzlarına atmıştı; büyük oğlu Fergus peşinden geliyordu. Yumuşak dudaklarını sımsıkı büzmüş olan Mary dosdoğru ileriye bakıyordu. Mary ile çocukların arkasından akrabaları geliyordu; kilisenin rengi solmuş girişinden hep birlikte geçip gözden kayboldular.

Peşlerinden herkesin birden kilise kapısına akın etmesi, sevimsiz itişmelere yol açtı. Mollison'lar ile Jawanda'lar bir anda omuz omuza geldiler.

"Önden buyurun Bay Jawanda, önden buyurun..." diye gürleyen Howard, cerrahın önden gitmesi için koluyla işaret etti. Ama cerrahtan sonra başka birinin kendisinden önce girmesini iri cüssesiyle engelleyerek, Vikram'ın hemen ardından kiliseye daldı; aileleri de onları takip ettiler.

Koyu mavi bir halı, St. Michael and All Saints'in sıralarının arasındaki koridor boyunca uzanıyordu. Kubbeli tavanda altın sarısı yıldızlar ışıldıyordu; avizelerin ışığı pirinç plakalardan yansıyordu. Zarif vitrayların renkleri muhteşemdi. Gümüş zırhlı Aziz Mikail sağ nefin ortasındaki, en büyük pencereden aşağı bakıyordu. Omuzlarından gök mavisi kanatlar yükseliyordu; kılıç tutan elini kaldırmıştı, diğer elindeyse altın sarısı bir terazi tutuyordu. Yerde kıvranan ve doğrulmaya çalışan, yarasa kanatlı, kurşuni renkteki Şeytan'ın sırtına sandaletli ayağıyla basıyordu. Azizin yüzünde dinginlik vardı.

Aziz Mikail'in hizasına gelince duran Howard ailesine soldaki sıraya oturmalarını söyledi; Vikram ise sağdaki sıraya geçti. Mollison ailesinin diğer üyeleri ve Maureen de soldaki sıraya otururlarken, koyu mavi halının üstünde kımıldamadan dikilmeye devam eden Howard yanından geçen Parminder'e hitap etti.

"Ne fena. Barry. Korkunç bir şok."

"Evet" dedi kadın, gönülsüzce.

"Bu elbiseler çok rahat görünüyorlar; rahatlar mı gerçekten?" diye sordu adam, Parminder'in sarisini başıyla göstererek.

Kadın yanıt vermeden Jaswant'ın yanına oturdu. Howard da sıranın başına iri cüssesiyle oturarak, kendilerinden başkasının oraya oturmasını engelledi.

Shirley gözlerini saygılı bir edayla dizlerine çevirmiş, ellerini birleştirmişti, sanki dua ediyor gibiydi ama aslında Howard'ın Parminder'e sari hakkında sorduğu soruyu düşünüyordu. Shirley çok eskiden, koyun yünü gibi kıvırcık favorileri olan, personeline kolalanmış önlük giydiren bir Yüksek Kilise papazı için inşa edilen Eski Papaz Evi'nde artık bir Hintli ailenin yaşamasına içten içe hayıflanan Pagford'lulardan biriydi (Jawanda'ların tam olarak hangi dinden olduklarını anlayamamıştı hiç). Onların ibadet mekânına (kilise mi, cami mi, artık her neresiyse) Howard'la birlikte gitse, başlarını örtmek ve ayakkabılarını çıkarmak (daha kim bilir neler neler yapmak) zorunda kalacaklarından emindi; yapamayız deseler ortalık ayağa kalkardı kesin. Oysa Parminder'in kiliseye sariyle gelmesine ses çıkaran yoktu. Mesele Parminder'in normal giysilerinin olmaması değildi, çünkü her gün işe giderken normal giysiler giyiyordu. Bu çifte standart sinir bozucuydu; Parminder buraya sariyle gelmekle *onların* dinine, dolayısıyla Barry Fairbrother'ın şahsına düşüncesizce saygısızlık etmiş oluyordu; sözde çok severdi Barry'yi oysa.

Shirley kenetlediği ellerini ayırdı, başını kaldırdı ve dikkatini gelip geçen insanların kıyafetlerine, kaç tane taziye çelengi geldiğine, hangisinin en büyük olduğuna yöneltti. Çelenklerden bazıları komünyon parmaklığının ardına yığılmıştı. Shirley belediyenin gönderdiği çelengi gördü; onu kendisi ve Howard seçmişlerdi. Beyaz ve mavi (Pagford'un armasının renkleriydi bunlar) çiçeklerden oluşan, büyük, yuvarlak, geleneksel bir çelenkti. Ama bütün diğer çelenkler gibi bu da, kız kürek takımının gönderdiği, bronz renkli kasımpatılardan oluşan, gerçek kürek şeklinde ve boyutundaki çelengin gölgesinde kalıyordu.

Sukhvinder sırasında geriye dönüp, Lauren'ı görmeye çalıştı. Çelengi Lauren'ın annesi hazırlamıştı, kadın çiçekçiydi. Çelengi görüp beğendiğini el kol hareketleriyle anlatmak istiyordu Sukhvinder, ama kalabalığın içinde Lauren'ı göremedi. Sukhvinder bu çelengi yaptırdıkları için hüzünle karışık gurur duydu, özellikle de sıralara oturan insanların çelengi birbirlerine gösterdiklerini görünce. Kürek takımındaki sekiz kızdan beşi, kürek şeklindeki çelenk için para vermişti. Lauren öğle teneffüsünde Krystal Weedon'ı arayıp bulduğunu anlatmıştı; Krystal'ın, gazete bayisinin yanındaki alçak duvarın üstünde oturmuş sigara içen arkadaşları onunla dalga geçmişti. Lauren, Krystal'a katkıda bulunmak isteyip istemediğini sormuştu. "Hı hı, tamam, para veririm" demişti Krystal; ama vermemişti, dolayısıyla ismi karta yazılmamıştı. Sukhvinder'in görebildiği kadarıyla Krystal cenazeye de gelmemişti.

Sukhvinder'in içinde kurşun gibi bir ağırlık vardı, ama sol kolunun sızlaması ve o kolunu kımıldattığında hissettiği şiddetli acı dikkatinin dağılmasına neden oluyordu; hem en azından, siyah takım elbise giymiş, dik dik bakan Şişko Wall etrafta değildi. Aileleri kilise bahçesinde karşılaşıp ayaküstü konuştuklarında, Şişko onunla göz teması kurmamıştı; anne babalarının orada olması onu dizginliyordu, bazen Andrew Price'ın varlığı da dizginliyordu.

Önceki akşam geç vakitlerde, Sukhvinder'in isimsiz sanal işkencecisi ona siyah beyaz bir fotoğraf göndermişti; Victoria döneminde çekilmiş bu fotoğrafta çıplak bir çocuk ince, siyah tüylerle kaplıydı. Sukhvinder fotoğrafı cenaze için giyinirken görüp silmişti.

En son ne zaman mutlu olmuştu? Bir başka hayatta, insanların ona maymun sesi çıkarmalarından çok önce, bu kilisede zaman zaman oturduğunu ve yıllar boyunca halinden gayet memnun bir şekilde yaşayıp gittiğini biliyordu; Noellerde, paskalyalarda ve hasat festivallerinde şevkle ilahi okumuştu. Aziz Mikail'i, Raffaello dönemi öncesinde çizilmiş hoş ve kadınsı yüzünü, altın sarısı kıvırcık saçını hep sevmişti... ama bu sabah, yerde kıvranan kara şeytanın üstüne neredeyse fütursuzca basan Aziz Mikail'i farklı bir gözle görüyordu ilk kez; onun kaygısız yüz ifadesini fesat ve küstah buluyordu.

Sıralar dolmuştu. Yer bulamayan talihsizler kilisenin arka tarafında toplanmayı sürdürürken ve soldaki duvara dizilirken boğuk takırtılar, yankılı ayak sesleri ve hafif hışırtılar tozlu havayı hareketlendiriyordu. Bazı iyimser tipler sıraların arasındaki koridorda parmak uçlarında gezinerek, tıklım tıklım dolu sıralara bakınarak boş yer arıyorlardı. Howard hiç kımıldamadan kararlılıkla oturdu, ta ki Shirley onun omzuna dokunup, "*Aubrey ile Julia!*" diye fısıldayana dek.

Bunu duyan Howard haşmetle döndü ve Fawley'lerin dikkatini çekmek için elindeki cenaze programını salladı. Halılı koridorda hızla yürüyerek geldiler. Kelleşmeye yüz tutmuş, uzun boylu ve sıska Aubrey siyah takım elbise giymişti; Julia ise açık kızıl saçlarını topuz yapmıştı. Aubrey'ler rahat etsinler diye epey yana kayan ve diğerlerini de yana kaydıran Howard'a gülümseyerek teşekkür ettiler.

Samantha, Miles ile Maureen'in arasında öyle sıkışmıştı ki bir tarafında Maureen'in sivri kalça kemiğini, diğer tarafındaysa Miles'ın cebindeki anahtarları hissediyordu. Kendine bir iki santim yer açmaya çalıştı sinirle, ama Miles'ın da Maureen'in de gidecek yerleri yoktu; dosdoğru ileriye bakan Samantha da, intikam almak ister gibi düşüncelerini bir aydır görmediği ve bu süre içinde çekiciliğini hiç yitirmemiş olan Vikram'a yöneltti. Adam öyle göz alıcı, su götürmez ve abartılı bir şekilde yakışıklıydı ki, insanın gülesi geliyordu. Uzun bacakları ve geniş omuzları, gömleğinin pantolonunun içine girdiği kısımdaki düz karnı ve gür, siyah kirpikli o kara gözleriyle, Pagford'un diğer erkekleriyle, o gevşek, soluk benizli ve şişko erkekleriyle kıyaslayınca ilah gibiydi. Julia Fawley'yle hoşbeş etmek için öne eğilen Miles'ın anahtarları Samantha'nın uyluğuna batınca, kadın üstündeki daracık lacivert elbisenin önünü Vikram'ın yırtarak açıverdiğini hayal etti; kurduğu fantezide, derin meme çatalını gizleyen, kıyafetine uygun kaşkorse atletini giymemişti...

Kulak tırmalayıcı org müziği kesilince sessizlik çöktü; hafif bir hışırtı duyuluyordu sadece. İnsanlar başlarını çevirdiler. Tabut sıraların arasındaki koridordan getiriliyordu.

Tabut taşıyıcılar neredeyse komik bir şekilde uyumsuzdular: Barry'nin iki erkek kardeşinin de boyu bir altmış civarıydı, arkadaki Colin Wall'un boyuysa bir seksen vardı; dolayısıyla tabutun arkası önüne kıyasla epey yüksekteydi. Tabut cilalı maundan yapılma değildi, hasırdı.

*Bu resmen piknik sepeti yahu!* diye düşündü Howard öfkeyle.

Söğüt dallarından yapılma tabut taşınırken, birçok insanın yüzünde şaşkınlık belirdi; ama bazıları hasır meselesini önceden öğrenmişlerdi. Mary seçimi Barry'nin büyük oğlu Fergus'ın yaptığını, söğüt dallarını dayanıklı ve hızlı büyüyen, dolayısıyla çevre dostu bir materyal olduğu için seçtiğini Tessa'ya söylemişti (Tessa da Parminder'e söylemişti). Tam bir çevreci olan Fergus'ın ekolojik açıdan güvenli her şeye sempatisi vardı.

Parminder söğüt tabutu, çoğu İngiliz'in ölülerini defnetmekte kullandıkları sağlam ahşap kutulardan çok daha fazla beğenmişti. Batıl inançlı ninesi, ruhun ağır ve sağlam tabutta hapsolmasından korkardı hep ve İngiliz cenaze levazımatçılarının tabut kapaklarını çivilemelerinden nefret ederdi. Tabut taşıyıcılar, tabutu brokar örtülü cenaze teskeresinin üstüne bırakıp geri çekildiler. Barry'nin oğlu, erkek kardeşleri ve kayınbiraderi ön sıraların kenarlarına oturdular; Colin ise yaylana yaylana yürüyerek ailesinin yanına geri döndü.

Gavin iki saniye boyunca korku içinde öylece kalakaldı. Parminder onun ne tarafa gideceğini bilemediğini gördü; adamın tek seçeneği üç yüz kişinin gözü önünde koridordan geri yürümekti. Ama Mary onu eliyle çağırmış olmalıydı; çünkü kıpkırmızı kesilmiş olan Gavin en ön sıraya, Barry'nin annesinin yanına oturdu. Parminder, Gavin'la sadece ona test yaptığı ve klamidyasını tedavi ettiği zamanlarda konuşmuştu. Sonrasında Gavin onunla göz göze gelmemişti hiç.

*"Ben dirilişim ve yaşamım, dedi İsa Mesih; bana iman eden kişi ölse de yaşayacak. Yaşayan ve bana iman eden kişi asla ölmeyecek..."*

Şarkı söyler gibi, ritmik bir sesle konuşan papaz, ağzından çıkan sözlerin anlamını düşünmüyor gibiydi. Parminder adamın tarzını biliyordu; yıllardır, diğer bütün St. Thomas velileriyle birlikte Noel ayinlerine katılırdı. Yukarıdan kendisine bakan beyaz yüzlü savaşçı azize, siyah tahtalara, sert sıralara, üzerinde mücevherlerle süslenmiş altın sarısı haçın durduğu kilise sunağına, ürpertici ve rahatsız edici bulduğu ağıtsı ilahilere aşinalığı, onlardan hoşlanmasına yol açmıyordu.

Dolayısıyla çekingen papazın monoton sesini boş verip babasını düşündü tekrar. Tavşan kutusunun üstündeki radyosu bangır bangır çalarken, mutfak penceresinden dışarı bakınca babasının yerde yüzüstü yattığını görmüştü. Parminder, annesi ve kız kardeşleri Topshop'ta gezinirlerken babası tam iki saat orada yatmıştı. Parminder babasını sarsmıştı ve adamın ısınmış gömleğinin altındaki omzuna dokunduğu anı hâlâ hissedebiliyordu. "*Babacığıım. Babacığıım.*"

Darshan'ın küllerini Birmingham'daki küçük, insana hüzün veren Rea Nehri'ne saçmışlardı. Parminder o bulutlu haziran gününde nehrin donuk yüzeyinin kil gibi göründüğünü hatırlıyordu; suda yol yol olup uzaklaşan grili beyazlı tozları da hatırlıyordu.

Org çalınmaya başlayınca Parminder herkesle birlikte ayağa kalktı. Niamh'la Siobhan'ın açık kızıl saçlı başlarını gördü arkadan bir an; Darshan öldüğünde Parminder tam onların yaşındaydı. Ansızın şefkat ve korkunç bir sızı hissetti; kafası karışmış gibiydi, onlara sarılmak ve ne hissettiklerini bildiğini, onları anladığını söylemek arzusuna kapıldı...

*Şafak söktü, ilk sabahki gibi...*

Gavin sıranın diğer tarafından gelen tiz sesi duyuyordu: Barry'nin küçük oğlunun sesi kalınlaşmamıştı henüz. Gavin bu ilahiyi Declan'ın seçtiğini biliyordu. Mary'nin Gavin'la paylaşması gerektiğini düşündüğü korkunç cenaze ayrıntılarından biriydi bu da.

Cenaze, Gavin'ın tahmin ettiğinden de çileli geçiyordu. Tabutun maun olması daha iyi olurdu belki de; Gavin, Barry'nin o hafif, hasır tabutun içindeki cesedinin varlığını korkunç bir şekilde, iliklerine kadar hissetmişti; cesedin fiziksel ağırlığı afallatıcıydı. Koridorda yürürken kendisine kibirle bakan bütün bu insanlar, taşıdığı şeyin ne olduğunu anlamamışlar mıydı acaba?

Sonra o korkunç an gelmişti: Kimsenin kendisine yer ayırmadığını ve herkesin bakışları üstündeyken koridorda gerisingeri yürüyüp, arka tarafta ayakta duranların arasına saklanmak zorunda kalacağını fark etmişti... ama bunun yerine en ön sırada, korkunç bir şekilde göz önünde oturmaya zorlanmıştı. Lunaparkta trenin en ön koltuğunda oturmak ve bütün o berbat sarsıntıları herkesten daha fazla hissetmek gibiydi bu.

Siobhan'ın yetiştirdiği, iri ve sarı süsen çiçekleri ile zambakların ortasında duran, başı en az bir tencere kapağı büyüklüğündeki ayçiçeğinden iki karış ötede otururken, Kay'in kendisiyle birlikte gelmemiş olmasına hayıflandı; buna inanamasa da, yanında Kay'in olmasını istiyordu şimdi. Onu düşünen, ona yer ayıran birinin varlığı rahatlatıcı olurdu. Tek başına gelirse zavallı bir gerzek gibi görüneceği hiç aklına gelmemişti.

İlahi sona erdi. Barry'nin ağabeyi konuşma yapmak için kürsüye doğru yürüdü. Gavin adamın, ayçiçeğinin altında (tohumdan yetiştirilmişti, büyümesi aylar sürmüştü) yatan Barry'nin cesedinin karşısında konuşma yapmaya nasıl katlanacağını bilmiyordu; Marry'nin başını eğmiş halde, görünüşe göre kucağında kenetlenmiş ellerine bakarak, öyle sessizce oturmayı nasıl başarabildiğini de bilmiyordu. Gavin anma konuşmasının etkisini azaltmak için, adamın söylemesi muhtemel şeyleri aklından geçirmeye başladı.

*Barry'nin Mary'yle nasıl tanıştığını anlatacak, sonra da çocukluğundan bahsedecek... mutlu çocukluğundan, şakalarından filan... Hadi artık, çabuk olsana...*

Barry'yi tekrar cenaze arabasına koymaları ve ta Yarvil'e

götürüp oradaki mezarlığa gömmeleri gerekecekti, çünkü St. Michael and All Saints'in küçük mezarlığı dolalı tam yirmi sene oluyordu. Gavin bu kalabalığın bakışları altında hasır tabutu mezara indirdiğini hayal etti. Tabutu kiliseye getirip götürmek, bunun yanında solda sıfır kalırdı...

İkizlerden biri ağlıyordu. Gavin, Mary'nin kızının elini tuttuğunu göz ucuyla gördü.

*Şu iş bir an önce bitsin artık. N'olur.*

"Barry'nin her zaman bildiğini okuyan biri olduğunu söylemek yanlış olmaz sanırım" dedi Barry'nin ağabeyi boğuk sesle. Barry'nin çocukluk maceralarını anlattı, birkaç kişi güldü. Gerginliği sesinden belliydi. "Bekârlığa veda edişimi kutlamak için bir hafta sonu birlikte Liverpool'a gitmiştik, Barry yirmi dört yaşındaydı. Oradaki ilk gecemizde, kamp alanından çıkıp bara gittik; tezgâhın arkasında, bar sahibinin kızı vardı; öğrenci olan kız babasına cumartesi geceleri yardım eden güzel bir sarışındı. Barry bütün geceyi o kızla sohbet ederek geçirdi, babasını sinirlendirip kızın başına dert açtı, köşedeki şamatacı grubu da hiç tanımıyormuş gibi yapmıştı."

Cılız bir kahkaha duyuldu. Mary'nin başı öne sarkıyordu. İki yanında oturan çocukları ellerini tutuyordu.

"O gece çadıra geri döndüğümüzde bana o kızla evleneceğini söyledi. *Dur bir dakika, sarhoş olan benim yahu* diye düşündüm." Hafif bir kıkırtı duyuldu. "Ertesi gece, Baz'ın ısrarıyla tekrar o bara gittik. Eve geri döndüğümüzde ilk işi kıza kartpostal göndermek oldu; gelecek hafta sonu tekrar oraya gideceğini yazmıştı. Tanışmalarından tam bir yıl sonra evlendiler; onları tanıyan herkes, Barry'nin ne kadar iyi bir seçim yaptığı konusunda hemfikirdir herhalde. Dört güzel çocukları oldu: Fergus, Niamh, Siobhan ve Declan..."

Gavin dinlememeye çalışarak, dikkatle nefes alıp verirken, aynı durumda, kendi cenazesinde ağabeyinin ne bulup da söyleyeceğini merak etti. Barry kadar şanslı değildi o; onun aşk hayatından ilginç bir öykü çıkmazdı. Bir bara girip de orada kusursuz eşi, ona bira vermek için bekleyen, gülümseyen sarışın kadını bulamamıştı hiç. Hayır, *onun* hayatında Lisa olmuştu, onu küçümsemekten asla vazgeçmeyen Lisa; yedi yıl boyunca, giderek artan bir şiddetle didiştikten sonra pat diye ayrılıvermişlerdi; hemen ardından da Kay girmişti hayatına, Gavin'a azimli ve tehditkâr bir kaya midyesi gibi yapışmıştı...

Yine de cenazeden sonra Kay'i arayacaktı, çünkü bu yaşadıklarından sonra boş evine geri dönmeye katlanabileceğini sanmıyordu. Dürüst olacaktı, Kay'e cenazenin ne kadar korkunç ve stresli geçtiğini anlatacaktı, "Keşke yanımda olsaydın" diyecekti. Kay tartıştıkları için küslüğü hâlâ sürdürse bile, bunları duyunca yelkenleri suya indirirdi mutlaka. Gavin bu gece yalnız olmak istemiyordu.

İki sıra geride Colin Wall, beyaz ve ıslak bir mendili yüzüne bastırarak, hafif ama insanların duyacağı hıçkırıklarla, hüngür hüngür ağlıyordu. Tessa elini adamın baldırına hafifçe bastırıyordu. Tessa Barry'yi düşünüyordu; Colin konusunda ondan medet ummasını; birlikte attıkları kahkahaların avutuculuğunu; Barry'nin sınırsız müşfikliğini. O kısa boylu ve al yanaklı adamın, verdikleri son partide Parminder'le jive dansı yapışını, Howard Mollison'ın Fields'ı kötülemesini taklit edişini, Colin'e Şişko'nun sosyopat değil bir ergen gibi davrandığını anlamaya çalışmasını nazikçe tavsiye edişini dün gibi hatırlıyordu.

Tessa, Barry Fairbrother'ın ölümünün, yanında oturan adamda yaratacağı etkiden korkuyordu; onun yokluğuna alışamamalarından korkuyordu; Colin'in ölen adama verdiği sözü tutamamasından ve konuşmak isteyip durduğu o çıtı pıtı Mary'nin kendisinden hazzetmediğinin farkına varmamasından korkuyordu. Onca gerginliğin ve üzüntünün üstüne bir de küçük bir kurt gibi içini kemiren kaygı vardı: Şişko'nun isyan etmesini nasıl engelleyeceğini, kendileriyle birlikte defin törenine gelmesini nasıl sağlayacağını, gelmezse bunu Colin'den nasıl gizleyebileceğini (ki bunun üstesinden gelmek, Şişko'yla uğraşmaktan daha kolay olabilirdi) kara kara düşünüyordu.

"Bugünkü ayini Barry'nin kızları Niamh ile Siobhan'ın seçtikleri, kendileri ve babaları için çok şey ifade eden bir şarkıyla bitireceğiz" dedi papaz. Gerçekleşmek üzere olan şeyle ilgisinin bulunmadığını ses tonuyla ifade etmeyi başardı.

Gizli hoparlörlerden öyle yüksek bateri sesleri gelmeye başladı ki cemaat yerinden sıçradı. Bir Amerikalı yüksek sesle "*a-ha, a-ha*" diyordu ve Jay-Z *rap* yapıyordu:

*Good girl gone bad –*
*Take three –*
*Action.*
*No clouds in my storms...*
*Let it rain, I hydroplane into fame*
*Comin' down with the Dow Jones...*

Bazıları herhalde bir yanlışlık oldu diye düşündüler. Howard ile Shirley hiddetle bakıştılar; ama kimse durdurma düğmesine basmadı, kimse ara koridorda koşturarak özür dilemedi. Derken kadın şarkıcının güçlü, seksi sesi yeniden duyuldu:

*You had my heart*
*And we'll never be worlds apart*
*Maybe in magazines*
*But you'll still be my star...*[4]

Tabut taşıyıcılar ara koridorda hasır tabutu gerisingeri taşıyorlardı ve peşlerinden Mary ile çocukları geliyordu.

---

**4.** Kalbimi kazandın sen / Biz asla ayrı dünyalarda olamayız / Belki dergilerde / Ama yine de sen benim yıldızım olacaksın... (ç.n.)

*... Now that it's raining more than ever*
*Know that we'll still have each other*
*You can stand under my umbuh-rella*
*You can stand under my umbuh-rella*[5]

Kiliseden sıra halinde, ağır ağır çıkan cemaat şarkının ritmine uygun şekilde yürümemek için çaba gösteriyordu.

## 2

Andrew Price babasının yarış bisikletini gidonundan tutarak dikkatle, arabaya sürtmemeye özen göstererek garajdan çıkardı. Bisikleti taşıyarak taş basamaklardan indirdi ve metal bahçe kapısından geçirdi; sokağa çıkınca bir pedala ayağını koydu ve bisikleti iterek üstüne oturdu. Gidonu sola kıvırıp, tepeden aşağı inen, baş döndürücü yokuştan Pagford'a doğru, frene hiç dokunmadan süzüldü.

Çalı çitler ile gökyüzü birbirine karışmış gibiydi; Andrew temiz saçına ve az önce ovalayarak yıkadığı için yanan yüzüne vuran rüzgârı hissederken, kendini yarış pistinde hayal etti.

Fairbrother'ların kama şeklindeki bahçelerinin hizasına gelince fren yaptı, çünkü birkaç ay önce bu virajı fazla hızlı dönerken düşmüştü; kot pantolonu yırtılmış, yüzünün bir tarafı yara bere içinde kalmıştı ve hemen eve geri dönmüştü mecburen...

Bisiklete tek eliyle tutunarak, pedal çevirmeden Church Row'a girerken, yokuş aşağı inişte önceki kadar olmasa da tekrar hızlanmanın tadını çıkardı bir süre; kilisenin önünde-

5. Şimdi her zamankinden daha çok yağmur yağıyor / Bil ki hâlâ birbirimizin olacağız biz / Şemsiyemin altında durabilirsin / Şemsiyemin altında durabilirsin (ç.n.)

ki cenaze arabasına tabut konduğunu ve kilise kapısının ağır ahşap kanatlarının arasından, siyahlara bürünmüş bir kalabalığın çıktığını görünce biraz yavaşladı. Sonra var gücüyle pedal çevirerek köşeyi dönüp uzaklaştı. Şişko'nun kiliseden, yanında perişan haldeki Göz'le birlikte çıktığını, adamın üstünde Şişko'nun önceki gün İngilizce dersinde komiklik yaparak, iğrenç bir şey gibi tarif ettiği ucuz takım elbisenin olduğunu görmek istemiyordu.

Andrew, Meydan'ı yavaşça turlarken, yüzüne düşen saçını eliyle geriye atarken, soğuk havanın kırmızı-mor sivilcesini nasıl etkilediğini ve antibakteriyel sıvı yüz sabununun işe yarayıp yaramadığını düşündü. Ve bahanesini içinden tekrarladı: Şişko'nun evinden geliyordu (bu inandırıcıydı, gayet mümkündü), dolayısıyla nehre giderken Hope Sokağı'ndan geçmesi mantıklıydı. Dolayısıyla Gaia Bawden'ın (evinin penceresinden bakarsa ve Andrew'yu görüp tanırsa), onun bunca yolu sırf kendisini görmek uğruna kat ettiğini düşünmesi için sebep yoktu. Andrew kızın sokağından bisikletle geçmesinin sebebini açıklamak zorunda kalacağını sanmasa da, bahanesini aklında tuttu; çünkü böylece etkileyici bir umursamazlık havasına büründüğüne inanıyordu.

Tek istediği kızın evini öğrenmekti. Alçak, sıra sıra evlerin olduğu o sokaktan daha önce hafta sonlarında iki kez bisikletle, huzursuzca geçmişti; ama kızın hangi evde oturduğunu öğrenememişti. Okul otobüsünün kirli pencerelerinin ardından fırlattığı kaçamak bakışlardan öğrenebildiği tek şeyse, kızın sağ taraftaki çift numaralı evlerden birinde oturduğuydu.

Köşeyi dönerken sakin bir yüz ifadesi takınmaya, ağır ağır bisiklet sürerek nehre en kestirme yoldan giden, kendi düşüncelerine dalmış ama bir sınıf arkadaşıyla karşılaşırsa da selamlaşmaya hazır biri rolü yapmaya çalıştı...

Kız oradaydı. Kaldırımdaydı. Andrew'nun bacakları hareket etmeyi sürdürseler de, Andrew pedalları hissedemiyordu artık ve üstünde dengede durduğu tekerleklerin incecik olduklarının farkına vardı birden. Kız deri el çantasını karıştırıyordu; bakır rengi saçı yüzüne düşmüştü. Arkasındaki aralık kapıda 10 rakamı yazılıydı; kızın siyah tişörtü karnını açıkta bırakıyordu; o çıplak ten şeridi, kalın kemer ve daracık kot pantolon... Andrew tam geçip giderken kız kapıyı kapatıp döndü; saçı geriye düşünce güzel yüzü ortaya çıktı; çok net bir sesle, Londra aksanıyla, "Ah, selam" dedi.

"Selam" dedi Andrew. Bacakları pedal çevirmeyi sürdürdüler. İki metre gitti, dört metre; neden durmamıştı ki? Şok yüzünden hareket etmeyi sürdürüyordu, dönüp geriye bakmaya cesaret edemiyordu. Kızın sokağının sonuna gelmişti bile; *sakın düşme, sakın*; köşeyi dönerken, kızı geride bıraktığı için rahatladığını mı, yoksa hayal kırıklığına mı uğradığını bilemeyecek kadar sersemlemiş haldeydi.

*Hassiktir!*

Pargetter Tepesi'nin dibindeki koruya doğru gitti; oradaki ağaçların arasında nehir ışıldıyordu, ama Andrew'nun gördüğü tek şey retinalarına kazınmış olan görüntü, Gaia'nın neon gibi parlayan görüntüsüydü. Dar asfalt yol, toprak yola dönüştü ve nehirden gelen hafif bir esinti Andrew'nun yüzünü okşadı; Andrew yüzünün kızardığını sanmıyordu, çünkü her şey bir anda olup bitmişti.

"Lanet olsun!" diye bağırdı açık havaya ve ıssız yola doğru.

Beklenmedik bir şekilde eline geçen göz kamaştırıcı hazineyi gözünde canlandırdı: kızın daracık kotu ile pamuklu tişörtünün sergilediği kusursuz vücudunu; arkasında, üstü çiziklerle dolu eski mavi kapının üstündeki 10 rakamını; kızın son derece rahat ve doğal bir şekilde, "Ah, selam" deyişini... O muhteşem yüzün ardındaki zihin, Andrew'yu hatırlamıştı.

Yolun çakıllı ve sert kısmına girince bisiklet sarsıldı. Sevinçten içi içine sığmayan Andrew, bisikletten ancak dengesini yitirmeye başlayınca indi. Ağaçların arasından geçip dar nehir kıyısına ulaşınca bisikleti yere, son gelişinden beri minik beyaz yıldızlar gibi açmış olan rüzgâr çiçeklerinin arasına attı.

Babasının bisikletini ödünç almaya başladığı ilk zamanlarda, adam, "Bir dükkâna gireceksen bisikleti zincirle" demişti. "Bak, seni uyarıyorum, bir yeri çizilirse..."

Ama zincir ağaçlara dolanacak kadar uzun değildi; hem zaten Andrew babasından ne kadar uzaklaşırsa, ondan o kadar az korkuyordu. Gaia'nın on santim kadarı açıkta olan düz karnını ve mükemmel yüzünü düşünmeyi sürdüren Andrew, nehir kıyısının tepenin erozyona uğramış eteğiyle birleştiği kısma gitti; tepenin eteği hızla akan yeşil suyun üstünde, topraklı ve kayalık bir uçurum gibi yükseliyordu.

Kaygan ve yumuşak zeminli nehir kıyısının en dar kısmı tepenin etrafından dolanıyordu. Ayaklarınız buraya ilk adım attığınız günden bu yana iki kat uzamışsa, geçmenin tek yolu sarp tepeye yaslanıp köklere ve kaya çıkıntılarına tutunarak yan yan, yavaş yavaş gitmekti.

Yeşil nehrin ve ıslak toprağın malç kokusu Andrew için son derece tanıdıktı; tıpkı bu dar toprak şeridinin üstünden otlara basarak geçerken, tepenin yamacında el yordamıyla çatlaklar ve kaya çıkıntıları aramanın neden olduğu his gibi. O ve Şişko, gizli yeri bulduklarında on bir yaşındaydılar. Yasak ve tehlikeli bir şey yaptıklarını biliyorlardı; nehir konusunda uyarılmışlardı. Çok korktuklarını belli etmemeye kararlı bir şekilde, kaya duvardaki her çıkıntıya tutunarak ve en dar noktada birbirlerinin tişörtlerini kavrayarak, bu kaygan toprak şeridinin üstünden yan yan geçmişlerdi.

Andrew aklı başka yerde olsa da, tenis ayakkabılarının bir metre kadar altından sular hızla akarken, toprak ve kayadan oluşma sert duvar boyunca yengeç gibi hareket etmeyi yılların deneyimi sayesinde başardı. Sonra ustaca eğilip kendini sarkıtarak tepe yamacındaki, çok eskiden keşfettikleri büyük yarığın içine girdi. O zamanlar burası, sergiledikleri cesaretin kutsal ödülü gibi gelmişti. Andrew artık içeride ayakta duramıyordu; ama iki kişilik çadırdan biraz daha büyük olan bu mekân, iki yeniyetme oğlanın yan yana uzanıp nehrin sesini dinleyebilecekleri ve üçgen girişin ardındaki ağaçlar ile gökyüzünü seyredebilecekleri kadar genişti.

Buraya ilk gelişlerinde arka duvarı dal parçalarıyla kazımışlardı, ama yukarıdaki manastıra çıkan gizli bir geçit bulamamışlardı; onlar da bu gizlenme yerini ilk keşfeden kişiler olmanın gururuyla yetinmişler ve buradan asla kimseye bahsetmeyeceklerine yemin etmişlerdi. Andrew ciddiyetle yemin ettiklerini, sonra da tükürüp and içtiklerini hayal meyal hatırlıyordu. Buraya başta Mağara adını vermişlerdi, ama epeydir Göz Deliği diyorlardı.

Küçük mağara toprak kokuyordu, ama eğimli tavanı taştandı. Koyu yeşil bir gelgit izi içeriyi bir zamanlar su bastığını, ama su seviyesinin tavana kadar yükselmediğini gösteriyordu. Zemin izmaritlerle ve zıvanalarla kaplıydı. Andrew oturup bacaklarını çamurlu, yeşil suya doğru sarkıttı ve ceket cebinden sigara paketi ile çakmağını çıkardı; artık harçlık almadığından, bu paketi doğum günü parasından son kalanlarla satın almıştı. Bir sigara yakıp dumanını derin derin içine çekerken, Gaia Bawden'la yaşadığı muhteşem deneyimi, anımsayabildiği en ince ayrıntısına dek belleğinde canlandırdı: o ince beli ve çıkık kalçaları; deri kemer ile tişörtün arasından görünen krem rengi teni; dolgun dudaklı, geniş ağzı; kızın, "Ah, selam" deyişini. Onu ilk kez formasız görmüştü. Kız deri el çantasıyla, tek başına nereye gidiyordu acaba? Cumartesi sabahı Pagford'da ne işi olabilirdi ki? Yoksa otobüsle Yarvil'e mi gidecekti? Gözden ırak olduğu zamanlarda neler yapıyordu, hangi gizemli kadınsı meselelerle ilgileniyordu?

Andrew böyle güzel bir kızın alelade bir kişiliğe sahip olması mümkün mü diye, belki bininci kez sordu kendine. Şimdiye kadar bunu merak etmesine bir tek Gaia yol açmıştı. Andrew o kızı görene dek, bedenle ruhu ayrı şeyler olarak düşünmemişti hiç. Hafif şeffaf okul gömleğinin altından görünen ve beyaz sutyen olduğunu düşündüğü şeyden yola çıkarak kızın memelerinin görünüşünü, onlara dokunmanın nasıl bir his uyandıracağını hayal etmeye çalıştığı zamanlarda bile, Gaia'dan sadece fiziksel olarak hoşlandığına inanamamıştı. Kız onu müzik gibi etkiliyordu, ki müzik Andrew'yu hayatta en çok etkileyen şeydi. O eşsiz vücuda can veren ruhun kendisi de sıra dışıydı mutlaka. Doğa neden öyle bir kap yaratsındı ki, içine daha da değerli bir şey koymayacaksa?

Andrew çıplak kadınların nasıl göründüklerini biliyordu, çünkü Şişko'nun çatı katında bulunan yatak odasındaki bilgisayarda ebeveyn kontrolü yoktu. Bedava internet pornosunu mümkün olduğunca sık keşfetmişlerdi birlikte: tıraşlı vulvaları; iki yana açılmış, karanlık yarıkları sergileyen pembe dudakları; ayrılmış kalçaların arasındaki, düğmeye benzeyen, büzülmüş anüsleri; kalın rujlu dudaklardan süzülen menileri. Bayan Wall'un odaya yaklaştığı ancak merdivenin yarısında, gıcırdamaya başlayan basamaklar sayesinde duyulabildiğinden, Andrew'nun heyecanına panik eşlik ederdi hep. Kimi zaman öyle tuhaf şeylere rastlarlardı ki kahkahayı basarlardı, Andrew heyecanının mı, yoksa tiksintisinin mi daha yoğun olduğunu bilemezdi bazen (kırbaçlar ve eyerler, koşum takımları, halatlar, hortumlar; bir keresinde de metal sürgülü aletler ve yumuşak ete batırılmış iğneler, çığlık atarken donakalmış kadın yüzleri görmüşlerdi ve bu sefer Şişko bile gülmeyi başaramamıştı).

Andrew ile Şişko silikonlu, devasa, gergin ve yuvarlak memelerin uzmanı olmuşlardı.

Şişko'nun anne babası içeri dalmasın diye kapının arkasına sandalye dayayıp monitörün karşısında otururlarken,

"Plastik" derdi biri sakince. Ekranda kıllı bir adamın üstüne ata biner gibi oturup kollarını kaldırmış bir sarışın olurdu; kadının kahverengi uçlu iri memeleri daracık göğüs kafesinin üstünden *bowling* topları gibi sarkardı ve her birinin altında, silikonun takıldığı kısımda ince, parlak mor çizgiler olurdu. O memelere bakarken, onlara dokunmanın nasıl bir his olduğunu anlardı insan: Serttiler, her birinin derisinin altında futbol topu vardı sanki. Andrew doğal memeden daha erotik bir şey düşünemiyordu; yumuşak ve süngersi, belki biraz da elastik, meme uçlarıysa (Andrew öyle umuyordu) tersine sert olmalıydı.

Geceleri geç vakitlerde, bütün bu görüntüler zihnine akın ediyordu; ayrıca gerçek kızların, normal kızların sunduğu olasılıkları ve onlara yeterince yaklaşıp giysilerinin üstünden dokunmayı başardığı nadir zamanları düşünüyordu. Niamh ikizinden daha çirkindi, ama Noel disko partisinde, boğucu tiyatro salonunda Siobhan'dan daha istekli davranmıştı. Karanlık bir köşede, küf kokulu sahne perdesinin ardında yarı gizlenmiş halde birbirlerine yaslanmışlardı ve Andrew dilini kızın ağzına sokmuştu. Azar azar tırmanan elleri kızın sutyen lastiğine kadar ulaşmış, ama daha yukarı çıkamamışlardı; çünkü kız onları aşağı çekip durmuştu. Andrew'nun temel motivasyon kaynağı, dışarıda, karanlıkta bir yerde Şişko'nun daha ileri gittiğini bilmesiydi. Şimdiyse Gaia aklından çıkmıyordu. O hem Andrew'nun hayatında gördüğü en seksi kızdı, hem de Andrew'da tamamen anlaşılmaz bir özlem duygusu uyandırıyordu. Bazı akor değişiklikleri, bazı ritimler Andrew'yu derinden ürpertirdi ve Gaia Bawden da ona bu hissi yaşatıyordu nedense.

Biten sigarasıyla yeni bir sigara yaktıktan sonra izmariti aşağıdaki suya attı. Sürünen ayakların tanıdık sesini duyunca öne eğildi ve Şişko'yu gördü; üstünde hâlâ cenazede giydiği takım elbise olan Şişko, toprak şeridinin üstünden yan

yan, çıkıntılara tutunarak geçiyordu; Andrew'nun oturduğu girişe doğru geliyordu.

"Şişko."

"Arf."

Andrew, Şişko Göz Deliği'ne rahat girebilsin diye bacaklarını topladı.

"Aman be" dedi Şişko içeri güçbela girince. Kol ve bacaklarının uzunluğu ve siyah takım elbisenin iyice ortaya çıkardığı sıskalığıyla, sakar bir örümcek gibi görünüyordu.

Andrew ona sigara verdi. Şişko sigara yakarken sert bir rüzgâr esiyormuş gibi yapardı hep; hafifçe kaşlarını çatar, bir elini aleve siper ederdi. Sigaradan nefes çekip, Göz Deliği'nden dışarıya duman halkası üfledi ve boynundaki koyu gri kravatı gevşetti. Mağaraya yolculuğu sırasında dizleri ve yenleri çamurlanmış olan takım elbisesinin içinde çok da salak görünmüyordu aslında; olduğundan yaşlı görünüyordu.

"Sevgilisini kaybetmiş bir ibne gibi davranıyor" dedi Şişko, sigarasından derin bir nefes daha çektikten sonra.

"Göz üzüldü ha?"

"Üzülmek ne kelime! Herif histeri krizi geçiriyor resmen. Hüngür hüngür ağladı. Dul kadından beter."

Andrew güldü. Şişko bir duman halkası daha üfledikten sonra, koca kulaklarından birini çekiştirdi.

"Ben erken tüydüm. Daha gömmediler."

Bir dakika boyunca çamurlu nehre bakarak, sessizce sigara içtiler. Andrew sigara içerken, "Erken tüydüm" sözünü düşündü; Şişko kendisinden çok daha bağımsız gibiydi. Andrew ile aşırı özgürlüğün arasında Simon ve hiddeti duruyordu; Tepedeki Ev'de sırf orada bulunmak bile cezalandırılma nedeniydi bazen. Bir keresinde, felsefe ve din dersinde işlenen tuhaf bir konu Andrew'nun hayal gücünü harekete geçirmişti; öğretmen sağı solu belli olmayan, öfkelenince şiddet uygulayan ilkel tanrıları ve ilk uygarlıkların onları yatıştırma çabalarını anlatmıştı. Andrew o zaman, anladığı kadarıyla adaletin doğası üstüne düşünmüştü: Babasını bir pagan tanrısı olarak, annesiniyse tarikatın başrahibesi olarak düşünmüştü; tanrısını anlamaya ve onu insafa getirmeye çalışan ve genellikle başarısız olan başrahibe, tüm kanıtlara karşın onun aslında yüce gönüllü ve mantıklı olduğunda diretiyordu.

Şişko başını Göz Deliği'nin taş duvarına yaslayıp, tavana duman halkaları üfledi. Andrew'ya söylemek istediği şeyi düşünüyordu. Tüm cenaze ayini boyunca, babası mendilini yüzüne bastırarak hüngür hüngür ağlarken, Şişko söze nasıl başlayacağını düşünmüştü. Söyleyeceği şey öyle heyecan vericiydi ki, kendini dizginlemekte zorlanıyordu; ama hemen yumurtlamamakta kararlıydı. Şişko'ya göre bunu söylemek, yapmak kadar önemliydi. Sırf bunu söylemek için apar topar gelmiş gibi görünmek istemiyordu.

"Fairbrother Belediye Meclisi'ndeydi, biliyorsun değil mi?" dedi Andrew.

"Hı hı" dedi Şişko; Andrew'nun sohbet açmasına sevinmişti.

"Tatlısı ondan boşalan koltuğa aday olacakmış."

"Sahi mi?"

Şişko, Andrew'ya kaşlarını çatarak baktı.

"Nereden aklına gelmiş ki?"

"Fairbrother'ın bir müteahhitten rüşvet aldığını düşünüyor." Andrew o sabah mutfakta Simon'ın bu meseleyi Ruth'la konuştuğunu duymuştu. Her şeyi açıklıyordu bu. "O da yolunu bulmak istiyor."

"Rüşvet alan Fairbrother değildi ki" dedi Şişko, mağara zeminine kül silkelerken gülerek. "Meclis üyesi de değildi. Yarvil'de oturan bilmem-ne Frierly diye biriydi; tam adı neydi. Bilmiyorum. Winterdown'ın yönetim kurulundaydı. Göz sinir krizi geçirdi resmen. Gazeteciler arayıp yorum yapmasını filan istediler. Frierly rüşvet aldığı için hapse girdi. Tatlısı *Yarvil and District* gazetesini okumuyor mu?"

Andrew, Şişko'ya bakakaldı.

"Tahmin etmeliydim."

Sigarasını toprak zemine atıp ezdi; babasının salaklığından utanmıştı. Simon yine başını belaya sokacaktı. Kasabalıları hor görüyordu, onların kaygılarıyla dalga geçiyordu, tepedeki küçük ve döküntü evinde izole yaşamaktan gurur duyuyordu; şimdi de kulağına gelen yanlış bir bilgiye inanmıştı ve ailesini rezil etme pahasına harekete geçmeye karar vermişti.

"Tatlısı tam bir namussuz, değil mi?" dedi Şişko.

Simon'a Tatlısı demelerinin sebebi, bunun Ruth'un kocasına taktığı lakap olmasıydı. Şişko bir keresinde, onlara çaya gittiğinde kadının bu lakabı kullandığını duymuş ve ondan sonra Simon'dan sadece Tatlısı diye bahsetmişti.

"Hı hı, aynen öyle" diyen Andrew, babasına duyduğu bilginin yanlış olduğunu söylemekle onu adaylıktan vazgeçirip vazgeçiremeyeceğini düşündü.

"Küçük bir rastlantı eseri" dedi Şişko, "Göz de adaylığını koyuyor."

Şişko, Andrew'nun başının yukarısına, duvara doğru bakarken burun deliklerinden duman çıkardı.

"Eee, seçmenler puştu mu seçecekler" dedi, "yoksa gerzeği mi?"

Andrew güldü. Şişko'nun onun babasına puşt dediğini duymak kadar onu zevklendiren bir şey yoktu.

"Şimdi şuna bir bak bakalım" dedi Şişko; sigarasını dudaklarının arasına sıkıştırıp kalçalarına pat pat vurdu, oysa zarfın iç göğüs cebinde olduğunu biliyordu. "İşte" diyerek zarfı çıkardı ve açıp içindekileri Andrew'ya gösterdi. Toz gibi bir şeyin içindeki kahverengi, karabiber tanesi büyüklüğünde tohumlar, büzülmüş bitki sapları ve yapraklar.

"Sensimilla bu."

"O ne ki?"

"Gübresiz yetiştirilmiş esrar bitkisinin dalları ve filizleri" dedi Şişko, "keyifle tüttür diye özel hazırlandı."

"Normal maldan farkı ne?" diye sordu Andrew; Göz Deliği'nde Şişko'yla birlikte siyah, basılmış kubar içmişti defalarca.

"Kafası farklıdır herhalde, değil mi?" dedi Şişko, sigarasını söndürürken. Cebinden bir Rizla paketi çıkardı ve içinden aldığı üç tane incecik sigara kâğıdını birbirine yapıştırdı.

"Kirby'den mi aldın?" diye sordu Andrew, zarfın içini karıştırıp koklarken.

Skye Kirby'nin torbacı olduğunu herkes biliyordu. Kirby onlardan bir yaş büyüktü, altıncı sınıftaydı. Yaşlı bir hippi olan dedesi, esrar yetiştirdiği için defalarca yargılanmıştı.

"Hı hı. Fields'ta da Obbo diye bir herif var" dedi Şişko, sigaraları yarıp tütünleri sigara kâğıtlarının üstüne dökerken; "o her şeyi satıyor. Eroin bile."

"Ama sen eroin istemezsin" dedi Andrew, Şişko'nun yüzüne bakarak.

"İstemem" diyen Şişko zarfı geri alıp tütünün üstüne sensimilla serpti. Sigarayı sarıp, kâğıtların kenarlarını yalayarak yapıştırdı; tütünü sıkıştırdı ve sigaranın ucunu kıvırarak sivriltti.

"Güzel" dedi mutlulukla.

Planı, sensimillayla muhabbet açtıktan sonra haberi vermekti. Elini uzatıp Andrew'nun çakmağını aldı, sigaranın zıvanalı ucunu dudaklarının arasına soktu ve sigarayı yakıp derin bir nefes çekti; mavi dumanı uzun uzun dışarıya üfledikten sonra yeniden bir nefes çekti.

Ciğerlerinde dumanı tutarken, "Mmm" dedi ve Göz'ü taklit etti; bir Noel'de Tessa ona şarap dersi vermişti. "Otsu bir tadı var. Damakta yoğun bir etki bırakıyor. Alt harmanda... hassiktir..."

Oturuyor olmasına karşın birden başı dönünce gülerek dumanı saldı.

"... şunu bir dene."

Andrew hevesle kıkırdayarak öne eğilip sigarayı aldı; Şişko'nun yüzündeki gülümseme mutluluk doluydu, onun her zamanki çatık kaşlı soğuk halinin tamamen zıddıydı.

Andrew bir fırt çekince uyuşturucunun gücünün ciğerlerinden yayıldığını, onu rahatlattığını ve gevşettiğini hissetti. Bir fırt daha çekince, zihninin yorgan gibi silkelendiğini düşündü; zihni tekrar serildiğinde kırışıklık kalmadı ve böylece her şey pürüzsüz, basit, kolay ve iyi hale geldi.

"Güzel" dedi Şişko'ya; kendi sesine gülümsedi. Sigarayı bekleyen Şişko'nun parmaklarına doğru uzattı ve hissettiği mutluluğun tadını çıkardı.

"İlginç bir şey duymak ister misin?" dedi Şişko sırıtmasına engel olamayarak.

"Söyle bakalım."

"Dün gece onu düzdüm."

Düşünmekte zorlanan Andrew, "Kimi?" diyecekti az kalsın. Krystal Weedon'ı tabii; Krystal Weedon'dan başka kimi olacaktı ki?

"Nerede?" diye sordu salakça. Bilmek istediği bu değildi.

Şişko, cenazede giydiği takım elbisesiyle yere yatıp ayaklarını nehre doğru uzattı. Andrew konuşmadan onun yanına uzandı ters yönde. Çocukken birbirlerinin evinde kaldıklarında böyle "başlı-kıçlı" yatarlardı. Andrew kaya tavanın altında asılı duran, yavaşça kıvrılan mavi dumanlara bakarak, her şeyi öğrenmek için bekledi.

"Göz ile Tess'e sende olacağımı söyledim, haberin olsun" dedi Şişko. Sigarayı Andrew'nun uzanan parmaklarına sıkıştırdıktan sonra uzun ellerini göğsünde kavuşturdu ve kendi sesini dinledi. "Sonra otobüsle Fields'a gittim. Kızla Oddbins'in önünde buluştum."

"Tesco'nun yanındaki mi?" diye sordu Andrew. Neden aptalca sorular sorup durduğunu bilmiyordu.

"Hı hı" dedi Şişko. "Parka gittik. Umumi tuvaletlerin arkasında, köşede ağaçlar var. Güzel, ıssız bir yer. Hava kararıyordu."

Şişko dönünce Andrew sigarayı ona geri uzattı.

"İçine girmenin o kadar zor olacağını tahmin etmemiştim" dedi Şişko; Andrew büyülenmiş gibiydi, gülmek istedi, ama Şişko'nun anlatabileceği ayrıntıları kaçırmaktan korkuyordu. "Parmağımı soktuğumda daha ıslaktı."

Andrew, göğsünden sıkışmış gaz gibi yükselen kıkırtıyı bastırdı.

"Epey uğraşmak zorunda kaldım. Tahminimden daha dardı."

Andrew, Şişko'nun kafasının olması gereken yerden duman yükseldiğini gördü.

"On saniyede filan geldim. Sokmak harika bir his."

Andrew kahkahayı basmamak için kendini tuttu, çünkü Şişko'nun anlatacakları bitmemiş olabilirdi.

"Prezervatif kullandım. Prezervatif olmasa daha zevkli olurdu."

Şişko sigarayı Andrew'ya geri verdi. Andrew bir fırt çekerken düşündü. Şişko'nun kızın içine girmesi tahmininden zor olmuştu; on saniyede boşalmıştı. Çok bir şey olmamış gibiydi; ama Andrew bunları yaşamak için neler vermezdi? Gaia Bawden'ın sırtüstü yattığını ve ona bacaklarını açtığını hayal edince kendini tutamayıp hafifçe inledi; Şişko onu duymamış gibiydi. Esrarlı sigarayı içerken erotik hayallere dalan Andrew, vücudunun ısıttığı toprağa değen ereksiyon halindeki penisini hissetti, başının bir metre kadar ötesinden akan suyun hafif şırıltısını dinledi.

"Hayatta ne önemlidir Arf?" diye sordu Şişko, hayallerle geçen uzun bir sessizlikten sonra.

Başı hoş bir şekilde dönen Andrew, "Seks" diye yanıtladı.

"Hı hı" dedi Şişko neşeyle. "Düzüşmek. Önemli olan budur. Türün davamını... devamını sağlamak. Çocuk yapmak. Üremek."

"Hı hı" dedi Andrew gülerek.

"Ve ölüm" dedi Şişko. O tabutun gerçekliği karşısında, bütün o seyreden akbabalar ile cesedin arasında sadece birkaç kumaş parçasının bulunması karşısında afallamıştı. Ceset gömülmeden gittiğine memnundu. "Değil mi? Ölüm."

"Hı hı" dedi Andrew savaş ve araba kazaları üstüne, hızlı yaşayıp genç ölmek üstüne düşünerek.

"Hı hı" dedi Şişko. "Düzüşmek ve ölmek. Olay bundan ibaret, değil mi? Düzüşmek ve ölmek. Hayat bu."

"Düzüşmeye ve ölmemeye çalışmak."

"Veya ölmeye çalışmak" dedi Şişko. "Bazı insanlar. Riske giriyorlar."

"Hı hı. Riske giriyorlar."

Yine sessizlik çöktü; gizlenme yerleri serin ve pusluydu.

"Ve müzik" dedi Andrew usulca, karanlık kayanın altında asılı duran mavi dumanları seyrederek.

"Hı hı" dedi Şişko uzaktan. "Ve müzik."

Nehir Göz Deliği'nin önünden hızla akıyordu.

# İkinci Bölüm

**Maslahata Uygun İzah**

**7.33** Kamu yararıyla ilgili meselelerde maslahata uygun izah hakkı yoktur.

Charles Arnold-Baker
*Yerel Belediye Yönetimi*
Yedinci Baskı

# 1

Barry Fairbrother'ın mezarına yağmur yağdı. Kartların mürekkebi aktı. Siobhan'ın bodur ayçiçeği sağanağa dirense de, Mary'nin zambakları ile süsenler dağılıp parçalandı. Kasımpatılardan oluşan kürek çürüdükçe karardı. Yağmur nehri kabarttı, kaldırım kenarlarındaki oluklarda derecikler oluşturdu ve Pagford'un sarp yollarını parlak ve kaygan hale getirdi. Okul otobüsünün pencereleri buğulandı; Meydan'daki asma sepetler ıslandı ve Samantha Mollison iş çıkışı, şehirden evine dönüş yolunda, ön cam sileceklerini son hızda çalıştırırken küçük bir araba kazası geçirdi.

Bayan Catherine Weedon'ın Hope Sokağı'ndaki evinin önündeki posta kutusunda üç gündür duran *Yarvil and District* gazetesi ıslanıp okunmaz hale geldi. Sonunda sosyal hizmet görevlisi Kay Bawden onu posta kutusundan aldı ve kapının çevresi pas tutmuş mektup deliğinden içeri bakınca kadının merdivenin dibinde yattığını gördü. Bir polis sokak kapısının kırılmasına yardım etti ve Bayan Weedon ambulansla South West General'a götürüldü.

Hâlâ yağan yağmur, eski ayakkabı dükkânının tabelasını değiştirmekle görevli olan tabelacıyı bu işi ertelemeye zorladı. Yağmur günlerce, gecelerce yağdı; yağmurluklu, iki büklüm insanlar Meydan'dan geçip duruyor, dar kaldırımlarda şemsiyeler çarpışıyordu.

Howard Mollison karanlık pencereye tıpır tıpır vuran damlaların sesini rahatlatıcı buluyordu. Eskiden kızı Patricia'nın yatak odası olan çalışma odasında oturuyor ve az önce yerel gazeteden aldığı e-postayı düşünüyordu. Belediye Meclisi Üyesi Barry Fairbrother'ın, Fields'ın Pagford'a bağlı kalması gerektiğini savunan yazısını yayımlamaya karar vermişlerdi, ama adil olmak adına bir sonraki sayıda da bunun tersini savunan bir meclis üyesinin yazısını yayımlamak istiyorlardı.

*Planın ters tepti ha Fairbrother?* diye düşündü Howard mutlulukla. *Her şey istediğin gibi olacak sanıyordun...*

E-postayı kapatıp, yanındaki küçük kâğıt yığınına döndü. Bunlar Barry'nin boş koltuğunun doldurulması için referandum yapılmasını talep edenlerin gönderdiği mektuplardı. Kanuna göre referandum için dokuz kişinin başvurusu gerekiyordu ve Howard on mektup almıştı. Onları okurken, mutfaktan karısı ile iş ortağının yükselip alçalan sesleri geliyordu; yaşlı Bayan Weedon'ın merdivenden düşmesini ve bunun geç fark edilmesi skandalını konuşuyorlardı zevkle.

"... insan durup dururken doktorunu bırakmaz, değil mi? Karen'ın dediğine göre avaz avaz bağırmış..."

"... evet, kendisine yanlış ilaç yazıldığını söylemiş, biliyorum" dedi Shirley; hastanede gönüllü çalıştığından, tıbbi dedikoduların kendi tekelinde olduğunu düşünüyordu. "General'da test yaparlar herhalde."

"Doktor Jawanda'nın yerinde olsam eteklerim tutuşmuştu."

"Weedon'ların dava açmayacak kadar cahil olduklarını umuyordur herhalde, ama General'dakiler yanlış ilaç yazdığını ortaya çıkarırlarsa bunun önemi kalmaz."

"Doktorluktan atılır" dedi Maureen keyifle.

"Evet" dedi Shirley, "ve korkarım birçok kişinin hoşuna gider bu. İyi oldu derler."

Howard mektupları düzgünce istifledi. Miles'ın doldurulmuş başvuru formlarınıysa ayrı bir yere koydu. Geri kalan mektuplar diğer meclis üyelerindendi. Bu şaşırtıcı değildi; Howard, Parminder'in gönderdiği e-postayı okuduğundan beri (kadın Barry'nin koltuğuna adaylığını koymak isteyen birini tanıdığını söylüyordu) bu altı üyenin Parminder'i destekleyeceklerini, referandum talebinde bulunacaklarını tahmin etmişti. Liderlerini yakın zaman önce yitirmiş olan Bezdiren ile bu üyelere "Yaygaracı Hizip" diyordu. Onların mektuplarının üstüne, adayları Colin Wall'un doldurulmuş formlarını koydu.

Üçüncü bir yığına dört mektup ekledi; bunlar da tahmin ettiği kişilerden gelmişti: Howard'ın kronik tatminsiz ve şüpheciler dediği, hepsi de *Yarvil and District* gazetesinin çalışkan muhabirleri olan, Pagford'un profesyonel şikâyetçilerinden. Hepsinin de kafayı taktığı önemsiz bir yerel mesele vardı ve kendilerini "bağımsız görüşlü" sanıyorlardı; Miles meclis tarafından seçilse, "Adam kayırma var" çığlıkları atması en muhtemel insanlardı bunlar; ama kasabanın en azılı Fields aleyhtarlarındandılar aynı zamanda.

Howard son iki mektubu ellerine aldı, her birini bir elinde tarttı. Biri tanımadığı bir kadından geliyordu; bu kadın Bellchapel Bağımlılık Kliniği'nde çalıştığını öne sürüyordu (Howard hiçbir şeye gözü kapalı inanmazdı; ama kadın isminin başına "Ms" koymuştu, evli mi bekâr mı belli değildi, bu da Howard'ın ona inanmaya meyilli olmasına yol açmıştı). Biraz duraksadıktan sonra, bu mektubu Göz Wall'un başvuru formlarının üstüne koydu.

Son mektup (imzasızdı ve bilgisayarda yazılmıştı), referandum yapılmasını sert bir üslupla talep ediyordu. Alelacele, özensizce yazılmış gibiydi ve yazım hatalarıyla doluydu. Mektupta Barry Fairbrother'ın erdemleri övülüyor ve Miles'ın "onun yerini dolduramayacağı" söyleniyordu. Howard bu mektubu Miles'ın hoşnutsuz müşterilerinden birinin yazıp yazmadığını merak etti ve bu kişinin rezalet çıkarıp çıkarmayacağını düşündü. Ama mektup imzasızdı sonuçta ve oy olarak geçerliliği yoktu. Dolayısıyla Howard mektubu Shirley'nin Noel'de armağan ettiği küçük masaüstü kâğıt öğütücüsüne soktu.

## 2

Pagford'un avukatlık firması Edward Collins taraçalı kâgir bir binanın üst katında yer alıyordu; zemin kattaysa gözlükçü vardı. Edward Collins ölmüştü ve firması iki kişiden oluşuyordu: Maaşlı ortak olan Gavin Hughes'un ofisi tek pencereli, sermaye ortağı olan Miles Mollison'ın ofisi ise çift pencereliydi. Ortak sekreterleri yirmi sekiz yaşındaydı, bekârdı, sade giyiniyordu ama kızın vücudu güzeldi. Shona, Miles'ın bütün esprilerine abartılı bir şekilde gülerdi; Gavin'a ise neredeyse abartılı bir şekilde kol kanat gererdi.

Barry Fairbrother'ın cenazesinden sonraki cuma günü saat birde Gavin'ın kapısını çalan Miles, yanıt beklemeden içeri girdi. Ortağı oturmuş, yağmur damlalarıyla kaplı pencerenin ardındaki koyu gri gökyüzüne bakıyordu.

"Öğle yemeğine çıkacağım" dedi Miles. "Lucy Bevan erken gelirse, ikide döneceğimi söyler misin? Shona dışarıda."

"Hı hı, tamam" dedi Gavin.

"Her şey yolunda mı?"

"Mary aradı. Barry'nin hayat sigortasıyla ilgili bir pürüz varmış. Halletmesi için yardım etmemi istiyor."

"Eh, halledersin değil mi? Neyse, ben ikide dönerim."

Miles pardösüsünü giyip dik basamakları koşarak indi ve Meydan'a açılan küçük, yağmurlu sokağa daldı. Bulutlar bir anlığına aralanınca, parıldayan savaş anıtıyla asma sepetler gün ışığıyla aydınlandı. Miles Meydan'da Mollison and

Lowe'a, o Pagford müessesesine, dükkânların en klasına doğru yürürken atalarından gelen bir gurura kapıldı; zamanla azalacağına iyice artan, olgunlaşan bir gurura.

Miles kapıyı iterek açınca çan çaldı. Öğle tatili sebebiyle içerisi doluydu: Tezgâhın önünde sekiz kişilik bir kuyruk vardı ve esnaf kıyafetini giymiş olan, kepindeki olta tüyü ışıldayan Howard durmadan konuşuyordu.

"... *sana* da üç kilo siyah zeytin Rosemary. Başka bir şey? Rosemary başka bir şey istemiyor... sekiz *pound*, altmış iki peni; yuvarlak hesap sekiz diyelim canım, ne de olsa eski müşterimsin..."

Kadın kıkırdayarak teşekkür etti; yazarkasadan sesler geldi.

"Vay, avukatım hatırımı sormaya gelmiş" diye gürledi Howard; kuyruktakilerin başlarının üstünden Miles'a gülerek göz kırptı. "Siz isterseniz beni arka tarafta bekleyin efendim; ben de Bayan Howson'a aleyhimde delil olarak kullanılabilecek şeyler söylememeye çalışayım..."

Miles orta yaşlı kadınlara gülümsedi; onlar da gülümseyerek karşılık verdiler. Kısa kesilmiş kalın telli saçları kırlaşmaya başlamış, iri ve yuvarlak gözleri mavi, göbeği siyah pardösüsü tarafından gizlenen Miles el yapımı bisküviler ile köy peynirlerinin arasında göz alıcı duruyordu. Şarküteri ürünleriyle tepeleme dolu olan küçük masaların arasından dikkatle geçip, şarküteri ile eski ayakkabı dükkânının arasındaki büyük kemerli girişin önünde durdu; girişin koruyucu plastik perdesi ilk kez açılmıştı. Maureen kemerin ortasına ilan tahtası koymuştu (Miles kadının elyazısını tanıdı): *Girmek Yasaktır. Copper Kettle*[6] *Yakında Açılıyor.* Miles başını diğer tarafa uzatıp, yakında Pagford'un en yeni ve en iyi kafesi olacak temiz, boş mekâna baktı; duvarlar sıvanıp bo-

**6.** Bakır Çaydanlık. (ç.n.)

yanmış, siyah döşeme tahtalarıysa yeni cilalanmıştı.

Tezgâhın arkasına yan yan geçen Miles, et doğrama makinesini kullanan Maureen'in arkasından sürtünüp güçbela geçerek kadına boğuk ve şuh bir kahkaha atma fırsatı verdi; sonra da eğilerek duvarlarının rengi solmuş küçük arka odaya girdi. Buradaki formika masanın üstünde Maureen'in *Daily Mail*'i katlı halde duruyordu; Howard ile Maureen'in paltoları kancalara asılmıştı ve tuvalet kapısından sentetik lavanta kokusu geliyordu. Miles pardösüsünü astı ve masaya eski bir sandalye çekip oturdu.

Bir iki dakika sonra Howard elinde şarküteri ürünleriyle tepeleme dolu iki tabakla geldi.

"'Copper Kettle' isminde kesin karar kıldınız demek?" diye sordu Miles.

"Yani, Mo öyle istedi" diyen Howard, tabaklardan birini oğlunun önüne koydu.

Hantal hantal yürüyerek çıktı, iki şişe de bira getirdi. Kapıyı ayağıyla kapatınca, sadece avizenin hafif ışığıyla aydınlanan penceresiz oda daha da loşlaştı. Howard oflaya puflaya oturdu. Sabah telefonda pek gizemli konuşmuştu; Miles'ı birkaç saniye daha bekletip şişelerden birinin kapağını açtı.

"Wall formlarını gönderdi" dedi sonunda, birayı uzatarak.

"Aaa" dedi Miles.

"Son başvuru tarihini netleştireceğim. Bugünden itibaren iki hafta sonra."

"Gayet makul" dedi Miles.

"Annenin söylediğine göre, şu Price denen adam hâlâ aday olmayı düşünüyormuş. Sam onun kim olduğunu biliyor muymuş, sordun mu?"

"Hayır" dedi Miles.

Sandalyesi gıcırdayan Howard neredeyse dizlerinin üstünde duran göbeğinin altını kaşıdı.

"Sam'le aranız nasıl, iyi mi?"

Miles babasının sezgilerine her zamanki gibi hayran kaldı.

"Pek değil."

Annesine itiraf etmezdi bunu, Shirley ile Samantha'nın arasındaki soğuk savaşı körüklememek için elinden geleni yapardı. Miles bu savaşın hem rehinesi, hem de ganimetiydi.

"Aday olmam hoşuna gitmedi" diye açıkladı Miles. Çifte gerdanını titrete titrete karnını doyurmakla meşgul olan Howard sarı kaşlarını kaldırdı. "Nesi var bir türlü anlamıyorum. Bu aralar Pagford nefreti depreşti yine."

Howard yavaş yavaş yutkundu. Ağzını kâğıt peçeteyle silip geğirdi.

"Sen meclise gir hele, çok geçmeden fikrini değiştirir" dedi. "Sosyal hayatı renklenir. Kadınlar için bol bol eğlence çıkıyor sonuçta. Sweetlove Köşkü'ne gidecek hep. Tam istediği şey." Bir yudum daha bira içtikten sonra tekrar göbeğini kaşıdı.

"Bu Price'ı çıkaramadım ben" dedi Miles asıl konuya dönerek, "ama St. Thomas'ta, Lexie'nin sınıfında okuyan bir çocuğu var galiba."

"Ama Fields'ta doğmuş, asıl önemli olan bu" dedi Howard. "Fields'ta doğmuş olması işimize yarayabilir. Fields taraftarlarının oyları Wall'la ikisi arasında bölünür."

"Hı hı" dedi Miles. "Mantıklı."

Bu fikir aklına gelmemişti hiç. Babasının kafasının nasıl işlediğine şaşırdı.

"Annen Wall'un karısını arayıp, formları internetten indirmesini söylemişti. Bu gece annene onları yeniden aratayım; Wall'a iki haftası olduğunu söylesin, elini çabuk tutsun şu adam."

"Üç aday var, değil mi?" dedi Miles. "Colin Wall'la birlikte."

"Başka kimseyi duymadım. Ayrıntılar internet sitesinde yayımlanınca yeni adayların çıkması mümkün. Ama ben kazanacağımızdan eminim. Eminim. Aubrey aradı" diye ekledi Howard. Aubrey Fawley'den ilk adıyla bahsederken iyice kibirli bir havaya bürünürdü hep. "Seni destekliyor tabii. Dün akşam dönmüş. Şehirden."

Pagford'lular "şehir" derken Yarvil demek isterlerdi genellikle. Howard ile Shirley ise, Aubrey Fawley'ye öykünerek, Londra'yı kastederlerdi.

"Bir ara hepimiz toplanıp sohbet edelim dedi. Yarın olabilirmiş. Hatta bizi köşküne davet edebilir. Sam'in de hoşuna gider bu."

Ağzı sodalı ekmek ve ciğer ezmesiyle dolu olan Miles, başını emme basma tulumba gibi sallayarak tamam dedi. Aubrey Fawley'nin kendisini desteklemesi hoşuna gitmişti. Samantha, Miles'ın anne babasının Fawley'lere kul köle olmalarıyla dalga geçerdi hep ama Miles karısının Aubrey ya da Julia'yla karşı karşıya geldiği nadir zamanlarda aksanını biraz değiştirdiğini ve kesinlikle daha ağırbaşlı davrandığını fark etmişti.

"Bir şey daha var" dedi Howard göbeğini tekrar kaşıyarak. "Bu sabah *Yarvil and District* gazetesinden bir e-posta aldım. Fields'la ilgili görüşlerimi soruyorlar. Belediye Meclisi üyesi olarak."

"Şaka mı yapıyorsun? Sırf Fairbrother'ın yazısı çıkacak sanıyordum..."

"Planı ters tepti, değil mi?" dedi Howard kendinden son derece memnun. "Önce onun yazısını yayımlayacaklar, sonraki hafta da karşıt fikirli birine yer vermek istiyorlar. Madalyonun diğer yüzünü anlatacak birine. Yardım edersen sevinirim; sonuçta sen avukatsın, ağzın iyi laf yapar."

"Tabii ki" dedi Miles. "O lanet olası bağımlılık kliniğinden bahsedebiliriz. İyi bir örnek olur."

"Evet... çok iyi fikir... harika."

Howard hevesle ağzındaki lokmayı bir seferde yutmaya çalışınca öksürüp tıksırmaya başladı ve Miles onun sırtına vurmak zorunda kaldı. Howard sonunda, yaşaran gözlerini peçeteyle silerek, "Aubrey ilçe belediyesinin finansmanı kesmesini sağlayacak, ben de binanın kira sözleşmesinin iptalini gündeme getireceğim" dedi; nefes nefese kalmıştı. "Konuyu basınla paylaşmaktan zarar gelmez. O lanet olası yere o kadar zaman ve para harcandı, ortada da hiçbir şey yok. Elimde rakamlar var." Howard yüksek sesle geğirdi. "Rezalet resmen. Pardon."

## 3

Gavin o akşam evinde Kay'e yemek yaparken, konserveleri açıp sarmısakları ezerken haksızlığa uğramış gibi hissediyordu.

Tartışmalardan sonra, ateşkes sağlamak için bazı sözler söylenirdi. Herkesin bildiği bir kuraldı bu. Gavin, Barry gömüldükten sonra, arabasıyla evine dönerken Kay'i aramıştı; cenazede onu özlediğini, korkunç bir gün geçirdiğini ve akşam onunla görüşebilmeyi umduğunu söylemişti. Alttan alarak ettiği bu itirafları, Kay'le rahat bir akşam geçirmenin bedeli olarak görmüştü biraz da.

Kay ise bu sözleri, üzerinde yeniden pazarlık edilmiş bir sözleşmeden doğan alacağının ilk taksidi olarak görmüş gibiydi. *Beni özledin demek. Canın sıkılınca bana ihtiyaç duydun. Birlikte gitmediğimize pişman oldun. Eh, bu hatayı bir daha yapmayalım.* Kadın o zamandan beri Gavin'a biraz rahat davranıyordu; canlanmıştı, hevesi kabarmıştı yeniden.

Gavin bu gece kıymalı makarna yapıyordu; puding almamaya karar vermiş, sofrayı kasten önceden hazırlamamıştı; fazla uğraşmadığını Kay'e göstermek istiyordu. Kay ise bu rahat tavrı iltifat kabul etmekte ısrarlı gibiydi. Gavin'ın mutfak masasında oturmuş, çatı penceresinden gelen yağmur tıpırtıları eşliğinde onunla konuşurken, mutfaktaki eşyalara ve tesisata göz gezdiriyordu. Buraya pek fazla gelmemişti.

"Bu sarıyı Lisa seçti herhalde, değil mi?"

Yine aynı şeyi yapıyordu işte: Yasak konulara giriyordu, sanki son zamanlarda daha da yakınlaşmışlar gibi. Gavin, elinden geldiğince Lisa'dan bahsetmemeyi tercih ediyordu; Kay bunu biliyordu artık herhalde. Tavadaki kıymaya kekik serperken, "Hayır, evdeki her şey eski sahibinin tercihi" dedi. "Değişiklik yapacak vaktim olmadı henüz."

"Ha" dedi Kay şarabını yudumlayarak. "Eh, gayet hoş aslında. Biraz cansız ama."

Gavin sinir oldu, çünkü Demirhane'nin içinin Ten Hope Sokağı'ndaki bütün evlerden her açıdan üstün olduğu kanısındaydı. Sırtı Kay'e dönük, makarna suyunun fokurdamasını seyretti.

"Bil bakalım ne oldu?" dedi Kay. "Bugün öğleden sonra Samantha Mollison'la karşılaştım."

Gavin hemen döndü; Kay, Samantha Mollison'ın kim olduğunu nereden biliyordu ki?

"Meydan'daki şarküterinin hemen önünde; bunu almaya gidiyordum" dedi Kay, yanındaki şarap şişesine tık tık vurarak. "*Gavin'ın kız arkadaşı mısın?* diye sordu bana."

Kay bunu cilveli bir edayla söylese de, Samantha'nın bu sözcükleri kullanmasından cesaret almıştı aslında; Gavin'ın arkadaşlarına kendisinden bahsederken böyle dediğini düşünmek içini rahatlatmıştı.

"Sen ne dedin peki?"

"Şey dedim... evet, öyleyim dedim."

Kay'in yüzü düşmüştü. Gavin bu soruyu o kadar da sert bir şekilde sormak istememişti aslında. Kay ile Samantha'nın asla karşılaşmamalarını sağlamak için neler verirdi.

"Neyse" dedi Kay biraz huysuzca, "bizi gelecek cuma akşam yemeğine davet etti. Yani gelecek hafta bugün."

"Of, lanet olsun" dedi Gavin sinirle.

Kay'in neşesi kaçmıştı büsbütün.

"Sorun ne?"

"Hiç. Bir... şey yok" dedi Gavin, suyu fokurdayan makarnayı karıştırarak. "Yani, doğruyu söylemek gerekirse, Miles'ı iş saatlerinde yeterince görüyorum zaten."

Gavin baştan beri bundan korkuyordu, Kay'in onun sosyal hayatına bir şekilde sızmasından korkuyordu; çünkü o zaman "Gavin ile Kay" olacaklardı, sosyal çevreleri ortak olacaktı ve Gavin'ın Kay'i hayatından çıkarması giderek zorlaşacaktı. Bunun olmasına nasıl göz yumabilmişti? Neden Kay'in buraya taşınmasına izin vermişti? Kendine duyduğu öfke, Kay'e duyduğu kızgınlığa dönüştü hemen. Kay Gavin'ın onu pek de istemediğini neden anlamıyordu, neden onu boktan şeyler yapmak zorunda bırakmadan kendi kendine çekip gitmiyordu? Gavin lavaboda makarnanın suyunu süzerken, üstüne kaynar su sıçrayınca alçak sesle küfretti.

"Öyleyse Miles ile Samantha'yı arayıp, 'Gelemeyeceğiz' desen iyi olur" dedi Kay.

Sesi daha sert çıkmaya başlamıştı. Gavin her zamanki gibi, her şeyin kendiliğinden düzeleceğini umarak, çatışmadan kaçınmaya çalıştı.

"Yok, yok" dedi ıslanmış gömleğini mutfak havlusuyla silerken. "Gideriz. Sorun değil. Gideriz."

Ama isteksizliğini gizlemeye çalışmıyordu, çünkü ileride bundan faydalanmak niyetindeydi. *Gitmek istemediğimi biliyordun. Hayır, keyif almadım. Hayır, bir daha da gitmek istemiyorum.*

Birkaç dakika boyunca sessizce yemek yediler. Gavin yeniden tartışma çıkmasından ve Kay'in onu yine temel sorunları konuşmaya zorlamasından korkuyordu. Anlatacak bir şeyler bulmaya çalıştı, sonra da Mary Fairbrother'dan ve sigorta şirketinden bahsetmeye başladı.

"Gerçekten çakallık yapıyorlar" dedi. "Barry epey sigorta primi ödemişti, ama avukatlar ödeme yapmamanın bir yolunu bulma peşindeler. Sağlık sorunlarının hepsini bildirmediğini söylüyorlar. Bence Barry genetik bir sorunu olabileceğinin farkında değildi. Bence o aslında..."

Gavin'ın sesi çatladı. Dehşetten ve utançtan kızaran yüzünü tabağına eğdi. Üzüntüden boğazı düğümlenmişti, yutkunamıyordu. Kay'in sandalyesinin ayakları yere sürtünerek gıcırdadı; Gavin onun banyoya gideceğini umdu, ama sonra omuzlarında kadının kollarını hissetti; Kay ona sarılıp kendine çekti. Gavin de hiç düşünmeden bir kolunu ona doladı.

Kucaklanmak öyle güzeldi ki. İlişkileri basit, sözsüz, rahatlatıcı hareketlerden ibaret olsa ne güzel olurdu. İnsanlar neden konuşmayı öğrenmişlerdi ki?

Kadının giysisinin koluna Gavin'ın sümüğü bulaşmıştı.

Boğuk bir sesle, "Kusura bakma" diyen Gavin, sümüğü peçetesiyle sildi.

Kay'in kollarından kurtulup sümkürdü. Kay sandalyesini Gavin'ın yanına çekti ve elini onun koluna koydu. Kay'in şimdiki gibi sessiz olduğu, ifadesinin yumuşak ve ilgili olduğu zamanlarda Gavin ondan çok daha fazla hoşlanıyordu.

"Hâlâ inanamıyorum... iyi adamdı" dedi Gavin. "Barry. İyi adamdı."

"Evet, herkes öyle diyor" dedi Kay.

Şu meşhur Barry Fairbrother'la tanışma fırsatı olmamıştı hiç, ama Gavin'ı böylesine duygulandıran kişiyi merak ediyordu.

"Espritüel miydi?" diye sordu; çünkü Gavin'ın komik birine, eşek şakaları yapan kaba saba birine kul köle olacağını hayal edebiliyordu.

"Hı hı, öyleydi sanırım. Yani, çok da değil aslında. Normaldi. Gülmeyi severdi... ama öyle... öyle *iyi kalpli* biriydi ki. İnsanları severdi, anlarsın ya?"

Kay bekledi; ama Gavin, Barry'nin iyi kalpliliğini daha fazla anlatmayacak gibiydi.

"Ve çocuklar... Mary... zavallı Mary... Tanrım, onun durumunu hayal bile edemezsin."

Kay, Gavin'ın kolunu okşamayı sürdürdü; ama ilgisi biraz azalmıştı. Yalnız kalmanın nasıl bir şey olduğunu neden hayal edemesindi ki? Bir ailenin sorumluluğunu tek başına taşımanın nasıl bir şey olduğunu neden hayal edemesindi? Gavin ona, Kay'e neden acımıyordu hiç?

"Gerçekten mutluydular" dedi Gavin çatlayan sesiyle. "Mary yıkıldı."

Kay sessizce onun kolunu okşamayı sürdürürken, kendisinin yıkılmaya asla fırsat bulamadığını düşündü.

"Tamam, iyiyim" diyen Gavin, burnunu peçetesiyle silip çatalını aldı. Bir parça kımıldayarak, Kay'e elini çekmesi gerektiğini belli etti.

## 4

Samantha'nın Kay'i akşam yemeğine davet etmesinin sebebi hem intikam arzusu, hem de can sıkıntısıydı. Sürekli kumpaslarla meşgul olan ve kendisine bu konularda söz hakkı tanımasa da ondan işbirliği bekleyen Miles'a karşı bir misilleme olarak görüyordu bu daveti; Miles'ın, ona danışmadan ayarladığı bu davete nasıl bir tepki vereceğini görmek istiyordu. Hem Maureen ile Shirley'ye karşı da avantaj elde etmiş olacaktı; o meraklı kocakarılar Gavin'ın özel hayatıyla çok ilgileniyor ama onun Londralı kız arkadaşıyla ilişkisi hakkında neredeyse hiçbir şey bilmiyorlardı. Son olarak da, Gavin'ı aşk hayatındaki ödlekliği ve kararsızlığı konusunda iğnelemek için yeni bir fırsat geçecekti eline. Kay'in önünde düğünlerden bahsedebilirdi veya Gavin nihayet ciddi bir ilişki yaşadığı için çok sevindiğini söyleyebilirdi.

Ama Samantha birilerini rahatsız etme planlarından umduğu hazzı alamadı. Cumartesi sabahı Miles'a ne yaptığını söylediğinde, kocası şüphe uyandırıcı bir hevesle karşılık verdi.

"Harika, evet, Gavin epeydir gelmiyordu. Kay'le ikinizin birbirinizi daha yakından tanıma fırsatı bulması da hoş olur."

"Neden?"

"Eh, Lisa'yla iyi anlaşıyordun sen, değil mi?"

"Miles, ben Lisa'dan nefret ederdim."

"Eh, tamam işte... Kay'i daha çok seversin belki!"

Miles'a öfkeyle bakan Samantha, onun keyfinin yerinde olmasının sebebini merak etti. Hafta sonu için eve gelen ve yağmur yüzünden içeride tıkılı kalan Lexie ile Libby oturma odasında DVD'de klip seyrediyorlardı; gitar ağırlıklı bir şarkının bangır bangır gürültüsü mutfağa, anne babalarının ayakta dikilerek konuştukları yere kadar geliyordu.

"Baksana" dedi Miles cep telefonunu çıkartarak, "Aubrey benimle meclis hakkında konuşmak istiyormuş. Az önce babamı aradım; Fawley'ler hepimizi bu gece Sweetlove Köşkü'nde yemeğe bekliyorlar..."

"Ben almayayım, sağ ol" dedi Samantha, onun sözünü yarıda keserek. Nedenini kendisinin bile bilmediği bir öfkeye kapılmıştı birden. Mutfaktan hışımla çıktı.

Gün boyunca evin bir o köşesinde bir bu köşesinde kısık sesle, kızlarının hafta sonunu berbat etmemeye çalışarak tartıştılar. Samantha fikrini değiştirmeye de, kararının sebeplerini anlatmaya da yanaşmadı. Onunla dalaşmaktan korkan Miles kâh uzlaşmacı, kâh soğuk davrandı.

"Gelmezsen ne düşünecekler sence?" dedi o akşam sekize on kala; üstünde takım elbise ile kravat vardı ve oturma odasının eşiğinde, gitmeye hazır halde duruyordu.

"Benimle bir ilgisi yok ki Miles" dedi Samantha. "Aday olan sensin."

Miles'ın paniklemesini seyretmek hoşuna gidiyordu. Miles'ın gecikmekten ödünün koptuğunu, ama bir yandan da hâlâ Samantha'yı onunla gitmeye ikna edip edemeyeceğini düşündüğünü biliyordu.

"İkimizi de bekliyorlar, biliyorsun."

"Sahi mi? Bana kimse davetiye göndermedi."

"Ah, yapma Sam, ne demek istediklerini biliyorsun... sen zaten gelirsin diye düşünmüşlerdir..."

"Bu da onların salaklığı öyleyse. Dedim ya, canım istemiyor. Sen acele etsen iyi olur. Anneciğin ile babacığını bekletmek istemezsin herhalde."

Miles gitti. Samantha arabanın garaj yolundan geri geri giderken çıkardığı sesi dinledikten sonra mutfağa girdi ve açtığı bir şişe şarabı, bir kadehle birlikte oturma odasına götürdü. Howard, Shirley ve Miles'ın Sweetlove Köşkü'nde hep birlikte akşam yemeği yediklerini hayalinde canlandırıp duruyordu. Shirley'nin yıllardır yaşadığı ilk orgazm bu olacaktı kesinlikle.

Samantha muhasebecisinin hafta içinde söylediklerini düşündü elinde olmadan. Howard'a işler iyiymiş gibi konuşsa da, dükkânın kârı epey azalmıştı. Aslında muhasebeci dükkânı kapatmasını ve işini internet üstünden yürütmesini tavsiye etmişti. Samantha yenilgiyi böyle kabullenmeye hazır değildi. Bir kere Shirley dükkânın kapanmasına çok sevinirdi; en baştan beri dükkân konusunda dırdır edip durmuştu zaten. *Kusura bakma ama benim zevkime pek hitap etmiyor Sam... azıcık abartılı bence...* Oysa Samantha, Yarvil'deki küçük, kırmızılı siyahlı dükkânına bayılıyordu; her gün Pagford'dan uzaklaşmaya, müşterilerle çene çalmaya, tezgâhtarı Carly'yle dedikodu yapmaya bayılıyordu. On dört yıldır ayakta tuttuğu dükkânını kaybederse dünyası çok küçülürdü; Pagford'dan ibaret kalırdı.

(Pagford, lanet olası Pagford. Samantha burada yaşamayı istememişti hiç. Miles'la ikisi, çalışmaya başlamadan önce bir yıl dünyayı gezeceklerdi güya. Güzergâhlarını belirlemişlerdi, vizeleri hazırdı. Samantha uzun, beyaz Avustralya kumsallarında yalınayak, el ele yürüyeceklerini hayal etmişti. Sonra hamile olduğunu öğrenmişti.

Gebelik testinin sonucunu aldıktan bir gün sonra –mezun olmalarının üstünden de bir hafta geçmişti– Miles'ı "Ambleside"da ziyaret etmişti. Güya sekiz gün sonra Singapur'a doğru yola çıkacaklardı.

Samantha haberi Miles'a anne babasının evinde vermek istememişti; kazara duyacaklarından çekinmişti. Samantha tek katlı evde hangi kapıyı açsa karşısında Shirley'yi buluyordu.

Bu yüzden haberi vermek için Black Canon'ın karanlık bir köşesindeki bir masada baş başa kalmayı beklemişti. Ona söylediğinde Miles'ın çenesinin kasıldığını hatırlıyordu; haberi alınca tarifsiz bir şekilde yaşlanmıştı sanki.

Taş kesilmiş, saniyeler boyunca konuşamamıştı. Sonra da, "Tamam. Evleniriz" demişti.

Samantha'ya zaten alyans aldığını, ona Ayers Kayası gibi güzel bir yerde evlenme teklif etmeyi planladığını söylemişti. Gerçekten de tek katlı eve döndüklerinde küçük kutuyu sakladığı yerden, sırt çantasından çıkarmıştı. Kutudaki küçük, tek taş pırlanta yüzüğü Yarvil'deki bir kuyumcudan, ninesinden ona kalan paranın bir kısmıyla satın aldığını söylemişti. Samantha, Miles'ın yatağının kenarına oturup hüngür hüngür ağlamıştı. Üç ay sonra da evlenmişlerdi.)

Şarap şişesiyle baş başa olan Samantha televizyonu açtı. Ekranda Lexie ile Libby'nin seyrettikleri video belirdi: kameraya bakarak şarkı söyleyen, daracık tişörtlü dört genç adamın (ergenlikten yeni çıkmış gibiydiler) donmuş görüntüsü. Samantha oynatma tuşuna bastı. Delikanlılar şarkıyı bitirdikten sonra bir röportaja geçildi. Samantha, grup üyelerinin şakalaşmalarını, sonra da ciddileşip hayranlarını çok sevdiklerini söylemelerini şarabını yudumlayarak seyretti. Televizyonun sesi kapalı olsa bile Amerikalı olduklarını anlayacağını düşündü. Dişleri kusursuzdu.

Saat geç olmuştu; Samantha DVD'yi durdurup yukarı çıktı ve kızlara PlayStation oynamayı bırakıp yatmalarını söyledikten sonra oturma odasına geri döndü; şişedeki şarabın dörtte üçünü içmişti. Işıkları açmamıştı. Yeniden oynatma tuşuna basıp şarabını içmeyi sürdürdü. Biten videoyu baştan başlattı ve izlemediği kısmı izledi.

Delikanlılardan biri, diğerlerinden çok daha olgun görünüyordu. Omuzları daha genişti; kısa kollu tişörtünden görünen pazıları şişkindi; boynu kalın ve güçlüydü, çenesiyse köşeliydi. Samantha hatları sert, kara kaşları kanat gibi gür olan çocuğun ciddi ve mesafeli bir ifadeyle kameraya bakıp dans etmesini seyretti.

Miles'la cinsel hayatlarını düşündü. En son üç hafta önce seks yapmışlardı. Miles'ın performansı, masonların el sıkışma ritüelleri kadar öngörülebilir bir şeydi. "Bozuk olmayan şeyi tamir etmeyeceksin" derdi hep, Miles'ın en sevdiği laflardan biriydi bu.

Samantha şarabın kalanını kadehine döktü ve ekrandaki delikanlıyla seviştiğini hayal etti. Artık memeleri sutyenle daha iyi görünüyorlardı; yattığında dört bir yana yayılıyorlardı çünkü; her yeri sarkmış gibi geliyordu, kendini berbat hissediyordu. O güçlü, yağız delikanlının onu zorla bir duvara yasladığını hayal etti; bir bacağını kaldırmış, eteğini beline kadar sıyırmıştı; çocuğun kendi kot pantolonu da dizlerine kadar inmişti ve içine girip çıkıyordu...

Arabanın garaj yoluna girdiğini duyunca ve karanlık oturma odası farların dönen ışıklarıyla aydınlanınca, içine mutluluğa benzer bir his yayıldı.

Uzaktan kumandayı telaşla kapıp haber kanalını açmaya

çalıştı ve bunu başarması normalden daha uzun sürdü; boş şarap şişesini kanepenin altına itti ve neredeyse boşalmış olan kadehini destek almak ister gibi sımsıkı tuttu. Ön kapı açılıp kapandı. Miles, Samantha'nın arkasından odaya girdi.

"Neden burada böyle karanlıkta oturuyorsun?"

Miles bir lambayı yakınca Samantha başını kaldırıp ona baktı. Miles evden çıkarken olduğu gibi iki dirhem bir çekirdekti; yalnız ceketinin omzunda yağmur damlaları vardı şimdi.

"Akşam yemeği nasıldı?"

"İyiydi" dedi Miles. "Gelememene üzüldüler. Aubrey ile Julia."

"Ah, eminim üzülmüşlerdir. Ayrıca annen de hayal kırıklığına uğramış, bahse girerim ağlamıştır."

Miles, Samantha'nın sağındaki koltuğa oturup gözlerini ona dikti. Samantha gözlerinin önüne düşen saç tutamını geriye attı.

"Ne oluyor Sam?"

"Sen de bilmiyorsan Miles..."

Ama Samantha da emin değildi; içindeki bu şiddetli aşağılanmışlık hissini tutarlı bir suçlamaya nasıl dönüştürebileceğini bilmiyordu en azından.

"Belediye Meclisi'ne aday olmamın neden..."

"Ah, Tanrı aşkına Miles!" diye bağırdı Samantha, sonra da kendi sesinin yüksekliğinden afalladı biraz.

"Bunun senin hayatında" dedi Miles, "nasıl bir değişikliğe yol açabileceğini açıklar mısın lütfen?"

Samantha ona öfkeyle bakarak, kendini nasıl ifade edebileceğini bulmaya çalıştı; Miles'ın kılı kırk yaran avukat kafası cımbız gibiydi; yanlış sözcük seçimlerine odaklanırdı, ama resmin tamamını göremezdi çoğunlukla. Samantha onunla anlayabileceği dilden nasıl konuşabilirdi? Howard ile Shirley'nin meclisten bahsedip durmalarını çok sıkıcı bulduğunu söyleyerek mi? Miles'ın ragbi kulübünde geçirdiği güzel günlerle ilgili anekdotlarının; iş hayatıyla ilgili şeyler anlatarak kendini övüp durmasının zaten yeterince bayıcı olduğunu, bunlara bir de Fields'la ilgili ahkâmlarının eklenmesine gerek olmadığını söyleyerek mi?

"Yani" dedi Samantha, loş oturma odalarında, "ben başka planlarımız var sanıyordum."

"Ne gibi?" dedi Miles. "Neden bahsediyorsun?"

"Kızların" dedi Samantha dikkatle, kadehi titrerken, "okulu bitince seyahate çıkacağız demiştik. Birbirimize söz vermiştik, hatırlıyor musun?"

Miles'ın meclise adaylığını koyacağını açıklamasından beri şiddetli bir öfke ve mutsuzluk hisseden Samantha o yıl seyahate çıkmamış olmalarına üzülmüş falan değildi aslında, ama şu an asıl sorun buymuş gibi geliyordu ona; veya en azından, hissettiği düşmanlığı ve eksikliği en iyi bu şekilde ifade edebiliyordu.

Miles apışıp kalmış gibiydi.

"Sen *neden* bahsediyorsun?"

"Lexie'ye hamile kaldığımda" dedi Samantha sesini yükselterek, "planladığımız seyahate çıkamamıştık ve senin o lanet olası annen bize yıldırım nikâhı kıydırınca, baban da sana Edward Collins'te iş bulunca bana demiştin ki, *söz* demiştin; kızlar büyüyünce seyahate çıkarız, kaçırdığımız her şeyi o zaman yaparız demiştin."

Miles başını ağır ağır, hayır dercesine salladı.

"Ben böyle bir şey hatırlamıyorum" dedi. "Bu da nereden çıktı yahu?"

"Miles, Black Canon'daydık. Sana hamileyim dedim, sen de... Tanrı aşkına Miles, sana hamileyim dedim, sen de bana söz verdin, *söz verdin...*"

"Tatile çıkmak mı istiyorsun?" dedi Miles. "Mesele bu mu yani? Tatil mi istiyorsun?"

"Hayır Miles, tatil filan istemiyorum, benim istediğim...

hatırlamıyor musun? Hani bir yıl gezeriz demiştik, çocuklar büyüyünce!"

"Tamam öyleyse." Miles'ın siniri bozulmuş gibiydi; Samantha'ya aldırış etmemekte kararlı gibiydi. "Tamam. Libby on sekizine basınca, yani dört yıl sonra bunu tekrar konuşuruz. Meclis üyesi olmamın bu meseleyle ne ilgisi var anlamadım."

"Eh, normal hayatımızın geri kalanı boyunca senin ve annen ile babanın Fields hakkında sızlanıp durmanızı dinlemenin *bayıcılığının* yanı sıra..."

"*Normal* hayatımız mı?" dedi Miles sırıtarak. "Başka nasıl olacak ki hayatımız?"

"Hadi oradan" dedi Samantha öfkeyle. "Bana ukalalık taslama Miles; annen bunu etkileyici buluyor olabilir ama..."

"Eh, açıkçası ben hâlâ sorunun ne olduğunu..."

"*Sorun* şu ki" diye bağırdı Samantha, "bu bizim *geleceğimizle* ilgili Miles. *Bizim* geleceğimizle. Ve bunu dört yıl sonra filan değil, şimdi konuşmak istiyorum!"

"Bence bir şeyler yesen iyi olacak" dedi Miles. Ayağa kalktı. "Yeterince içmişsin."

"Siktir git Miles!"

"Kusura bakma ama böyle ağzını bozacaksan..."

Miles dönüp odadan çıktı. Samantha şarap kadehini onun arkasından fırlatmamak için kendini zor tuttu.

Meclis: Miles oraya bir kez girdi mi bir daha çıkmazdı; koltuğundan, Howard gibi Pagford'un kodamanlarından biri olma şansından asla vazgeçmezdi. Miles kendini tekrar Pagford'a adıyordu, doğduğu kasabaya yeniden bağlılık yemini ediyordu, yatağında perişan halde hüngür hüngür ağlayan yeni nişanlısına vaat ettiğinden çok daha farklı bir geleceği hedefliyordu.

Dünyayı gezmekten en son ne zaman bahsetmişlerdi? Samantha emin değildi. Belki de yıllar önce, ama Samantha bu gece en azından kendisinin fikrini asla değiştirmediğine karar vermişti. Evet, günün birinde bavullarını hazırlayıp yola çıkmayı, sıcağın ve özgürlüğün peşine düşerek dünyanın bir ucuna gitmeyi beklemişti hep; Pagford'dan ve Shirley'den, Mollison and Lowe'dan, yağmurdan, dar kafalılıktan ve tekdüzelikten uzaklara gideceklerini umuyordu. Oralara gitme isteğiyle yanıp tutuşarak Avustralya'nın beyaz kumlarını ve Singapur'u düşünmeyeli uzun yıllar olmuştu belki, ama Pagford'da kalıp da Miles'ın yavaş yavaş Howard'a dönüşmesini mecburen izlemektense oralarda olmayı yeğlerdi, kilolu kalçalarına ve cildindeki çatlaklara rağmen yeğlerdi.

Kanepeye uzanıp el yordamıyla uzaktan kumandayı buldu ve Libby'nin DVD'sine geri döndü. Şimdi görüntü siyah beyazdı ve grup üyeleri uzun, boş bir kumsalda şarkı söyleyerek, ağır ağır yürüyorlardı. Geniş omuzlu delikanlının gömleği rüzgârda açılıp duruyordu. Göbek deliğinden başlayıp bir çizgi gibi aşağı inen tüyler, kot pantolonunun içinde gözden kayboluyordu.

## 5

*Yarvil and District* gazetesinin muhabiri Alison Jenkins, Krystal'ın Yarvil'deki Weedon soyadlı kişilerin oturduğu bir dolu evden hangisinde yaşadığını nihayet bulmuştu. Bu evi bulması zor olmuştu: Seçmen listesinde bu adreste oturan kimse bulunmadığı gibi, evde sabit telefon hattı da yoktu. Alison, pazar günü Foley Yolu'na gitti, ama Krystal dışarıdaydı; şüpheci ve düşmanca davranan Terri, Krystal'ın ne zaman geri döneceğini söylemedi, hatta Krystal'ın orada oturduğunu onaylamayı bile reddetti.

Muhabirin arabasına binip gitmesinden sadece yirmi dakika sonra eve gelen Krystal, annesiyle yine tartıştı.

"Neden beklemesini söylemedin? Benimle Fields hakkında filan röportaj yapacaktı!"

"*Seninle* mi? Hadi oradan. Ne röportajıymış bu?"

Tartışma iyice kızışınca Krystal yeniden evden çıkıp Nikki'ye gitti; eşofman altının cebinde Terri'nin cep telefonu vardı. Bu telefonu sık sık aşırırdı ve annesiyle bu yüzden epey kavga etmişti; kadın telefonu geri ister, Krystal ise yerini bilmiyormuş gibi yapardı. Krystal emin olmasa da muhabirin bir şekilde bu numarayı bildiğini ve kendisini arayacağını umuyordu.

Alışveriş merkezindeki kalabalık, gürültülü bir kafede Nikki'yle Leanne'e muhabirden bahsederken cep telefonu çaldı.

"Aloo? Muhabir filan mısınız siz?"

"... o... ki... erri?"

"Ben Krystal. Kimsiniz?"

"... annenin... sıyım."

"Aloo?" diye bağırdı Krystal. Diğer kulağını parmağıyla tıkayıp daha sessiz bir yere ulaşmak için kalabalık masaların arasından geçmeye başladı.

"Danielle" dedi kadın hattın diğer ucundan, yüksek ve anlaşılır sesle. "Annenin ablasıyım."

"Ha, evet" dedi Krystal hayal kırıklığıyla.

Danielle'den ne zaman söz açılsa *Lanet olası züppe orospu* derdi Terri hep.

"Aramamın sebebi büyük ninen."

"Aloo?"

"*Cath Nine*" dedi Danielle sabırsızca. Krystal alışveriş merkezinin ön avlusuna bakan balkona ulaşmıştı; telefon burada iyi çekiyordu; Krystal durdu.

"Nesi var ki?" dedi. Midesi ağzına geliyordu sanki; küçük bir kızken, önündekine benzeyen bir parmaklığın üstünde perende atarken de bu hisse kapılırdı. On metre aşağıdaki kalabalık hareketliydi; insanlar plastik torbaları taşıyor, pusetleri itiyor ve küçük çocukları peşlerinden çekiyorlardı.

"South West General'da yatıyor. Bir haftadır orada. Kalp krizi geçirdi."

"Bir haftadır orada mı?" dedi Krystal; hâlâ midesi ağzına geliyor gibiydi. "Bize kimse söylemedi."

"Eh, doğru düzgün konuşamıyor, ama senin ismini iki kez söyledi."

"Benim mi?" diye sordu Krystal, cep telefonunu sımsıkı tutarak.

"Hı hı. Seni görmek istiyor galiba. Durumu ciddi. Atlatamayabilirmiş."

"Hangi koğuşta?" diye sordu Krystal; düşünceler zihninden peş peşe geçiyordu.

"On ikinci. Yoğun bakım servisi. Ziyaret saatleri on ikiden dörde ve altıdan sekize kadar. Tamam mı?"

"Peki, şey?.."

"Kapatmalıyım. Haberin olsun istedim sadece, belki onu ziyaret etmek istersin diye. Hoşça kal."

Kadın telefonu kapattı. Krystal cep telefonunu kulağından indirip ekrana bakakaldı. Bir tuşa başparmağıyla birkaç kez basınca "gizli numara" yazısını gördü. Teyzesi numarasını gizlemişti.

Nikki ile Leanne'in yanına geri döndü. Bir terslik olduğunu hemen anladılar.

"Git gör onu" dedi Nikki, kendi cep telefonundan saate bakarak. "İkide orada olursun. Otobüsle git."

"Hı hı" dedi Krystal aklı başka yerde gibi.

Annesini almayı, Cath Nine'nin ziyaretine annesiyle ve Robbie'yle birlikte gitmeyi düşündü; ama annesi ile Cath Nine geçen sene büyük bir kavga etmişlerdi ve o zamandan beri konuşmuyorlardı. Krystal, Terri'yi hastaneye gitmeye ikna etmesinin çok zor olduğunu biliyordu ve Cath Nine'nin

Terri'yi gördüğüne sevineceğinden de emin değildi.

*Durumu ciddi. Atlatamayabilirmiş.*

"Yanındaki para yeter mi?" dedi Leanne, otobüs durağına doğru hep birlikte yürürlerken ceplerini karıştırarak.

"Hı hı" dedi Krystal kontrol ederek. "Bir *pound* yeter, değil mi?"

Bir sigarayı paylaşacak kadar zamanları oldu; sonra yirmi yedi numara geldi. Nikki ile Leanne, Krystal'a sanki güzel bir yere gidiyormuş gibi el salladılar. Son anda korkuya kapılan Krystal, "Benimle gelin!" diye bağırmak istedi. Ama otobüs yola çıkmıştı ve Nikki ile Leanne hemen sırtlarını dönüp dedikoduya başladılar.

Eski, pis kokulu kumaşla kaplı olan koltuk rahatsızdı. Mahallenin ortasından geçen yolda ağır ağır ilerleyen otobüs sağa, bütün ünlü markaların mağazalarının bulunduğu anacaddelerden birine saptı.

Krystal'ın karnında hissettiği korku, çırpınan bir cenin gibiydi. Cath Nine'nin giderek yaşlandığını ve güçten düştüğünü biliyordu, ama onun kendini toplayacağını ve epey uzun sürmüş gibi görünen altın çağına geri döneceğini ummuştu her nedense; kadının saçının yeniden siyahlaşacağını, omurgasının dikleşeceğini ve hafızasının sivri dili gibi keskinleşeceğini ummuştu. Cath Nine'nin öleceğini düşünmemişti hiç; onu hep sertlikle ve sağlamlıkla özdeşleştirmişti. Cath Nine'nin göğsündeki çöküklüğü ve yüzünü kaplayan sayısı belirsiz, birbirini kesen kırışıklıkları düşünecek olsa bunları kadının başarıyla verdiği yaşam mücadelesi sırasında aldığı yaraların onur veren izleri olarak görürdü. Krystal'ın hiçbir yakını yaşlılıktan ölmemişti.

(Anne tarafından akrabaları genç yaşta ölürdü; daha yüzleri kırışmadan, vücutları sıskalaşmadan. Krystal'ın altı yaşındayken banyoda bulduğu ceset genç ve yakışıklı bir adama aitti; adam heykel gibi beyaz ve güzeldi, en azından

Krystal öyle hatırlıyordu. Ama hafızasına güvenemiyordu bazen. Neye inanacağını bilmek zordu. Çocukken duyduğu şeylerin birçoğunu sonradan yetişkinler yalanlamış ve inkâr etmişlerdi. Terri'nin, "O senin babandı" dediğine yemin edebilirdi. Ama Terri çok sonra, "Saçmalama. Senin baban ölmedi ki, Bristol'da ya, değil mi?" demişti. Dolayısıyla Krystal, Sosis'in –babasına herkes öyle diyordu– hâlâ yaşadığı fikrini yeniden kabul etmeye çalışmak durumunda kalmıştı.

Ama Cath Nine her zaman hayatlarındaydı. Krystal evlatlık verilmekten onun sayesinde kurtulmuştu; Pagford'da hazır bekleyen Cath Nine, rahatsızlık verici ama sağlam bir güvenlik ağıydı. Hiddetle küfrederek devreye girmiş, hem Terri'ye hem de sosyal hizmet görevlilerine eşit ölçüde saldırgan davranarak, kendisi kadar öfkeli olan büyük torununu evine almıştı.

Krystal, Hope Sokağı'ndaki küçük evi seviyor muydu, oradan nefret mi ediyordu emin değildi. Çamaşır suyu kokan, hapsedilmişlik hissi uyandıran, karanlık bir evdi. Aynı zamanda güvenliydi de, tamamen güvenliydi. Cath Nine öyle herkesin eve girmesine izin vermezdi. Küvetin ucundaki cam kavanozun içinde modası geçmiş kalıp sabunlar vardı.)

Krystal hastaneye gittiğinde, Cath Nine'nin yanında başkaları varsa ne olacaktı? Krystal akrabalarının yarısını tanımıyordu ve aralarında kan bağı olsa da yabancılarla karşılaşma fikri ürkütücü geliyordu. Terri'nin bir sürü üvey kız kardeşi vardı; Terri bile, babasının sürüsüne bereket ilişkilerinin ürünü olan bu kardeşleriyle tanışmamıştı; ama Cath Nine kimseyle ilişkisini koparmamaya çalışmış, oğullarının oluşturduğu geniş ve birbirinden kopuk ailenin her ferdiyle görüşmeyi ısrarla sürdürmüştü. Krystal'ın Cath Nine'nin evinde kaldığı yıllarda, arada sırada oraya tanımadığı akrabaları gelirdi. Krystal onların kendisine göz ucuyla baktıklarını, Cath Nine'ye onun hakkında bir şeyler fısıldadıklarını görürdü. Fark etmemiş gibi yapar ve gitmelerini beklerdi, ki Cath Nine yeniden sadece onun olabilsin. Hele Cath Nine'nin hayatında başka çocuklar olduğunu düşünmekten hiç mi hiç hoşlanmazdı.

("Kim ki *bunlar*?" diye sormuştu Cath Nine'ye dokuz yaşındayken, kadının büfesinin üstünde duran çerçeveli fotoğraftaki, Paxton Lisesi formalı iki delikanlıyı kıskançlıkla göstererek.

"Bu ikisi büyük torunlarım" demişti Cath Nine. "Şu Dane, şu da Ricky. Kuzenlerin."

Krystal kuzen falan istemiyordu, onların Cath Nine'nin büfesinin üstünde durmalarını da istemiyordu.

"Şu kim peki?" demişti, kıvırcık sarı saçlı küçük bir kızı göstererek.

"O benim Michael'ımın küçük kızı Rhiannon; beş yaşında burada. Güzel kızmış, değil mi? Ama Arap'ın biriyle evlendi" demişti Cath Nine.

Cath Nine'nin büfesinin üstünde Robbie'nin fotoğrafı durmamıştı hiç.

*Babasının kim olduğunu bile bilmiyorsun, değil mi orospu? Seninle işim olmaz artık. Yeter Terri, burama kadar geldi. Kendi başının çaresine bak.*)

Otobüs şehrin içinden, pazar ikindisinde alışverişe çıkmış insanların yanından geçti. Krystal küçükken Terri neredeyse her hafta sonu onu Yarvil'in merkezine götürürdü; onu zorla pusete oturturdu. Krystal pusete oturacak yaşı çoktan geçtiğinde bile bunda diretmişti, çünkü çaldığı şeyleri pusete saklamak çok kolaydı; çocuğun bacaklarının altına ya da alt sepetteki torbaların altına saklardı. Terri konuştuğu tek kız kardeşi Cheryl'la –kadın Shane Tully ile evliydi– birlikte mağaza hırsızlığına çıkardı bazen. Cheryl ile Terri, Fields'ta birbirlerinden dört sokak ötede oturuyorlardı ve kavga ettiklerinde –ki çok sık oluyordu bu– küfürler havada uçuşurdu.

Krystal, Tully'nin çocuklarıyla ne zaman konuşması ne zaman küs olması gerektiğini bilmiyordu hiç, bunu anlamaya çalışmaktan da vazgeçmişti; ama Dane'le ne zaman karşılaşsa konuşuyordu. On dört yaşındalarken, okulun oyun odasında bir şişe elma şarabını paylaştıktan sonra düzüşmüşlerdi. Sonrasında bundan bahsetmemişlerdi hiç. Krystal insanın kuzeniyle yatması yasal mı değil mi ondan bile emin değildi. Nikki'nin söylediği bir söz, belki de yasal değildir diye düşünmesine yol açmıştı.

South West General'ın sokağına giren otobüs dikdörtgen şeklinde, çok büyük, uzun, gri cam binanın yirmi metre ötesinde durdu. Binanın bahçesinde bakımlı çimler, birkaç küçük ağaç ve bir sürü işaret tabelası vardı.

İki yaşlı kadının peşinden otobüsten inen Krystal ellerini eşofman altının ceplerine sokup öylece dikilerek etrafa bakındı. Danielle söylemişti ama kendisi Cath Nine'nin hangi koğuşta yattığını unutmuştu bile; hatırladığı tek şey on iki sayısıydı. En yakın işaret tabelasına öylesine yaklaşıp, tesadüfen oradaymış gibi gözlerini kısarak baktı; tabelada bir sürü yazı, Krystal'ın kolu kadar uzun sözcükler ve sağı solu, çaprazı gösteren oklar vardı. Krystal'ın okuma yazması çok iyi değildi; çok fazla sözcükle karşılaşınca gözü korkar, siniri bozulurdu. Oklara birkaç kaçamak bakış daha fırlattıktan sonra tabelada sayı bulunmadığından emin oldu, ana binanın girişindeki çift kanatlı cam kapıya doğru giden iki yaşlı kadının peşine takıldı.

Giriş salonu kalabalıktı ve işaret tabelalarından daha kafa karıştırıcıydı. Cam duvarlarla ayrılmış, tıklım tıklım dolu bir bölme vardı; sandviç yiyen insanların oturduğu, sıra sıra uzanan plastik sandalyeler vardı; ortadaki altıgen masada oturan kadınlar soruları bilgisayarlarına bakarak yanıtlıyorlardı. Krystal ellerini ceplerinden çıkarmadan masaya yöneldi.

"On ikinci koğuş nerede?" diye sordu kadınlardan birine, huysuz bir sesle.

"Üçüncü katta" dedi kadın, aynı huysuzlukla.

Başka soru sormayı gururuna yediremeyen Krystal dönüp yürüdü; giriş salonunun diğer ucundaki asansörleri gördü ve yukarı çıkan bir tanesine bindi.

Koğuşu bulması yaklaşık on beş dakika sürdü. Neden o salak, upuzun sözcüklerin yerine sayılar ve oklar koymuyorlardı ki? Derken soluk yeşil bir koridorda yürürken, spor ayakkabıları muşambaya bastıkça gıcırtılar çıkarırken, birisi ona seslendi.

"Krystal?"

Seslenen, teyzesi Cheryl'dı; iriyarıydı, kot etek ve dar, beyaz bir kolsuz tişört giymişti; civciv sarısı saçının dipleri siyahtı. Kalın kolları parmak eklemlerinden omuzlarına dek dövmeliydi ve her kulağında perde halkalarını andıran birkaç altın sarısı küpe vardı. Elinde kola kutusu tutuyordu.

"Zahmet edip gelmedi ha?" dedi Cheryl. Çorapsız bacaklarını ayırmış, yere sağlam basıyordu; nöbetçi asker gibi duruyordu.

"Kim?"

"Terri. Gelmek istemedi mi?"

"Haberi yok ki. Ben de daha yeni öğrendim. Danielle arayıp söyledi."

Cheryl kutunun kapağını açıp ağzını şapırdatarak kola içti; sığır eti gibi benekli, geniş, basık yüzündeki minik gözleri Krystal'ı kola kutusunun üstünden seyrediyorlardı.

"Sizi aramasını ben söyledim Danielle'e. Cath Nine evde üç gün öylece yatmış, kimsenin ruhu duymamış. Durumu kötü. Lanet olsun."

Krystal, Cheryl'a neden kendi evinden az ötedeki Foley Yolu'na kadar gidip de haberi Terri'ye bizzat vermediğini sormadı. Kız kardeşler yine kavgalıydılar belli ki. Onların ne zaman küsüp ne zaman barıştıklarını takip etmek imkânsızdı.

"Nerede yatıyor?" diye sordu Krystal.

Cheryl öne düştü; parmak arası terlikleri şak şuk sesler çıkarıyordu.

"Ha" dedi kadın yürürlerken. "Bir muhabir aradı, seni sordu."

"Hadi ya?"

"Telefonunu verdi."

Krystal başka sorular da soracaktı, ama oldukça sessiz bir koğuşa girmişlerdi ve birden korkuya kapıldı. Kokuyu sevmemişti.

Cath Nine neredeyse tanınmayacak haldeydi. Yüzünün bir tarafı korkunç bir şekilde yamulmuştu, sanki kasları telle yukarı çekilmiş gibiydi. Ağzı yana kaymıştı; gözü bile sarkmıştı sanki. Vücuduna bantlanmış borular ve kolunda da iğne vardı. Göğsündeki çöküklük böyle yatarken iyice belli oluyordu. Battaniyesinin tuhaf köşeleri inip kalkıyordu; incecik boynunun üstündeki garip kafası, bir top namlusunun ucundaydı sanki.

Krystal yanına oturduğunda Cath Nine kımıldamadı. Boş boş bakıyordu. Küçük ellerinden biri hafifçe titriyordu.

"Konuşmuyor, ama dün gece senin ismini söyledi iki kez" dedi Cheryl, kola kutusunun üstünden kasvetle bakarak.

Krystal'ın göğsü sıkıştı. Cath Nine'nin elini tutarsa kadının canının yanıp yanmayacağını bilmiyordu. Parmaklarını Cath Nine'ninkilere iyice yaklaştırdı, ama dokunmadan çarşafın üstüne bıraktı.

"Rhiannon geldi" dedi Cheryl. "John ile Sue da geldiler. Sue, Anne-Marie'ye ulaşmaya çalışıyor."

Krystal bir anda canlandı.

"Neredeymiş?" diye sordu Cheryl'a.

"Frenchay Yolu'nda bir yerlerde. Bebeği olmuş, biliyor musun?"

"Hı hı, duymuştum" dedi Krystal. "Cinsiyeti neymiş?"

"Bilmem" dedi Cheryl, kola kutusunu sallayarak.

Okulda biri, *Hey Krystal, ablan hamileymiş!* demişti.

Krystal bu haberi duyunca heyecanlanmıştı. Bebeği hiç görmese bile teyze olacaktı. Krystal kendisi doğmadan önce evlenen Anne-Marie'ye hayrandı hep; bir masal kahramanı gibi gelirdi ona, bu dünyadan alınıp başka bir boyuta götürülmüştü sanki Anne-Marie, Terri'nin banyosundaki ölü adam kadar güzel ve gizemliydi.

Cath Nine'nin dudakları kımıldadı.

"Ne?" diyen Krystal, kadının üstüne biraz korku, biraz sevinçle eğildi.

"Bir şey mi istiyorsun Cath Nine?" diye sordu Cheryl; sesi öyle yüksek çıkmıştı ki, diğer yatakların etrafında fısıldaşan ziyaretçiler ters ters baktılar.

Krystal iniltili, hırıltılı bir ses duyuyordu; Cath Nine konuşmaya çalışıyor gibiydi. Diğer taraftan kadının üstüne eğilmiş olan Cheryl, yatağın başındaki metal çubukları tutuyordu.

"... Oh... mm" dedi Cath Nine.

Krystal ile Cheryl aynı anda, "Ne?" dediler.

Cath Nine'nin gözleri birkaç milim aralanmış, ağzı açılmıştı; üstüne şaşkınlık, korku ve hevesle eğilmiş olan torununun kızının pürüzsüz, genç yüzüne çapaklı, sulu gözlerle bakıyordu.

"... *kürek...*" dedi yaşlı kadın çatlak sesle.

Cheryl başını geriye çevirip, omzunun üstünden yan yataktaki çekingen ziyaretçi çifte, "Ne dediğini bilmiyor" diye bağırdı. "Üç gün yerde yatmış; normaldir, değil mi?"

Ama Krystal gözlerindeki yaşlar yüzünden iyi göremiyordu. Yüksek pencereli koğuş sanki eriyip beyaz ışıklara ve gölgelere dönüştü; Krystal koyu yeşil suya şıpır şıpır dalıp çıkan küreklerin suya yansıyan gün ışığını parçalayarak parlak kıymıklara dönüştürdüğünü görür gibi oldu.

"Hı hı" diye fısıldadı Cath Nine'ye. "Hı hı, küreğe gidiyorum nine."

Oysa bu doğru değildi artık, çünkü Bay Fairbrother ölmüştü.

# 6

"Yüzüne ne halt ettin yahu? Yine bisikletten mi düştün?" diye sordu Şişko.

"Hayır" dedi Andrew. "Tatlısı vurdu. O geri zekâlı puşta Fairbrother konusunda yanıldığını anlatmaya çalışıyordum."

Babası vurduğunda odunluktaydılar, oturma odasındaki odun sobasının iki yanından aldıkları sepetleri dolduruyorlardı. Simon, Andrew'nun başına odunla vurmuştu; odun yığınına düşen Andrew'nun sivilceli yanağı çizilmişti.

*"Benden daha mı iyi bileceksin, sivilceli bok seni! Bu evde olan bitenle ilgili tek kelime ettiğini duyarsam..."*

*"Kimseye söylemedim..."*

*"Canlı canlı derini yüzerim senin, duyuyor musun? Hem Fairbrother'ın da rüşvet almadığını nereden biliyorsun? Belki de sadece o diğer herif yakayı ele verecek kadar aptaldı!"*

Simon daha sonra, ya gururuna yediremediğinden ya inattan ya da kolay para kazanma hayallerinden ne pahasına olursa olsun vazgeçmek istemediği için, başvuru formlarını göndermişti. Hem kendisini, hem de ailesini rezil edeceği kesindi.

*Sabote etmek.* Andrew bu kelimeyi düşünüyordu. Kolay para kazanma umuduyla fazla havalara giren babasını, mümkünse ona çaktırmadan (çünkü zafer kazanacağım derken ölmeye niyeti yoktu) alaşağı etmek istiyordu.

Niyetinden kimseye, Şişko'ya bile bahsetmedi. Şişko'ya hemen her şeyi anlatırdı ama iç dünyasını meşgul eden çok önemli bazı meseleleri hariç tutardı. Şişko'yla birlikte onun odasında ereksiyon halinde oturup da "kız kıza seks" videoları izlemek başkaydı, Gaia Bawden'la sohbet etmenin yollarını düşünüp durduğunu itiraf etmek başka. Aynı şekilde, Göz Deliği'nde otururken babasına puşt demek kolaydı ama

Simon'ın hiddet nöbetleri karşısında ellerinin buz kestiğini ve midesinin ağzına geldiğini hayatta anlatmazdı.

Ama sonra, her şeyi değiştiren saat geldi. Nikotin çekiyordu canı işte, güzel bir şeyler çekiyordu. Yağmur nihayet dinmişti ve soluk bahar güneşi, Pagford'un dar sokaklarından sarsılarak geçen okul otobüsünün kirli, çatlak pencerelerini aydınlatıyordu. Arkaya yakın oturan Andrew önündeki Sukhvinder ve Fairbrother'ların yetim kalmış, okula yeniden başlayan kızları yüzünden Gaia'yı göremiyordu. O gün Gaia'yı çok az görmüştü ve akşamı kasvetli geçecek gibiydi; bir tek Facebook'taki bildik fotoğraflar vardı teselli verecek.

Otobüs Hope Sokağı'na yaklaşırken, Andrew annesinin de, babasının da evde olmadıklarını, dolayısıyla yokluğunu fark etmeyeceklerini düşündü. İç cebinde Şişko'nun verdiği üç sigara duruyordu; ve Gaia ayağa kalkıyordu, koltuğun arkasındaki metal çubuğa sımsıkı tutunmuştu, inmeye hazırlanırken Sukhvinder Jawanda'yla konuşmayı sürdürüyordu.

Neden olmasın? *Neden olmasın*?

Derken Andrew da ayağa kalktı, çantasını omzuna astı ve otobüs durunca, iki kız inerlerken kapıya doğru hızla yürüdü.

Şaşıran Paul'e, "Evde görüşürüz" dedi yanından geçerken.

Güneşli kaldırıma indiğinde otobüs gürültüyle uzaklaştı. Andrew sigarasını yakarken birbirine yaklaştırdığı ellerinin üstünden Gaia ile Sukhvinder'i seyretti. Gaia'nın Hope Sokağı'ndaki evine doğru değil, Meydan'a doğru yürüyorlardı salına salına. Andrew sigara içip kaşlarını çatarak, böylece hayatında tanıdığı en rahat insanı –Şişko'yu– farkında olmadan biraz taklit ederek kızların peşinden gitti; Gaia'nın kürekkemiklerine çarpan bakır rengi saçına, kalçalarıyla birlikte hareket eden eteğine bakarak göz ziyafeti çekiyordu.

İki kız Meydan'a yaklaşınca yavaşladılar ve Mollison and Lowe'a doğru yöneldiler; şarküteri Meydan'daki en etkileyici ön cepheye sahipti: Tabelasında mavi ve altın sarısı harfler vardı ve önünde dört tane sepet asılıydı. Andrew geride kaldı. Kızlar duraklayıp, yeni kafenin penceresine yapıştırılmış küçük, beyaz ilanı inceledikten sonra şarküteriye girip gözden kayboldular.

Andrew Meydan'ı turlayıp, Black Canon ile George Oteli'nin önünden geçip, ilanın karşısında durdu. Elyazısıyla yazılmış bu ilanda, hafta sonu çalışacak personel arandığı söyleniyordu.

Sivilcelerinin çok kaşındığını hisseden Andrew sigarayı söndürüp uzun izmariti cebine geri koydu ve Gaia ile Sukhvinder'in peşinden içeri girdi.

Kızlar yulaf kurabiyesi ve kraker kutularıyla tepeleme dolu olan küçük bir masanın yanında duruyorlardı; tezgâhın ardındaki kepli, iriyarı adamın yaşlı bir müşteriyle konuşmasını seyrediyorlardı. Kapının çanı çalınca Gaia başını çevirip baktı.

"Selam" dedi Andrew; ağzı kurumuştu.

"Selam" diye karşılık verdi kız.

Kendi cesaretine şaşıran Andrew kıza yaklaştı; omzundaki okul çantası, Pagford rehberleri ile *Traditional West Country Cooking* dergilerinin bulunduğu döner standa çarptı. Andrew standı tutup düzelttikten sonra çantasını telaşla indirdi.

"İş mi arıyorsun?" diye sordu Gaia usulca, o büyülü Londra aksanıyla.

"Hı hı" dedi Andrew. "Sen?"

Kız başıyla onayladı.

Howard, "Öneri sayfasına yazsana Eddie" diye gürlüyordu müşteriye. "İnternet sitesine yaz, ben de gündeme alayım. Pagford Belediye Meclisi –bitişik yazacaksın– nokta com, nokta UK, kesme işareti, önerisayfasi. Veya şu bağlantıyı yaz. Pagford..." Adam titreyen eliyle kâğıt kalem çıkardı. "... Belediye..."

Howard leziz bisküvilerin yanında sessizce bekleyen üç yeniyetmeye göz attı. Üzerlerinde Winterdown'ın gösterişsiz forması vardı; aslında formalı olduklarını söylemek güçtü, çünkü o okulda öğrencilerin kafalarına göre giyinmelerine göz yumuluyordu (St. Anne'in formasıysa aksine gayet hoştu, ekose etek ve *blazer* ceket giyiyorlardı). Yine de şu beyaz kız bir içim suydu; elmas gibi ışıldıyordu, yanındaysa Jawanda'nın sade görünüşlü kızı (Howard onun ismini bilmiyordu) ve sivilceli, fare saçlı bir delikanlı vardı.

Müşteri bastığı yerleri gıcırdatarak dükkândan çıkarken çan çaldı.

"Yardımcı olabilir miyim?" diye sordu Howard, Gaia'ya bakarak.

"Hı hı" dedi kız öne çıkarak. "Şey. İş için gelmiştik." Penceredeki küçük ilanı gösterdi.

"Ah, evet" dedi Howard gülümseyerek. Hafta sonu için anlaştıkları yeni garson birkaç gün önce onu yüzüstü bırakmıştı; kafede çalışmak yerine, Yarvil'deki bir süpermarkette çalışmayı yeğlemişti. "Evet, evet. Garsonluk yapmak istiyorsun ha? Asgari ücret veriyoruz... Cumartesileri dokuzdan beş buçuğa kadar... Pazarları on ikiden beş buçuğa kadar. Kafe iki hafta sonra açılacak; eğitim de vereceğiz. Sen kaç yaşındasın canım?"

Mükemmel bir kızdı, *mükemmeldi*, tam Howard'ın hayallerindeki gibiydi. Yüzü ışıl ışıldı, vücut hatları kıvrımlıydı; Howard onun dar siyah bir elbise giymiş, dantel kenarlı beyaz önlük takmış halini gözünde canlandırabiliyordu. Ona yazarkasayı kullanmayı öğretecekti ve depoyu gösterecekti; arada sırada şakalaşacaklardı ve hasılatın yüksek olduğu günlerde kıza biraz ikramiye de verirdi belki.

Tezgâhın arkasından yan yan çıkıp, Sukhvinder ile Andrew'yu görmezden gelerek Gaia'yı kolundan tuttu ve onu kemerli girişten geçirdi. Kafede masa ve sandalye yoktu henüz, ama tezgâh monte edilmişti ve arkasındaki duvara siyah ve krem rengi fayanslar döşenmişti; fayanslarda Meydan'ın geçmişteki hali resmedilmişti. Resimdeki Meydan çember etekli kadınlarla ve silindir şapkalı adamlarla doluydu; bariz bir şekilde görülen Mollison and Lowe'un önünde bir fayton duruyordu ve dükkânın yanında küçük kafe, *Copper Kettle* görülüyordu. Doğaçlama yapan ressam, savaş anıtının yerine de süslü bir tulumba çizmişti.

Geride bırakılmış olan Andrew ile Sukhvinder ne yapacaklarını bilemediler, birbirlerine gıcık oldular biraz.

"Evet? Yardımcı olabilir miyim?"

Arka odadan simsiyah kabarık saçlı bir kadın eğilerek çıkmıştı. Andrew ile Sukhvinder beklediklerini mırıldandılar, derken kemerli girişte Howard ile Gaia belirdiler. Howard, Maureen'i görünce Gaia'nın kolunu bıraktı; garsonun görevlerini açıklarken farkında olmadan kızın kolunu tutmaya devam etmişti.

"Kettle'da bize yardım edecek birini daha buldum galiba Mo" dedi.

"Ya, öyle mi?" dedi Maureen, açlıkla bakan gözlerini Gaia'ya çevirerek. "Tecrüben var mı?"

Ama gürler gibi konuşarak onun sesini bastıran Howard, Gaia'ya şarküteriden bahsetmeye başlamıştı; şarküterinin bir Pagford müessesesi olduğunu, buranın kasabanın simgelerinden biri olduğunu düşünmenin hoşuna gittiğini söyledi.

"Otuz beş yıl oldu" dedi Howard, sanki kafesinin duvarındaki resmi kibirle küçümsüyor gibi. "Bu genç bayan kasabaya yeni gelmiş Mo" diye ekledi.

Maureen, "Siz ikiniz de iş mi arıyorsunuz, siz ikiniz?" diye sordu Sukhvinder ile Andrew'ya.

Sukhvinder başını hayır anlamında salladı; Andrew omuzlarını belli belirsiz kımıldattı; ama gözlerini kızdan ayırmayan Gaia, "Hadisene. Çalışabileceğini söylemiştin" dedi.

Howard, Sukhvinder'i inceledi; bu kıza dar siyah elbisenin ve fırfırlı önlüğün yakışmayacağı kesindi, ama Howard'ın yaratıcı ve esnek kafası bütün olasılıkları düşünüyordu. Kızın babasına kıyak geçmiş olurdu... annesine karşı da eline koz geçerdi böylece... talep etmedikleri halde onlara iyilik yapmış olurdu; sadece estetik açıdan bakmamak gerekiyordu belki de.

"Eh, işler umduğumuz kadar iyi giderse ikisini birden çalıştırabiliriz herhalde" dedi, kızarınca gözüne daha da çirkin görünen Sukhvinder'e bakıp, çifte gerdanını kaşıyarak.

"Ben istemiyorum..." dedi kız, ama Gaia ısrar etti.

"Hadi ama. Birlikte çalışacağız."

Kıpkırmızı kesilmiş olan Sukhvinder'in gözleri sulanmıştı.

"Ben..."

"Hadi" diye fısıldadı Gaia.

"Ben... tamam."

"Öyleyse sizi bir deneriz Bayan Jawanda" dedi Howard.

Korkuya kapılan Sukhvinder nefes almakta zorlanıyordu. Annesi ne derdi ki?

Howard, "Sen de çırak olmak istiyorsun herhalde?" diye gürledi Andrew'ya doğru.

Çırak mı?

"Bize ağır şeyler taşıyacak biri lazım dostum" dedi Howard, Andrew ona ne yapacağını şaşırmış halde gözlerini kırpıştırarak bakarken; Andrew ilanın başındaki büyük harflerle yazılmış yazıyı okumuştu sadece. "Malları depoya taşıyacak, süt kasalarını mahzenden çıkaracak ve çöpleri arka tarafa atacak biri lazım. Bildiğin ağır işçilik. Altından kalkabilir misin sence?"

"Hı hı" dedi Andrew. Gaia'yla aynı saatlerde mi çalışacaktı? Önemli olan tek şey buydu.

"Erken gelmen gerekecek. Sekiz iyidir herhalde. Başlangıç için sekizden üçe kadar diyelim, sonrasına bakarız."

"Hı hı, tamam" dedi Andrew.

"Adın ne?"

Howard onun soyadını duyunca kaşlarını kaldırdı.

"Simon baban mı? Simon Price?"

"Hı hı."

Andrew huzursuz olmuştu. Normalde babasını tanıyan çıkmazdı hiç.

Howard iki kıza pazar günü öğleden sonra gelmelerini söyledi, çünkü yazarkasa o zaman getirilecekti ve kızlara nasıl kullanıldığını öğretmek istiyordu; sonra, Gaia'yla konuşmaya devam etmek istese de, içeri bir müşteri girince gençler bunu fırsat bilip sıvıştılar.

Çınlayan cam kapıdan çıktıklarında Andrew ne diyeceğini bilemedi; ama düşüncelerini toplamasına fırsat kalmadan, Gaia ona ilgisizce, "Hoşça kal" deyip Sukhvinder'le birlikte uzaklaştı. Andrew, Şişko'dan aldığı üç sigaranın ikincisini yaktı (yarım sigarayla idare etmenin sırası değildi şimdi) ve böylece Gaia'nın giderek uzayan gölgelerin arasında yürüyerek uzaklaşmasını seyretmek için bahanesi oldu.

Gaia, "O çocuğa neden 'Yerfıstığı' diyorlar?" diye sordu Sukhvinder'e, Andrew'nun duyamayacağı kadar uzaklaştıklarında.

"Alerjisi var" dedi Sukhvinder. Yaptığı şeyi Parminder'e nasıl anlatacağını düşündükçe içini korku sarıyordu. Kendi sesi kulağına yabancı geliyordu. "St. Thomas'ta ölecekti az kalsın; birisi marşmelovun içine yerfıstığı saklayıp ona vermişti."

"Ah" dedi Gaia. "Belki de küçük çüklü diye öyle diyorlardır demiştim kendi kendime."

Gaia güldü; Sukhvinder de zoraki güldü, sanki her gün sabahtan akşama kadar penis esprileri duyuyormuş gibi.

Andrew kızların gülerek dönüp baktıklarını görünce, kendisinden bahsettiklerini anladı. Kıkırdaşmaları iyiye alamet olabilirdi; kızlar hakkında en azından bunu biliyordu. Serinleyen havada aval aval sırıtarak yürümeye koyuldu; omzunda okul çantasıyla, elinde sigarasıyla, Meydan'dan Church Row'a doğru yürüdü; oradan sonra da yokuş yukarı kırk dakika boyunca tırmanarak, kasabanın dışındaki Tepedeki Ev'e ulaşacaktı.

Çalı çitlerdeki beyaz çiçekler alacakaranlıkta hayalet gibi parlıyorlardı; yolun iki yanında gür karadikenler ve kalp şeklindeki, minik, parlak yaprakları olan kınaçiçekleri vardı. Çiçek kokuları, sigaranın verdiği yoğun haz ve Gaia'yla birlikte geçirilecek hafta sonlarının hayali... Andrew tepeyi oflaya puflaya çıkarken, bütün bu düşünceler birleşip muhteşem bir sevinç ve güzellik senfonisi oluşturuyorlardı. Simon bir dahaki sefere, "İş buldun mu Pizza Surat?" diye sorduğunda Andrew, "Evet" diyebilecekti. Hafta sonları Gaia Bawden'la birlikte çalışacaktı.

Üstüne üstlük, babasını çaktırmadan sırtından bıçaklamanın yolunu bulmuştu.

## 7

Samantha'nın öfkesi geçince, Gavin ile Kay'i akşam yemeğine davet ettiğine pişman oldu. Cuma sabahı tezgâhtarına, yaşayacağı berbat akşamla ilgili espriler yapıp dursa da, füze kalkanlarını (sutyenlere böyle dediğini Howard ilk duyduğunda öyle gülmüştü ki astım krizi geçirmişti, o yüzden Shirley bu lafları ne zaman duysa kaşlarını çatıyordu) satma işini Carly'ye bırakıp dükkândan çıkınca neşesinden eser kalmadı. İş çıkışı trafiğine yakalanmamak için arabayı hızla Pagford'a doğru sürerken de, malzemeleri alıp yemek yapmak için eve dönerken de hep Gavin'a soracağı fesatça soruları düşünerek kendini neşelendirmeye çalıştı. Kay'in neden Gavin'ın yanına taşınmadığını sorabilirdi; harika olurdu bunu sorması.

Tıka basa dolu Mollison and Lowe torbalarını taşıyarak

Meydan'dan evine doğru yürürken, Barry'nin bankasının ATM'sinin önünde Mary Fairbrother'la karşılaştı.

"Mary, selam... nasılsın?"

Mary zayıflamış, beti benzi solmuştu; gözlerinin altında mor halkalar vardı. Samimiyetten uzak, tuhaf bir konuşma geçti aralarında. Ambulans yolculuğundan beri konuşmamışlardı; Samantha cenazede ayaküstü, beceriksizce başsağlığı dileyebilmişti sadece.

"Ben de ziyaretinize gelmeyi düşünüyordum" dedi Mary, "o kadar yardımcı oldunuz ki... ve Miles'a teşekkür etmek istiyordum..."

"Gerek yok" dedi Samantha yine becerisizce.

"Ah, ama istiyorum..."

"Ha, istiyorsan gel lütfen..."

Mary uzaklaşınca Samantha berbat bir hisse kapıldı; Mary'de bu akşamın onlara gelmek için mükemmel bir zaman olduğu izlenimini uyandırmış olabileceğini düşündü.

Eve varınca torbaları hole bırakıp Miles'ı işyerinden aradı, Mary'yle neler konuştuklarını anlattı; Miles akşam yemeği dörtlüsüne bir de yeni dul kalmış bir kadının eklenmesini sinir bozucu bir şekilde gayet sakin karşılamıştı.

"Sorun nedir anlamadım" dedi Miles. "Mary'nin biraz insan içine çıkması iyi olur."

"Ama Gavin ile Kay'in geleceğini söylemedim..."

"Mary, Gav'ı sever" dedi Miles. "Sıkma canını."

Samantha onun salağa yattığını düşündü; Miles Samantha'nın Sweetlove Köşkü'ne gitmeyi reddetmesine misilleme yapıyordu besbelli. Samantha telefonu kapattıktan sonra, Mary'yi arayıp o akşam gelmemesini söylemeyi düşündü; ama kabalık etmekten korkuyordu; Mary'nin gelmekten vazgeçeceğini ummakla yetindi.

Oturma odasına girip, Libby'nin delikanlılar grubunun DVD'sini taktı ve sesini mutfaktan duyabileceği kadar açtı; ardından torbaları mutfağa taşıyıp, yahni yapmaya ve acil durum tatlısı olan Mississippi çamur pastasını hazırlamaya girişti. Aslında yapacağı işleri azaltmak için Mollison and Lowe'dan büyük bir kremalı pasta almayı tercih ederdi, ama mutlaka Shirley'nin kulağına giderdi bu; kadın Samantha'nın donmuş ve hazır yiyeceklere fazla bel bağladığını ima edip duruyordu.

Samantha delikanlılar grubunun DVD'sini artık o kadar ezberlemişti ki, mutfağa gelen müzik sesine eşlik eden görüntüleri zihninde canlandırabiliyordu. O hafta boyunca defalarca izlemişti bu DVD'yi, o izlerken Miles ya yukarıdaki çalışma odasında oluyordu ya da Howard'la telefonda konuşuyordu. Kaslı delikanlının kumsalda rüzgâra karşı bağrı açık yürüdüğü sahnenin başladığını anlayınca önlüğünü çıkarmadan gidip, çikolatalı parmaklarını dalgın dalgın emerek seyretti.

Miles sofrayı hazırlarken kendisinin de uzun uzun duş alacağını hayal etmişti ama Miles'ın Yarvil'e gidip kızları St. Anne'den alacağını, dolayısıyla geç geleceğini unutmuştu. Miles'ın niye geciktiğini ve geldiğinde yanında kızların olacağını hatırlayınca, sofrayı telaşla hazırlamak ve misafirler gelmeden önce Lexie ile Libby'yi doyuracak bir şeyler ayarlamak zorunda kaldı. Miles yedi buçukta geldiğinde, karısının üstünde hâlâ mutfakta giydiği kıyafeti vardı; kan ter içinde kalmış olan Samantha'nın siniri tepesindeydi ve fikir kendinden çıkmış olsa da her an Miles'ı suçlamaya başlayacak gibi duruyordu.

On dört yaşındaki Libby, Samantha'ya selam vermeden oturma odasına girip DVD oynatıcıdaki diski çıkardı.

"Hah, iyi, ben de bunu nereye koydum diyordum" dedi. "Televizyon niye açık ki? Yoksa *bunu* mu seyrediyordun?"

Samantha küçük kızını Shirley'ye benzetirdi bazen.

"Haberleri seyrediyordum Libby. DVD seyredecek vaktim

yok. Hadi gel, pizzan hazır. Misafir gelecek."

"*Yine* mi donmuş pizza?"

"Miles! Üstümü değiştirmem gerek. Patates püresini sen hazırlar mısın? Miles!"

Ama Miles üst kata çıkıp gözden kaybolmuştu bile; bu yüzden kızları mutfağın ortasındaki masada karınlarını doyururken Samantha püreyi kendi hazırladı. Libby diyet Pepsi'yle dolu bardağına yasladığı DVD kutusuna arzuyla bakıyordu.

"Mikey öyle *seksi* ki" dedi, Samantha'yı irkilten şehvetli bir iniltiyle; ama kaslı delikanlının adı Jake'ti. Samantha aynı delikanlıdan hoşlanmadıklarına memnun oldu.

Lexie yüksek sesle ve kendinden emin bir şekilde okuldan bahsedip duruyordu; Samantha'nın tanımadığı ve kaprislerini, kavgalarını, barışmalarını takip edemediği kızlarla ilgili bilgiler sıralıyordu makineli tüfek gibi.

"Pekâlâ, benim üstümü değiştirmem gerek. İşiniz bitince sofrayı toplayın, tamam mı?"

Yahninin altını kısan Samantha üst kata koştu. Miles yatak odasındaydı, gömleğinin düğmelerini iliklerken gardırop aynasından kendine bakıyordu. Oda sabun ve tıraş losyonu kokuyordu.

"Her şey kontrol altında mı canım?"

"Evet, sağ ol. Duş alacak zamanı bulabilmene çok sevindim" dedi Samantha öfkeyle; en sevdiği uzun eteği ile bluzunu çıkardıktan sonra gardırop kapısını sertçe kapadı.

"Sen de şimdi alabilirsin."

"On dakika sonra gelecekler; saçımı kurutup makyaj yapmama zaman yok." Samantha ayakkabılarını çıkarıp attı; bir teki gürültüyle radyatöre çarptı. "Kendine çekidüzen vermeyi bitirince aşağı inip içkileri hazırlar mısın lütfen?"

Miles odadan çıkınca Samantha kalın telli siyah saçını açmaya ve makyaj tazelemeye çalıştı. Berbat görünüyordu.

Sutyeninin bluzuna uymadığını ancak üstünü değiştirdikten sonra fark etti. Telaşla uygun sutyeni ararken, onu çamaşır odasında kurumaya bıraktığını hatırladı; sahanlığa fırladı, ama o sırada zil çaldı. Samantha küfrederek yatak odasına geri koştu. Libby'nin odasından, delikanlılar grubunun müziği geliyordu bangır bangır.

Gavin ile Kay tam sekizde gelmişlerdi, çünkü Gavin gecikirlerse Samantha'nın edebileceği laflardan çekinmişti; Samantha düzüştükleri ya da kavga ettikleri için zamanı unuttuklarını ima edebilirdi. Samantha evli olmanın insana bekârların aşk hayatlarına burnunu sokma, bu konuda yorum yapma hakkını verdiğini zannediyordu sanki. Özellikle sarhoş olduğu zamanlarda ortaya çıkan kaba ve patavatsız üslubunun da çok zekice ve son derece espritüel olduğunu düşünüyordu.

"Selam, selammmm" dedi Miles, geri çekilip Gavin ile Kay'e yol vererek. "Girin, girin. Mollison malikânesine hoş geldiniz."

Kay'i yanaklarından öpüp kadının elindeki çikolataları aldı.

"Bize mi getirdiniz? Çok teşekkürler. Nihayet doğru dürüst tanışabildik. Gavin'ın seni insan içine çıkarmasının vakti geldi de geçiyordu."

Miles, Gavin'ın elindeki şarabı aldıktan sonra onun sırtına bir şaplak indirdi; Gavin sinir oldu.

"Gelin, Sam şimdi iner. Ne içersiniz?"

Kay normalde Miles'ın çok geveze olduğunu ve aşırı laubali davrandığını düşünürdü, ama acele hüküm vermemekte kararlıydı. Çiftler birbirlerinin sosyal çevresine girmek ve o çevredeki insanlarla iyi geçinmek durumundaydılar. Gavin hayatının bazı alanlarına Kay'in girmesine izin vermemişti hiç ve Kay bu akşamı o alanlara sızma yolunda önemli bir adım olarak görüyordu; Mollison'ların büyük ve şık evinde gayet rahat davrandığını, yani daha fazla dışlanmasına gerek olmadığını Gavin'a göstermek istiyordu. Dolayısıyla Miles'a gülümsedi, kırmızı şarap istedi ve geniş odanın çam döşeme tahtalarını, pofuduk minderli kanepesini ve çerçeveli tablolarını övdü.

"Burada, eee, on dört yıldır oturuyoruz" dedi Miles tirbuşonla uğraşırken. "Sen Hope Sokağı'nda oturuyorsun, değil mi? Orada güzel, küçük evler var; ucuza ev alıp, tadilattan geçirip iyi fiyattan okutmak için harika fırsatlar var."

Samantha soğuk soğuk gülümseyerek geldi. Daha önce onun sadece pardösülü halini görmüş olan Kay, kadının dar turuncu bluzunun altındaki dantelli sutyeninin en ince ayrıntısına kadar belli olduğunu fark etti. Samantha'nın yüzü, derisi kalınlaşmış göğsünden daha esmerdi; abartılı göz makyajı ona yakışmamıştı ve sallanan altın küpeleri ile yüksek topuklu sarı terlikleri kadını fahişe gibi gösteriyordu. Samantha geceleri kadın arkadaşlarıyla gezip dağıtmaktan hoşlanan, striptiz izleme gecelerini çok komik bulan ve partilerde sarhoş olup herkesin partnerine asılan türden bir kadın gibiydi.

"Merhaba" dedi Samantha. Gavin'ı öptü ve Kay'e gülümsedi. "Harika, içkilerinizi almışsınız. Ben de aynısından alayım Miles."

Oturmak için döndü; diğer kadını baştan aşağı süzmüştü bile: Kay küçük memeli ve geniş kalçalıydı; kalçalarını küçük göstermek için siyah pantolon giymişti kesin. Samantha'ya göre topuklu ayakkabı giyse daha iyi olurdu, çünkü bacakları kısaydı. Yüzü çekici sayılırdı, cildi lekesiz ve zeytuniydi, siyah iri gözleri ve geniş bir ağzı vardı; ama kısacık saçı yüzünden oğlan çocuğu gibi görünüyordu ve düz tabanlı ayakkabıları da tutucu biri olduğunun göstergesiydi şüphesiz. Gavin yine aynı şeyi yapmıştı. Yine hayatını cehenneme çevirecek, espriden anlamayan, hükmedici bir kadını seçmişti.

"Hadi bakalım!" dedi Samantha neşeyle, kadehini kaldırarak. "Gavin ile Kay'e içelim!"

Gavin'ın yüzünü ekşiterek korkakça gülümsediğini görmek hoşuna gitti; ama onu daha fazla kıvrandırmasına ya da o ikisinden, Shirley ile Maureen'e hava atmasını sağlayacak bilgiler koparmasına fırsat kalmadan kapı zili tekrar çaldı.

Miles'ın önüne katarak odaya soktuğu Mary narin ve sıska görünüyordu, özellikle de Miles'ın yanında. Tişörtü çıkık köprücükkemiklerini belli ediyordu.

"Ah" dedi kadın, eşikte kalakalıp. "Misafirleriniz olduğunu bilmi..."

"Gavin ile Kay yeni geldiler" dedi Samantha biraz yüksek sesle. "Gel lütfen Mary... bir içki iç..."

"Mary, tanıştırayım, Kay" dedi Miles. "Kay, tanıştırayım, Mary Fairbrother."

"Ah" dedi Kay şaşırarak; o akşam sadece dört kişi olacaklarını düşünmüştü.

Mary'nin akşam yemeği davetine katılmak niyetiyle gelmediğini ve dönüp gitmek üzere olduğunu anlayan Gavin yanındaki kanepe minderine vurdu; Mary hafifçe gülümseyerek oturdu. Gavin onu gördüğüne çok sevinmişti. Mary onun kalkanı olacaktı; Samantha bile yas tutan bir kadının karşısında şuh davranışlar sergileyecek kadar düşüncesizlik edemezdi; hem dörtlü olmanın kısıtlayıcı simetrisi de bozulmuştu.

"Nasılsın?" diye sordu Gavin usulca. "Aslında seni arayacaktım... sigorta meselesiyle ilgili bazı gelişmeler oldu..."

"Atıştırmalık bir şeyler yok mu Sam?" diye sordu Miles.

Samantha, Miles'a için için köpürerek odadan çıktı. Mutfak kapısını açınca burnuna yanık et kokusu geldi.

"Ah kahretsin, kahretsin, kahretsin..."

Ocakta unuttuğu yahninin dibi tutmuştu. Kupkuru olmuş et ve sebze parçaları felakete uğramış zavallı kazazedeler gibi tavanın dibine yapışmıştı. Samantha tavaya şarap ile et suyu döktü ve yapışmış parçaları kaşığıyla kazıdıktan sonra tavadakileri canla başla, sıcaktan terleyerek karıştırmaya girişti. Oturma odasından Miles'ın tiz kahkahaları geliyordu. Samantha uzun saplı brokolileri haşlamaya başladı, kadehindeki şarabı bitirdi, bir tortilla cipsi paketini yırtarak açtı, bir humus kavanozunu da açıp, paket ile kavanozun içindekileri kâselere boşalttı.

Oturma odasına geri döndüğünde Mary ile Gavin kanepede fısır fısır konuşuyorlardı hâlâ; Miles ise Kay'e Pagford'un havadan çekilmiş, çerçeveli bir fotoğrafını gösteriyor, ona kasabanın tarihini anlatıyordu. Kâseleri sehpaya bırakan Samantha kendine bir içki daha koyup koltuğa kuruldu ve iki sohbete de katılmaya çalışmadı. Mary'nin burada olması çok rahatsız ediciydi; kadın öyle ağır bir matem havası yayıyordu ki, kefene sarınıp gelse yeriydi. Ama yemeğe kalmazdı herhalde.

Gavin, Mary'nin kalmasını sağlamakta kararlıydı. Sigorta şirketine karşı verdikleri mücadeledeki son gelişmeleri konuşurlarken, Miles ile Samantha'nın yanındayken normalde olduğundan çok daha rahat ve kontrol sahibi hissediyordu kendini. Kimse onu iğnelemiyor ya da ona patronluk taslamıyordu; üstelik Miles bir süreliğine de olsa onu Kay'le ilgilenme sorumluluğundan kurtarmıştı.

"... bak, fotoğrafta görülmüyor ama tam şurada" diyordu Miles, fotoğrafın çerçeveye yakın bir noktasını göstererek, "Fawley'lerin Sweetlove Köşkü şurada. Kraliçe Anne dönemi tarzı, büyük bir malikâne... çatı pencereleriyle, kenar süslemeleriyle muhteşem bir ev; gidip görmelisin, yazları pazar günleri halka açık oluyor. Fawley'ler buranın önde gelen ailelerindendir."

*"Kenar süslemeleri mi?" "Buranın önde gelen ailelerinden mi?" Tanrım, sen tam bir götsün Miles.*

Samantha koltuktan kalkıp mutfağa geri döndü. Yahni sulu olsa da, yanık tadı taşıyordu hâlâ. Brokoli fazla yumuşamıştı ve tatsızdı; patates püresi soğuk ve kuruydu. Artık bunları umursamayan Samantha yemekleri tabaklara koyup yuvarlak yemek masasına götürdü.

"Sofra hazır" diye seslendi oturma odasının kapısından.

"Ah, ben gitmeliyim" dedi Mary ayağa fırlayarak. "Sizi rahatsız..."

"Hayır, hayır, hayır!" dedi Gavin, Kay'in ondan ilk kez duyduğu sevecen ve kandırmaya çalışan bir ses tonuyla. "Bir şeyler yemen iyi olur... çocuklar bir saat başlarının çaresine bakabilirler."

Miles da onu destekleyince Mary, Samantha'ya kararsızlık içinde baktı; Samantha da mecburen kalmasını söyledikten sonra sofrayla ilgilenmek için yemek odasına geri döndü. Mary'yi Gavin ile Miles'ın arasına oturttu, çünkü bir kadının yanına oturtması sanki Mary'nin kocasının yokluğuna dikkat çekmek gibi olurdu. Kay ile Miles sosyal hizmetlerden bahsetmeye başlamışlardı.

"Yerinde olmak isterdim diyemeyeceğim" dedi adam, Kay'e kepçeyle yahni servisi yaparken; Samantha beyaz tabağa yayılan sosun içindeki siyah, kavrulmuş parçacıkları görebiliyordu. "Çok zor bir iş."

"Eh, sürekli kaynak sıkıntısı çekiyoruz" dedi Kay, "ama insan bir tatmin duygusu da yaşıyor, özellikle de bir fark yarattığını hissettiğinde."

Weedon'lar geldi aklına. Önceki gün klinikte yapılan testte Terri'nin idrar numunesi negatif çıkmıştı ve Robbie tam bir haftadır kreşe gidiyordu. Kay'in bunları hatırlayınca kapıldığı neşe, Gavin'ın hâlâ sadece Mary'ye odaklanmış olmasının yol açtığı hafif sinir bozukluğunu dengeledi; Gavin, Kay'in onun arkadaşlarıyla sohbet etmesini kolaylaştıracak hiçbir şey yapmıyordu.

"Senin bir kızın var, değil mi Kay?"

"Evet. Gaia. On altı yaşında."

"Lexie'yle yaşıtmış; onları tanıştırmalıyız" dedi Miles.

"Boşandınız mı?" diye sordu Samantha nazik bir sesle.

"Hayır" dedi Kay. "Evli değildik. Üniversitedeyken birlikteydik ve kızımın doğumundan kısa süre sonra ayrıldık."

"Ya, hamile kaldığımda Miles ile ben de yeni mezunduk" dedi Samantha.

Samantha aralarında bir karşılaştırma mı yapıyordu, emin olamadı Kay. Samantha çocuklarının iriyarı, kendini beğenmiş babasıyla evlenmişti, Kay ise terk edilmişti... gerçi Brendan'ın onu terk ettiğini Samantha bilemezdi ki...

Kay, "Aslında Gaia babanın yanında işe başlıyor, cumartesileri çalışacak" dedi Miles'a. "Yeni kafede."

Miles çok sevindi. Howard ile kendisinin Pagford'un çekirdeğinde yer aldıklarını, öyle ki herkesin arkadaş, müşteri ya da eleman olarak onlarla bir şekilde bağlantılı olduğunu düşünmek hoşuna gidiyordu. Dişlerine teslim olmakta direnen, kayış gibi bir et parçasını çiğneyip duran Gavin'ın morali iyice bozuldu. Gaia'nın Miles'ın babasının yanında çalışacağını şimdi öğrenmişti. Gaia'nın, Kay'in Pagford'daki yerini sağlamlaştırmakta kullanabileceği güçlü araçlardan biri olduğunu her nasılsa unutmuştu. Gaia kapıları çarpmadığı, ters ters bakmadığı ve laf sokuşturmadığı zamanlarda onun bağımsız bir varlık olduğunu unutuveriyordu Gavin. Kay'le ite kaka yürüyen ilişkilerinin, –tıpkı kirli çarşaflar, lezzetsiz yemekler ve öfke patlamaları gibi– rahatsız edici bir parçasından ibaret olmadığını unutuveriyordu kızın.

"Gaia, Pagford'u sevdi mi?" diye sordu Samantha.

"Eh, burası Hackney'ye kıyasla biraz sakin" dedi Kay, "ama Gaia iyi uyum sağlıyor."

Bu kuyruklu yalanı söyledikten sonra, ağzını temizlemek için büyük bir yudum şarap içti. Bu gece evden çıkarken Gaia'yla yine tartışmıştı.

("Senin neyin var?" diye sormuştu Kay; giysilerinin üstüne sabahlık giymiş olan Gaia mutfak masasında kamburunu çıkarıp oturmuş, *laptop*'una bakıyordu. Bilgisayar ekranında dört beş sohbet kutusu açıktı. Kay, Gaia'nın Hackney'de bıraktığı arkadaşlarıyla, çoğunu ilkokuldan tanıdığı arkadaşlarıyla internetten konuştuğunu biliyordu.

"Gaia!"

Kızın cevap vermeyi reddetmesi yeni bir şeydi ve hayra alamet değildi. Kay, Gaia'nın kendisine ve özellikle de Gavin'a öfke ve kin kusmasına alışkındı daha çok.

"Gaia, sana diyorum."

"Biliyorum, seni duyabiliyorum."

"Öyleyse cevap verme nezaketini göster lütfen."

Ekrandaki kutularda siyah diyaloglar, yanıp sönen ve titreşen küçük ve komik ikonlar yukarı doğru akıyordu.

"Gaia, bana cevap verir misin lütfen!"

"Ne? Ne istiyorsun?"

"Gününün nasıl geçtiğini sormaya çalışıyorum."

"Günüm bok gibi geçti. Dün de bok gibiydi. Yarın da bok gibi olacak."

"Eve ne zaman geldin?"

"Her zamanki saatte."

Bunca yıldan sonra bile Gaia eve kendi anahtarıyla girmek zorunda kalmasına, Kay'in masal kitaplarındaki anneler gibi onu karşılamamasına içerliyordu hâlâ.

"Gününün neden bok gibi geçtiğini anlatmak ister misin?"

"Çünkü beni bu boktan kasabaya getirdin."

Kay bağırmamak için kendini zor tutmuştu. Son günlerde bağıra çağıra yaptıkları tartışmaları bütün sokağın duyduğundan emindi.

"Bu akşam Gavin'la dışarı çıkacağımı biliyorsun, değil mi?"

Gaia, Kay'in anlayamadığı bir şeyler mırıldanmıştı.

"Ne?"

"Seninle dışarı çıkmaktan hoşlanmıyor sanıyordum dedim."

"Bu ne demek şimdi?"

Ama Gaia yanıt vermemişti; ekrana bir şeyler yazmıştı sadece. Kay kararsız kalmıştı; hem Gaia'nın üstüne üstüne gitmek istiyordu, hem de onun söyleyeceklerinden korkuyordu.

"Geceyarısı gibi döneriz herhalde."

Gaia karşılık vermemişti. Kay, Gavin'ı beklemek için hole gitmişti.)

Kay, "Gaia bu sokakta oturan bir kızla arkadaş oldu" dedi Miles'a; "adı neydi... Narinder mi?"

Miles ile Samantha, "Sukhvinder" dediler aynı anda.

"Hoş bir kız" dedi Mary.

Samantha, "Babasıyla tanıştın mı?" diye sordu Kay'e.

"Hayır" dedi Kay.

Dördüncü kadeh şarabını içmekte olan Samantha, "Kalp cerrahı" dedi.

"Ah" dedi Kay.

"Bollywood film yıldızı gibi."

Samantha hiçbirinin, hazırladığı yemeklerin lezzetli olduğunu söylemediklerini düşündü; yemekler berbat bile olsa, insan biraz nazik olurdu. Madem Gavin'a işkence edemeyecekti, en azından Miles'ı iğneleyebilirdi.

"Bu sıkıcı kasabada yaşamanın tek iyi yanı Vikram" dedi Samantha. "Acayip seksi."

"Karısı da kasabanın pratisyen doktoru" dedi Miles, "ve Belediye Meclisi üyesi. Sen Yarvil Şehir Meclisi'ne bağlı çalışıyorsun, değil mi Kay?"

"Evet" dedi Kay. "Ama zamanımın çoğunu Fields'ta geçiriyorum. Onlar teknik açıdan Pagford'a bağlılar, değil mi?"

*Fields deme,* diye düşündü Samantha. *Ah, o lanet olası Fields'lılardan bahsetme.*

"Ah" dedi Miles, anlamlı anlamlı gülümseyerek. "Evet, şey, Fields sahiden de Pagford'a bağlı, *teknik açıdan.* Teknik açıdan öyle. Bu kanayan bir yara Kay."

"Sahi mi? Neden?" diye sordu Kay, sohbete diğerlerini de katmayı umarak; çünkü Gavin, dul kadınla fısıldaşmaktaydı hâlâ.

"Yani, şöyle... bu ellilere kadar giden bir mesele." Miles iyi prova ettiği bir konuşmaya başlamak üzere gibiydi. "Yarvil, Cantermill Sitesi'ni genişletmek istedi ve batıya, şimdi çevre yolunun bulunduğu yere doğru imar planları yapmak yerine..."

"Gavin! Mary! Şarap alır mısınız?" diye seslendi Samantha, Miles'ın sesini bastırarak.

"... biraz hinlik yaptılar; o araziyi tam olarak ne yapacaklarını söylemeden satın aldılar, sonra da siteyi Pagford'un içine doğru genişlettiler."

"Neden Yaşlı Aubrey Fawley'den bahsetmiyorsun Miles?" diye sordu Samantha. Nihayet hoş bir şekilde çakırkeyif olmuştu; davranışlarının sonuçlarından korkmayı bırakmıştı, şimdi kışkırtmaya ve sinir bozmaya hevesli hale gelmişti, sivri dilli, eğlenmekten başka hiçbir şeyi iplemeyen biriydi artık. "İşin doğrusu, Miles'ın bahsettiği o muhteşem kenar süslemeli köşk filan gibi şeylerin hepsinin eski sahibi olan Yaşlı Aubrey Fawley herkesten gizli bir anlaşma yaptı..."

"Haksızlık ediyorsun Sam" dedi Miles, ama Samantha yine sesini yükseltti.

"... Fields'ın bulunduğu araziyi satıp çeyrek milyon filan gibi bir parayı cebe indirdi..."

"Saçmalama Sam, ellilerden bahsediyoruz?"

"... sonra da, herkesin tepesini attırdığını görünce, yaptığı şeyin sorun çıkaracağını bilmiyormuş numarasına yattı. Geri zekâlı bir sosyetikti. Ayyaştı da" diye ekledi Samantha.

"Korkarım bunların *hiçbiri* doğru değil" dedi Miles sertçe. "Kay, meseleyi derinlemesine anlamak için yerel tarihi biraz bilmelisin."

Bir eliyle çenesini tutan Samantha, sıkıntıdan başı düşecek, dirsekleri masadan kayacakmış gibi yaptı. Kay, Samantha'yı sevemese de güldü; Gavin ile Mary fısıldaşmayı kestiler.

"Fields'tan bahsediyoruz" dedi Kay, Gavin'a kendisinin de orada olduğunu hatırlatmak için takındığı ses tonuyla; ondan destek beklediğini belli etmek istiyordu.

Miles, Samantha ve Gavin, Mary'nin önünde Fields'tan bahsetmenin son derece yakışıksız olduğunu birden, aynı anda fark ettiler; yakışıksızdı, çünkü Barry ile Howard, Fields konusunda hiç anlaşamazlardı.

"Kasabalılar için kanayan bir yaraymış" dedi Kay; niyeti Gavin'ı fikrini söylemeye zorlamak, onu sohbetin içine çekmekti.

"Mmmm" diye karşılık veren Gavin tekrar Mary'ye dönüp, "Eee, Declan futbola devam ediyor mu?" diye sordu.

Kay'in öfkeden gözü döndü. Mary yakın zamanda kocasını kaybetmiş olabilirdi, ama Gavin'ın ona gösterdiği ilgi de biraz fazlaydı artık. Kay bu akşamın çok farklı geçeceğini hayal etmişti: Dörtlü olacaklardı ve Gavin gerçekten bir çift olduklarını kabullenmek zorunda kalacaktı; oysa şimdi dışarıdan bakan biri onların tanıştan öte olduklarını düşünmezdi. Yemekler de berbattı. Kay tabağındaki yemeğin dörtte üçüne dokunmadan bıçağıyla çatalını yan yana koydu –bu hareketi Samantha'nın gözünden kaçmadı– ve Miles'a bakarak konuştu.

"Doğma büyüme Pagford'lu musun?"

"Korkarım evet" dedi Miles kibirle gülümseyerek. "Yolun ilerisinde Kelland Hastanesi vardı eskiden; orada doğdum. Seksenlerde kapadılar."

"Peki ya sen?.." diye sordu Kay, karşısında oturan Samantha'ya.

"Tanrım, hayır. Benim burada olmam tamamen kazara gelişen bir şey."

"Pardon ama ne iş yapıyorsun Samantha?" diye sordu Kay.

"Kendi mağa..."

"Büyük beden sutyen satıyor" dedi Miles.

Samantha ayağa fırlayıp bir şişe daha şarap getirmeye gitti. Masaya geri döndüğünde Miles, Kay'e komik bir anekdot anlatıyordu; hiç şüphesiz gerçek amacı Pagford'daki herkesi tanıdığını göstermekti; bir gece çevirme yapan bir polisin ilkokul arkadaşı çıktığından bahsediyordu. Steve Edwards'la yaptığı konuşmayı anlatışı, Samantha'ya bayıcı bir şekilde tanıdık geliyordu artık. Samantha masanın etrafında turlayıp bütün kadehleri tekrar doldururken, Kay'in sert yüz ifadesini seyretti; Kay'in içkili araba kullanmayı gülünecek bir mesele olarak görmediği belliydi.

"... Steve alkolmetreyi uzattı, ben de tam üfleyecekken ikimiz birden kahkahayı bastık. Yanındaki polis durumu anlamadı; aynen şöyle oldu..." –Miles başını hayretle iki yana sallama taklidi yaptı– "Steve iki büklüm oldu, altına işedi, çünkü ikimiz de bana üflenecek bir şeyi en son ne zaman uzattığını hatırlıyorduk, ki aşağı yukarı yirmi sene önceydi ve..."

"Şişme kadınmış" dedi Samantha, Miles'ın yanındaki sandalyesine gülümsemeden oturarak. "Miles ile Steve arkadaşları Ian'ın yatağına şişme kadın koymuşlar, Ian'ın on sekizinci doğum günü partisinde. Her neyse, sonunda Miles bin *pound* ceza yedi, ehliyetine de üç ceza puanı eklendi, çünkü daha önce de alkollü yakalanmıştı. Yani bir eğlendik, bir eğlendik, sorma gitsin."

Miles salak salak sırıtmayı sürdürdü; sırıtışı bir partiden sonra unutulan sönmüş bir balon gibiydi. Bir an sessizleşen odada buz gibi bir rüzgâr esti sanki. Kay, Miles'ı çok sıkıcı bulsa da onun tarafını tutuyordu. Masadakiler arasında, Kay'in Pagford'un sosyal hayatına katılmasına az da olsa yardımcı olmaya çalışan tek kişi Miles'tı.

"Şunu söylemeliyim ki, Fields'ta hayat şartları gerçekten zor" dedi Kay, görünüşe göre Miles'ın en rahat konuştuğu konuya geri dönerek; bunun Mary'nin yanında konuşulmaması gereken bir konu olduğunu hâlâ bilmiyordu. "İç bölgelerdeki şehirlerde de çalıştım; kırsal kesimde öyle bir mahrumiyet görmeyi beklemiyordum, ama Londra'dan çok da farklı değildi. Etnik çeşitlilik daha az tabii."

"Ah, evet, bizde de madde bağımlıları ve ayyaşlar var" dedi Miles. "Ben daha fazla yiyemeyeceğim Sam" diye ekledi, hâlâ epey dolu olan tabağını iterek.

Samantha sofrayı toplamaya başladı; Mary yardım etmek için ayağa kalktı.

"Hayır, hayır, gerek yok Mary, sen rahatına bak" dedi Samantha. Gavin'ın şövalye edasıyla ayağa fırlayıp da Mary'nin oturmasında ısrar etmesi Kay'in sinirini bozdu; ama Mary de yardım etmek konusunda ısrar etti.

"Yemekler harikaydı Sam" dedi Mary mutfakta, artıkları çöpe dökerlerken.

"Hayır, değildi; berbattı" dedi Samantha; ne kadar sarhoş olduğunu ancak ayağa kalkınca fark etmişti. "Kay'i nasıl buldun?"

"Bilmem. Beklediğim gibi çıkmadı" dedi Mary.

"Benimse tam beklediğim gibi çıktı" dedi Samantha, puding tabaklarını çıkarırken. "Lisa'nın aynısı bana sorarsan."

"Aman, öyle deme" dedi Mary. "Gavin düzgün birini hak ediyor."

Samantha hiç böyle düşünmemişti; ona kalsa Gavin toyluğu yüzünden sürekli cezalandırılmayı hak ediyordu.

Odaya geri döndüklerinde Kay ile Miles hararetli bir şekilde konuşuyorlardı, Gavin ise sessizce oturuyordu.

"... onların sorumluluğunu üstlenmekten kaçınmak bana göre gayet benmerkezci ve kibirli bir davranış..."

"Yani, 'sorumluluk' kelimesini kullanman ilginç tabii" dedi Miles, "çünkü asıl mesele de bu, değil mi? Ama sınırı tam olarak nereye çekeceğiz peki?"

"Fields'ın ötesine tabii ki" dedi Kay lütfeder gibi gülerek. "Ev sahibi olan orta sınıf ile alt sınıfın arasına net bir sınır çekmek istiyorsun sen..."

"Pagford işçi sınıfından insanlarla dolu Kay; fark şu ki, onların çoğu çalışıyorlar. Fields'lıların yüzde kaçı devletten geçiniyor, haberin var mı senin? Sorumluluk diyorsun da, bireysel sorumluluğa ne olacak peki? Yıllardır okulumuzda okuyorlar. Ailelerinde çalışan tek bir kişi bile olmayan çocuklar; kendi ekmeğini kazanma kavramından tamamen bihaberler; nesiller boyu çalışmadan yaşamışlar ve bizim onlara mali destek vermemiz bekleniyor..."

"Bulduğun çözüm, topu Yarvil'e mi atmak yani?" dedi Kay, "Altta yatan sorunların hiçbirini çözmeye çalışmadan..."

"Mississippi çamur pastası isteyen var mı?" diye seslendi Samantha.

Gavin ile Mary teşekkür ederek birer dilim aldılar; Kay ise dikkatini Miles'tan ayırmadan tabağını Samantha'ya, sanki garsona uzatırcasına uzatarak kadının için için köpürmesine yol açtı.

"... belli kişilerin kapattırmak için lobi yaptığı, ama kesinlikle hayati önem taşıyan bağımlılık kliniği..."

"Eh, madem Bellchapel'dan bahsedeceksin" dedi Miles, yapmacık bir şekilde gülümserken başını sallayarak, "kliniğin başarı yüzdesini biliyorsundur umarım Kay. Rezalet yahu, resmen rezalet. Ben rakamları gördüm, daha bu sabah baktım oranlara ve açık konuşayım, bence orayı ne kadar erken..."

"Hangi rakamlardan bahsediyorsun?.."

"Başarı oranlarından bahsediyorum Kay, dedim ya; uyuşturucu kullanmayı bırakan insanların sayısı..."

"Kusura bakma ama bu çok nahif bir bakış açısı; başarının tek ölçütü olarak..."

"İyi de bir bağımlılık kliniğinin başarısını başka nasıl ölçebiliriz ki?" diye sordu Miles hayretle. "Anladığım kadarıyla Bellchapel'da yaptıkları tek şey metadon dağıtmak; hastaların yarısı da eroini bırakmadan ikisini birden kullanıyor."

"Bağımlılık son derece karmaşık bir sorundur" dedi Kay, "meseleye yalnızca kullananlar ve kullanmayanlar ayrımıyla bakmak nahifçe ve fazla basit..."

Ama Miles gülümseyerek başını sallıyordu; bu kendini beğenmiş avukatla söz düellosu yapmaktan keyif almış olan Kay sinirlendi birden.

"Eh, sana Bellchapel'ın ne yaptığıyla ilgili gayet somut bir örnek verebilirim: Birlikte çalıştığım bir aile var... anne, yeniyetme kızı ve küçük oğlu... anne metadon kullanmasa, eroin parası bulmak için sokaklarda çalışmaya başlar; çocukların şimdiki durumu çok daha iyi..."

"Anneleriyle kalmamaları daha iyi olur anladığım kadarıyla" dedi Miles.

"Nereye gidecekler peki?"

"Düzgün bir aileye evlatlık verilmeleri iyi bir başlangıç olur" dedi Miles.

"Evlatlık verilecek çocukların sayısı, evlat edinmek isteyen ailelerin sayısından ne kadar fazla, biliyor musun?" diye sordu Kay.

"En iyi çözüm onları doğar doğmaz evlatlık vermek..."

"Aman ne güzel. Zaman makineme atlayayım ben o zaman" diye cevabı yapıştırdı Kay.

"Eh, biz evlat edinmeyi çok isteyen bir çift tanıyoruz" dedi Samantha, Miles'ı beklenmedik şekilde destekleyerek. Kay'in tabağını kabaca uzatmasını affetmeyecekti; Kay dik kafalı ve dayatmacı bir kadındı, aynen Lisa gibiydi. Ne zaman bir araya gelseler Lisa da siyasi görüşlerinden ve işinden, yani aile hukukundan bahsedip dururdu, Samantha'yı sutyen dükkânı var diye hakir görmüştü. Samantha, "Adam ile Janice" diye parantez açar gibi yaparak Miles'a hatırlatınca adam başını sallayarak onayladı; "sevgi dolu, üstüne üstlük hali vakti yerinde insanlar olmalarına karşın evlat edinecek bebek bulamıyorlar, değil mi?"

"Bebek tabii, *bebek*" dedi Kay gözlerini devirerek, "herkes *bebek* istiyor. Robbie neredeyse dört yaşında. Tuvalet eğitimi yok, yaşına göre gelişmemiş ve uygunsuz cinsel davranışlara maruz kaldığı neredeyse kesin. Arkadaşlarınız *onu* evlatlık almak isterler mi acaba?"

"Ama mesele şu ki, doğar doğmaz evlatlık verilseydi..."

"O doğduğunda annesi uyuşturucuyu bırakmıştı ve ilerleme kaydediyordu" dedi Kay. "Kadın onu seviyordu, evlatlık vermek istemiyordu ve o sıralar çocuğun ihtiyaçlarını karşılıyordu. Krystal'ı da kendi yetiştirmişti, ailesi de biraz destek olmuştu tabii..."

"Krystal mı!" diye haykırdı Samantha. "Aman Tanrım, *Weedon*'lardan mı bahsediyoruz?"

Kay isim verdiği için dehşete kapıldı; Londra'dayken isim vermesi önemli değildi, ama Pagford'daki herkes birbirini tanıyor gibiydi.

"İsim vermemeliydim..."

Ama Miles ile Samantha gülüyorlardı, Mary ise gergin görünüyordu. Pastasına dokunmamış, sofrada da pek bir şey yememiş olan Kay içkiyi biraz fazla kaçırdığını fark etti. Kaygılı olduğu için şarap yudumlayıp durmuştu ve şimdi büyük bir boşboğazlık etmişti. Ama artık çok geçti; kapıldığı öfke bütün kaygılarını bastırdı.

"Krystal Weedon'a bakarak o kadının annelik becerilerine sahip olduğunu söylemek saçma olur" dedi Miles.

"Krystal o aileyi bir arada tutmak için elinden geleni yapıyor" dedi Kay. "Kardeşini çok seviyor; onu ellerinden alacaklar diye ödü kopuyor..."

Miles, "Ben Krystal Weedon'a yumurta haşlamak konusunda bile güvenmem" deyince Samantha tekrar güldü. "Bak, kardeşini sevmesi güzel bir şey, ama o çocuk oyuncak bebek değil ki..."

"Evet, biliyorum" dedi Kay öfkeyle, Robbie'nin kakalı, tahriş olmuş poposunu anımsayarak, "ama yine de onu seviyorlar."

"Krystal kızımız Lexie'yi tartakladı" dedi Samantha, "sana o yönünü göstermiyordur eminim."

"Bak, Krystal'ın zor bir hayatı olduğunu hepimiz biliyoruz" dedi Miles, "bunu kimse inkâr etmiyor. Benim derdim o uyuşturucu bağımlısı annesiyle."

"Aslında Bellchapel'ın programında epey ilerleme kaydetti."

"Ama *geçmişine* bakınca" dedi Miles, "uyuşturucuya tekrar başlayacağını tahmin etmek için *dâhi* olmak gerekmiyor, değil mi?"

"O zaman senin de ehliyetinin iptal edilmesi gerek, çünkü *geçmişine* bakılırsa yeniden alkollü olarak araba kullanacağın kesin."

Miles bir an kalakaldı, ama Samantha, "Bu başka bir şey bence" dedi soğuk soğuk.

"Öyle mi?" dedi Kay. "Prensipte aynı."

"Evet, ama bana sorarsan bazen sorun prensiplerden kaynaklanabiliyor" dedi Miles. "Biraz sağduyu gerekiyor çoğu zaman."

"Sağduyu dediğin şey, insanların genellikle kendi önyargılarına verdikleri isimdir" diye karşılık verdi Kay.

"Nietzsche'ye göre" diyen yeni ve sert bir ses hepsini irkiltti, "felsefe filozofun özyaşamöyküsüdür."

Kapının önünde, holde Samantha'nın minyatür hali duruyordu; on altı yaşlarında, iri memeli bir kızdı, dar bir kot pantolon ve tişört giymişti; kendinden hoşnut görünüyor, avucundaki üzümleri atıştırıyordu.

"Sizleri Lexie'yle tanıştırayım" dedi Miles gururla. "Teşekkürler, dâhi kızım benim."

Şımarıkça, "Bir şey değil" diyen kız üst kata çıktı.

Masaya ağır bir sessizlik çöktü. Samantha, Miles ve Kay ağlamaklı görünen Mary'ye göz attılar hep birden, farkında olmadan.

"Kahve" dedi Samantha ayağa fırlayarak. Mary de banyoya girip gözden kayboldu.

"Oturma odasına geçelim" dedi Miles; ortamın biraz gerildiğinin farkındaydı, ama birkaç espriyle ve her zamanki cana yakınlığıyla herkesin yeniden kaynaşmasını sağlayabileceğinden emindi. "Kadehlerinizi de alın."

Kay'in söyledikleri fikrini zerre kadar değiştirmemişti; ama kadına düşmanlık beslemiyordu, acıyordu daha çok. Kadehlerin biri dolup biri boşalmıştı ama aralarında en az sarhoş olan kişi kendisiydi; yine de oturma odasına girince mesanesinin dolu olduğunu fark etti.

"Müzik koysana Gav, ben de şu çikolataları getireyim."

Ama Gavin şık, yatay Perspex raflarda duran CD'lere doğru gitmedi. Kay'in kendisine çıkışmasını bekler gibiydi. Gerçekten de Miles gözden kaybolur kaybolmaz Kay, "Çok teşekkürler Gav. Desteğin için sağ ol" dedi.

Gavin akşam yemeğinde Kay'den bile fazla içmişti; Samantha'nın gladyatör gibi saldırılarına kurban gitmediği için tek kişilik bir kutlama yapıyordu sanki. Sadece şaraptan değil, Mary'nin ona bir saat boyunca önemli, bilgili ve destek olan biri muamelesi yapmasından da kaynaklanan bir cesaretle bakışlarını dosdoğru Kay'in yüzüne çevirdi.

"Kendi başına gayet iyi idare ediyor gibiydin" dedi.

Gerçekten de Kay ile Miles'ın tartışmasına biraz kulak misafiri olunca birden şiddetli bir dejavu hissine kapılmıştı; yanındaki Mary dikkatini dağıtmasa, Lisa ile Miles'ın tartıştığı o meşhur akşama geri döndüğünü düşünecekti neredeyse. O akşam da aynı yemek odasında Lisa, Miles'a, *Toplumda yanlış giden ne varsa sen bunun somut bir örneğisin* demişti; Miles onun suratına bakıp gülünce de kadın sinirlenmiş ve kahveye kalmayı reddetmişti. Bundan kısa süre sonra Lisa çalıştığı firmanın ortaklarından biriyle yattığını itiraf etmiş ve Gavin'a klamidya testi yaptırmasını tavsiye etmişti.

"Ben bu insanların hiçbirini tanımıyorum" dedi Kay, "ve sen de bana yardımı olacak tek bir şey yapmadın, değil mi?"

"Ne yapmamı istiyordun ki?" diye sordu Gavin. Şaşılacak

derecede sakindi, çünkü epey Chianti içmişti ve Mollison'lar ile Mary'nin her an içeri gelebileceklerini biliyordu. "Fields konusunda tartışma çıksın istemiyordum. Fields zerre kadar umurumda değil benim. Hem" diye ekledi, "Mary için hassas bir konu bu; Barry, Fields'ın Pagford'dan ayrılmaması için mecliste savaş veriyordu."

"Peki ama, bana bunu söyleyemez miydin... çaktırmadan?"

Gavin tam da Miles'ın Kay'e güldüğü gibi güldü. Kay'in onu terslemesine fırsat kalmadan diğerleri armağanlar getiren Mecusiler edasıyla geri geldiler. Samantha fincanlarla dolu bir tepsi taşıyordu, peşinden gelen Mary'nin elinde bir kahve presi vardı, Miles ise Kay'in çikolatalarını getiriyordu. Kutunun gösterişli, altın sarısı kurdelesini gören Kay, o çikolataları satın alırken bu gece için ne kadar iyimser olduğunu anımsadı. Öfkesini gizlemek için yüzünü geriye çevirdi; Gavin'a bağırmamak için kendini zor tutuyordu, deli gibi ağlamak istediğini fark etti birden şaşkınlıkla.

Mary'nin, "Çok güzel bir akşamdı, ama kahveye kalmayayım" dediğini işitti; boğuk sesinden muhtemelen onun da az önce ağladığı anlaşılıyordu. "Eve geç dönmek istemiyorum; bu aralar Declan'ın... sağı solu belli olmuyor. Çok teşekkürler Sam, Miles; biraz, şey, bilirsiniz işte, dışarı çıkmam iyi oldu."

"Seni evine bırakayım..." dedi Miles, ama Gavin kararlı bir şekilde araya girdi.

"Sen kal Miles; Mary'yi ben bırakırım. Sana evine kadar eşlik edeyim Mary. Beş dakikalık yol zaten. Oralar karanlıktır şimdi."

Kay soluk alamıyordu sanki; kendini beğenmiş Miles'tan, fahişe kılıklı Samantha'dan, narin ve solgun Mary'den, ama en çok da Gavin'dan tüm varlığıyla nefret ediyordu o an.

Herkesin kendisine izin istercesine baktığını görünce, "Ah, evet" dedi, "hı hı, sen Mary'ye evine kadar eşlik et Gav."

Ön kapının kapandığını, Gavin'ın gittiğini işitti. Miles,

Kay'e kahve koyuyordu. Kay sıcak, siyah sıvının akmasını seyrederken, gecenin bir vakti başka bir kadınla birlikte çıkıp gitmiş olan bir adam için düzenini bozmakla ne büyük bir risk aldığını ansızın, acıyla fark etti.

## 8

Colin Wall çalışma odasının penceresinin altından Gavin ile Mary'nin geçtiklerini gördü. Mary'nin siluetini hemen tanıdı, ama yanındaki sırım gibi adamın kim olduğunu ancak gözlerini kısarak bakınca çıkarabildi; sonra Mary ile Gavin sokak lambasının aydınlığından çıktılar. Bilgisayar koltuğunda hafifçe doğrulan Colin, öne doğru eğilip, ikisinin karanlığın içinde gözden kaybolmalarını seyretti.

Resmen afallamıştı, çünkü Mary'nin eve kapandığını, evinde de yalnızca kadınları ağırladığını (ki bu kadınlardan biri de Tessa'ydı; iki günde bir Mary'yi ziyarete gidiyordu) sanıyordu. Mary'nin hava karardıktan sonra bir adamla, hem de bekâr bir adamla görüşebileceği hiç aklına gelmemişti. Kendini ihanete uğramış gibi hissetti; sanki Mary manevi açıdan onu boynuzluyordu.

Mary, Gavin'ın Barry'nin cesedini görmesine izin vermiş miydi acaba? Gavin, akşamlarını Barry'nin şöminenin yanındaki en sevdiği koltuğunda oturarak mı geçiriyordu? Gavin ile Mary... mümkün olabilir miydi bu?.. Sonuçta her gün böyle şeyler duyuyordu insan. Yoksa, yoksa... Barry ölmeden önce de...

Colin insanların ahlaksızlığı karşısında sürekli apışıp kalırdı. Hep en kötü ihtimalleri düşünerek, kendini şoklara dayanıklı hale getirmeye çalışırdı. Gerçeğin, onun masumane yanılsamalarıyla oluşturduğu kabuğu kırarak ortaya serilmesini beklemektense, iğrenç ahlaksızlıkları ve ihanetleri önceden kafasında kurmayı yeğlerdi. Colin'e göre hayat, acılara ve hayal kırıklıklarına dayanmaktan ibaretti ve karısı dışındaki herkes, aksi kanıtlanmadığı sürece ona düşmandı.

Alt kata koşup Tessa'ya az önce gördüğü şeyi anlatmak geliyordu içinden; çünkü Tessa, Mary'nin gecenin bir vakti dışarıda gezmesine masum bir gerekçe bulabilir, Colin'in içini rahatlatabilir, onu en yakın arkadaşının karısının eskiden de, şimdi de kocasına sadık olduğuna inandırabilirdi. Yine de bu dürtüye karşı koydu, çünkü Tessa'ya kızgındı.

Tessa neden onun meclise adaylığını koyacak olmasına bu kadar az ilgi gösteriyordu ki? Colin'in başvuru formunu gönderdiğinden beri ne kadar kaygılı olduğunu fark etmemiş miydi sanki? Colin böyle hissedeceğini tahmin etmişti, tamam ama yine de öngörüsü sıkıntısını azaltmamıştı; tıpkı rayların üstünden yaklaşan bir treni görmenin trenin çarpmasının etkisini azaltmayacağı gibi. Hatta tam tersine, Colin'in sıkıntısı iki misline çıkmış oluyordu. Önce kafasında kurarken sıkıntı çekiyor, sonra olay gerçekleşince yeniden yaşıyordu bu sıkıntıyı.

Kafasında kurduğu kâbus gibi yeni hayallerde, Mollison'ların ona hangi şekillerde saldıracaklarını canlandırıyordu. Karşı argümanlar, açıklamalar ve mazeretler düşünüp duruyordu sürekli. Daha şimdiden köşeye sıkıştığını, saygınlığını korumak için mücadele verdiğini düşünüyordu. Hep biraz paranoyak olan Colin iyice paranoyaklaşmıştı; bu arada Tessa hiçbir şeyin farkında değilmiş gibi davranıyordu ve Colin'in üstündeki korkunç, ezici baskıyı hafifletecek hiçbir şey yapmıyordu.

Colin aday olmasını Tessa'nın onaylamadığını biliyordu. Howard Mollison'ın, geçmişlerindeki korkunç sırları ortaya dökerek onları Pagford'un bütün akbabalarına yem etmesinden Tessa'nın da ödü kopuyordu belki de.

Colin, Barry'nin desteğine güvendiği birkaç kişiye telefon etmişti. Hiçbirinin onun meclis üyeliğine uygunluğunu sorgulamaması, onu belediye meseleleri konusunda sorguya çekmemesi cesaret vermiş, şaşırtmıştı. İstisnasız hepsi de Barry'nin ölümüne çok üzüldüklerini söylemiş ve Howard Mollison'dan hiç hazzetmediklerini eklemişlerdi; içlerinden biri Howard'dan, "o kendini beğenmiş, çam yarması piç" diye bahsetmişti. "Meclise oğlunu sokmaya çalışıyor. Barry'nin öldüğünü duyunca kendini tutamayıp sırıtacaktı neredeyse" demişti. Fields'ı savunacak bir konuşma yaparken kullanacağı tezleri madde madde sıralayıp bir kâğıda yazmış olan Colin'in yazdıklarına bakmasına gerek bile kalmamıştı. Şimdilik adaylıktaki en büyük avantajı, Barry'nin arkadaşı olması ve soyadının Mollison olmaması gibi görünüyordu.

Bilgisayar monitöründeki kendi minyatür, siyah beyaz yüzü ona gülümseyerek bakıyordu. Bütün akşamı burada oturup seçim afişi hazırlamakla geçirmişti; Winterdown'ın internet sitesindeki fotoğrafını kullanmaya karar vermişti. Bu fotoğrafta yüzünün tamamı görünüyordu, rahatlatıcı bir şekilde gülümsemişti, alnı dimdik, parıldıyordu. Bu fotoğrafın iyi tarafı zaten şimdiye kadar herkesin gördüğü bir fotoğraf olmasıydı; Colin'in alaya alınmasına ya da mahvolmasına yol açmamıştı ne de olsa. Bundan iyisi can sağlığıydı. Ama fotoğrafın altında, Colin'in kişisel bilgilerinin bulunması gereken yerde, çekingenlikle yazılmış bir iki cümle vardı sadece. Colin son iki saatini sözcükler yazıp silmekle geçirmişti; bir ara koca bir paragrafı tamamlamayı başarmıştı, ama sonra endişe içinde, silme tuşuna işaretparmağıyla tık tık basarak hepsini silmişti.

Kararsızlığa ve yalnızlığa daha fazla dayanamayıp ayağa fırladı, alt kata indi. Tessa oturma odasındaki kanepeye uzanmıştı, uyukluyor gibiydi ve televizyon açıktı.

"Nasıl gidiyor?" diye sordu kadın gözlerini açarak, uykulu bir sesle.

"Demin Mary'yi gördüm. Sokakta Gavin Hughes'la birlikte yürüyordu."

"Aa" dedi Tessa. "Miles ile Samantha'ya gideceğini söylemişti. Gavin da oradaydı herhalde. Mary'yi evine bırakıyordur."

Colin afallamıştı. Mary, kocasının yerine geçmeye çalışan, Barry'nin uğrunda mücadele ettiği her şeye karşı olan Miles'ın evine mi gitmişti?

"Mollison'ların evinde ne işi varmış ki?"

"Onunla birlikte hastaneye gitmişlerdi, biliyorsun" dedi Tessa, hafifçe inleyip doğruldu, kısa bacaklarını yere uzattı. "O zamandan beri onlarla doğru dürüst konuşmamıştı. Onlara teşekkür etmek istiyordu. Afişini bitirdin mi?"

"Az kaldı. Baksana, bilgi verirken –yani kişisel bilgileri kastediyorum– eskiden çalıştığım yerleri de yazsam mı? Yoksa sadece Winterdown'ı mı yazayım?"

"Bence şimdi çalıştığın yeri yazman yeterli. Ama neden Minda'ya sormuyorsun? O da..." Tessa esnedi. "... o da seçim afişi hazırlamıştı."

"Evet" dedi Colin. Tessa'nın tepesinde dikilip durmayı sürdürdü; ama kadın yardım teklif etmediği gibi, Colin'in şimdiye kadar yazdıklarını okumak istediğini falan da söylemedi. "Evet, iyi fikir" dedi Colin sesini yükselterek. "Minda'ya veririm, gözden geçirir."

Tessa homurdanarak ayak bileklerini ovuştururken, gururu incinen Colin odadan çıktı. Karısı onun halinden anlayamazdı; onun ne kadar az uyuduğunu, kendi kendini yediğini bilemezdi.

Tessa uyuyor numarası yapmıştı sadece. On dakika önce, Mary ile Gavin'ın ayak seslerine uyanmıştı.

Tessa, Gavin'ı pek tanımıyordu; Gavin kendisinden ve Colin'den on beş yaş küçüktü, ama yakınlaşmalarının önündeki asıl engel, Colin'in hep Barry'nin diğer arkadaşlarını kıskanmaya eğilimli olmasıydı.

Mary, "Sigorta meselesinde o kadar yardımcı oluyor ki" demişti Tessa'ya telefonda. "Onları her gün arıyormuş; bana da avukatlık ücretini dert etmememi söyleyip duruyor. Ah Tanrım, Tessa, ödeme yapmazlarsa..."

"İçin rahat olsun, Gavin o işi halleder" demişti Tessa. "Eminim halleder."

Kanepede kaskatı kesilmiş vücuduyla ve susamış halde yatan Tessa, Mary'yi eve davet etsek mi acaba diye düşündü; hem Mary için değişiklik olurdu, hem de kadının bir şeyler yemesini sağlarlardı; ama aşılmaz bir engel vardı: Mary, Colin'in zor, insanı geren biri olduğunu düşünüyordu. Şimdiye kadar gizlenmiş olan bu sevimsiz gerçek, Barry'nin ölümünden sonra yavaş yavaş ortaya çıkmaya başlamıştı, tıpkı denizin çekilmesiyle meydana çıkan bir enkaz gibi. Mary sadece Tessa'yla görüşmek istediğini son derece açık bir şekilde belli ediyordu; Colin'in yardımını istemediği gibi, onunla telefonda fazla uzun konuşmaktan da kaçınıyordu. Bir dörtlü olarak, yıllar yılı birçok kez görüşmüşlerdi ve Mary antipatisini hiçbir zaman belli etmemişti. Barry'nin güler yüzlü hali bu antipatiyi gizlemişti herhalde.

Tessa'nın artık çok dikkatli davranması gerekiyordu. Colin'i, Mary'nin sadece kadınlarla arkadaşlık etmeyi tercih ettiği konusunda ikna etmeyi başarmıştı. Bir tek cenazede çuvallamıştı; çünkü St. Michael'dan hep birlikte çıkarlarken Mary'yi kıstırmayı başaran Colin hüngür hüngür ağlayarak kadına Barry'nin meclisteki koltuğuna adaylığını koyacağını, Barry'nin çalışmalarını devam ettirmek ve onun hedeflerini gerçekleştirmek istediğini söylemişti. Suratından Mary'nin afalladığını ve sinirlendiğini anlayan Tessa, Colin'i çekerek uzaklaştırmıştı.

Colin, Mary'ye gidip ona bütün seçim materyallerini göstermek ve Barry'nin onları görse onaylayıp onaylamayacağını sormak istediğini söylemişti bir iki kez de; hatta Mary'den

Barry'nin oy toplama yöntemleriyle ilgili bilgi almak niyetinde olduğundan bahsetmişti. Sonunda Tessa ona, Mary'yi Belediye Meclisi konusunda rahatsız etmemesi gerektiğini sert bir dille söylemişti. Colin gücenmişti, ama Tessa'ya göre Colin'in kendisine kızması, Mary'nin canının iyice sıkılmasından veya Barry'nin cenazesinin sergilendiği zamanki gibi Colin'i terslemek durumunda kalmasından daha iyiydi.

"Mollison'lara gitmiş ha!" dedi Colin, elinde bir fincan çayla odaya geri dönerek. Tessa'ya çay isteyip istemediğini sormamıştı; böyle küçük meselelerde bencil davranırdı çoğunlukla, kendi kaygılarına gömülür, dikkat etmezdi hiç. "Birlikte akşam yemeği yiyebileceği onca insan varken! Onlar Barry'nin savunduğu her şeye karşıydılar!"

"Bu kadar da hassas olma Col" dedi Tessa. "Hem Mary, Fields'la hiçbir zaman Barry kadar ilgilenmedi ki."

Ama Colin'in sevgiden anladığı tek şey sınırsız sadakatti, sonsuz hoşgörüydü. Mary onun gözünden, telafisi mümkün olmayan bir şekilde düşmüştü artık.

## 9

"Sen nereye gidiyorsun?" diye sordu Simon, küçük holün tam ortasında durarak.

Ön kapı açıktı; Simon'ın arkasındaki, ayakkabılarla ve ceketlerle dolu olan camlı veranda parlak cuma güneşinin ışığında göz kamaştırıcıydı ve adamı bir siluete dönüştürüyordu. Simon'ın merdivene düşen gölgesi, tam Andrew'nun üstünde durduğu basamağa kadar uzanıyordu.

"Kasabaya iniyorum, Şişko'yla buluşacağız."

"Bütün ödevlerini bitirdin yani?"

"Hı hı."

Yalandı bu; ama Simon kontrol etme zahmetine girmezdi.

"Ruth? *Ruth!*"

Kadın mutfak kapısında belirdi; önlük takmış, yüzü kızarmıştı, elleri de un içindeydi.

"Ne oldu?"

"Kasabadan alınacak bir şey var mı?"

"Ne? Hayır, sanmıyorum."

Simon, "Benim bisikletime mi bineceksin?" diye ters ters sordu Andrew'ya.

"Hı hı, ben..."

"Şişko'nun evine mi bırakacaksın?"

"Hı hı."

Simon tekrar Ruth'a dönüp, "Kaçta dönsün?" diye sordu.

"Ah, bilmem ki Si" dedi Ruth sabırsızca. Kocasına en çok böyle zamanlarda sinirleniyordu işte: Simon keyfi yerinde olduğunda dizginleri sırf eğlencesine ona teslim ederdi. Andrew sık sık kasabada Şişko'yla birlikte gezer dolaşırdı ve aralarındaki sözsüz anlaşma gereği, hava kararmadan da eve dönerdi.

"Beş diyelim öyleyse" diye kestirip attı Simon. "Gecikirsen evde kalma cezası alırsın."

"Tamam" diye karşılık verdi Andrew.

Ceketinin cebine soktuğu elinde sımsıkı tuttuğu, katlanmış kâğıt parçası pimi çekilmiş bir el bombasıydı sanki. Üstünde bir satırlık, özenle yazılmış bir kod ve birkaç tane de üstü çizilip, sonra baştan yazılmış cümle bulunan bu kâğıt parçası bir haftadır aklından çıkmıyor, kâğıdı kaybedeceğim diye çok korkuyordu.

Simon azıcık yana çekilir gibi yapmıştı, bu yüzden Andrew verandaya çıkarken adama sürtünmek zorunda kaldı; parmaklarıyla kâğıdı tutuyordu. Simon sigara arama bahanesiyle ona ceplerini tersyüz etmesini söyleyecek diye ödü kopuyordu.

"Görüşürüz o zaman."

Simon karşılık vermedi. Andrew garaja girip mesajı çıkardı, açıp yeniden okudu. Saçmaladığını biliyordu; sırf Simon yakınlarda diye kâğıdın sihirli bir şekilde başka bir kâğıtla yer değiştirmeyeceğini biliyordu, ama yine de emin olması gerekiyordu. Her şeyin yolunda olduğuna kanaat getirince kâğıdı yeniden katlayıp cebine soktu, cep düğmesini ilikledi, sonra yarış bisikletini garajdan çıkarıp bahçe kapısından geçirerek yola indirdi. Babasının verandanın cam kapısının ardından kendisini izlediğini biliyordu ve adamın onun düşmesini ya da bisiklete bir şekilde zarar vermesini umduğundan emindi.

Aşağıda, ısıtmayan bahar güneşinin altında uzanan Pagford biraz pusluydu; hava temiz ve hoş kokuluydu. Andrew, Simon'ın görüş alanından çıktığını hissetti; sırtından bir yük kalkmış gibi oldu.

Tepeden aşağıya, Pagford'a doğru inerken frene dokunmadı; sonra Church Row'a saptı. Sokağın aşağı yukarı yarısında yavaşladı ve Wall'ların evinin bahçe yoluna terbiyeli bir şekilde, Göz'ün arabasına çarpmamaya özen göstererek girdi.

Ona ön kapıyı açan Tessa, "Selam Andy" dedi.

"Selam Bayan Wall."

Andrew Şişko'nun anne babasının gülünç insanlar olduklarını konusundaki genel kanıyı kabullenmişti. Tessa tombul, sıradan bir kadındı, saç kesimi tuhaftı ve giyim zevkiyse berbattı; Göz ise komik bir şekilde gergindi hep; ama Andrew, kendi anne babası olsalar onları sevebileceğini düşünüyordu bazen. Öyle medeni, öyle kibardılar ki. İnsan onların evindeyken birazdan yer yerinden oynayacak, velvele kopacak gibi hissetmiyordu hiç.

Şişko en alt basamakta oturuyordu, spor ayakkabılarını giyiyordu. Ceketinin göğüs cebindeki kaba tütün paketi açıkça belli oluyordu.

"Arf."

"Şişko."

"Babanın bisikletini garaja bırakmak ister misin Andy?"

"Hı hı, teşekkürler Bayan Wall."

(Kadının babasından hep soğuk bir edayla bahsettiğini düşündü Andrew. Tessa'nın Simon'dan iğrendiğini biliyordu; kadının giydiği korkunç, biçimsiz elbiseleri ve çirkin, kötü kesimli kâkülünü görmezden gelmesinin sebeplerinden biri de buydu.

Kadının nefreti yıllar yıllar önceki korkunç, milat gibi bir olaya dayanıyordu; Şişko o sırada altı yaşındaydı ve bir cumartesi öğleden sonra Tepedeki Ev'e gelmişti. Yatıya kalacaktı. İki çocuk garajdaki bir kutunun üstüne çıkıp, bir çift eski *badminton* raketini almaya çalışırken, sallantılı bir rafın üstündekileri kazara yere düşürmüşlerdi.

Andrew katran kutusunun arabanın tepesine düştüğünü, içindeki sıvının etrafa saçıldığını görünce dehşete kapıldığını hatırlıyordu; o sırada Şişko kıkırdayıp duruyor, Andrew başlarını ne büyük belaya soktuklarını arkadaşına anlatamıyordu.

Simon gürültüyü duymuştu. Koşarak garaja gelmişti; altçenesini öne uzatmış, hayvan gibi iniltiler çıkararak çocukların üstüne yürümüştü. Sonra bağırıp çağırmaya başlamış, onlara korkunç fiziksel cezalar verme tehdidinde bulunmuş, yumruklarını onların küçük, afallamış suratlarına iyice yaklaştırmıştı.

Şişko altına işemişti. Çişi şortunun içinden garaj zeminine şırıl şırıl akmıştı. Bağırtıları mutfaktan duyan Ruth araya girmek için evden fırlamıştı: "Hayır Si... Si, hayır... kazara oldu." Şişko bembeyaz kesilmişti ve titriyordu; hemen evine dönmek istemişti; anneciğini istemişti.

Tessa gelince Şişko sırılsıklam şortuyla, hüngür hüngür ağlayarak ona koşmuştu. Andrew hayatında ilk ve son defa babasının ne yapacağını bilemediğini, geri adım attığını görmüştü. Tessa nasıl bir öfkeye kapıldığını sesini yükseltmeden, tehditler savurmadan, ona vurmaya kalkmadan ifade etmeyi başarmıştı. Bir çek yazıp Simon'ın eline tutuşturmuştu, bu sırada Ruth, "*Hayır, hayır, gerek yok, gerek yok*" diyordu. Simon arabasına doğru yürüyen Tessa'nın peşinden gitmiş, meseleyi gülerek geçiştirmeye çalışmıştı; ama Tessa ağlamaya devam eden Şişko'yu yolcu koltuğuna oturturken Simon'a küçümseyerek bakmış ve sürücü kapısını adamın gülümseyen yüzüne sertçe kapatmıştı. Andrew anne babasının yüz ifadelerini görmüştü. Tessa giderken normalde Tepedeki Ev'de gizli kalan bir şeyi de götürüyordu, aşağıdaki kasabaya götürüyordu.)

Şişko son günlerde Simon'a yalakalık ediyordu. Tepedeki Ev'e ne zaman gelse, Simon'ı güldürmek için elinden geleni yapıyordu. Simon da Şişko'nun ziyaretlerini hoş karşılıyordu, onun kaba esprilerinden keyif alıyor, anlattığı maskaralıkları dinlemeyi seviyordu. Yine de Şişko, Andrew'yla baş başa kaldığı zamanlarda, Simon'ın su katılmamış bir puşt olduğuna canıgönülden katılıyordu.

"Bence o lezbiyen" dedi Şişko, Eski Papaz Evi'nin önünden yürüyerek geçerlerken; sarıçam ağacının gölgesiyle kararmış olan evin ön cephesi sarmaşıklarla kaplıydı.

Düşüncelere dalmış olan Andrew, "Annen mi?" diye sordu.

"Ne?" diye bağırdı Şişko; Andrew onun gerçekten tepesinin attığını gördü. "Hassiktir lan oradan! Sukhvinder Jawanda'yı diyorum."

"Ha, evet. Doğru."

Andrew güldü; Şişko da bir an duraksadıktan sonra güldü.

Yarvil otobüsü kalabalıktı; Andrew ile Şişko normalde yaptıkları gibi karşılıklı değil yan yana oturmak zorunda kaldılar. Hope Sokağı'nın önünden geçerlerken Andrew sokağı baştan sona bakışlarıyla taradı, ama sokakta in cin top oynuyordu. Andrew Gaia'yla, Copper Kettle'daki işi buldukları o günden beri okul dışında karşılaşmamıştı. Kafe gelecek hafta sonu açılacaktı; Andrew bunu düşündükçe mutluluktan uçacak gibi oluyordu.

"Tatlısı'nın seçim kampanyası iyi gidiyor mu?" diye sordu Şişko sigara sararken. Uzun bacağını otobüsün koridoruna çapraz uzatmıştı; insanlar ona ayağınızı çeker misiniz demek yerine bacağının üstünden atlayıp geçiyorlardı. "Göz çuvallamaya başladı bile, hem de daha afiş hazırlama aşamasında."

"Hı hı, harıl harıl çalışıyor" dedi Andrew, içine sessizce yayılıveren paniği belli etmeden.

Son bir haftadır her gece mutfak masasında oturan annesi ile babasını düşündü; Simon'ın işyerinde bastırdığı bir kutu dolusu salak afişi ve Ruth'un yardımıyla hazırladığı konuşma konuları listesini; adamın her akşam, seçim bölgesinde oturduğunu bildiği bütün tanıdıklarını arayıp bu konulardan bahsetmesini. Simon elinden gelen gayreti gösteriyor gibiydi. Evde kendini kurup duruyordu, oğullarına karşı da iyice agresifleşmişti; kendisi bütün yükü sırtlanırken oğulları kaytarıyormuş gibi davranıyordu. Sofradaki tek konuşma konusu seçimdi; Ruth'la ikisi, Simon'ın rakipleri hakkında tahmin yürütüyorlardı. Diğer adayların Barry Fairbrother'dan boşalan koltuğa oturmak istemelerine çok kızıyorlardı ve Colin Wall ile Miles Mollison'ın zamanlarının çoğunu birlikte kumpas kurmakla, aşağıdan Tepedeki Ev'e gözlerini dikip orada yaşayan adamı yenmek için kafa yormakla geçirdiklerini varsayıyor gibiydiler.

Andrew katlı kâğıt parçasının cebinde olup olmadığını tekrar kontrol etti. Niyetini Şişko'ya söylememişti. Şişko'nun da başkalarına söyleyeceğinden korkuyordu; Andrew bu konuda mutlak gizlilik gerektiğini arkadaşına nasıl anlatabileceğini bilmiyordu; küçük oğlan çocuklarını altına işeten manyağın hâlâ sağ olduğunu ve Andrew'yla aynı evde yaşamaya devam ettiğini Şişko'ya nasıl hatırlatacağını bilmiyordu.

"Göz, Tatlısı'yı pek önemsemiyor" dedi Şişko. "Asıl rakibinin Miles Mollison olduğunu düşünüyor."

"Hı hı" dedi Andrew. Anne babasının bundan bahsettiklerini duymuştu. İkisi de Shirley'nin ihanetine uğradıklarını, kadının oğlunun Simon'a rakip olmasını engellemesi gerektiğini düşünüyor gibiydiler.

"Göz bu işe manyak gibi takmış kafayı, anlarsın ya" dedi Şişko, başparmağı ve işaretparmağıyla sigara sararken. "Sancağı ölen yoldaşının elinden alacak. Yaşa var ol Barry Fairbrother!"

Sarma sigaranın içindeki tütünü kibritle ittirip sıkıştırdı.

"Miles Mollison'ın karısının memeleri devanası gibi" dedi Şişko.

Önlerinde oturan yaşlı kadın başını geriye çevirip ters ters baktı. Andrew tekrar gülmeye başladı.

"İri iri, bıngıl bıngıl memeler" dedi Şişko yüksek sesle, kaşlarını çatan buruşuk yüzlü kadına doğru. "Koca koca, dolgun dolgun, ele avuca gelen, en büyük beden memeler."

Kıpkırmızı kesilen kadın yavaşça önüne döndü. Andrew nefes almakta zorlanıyordu.

Yarvil'in merkezinde, yayalara mahsus ana alışveriş caddesinin yakınında indiler ve Şişko'nun sardığı sigaraları tüttürerek alışveriş yapan insanların arasından geçtiler. Andrew meteliğe kurşun atıyordu. Howard Mollison'dan alacağı para ilaç gibi gelecekti.

İnternet kafenin parlak turuncu tabelası, Andrew'yu uzaktan çağırır gibiydi. Andrew, Şişko'nun söylediklerine dikkatini veremiyordu. *Yapacak mısın?* diye sorup duruyordu kendi kendine. *Yapacak mısın?*

Bilmiyordu. Ayakları hareket etmeyi sürdürüyordu ve giderek büyüyen tabela onu baştan çıkarıyor, gel gel yapıyordu.

*Bu evde olanlarla ilgili tek kelime ettiğini duyarsam canlı canlı derini yüzerim senin.*

Ama bunu yapmazsa... Simon'ın nasıl biri olduğunu bütün

dünyaya göstermesi yüzünden rezil olmak vardı işin sonunda; adamın haftalarca heveslendikten ve salak salak işlerle uğraştıktan sonra yenilgiye uğramasının (ki uğrayacağı kesindi) acısını ailesinden çıkarması vardı. Simon öfke ve kin duyacaktı, kendi manyakça kararlarının bedelini diğer herkese ödetmekten geri durmayacaktı. Daha geçen gece Ruth, "Çocuklar Pagford'da senin seçim afişlerini asarlar" demişti neşeyle. Andrew dehşete kapılan Paul'ün kendisiyle göz teması kurmaya çalıştığını görmüştü göz ucuyla.

"Ben şuraya girmek istiyorum" diye mırıldandı Andrew sağa saparak.

Üzerinde kodlar olan biletlerden satın alıp, farklı bilgisayarların başına oturdular; aralarındaki iki sandalye doluydu. Andrew'nun sağındaki orta yaşlı adam leş gibi ter ve sigara kokuyor, burnunu çekip duruyordu.

Andrew internete bağlanıp internet sitesinin adresini yazdı. Pagford... Belediye... Meclisi... nokta... com... nokta... uk...

Ana sayfada meclisin mavili beyazlı arması ve Pagford'un Tepedeki Ev'in oralardan çekilmiş bir fotoğrafı vardı; fotoğrafta Pargetter Manastırı'nın göğe yükselen silueti görülüyordu. Andrew daha önce okul bilgisayarından girdiği için, sitenin modası geçmiş ve amatör işi göründüğünü biliyordu. Kendi bilgisayarından girmeye cesaret edememişti; babası internet konusunda kara cahil olsa da, bilgisayarı işyerinden birine gösterebilir, kontrol ettirebilirdi...

Bu kalabalık, isimsiz mekânda bile, internet sitesinde çıkacak yazının bugünün tarihini taşıyacağı ve Andrew'nun o tarihte Yarvil'de olmadığını iddia edemeyeceği gerçeğinden kaçış yoktu; ama Simon hayatında hiç internet kafeye gitmemişti ve böyle yerlerin varlığından bile habersiz olabilirdi.

Andrew'nun kalbi heyecandan küt küt atıyordu. Çabucak mesaj panosuna indi; buraya pek rağbet yok gibiydi. Çöplerin Toplanması, Bir Soru, Crampton'daki Okul Bölgeleri ve Personel Sıkıntısı gibi başlıklar vardı. Aşağı yukarı her on girişten biri site yöneticisine aitti ve Son Belediye Meclisi Toplantısının Ayrıntıları ekini içeriyordu. Sayfanın en altındaki konunun başlığı Meclis Üyesi Barry Fairbrother'ın Vefatı'ydı. Bu konu yüz elli iki kez okunmuş ve kırk üç yorum yazılmıştı. Andrew'nun bulmayı umut ettiği şey mesaj panosunun ikinci sayfasındaydı: Ölen adamın yazdığı bir yazıydı bu.

İki ay önce, bilgisayar dersine gençten yedek bir öğretmen girmişti. Bu öğretmen havalı görünmeye, öğrencileri etkilemeye çalışmıştı. Aslında adamın SQL aşılaması yönteminden bahsetmemesi gerekirdi; Andrew eve gidince hemen bu konuyu araştırmaya girişen tek öğrencinin kendisi olmadığından emindi. Üzerinde okulda boş zamanlarında araştırma yaparak bulduğu kodun yazılı olduğu kâğıt parçasını çıkarıp, meclisin internet sitesinin oturum açma sayfasına girdi. Bu site çok eskiden amatörün teki tarafından hazırlanmıştı ve Andrew en klasik saldırılara karşı bile koruma geliştirilmemiş olduğunu tahmin ediyordu, her şey buna bağlıydı.

Andrew o tek satırlık sihirli karakterleri dikkatle, sadece işaretparmağını kullanarak yazdı.

Yazdıklarını iki kez okuduktan, kesme imlerine kadar kontrol ettikten sonra, bir an durup kesik kesik soludu ve gir tuşuna bastı.

Küçük bir çocuk gibi neşeyle soluğunu yuttu ve yumruğunu havaya kaldırmamak için kendini zor tuttu. İlk denemesinde dandik siteye sızmayı başarmıştı. Karşısındaki ekranda Barry Fairbrother'ın kullanıcı bilgileri vardı: adı, şifresi, tüm profili.

Andrew bütün hafta boyunca yastığının altında sakladığı sihirli kâğıdı masaya yayıp işe koyuldu. Karalamalarla ve düzeltilerle dolu olan ikinci paragrafı yazmak çok daha yorucu oldu.

Andrew olabildiğince resmi ve soğuk bir üslup kullanmaya, gazetecilerin duygusuz tarzıyla yazmaya çalışmıştı.

Belediye Meclisi'ne adaylığını koyan Simon Price, meclis harcamalarında israftan kaçınılmasını sağlamayı umuyor. Maliyetleri düşürme konusuna hiç de yabancı olmayan Bay Price'ın sahip olduğu faydalı bağlantılar, meclisin de işine yarayabilir. Bay Price, evini çalıntı eşyalarla döşeyerek tasarruf yapıyor –en son bir PC aldı– ve baskı işlerinizi nakit ödeme yaparak ucuza getirmek isterseniz kendisine Harcourt-Walsh Basımevi'nden, üst düzey yöneticiler evlerine gittikten sonra, ulaşabilirsiniz.

Andrew mesajı iki kez okudu. Ne yazacağını defalarca kafasında ölçüp biçmişti. Simon'a yöneltebileceği birçok suçlama vardı, ama mahkemede geçerli sayılacak kanıtlar yoktu elinde; yaşadığı fiziksel şiddetin ve günbegün katlandığı aşağılanmaların anılarını kanıt olarak öne süremezdi. Simon'ın böbürlenerek anlattığı ufak tefek kanunsuzluklarını biliyordu sadece ve bunlardan ikisini –çalıntı bilgisayarı ve mesai saatleri dışında yapılan baskı işlerini– örnek olarak seçmesinin sebebi, bunların Simon'ın işyeriyle bağlantılı olmalarıydı. Basımevindeki insanlar Simon'ın bunları yaptığını biliyorlardı ve birilerine, arkadaşlarına, ailelerine söylemiş olabilirlerdi.

Andrew'nun içi ürperiyordu; Simon gerçek anlamda kontrolünü yitirip çevresindeki herkese saldırmaya başladığında da böyle hissederdi. İhanetinin ekrandaki siyah beyaz görüntüsü korkutucuydu.

Kulağında Şişko'nun, "Ne yapıyorsun yahu?" diyen fısıltısını işitti.

Pis kokulu, orta yaşlı adam gitmişti; onun yerine Şişko geçmişti; Andrew'nun yazdığı mesajı okuyordu.

"Hassiktir" dedi Şişko.

Andrew'nun ağzı kurumuştu. Eli farenin üstünde kımıldamadan duruyordu.

"İçeri nasıl girdin?" diye fısıldadı Şişko.

"SQL aşılaması yöntemiyle" dedi Andrew. "Nasıl yapıldığı internette bir sürü yerde yazıyor. Güvenlik önlemleri boktan."

Şişko çok neşelenmiş gibiydi; acayip etkilenmişti. Tepkisi Andrew'yu hem sevindiriyor, hem de korkutuyordu.

"Bunu sakın kimseye..."

"Ben de Göz hakkında bir tane yazayım!"

"Hayır!"

Şişko elini uzatınca Andrew fareyi uzaklaştırdı. Babasına böyle çirkin bir şekilde ihanet etmesinin sebebi kendini bildi bileli hissettiği öfke, sıkıntı ve korkuydu; ama kendini Şişko'ya ancak şöyle diyerek ifade edebildi: "Bunu sırf eğlence olsun diye yapmıyorum."

Mesajı üçüncü kez okuduktan sonra başlık ekledi. Yanında duran Şişko'nun heyecanını hissedebiliyordu; birlikte porno seyrediyorlardı sanki. Andrew onu daha fazla etkileme arzusuna kapıldı.

"Bak" dedi ve Barry'nin kullanıcı adını "Barry_Fairbrother'ın_Hayaleti" olarak değiştirdi.

Şişko kahkahayı bastı. Andrew'nun farenin üstündeki parmakları kımıldadı. Fareyi yana çekti. Şişko seyrediyor olmasa sonuna kadar gider miydi gitmez miydi asla bilemeyecekti. Tek bir tık sonra, Pagford Belediye Meclisi'nin mesaj panosunun tepesinde yeni bir konu belirdi: Simon Price Meclise Adaylığını Koymaya Uygun Değil.

Dışarı çıkınca kaldırımda karşı karşıya durdular; gülmekten solukları kesilmişti ve biraz da korkuyorlardı. Sonra Andrew, Şişko'dan kibrit alıp mesaj taslağının yazılı olduğu kâğıdı yaktı ve siyah kâğıt parçacıklarının salınarak kirli kaldırıma konmalarını, gelip geçenlerin ayaklarının altında yok olmalarını seyretti.

# 10

Andrew üç buçukta Yarvil'den ayrıldı, çünkü beşten önce Tepedeki Ev'de olmak istiyordu. Onu otobüs durağına kadar geçiren Şişko o an karar vermiş gibi, Andrew'ya biraz daha şehirde kalacağını söyledi.

Şişko ile Krystal kesin olmasa da alışveriş merkezinde buluşmayı kararlaştırmışlardı. Şişko mağazalara doğru gerisingeri yürürken, Andrew'nun internet kafede yaptığı şeyi düşündü ve kendi tepkilerini çözümlemeye çalıştı.

Etkilendiğini itiraf etmeliydi; aslında biraz da gölgede kaldığını hissediyordu. Andrew bu işi en ince ayrıntısına kadar düşünmüş, sır olarak saklamış ve ustaca kotarmıştı. Bütün bunlar takdire şayandı. Andrew'nun planını kendisine tek kelime etmeden kurmuş olmasına gücenmişti biraz; bu yüzden Andrew'nun babasına karşı böyle sinsice bir saldırı yapmasını kötü buldu sanki. Andrew'nun yaptığı şey kaypakça ve fazla karmaşık değil miydi; Simon'ı yüzüne karşı tehdit etmesi veya ona yumruğu çakması daha sahici olmaz mıydı?

Tamam, Simon pisliğin tekiydi, ama sahici bir pislik olduğu kesindi; canının istediğini istediği zaman, toplumsal kısıtlamalara ya da geleneksel ahlak anlayışına boyun eğmeden yapıyordu. Şişko kendine Simon'ın tarafını tutmasının daha iyi olup olmayacağını sordu; genellikle insanların salaklıklarıyla ya da yaşadıkları talihsizliklerle ilgili olan kaba, bayağı esprileriyle Simon'ı eğlendirmek hoşuna gidiyordu. Şişko babasının Göz yerine Simon olmasını tercih edeceğini düşünürdü sık sık; sağı solu belli olmayan, durup dururken kavga çıkartan Simon değerli bir rakip, sağlam bir düşman olurdu.

Öte yandan Şişko düşen katran kutusunu, Simon'ın hayvan gibi suratını ve yumruklarını, adamın çıkardığı dehşet verici sesi unutmamıştı; kendi bacaklarından çişinin sıcak sıcak akışını, Tessa'nın gelip kendisini kurtarmasını tüm kalbiyle, çaresizce istediğini (belki de her şeyden daha utanç verici olan da buydu) unutmuş değildi. Şişko, Andrew'nun intikam arzusunu anlamayacak kadar yenilmez değildi henüz.

Dolayısıyla Şişko başa döndü. Andrew ortalığı ayağa kaldırabilecek, cesurca, dâhice bir şey yapmıştı. Bu fikri kendisi akıl edemediği için canı sıkıldı yeniden. Sözcüklere fazla bel bağlama alışkanlığından, bu sonradan öğrenilmiş orta sınıf alışkanlığından kurtulmaya çalışıyordu; ama kusursuz performans sergilediği bir spor dalından vazgeçmek gibi bir şeydi bu ve zordu. Alışveriş merkezinin ön avlusunda cilalı karo zeminde yürürken, Göz'ün burnunu sürtecek ve onu el âleme rezil edecek sözler bulmaya çalıştığını fark etti...

Mağazaların arasından geçen koridorun orta kısmındaki bankların etrafında toplanmış bir grup Fields'lı çocuğun yanında Krystal'ı gördü. Krystal'ın yanında Nikki, Leanne ve Dane Tully vardı. Şişko duraksamadan, istifini bozmadan ve hızını değiştirmeden yürümeyi sürdürdü; elleri ceplerinde yaklaşırken, meraklı ve eleştiren gözler onu saçından spor ayakkabılarına dek süzdüler.

"N'aber Şişko?" diye seslendi Leanne.

"N'aber?" diye karşılık verdi Şişko. Leanne'in bir şeyler mırıldandığı Nikki kıkırdadı. Krystal şakır şukur sakız çiğniyordu; yanakları kırmızıydı, saçlarını geriye atarak küpelerini sallıyor, eşofman altını yukarı çekiştirip duruyordu.

"N'aber?" dedi Şişko ona.

"İyilik" dedi kız.

"Annen dışarıda olduğunu biliyor mu Şişko?" diye sordu Nikki.

"Hı hı, beni o getirdi" dedi Şişko sakince; açgözlü bir sessizlikle konuşmasını bekliyordu herkes. "Dışarıda, arabada bekliyor; çabuk düzüş de eve gidelim, çay içeceğiz dedi."

Hepsi kahkahayı bastılar, Krystal hariç; Krystal, "Siktir

git, yüzsüz piç!" diye bağırsa da memnun olmuş gibiydi.

Dane Tully, Şişko'nun göğüs cebine bakarak, "Sarma sigara mı içiyorsun?" diye homurdandı. Dudağında büyük, siyah bir yara kabuğu vardı.

"Hı hı" dedi Şişko.

"Amcam da sarma içiyor" dedi Dane. "Ciğerlerinin ağzına sıçtı."

Dudağındaki kabukla dalgınca oynadı.

"Siz ikiniz nereye gidiyorsunuz?" diye sordu Leanne, Şişko ile Krystal'a gözlerini kısıp bakarak.

"Bilmem" dedi Krystal sakız çiğneyerek; Şişko'ya yan gözle baktı.

Şişko ikisine de herhangi bir açıklama yapmadan alışveriş merkezinin çıkışını başparmağıyla gösterdi.

"Sonra görüşürüz" dedi Krystal diğerlerine yüksek sesle.

Şişko onlara öylesine, elini hafifçe kaldırarak veda ettikten sonra dönüp yürüdü; Krystal yanı sıra, uzun adımlarla yürüyordu. Şişko arkalarından gelen kahkahaları duydu, ama önemsemedi. Rolünü iyi oynadığını biliyordu.

"Nereye gidiyoruz?" diye sordu Krystal.

"Bilmem" dedi Şişko. "Genelde nereye gidersin?"

Krystal omuz silkti ve sakız çiğneyerek yürümeyi sürdürdü. Alışveriş merkezinden çıkıp anacaddede yürüdüler. Daha önce baş başa kalmak için gittikleri park biraz uzaktaydı.

"Seni annen mi getirdi sahiden?" diye sordu Krystal.

"Elbette hayır. Otobüsle geldim tabii ki."

Bu terslemeyi sinirlenmeden kabullenen Krystal camekânlardaki yansımalarına yan gözle baktı. Sırım gibi ve tuhaf biri olan Şişko okulda ünlüydü. Dane bile onu komik buluyordu.

Ashlee Mellor üç gün önce, Foley Yolu'nun köşesinde Krystal'a, "O seni kullanıyor sadece, geri zekâlı kaltak" demişti öfkeyle, "çünkü annen gibi orospunun tekisin sen de."

Ashlee eskiden Krystal'ın arkadaş grubundaydı, ama ikisi

bir delikanlı yüzünden kapışmışlardı. Ashlee çatlağın tekiydi ve herkes biliyordu öyle olduğunu; durup dururken sinir krizi geçirip ağlamaya başlıyor, Winterdown'daki zamanının çoğunu rehberlik odasında geçiriyordu. Davranışlarının sonuçlarını düşünemiyordu, bunun en önemli kanıtı da Krystal'a onun kendi çöplüğünde meydan okumasıydı; Krystal'ın yanında arkadaşları vardı, o ise yalnızdı. Nikki, Jemma ve Leanne hep birlikte Ashlee'nin üstüne çullanıp onu tutmuşlardı ve Krystal yer misin yemez misin diyerek kıza bir güzel girişmişti, sonunda ağzına vurmaktan parmakları kan içinde kalmıştı Krystal'ın.

Krystal misillemeden çekinmiyordu.

"O bok kafalılar korkak, yumuşak" demişti Ashlee ile ailesi hakkında.

Yine de Ashlee'nin o sözü Krystal'ın ruhundaki hassas, açık bir yaraya dokunmuştu; dolayısıyla Şişko'nun ertesi gün okulda onu arayıp bulması ve ilk kez hafta sonu buluşmayı teklif etmesi Krystal'ın yarasına merhem olmuştu. Cumartesi günü Şişko Wall'la buluşacağını Nikki ile Leanne'e hemen söylemiş, onların şaşkın bakışlarını görünce keyiflenmişti. Üstüne üstlük, Şişko söylediği vakitte (en fazla yarım saat geç) gelmişti ve Krystal'ı arkadaşlarının gözü önünde alıp götürmüştü. Sanki resmen çıkıyor gibiydiler.

"Eee, neler yaptın?" diye sordu Şişko; elli metre boyunca sessizce yürümüş, derken internet kafenin önünden geçmişlerdi. Şişko yarım saatlik yürüyüş mesafesindeki parktan daha yakında kuytu bir yer olup olmadığını düşünürken, bir şekilde iletişimi sürdürmeleri gerektiğinin de farkındaydı. Kızı ikisinin de kafası dumanlıyken düzmek istiyordu; o işi esrarlı kafayla yapmanın nasıl bir şey olduğunu merak ediyordu.

"Bu sabah hastaneye, ninemi ziyarete gittim; kalp krizi geçirmişti de" dedi Krystal.

Cath Nine bu sefer konuşmaya çalışmamıştı, ama Krystal

kadının onun geldiğinin farkında olduğunu düşünmüştü. Krystal'ın tahmin ettiği gibi Terri ziyarete gitmeyi reddetmişti; dolayısıyla Krystal yatağın yanında tek başına, dönme vakti gelene kadar bir saat oturmuştu.

Şişko, Krystal'ın hayatının ayrıntılarını merak ediyordu; ama sadece Fields'ın gerçek hayatını göz önüne seren ayrıntıları. Hastane ziyaretleri gibi detaylar ilgisini çekmiyordu.

"Bir de" diye ekledi Krystal bastıramadığı bir gurur tınısıyla, "gazeteye röportaj verdim."

"Ne?" dedi Şişko şaşırarak. "Neden?"

"Fields'la ilgili işte" dedi Krystal. "Orada büyümenin nasıl bir şey olduğu hakkında."

(Muhabir sonunda onu evinde bulmuş, Terri istemeye istemeye izin verince Krystal'ı konuşmak için bir kafeye götürmüştü. St. Thomas'ta okumanın bir faydası olup olmadığını, bunun Krystal'ın hayatını herhangi bir şekilde değiştirip değiştirmediğini sorup durmuştu. Krystal'ın verdiği yanıtlar karşısında biraz sabırsız, canı sıkılmış gibi davranmıştı sanki. Kadın, "Okul notların nasıl?" diye sorunca Krystal kabuğuna çekilip kaçamak cevaplar vermişti.

"Bay Fairbrother'ın dediğine göre o okul senin ufkunu genişletmiş."

Krystal ufuk konusunda ne diyeceğini bilememişti. St. Thomas'ı düşününce aklına oyun bahçesindeki büyük kestane ağacının altında durmaktan aldığı haz ve her yıl ağaçtan yağan devasa, parlak atkestaneleri geliyordu; St. Thomas'ta okumaya başlamadan önce öyle atkestaneleri görmemişti hiç. Başta okulun formasını, herkes gibi görünmeyi sevmişti. Meydan'ın ortasındaki savaş anıtında büyük dedesinin ismini görünce heyecanlanmıştı: *Er Samuel Weedon.* O anıtta sadece bir çocuğun, bir oğlanın daha soyadı vardı; babası çiftçi olan bu çocuk dokuz yaşındayken traktör kullanmayı öğrenmişti ve bir keresinde, Göster ve Anlat gününde sınıfa kuzu getirmişti. Krystal kuzunun postuna dokunmanın verdiği hissi asla unutmamıştı. Cath Nine'ye bundan bahsettiğinde, Cath Nine atalarının ırgat olduklarını söylemişti.

Krystal doğa yürüyüşüne çıktıklarında gittikleri nehre, gördükleri gür yeşilliklere bayılıyordu. En çok da *rounders* oyununu ve atletizmi seviyordu. Her türden spor takımına ilk seçilen öğrenci olurdu hep ve seçildiğinde karşı takımdan yükselen homurdanmalar çok hoşuna giderdi. Ona zaman zaman tahsis edilen özel öğretmenleri düşünüyordu; özellikle de modayı takip eden, uzun sarı saçlı, genç bir kadın olan Bayan Jameson'ı. Krystal, Anne-Marie'nin biraz Bayan Jameson'a benzediğini hayal etmişti hep.

Krystal derslerde öğretilen bazı bilgileri çok net ve ayrıntılı bir şekilde hatırlıyordu. Volkanlar: Onlara yerkabuğundaki tabakaların yer değiştirmesi yol açardı; sınıfça volkan maketleri yapıp içlerini kabartma tozu ve bulaşık deterjanıyla doldurmuşlar, maketleri koydukları plastik tepsilerin üstüne sıvı püskürtmüşlerdi. Krystal buna bayılmıştı. Vikingleri de biliyordu: Yelkenlileri ve boynuzlu miğferleri vardı, ama Krystal onların Britanya'ya ne zaman ve neden geldiklerini unutmuştu.

Ama St. Thomas'la ilgili diğer anılarında, sınıfındaki küçük kızların kendisiyle ilgili fısıldaşmaları vardı mesela; o kızlardan bir iki tanesini tokatlamıştı. Sosyal Hizmetler'in Krystal'ın annesine geri dönmesine izin vermesinden sonra, Krystal okula çekip kısalmış ve öyle kirli bir formayla gelmeye başlamıştı ki, okuldan mektuplar gönderilmiş, Cath Nine ile Terri de büyük bir kavga etmişlerdi. Okuldaki diğer kızlar, *rounders* takımı kurdukları zamanlar hariç, Krystal'ı aralarında istemiyorlardı. Krystal, Lexie Mollison'ın sınıftaki herkese içinde parti davetiyesi bulunan küçük pembe zarflar dağıtırken kendi önünden –Krystal unutmamıştı– burnunu havaya dikerek geçmesini hâlâ hatırlıyordu.

Şimdiye kadar sadece iki kişi onu partiye davet etmişti. Krystal, Şişko'nun ya da annesinin bir zamanlar onların evindeki bir doğum günü partisine katıldığını hatırlayıp hatırlamadıklarını düşündü. O partiye bütün sınıf davet edilmişti ve Cath Nine, Krystal'a bir parti elbisesi almıştı. Dolayısıyla Krystal, Şişkoların evinin çok geniş arka bahçesinde havuz, salıncak ve bir de elma ağacı olduğunu biliyordu. Jöle yemiş, çuval yarışı yapmışlardı. Tessa, Krystal'ı, plastik madalya kazanma hevesiyle diğer çocukları yana ittiği için azarlamıştı. Çocuklardan birinin burnu kanamıştı.

"Ama St. Thomas'ı sevdin, değil mi?" diye sormuştu muhabir.

"Hı hı" demişti Krystal, ama Bay Fairbrother'ın kendisinden beklediği gibi konuşamadığını biliyordu, keşke yanında olabilseydi, o zaman yardım edebilirdi Krystal'a. "Hı hı, sevdim.")

"Neden seninle Fields hakkında konuşmak istediler ki?" diye sordu Şişko.

"Bay Fairbrother'ın fikriydi" dedi Krystal.

Birkaç dakika daha geçtikten sonra Şişko, "Sigara içiyor musun?" diye sordu.

"Esrarlı sigara filan mı? Hı hı, Dane'le içtim."

"Yanımda var" dedi Şişko.

"Skye Kirby'den mi aldın?" diye sordu Krystal. Şişko, kızın sesinde hafif alaycı bir ton algılar gibi oldu; Skye, hanım evlatlarının, orta sınıftan çocukların yeğlediği güvenli seçenekti. Eğer öyleyse, kızın sahici küçümsemesi hoşuna gitmişti.

"Sen nereden alıyorsun ki?" diye sordu Şişko merakla.

"Bilmem, Dane alıyordu" dedi kız.

"Obbo'dan mı?" diye sordu Şişko.

"Puştun teki o."

"Niye ki?"

Ama Krystal, Obbo'nun niye puştun teki olduğunu ifade edecek söz bulamadı; bulabilse bile onun hakkında konuşmak istemezdi. Obbo tüylerini diken diken ediyordu; adam bazen gelip Terri'yle birlikte eroin kullanıyordu; bazen de Terri'yi düzüyordu ve Krystal onunla merdivende karşılaştığında, Obbo pis fermuarını çekerken, camları şişe dibine benzeyen gözlüğünün ardından bakarak Krystal'a gülümsüyordu. Obbo, Terri'ye ufak tefek işler teklif ediyordu sık sık; bilgisayarları saklamasını, yabancı birilerini bir gece evde yatırmasını istiyordu ya da Krystal'ın ne olduğunu bilmediği, ama annesinin saatlerce eve dönmemesine yol açan birtakım işler yapmaya ikna ediyordu kadını.

Krystal'ın geçenlerde gördüğü bir kâbusta annesi bir çeşit çerçeveye kolları bacakları açık, çarpı şeklinde bağlanmıştı; kadın devasa, derin bir delik gibi görünüyordu sanki, tüyleri yolunmuş dev bir tavuğu andırıyordu; rüyada Obbo bu mağaramsı deliğe girip çıkıyordu ve içeride bir şeyler yapıyordu, minicik bir kafası olan Terri ise korkmuş ve kederli görünüyordu. Krystal uyandığında midesi bulanıyor, öfke ve tiksinti hissediyordu.

"Adi herifin teki o."

"Hani şu kafasını kazıtan, sırtı da ensesine kadar dövmeli olan uzun boylu adamı demiyor musun?" diye sordu Şişko; o hafta ikinci kez okulu kırdığında, Fields'ta bir duvarın üstünde bir saat oturup etrafı seyretmişti. Eski bir beyaz kamyonetin arkasında bir şeyler yapan kel adam ilgisini çekmişti.

"Yok, o Pikey Pritchard" dedi Krystal, "Tarpen Yolu'nda gördüysen."

"O ne iş yapıyor?"

"Bilmem" dedi Krystal. "Dane'e sor; Pikey'nin erkek kardeşiyle arkadaş o."

Ama Şişko'nun ilgisinden hoşlanmıştı; Şişko onunla konuşmaya ilk kez bu kadar hevesli gibiydi.

"Pikey şartlı tahliye edildi."

"Suçu neydi?"

"Cross Keys'te bir adamın kafasında şişe kırdı."

"Neden?"

"Keyfinin kâhyası mıyım? Hem ben orada değildim ki" dedi Krystal.

Mutluydu ve mutlu olduğunda ukalalaşırdı hep. Cath Nine için duyduğu kaygıyı saymazsa (ki kadın hâlâ hayattaydı sonuçta, dolayısıyla iyileşebilirdi), son iki haftası iyi geçmişti. Terri, Bellchapel programına tekrar başlamıştı ve Krystal, Robbie'yi kreşe bizzat götürüp getiriyordu. Robbie'nin poposu epey iyileşmişti. Sosyal hizmet görevlisi –o işi yapanlar ne kadar olabilirse artık– tatmin olmuş görünüyordu. Krystal her gün okula da gitmişti ama pazartesi ve çarşamba sabahı Tessa'yla olan rehberlik seanslarına gitmemişti. Niye gitmediğini bilmiyordu. İnsanın canı istemiyordu bazen.

Şişko'ya tekrar yan gözle baktı. Ondan hoşlanacağı aklının ucundan bile geçmemişti; Şişko tiyatro salonundaki disko partisinde onu gözüne kestirene kadar böyle bir şey düşünmemişti. Şişko'yu herkes tanırdı; bazı esprileri televizyonda çıkmışçasına dilden dile dolaşırdı. (Krystal evinde televizyon varmış gibi yapıyordu herkese. Arkadaşlarının evlerinde ve Cath Nine'nin evinde yeterince televizyon seyrettiğinden durumu kurtarabiliyordu. Başkaları izledikleri programlardan bahsettiklerinde, "Hı hı, boktandı değil mi?" ve "Biliyorum, altıma işeyecektim neredeyse" gibi laflar ediyordu.)

Şişko kendi kafasında şişe kırıldığını, şişenin sivri kenarlarının yüzünün hassas derisini biçtiğini hayal etmeye çalıştı; canının yandığını ve havayla temas eden yarılmış derisinin acısını hissetti; fışkıran kanın ılıklığını hissetti. Ağzının kenarı gerçekten yırtılmış gibi karıncalandı.

"Dane hâlâ çakı taşıyor mu?" diye sordu.

"Çakısı olduğunu nereden biliyorsun?" diye sordu Krystal sertçe.

"Kevin Cooper'ı çakıyla tehdit etmiş."

"Ha, evet" diye kabul etti Krystal. "Cooper dallamanın teki, değil mi?"

"Hı hı, öyle" dedi Şişko.

"Dane, Riordon kardeşler yüzünden çakı taşıyor" dedi Krystal.

Şişko, Krystal'ın gerçekçi tarafını sevdi; kız kin güdüldüğünü, şiddetin patlak verebileceğini, dolayısıyla çakı taşımanın gerekliliğini kabullenmişti. Hayat böyleydi; asıl önemli şeyler bunlardı... o gün, Arf Şişkoların evine gelmeden önce, Göz seçim afişi sarı kâğıda mı basılsın, yoksa beyaz kâğıda mı diye Tessa'ya sorup durmuş, kadının başının etini yemişti...

"Şurası nasıl?" diye sordu Şişko bir süre sonra.

Sağ taraflarındaki uzun taş duvarın üzerindeki kapı açıktı ve içeride yeşillikler ve taşlar görülüyordu.

"Hı hı, tamam" dedi Krystal. Mezarlığa önceden bir kez daha girmişti, Nikki ve Leanne'le birlikte; bir mezarın üstünde biraz ürkekçe oturup kutudaki içeceklerini paylaşmışlardı ve sonunda bir kadın onlara bağırarak küfretmişti. Giderlerken Leanne arkasına dönüp, kadına boş kutulardan birini fırlatmıştı.

Ama Şişko mezarların arasındaki geniş beton yolda Krystal'la birlikte yürürken, burada gizlenecek yer olmadığını düşündü; yeşilliklerle kaplı mezarlık dümdüzdü ve mezar taşları fazla küçüktü. Sonra karşı duvar boyunca uzanan sarıçalı çiti gördü. Mezarların arasından geçmeye başlayınca, elleri ceplerinde olan Krystal onu takip etti; dikdörtgen mezarların, yazıları okunmaz hale gelmiş olan çatlak mezar taşlarının arasından yürüdüler. Mezarlık büyük, geniş ve bakımlıydı. Sonunda yeni mezarlara vardılar; bunlar pırıl pırıl cilalı siyah mermerden yapılmaydı, mezar taşlarında altın sarısı yazılar vardı ve üzerlerine taze çiçekler bırakılmıştı.

*Lyndsey Kyle, 15 Eylül 1960-26 Mart 2008*
*Huzur İçinde Yat Anneciğim.*

"Hah, şurası iyidir" dedi Şişko, dikenli sarıçalı çitle mezarlık duvarının arasındaki boşluğa bakarak.

Eğilerek gölgelerin içine girdiler ve nemli toprağa oturup sırtlarını soğuk duvara yasladılar. Çalı gövdelerinin arasından gördükleri, sıra sıra uzanan mezar taşlarının arasında kimseler yoktu. Şişko ustaca sigara sararken, Krystal'ın kendisini seyredip etkilendiğini umdu.

Ama parlak, koyu yaprakların altında oturan Krystal, (Cheryl Teyzesinin söylediğine göre) perşembe günü Cath Nine'yi ziyaret etmiş olan Anne-Marie'yi düşünüyordu. Krystal o gün okulu kırıp hastaneye gitse nihayet tanışabileceklerdi. Anne-Marie'yle tanışmanın; ona, "Ben kız kardeşinim" demenin hayalini kurmuştu birçok kez. Anne-Marie kurduğu bu hayallerde hep seviniyordu, sonrasında da sürekli görüşüyorlardı ve sonunda Anne-Marie, Krystal'a yanına taşınmasını teklif ediyordu. Anne-Marie'nin evini Cath Nine'ninki gibi derli toplu ve temiz hayal ediyordu, ama çok daha moderndi. Krystal son zamanlarda hayallerine fırfırlı beşikte yatan tatlı, küçücük, pembe bir bebek eklemişti.

"İşte oldu" diyen Şişko esrarlı sigarayı Krystal'a uzattı. Krystal içine çektiği dumanı ciğerlerinde birkaç saniye tuttu; esrar sihirli etkisini gösterdikçe, kızın yüz ifadesi yumuşadı ve hülyalı hale geldi.

"Kardeşin yok değil mi?" diye sordu.

"Yok" diyen Şişko cebindeki, satın aldığı prezervatifleri yokladı.

Krystal esrarlı sigarayı geri verdi; başı hoş bir şekilde dönüyordu. Şişko derin bir nefes çektikten sonra duman halkalarını üfledi.

"Ben evlatlığım" dedi bir süre sonra.

Krystal, Şişko'ya bakarak kıkırdadı.

"Evlatlıksın ha?"

Zihin biraz soyutlanınca güven duygusu geliyordu ve her şey kolaylaşıyordu.

"Ablam da evlatlık verilmişti" dedi Krystal; bu rastlantıya şaşırmıştı ve Anne-Marie'den bahsetme fırsatı bulduğuna çok sevinmişti.

"Hı hı, benim gerçek ailem de seninki gibidir herhalde" dedi Şişko.

Ama Krystal dinlemiyordu; konuşmak istiyordu.

"Ablam var, bir de ağabeyim Liam, ama ben doğmadan önce onu götürmüşler."

"Neden?" diye sordu Şişko.

Pür dikkat kesilmişti birden.

"Annem o zamanlar Ritchie Adams'la birlikteymiş" dedi Krystal. Esrarlı sigaradan derin bir nefes çekti; üflediği duman uzun, ince bir çubuk gibiydi. "Herif tam bir psikopat. Müebbet hapis yatıyor. Adam öldürdü. Annemi ve çocukları dövüyormuş, sonra da John ile Sue gelip çocukları almışlar, Sosyal Hizmetler devreye girince de çocuklar John ile Sue'da kalmış."

Krystal sigaradan bir nefes daha çekerken, kendisi doğmadan önceki o kanlı, öfke dolu, karanlık dönemi düşündü. Ritchie Adams'la ilgili bildiklerinin çoğunu Cheryl Teyzesinden duymuştu. Adam bir yaşındaki Anne-Marie'nin kollarında sigara söndürmüş ve onu öyle fena tekmelemişti ki kızcağızın kaburgaları çatlamıştı. Terri'nin suratındaki kemikleri kırmıştı; kadının sol elmacıkkemiği biraz göçüktü hâlâ. Terri'nin uyuşturucu bağımlılığı iyice artmıştı. Cheryl Teyze, dövülen ve ihmal edilen iki çocuğun annelerinden nasıl alındığını gayet soğukkanlı biçimde anlatmıştı.

"Öyle olması gerekiyordu" demişti Cheryl.

John ile Sue çocukları olmayan iki uzak akrabaydılar. Krystal karmaşık şeceresinde onların tam olarak nerede yer aldıklarını da, çocukları kaçırmayı (ki Terri'nin söylediğine göre yaptıkları tam da buydu) nasıl başardıklarını da hiçbir zaman öğrenememişti. Yetkililerle epey mücadele etmişlerdi ve sonunda çocukları evlat edinmelerine izin verilmişti. Ritchie tutuklanana kadar onun yanında kalan Terri, Krystal'ın tam olarak anlayamadığı sebepler yüzünden, Anne-Marie ile Liam'ı görmeye gitmemişti hiç; nefret dolu bir öyküydü bu, affedilemeyecek lafların, tehditlerin, yasaklama emirlerinin, sosyal hizmet görevlilerinin gırla gittiği cerahatli, karmaşık bir öykü.

"Baban kim peki?"

"Sosis" dedi Krystal. Adamın adını hatırlamakta zorlandı. "Barry" diye mırıldandı emin olmadan. "Barry Coates. Ben annemin soyadını, Weedon'ı kullanıyorum."

Tatlı kokulu, yoğun dumanlara bakan Krystal'ın zihninde Terri'nin banyosunda aşırı dozdan ölen genç adamın görüntüsü canlandı. Esrarlı sigarayı Şişko'ya geri verip başını taş duvara yasladı ve yukarıya, karanlık yaprakların arasından görünen gökyüzüne baktı.

Adam öldürmüş olan Ritchie Adams'ı düşünen Şişko'nun aklına kendi biyolojik babasının da bir yerlerde hapiste olabileceği ihtimali geldi; adam belki de Pikey gibi dövmeliydi, zayıf ve kaslıydı. Göz'ü bu güçlü, sert, asıl adamla kıyasladı zihninde. Şişko küçücük bir bebekken biyolojik annesinden alındığını biliyordu, çünkü Tessa'nın kucağındaki bebeklik halinin fotoğrafları vardı; o fotoğraflarda narin ve kuş gibi görünüyordu, başına beyaz bir yün bere geçirilmişti. Şişko erken doğmuştu. Şişko asla sormamıştı ama Tessa ona bazı şeyleri anlatmıştı. Şişko öz annesinin onu doğurduğunda çok genç olduğunu biliyordu. Belki de annesi Krystal gibiydi; okulun motoru...

Şişko'nun kafası iyice dumanlanmıştı artık. Elini Krystal'ın ensesine koyup onu kendine çekti, öptü, dilini kızın ağzına soktu. Diğer eliyle kızın memesini tuttu. Kafası bulanmıştı, eli kolu ağırlaşmıştı sanki; dokunma duyusu bile esrardan etkilenmiş gibiydi. Elini kızın tişörtünün içine, sutyeninin altına sokmaya çalıştı. Kızın sıcak ağzında tütün ve esrar tadı vardı; dudakları kuru ve çatlaktı. Şişko biraz uyuşuk bir heyecan duyuyordu; algısının üstüne görünmez bir battaniye örtülmüş gibiydi. Kızı soyması bu sefer daha uzun sürdü ve prezervatifi takmakta da zorlandı, çünkü parmakları kaskatı olmuş, ağır hareket etmeye başlamıştı; dirseğini yanlışlıkla kızın yumuşak, etli koltukaltına yaslayıp tüm ağırlığını verince kız acıyla haykırdı.

Krystal öncekinden daha kuruydu; Şişko amacına ulaşma azmiyle kızın içine zorlanarak girdi. Zaman zamk gibiydi, yavaş akıyordu, ama Şişko kendi hızlı soluklarını duyabiliyordu ve huzursuz oluyordu; çünkü sanki yanı başında, karanlıkta çömelmiş başka biri varmış ve Şişko'nun kulağının dibinde soluyarak onları seyrediyormuş gibi geliyordu. Krystal hafifçe inledi. Başını geriye atmıştı ve burnu daha büyük görünüyordu şimdi, hayvan burnu gibiydi. Şişko kızın tişörtünü yukarı çekti ve kopçasını çözünce gevşekleşmiş sutyenin altında hafifçe titreşen pürüzsüz, beyaz memelerine baktı. Beklemediği bir anda boşaldı; tatmin olurken çıkardığı homurtulu ses, çömelmiş röntgenciden gelmişti sanki.

Yana yuvarlanarak kızın üstünden çekildi, prezervatifi çıkarıp attı ve yalnız olduklarından emin olmak için etrafa huzursuzca bakındı. Krystal bir eliyle külotunu yukarı çekerken, diğer eliyle de tişörtünü indirmeye çalışıyordu; sonra ellerini arkasına götürüp sutyeninin kopçasını takmaya çalıştı.

Çalıların arkasında otururlarken hava bulutlanmış, kararmıştı. Şişko'nun kulakları hafifçe çınlıyordu; midesi kazınıyor, zihni ağır çalışıyordu, kulaklarıysa iyice hassaslaşmıştı. İzlendikleri, belki de arkalarındaki duvarın tepesinde duran birileri tarafından izlendikleri korkusunu içinden atamıyordu. Gitmek istiyordu.

"Hadi..." diye mırıldandı ve kızı beklemeden çalıların arasından emekleyerek geçip ayağa kalktı, üstünü başını silkeledi. Yüz metre ötede, bir mezarın yanında diz çökmüş yaşlı bir çift vardı. Şişko, Krystal Weedon'ı düzmesini seyretmiş olabilecek gözlerden bir an önce kaçmak istiyordu; ama bir yandan da, otobüsü bekleyip Pagford'a kadar gitmek dayanılmayacak derecede zahmetli geliyordu. Tavan arasındaki yatak odasına ışınlanıvermek istiyordu.

Krystal tökezleyerek peşinden gelmişti. Tişörtünün önünü indirirken, aşağıya, ayaklarının altındaki çimenli toprağa bakıyordu.

"Hassiktir" diye mırıldandı kız.

"Ne?" dedi Şişko. "Hadisene, gidelim."

"Bay Fairbrother" dedi kız kımıldamadan.

"Ne?"

Krystal önlerindeki tümseği gösterdi. Henüz mezar taşı konulmamıştı; ama mezarın üstü taze çiçeklerle kaplıydı.

"Görüyor musun?" dedi kız, çömelip selofana iğnelenmiş kartları göstererek. "Fairbrother yazıyor." Bu ismin yazılışını ezberlemişti; çünkü okuldan eve getirdiği mektuplarda, Krystal'ın minibüsle yolculuğa çıkması için izin istemek amacıyla yazılmış bütün o mektuplarda görmüştü. "'Barry'ye'" diye okudu kız yavaşça ve dikkatle; "bu da, 'Babacığımıza' diyor; bakayım kimdenmiş..."

Ama Niamh ile Siobhan'ın isimlerini okuyamadı.

"Eee, ne olmuş yani?" diye çıkıştı Şişko; ama aslında tüyleri diken diken olmuştu. Ayaklarının altında, toprağın içinde o hasır tabut yatıyordu ve içinde Göz'ün can dostunun, evlerine sık sık gelip giden o kısa boylu ve güler yüzlü adamın çürüyen cesedi vardı. *Barry Fairbrother'ın Hayaleti...* Şişko huzursuzlandı. Bu bir çeşit cezaydı sanki.

"Hadisene" dedi Şişko, ama Krystal kımıldamadı. "Ne oldu?"

"Ben onun kürek takımındaydım ya!" dedi Krystal öfkeyle.

"Ha, evet."

Şişko huzursuz bir at gibi geri geri gidiyor, yerinde duramıyordu.

Kollarıyla kendini sarmış olan Krystal aşağıdaki tümseğe bakıyordu. Kendini bomboş, üzgün ve kirli hissediyordu. O işi Bay Fairbrother'ın bu kadar yakınında yapmalarına hayıflanıyordu. Üşüyordu. Şişko'nun tersine, onun ceketi yoktu.

"Hadisene" dedi Şişko tekrar.

Krystal onun peşinden yürüdü ve birbirlerine tek kelime etmeden mezarlıktan çıktılar. Krystal, Bay Fairbrother'ı düşünüyordu. Adam ona "Krys" derdi hep, bir tek o öyle derdi. Krystal bundan hoşlanırdı. Bay Fairbrother onu öyle çok güldürürdü ki. Ağlamak istiyordu.

Şişko yaşadıklarını, Andrew'ya anlatabileceği komik bir öyküye nasıl dönüştürebileceğini düşünüyordu; esrar çekip Krystal'ı düzerken paranoya yaptığını, gözetlendiklerini sandığını, emekleyerek dışarı çıkarken de az kalsın Barry Fairbrother'ın mezarının üstüne basacak gibi olduklarını nasıl anlatacağını kuruyordu kafasında. Ama olanlar komik gelmiyordu henüz; şimdilik komik gelmiyordu.

# Üçüncü bölüm

**Konu Çeşitliliği**

**7.25** Her önerge tek bir konuyla ilgili olmalıdır... Bu kurala riayet edilmemesi genellikle karışıklığa yol açar ve yanlış kararlara sebebiyet verebilir...

Charles Arnold-Baker
*Yerel Belediye Yönetimi*
Yedinci Baskı

# 1

"... doktora Paki kaltak diye bağırarak, hışımla çıkıp gitmişti... şimdi de gazeteden aradılar, yorum istiyorlar, çünkü kadın..."

Parminder personel toplantı odasının aralık kapısının önünden geçerken, sekreterin neredeyse fısıltı gibi çıkan sesini işitti. Sessiz, hızlı bir adım atıp kapıyı açınca, sekreterlerden biri ile uzman hemşirenin birbirlerine sokulmuş halde durduklarını gördü. İkisi de yerlerinden sıçrayıp kapıya doğru döndüler.

"Doktor Jawan..."

"İşe başlarken imzaladığın gizlilik anlaşmasını hatırlıyorsun, değil mi Karen?"

Sekreter dehşete kapılmış gibiydi.

"Hı hı, ben... şey yapmıyordum... Laura zaten... ben size bu mesajı vermeye geliyordum. *Yarvil and District* gazetesinden aradılar. Bayan Weedon ölmüş ve torunlarından biri diyormuş ki..."

"Şunları da bana mı getiriyordun?" diye sordu Parminder soğuk bir edayla, Karen'ın elindeki hasta kayıtlarını göstererek.

Kıpkırmızı kesilen Karen, "Ha... evet" dedi. "Aslında hasta Doktor Crawford'a muayene olmak istiyordu, ama..."

"Kayıt masasına geri dön."

Parminder hasta kayıtlarını alıp odadan hışımla çıkarak, hasta kayıt odasına gitti. Oraya varıp da hastaları görünce, kime seslenmesi gerektiğini bilmediğini fark etti ve elindeki klasöre göz attı.

"Bay... Bay Mollison."

Howard gülümseyerek doğruldu, her zamanki gibi ağır ağır yürüyerek yaklaştı. Nefret safra gibi Parminder'in midesinden boğazına yükseliyordu sanki. Sırtını dönüp muayenehanesine doğru gerisingeri yürüdü; Howard onu takip etti.

"Her şey yolunda mı Parminder?" diye sordu adam, kapıyı kapatıp, davet beklemeden hasta koltuğuna otururken.

Adamın her zamanki selamlama cümlesiydi bu, ama bugün sorusunda bir iğneleme vardı sanki.

"Sıkıntın nedir?" diye sordu Parminder ters ters.

"Şuram biraz tahriş oldu" dedi adam. "Tam şurası. Krem filan gibi bir şeye ihtiyacım var."

Gömleğinin uçlarını pantolonundan çıkarıp biraz kaldırdı. Parminder adamın kasıklarına kadar inmiş göbeğinin altında, kenarda parlak bir kızarıklık gördü.

"Gömleğini çıkarman gerekecek" dedi.

"Sadece burası kaşınıyor."

"O bölgenin tamamını görmem gerek."

Adam iç geçirerek ayağa kalktı. Gömleğinin düğmelerini çözerken, "Bu sabah gönderdiğim gündemi aldın mı?" dedi.

"Hayır, bugün e-postalarıma bakmadım."

Yalan söylemişti. Parminder adamın hazırladığı gündemi okumuş ve cinleri tepesine çıkmıştı, ama şimdi bunu söylemenin sırası değildi. Adamın meclis işlerini muayenehanesine kadar getirmesine içerlemişti; Howard burada, bu odada Parminder'in emriyle soyunsa da başka bir yerde onun amiri olduğunu kendi tarzıyla hatırlatıyordu.

"Şeyini kaldırabilir misin... altına bakmam gerek..."

Adam büyük bir önlüğü andıran göbeğini kaldırdı; pantolonlu bacakları, beli ortaya çıktı. Kollarıyla kendi göbek yağlarını taşırken, Parminder'e tepeden gülümsedi. Başını eğerek adamın kemeriyle aynı hizaya getiren Parminder, koltuğunu çekerek yaklaştı.

Howard'ın göbek katmanının altına çirkin, pul pul olmuş bir kızarıklık yayılmıştı. Yanık izi gibi parlak kırmızıydı ve adamın gövdesinin alt kısmında gülümseyen, devasa, rujlu bir ağız gibi yanlamasına duruyordu. Parminder çürük et kokusu aldı.

"Pişik olmuşsun" dedi, "şu kaşıdığın yer de mantar kapmış. Tamam, gömleğini giyebilirsin."

Adam gayet telaşsızca göbeğini bırakıp gömleğini aldı.

"Bellchapel binasını gündeme aldığımı göreceksin. Şu aralar basın orayla bayağı ilgileniyor."

Bilgisayarda bir şeyler yazmakta olan kadın karşılık vermedi.

"*Yarvil and District* gazetesi" dedi Howard. "Onlara bir yazı yazıyorum. İki tarafa da" dedi gömleğini iliklerken, "söz hakkı vermek istiyorlarmış."

Kadın onu dinlememeye çalışıyordu, ama gazetenin ismini duyunca midesi iyice kasıldı.

"Tansiyonunu en son ne zaman ölçtürdün Howard? Son altı aydır ölçtürmemişsin gördüğüm kadarıyla."

"Ben iyiyim. Tansiyon ilacı kullanıyorum."

"Yine de bir baksak iyi olur. Hazır sen buraya gelmişken."

Adam tekrar iç geçirip, gömleğinin kolunu ağır ağır sıyırdı.

"Önce Barry'nin yazısını yayımlayacaklar" dedi. "Onlara yazı göndermişti, biliyorsundur. Fields'la ilgili."

"Evet" dedi kadın kendini tutamayıp.

"Sende kopyası yok, değil mi? Yani onun söylediklerini tekrarlamamak için?"

Kadının cırt cırtlı manşonu tutan elleri hafifçe titredi. Manşon Howard'ın koluna küçük geldi. Kadın aleti çıkarıp daha büyüğünü getirmek için ayağa kalktı.

"Bende yok" dedi, sırtı Howard'a dönükken. "Okumadım da."

Howard kadının pompayı sıkıp bırakmasını, tansiyon aletinin ibresinin hareketlerini bir pagan ritüelini izler gibi anlayışlı bir gülümsemeyle seyretti.

"Fazla yüksek" dedi kadın, ibre 10'a 17'yi gösterince.

"Tansiyon hapı kullanıyorum" dedi Howard, manşonun denk geldiği kısmı kaşıdıktan sonra gömleğinin kolunu indirirken. "Doktor Crawford sorun yok diyor."

Kadın, Howard'a yazılan ilaçların ekrandaki listesini gözden geçirdi.

"Tansiyonun için amplodipin ve bendroflumetiazid kullanıyorsun, değil mi? Kalbin için de simvastatin... beta bloker kullanmıyorsun..."

"Astımım yüzünden" dedi Howard, yenini döndürerek düzeltirken.

"... evet... bir de aspirin." Kadın, Howard'a döndü. "Howard, bütün sağlık sorunlarının bir numaralı sebebi fazla kiloların. Beslenme uzmanına sevk edildin mi?"

"Ben otuz beş yıldır şarküteri işletiyorum" dedi Howard gülümsemeyi sürdürerek. "Yiyecekler konusunda kimseden ders almaya ihtiyacım yok."

"Hayat tarzındaki birkaç değişiklik çok fark yaratabilir. Kilo verebilirsen..."

Adam hafifçe göz kırparak, rahat bir edayla, "Bırak dağınık kalsın. Bana kaşıntı kremi yeter" dedi.

Parminder sinirini bilgisayar klavyesinden çıkartarak Howard'a mantar ve steroid kremleri yazdı, aldığı çıktıyı tek kelime etmeden adama uzattı.

"Çok teşekkürler" dedi Howard koltuktan kalkarken, "sana iyi günler diliyorum."

# 2

"Ne istiyorsun?"

Terri Weedon'ın bir deri bir kemik kalmış bedeni, kendi kapısının eşiğinde küçücük duruyordu. Pençe gibi ellerini, sanki öyle daha heybetli görünecekmiş gibi kapı pervazlarına yaslayarak girişi kapamıştı. Saat sabahın sekiziydi; Krystal az önce Robbie'yle birlikte çıkmıştı.

"Seninle konuşmak istiyorum" dedi ablası. Beyaz kolsuz tişört ve eşofman altı giymiş olan Cheryl, geniş omuzlarıyla erkeksi duruyordu; sigarasını içerken dumanların arasından Terri'ye kısık gözlerle bakıyordu. "Cath Nine öldü" dedi kadın.

"Ne?"

"Cath Nine öldü" diye tekrarladı daha yüksek sesle. "Gerçi senin çok umurunda ya."

Aslında Terri, Cheryl'ın ilk söyleyişinde duymuştu. Öyle afallamıştı ki, şaşkınlıktan, "Ne?" diye sormuştu.

"Uyuşturucu mu kullandın?" diye sordu Cheryl sertçe, Terri'nin gergin ve donuk suratına bakarak.

"Hassiktir oradan. Hayır, kullanmadım."

Doğru söylüyordu. Terri o sabah uyuşturucu kullanmamıştı; üç haftadır kullanmıyordu. Bundan gurur duyuyor falan değildi; mutfağa üzerinde yıldızlar olan çizelge asmamıştı; bundan daha uzun süre, hatta aylarca kullanmadığı zamanlar da olmuştu. Obbo'nun iki haftadır şehir dışında olması işleri kolaylaştırmıştı. Ama Terri'nin malzemeleri eski bisküvi kutusundaydı hâlâ ve uyuşturucu arzusu, kadının narin bedenini kavuran sonsuz bir alev gibiydi.

"Dün ölmüş. Danielle ancak bu sabah lütfedip söyledi" dedi Cheryl. "Ben de bugün hastaneye ziyarete gidecektim. Danielle evin peşinde. Cath Nine'nin evinin. Açgözlü kaltak."

Terri, Hope Sokağı'ndaki teraslı küçük eve epeydir gitmiyordu ama Cheryl'ı dinlerken, tül perdeler ve büfenin üstündeki biblolar gözünde gayet net canlandı. Danielle'in orada etrafı karıştırdığını, cebine bir şeyler attığını, dolapların içine baktığını hayal etti.

"Cenaze salı günü dokuzda, krematoryumda."

"Tamam" dedi Terri.

"O ev Danielle'in olduğu kadar bizim de" dedi Cheryl. "Payımızı istiyoruz diyeceğim ona. Diyeyim mi?"

"Hı hı" dedi Terri.

Cheryl'ın civciv sarısı saçı ile dövmelerini, kadın köşeyi dönüp gözden kaybolana dek seyrettikten sonra geri çekilerek evine girdi.

Cath Nine ölmüştü. Terri onunla konuşmayalı epey olmuştu. *Seninle işim olmaz artık. Yeter Terri, burama kadar geldi.* Ama Cath Nine, Krystal'la görüşmeye devam etmişti. Krystal onun gözbebeği olmuştu. Cath Nine, Krystal'ın o salak yarışlarda kürek çekişini seyretmişti. Ölüm döşeğinde Krystal'ın ismini anmıştı, Terri'ninkini değil.

*Nasıl istersen, seni yaşlı kaltak. Umurumdaydı sanki. Artık çok geç.*

Göğsü sıkışan, tir tir titreyen Terri pis kokulu mutfağında dolanarak sigara aradı; ama aslında kaşığı, alevi ve iğneyi arzuluyordu.

O yaşlı kadına söylemesi gerekenleri söylemek için artık çok geçti. Tekrar onun Terri Bebeği olmak için artık çok geçti. *Koca kızlar ağlamaz... koca kızlar ağlamaz...* Terri, Cath Nine'nin sigara yüzünden hırıltılı çıkan sesiyle söylediği şarkının aslında "Sherry Baby" olduğunu ancak yıllar sonra fark etmişti.

Terri'nin elleri tezgâhın üstündeki nesnelerin arasında böcek gibi hızla gezinerek sigara paketi aradı. Bulduğu bütün paketlerin boş olduklarını anlayınca hepsini yırttı. Son sigaraları Krystal içmişti herhalde; açgözlü sürtüğün tekiydi o da, tıpkı Cath Nine'nin eşyalarını karıştıran, onun öldüğünü kardeşlerinden gizlemeye çalışan Danielle gibi.

Yağlı bir tabağın üstünde, yarısı içildikten sonra söndürülmüş bir sigara yatıyordu; Terri sigarayı tişörtüne sildi ve ocakta yaktı. Zihninde kendi on bir yaşındaki halinin sesini duydu.

*Annem sen olsaydın keşke.*

Hatırlamak istemiyordu. Lavaboya yaslanıp sigara içerken geleceği düşünmeye, ablalarının kapışmasının nasıl olacağını hayal etmeye çalıştı. Kimse Cheryl ile Shane'e yanlış yapmazdı. İkisi de yumruklarını iyi kullanırlardı ve Shane daha geçenlerde zavallı bir hıyarın sokak kapısının mektup deliğinden içeri yanan bezler atmıştı; en son bu yüzden hapse girmişti ve o sırada ev boş olmasa hâlâ hapiste yatıyor olacaktı. Ama Danielle, Cheryl'da bulunmayan silahlara sahipti: parası, kendi evi ve sabit telefon hattı vardı onun. Tanıdığı memurlar vardı ve onlarla nasıl konuşulacağını biliyordu. Yedek anahtarları olan ve gizemli evrak işlerinden anlayan biriydi.

Yine de Terri, Danielle'in özel silahlarına rağmen evi alamayacağını düşünüyordu. Mesele sadece üçüyle ilgili değildi; Cath Nine'nin bir sürü torunu, torunlarının çocukları vardı. Terri'nin devlet himayesine alınmasından sonra, babasının başka çocukları da olmuştu. Cheryl, adamın beş kadından dokuz çocuğu olduğunu tahmin ediyordu. Terri üvey kardeşleriyle hiç tanışmamıştı ama Krystal, Cath Nine'nin onlarla görüştüğünü söylemişti.

"Hadi ya?" diye terslemişti Terri. "Umarım o geri zekâlı yaşlı kaltağı donuna kadar soyarlar."

Cath Nine diğerleriyle görüşüyordu demek; ama Terri'nin duyduğu kadarıyla üvey kardeşleri de sütten çıkmış ak kaşık değillerdi. Cath Nine bir tek ona, bir zamanlar bebeğim dediği Terri'ye ebediyen sırt çevirmişti.

İnsan uyuşturucu kullanmayınca, içindeki karanlıktan

yükselen kötü düşünceler ve anılar zihnine üşüşüyordu; bu vızıldayan karasinekler insanın kafatasının içine konuyordu.

*Annem sen olsaydın keşke.*

Bugün Terri'nin üstünde askılı tişört olduğundan, kolunda, boynunda ve sırtının üst kısmındaki yanık izleri meydandaydı; bu izler erimiş dondurma gibiydi, doğal olmayan bir şekilde kırış kırıştı. Terri on bir yaşındayken South West General'ın yanık ünitesinde altı hafta kalmıştı.

(Yan yataktaki çocuğun annesi, "Bunlar nasıl oldu canım?" diye sormuştu.

Terri'nin babası, ona sıcak fritöz yağıyla dolu tavayı fırlatmıştı. Terri'nin üstündeki Human League tişörtü alev almıştı.

"Kazaydı" diye mırıldanmıştı Terri. Sosyal hizmet görevlileri ile hemşireler de dahil olmak üzere herkese bunu söylemişti. Babasını ispiyonlamaktansa diri diri yanmayı tercih ederdi.

Terri'nin on birinci doğum gününden hemen sonra annesi, üç kızını da bırakarak evi terk etmişti. Danielle ile Cheryl birkaç gün içinde erkek arkadaşlarının ailelerinin yanına taşınmışlardı. Geride bir tek Terri kalmıştı, babasına patates kızartmaya çalışıyor, annesinin geri döneceği umuduna tutunuyordu. Hastanede geçirdiği ilk günlerde hissettiği acıya ve dehşete karşın, böyle bir olayın olmasına memnun olmuştu; çünkü annesinin duyunca gelip onu alacağından emindi. Koğuşun ucunda ne zaman bir hareketlenme olsa, Terri'nin kalp atışları hızlanmıştı.

Ama ıstırap ve yalnızlıkla geçen altı uzun haftada, ziyaretine gelen tek kişi Cath Nine olmuştu. Cath Nine sessiz öğleden sonraları ve akşamları gelip torununun yanında oturmuş, ona hemşirelere teşekkür etmesi gerektiğini hatırlatmıştı; kadın somurtkan ve otoriter de olsa, beklenmedik bir şekilde şefkatli davranmıştı.

Terri'ye üzerinde parlak siyah yağmurluğu olan ucuz bir

oyuncak bebek almıştı; ama Terri oyuncak bebeği soyunca, iç çamaşırı olmadığını görmüştü.

"Bunun donu yok nine."

Cath Nine kıkırdamıştı. Cath Nine asla kıkırdamazdı.

*Annem sen olsaydın keşke.*

Cath Nine'nin onu evine götürmesini istemişti. Bunu söyleyince Cath Nine kabul etmişti. Terri çektiği onca acıya karşın, hastanede geçirdiği haftaların hayatının en mutlu dönemi olduğunu düşünüyordu bazen. Kendini öyle güvende hissetmişti ki; insanlar ona iyi davranmış, onunla ilgilenmişlerdi. Terri, Cath Nine'nin güzel tül perdeli evine gideceğini, babasının evine geri dönmeyeceğini düşünmüştü; gecenin bir yarısı kapının pat diye açılıp duvardaki, Cheryl'dan kalma David Essex posterine çarptığı, bir eli fermuarında olan babasının Terri'nin tüm yalvarmalarına karşın yatağına doğru yaklaştığı o eve geri dönmeyeceğini düşünmüştü...)

Şimdiye dönen Terri izmariti mutfak zeminine atıp geniş adımlarla ön kapıya gitti. Nikotinden daha fazlasına ihtiyacı vardı. Dışarı çıkıp sokakta, Cheryl'ın gittiği yöne doğru yürüdü. Kaldırımda sohbet eden iki komşusunun kendisine baktıklarını göz ucuyla gördü. *Fotoğrafımı vereyim isterseniz ha? Bol bol bakarsınız.* Terri sürekli onu çekiştirdiklerini biliyordu; onun için ne dediklerini biliyordu; bazen arkasından bağırarak da söylüyorlardı. Yan binada oturan kendini beğenmiş kaltak, belediyeye Terri'nin bahçesinin bakımsızlığını şikâyet edip duruyordu sürekli. *Canları cehenneme, canları cehenneme, canları cehenneme...*

Anılardan kaçmak için koşuyordu.

*Babasının kim olduğunu bile bilmiyorsun, değil mi orospu? Seninle işim olmaz artık Terri, burama kadar geldi.*

Son konuşmaları olmuştu bu, Cath Nine ona herkesin söylediği kelimeyi söylemişti ve Terri de benzer şekilde karşılık vermişti.

*Siktir git o zaman, seni zavallı geri zekâlı yaşlı sürtük, siktir git.*

"Beni hayal kırıklığına uğrattın Cath Nine" dememişti hiç. "Bana neden sahip çıkmadın?" dememişti hiç. "Seni herkesten çok sevdim Cath Nine" dememişti hiç.

Obbo'nun geri dönmüş olmasını umuyordu. Obbo bugün döneceğini söylemişti; bugün ya da yarın. Terri biraz mal bulmalıydı. Buna mecburdu.

"N'aber Terri?"

"Obbo'yu gördün mü?" diye sordu Terri, içki dükkânının duvarına yaslanmış sigara tüttürüp içki içen delikanlıya. Sırtındaki yara izleri yeniden yanmaya başlamıştı sanki.

Sakız çiğneyen delikanlı Terri'ye pis pis sırıtarak, başını hayır anlamında salladı. Terri telaşla uzaklaştı. Sosyal hizmet görevlisiyle, Krystal'la ve Robbie'yle ilgili düşünceler rahat vermiyordu: karasinekler gibi beyninin içinde vızıldayıp duruyorlardı; gözünü dikip bakan komşular gibiydiler, hepsi onu suçluyor, Terri'nin duyduğu ihtiyacın ne kadar şiddetli olduğunu anlamıyorlardı.

(Cath Nine onu hastaneden almış ve evindeki misafir odasına yerleştirmişti. Terri ilk kez o kadar temiz ve güzel bir odada uyumuştu. Orada üç gün geçirmiş, her akşam Cath Nine onu öpüp iyi geceler diledikten sonra, yatağında oturup yanındaki, pencere pervazındaki süs eşyalarını düzenlemişti. Cam bir vazodaki, çınlayan cam çiçekler ve içinde deniz kabuğu olan plastik, pembe bir kâğıt ağırlığı vardı; Terri'nin en sevdiği süs ise salak salak gülümseyerek şahlanmış bir toprak at heykeliydi.

"Atları severim" demişti Cath Nine'ye.

Terri'nin annesi evi terk etmeden önce, bir gün tarım fuarına okul gezisi düzenlenmişti. Sınıftaki çocuklar, eyeri pirinç süslerle kaplı olan dev bir siyah Shire atı görmüşlerdi. Sadece Terri atı okşamaya cesaret etmişti. Atın kokusundan sarhoş olmuştu. Hayvanın devasa, beyaz, tüylü bir toynakla son bulan sütun gibi bacağına sarılmış, tüylerini okşarken öğretmen, "Dikkatli ol Terri, dikkatli ol!" demişti; atın yanındaki yaşlı adamsa kadına, bir tehlike olmadığını, Samson'ın böyle tatlı bir küçük kızı asla incitmeyeceğini söylemişti gülümseyerek.

At heykelinin rengi farklıydı: Sarıydı, yelesi ile kuyruğuysa siyahtı.

Cath Nine, "Senin olsun" deyince Terri mutluluktan resmen havalara uçmuştu.

Ama dördüncü günün sabahında babası gelmişti.

"Eve geliyorsun" diyen adamın yüz ifadesi Terri'yi dehşete düşürmüştü. "Bu pinekleyen moruğun yanında kalmayacaksın. Hayır, kalmayacaksın. Hayır, kalmayacaksın küçük orospu."

Cath Nine, Terri kadar korkmuştu.

"Mikey, hayır" diye sızlanıp duruyordu kadın. Bazı komşular camdan bakıyorlardı. Terri'nin bir kolunu Cath Nine, diğer kolunuysa babası tutmuştu.

"Benimle birlikte eve geliyorsun!"

Adam, Cath Nine'nin gözünü morartmıştı. Terri'yi sürükleyerek arabasına bindirmişti. Eve döndüklerinde, Terri'yi eşek sudan gelene kadar dövmüş, tekmelemişti.)

"Obbo'yu gördün mü?" diye seslendi Terri, Obbo'nun elli metre ilerideki komşusuna. "Geri döndü mü?"

"Bilmem" dedi kadın sırtını dönerek.

(Michael, Terri'yi dövmediği zamanlarda ona başka şeyler yapıyordu, Terri'nin kimseye anlatamadığı şeyler. Cath Nine artık gelmez olmuştu. Terri on üç yaşındayken evden kaçmıştı, ama Cath Nine'ye gitmemişti; babasının onu bulmasını istemiyordu. Ama sonunda onu yakalayıp yetiştirme yurduna göndermişlerdi.)

Terri, Obbo'nun kapısını çalıp bekledi. Kapıyı tekrar çaldı, ama gelen olmadı. Titreyerek kapının dibine çöküp ağlamaya başladı.

Okulu kırmış iki Winterdown öğrencisi ona bakıp geçtiler.

"Krystal Weedon'ın annesi bu" dedi kızlardan biri yüksek sesle.

"Hani fahişelik yapan, değil mi?" diye bağırarak karşılık verdi diğeri.

Hüngür hüngür ağlayan Terri onlara küfredecek gücü bulamadı kendinde. Kızlar kıkırdayarak uzaklaştılar.

"Orospu!" diye seslendi bir tanesi geriye doğru dönüp, sokağın ucundan.

## 3

Gavin sigorta şirketiyle yaptığı son yazışmalar hakkında bilgi vermek için Mary'yi ofisine davet edebilirdi, ama onun evine gitmeye karar vermişti. Mary'nin kendisine yemeğe kalmasını teklif etmesi ihtimalini göz önünde bulundurarak, akşamüstünü boş bırakmıştı; Mary muhteşem bir aşçıydı.

Mary'yle düzenli olarak görüşmeye başladığından beri, kadının tuttuğu yastan rahatsızlık duymaz olmuştu. Mary'yi severdi zaten, ama kadın Barry'nin gölgesinde kalmıştı hep. Gerçi Mary bundan rahatsızlık duyuyormuş gibi de görünmezdi hiç; bilakis onun için ortamı güzelleştirmekten, Barry'nin esprilerine gülmekten, onun yanında olmaktan mutluluk duyuyor gibiydi.

Gavin, Kay'in arka planda kalmayı kabulleneceğini sanmıyordu hiç. Church Row yolunda vites değiştirirken, Kay'e partnerinin keyfi, mutluluğu ya da özgüveni adına tavırlarını değiştirmesi, fikirlerini kendine saklaması söylense kadının öfkeden deliye döneceğini düşündü.

Gavin daha önceki hiçbir ilişkisinde şimdiki kadar mutsuz olmamıştı. Lisa'yla ilişkisinin son demlerinde bile bazen ateşkes yapmış, birlikte gülmüş ve birdenbire mutlu zamanlarını anımsayarak hüzünlenmişlerdi. Kay'le birlikte olmaksa savaşmak gibiydi. Birbirlerine şefkat duymaları gerekmiyor muydu? Kay ondan gerçekten hoşlanıyor muydu ki?

Miles ile Samantha'nın akşam yemeğinin ertesinde, sabah telefonda o zamana kadarki en büyük kavgalarını etmişlerdi. Sonunda Kay telefonu Gavin'ın yüzüne kapamıştı. Tam yirmi dört saat boyunca artık ilişkilerinin bittiğini düşünen Gavin, istediği bu olsa da rahatlamak yerine korkuya kapılmıştı. Kay'in Londra'ya gidip ortadan kaybolduğunu hayal etmişti; oysa aslında kadın Pagford'da kalmak zorundaydı artık, burada çalışıyordu ve kızı Winterdown'da okuyordu. Gavin bu küçücük kasabada onunla sürekli karşılaşmak zorunda kalacaktı. Belki de kadın onun arkasından konuşmaya başlamıştı bile; Gavin, Kay'in telefonda söylediği bazı sözleri Samantha'ya veya şarküteride çalışan meraklı yaşlı kadına tekrarladığını hayal ettikçe ürperiyordu.

*Ben sırf senin için kızımın düzenini bozup, işimden ayrıldım, buraya taşındım; bir de kalkmış bana para ödemek zorunda bile olmadığın bir fahişeymişim gibi davranıyorsun.*

İnsanlar Gavin'ın kötü davrandığını söyleyeceklerdi. Belki *sahiden* de kötü davranmıştı. Bir noktada geri çekilmeyi bilmeliydi herhalde, ama o kritik noktayı görememişti.

Gavin bütün hafta sonunu kara kara düşünerek geçirdi; kötü adam olarak görülmek nasıl bir şey olacaktı acaba? Daha önce böyle bir konuma düşmemişti hiç. Lisa onu terk ettikten sonra herkes iyi ve anlayışlı davranmıştı, özellikle de Fairbrother'lar. Suçluluk duygusu ve korku yüzünden içi içini yiyen Gavin sonunda, pazar akşamı dayanamayıp Kay'i aramış ve özür dilemişti. İstemediği noktaya geri dönmüştü şimdi ve bu yüzden Kay'den nefret ediyordu.

Arabasını Barry hayattayken birçok kez yaptığı gibi Fairbrother'ların bahçe yoluna park edip ön kapıya doğru yürürken, son gelişinden beri çimlerin biçilmiş olduğunu fark etti. Zili çalar çalmaz Mary kapıyı açtı.

"Selam, nasıl... Mary, ne oldu?"

Kadının bütün yüzü ıslaktı ve yaşlı gözleri elmas gibi parlıyordu. Mary bir iki kez yutkundu ve başını hayır dercesine salladı; sonra Gavin nasıl olduğunu bile anlamadan, kollarının arasında Mary'yi buldu.

"Mary? Bir şey mi oldu?"

Kadının başıyla onayladığını hissetti. Fazla göz önünde olduklarının, arkasında uzanan sokağın son derece farkında olan Gavin kadını içeri soktu. Kollarının arasındaki Mary öyle ufak tefek ve narindi ki; kadın parmaklarıyla ona tutunuyordu, yüzünü onun paltosuna gömmüştü. Gavin evrak çantasını olabildiğince yavaş bir şekilde yere bıraktı, ama çıkan ses kadının geri çekilmesine ve ağzını elleriyle kapatarak kesik kesik solumaya başlamasına yol açtı.

"Üzgünüm... üzgünüm... ah *Tanrım*, Gav..."

"Ne oldu?"

Gavin'ın sesi her zamankinden farklı çıkıyordu: Güçlü ve otoriter bir sesti; işyerinde kriz çıktığı zamanlarda Miles'ın ses tonu da böyle olurdu.

"Birisi... anlamıyorum... birisi Barry'nin..."

Gavin'a çalışma odasına girmesini işaret etti; bu dağınık, pejmürde ama hoş ve rahat odanın raflarında Barry'nin kürek yarışlarında kazandığı kupalar, duvarındaysa boyunlarına madalya asılmış sekiz genç kızın yumruklarını havaya kaldırırken çekilmiş ve çerçevelenmiş fotoğrafı vardı. Mary bilgisayar ekranını titreyen parmağıyla gösterdi. Gavin paltosunu çıkarmadan sandalyeye oturup, Pagford Belediye Meclisi'nin internet sitesinin mesaj panosuna baktı.

"Be-ben bu sabah şarküterideydim ve Maureen Lowe dedi ki, bir sürü insan sitede taziyede bulunmuş... o yüzden teteşekkür me-mesajı yazacaktım. Ve... baksana..."

Kadın konuşurken Gavin onun kastettiği şeyi gördü. Simon Price Meclise Adaylığını Koymaya Uygun Değil; gönderen: Barry Fairbrother'ın Hayaleti.

"Aman Tanrım" dedi Gavin iğrenmiş gibi.

Mary tekrar gözyaşlarına boğuldu. Gavin ona yeniden sarılmak istedi; ama bunu yapmaya korkuyordu, özellikle de Barry'nin varlığıyla dolu olan bu dar, küçük odada. Kadının ince beline sarılmakla yetinip onu holden geçirerek mutfağa götürdü.

"Bir içkiye ihtiyacın var" dedi kendine bile yabancı gelen güçlü ve buyurgan sesiyle. "Kahveyi boş ver. İçkiler nerede?"

Ama kadının yanıt vermesine fırsat kalmadan kendi hatırladı; Barry'nin Mary'ye küçük bir bardak cin tonik hazırlamak için hangi dolaptan şişe çıkardığını birçok kez görmüştü; Mary'nin akşam yemeğinden önce cin tonikten başka içki içtiğine tanık olmamıştı hiç.

"Gav, saat daha dört."

"Kimin umurunda?" dedi Gavin bu yeni sesiyle. "İç bakayım şunu."

Kadın hıçkırıklarının arasında elinde olmadan güldü; uzatılan bardağı alıp içkiyi yudumladı. Gavin ona yüzünü ve gözlerini kurulaması için kâğıt havlu verdi.

"Öyle iyisin ki Gav. Bir şey istemez misin? Kahve veya... veya bira?" diye sordu kadın, tekrar hafifçe gülerek.

Gavin buzdolabından bir şişe bira aldı, paltosunu çıkardı ve mutfağın ortasında Mary'nin karşısına oturdu. Mary cininin çoğunu içince sakinleşti, suskunlaştı; her zamanki haline büründü.

"Kim yaptı sence?" diye sordu Gavin'a.

"Piçin tekidir" dedi Gavin.

"Millet Barry'nin koltuğunu kapmak için birbirine girdi. Her zamanki gibi, Fields konusunda anlaşamıyorlar. Ve Barry hâlâ orada, fikrini söylüyor. Barry Fairbrother'ın Hayaleti. Kim bilir, belki de mesaj panosuna yazan kişi oydu sahiden."

Bunun espri olup olmadığını anlayamayan Gavin bir anlığına, hafifçe gülümsemekle yetindi.

"Barry'nin her neredeyse bizim için, ben ve çocuklar için kaygılandığını düşünmeyi çok isterdim, anlarsın ya. Ama sanmıyorum. Bahse girerim ki hâlâ en çok Krystal Weedon için kaygılanıyordur. Burada olsa muhtemelen bana ne derdi, biliyor musun?"

Kadın içkisini bitirdi. Gavin cini az koyduğunu düşünmüştü, ama kadının yanakları kızarmıştı.

"Hayır" dedi Gavin temkinli bir sesle.

"Bana destek çıkan insanlar olduğunu söylerdi" dedi Mary; Gavin hep yumuşak başlı olduğunu düşündüğü kadının sesindeki öfkeye şaşırdı. "Evet, evet, herhalde derdi ki: 'Senin onca akraban var, arkadaşlarımız var, çocuklarımız var; ama Krystal'ın'" –Mary'nin sesi yükselmeye başlamıştı– "'Krystal'ın kimsesi yok.' Evlilik yıldönümümüzde ne yaptı, biliyor musun?"

"Hayır" dedi Gavin tekrar.

"Gazeteye Krystal'la ilgili bir yazı yazdı. Krystal'la ve Fields'la ilgili. O lanet olası Fields'la. Bu isimleri bir daha asla duymasam hiç umurumda bile olmaz. Bir cin daha istiyorum. Pek içmiyorum zaten."

Gavin kadının bardağını otomatikman alıp, afallamış bir halde içki dolabına geri döndü. Mary ile Barry'nin evliliklerinin tek kelimeyle mükemmel olduğunu düşünürdü hep. Sürekli bir şeylerle meşgul, hep bir dava peşinde olan Barry'nin yaptığı her şeyi, Mary'nin yüzde yüz onaylamıyor olması ihtimali hiç aklına gelmemişti.

"Akşamları kürek antrenmanları, hafta sonları takımı yarışa götürmeler" dedi kadın, Gavin'ın onun bardağına koyduğu buzlar şıngırdarken; "çoğu gece de bilgisayar başında oturup, insanlardan Fields konusunda destek almaya çalışır ve meclis toplantılarının gündemleriyle uğraşırdı. Ve herkes hep derdi ki: 'Barry ne *harika* bir insan değil mi, öyle çok şey yapıyor ki, hem de gönüllü olarak, hep halk için çalışıyor.'" Kadın yeni cin toniğinden büyük bir yudum aldı. "Evet, Barry harikaydı. Harikadan da öteydi. Ta ki onca koşuşturma yüzünden ölene dek. Evlilik yıldönümümüzde, bütün gün o salak yazıyı yetiştirmeye uğraştı. Hâlâ da yayımlamadılar."

Gavin gözlerini ondan alamıyordu. Öfke ve alkol, kadının yüzüne renk getirmişti. Mary son zamanlardaki ürkek ve sinik halinin aksine, dimdik oturuyordu şimdi.

"İşte bu yüzden öldü" dedi kadın net bir sesle; sesi mutfakta hafifçe yankılandı. "Herkese her şeyini veriyordu. Ben hariç herkese."

Barry'nin cenazesinden beri Gavin, kendisi ölse eksikliğinin toplumda o kadar hissedilmeyeceğini düşünüyor; düşündükçe de büyük bir yetersizlik hissine kapılıyordu. Mary'ye bakarken, bir insanın kalbinde derin bir boşluk bırakmamanın belki de daha iyi olduğunu düşündü. Barry, Mary'nin neler hissettiğini fark etmemiş miydi hiç? Ne kadar şanslı olduğunu fark etmemiş miydi?

Ön kapı gürültüyle açıldı ve Gavin içeri giren dört çocuğun gürültüsünü duydu; konuşmalarını, adımlarını, ayakkabılarını, çantalarını yere koyma seslerini.

"Selam Gav" dedi on sekiz yaşındaki Fergus, annesini başının tepesinden öpüp. "İçki mi içiyorsun anne?"

"Benim suçum" dedi Gavin. "Beni suçla."

Fairbrother'ların çocukları öyle hoştular ki. Gavin onların anneleriyle konuşmalarını, onu kucaklamalarını, birbirleriyle ve kendisiyle sohbet etmelerini seviyordu. Açıksözlü, kibar ve eğlenceliydiler. Gaia'nın hırçın bakışlarını, sivri cam kırıklarını hatırlatan suskunluklarını, kendisiyle ters ters konuşmasını düşündü.

"Gav, sigorta meselesini konuşamadık daha" dedi Mary, çocuklar mutfakta gezinip içecek ve abur cubur alırlarken.

"Önemli değil" dedi Gavin düşünmeden, sonra da telaşla düzeltti: "Oturma odasına mı geçelim, yoksa..."

"Evet, geçelim."

Kadın yüksek mutfak taburesinden inerken düşer gibi olunca Gavin onu kolundan tuttu tekrar.

"Akşam yemeğine kalacak mısın Gavin?" diye seslendi Fergus.

"İstiyorsan kal" dedi Mary.

Gavin'ın içine bir sıcaklık yayıldı.

"Çok isterim" dedi. "Teşekkürler."

## 4

"Çok üzücü" dedi Howard Mollison şöminesinin önünde, parmak uçlarında hafifçe sallanarak. "Gerçekten çok üzücü."

Maureen onlara Catherine Weedon'ın ölümüyle ilgili her şeyi anlatmayı yeni bitirmişti; bütün bunları (Cath Weedon'ın torununun yaptığı şikâyet de dahil olmak üzere) o akşam, sekreter arkadaşı Karen'dan duymuştu. Yüzünü keyif ve hoşnutsuzluk karışımı bir ifadeyle buruşturmuştu; çok kötü bir ruh halinde olan Samantha onun suratının fıstık kabuğuna benzediğini düşündü. Miles âdet gereği şaşkınlık ve acıma sesleri çıkarıyordu, ama Shirley donuk bir ifadeyle tavana bakmaktaydı; önce kendisinin duyması gereken haberleri Maureen'in vermesinden ve kadının bu sayede ilgi odağı olmasından nefret ediyordu.

Howard, "Annem o aileyi eskiden beri tanırdı" dedi Samantha'ya; Samantha bunu zaten biliyordu. "Hope Sokağı'nda komşuydular. Cath düzgün bir insandı aslında. Evini her zaman temiz tutardı ve altmışlı yaşlarına kadar çalıştı. Ah evet, Cath Weedon tam bir emekçiydi, akrabalarının tersine öyleydi."

Howard, Sezar'ın hakkını Sezar'a vermenin tadını çıkarıyordu.

"Çelik fabrikası kapanınca kocası işsiz kaldı. Adam çok içiyordu. Yok yok, Cath'in hayatı her zaman kolay olmadı."

Samantha ilgileniyormuş numarası yapmakta zorlanıyordu, ama neyse ki Maureen araya girdi.

"Ve gazeteciler Doktor Jawanda meselesini öğrendiler!" dedi çatlak sesle. "Kadın şimdi kendini nasıl hissediyordur kim bilir! Akrabalar ortalığı ayağa kaldırıyorlar... eh, onları suçlayamazsınız, yaşlı kadıncağız o evde üç gün tek başına yerde yatmış. Sen şeyi tanıyor musun Howard? Neydi, Danielle Fowler'ı?"

Önlük takmış olan Shirley kalkıp odadan çıktı. Samantha gülümseyerek biraz daha şarap yudumladı.

"Bir düşüneyim, bir düşüneyim" dedi Howard. Pagford'daki hemen herkesi tanımakla gurur duyardı, ama son kuşak Weedon'lar daha çok Yarvil'e aittiler. "Kızı olamaz, Cath'in dört oğlu vardı. Torunudur herhalde."

"Kadın soruşturma açılmasını istiyor" dedi Maureen. "Eh, böyle olacağı belliydi zaten. Müneccim olmaya gerek yok. Hatta daha önce olmamasına şaşırdım ben. Doktor Jawanda, Hubbard'ların oğluna antibiyotik vermemişti ve sonunda çocuk astımı yüzünden hastaneye kaldırıldı. Peki şeyi biliyor musun, Hindistan'da mı eğitim görmüş, yoksa..."

Mutfakta et suyunu karıştırırken konuşulanlara kulak kabartan Shirley, Maureen'in sohbeti tekeline almasına her zamanki gibi sinirlendi; en azından ona kalırsa, kadının yaptığı buydu. Maureen sözünü bitirene dek odaya geri dönmemekte kararlı olan Shirley çalışma odasına girdi ve bir sonraki Belediye Meclisi toplantısına katılmayacağını söyleyen var mı diye mesaj panosuna baktı; sekreter olarak, gündemi hazırlamaya başlamıştı bile.

"Howard... Miles... gelin de şuna bakın!"

Shirley'nin sesi her zamanki yumuşaklığını, sakinliğini kaybetmişti; tiz çıkıyordu.

Oturma odasından paytak paytak yürüyerek çıkan Howard'ı, üzerinde hâlâ işyerinde giydiği takım elbise olan Miles takip etti. Maureen düşük gözkapakları, kanlı, ağır rimelli gözleriyle boş kapı eşiğine tazı gibi bakıyordu; kadının Shirley'nin bulduğu ya da gördüğü şeyi öğrenme açlığı bütün suratından okunuyordu. Kadının leopar derisi gibi benekli, yarısaydam, eklemleri şiş elleri boynundaki zincirde asılı haç ve alyansla oynayıp duruyordu. Maureen'in ağız kenarlarından çenesine doğru inen derin kırışıklıklar yüzünden Samantha onun vantrolog kuklasına benzediğini düşünürdü hep.

Samantha, *Niye hep buradasın?* diye bağırdı yaşlı kadına içinden. *Howard ile Shirley'nin peşinden ayrılmıyorsun hiç.*

Samantha tiksintiden kusacak gibi oldu. Hamam gibi, tıkış tıkış odayı ellerinin arasına alıp ezivermek, porselenleri, yanan şömineyi ve Miles'ın yaldızlı çerçeveli fotoğraflarını paramparça etmek, sonra da odayı, içinde kısılı kalmış, ancak aklı başına gelmiş, ciyaklayan, süslü püslü Maureen'le birlikte kaldırıp gökten inmiş bir gülle atıcısı gibi günbatımına doğru fırlatmak istedi. Tuz buz olmuş oturma odasının, içindeki bahtsız kocakarıyla birlikte havada uçup sınırsız okyanusa düştüğünü, böylece kendisinin evrenin sonsuz dinginliğiyle baş başa kaldığını hayal etti.

Öğleden sonrası berbat geçmişti. Muhasebecisiyle korkutucu bir konuşma yapmıştı yine; Yarvil'den eve nasıl döndüğünü hatırlamıyordu neredeyse. Rahatlamak için Miles'la konuşmak istemişti, ama adam holde evrak çantasını yere bırakıp kravatını çıkarır çıkarmaz, "Akşam yemeğini hazırlamaya başlamadın, değil mi?" demişti.

Miles havayı oyuncu bir edayla kokladıktan sonra kendi sorusunu yanıtlamıştı.

"Evet, başlamamışsın. Eh, bu iyi, çünkü annem ile babam bizi yemeğe davet ettiler." Ve Samantha'nın itiraz etmesine fırsat bırakmadan, sertçe eklemişti: "Meclisle ilgisi yok. Babamın altmış beşinci doğum günü için yapılacak hazırlıkları konuşacağız."

Öfke sanki rahatlatıcı olmuştu; Samantha'nın kaygısını, korkusunu geri plana itmişti. Miles'ın peşinden arabaya giden Samantha kendisine haksızlık edildiği hissine tutunmuştu. Miles sonunda, Evertree Crescent'ın köşesinde, "Günün nasıldı?" diye sorunca Samantha, "Tek kelimeyle, kesinlikle muhteşemdi" diye yanıtlamıştı.

Maureen, "Ne oldu ki, merak ettim?" diyerek oturma odasındaki sessizliği bozdu. Samantha omuz silkti. Shirley'nin erkekleri çağırıp kadınları boş vermesi tipik bir davranıştı; Samantha meraklı davranarak kaynanasını memnun etmemeye kararlıydı.

Howard'ın fil adımları hol halısının altındaki döşeme tahtalarını gıcırdatıyordu. Maureen'in ağzı beklenti içinde bir karış açık kalmıştı.

"Vay vay vay" diye gürledi Howard, hantal hantal yürüyerek odaya geri dönerken.

"Toplantıya katılmayacak olan var mı diye meclis sitesine bakıyordum" dedi Shirley, adamın peşinden biraz soluk soluğa gelerek. "Bir sonraki toplantı için..."

"Birisi Simon Price hakkında suçlamalarda bulunmuş" dedi Miles, anne babasının arasından onlara sürtünüp geçerek. Sözcü rolünü kapmıştı.

"Nasıl suçlamalar?" diye sordu Samantha.

"Adam evinde çalıntı mallar bulunduruyormuş" dedi Howard, ilgiyi yeniden üzerine çekerek; "bir de basımevindeki patronlarını dolandırıyormuş."

Samantha duydukları onu etkilemediği için memnundu. Simon Price'ı pek tanımıyordu.

"Mahlas kullanmışlar" diye devam etti Howard, "hem de gayet çirkin bir mahlas."

"Ayıp bir şey mi yani?" diye sordu Samantha. "Büyük Kalın Kamış filan gibi bir şey mi?"

Howard kahkahayı bastı, Maureen abartılı bir dehşet çığlığı attı, Miles kaşlarını çattı, Shirley ise küplere binmiş gibiydi.

"*Pek* sayılmaz Sammy, hayır" dedi Howard. "Hayır, 'Barry Fairbrother'ın Hayaleti' mahlasını kullanmışlar."

"Ah" diyen Samantha sırıtmayı kesti. Bu hoşuna gitmemişti. Ne de olsa bilincini kaybetmiş Barry'nin bedenine iğneler ve borular sokulurken kendisi de ambulanstaydı; adamın o plastik maskenin altında ölmesini seyretmişti; Mary'nin onun elini sımsıkı tuttuğunu görmüş ve kadının iniltilerini, hıçkırıklarını işitmişti.

"Ah, hayır, bu hiç hoş değil" dedi Maureen; ama kurbağa gibi çıkan sesinde neşe vardı. "Hayır, bu gerçekten çirkin. Bir ölünün ağzından konuşmak. Saygısızlık bu. Doğru bir davranış değil."

"Haklısın" diyerek ona katıldı Howard. Ne yaptığının farkında değil gibi odayı baştan başa kat edip şarap şişesini aldı ve Samantha'nın yanına geri dönüp, kadının boş kadehini ağzına kadar doldurdu. "Ama Simon'ın adaylığını engellemek adına edepsizlik etmekten çekinmeyen biri var anlaşılan."

"Baba, sen de benim düşündüğümü düşünüyorsan" dedi Miles, "Price yerine bana saldırmaları gerekmez miydi sence?"

"Sana saldırmadıklarını nereden biliyorsun Miles?"

"Nasıl yani?" diye sordu Miles hemen.

"Şöyle ki" dedi Howard, bütün gözlerin üstünde olmasından mutluluk duyarak, "iki hafta önce seninle ilgili imzasız bir mektup aldım. Mektupta ayrıntıya girilmiyordu. Senin Fairbrother'ın yerini doldurmaya uygun olmadığın söyleniyordu sadece. Yani o mektup da Fairbrother'la ilgiliydi, anlıyor musun?"

Samantha kadehini fazla eğince çenesinden –ileride şüphesiz tam da vantrolog kuklası çizgilerinin belireceği kısımlardan– aşağı şarap aktı. Samantha yüzünü yeniyle sildi.

"Bu mektup nerede?" diye sordu Miles, kaygılı görünmemeye çalışarak.

"Yırtıp attım. İmzasızdı; geçerliliği yoktu."

"Keyfini kaçırmak istemedik canım" diyen Shirley, Miles'ın koluna hafifçe vurdu.

Howard, "Neyse, ellerinde sana karşı kullanabilecekleri bir şey yoktur" diye güvence verdi oğluna, "yoksa ifşa ederlerdi, tıpkı Price'a yaptıkları gibi."

"Simon Price'ın karısı hoş bir kız" dedi Shirley biraz üzülmüş gibi. "Adam gerçekten pis işlere karıştıysa bile Ruth'un bundan haberi olduğuna inanamam. Ruth hastaneden arkadaşım" diye açıkladı Maureen'e. "Sözleşmeli hemşire."

"Kendi evinde bir sürü şey olup biterken ruhu bile duymayan bir sürü kadın var" diye karşılık verdi Maureen imalı ve çokbilmiş bir edayla.

"Barry Fairbrother'ın isminin kullanılması gerçekten adilik" dedi Shirley, Maureen'i duymazdan gelerek. "İnsan onun dul eşini, ailesini düşünür. Akılları fikirleri kendi hedeflerinde; amaçlarına ulaşmak için her şeyi feda eder bunlar."

"Karşımızdakiler böyle insanlar işte" dedi Howard. İri göbeğini kaşıyarak düşündü. "Stratejik açıdan zekice bir hamle. Price'ın Fields yandaşlarının oylarını böleceğini daha en başta anlamıştım. Bunu Bezdiren de anladı ve adamı saf dışı bırakmak istiyor."

"Ama" dedi Samantha, "Parminder'le, onun grubuyla ilgisi olmayabilir. Belki de Simon Price'a garezi olan, tanımadığımız biri yazmıştır."

"Ah Sam" dedi Shirley, çınlayan bir kahkaha patlatarak ve başını iki yana sallayarak. "Siyaset dünyasını tanımadığın belli oluyor."

*Ah, siktir git Shirley.*

"Öyleyse neden Barry Fairbrother'ın ismini kullandılar peki?" diye sordu Miles, karısına dönerek.

"Eh, internet sitesinde yazılı, değil mi? Boşalan Barry'nin koltuğuydu sonuçta."

"İyi de kim Belediye Meclisi'nin sitesinde öyle bilgileri arayıp bulmak için uğraşır ki? Hayır" dedi adam ciddiyetle, "bu içeriden birinin işi."

İçeriden biri... Libby bir keresinde Samantha'ya bir damla havuz suyunun içinde binlerce mikroskobik canlı türü olabileceğini söylemişti. Amma da komikler diye düşündü Samantha; burada, Shirley'nin desenli hatıra tabaklarının önünde sanki Downing Sokağı'ndaki Kabine Odası'ndalarmış gibi, sanki Belediye Meclisi internet sitesinde yayımlanan önemsiz dedikodular organize bir kampanyanın sonucuymuş gibi, sanki bütün bunların önemi varmış gibi oturmuş konuşuyorlar.

Samantha dikkatini bilinçli olarak, başkaldırmak ister gibi onlardan uzaklaştırdı. Gözlerini pencereye ve ardındaki bulutsuz akşam göğüne dikip Jake'i, Libby'nin favori müzik grubundaki kaslı delikanlıyı düşündü. Samantha bugün öğle tatilinde sandviç almaya çıkınca, içinde Jake ile grup arkadaşlarının röportajı bulunan bir müzik dergisi satın almıştı. Bir sürü fotoğraf vardı.

"Libby'ye aldım" demişti, yanında çalışan tezgâhtar kıza.

"Vay be, şuna bak. Benim sevgilim olsa yataktan çıkarmazdım bunu hiç" diye karşılık vermişti Carly, belden yukarısı çıplak olan ve başını geriye atarak o kalın, güçlü boynunu sergilemiş Jake'i göstererek.

Carly yirmi altı yaşındaydı. Samantha, Jake ile kendisinin arasındaki yaş farkını hesaplamak istemiyordu. Sandviçini yerken röportajı okumuş ve bütün fotoğrafları incelemişti. Jake başının yukarısındaki bir metal çubuğa tutunuyordu ve siyah tişörtünün altındaki pazıları şişkindi; Jake beyaz gömleğinin önünü açmıştı ve pantolonunun gevşek belinin yukarısındaki baklava şekilli karın kaslarıyla heykel gibiydi.

Samantha, Howard'ın doldurduğu şarabını yudumlayarak, siyah kurtbağrı çitin yukarısında uzanan, hoş gül pembesi tonundaki gökyüzüne baktı; meme uçları, hamileliği ve bebek emzirmesi yüzünden kararmadan önce tam bu renkteydiler. Yirmi bir yaşındaki Jake'in karşısına on dokuz yaşındaki haliyle çıktığını, belinin eskisi gibi ince olduğunu, vücudunun malum yerlerinin sıkı ve dolgun olduğunu, kendi karnının da düz ve sert olduğunu, beyaz 38 beden şortuna rahatça sığdığını hayal etti. O şortun içindeyken genç bir adamın kucağına oturmanın, çıplak uyluklarının altında güneşten ısınmış kot pantolonun sertliğini hissetmenin, kıvrak beline iri ellerin dolanmasının nasıl bir şey olduğunu hâlâ net bir şekilde hatırlıyordu. Boynunda Jake'in nefesini hayal etti; dönüp o çıkık elmacıkkemiklerinin hemen yukarısındaki mavi gözlere ve o sert ifadeli, biçimli ağıza baktığını hayal etti...

"... kilise salonunda; yiyecekler için Bucknoles'la anlaştım" dedi Howard. "Herkesi davet ettik. Aubrey'yi, Julia'yı... herkesi. Şansımız varsa çifte kutlama yaparız; hem senin meclise girmeni, hem de benim yeni yaşıma..."

Samantha kendini çakırkeyif ve şehvetli hissediyordu. Ne zaman yemek yiyeceklerdi? Shirley'nin odadan çıkmış olduğunu fark edince, kadının sofrayı hazırlamaya gittiğini umdu.

Dirseğinin dibindeki telefon çalınca sıçradı. Hiçbirinin kımıldamasına fırsat kalmadan Shirley içeri daldı. Bir elinde çiçek desenli fırın eldiveni olduğundan, ahizeyi diğer eliyle kaldırdı.

"22-59?" dedi Shirley şarkı söyler gibi. "Ah... Ruth, selam canım!"

Howard, Miles ve Maureen pür dikkat kesildiler. Shirley dönüp kocasına baktı, sanki Ruth'un söylediklerini Howard'ın zihnine gözleriyle iletmeye çalışıyordu.

"Evet" dedi Shirley. "Evet..."

Ahizeye en yakın oturan kişi olan Samantha diğer kadının sesini duyabiliyor, ama ne söylediğini anlayamıyordu.

"Ah, sahi mi?.."

Maureen yine ağzı açık kalakalmıştı; kadın karnını doyurmak için haberlerin ağzına kusulmasını bekleyen bir ilkçağ kuşu gibiydi, belki de kanatlı bir sürüngen.

"Evet canım, anladım... yo, sorun olmaz... hayır, hayır, ben Howard'a açıklarım. Hayır, hiç sorun olmaz."

Shirley küçük, ela gözlerini Howard'ın kocaman, pörtlek, mavi gözlerinden bir saniye ayırmamıştı.

"Ruth, canım" dedi Shirley. "Ruth, seni kaygılandırmak istemem, ama bugün meclisin internet sitesine baktın mı?.. Şey... pek hoş değil, ama bilmen gerektiğini düşünüyorum... Birisi Simon hakkında kötü şeyler yazmış... şey, kendin okusan daha iyi olur, ben şey yapmayayım şimdi... tamam canım. Tamam. Çarşamba görüşürüz umarım. Evet. Hoşça kal."

Shirley telefonu kapattı.

"Bilmiyor" dedi Miles.

Shirley başını hayır anlamında salladı.

"Neden aramış ki?"

"Oğlu" dedi Shirley, Howard'a. "Yeni çırağın. Yerfıstığına alerjisi varmış da."

"Tam şarküteride çalışacak tip yani" dedi Howard.

"Ruth buzdolabında adrenalin iğnesi bulundurabilir misin diye soruyor, ne olur ne olmaz diye."

Maureen burnunu çekti.

"Bugünlerde bütün çocukların alerjisi var."

Shirley'nin eldivensiz eli ahizeyi tutuyordu hâlâ. Sanki farkında olmadan Tepedeki Ev'den gelen sarsıntıları hissetmeye çalışıyor gibiydi.

# 5

Gece lambasının aydınlattığı oturma odasında tek başına ayakta duran Ruth telefonu kapatmıştı ama ahizeyi elinde tutmayı sürdürüyordu.

Tepedeki Ev kutu gibiydi. Ailenin dört üyesinden her birinin nerede olduğunu anlamak çok kolaydı; konuşmalar, ayak sesleri, kapıların açılıp kapanması bu eski evin her yerinden duyulurdu. Ruth kocasının hâlâ duşta olduğunu biliyordu, çünkü merdivenin altındaki eski termosifonun tıslayıp tıkırtılar çıkardığını duyabiliyordu. Shirley'yi aramak için Simon'ın suyu açmasını beklemişti, onlardan EpiPen bulundurmalarını rica etmesinin düşmanla dostluk kurmak olarak yorumlanmasından korkuyordu.

Evin PC'si oturma odasının bir köşesinde, Simon'ın kolayca görebileceği bir yerde duruyordu; Simon kimse gizli gizli kullanmasın, faturalar şişmesin diye bilgisayarı gözünün önünde istiyordu. Ruth telefonu bırakıp klavyeye koştu.

Pagford Meclisi'nin internet sitesinin açılması çok uzun sürdü sanki. Ruth sayfalara göz gezdirirken, titreyen eliyle okuma gözlüğünü taktı. Sonunda mesaj panosunu buldu. Siyah beyaz ekranda kocasının ismini görünce tüyleri ürperdi: Simon Price Meclise Adaylığını Koymaya Uygun Değil.

Başlığa iki kez tıklayarak mesajı açıp okudu. Yer ayağının altından kaydı sanki.

"Aman Tanrım" diye fısıldadı.

Termosifon tıkırdamayı kesmişti. Simon radyatörün üstünde ısıttığı pijamasını giyiyor olmalıydı. Oturma odasının perdelerini çekip, yan lambaları açıp odun sobasını yakmıştı bile, birazdan da aşağıya inip kanepeye uzanarak haberleri seyredecekti.

Ruth ona söylemesi gerektiğini biliyordu. Bunu yapmaması, Simon'ın kendi kendine öğrenmesini beklemek gibi bir seçenek yoktu; Ruth haberi ağzından kaçırmamayı beceremezdi. Dehşete kapılmıştı ve sebebini bilmese de suçluluk duyuyordu.

Simon'ın koşarak merdivenden indiğini duydu, derken kocası kapıda belirdi; üstünde mavi, kalın pamuklu pijaması vardı.

"Si" diye fısıldadı Ruth.

"Ne oldu?" diye sordu adam hemen sinirle. Bir terslik olduğunu biliyordu; yanan sobanın yanında kanepeye uzanıp haberleri seyrederek keyif yapma planının suya düştüğünü biliyordu.

Ruth elini küçük bir kız gibi, saçma bir şekilde ağzına bastırmış, bilgisayar monitörünü gösteriyordu. Korkulu hali Simon'ı iyice sinirlendirdi; geniş adımlarla PC'ye gidip kaşlarını çatarak ekrana eğildi. Hızlı okuyabilen biri değildi. Her sözcüğü, her satırı yavaş yavaş, dikkatle okudu.

Bitirince hiç kımıldamadan öylece durup, bunu kimin yazmış olabileceğini düşündü. Yeni bilgisayarı aldıktan sonra Fields'ta bırakıp gittiği o sakız çiğneyen forklift sürücüsünü düşündü. Kendisiyle birlikte el altından, nakit karşılığında iş yapan Jim ile Tommy'yi düşündü. İşyerinden birisi konuşmuş olmalıydı. Simon'ın içinde hiddet ve korku birleşince kıyamet koptu.

Merdivenin dibine koşup, "Siz ikiniz! HEMEN aşağı inin!" diye bağırdı.

Ruth'un eli ağzının üstündeydi hâlâ. Simon sadistçe bir arzuya kapıldı; Ruth'un elini tokatlayarak indirmek, ona kendine gelmesini söylemek istiyordu, başı belada olan kişinin kendisi olduğunu söylemek istiyordu.

Odaya önce Andrew girdi; peşinden de Paul geldi. Andrew ekrandaki Pagford Belediye Meclisi armasını ve annesinin eliyle ağzını kapatmış olduğunu gördü. Eski halının üstünde yalınayak yürürken, hızla düşen bir asansörün içindeymiş gibi hissetti kendini.

"Birisi" dedi Simon, oğullarına öfkeyle bakarak, "bu evde söylediğim bazı şeylerden bahsetmiş."

Paul kimya defterini yanında getirmişti; defteri elinde ilahi kitabıymış gibi tutuyordu. Gözlerini babasından ayırmayan Andrew ise yüzüne şaşkın ve meraklı bir ifade oturtmaya çalışıyordu.

"Evimizde çalıntı bilgisayar olduğunu başkalarına kim söyledi?" diye sordu Simon.

"Ben söylemedim" dedi Andrew.

Paul babasına boş gözlerle bakıyordu, sanki soruyu anlamaya çalışıyor gibiydi. Andrew, *Keşke konuşsa* diye geçiriyordu içinden. Kardeşinin kafası neden o kadar yavaş çalışıyordu ki?

Simon, "Eee?" diye hırlar gibi sordu Paul'e.

"Ben, sanmıyorum..."

"*Sanmıyorsun*? Başkalarına söylediğini *sanmıyorsun*?"

"Evet, kimseye söylediğimi sanmı..."

"Ah, bu ilginç işte" dedi Simon, Paul'ün karşısında ileri geri yürüyerek. "Bu ilginç."

Paul'ün defterine doğru tokadı savurdu; defter çocuğun elinden fırladı.

"İyi düşün geri zekâlı" diye homurdandı Simon. "İyi düşün diyorum sana. Evimizde çalıntı bilgisayar olduğunu kimseye söyledin mi?"

"Çalıntı olduğunu söylemedim" dedi Paul. "Kimseye söylemedim... hatta yeni bilgisayarımız olduğunu da kimseye söylemedim sanırım."

"Anlıyorum" dedi Simon. "Yani periler falan söylemiştir diyorsun ha?"

Bilgisayar monitörünü gösteriyordu.

"*Birisi* ötmüş!" diye haykırdı adam. "Çünkü *internette* yazıyor! Ve bu... yüzden... işimi... kaybetmezsem... iyidir!"

Son beş kelimeden her birini söylerken, Paul'ün başına bir yumruk atmıştı. Paul sindi; sol burun deliğinden siyah bir sıvı sızıyordu; haftada birkaç kez burnu kanardı.

"Peki ya *sen*?" diye gürledi Simon hâlâ bilgisayarın yanında donakalmış halde duran, gözlüğünün ardındaki gözleri kocaman kocaman açılmış, ağzını eliyle yaşmak gibi örtmüş karısına. "*Sen* kimseye söyledin mi?"

Ruth elini indirdi.

"Hayır Si" diye fısıldadı. "Yani, yeni bilgisayarımızdan sadece Shirley'ye bahsettim... o da hayatta..."

*Aptal kadın, seni aptal kadın, neden ona bunu söyledin ki?*

"Ne yaptın?" diye sordu Simon usulca.

"Shirley'ye söyledim" dedi Ruth inler gibi. "Ama çalıntı olduğunu söylemedim Si. Sadece senin eve bilgisayar getireceğini söyledim..."

"Eh, mesele anlaşıldı, değil mi?" diye gürledi Simon; artık sesi çığlık gibi çıkıyordu. "Onun oğlu adaylığını koydu be kadın; beni kötü duruma düşürmeyi ister tabii!"

"Ama bana haberi demin o verdi Si, o yapmış olsa..."

Simon kadına doğru atılıp yüzüne, tam da az önce o salakça, korkulu yüz ifadesini gördüğünde vurmak istediği yere vurdu; kadının gözlüğü havada dönerek uçup kütüphaneye çarptı; Simon bir daha vurunca kadın South West General'dan aldığı ilk maaşla, kendisiyle gurur duyarak satın aldığı bilgisayar masasının üstüne düştü.

Andrew kendine bir söz vermişti. Ağır çekimde hareket eder gibiydi, her şey soğuk, yapış yapış ve biraz da gerçekdışıydı sanki.

"Vurma ona" dedi annesi ile babasının arasına zorla girerek. "Yapma..."

Simon'ın yumruğunu yiyince dudağı yarıldı ve o da geriye savrularak, klavyenin üstünde yatan annesinin üstüne düştü; Simon'ın yeniden savurduğu yumruğu, Andrew'nun yüzünü korumak için kaldırdığı kollarına çarptı; Andrew çırpınan annesinin üstünden kalkmaya çalışıyordu, öfkeden gözü dönmüş olan Simon ise ikisinin de neresine denk gelirse vuruyordu...

"Bana ne yapacağımı söylemeye kalkma sakın... buna sakın cesaret edeyim deme, seni küçük korkak bok seni, seni sivilceli, işe yaramaz sırık seni..."

Andrew aradan çekilmek için dizlerinin üstünde durunca Simon onun kaburgalarını tekmeledi. Andrew, Paul'ün acınası bir sesle, "Yapma!" dediğini duydu. Simon tekrar Andrew'nun göğüskafesini tekmelemeye kalktı, ama Andrew yana çekilince Simon tuğla şömineyi tekmelemiş oldu ve birden komik bir şekilde, acıyla ulumaya başladı.

Andrew emekleyerek uzaklaştı. Simon ayağının ucunu tutarak olduğu yerde zıplıyor, tiz bir sesle küfrediyordu. Döner koltuğa çökmüş olan Ruth yüzünü ellerine gömmüştü ve hüngür hüngür ağlıyordu. Andrew ayağa kalktı; ağzında kendi kanının tadı vardı.

"Herhangi birisi o bilgisayardan bahsetmiş olabilir" dedi soluk soluğa; kendini babasının yeniden saldırmasına hazırlıyordu. Artık kavga gerçekten başlamış olduğundan, kendini şimdi daha cesur hissediyordu; asıl ürkütücü olan şey bekleme faslıydı. Simon'ın altçenesinin öne çıkmaya başladığını görmek, şiddet arzusunun giderek arttığını sesinden anlamaktı. "Bir güvenlik görevlisinin dövüldüğünden bahsetmiştin. Herhangi birisi söylemiş olabilir. Biz söylemedik..."

"Sakın... seni küçük bok... ayak parmağımı kırdım be!" diyerek inleyen Simon ayağını tutarak arkasındaki koltuğa yığıldı. Şefkat bekler gibi bir hali vardı.

Andrew eline bir tabanca alıp Simon'ı suratından vurduğunu hayal etti; yüzü paramparça oluyor, beyni ortalığa saçılıyordu.

"Pauline de yine âdet görmeye başladı!" diye haykırdı Simon, burnundan akan kanın parmaklarının arasından damlamasını engellemeye çalışan Paul'e. "Çekil halının üstünden, çekil şu halının üstünden, seni küçük hanım evladı!"

Paul odadan kaçtı. Andrew tişörtünün ucunu acıyan ağzına bastırdı.

"Peki ya şu nakit parayla el altından iş yapma meselesi?" diye sordu Ruth ağlayarak; Simon'ın vurduğu yanağı kızarmıştı ve çenesinden yaşlar damlıyordu. Andrew onun bu aşağılanmış, zavallı halini görmekten nefret ediyordu; ama bile bile lades demişti işte, bunun için de ondan nefret ediyordu, çünkü olacakları bir salak bile tahmin edebilirdi... "Nakit para karşılığında iş yaptığın söylenmiş. Shirley bunu bilemez ki, nereden bilecek? O yazıyı basımevinde çalışan biri yazmış olmalı. Si, öyle işler yapma dedim sana; öyle şeyler hep ödümü..."

Çenesini tekrar öne çıkaran Simon, "Kapa çeneni ağlak sığır; sen paraları harcarken iyiydi ama!" diye haykırdı; Andrew annesine bağırmak, susmasını söylemek istedi. Kadın bir salağın bile susmak gerektiğini görebileceği zamanlarda vır vır konuşuyor, konuşması gereken zamanlarda da susuyordu; asla ders almıyordu, olacakları asla tahmin edemiyordu.

Bir dakika boyunca kimse konuşmadı. Ruth elinin tersiyle gözlerini silerken burnunu çekip duruyordu. Simon ayak parmağını sımsıkı tutarak, çenesini sıkarak hızlı hızlı soluyordu. Andrew şişmeye başladığını hissettiği üstdudağındaki kanı yaladı.

"O yazı yüzünden işimi kaybedeceğim" dedi Simon; delirmiş gibi etrafına bakıp duruyordu; sanki vurmayı unuttuğu birini bulacaktı. "Personel fazlalığından bahsediyorlardı zaten. İşim bitti. Bu..." Sehpanın üzerindeki lambayı tokatladı; lamba yere düştü, ama kırılmadan yuvarlandı. Simon lambayı alıp kablosunu çekerek duvardaki prizinden çıkardı, başının üstüne kaldırıp Andrew'ya fırlattı; Andrew yana çekilerek kurtuldu.

"Kim söyledi?" diye haykırdı Simon, lamba duvara çarpıp parçalanırken. "Birisi söylemiş!"

"Basımevindeki piçlerden biri söylemiştir, değil mi?" diye bağırarak karşılık verdi Andrew; dudağı şişmişti ve zonkluyordu; mandalina dilimi gibi olmuştu. "Bizim söylediğimizi mi sanıyorsun... çenemizi kapalı tutmamız gerektiğini artık bilmiyor muyuz sanıyorsun?"

Vahşi bir hayvanı anlamaya çalışmak gibiydi bu. Andrew babasının çene kaslarının kasılıp gevşediğini görse de, Simon'ın onun söylediklerini düşündüğünü anlayabiliyordu.

Simon, "O mesaj ne zaman yayımlanmış?" diye gürledi Ruth'a. "Baksana! Tarihi ne?"

Hıçkırarak ağlamaya devam eden Ruth ekrana baktı; gözlüğü kırılmış olduğundan, yüzünü iyice yaklaştırmak zorunda kaldı.

"Ayın on beşinde" diye fısıldadı kadın.

"Ayın on beşi... pazar" dedi Simon. "Pazardı, değil mi?"

Andrew da, Ruth da onun hatasını düzeltmediler. Andrew şansına inanamıyordu; şansının devam edeceğine de inanamıyordu.

"Pazar" dedi Simon; "yani herhangi birisi... lanet olası *parmağım*" diye haykırarak ayağa kalktı ve abartılı bir şekilde topallayarak Ruth'a yaklaştı. "Çekil önümden!"

Kadın hemen koltuktan kalktı ve adamın paragrafı tekrar okumasını seyretti. Simon sanki solunum yollarını açmaya çalışan bir hayvan gibi nefes alıp veriyordu. Andrew elinde tel olsa babasını oracıkta, oturduğu yerde boğabileceğini düşündü.

"İşyerinden biri yazmıştır" dedi Simon; sanki bu sonuca yeni varmış, karısından ya da oğlundan duymamıştı. Ellerini klavyeye koyup Andrew'ya döndü. "Bundan nasıl kurtulacağım?"

"Ne?"

"Sen lanet bilgisayardan anlıyorsun! Bunu nasıl sileceğim?"

"Silemezsin ki... silemezsin" dedi Andrew. "Site yöneticisi olman gerek."

"Sen site yöneticisi ol öyleyse" dedi Simon, ayağa fırlayıp Andrew'ya döner koltuğu göstererek.

"Ben kendi başıma site yöneticisi olamam ki" dedi Andrew. Simon'ın tekrar sinirlenmeye, tekrar şiddet uygulamaya başlamasından korkuyordu. "Kullanıcı adını ve şifreleri girmek gerek."

"Bir boka yaradığın yok, değil mi?"

Simon topallayarak Andrew'nun önünden geçerken onu göğüskafesinin ortasından itti; Andrew şömineye çarptı.

Simon, "Telefonu ver!" diye bağırdı karısına, diğer koltuğa yeniden otururken.

Ruth telefonu alıp, Simon'ın bir metre ötesine kadar yaklaştı. Adam telefonu onun ellerinden kapıp bir numara çevirdi.

Simon basımevindeki suç ortaklarını, önce Jim'i, sonra da Tommy'yi ararken Andrew ile Ruth sessizce beklediler. Öfkeden gözü dönmüş, suç ortaklarından şüphelenen Simon telefonda kısa cümlelerle, bol bol küfür ederek konuştu.

Paul geri gelmemişti. Hâlâ burnundaki kanamayı durdurmaya çalışıyor olabilirdi, ama büyük ihtimalle odaya geri dönmeye korkuyordu. Andrew kardeşinin pek akıllıca davranmadığını düşündü. Simon'dan izinsiz gitmek güvenli değildi.

Simon telefon konuşmalarını bitirince tek kelime etmeden telefonu Ruth'a uzattı; kadın telefonu alıp telaşla eski yerine, sehpanın üstüne koydu.

Çatlamış ayak parmağı zonklayan Simon oturup düşünmeye koyuldu; sobanın ısısı yüzünden terliyordu, öfkeden ne yapacağını bilemez haldeydi. Karısı ile oğlunu dövmüş olması önemli değildi, onları düşünmüyordu bile; başına korkunç bir şey gelince sinirini etrafındaki insanlardan çıkarmıştı doğal olarak; hayat böyleydi. Hem zaten o geri zekâlı Ruth kaltağı, Shirley'ye söylediğini itiraf etmişti...

Simon olanları anlamaya çalıştı. Puştun teki (Simon sakız çiğneyen forklift sürücüsünden şüpheleniyordu, çünkü

Fields'ta gaza basıp giderken delikanlının hiddetli yüz ifadesini görmüştü) Mollison'lara ondan bahsetmişti. Ruth'un Shirley'ye bilgisayardan bahsettiğini itiraf etmesi, mantıksız da olsa Simon'ın bu olasılığa inanmasına sebep oluyordu ve onlar (yani Mollison'lar, kurulu düzenin adamları, işini bilen çakallar, güçlerini kaybetmek istemeyenler) internet sitesinde o mesajı yayımlamışlardı (Shirley denen kocakarının o sitenin yöneticisi olması, bu teorinin doğruluğunu kanıtlıyordu).

"Senin o adi arkadaşın" dedi Simon dudakları titreyen, yüzü ıslak karısına, "senin o adi Shirley. Bunu o yaptı. Oğluna rakip olmayayım diye. Onun işi bu."

"Ama Si..."

*Kapa çeneni, kapa çeneni geri zekâlı* diye düşündü Andrew.

"Hâlâ onun tarafındasın ha?" diye gürledi Simon, ayağa kalkarmış gibi yaparak.

Ruth, "Hayır!" diye ciyaklayınca adam tekrar koltuğuna çöktü; ağırlığını sızlayan ayağına vermeyi kestiği için memnundu.

Simon, Harcourt-Walsh'taki amirlerinin onun mesai saatleri dışında yaptığı işlerden hiç de memnun olmayacaklarını düşündü. Lanet olası polisler de gelip bilgisayarı kurcalayabilirlerdi. Hemen harekete geçme arzusuna kapıldı.

"Sen" dedi parmağını Andrew'ya doğru uzatarak. "Şu bilgisayarın fişini çek. Hepsini, bütün kabloları çıkar. Benimle geliyorsun."

## 6

İnkâr edilenler, söylenmeyenler, gizlenenler ve üstü örtülenler.

Çamurlu Orr Nehri, geceyarısı eski taş köprüden atılmış

çalıntı bilgisayarın üstünden akıyordu. Ayak parmağındaki çatlak yüzünden işe topallayarak giden Simon, herkese bahçe yolunda kayıp düştüğünü söyledi. Ruth morluklarına buz bastırdı ve eskiden kalma bir tüp fondöten sayesinde onları beceriksizce gizledi; Andrew'nun dudağı Dane Tully'ninki gibi kabuk bağladı; Paul ise, otobüste burnu kanadığı için, okula girer girmez dosdoğru hemşireye gitmek zorunda kaldı.

Yarvil'de alışveriş yapan Shirley Mollison, Ruth'un ısrarlı aramalarına ancak akşama doğru, Ruth'un çocukları okuldan döndükten sonra yanıt verdi. Andrew annesinin söylediklerini oturma odasının önündeki merdivenden dinledi. Ruth'un sorunu Simon eve gelmeden önce çözmeye çalıştığını biliyordu; Simon telefonu Ruth'un elinden kapabilir, onun arkadaşına bağıra çağıra küfretmeye başlayabilirdi.

"... aptalca yalanlar işte" diyordu Ruth neşeyle, "ama o mesajı kaldırabilirsen minnettar oluruz Shirley."

Andrew kaşlarını çatınca, şişmiş dudağındaki yarık yeniden açılacak gibi oldu. Annesinin o kadından iyilik dilendiğini duymaktan nefret ediyordu. Saçma bir şekilde mesajın siteden kaldırılmamış olmasına sinirlendi bir an; sonra bu mesajı kendisinin yazdığını, her şeyin sorumlusunun kendisi olduğunu anımsadı: Annesinin yüzündeki morlukların, kendi dudağındaki yarığın ve Simon'ın geri gelecek olması yüzünden eve hâkim olan dehşet havasının.

"Çok meşgul olduğunu biliyorum..." diyordu Ruth ödlek ödlek, "ama anlarsın ya, insanlar orada yazılanlara inanırlarsa Simon'ın başı belaya girebilir..."

Andrew, Ruth'un Simon'a karşı gelmek zorunda kaldığı nadir anlarda da böyle konuştuğunu düşündü: alttan alarak, özür dileyerek, çekine çekine. Annesi neden o kadının mesajı hemen siteden kaldırmasını talep etmiyordu ki? Neden hep böyle ödlekti, neden hep böyle özür diliyordu? *Neden Andrew'nun babasını terk etmiyordu?*

Andrew, Ruth'u ayrı bir insan, iyi ve bozulmamış biri olarak görmüştü hep. Çocukken anne babasını ak ve kara gibi görürdü; biri kötü ve korkutucu, diğeriyse iyi ve şefkatliydi. Ama büyüdükçe, Ruth'un Simon'ın yaptıklarını görmezden geldiğini, sürekli onun davranışlarına bahaneler bulduğunu, sahte putuna sarsılmaz bir bağlılık duyduğunu fark etmişti.

Andrew kadının telefonu kapattığını duyunca merdivenin kalan basamaklarını gürültüyle indi, oturma odasından çıkan Ruth'la burun buruna geldi.

"İnternet sitesinin yöneticisi olan kadını mı aradın?"

"Evet." Ruth'un sesi yorgun çıkıyordu. "Babanla ilgili o yazıyı kaldıracak; böylece bu mesele de kapanır umarım."

Andrew annesinin zeki olduğunu, ev işleri konusunda sakar Simon'dan çok daha becerikli olduğunu biliyordu. Kadın kendi hayatını kazanabilecek biriydi.

"Madem arkadaşsınız, neden hemen kaldırmamış?" diye sordu, kadının peşinden mutfağa girerek. Hayatında ilk kez Ruth'a karşı sadece merhamet değil, aynı zamanda öfke boyutuna varan bir tahammülsüzlük hissetti.

"Meşgulmüş" diye çıkıştı Ruth.

Kadının gözlerinden biri, Simon'ın yumruk darbesi yüzünden kanlanmıştı.

"Ona sitenin yöneticisi olarak, orada yayımlanan iftiralardan sorumlu olduğunu, başının derde girebileceğini söyledin mi? Bunu bilgisayar dersinde öğ..."

"Kaldıracak dedim ya Andrew" dedi Ruth öfkeyle.

Kadın oğullarına ters davranmaktan çekinmiyordu. Bunun sebebi ona el kaldırmamaları mıydı, yoksa başka bir şey miydi? Andrew, annesinin yüzünün kendi yüzü kadar acıdığını biliyordu.

"Peki, babamla ilgili o şeyleri kim yazdı sence?" diye sordu düşünmeden.

Kadın hışımla ona doğru döndü.

"*Bilmiyorum*" dedi, "ama her kimse, adice ve korkakça davrandı. *Herkesin* saklamak istediği bir şeyler vardır. *Baban* başkalarıyla ilgili bildiklerini internette yazsa nasıl olurdu? Ama yapmaz."

"Onun ahlak anlayışına uymaz, değil mi?" dedi Andrew.

"Sen babanı sandığın kadar iyi tanımıyorsun!" diye bağırdı Ruth yaşlı gözlerle. "Çık dışarı... git ödevini yap... umurumda değil... gözüm görmesin seni!"

Andrew aç aç geri döndü yatak odasına, çünkü mutfağa karnını doyurmak için gitmişti. Yatağında uzun süre uzanıp, o mesajı yayımlamasının korkunç bir hata olup olmadığını düşündü. Annesinin Simon'ın ahlak namına bir şeyden haberi olmadığını fark etmesi için adamın ailedeki insanları daha ne kadar incitmesi gerektiğini merak etti.

Bu arada Shirley Mollison, Tepedeki Ev'in bir buçuk kilometre ötesindeki tek katlı evinin çalışma odasında, mesaj panosundaki mesajların nasıl silindiğini anımsamaya çalışıyordu. Panoda o kadar az mesaj yayımlanıyordu ki, Shirley onları üç yıl boyunca silmezdi genelde. Sonunda, site yöneticiliğine başladığında kendine hazırladığı basit kılavuzu köşedeki dosya dolabından çıkardı, birkaç başarısız girişimden sonra, Simon'a yönelik suçlamaları siteden kaldırmayı başardı. Bunu sırf Ruth'u sevdiği için yapmıştı; şahsen bu konuyla ilgili kendini sorumlu falan hissetmiyordu.

Ama mesajın siteden silinmesi, Barry'nin koltuğu için yapılacak oylamayla yakinen ilgilenen kişilerin zihinlerinden de silinmesi anlamına gelmiyordu. Parminder Jawanda, Simon Price'la ilgili mesajı kendi bilgisayarına kopyalamıştı; mesajı açıp açıp duruyor, kelimesi kelimesine inceliyordu; ceset inceleyen bir adli tıp uzmanı gibi, Howard Mollison'ın edebi DNA'sının izini sürüyordu. Howard kendi belirgin anlatım tarzını gizlemek için elinden geleni yapmıştı herhalde, ama Parminder, "Maliyetleri düşürme konusuna hiç de yabancı olmayan Bay Price'ın sahip olduğu faydalı bağlantılar, meclisin de işine yarayabilir" kısmında adamın ağdalı üslubunu gördüğünden emindi.

"Minda, sen Simon Price'ı tanımıyorsun" dedi Tessa Wall. Colin'le ikisi, Eski Papaz Evi'nin mutfağında Jawanda'larla birlikte akşam yemeği yiyorlardı ve onlar daha eşikten içeri adımlarını atar atmaz Parminder mesaj konusunu açmıştı. "Çok sevimsiz bir adamdır ve birçok kişinin damarına basmış olabilir. Ben gerçekten Howard Mollison'ın yapmadığını düşünüyorum. Onun böyle kör gözüm parmağına tarzında bir şey yapacağını sanmam."

"Kendini kandırma Tessa" dedi Parminder. "Howard, Miles'ın seçilmesi için her şeyi yapar. Bak görürsün. Şimdi de Colin'e saldıracak."

Tessa, Colin'in çatalın sapını tutan parmaklarındaki eklemlerin beyazlaştığını görünce, Parminder'in düşüncesizce konuşmasına sinirlendi. Parminder, Colin'i gayet iyi tanıyordu; adama Prozac reçetesini kendi yazıyordu.

Vikram masanın ucunda sessizce oturuyordu. Güzel yüzünde hafif, doğal, alaycı bir gülümseme vardı. Tessa fazla yakışıklı tüm erkeklerden çekindiği gibi bu cerrahtan da çekinirdi hep. Parminder en yakın arkadaşlarından biri olsa da, uzun saatler boyunca çalışan ve Pagford meseleleriyle karısı kadar ilgilenmeyen Vikram'ı pek tanımıyordu.

Parminder, "Size gündemden bahsettim, değil mi?" diyerek anlatmayı sürdürüyordu. "Gelecek haftaki toplantının gündeminden? Howard Fields'la, sınır değerlendirmesi yapacak Yarvil komitesiyle ilgili önerge sunacakmış; *bir de* uyuşturucu kliniğinin tahliye edilmesi yönünde karar alınmasını istiyor. Hazır Barry'nin koltuğu boşalmışken hepsini birden oldubittiye getirmeye çalışıyor."

Bir şeyler getirmek için masadan kalkıp duruyor, gereksiz yere dolabın kapağını açıp kapatıyordu; dalgındı kadın. İki kez, ayağa kalkma sebebini unutmuş gibi bir şey getirmeden tekrar yerine oturdu. Vikram onun hareketlerini gür kirpiklerinin arasından seyrediyordu.

"Dün gece Howard'ı aradım" dedi Parminder, "ve böyle önemli meseleler hakkında oylama yapmadan önce Barry'nin koltuğunun doldurulmasını beklememiz gerektiğini söyledim. Güldü; bekleyemezmişiz. Sınır değerlendirmesinin başlamasına az kaldığı için, Yarvil'liler fikrimizi duymak istiyorlarmış. Barry'nin koltuğuna Colin'in geçmesinden korkuyor asıl, çünkü o zaman bize bir şeyler dayatması zorlaşacak. Bizi destekleyeceğini düşündüğüm herkese e-posta yazıp, kararların bir sonraki toplantıya ertelenmesi için Howard'a baskı yapmalarını istedim...

Barry Fairbrother'ın Hayaleti" diye ekledi nefes nefese. "*Piç* herif. Barry'nin ölümünü ona karşı kullanamayacak. Karşısında beni bulacak."

Tessa, Vikram'ın dudaklarının kımıldadığını gördü sanki. Başlarını Howard Mollison'ın çektiği yaşlı Pagford'lular, Parminder'de kusur diye gördükleri bir sürü şeyi söz konusu Vikram olunca mesele etmiyorlardı hiç. Adamın teninin esmerliği, zekâsı ve zenginliği sorun olmuyordu (Shirley Mollison, Vikram'ı kibirli buluyordu biraz). Tessa bunun hiç adil olmadığını düşündü: Parminder, Pagford'daki hayatın her alanında çok çalışıyordu. Okul pikniklerinde, yardım yemeklerinde, eğlencelerde, muayenehanesinde ve Belediye Meclisi'nde canla başla çalışmasına karşın Pagford'daki örümcek kafalılara yaranamıyordu; herhangi bir sosyal etkinliğe nadiren katılan Vikram'ın ise üstüne titreniyordu, adam sürekli övülüyor ve takdir ediliyordu.

"Mollison megalomanın teki" dedi Parminder, tabağındaki yemekle huzursuzca oynayarak. "Hem kabadayı, hem de megaloman."

Vikram çatalı ile bıçağını bırakıp arkasına yaslandı.

"Öyleyse neden" dedi, "Pagford Belediye Meclisi'nin başkanı olmakla yetiniyor? Neden Şehir Meclisi'ne girmeye çalışmıyor?"

"Çünkü Pagford'un dünyanın merkezi olduğunu düşünüyor" dedi Parminder öfkeyle. "Hem Yarvil Meclisi'nde bizzat bulunmasına *gerek* yok ki; oradaki Aubrey Fawley sayesinde bütün önemli konularda istediğini yaptırıyor. Sınır değerlendirmesi meselesiyle uğraşıyorlar şimdi. Birlikte çalışıyorlar."

Parminder masada Barry'nin hayaletinin varlığını hissediyordu sanki. Barry burada olsa, bütün bunları Vikram'a komiklikler yaparak açıklardı; Howard'ın konuşmalarını, paytak yürüyüşünü, sindirim sisteminin çıkardığı ani sesleri mükemmelen taklit ederdi.

Vikram, "Hep söylüyorum ona, fazla stres yapıyorsun diyorum" dedi Tessa'ya; adamın kara gözlerinin kendisine baktığını görünce yanaklarının biraz kızardığını fark eden kadın dehşete kapıldı. "Yapılan şu salakça şikâyetten haberin var mı... amfizemli yaşlı kadınla ilgili?"

"Evet, haberi var. Herkesin haberi var. Bunu sofrada konuşmamız şart mı?" dedi Parminder öfkeyle ve ayağa fırlayıp tabakları toplamaya başladı.

Tessa yardım etmeye çalıştı, ama Parminder ona yerinden kalkmamasını söyledi ters ters. Vikram, Tessa'ya hafif bir gülümsemeyle destek verince kadının içi bir hoş oldu. Parminder sofrayı gürültülü bir şekilde toplarken, Tessa o ikisinin görücü usulüyle evlendiklerini hatırladı ister istemez.

(Parminder arkadaşlıklarının başında, "Ailelerimiz aracılığıyla tanışıp evlendik" demişti ve Tessa'nın yüzünde gördüğü ifadeye sinirlenip savunmaya geçmişti. "*Zorla* evlendirilmiş değiliz."

Ama evlenmesi için annesinin epey baskı yaptığından bahsettiği zamanlar da olmuştu.

"Bütün Sihler çocuklarının evlenmesini isterler. Bu da onların saplantısıdır işte" demişti Parminder acı acı.)

Colin tabağının önünden alınmasına üzülmedi. Tessa'yla birlikte buraya gelirken hissettiği mide bulantısı daha da artmıştı. Kendini masadaki diğer üç kişiden öyle soyutlanmış hissediyordu ki, kalın bir cam fanusun içinde gibiydi. Fazlasıyla tanıdık bir histi bu: Dev bir kaygı küresinin içine girdiğini, bu küre tarafından sarmalandığını, kendi korkuları yüzünden dış dünyayı algılayamaz hale geldiğini hissederdi.

Tessa hiç yardımcı olmuyordu. Barry'nin koltuğuna aday olan Colin'e bu konuda bilerek soğuk ve ilgisiz davranıyordu. Bu akşam yemeğine katılmalarının sebebi, Colin'in hazırladığı küçük seçim afişleri konusunda Parminder'e danışmak istemesiydi. Tessa bu işe karışmayı reddediyor, Colin'in kendisini yavaş yavaş ele geçiren korkudan bahsetmesini engelliyordu. Onun rahatlamasına izin vermeyi reddediyordu.

Tessa gibi soğukkanlı görünmeye çalışan, kendi başına açtığı sıkıntılar karşısında boyun eğmiyormuş gibi yapan Colin o gün okuldayken *Yarvil and District* gazetesinden aradıklarından Tessa'ya bahsetmemişti. Hattın diğer ucundaki muhabir, Krystal Weedon hakkında konuşmak istediğini söylemişti.

*O kıza dokunmuş muydu?*

Colin kadına, okul çalışanlarının öğrenciler hakkında konuşmalarının yasak olduğunu ve Krystal hakkında bilgi almak istiyorsa, kızın ailesinden izin alarak onunla konuşması gerektiğini söylemişti.

"Krystal'la konuştum zaten" demişti hattın diğer ucundan gelen ses. "Ben sadece sizin..."

Ama Colin telefonu kapamıştı; korkudan gözü kararmıştı.

*Neden Krystal hakkında konuşmak istiyorlardı? Neden onu aramışlardı? Bir şey mi yapmıştı? O kıza dokunmuş muydu? Kız şikâyet mi etmişti?*

Psikoloğu ona, böyle düşüncelere kapılmayı doğru ya da

yanlış diye değerlendirmemeye çalışmasını salık vermişti. Colin'in böyle düşüncelerin varlığını kabul etmesi, sonra da normal hayatına devam etmesi gerekiyordu; ama bu, insanın bir yerinin hayatında hiç olmadığı kadar kaşınması ve orayı kaşımamaya çalışmak gibiydi. Simon Price'ın kirli çamaşırlarının meclisin internet sitesinde gözler önüne serilmesi karşısında afallamıştı; Colin'in hayatına hükmeden ifşa edilme korkusu bir yüze sahipti artık: kafasında bir kep, gür ve gri buklelerinin altında, pörtlek ve meraklı gözleri olan; şeytani ve kumpasçı bir beyine sahip, kocamaya başlamış bir meleğin çocuksu ve tombul yüzü. Colin, Barry'nin şarküteri sahibinin müthiş stratejik zekâsından bahsettiği, Pagford Belediye Meclisi'nin on altı üyesinin birbirleriyle kurduğu ittifakları anlattığı zamanları hatırlayıp duruyordu.

Sonunun geldiğini ne şekilde öğreneceğini hayal ediyordu sık sık: Gazetede çıkan temkinli bir yazıyla mı; Mollison and Lowe'a girdiğinde insanların bakışlarını kaçırmalarıyla mı; okul müdiresinin onu baş başa konuşmak için odasına çağırmasıyla mı?.. Düşüşünü zihninde bin kez canlandırmıştı: Rezil olacaktı; utancı boynunda cüzamlı çanı gibi asılı duracaktı ve saklanması bir daha asla mümkün olmayacaktı. İşten atılacaktı. Sonunda hapse bile düşebilirdi.

"Colin" dedi Tessa usulca; Vikram, Colin'e şarap ikram ediyordu.

Tessa o geniş, bombeli alnın ardında olup bitenleri biliyordu; ayrıntıları bilmese de, Colin'in yıllardır mustarip olduğu kaygıyı genel hatlarıyla biliyordu. Colin'in kendini engelleyemediğini, doğuştan böyle olduğunu biliyordu. W.B. Yeats'in mısralarını yıllar önce okumuş ve çok doğru olduğunu düşünmüştü: "Sevginin kalbinde tarifsiz bir merhamet gizlidir." O şiiri okurken gülümsemiş ve sayfayı okşamıştı, çünkü Colin'i sevdiğini ve sevgisinin büyük kısmının şefkatten oluştuğunu biliyordu.

Ama bazen tahammülü azalıyordu. Bazen *Tessa da* biraz ilgi ve destek istiyordu. Kendisine Tip 2 diyabet teşhisi konduğunu Colin'e söylediğinde adam tahmin ettiği şekilde paniğe kapılmıştı; ama Tessa bu hastalıktan küt diye ölecek falan olmadığı konusunda Colin'i ikna edince de çabucak konuyu kapatmış, yeniden seçim planlarını düşünmeye dalarak Tessa'yı afallatmıştı.

(Tessa o sabah kahvaltıda ilk kez glukometreyle kan şekerini ölçmüştü, sonra da önceden doldurulmuş iğneyi alıp karnına batırmıştı. Parminder'in ustaca yaptığı iğneden çok daha fazla canı yanmıştı kendi yaparken.

Şişko kahvaltılık gevrekle dolu kâsesini alıp Tessa'ya sırtını dönerken, masaya, okul gömleğinin koluna ve mutfak zeminine süt dökmüştü. Ağzına aldığı kahvaltılık gevreği kâseye geri tükürüp annesine ters ters, "Şu lanet olası işi masada yapmak zorunda mısın?" diye sorunca Colin öfkeyle çıkışmıştı.

"Bu kadar kaba ve iğrenç olmana ne gerek var!" diye bağırmıştı Colin. "Düzgün otur! Şu pisliği de temizle! Annenle böyle konuşmaya nasıl cüret edersin! Özür dile!"

Tessa iğneyi fazla hızlı çekmişti; iğneyi batırdığı yer kanamıştı.

"Masada iğne yapman midemi kaldırdığı için özür dilerim Tess" demişti Şişko masanın altından, bir parça kâğıt havluyla yeri silerken.

"Annen keyfinden iğne yapmıyor, hastalığı var!" diye bağırmıştı Colin. "Ve ona 'Tess' deme!"

"İğnelerden hoşlanmadığını biliyorum Stu" demişti Tessa, ama gözleri yanıyordu; kendi canını yakmıştı, o ikisi yüzünden hem sarsılmış hem de sinirlenmişti ve akşam da hâlâ aynı şekilde hissediyordu.)

Parminder'in Vikram'ın düşünceli biri olmasını neden takdir etmediğini merak etti. Colin, *Tessa*'nın stresli olduğunu asla fark etmezdi. *Belki de* diye düşündü Tessa öfkeyle, *görücü usulü evlilik iyi bir şeydir... annem hayatta Colin'i seçmezdi bana...*

Parminder masaya tatlı yerine meyve dilimleriyle dolu tabaklar koyuyordu. Tessa şeker hastası olmasa kadının ne ikram edeceğini merak etti, biraz bozulmuştu; evdeki, buzdolabındaki çikolatayı düşünerek kendini avuttu.

Akşam yemeği boyunca diğer herkesten beş kat fazla konuşmuş olan Parminder şimdi de kızı Sukhvinder'den bahsetmeye başlamıştı. Kızın ihanetini Tessa'ya telefonda anlatmıştı bile; masada her şeyi baştan anlattı.

"Howard Mollison'ın yanında garsonluk yapacakmış. Ne geçiyor kafasından bilmiyorum ki, *cidden* bilmiyorum. Ama Vikram..."

"Onlar düşünmezler Minda" dedi Colin uzun sessizliğini bozarak. "Onlar yeniyetme. Umurlarında değil. Hepsi aynı."

"Saçmalama Colin" dedi Tessa öfkeyle. "Hepsi aynı değil, hiç değil. Stu kendine hafta sonu işi bulsa çok sevinirdik... gerçi bu konuda şansımız sıfır ama."

"... ama Vikram önemsemiyor" dedi Parminder lafına devam ederek, araya girilmesine aldırmadan. "O bunda bir terslik görmüyor; görmüyorsun değil mi?"

Vikram gayet rahat yanıtladı: "İş tecrübesi kazanmış olur. Muhtemelen üniversiteye gitmeyecek; bu utanılacak bir şey değil ki. Üniversite herkese göre değildir. Ben Neşeli'nin genç yaşta evleneceğini ve çok mutlu olacağını düşünüyorum."

"*Garsonluk yaparak...*"

"Eh, herkes akademisyen olamaz, değil mi?"

"Evet, onun akademisyen olmayacağı kesin" dedi Parminder; öfkeden ve gerginlikten titriyordu adeta. "Notları tek kelimeyle berbat... hedefi yok, hırsı yok... *garsonluk yapacakmış...* 'Şunu kabul edelim ki ben üniversiteye gitmeyeceğim...' Eee, *gitmezsin* tabii, bu kafayla... *Howard Mollison*'ın yanında çalışarak... ah, o herif buna bayılmıştır kesin... kızımın ondan iş dilenmesine. Sukhvinder'in aklı neredeydi... *aklı* neredeydi?"

Colin, "Sen de Stu'nun Mollison gibi birinin yanında çalışmasını istemezdin" dedi Tessa'ya.

"Dert etmezdim" dedi Tessa. "Herhangi bir işte kurallara uyduğunu görmek çok hoşuma giderdi. Benim gördüğüm, bilgisayar oyunlarından başka bir şeyi umursadığı yok, bir de..."

Ama Colin, Stuart'ın sigara içtiğini bilmiyordu; Tessa birden susunca Colin, "Aslında tam da Stuart'tan beklenecek bir şey olurdu" dedi. "Hazzetmediğimiz birinin yanında, sırf bizi sinir etmek için çalışması. Buna bayılırdı."

"Yapma Colin, Sukhvinder'in Minda'yı *sinir etmeye* çalıştığı falan yok" dedi Tessa.

Parminder, "Mantıksız mı davranıyorum yani?" diye çıkıştı Tessa'ya.

"Hayır, hayır" dedi Tessa; bir anda bu aile tartışmasının içine çekiliverilmeleri karşısında afallamıştı. "Ben sadece diyorum ki, Pagford'da çocukların çalışabileceği çok yer yok, değil mi?"

"Niye çalışması gerekiyor ki?" dedi Parminder, ellerini hiddet ve bezginlikle kaldırarak. "Bizim verdiğimiz para neyine yetmiyor?"

"İnsanın kendi kazandığı para her zaman başkadır ya, bilirsin işte" dedi Tessa.

Tessa'nın karşısındaki duvar, Jawanda'nın çocuklarının fotoğraflarıyla kaplıydı. Tessa burada defalarca oturmuş, duvarda her çocuğun kaç fotoğrafı olduğunu saymıştı: Jaswant'ın on sekiz, Rajpal'ın on dokuz, Sukhvinder'inse dokuz fotoğrafı vardı. Duvardaki fotoğraflardan sadece bir tanesi, Sukhvinder'in bireysel bir başarısıyla ilgiliydi: Winterdown kürek takımının St. Anne takımını yendiği gün çekilmiş fotoğrafı. Barry bütün anne babalara bu fotoğrafın büyütülmüş birer kopyasını vermişti; fotoğrafta Sukhvinder ile Krystal Weedon, yan yana dizilmiş altı çocuğun ortasında duruyorlardı, hepsi neşeyle gülümseyerek kollarını birbirlerinin omuzlarına atmışlardı ve havaya sıçradıkları için biraz bulanık çıkmışlardı.

*Barry olsa* diye düşündü Tessa, *Parminder'in doğru yolu görmesine yardım ederdi.* Barry sağlığında anne ile kızın arasında köprü vazifesi görüyordu; ikisi de ona hayrandılar.

Tessa oğlunu kendi doğurmamış olmasının nasıl bir fark yarattığını bir kez daha merak etti. Stuart'ın kendi kanından ve canından olmaması, onu bir birey olarak görmesini kolaylaştırıyor muydu acaba? Glikoz yüklü, kirli kanından...

Şişko ona, "Anne" demeyi kesmişti son zamanlarda. Tessa bunu umursamıyormuş gibi yapmak zorunda kalıyordu, çünkü Colin küplere biniyordu; oysa Şişko her "Tessa" deyişinde, kadının kalbine bir iğne saplanıyordu sanki.

Dördü soğuk meyvelerini sessizce yediler.

## 7

Kasabanın yukarısındaki küçük beyaz evde Simon kaygı içinde, arpacı kumrusu gibi düşünüyordu. Günler gelip geçti. Onu suçlayan mesaj panodan silinmişti, ama Simon felç olmuştu sanki, hiçbir şey yapamıyordu. Adaylıktan çekilmesi suçunu itiraf etmek olarak algılanabilirdi. Polisler bilgisayar için gelmemişlerdi; Simon bilgisayarı eski köprüden attığına biraz pişman olmuştu şimdi. Öte yandan, tepenin dibindeki benzin istasyonunda kredi kartını yazarkasanın ardındaki adama uzatırken, bir an adamın pis pis sırıttığını görür gibi olmuştu. İşyerinde sürekli personel fazlalığından bahsediyorlardı ve Simon o mesajda yazılanların patronlarının kulağına gitmesinden, böylece kendisini, Jim'i ve Tommy'yi kıdem tazminatı ödemeden işten atmalarından korkuyordu.

Andrew izliyor, bekliyordu; her gün biraz daha kaybediyordu umudunu. Babasının gerçek yüzünü dünyaya göstermeye çalışmıştı ama anlaşılan o ki dünya omuz silkmekle yetinmişti. Andrew basımevinden veya meclisten birilerinin Simon'a sert bir dille "hayır" diyeceğini düşünmüştü; Simon'ın başkalarıyla rekabete girmeye uygun olmadığını, standartlara uymadığını ve kendisini ya da ailesini rezil etmemesi gerektiğini söyleyeceklerini sanmıştı. Oysa hiçbir şey olmamıştı; Simon meclisten bahsetmekten, oy toplama umuduyla telefon görüşmeleri yapmaktan vazgeçmişti sadece. İşyerinde mesai saatleri dışında bastığı afişler de verandadaki bir kutunun içinde, bırakıldıkları gibi duruyorlardı.

Sonra zafer hiçbir işaret vermeden, tantanasız bir şekilde geldi. Andrew cuma akşamı yiyecek bir şeyler bulmak için karanlık merdivenlerden inerken, Simon'ın oturma odasında resmi bir ses tonuyla telefonda konuştuğunu duyunca dinlemek için durakladı.

"... adaylıktan çekiliyorum" diyordu Simon. "Evet. Şey, özel hayatımda bazı değişiklikler oldu da. Evet. Evet. Hı hı, doğru. Tamam. Teşekkürler."

Andrew, Simon'ın telefonu kapattığını duydu.

"Eh, işte bu kadar" dedi babası annesine. "Öyle çamur atacaklarsa benden paso."

Andrew annesinin onaylayıcı sözlerini bölük pörçük duydu, sonra kımıldamasına bile fırsat kalmadan kapı açıldı. Simon aşağıdaki hole çıkıp ciğerlerini havayla doldurduktan sonra tam Andrew'nun isminin ilk hecesini haykırmıştı ki, oğlunun tam karşısında durduğunu fark etti.

"Ne yapıyorsun?"

Simon'ın yüzünün yarısı gölgede kalmıştı, diğer yarısıysa

oturma odasından gelen ışıkla aydınlanıyordu.

"Bir şey içmek istemiştim" diye yalan söyledi Andrew; babasının öyle isteyenin istediği zaman bir şeyler yemesinden hoşlanmadığını biliyordu.

"Bu hafta sonu Mollison'ın yanında işe başlayacaksın, değil mi?"

"Hı hı."

"Tamam öyleyse, şimdi beni iyi dinle. O piçle ilgili öğrenebileceğin her şeyi öğrenmeni istiyorum, duyuyor musun? Bütün kirli çamaşırlarını. Oğlu konusunda da kulağını dört aç."

"Tamam" dedi Andrew.

"Hepsini internet sitesine yazacağım" diyen Simon oturma odasına geri döndü. "*Barry Fairbrother'ın lanet olası hayaleti.*"

Andrew yiyeceklerden, eksildikleri fark edilmeyecek biçimde, dilim dilim, avuç avuç bir şeyler aşırırken sevinçten uçacak gibiydi: *Seni durdurdum piç. Seni durdurdum.*

Tam da istediği gibi olmuştu. Simon hayallerini kimin yıktığından habersizdi. Hatta o geri zekâlı piç intikam almak için Andrew'dan yardım talep ediyordu; yüz seksen derece dönmüştü, çünkü Andrew anne babasına şarküteride iş bulduğunu söylediğinde Simon küplere binmişti.

"Salak çocuk. Alerjin ne olacak?"

"Çerez falan yememeye çalışırım diye düşünmüştüm" dedi Andrew.

"Bana ukalalık yapma Pizza Surat. Ya St. Thomas'ta olduğu gibi bilmeden yersen? Yine o dertleri çekmek istediğimizi mi sanıyorsun?"

Ama Ruth, Andrew'yu desteklemişti; Simon'a Andrew'nun dikkatli olacak kadar büyüdüğünü söylemişti. Simon odadan çıkınca da, *Sadece senin için endişeleniyor* demişti.

"Onu endişelendiren tek şey, beni hastaneye götürmek zorunda kalıp da lanet olası *Günün Maçı*'nı kaçırması."

Andrew yatak odasına geri döndü; oturup ağzına yiyecekleri tıkıştırırken, diğer eliyle Şişko'yla yazışmaya başladı.

Her şeyin bittiğini, sona erdiğini, hallolduğunu düşünüyordu. Mayalanma başlamıştı, ama Andrew'nun kaçınılmaz bir kimyasal dönüşümün ilk işareti o minik kabarcığı gözlemlemesi için bir sebep olmamıştı henüz.

# 8

Gaia Bawden'ın hayatı boyunca başına gelen en kötü şey Pagford'a taşınmalarıydı. Arada sırada babasını ziyaret etmek için Reading'e gittiği zamanlar dışında tüm hayatını Londra'da geçirmişti. Kay, West Country'deki küçük bir kasabaya taşınmak istediğini ilk söylediğinde Gaia buna inanmamıştı; bu tehdidi ciddiye alması için birkaç hafta geçmesi gerekti. Annesinin çılgınca fikirlerine bir yenisinin daha eklendiğini düşünmüştü; Kay bir keresinde Hackney'deki küçük arka bahçelerine iki tavuk almıştı (bir hafta geçmeden tilki öldürmüştü tavukları), sonra bir ara da marmelat yapmaya heves etmişti (sanki çok yemek yaparmış gibi, tavaların yarısını mahvetmiş, elinde bir de yanık izi kalmıştı).

İlkokuldan beri tanıdığı arkadaşlarından, sekiz yaşından beri oturduğu evden, şehir hayatının sunduğu, gün geçtikçe daha hareketli olan hafta sonu eğlencelerinden zorla koparılmıştı. Gaia'nın yalvarmaları, tehditleri, itirazları kâr etmedi; kız kendini daha önce aklının ucundan bile geçmeyen bir hayatın içinde buldu. Arnavutkaldırımlı sokaklar, akşam altıdan sonra kapanan dükkânlar, kilise odaklı gibi görünen bir toplumsal hayat... Çoğu zaman kuş cıvıltısından başka bir ses duymak bile zordu. Gaia sanki bir geçitten yuvarlanmıştı, kendini zamanda yitmiş bir diyarda bulmuştu.

Hayatları boyunca annesiyle birbirlerine sımsıkı tutunmuşlardı (çünkü Gaia'nın babası asla onlarla birlikte yaşamamıştı ve Kay'in daha sonraki iki ilişkisi de resmiyete dökülmemişti). Gün olmuş birbirlerinin başının etini yemişlerdi, gün olmuş acıları paylaşmışlardı ve yıllar geçtikçe giderek ev arkadaşı gibi olmuşlardı. Oysa şimdi, Gaia mutfak masasında karşısına baktığında bir düşman görüyordu sadece. Tek arzusu bir şekilde Londra'ya geri dönmek ve Kay'den intikam almak, onu elinden geldiğince mutsuz etmekti. Kay için hangisi daha büyük bir ceza olurdu karar veremiyordu. GCSE[7] sınavlarının hiçbirini vermemek mi, yoksa bütün sınavları verip babasını da ikna ederek onun yanına taşınmak ve üniversiteyi Londra'da okumak mı? O zamana kadar ait olmadığı bu yerde yaşamak zorundaydı; bir zamanlar en havalı sosyal ortamlara girmesini sağlayan görünüşü ve aksanı burada geçer akçe değildi.

Gaia'nın Winterdown'ın popüler öğrencilerinden biri olmak gibi bir arzusu yoktu. Buralıların West Country aksanlarını ve acınası eğlence anlayışlarını çok sıkıcı buluyordu. Sürekli Sukhvinder Jawanda'nın peşinde olmasının sebeplerinden biri, popüler tiplere onları gülünç bulduğunu göstermek istemesiydi; diğer sebepse, dışlanmış gibi görünen herkese kendini yakın hissetmesine yol açan bir ruh halinde olmasıydı.

Sukhvinder'in Gaia'yla birlikte garsonluk yapmayı kabul etmesi arkadaşlıklarını yeni bir boyuta taşımıştı. Blok biyoloji dersinin ikinci saatinde Gaia ilk kez içini açtı ve Sukhvinder kasabaya yeni gelen bu gizemli, havalı kızın arkadaş olarak neden kendisini seçtiğini nihayet, bir parça anlamış oldu. Gaia ortak kullandıkları mikroskobu ayarlarken, "Burada da *beyazdan* geçilmiyor, değil mi?" diye mırıldandı.

Sukhvinder soruyu tam olarak anlamadan, "Hı hı" dedi.

**7.** İngiltere'de genel ortaöğretim sertifikası. (ç.n.)

Gaia konuşmayı sürdürüyordu, ama Sukhvinder kulağını vermeden dinliyordu onu. "Beyazdan geçilmiyor." Dediği doğruydu herhalde.

Sukhvinder St. Thomas'ta, sınıfın tek esmer tenli öğrencisi olarak, tahtaya kalkıp Sih dinini anlatmak zorunda kalmıştı. Sınıfın karşısında uysal bir şekilde durup, Sih dininin kurucusu Guru Nanak'ın öyküsünü anlatmıştı; adam bir nehre düşüp gözden kayboluyor, boğulduğu sanılıyordu, ama üç gün sonra nehirden çıkıp, "Hindu yok, Müslüman yok" diyordu.

Diğer çocuklar, su altında üç gün sağ kalma meselesine kıkır kıkır gülmüşlerdi. Sukhvinder, İsa'nın da öldükten sonra dirildiğini hatırlatacak cesareti bulamamıştı kendinde. Bir an önce sandalyesine geri dönmek istiyordu, Guru Nanak'ın öyküsünü kısa kesmişti. Hayatında sadece birkaç kez gurdvaraya, Sih tapınağına gitmişti; Pagford'da gurdvara yoktu, Yarvil'deki ise küçüktü ve anne babasının söylediğine göre, farklı bir kasttan olan Chamar'ların hâkimiyetindeydi. Sukhvinder bunun neden önemli olduğunu anlamıyordu, çünkü Guru Nanak'ın kast ayrımlarını özellikle yasakladığını biliyordu. Bütün bunlar kafasını karıştırıyordu. Sukhvinder paskalya yumurtalarını ve Noel ağacı süslemeyi her zamanki gibi seviyor, Parminder'in çocuklarına zorla okuttuğu, guruların hayatlarını anlatan ve Khalsa öğretisini açıklayan kitapları anlamakta çok zorlanıyordu.

Annesinin Birmingham'daki ailesini ziyarete gittiklerinde kendini yabancı, yetersiz hissediyordu; sokaklardaki neredeyse herkes esmer tenliydi, dükkânlar sarilerle ve Hint baharatlarıyla doluydu. Kuzinleri İngilizcenin yanı sıra Pencapça da konuşuyorlardı; şehirde hoş bir hayat yaşıyorlardı; güzeldiler, modaya uygun giyiniyorlardı. Onun West Country aksanına ve modadan hiç anlamamasına gülüyorlardı; Sukhvinder kendisine gülünmesinden nefret ediyordu. Sınıfları ayrılıp Dane Tully ile aynı gruba düşmeden önce, Şişko Wall'un günlük işkenceleri başlamadan önce Sukhvinder Pagford'a geri dönmeyi severdi hep. Pagford sığınak gibi gelirdi o zamanlar.

Bayan Knight'ın dikkatini çekmemek için başlarını eğmiş mikroskop lamlarıyla uğraşırlarken, Gaia, Sukhvinder'e Hackney'deki Gravener Ortaokulu'nda geçen hayatını ilk kez, uzun uzun anlattı; biraz huzursuzca, durmadan konuştu. Geride bıraktığı arkadaşlarından bahsetti; bunlardan biri, Harpreet, Sukhvinder'in en büyük kuziniyle adaştı. Gaia arkadaş gruplarındaki en zeki kız olan zenci Sherelle'den ve ağabeyi Gaia'nın ilk erkek arkadaşı olan Jen'den bahsetti.

Sukhvinder, Gaia'nın anlattıklarını can kulağıyla dinlese de, hayalinde öğrencilerin teninin yulaf lapasından ahşap rengine kadar çeşitli tonlarda olduğu bir okul töreni canlanıyordu. Böyle bir törende tek tek insanların ten rengini tespit etmeye çalışmak çiçek dürbününe bakmak gibi olurdu herhalde. Burada, Winterdown'da, Asyalı çocukların mavimsi siyah saçları, sarı ve kumral saçlı çocukların arasında dikkat çekiyordu. Gravener gibi yerlerdeyse Şişko Wall ile Dane Tully gibiler azınlıkta olurdu belki de.

Sukhvinder bir soru sordu çekinerek:

"Neden taşındınız?"

"Çünkü annem geri zekâlı erkek arkadaşına yakın oturmak istedi" diye mırıldandı Gaia. "Gavin Hughes; onu tanıyor musun?"

Sukhvinder başını hayır anlamında salladı.

"Düzüşmelerini duymuşsundur herhalde" dedi Gaia. "Bir başladılar mı bütün sokak inliyor. Geceleyin pencerelerini açık tut yeter."

Sukvhinder afalladığını belli etmemeye çalışsa da kendi anne babasını, birbirleriyle evli olan annesi ile babasını seks yaparlarken duyduğunu hayal edince kötü oldu. Gaia da kızarmıştı; Sukhvinder onun sadece utançtan değil, öfkeden de kızardığını düşündü. "Annemi terk edecek. Annem hayal dünyasında yaşıyor. Herif işini halletti mi kaçmaya can atıyor."

Sukhvinder kendi annesi hakkında hayatta böyle konuşmazdı; Fairbrother ikizleri de (ki teoride hâlâ en yakın arkadaşlarıydılar) asla konuşmazlardı. Niamh ile Siobhan biraz ileride, bir mikroskobun başındaydılar. Babaları öldüğünden beri içlerine kapanmış gibiydiler; Sukhvinder'den giderek uzaklaşıyor, artık hep birbirleriyle takılıyorlardı.

Andrew Price etraflarındaki beyaz suratların arasındaki bir boşluktan, neredeyse gözlerini ayırmadan Gaia'ya bakıyordu. Bunu fark eden Sukhvinder, Gaia'nın farkında olmadığını sandı; ama yanılıyordu. Gaia o bakışlara karşılık vermek ya da üstünü başını düzeltmek zahmetine girmiyordu, çünkü oğlanların kendisine bakmalarına alışkındı; on iki yaşından beri hep böyleydi bu. Teneffüslerde koridora altıncı sınıftan iki çocuk gelip duruyordu, ortalamalar yasasıyla açıklanamayacak kadar sık görünüyorlardı etrafta ve ikisi de Andrew'dan daha yakışıklıydı. Ama hiçbiri Gaia'nın Pagford'a taşınmadan hemen önce bekâretini verdiği delikanlıyla kıyaslanamazdı.

Marco de Luca hâlâ bu evrende, fiziksel olarak mevcuttu ama aralarında iki yüz on üç kilometrelik yürek yakan, gereksiz bir mesafe bulunuyordu. Gaia buna katlanamıyordu işte.

"On sekiz yaşında" demişti Sukhvinder'e. "Yarı İtalyan. Gerçekten çok iyi futbol oynuyor. Arsenal'ın altyapısı için seçmelere katılacak."

Gaia, Hackney'den ayrılmadan önce Marco'yla dört kez seks yapmıştı; her seferinde Kay'in komodininden prezervatif çalmıştı. Marco'dan ayrılmaya zorlandığı için, delikanlının belleğine kazınmak amacıyla neler yaptığını Kay'in bilmesini istemişti sanki farkında olmadan.

Büyülenmiş gibi dinleyen Sukhvinder, arkadaş olarak yeni eklediği Gaia'nın Facebook sayfasında Marco'yu gördüğünü ona itiraf etmedi. Bütün Winterdown'da o çocuk gibi tek bir kişi bile yoktu. Johnny Depp'e benziyordu Marco.

Gaia sıranın üstüne yayılıp mikroskobun ayarıyla dalgın dalgın oynamaya başladı; odanın diğer tarafındaki Andrew Price, Şişko'nun fark etmeyeceğini düşündüğü zamanlarda Gaia'ya bakmayı sürdürdü.

"Belki bana sadık kalır. Sherelle cumartesi gecesi parti veriyor. Onu davet etmiş. Onun bir haltlar karıştırmasına izin vermeyeceğine yemin etti. Öff, ama yine de keşke..."

Gaia benekli gözleriyle sıraya dalgınca bakarken, Sukhvinder onu alçakgönüllülükle seyretti; güzelliği karşısında hayrete düşüyordu, onun hayatına hayrandı. İnsanın kendini bir dünyaya ait hissetmesi, orada futbolcu bir erkek arkadaşının, havalı ve sadık arkadaşlarının olması, bu dünyadan zorla koparılsa bile çok etkileyici, kıskanılacak bir durumdu.

Öğle yemeğini birlikte dışarıda yediler, Sukhvinder'in neredeyse hiç yapmadığı bir şeydi bu; Fairbrother ikizleriyleyken genellikle kantinde yerlerdi.

Sandviçlerini aldıkları gazete bayisinin önünde takılırken, tiz bir çığlık duydular.

"Annen olacak o kaltak, benim ninemi öldürdü!"

Gazete bayisinin çevresindeki bütün Winterdown öğrencileri kimin bağırdığını anlamak için şaşkın şaşkın etrafa bakındılar, herkes kadar afallamış olan Sukhvinder de baktı. Sonra yolun karşı tarafında durmuş, kısa ve kalın parmağını tabanca gibi uzatmış olan Krystal Weedon'ı gördü.

"Annen olacak o kaltak, benim ninemi öldürdü! Bak başına neler gelecek onun, senin de gelecek!"

Sukhvinder'in içi boşaldı sanki. İnsanlar ona bakıyorlardı. Üçüncü sınıftan iki kız sıvışıp ortadan kayboldular. Sukhvinder etrafındakilerin seyretme hevesiyle toplandıklarını hissetti. Krystal ile çetesi, trafikte karşıya geçmek için fırsat kollarken ayak parmaklarının ucunda dans ediyorlardı.

"Neden bahsediyor?" diye sordu Gaia; ağzı kupkuru kesilmiş olan Sukhvinder yanıt veremedi. Kaçmaya çalışması anlamsızdı. Kaçabilmesi mümkün değildi. Leanne Carter yaşıtları arasındaki en hızlı koşan kızdı. Dünyada hareket eden tek şey, gelip geçen arabalardı sanki; Sukhvinder son birkaç saniyelik güvenliğini onlara borçluydu.

Sonra Jaswant, yanında altıncı sınıftan birkaç delikanlıyla birlikte yanlarında bitiverdi.

"İyi misin Neşeli?" dedi. "N'aber?"

Jaswant, Krystal'ı duymamıştı; arkadaşlarıyla birlikte gezerken, tamamen rastlantı eseri gelmişti buraya. Yolun karşı tarafında, Krystal ile arkadaşları birbirlerine sokulmuşlardı.

"Eh işte" dedi Sukhvinder; kapıldığı geçici rahatlama başını döndürmüştü. Olanları Jaz'e delikanlıların önünde anlatamazdı. Delikanlıların ikisi aşağı yukarı bir seksen boyundaydılar. Hepsi de gözlerini Gaia'ya dikmişlerdi.

Jaz ile arkadaşları gazete bayisinin kapısına doğru yürüyünce Sukhvinder, Gaia'ya telaşla bakıp onları takip etti. Gaia'yla ikisi Krystal ile çetesinin birkaç adımda bir dönüp arkalarına bakarak uzaklaşmalarını pencerenin ardından seyrettiler.

"Mesele neydi?" diye sordu Gaia.

"Büyük ninesi annemin hastasıydı ve öldü" dedi Sukhvinder. Öyle çok ağlamak istiyordu ki boğazı acıyordu.

"Geri zekâlı orospu" dedi Gaia.

Ama Sukhvinder'in içine gömdüğü hıçkırıkların sebebi yalnızca korku değildi. Krystal'ı çok sevmişti ve eskiden Krystal'ın da onu sevdiğini biliyordu. Kanalda birlikte geçirdikleri ikindiler, minibüste birlikte yaptıkları onca yolculuk... Sukhvinder Krystal'ın sırtının, omuzlarının anatomisini kendisininkinden daha iyi biliyordu.

Okula Jaswant ve arkadaşlarıyla birlikte döndüler. Delikanlıların en yakışıklısı Gaia'yla sohbet etti. Okul bahçesine girdiklerinde, çocuk Gaia'ya Londra aksanı konusunda takılmaya başlamıştı artık. Sukhvinder ortalıkta Krystal'ı görmese de, uzakta Andrew Price'la birlikte ağır ağır yürüyen Şişko Wall'u fark etti. Onun fiziğini ve yürüyüşünü nerede görse tanırdı, tıpkı karanlıkta yürüyen bir örümceği ilkel bir sezginin yardımıyla hissedebileceği gibi.

Okul binasına yaklaştıkça mide bulantısı artıyordu. Artık ikisi bir olacaklardı: Şişko ile Krystal. Çıktıklarını herkes biliyordu. Sukhvinder'in zihninde çok net bir görüntü canlandı: Yerde yatıyordu, kanlar içindeydi, Krystal ile çetesi onu tekmeliyorlardı, Şişko Wall da gülerek seyrediyordu.

"Tuvalete gitmem gerek" dedi Gaia'ya. "Sınıfta görüşürüz."

Önünden geçtikleri ilk kızlar tuvaletine daldı, kendini bir kabine kilitledi ve kapalı klozete oturdu. Ölebilseydi... ebediyen ortadan kaybolabilseydi... ama etrafındaki nesnelerin katı yüzeyleri çözülmeyi reddediyorlardı ve bedeni, bu iğrenç hermafrodit bedeni, sefil yaşamını sürdürmekte ısrar ediyordu...

Ders zilini duyunca kalkıp telaşla tuvaletten çıktı. Koridorda kuyruklar oluşmaya başlamıştı. Sukhvinder herkese arkasını dönüp binadan çıktı.

Okulu kıranlar oluyordu. Krystal yapıyordu mesela, Şişko Wall da yapıyordu. Sukhvinder bu ikindiyi okul dışında geçirebilirse, geri dönmek zorunda kalmadan önce, kendini korumanın bir yolunu bulabilirdi. Veya kendini bir arabanın önüne atabilirdi. Arabanın çarptığını, kemiklerini kırdığını hayal etti. Yolda öyle, kemikleri kırılmış halde yatarken ölmesi ne kadar sürerdi acaba? Ama boğulmayı, serin ve temiz suların içinde ebedi uykuya dalmayı tercih ederdi yine de; rüyasız bir uykuya dalmayı...

"Sukhvinder! *Sukhvinder!*"

Sukhvinder'in midesi kasıldı. Tessa Wall otoparktan koşarak geliyordu. Sukhvinder delirmiş gibi kaçmayı düşündü bir an, ama sonra bunun işe yaramayacağını anladı; öylece durup

Tessa'nın gelmesini bekledi. O kadından nefret ediyordu, onun o salak ve ablak suratından, fesat oğlundan nefret ediyordu.

"Sukhvinder, ne yapıyorsun sen? Nereye gidiyorsun?"

Sukhvinder söyleyecek yalan bile bulamadı. Çaresiz omuz silkerek teslim oldu.

Tessa'nın üçe kadar randevusu yoktu. Aslında Sukhvinder'i öğrenci işlerine götürüp, okulu kırma girişimini rapor etmesi gerekiyordu; ama bunun yerine kızı üst kattaki rehberlik odasına, duvarlarında Nepal kilimi ve Alo Çocuk Hattı posterleri asılı olan odaya çıkardı. Sukhvinder bu odaya ilk kez giriyordu.

Tessa konuştu, kısa duraklamalarla Sukhvinder'i konuşmaya davet etti ve tekrar konuştu; avuçları terleyen Sukhvinder öylece oturup kendi ayakkabılarına baktı. Tessa annesini tanıyordu... Tessa, Parminder'e onun okulu kırmaya çalıştığını söyleyecekti... Peki ya Sukhvinder sebebini açıklarsa? Tessa yardımcı olur muydu, olabilir miydi? Şişko'yu durduramazdı; bunu herkes biliyordu. Peki ya Krystal'ı? Krystal bu odaya gelip gidiyordu...

Söylerse çok mu kötü dayak yerdi acaba? Ama söylemese de dayak yiyecekti. Krystal bütün çetesini onun üstüne salmaya hazırdı...

"... bir şey mi oldu Sukhvinder?"

Sukhvinder başıyla onayladı. Tessa, "Ne oldu, anlatır mısın?" dedi cesaretlendirmek için.

Sukhvinder anlattı.

Olanları dinleyen Tessa'nın alnında oluşan kırışıkların yalnızca kadının kendisi için duyduğu kaygıdan kaynaklanmadığından emindi. Belki de Tessa, Parminder'in Bayan Catherine Weedon'a uyguladığı tedavi yüzünden milletin sokaklarda bağırıp çağırdığı haberine nasıl tepki vereceğini düşünüyordu. Sukhvinder tuvalet kabininde otururken, ölmeyi düşünürken kaygılarının arasında bu da vardı. Veya belki de Tessa'nın huzursuz görünmesinin sebebi, Krystal Weedon'la kapışmak istemememesiydi; tıpkı Bay Fairbrother gibi onun da en sevdiği öğrencisi Krystal'dı şüphesiz.

Sukhvinder'in üzüntüsü, korkusu, kendine duyduğu tiksinti sanki kenara çekildi, aradan şiddetli, insanın canını yakan bir başka duygu yükseldi: haksızlığa uğramışlık duygusu. Bu duygu diğer bütün duygularını kenara itti. Sukhvinder saldırmayı bekleyen Krystal ile arkadaşlarını düşündü; her matematik dersinde arkasından fesatça sözler fısıldayan Şişko'yu ve önceki akşam kendi Facebook sayfasından sildiği mesajı düşündü:

*Lez-bi-yen-lik: (isim). Kadınlarda cinsel ilginin hemcinsine yönelmesi durumu. Safizm de denir. Sappho, Lesbos'un yerlisi ya da sakiniydi.*

"Krystal'ın nereden bildiğini bilmiyorum" dedi Sukhvinder; kanı kulaklarında uğulduyordu.

"Neyi bildiğini?.." diye sordu Tessa, hâlâ sıkkın görünüyordu.

"Annem, Krystal'ın büyük ninesiyle alakalı olarak şikâyet edildi. Krystal ile annesi, akrabalarıyla konuşmuyorlar. Belki de" dedi Sukhvinder, "Şişko söylemiştir?"

"Şişko?" diye tekrarladı Tessa şaşkınca.

"Anlarsınız ya, çıkıyorlar çünkü" dedi Sukhvinder. "Krystal'la ikisi. Çıkıyorlar ya. Yani belki de o söylemiştir."

Tessa'nın yüzündeki profesyonel soğukkanlılıktan eser kalmadı. Sukhvinder kadının yüzündeki değişimi acı bir tatmin duygusuyla izledi.

## 9

Kay Bawden, Miles ile Samantha'nın evine bir daha asla ayak basmak istemiyordu. O ikisinin Gavin'ın kayıtsızlık gösterisine seyirci kalmalarını affedemiyordu; Miles'ın küçümseyen gülüşünü, Bellchapel'a yaklaşımını ve Samantha'yla beraber Krystal Weedon'dan bahsederken bıyık altından gülmelerini unutamazdı.

Gavin özür dilemiş, ruhsuz bir şekilde ilanıaşk etmişti gerçi ama Kay onun kanepedeki halini, Mary ile burun buruna oturmalarını aklından çıkaramıyordu; Mary'nin sofrayı toplamasına yardım etmek için ayağa fırlayışını; karanlıkta Mary'yi evine kadar bırakmak istemesini... Gavin birkaç gün sonra ona Mary'nin evinde akşam yemeği yediğini söylediğinde, Kay ters konuşmamak için kendini zor tutmuştu, çünkü Gavin onun Hope Sokağı'ndaki evinde tosttan fazlasını yememişti hiç.

Kay'in dul kadının arkasından konuşması yakışık almazdı (Gavin ondan sanki kadın Meryem Ana'ymış gibi bahsediyordu), ama Mollison'lar ayrı meseleydi.

"Miles'tan çok hoşlandığımı söyleyemeyeceğim."

"Benim de en yakın arkadaşım sayılmaz."

"Bana sorarsan, onun seçilmesi bağımlılık kliniği açısından felaket olur."

"Bunun bir fark yaratacağını sanmam."

Gavin'ın umursamazlığı, başka insanların acılarına duyarsızlığı karşısında Kay'in cinleri tepesine çıkıyordu.

"Bellchapel'ı destekleyecek kimse yok mu?"

"Colin Wall destekler herhalde" demişti Gavin.

Bunu duyan Kay, pazartesi akşamı saat sekizde Wall'ların bahçe yolundan yürüyüp zillerini çaldı. Merdivende durup bakınca Samantha Mollison'ın yandan üçüncü evin bahçe yoluna park edilmiş kırmızı Ford Fiesta'sını gördü. O arabayı görmek hırsını daha da kamçıladı.

Wall'ların kapısını batik gömlekli, kısa boylu, sıradan görünüşlü, tıknaz bir kadın açtı.

"Merhaba" dedi Kay. "Adım Kay Bawden; Colin Wall'la görüşebilir miyim acaba?"

Tessa kapı eşiğinde duran, daha önce hiç görmediği bu çekici genç kadına öylece bakakaldı bir an. Aklından çok tuhaf bir düşünce geçti; Colin'in kendisini aldattığını ve adamın metresinin bunu kendisine söylemeye geldiğini düşündü.

"Ah... evet... buyrun. Ben Tessa."

Ayaklarını paspasa özenle silen Kay, Tessa'nın peşinden yürüyerek Mollison'larınkinden daha küçük ve pejmürde, ama daha sevimli oturma odasına girdi. Uzun boylu, geniş alınlı, kelleşmeye yüz tutmuş bir adam koltukta oturuyordu; kucağında bir not defteri, elinde de kalem vardı.

"Colin, bu Bayan Kay Bawden" dedi Tessa. "Seninle konuşmak istiyormuş."

Tessa, Colin'in irkildiğini ve ihtiyatlı bir ifade takındığını görünce, onun bu kadını tanımadığını hemen anladı. *Yani ben de neler geçirdim aklımdan* dedi kendi kendine biraz utanarak.

"Böyle haber vermeden gelip rahatsız ettiğim için kusura bakmayın" dedi Kay, Colin onun elini sıkmak için ayağa kalkarken. "Telefon edecektim ama..."

"Numaramızı rehbere koydurmadık, evet" dedi Colin. Kay'e tepeden bakıyordu; gözlük camlarının ardındaki gözleri minicik görünüyordu. "Oturun lütfen."

"Teşekkürler. Seçimle ilgili konuşacaktım" dedi Kay. "Şu Belediye Meclisi seçimiyle ilgili. Siz adaysınız ve Miles Mollison'ın rakibisiniz, değil mi?"

"Evet" dedi Colin biraz huzursuzca. Kadının kim olduğunu tahmin ediyordu. Krystal hakkında konuşmak isteyen muhabirdi bu herhalde. Evlerini bulmuşlardı... Tessa bu kadını içeri almamalıydı.

"Size herhangi bir yardımım dokunabilir mi diye soracaktım" dedi Kay. "Ben sosyal hizmet görevlisiyim, genellikle Fields'ta çalışıyorum. Mollison'ların kapatmaya can attıkları Bellchapel Bağımlılık Kliniği'yle ilgili bilgi ve rakamlar verebilirim size. Sizin klinikten yana olduğunuzu duydum. Oranın açık kalmasını istiyormuşsunuz."

Colin'in bir anda içini kaplayan rahatlama hissi ve hazdan başı döndü sanki.

"Ah, evet" dedi Colin, "evet, istiyorum. Evet, selefim... yani koltuğun eski sahibi... Barry Fairbrother... o kliniğin kapatılmasına kesinlikle karşıydı. Ben de karşıyım."

"Yani ben de Miles Mollison'la konuştum ve o kliniğin kapatılması gerektiğini düşündüğünü çok net bir şekilde söyledi. Açıkçası kendisi bağımlılığın sebepleri ve tedavisi konusunda oldukça cahil, Bellchapel'ın ne kadar faydalı olduğundan bihaber, nahif biri bence. Belediye Meclisi binanın kira kontratını yenilemeyi reddederse ve Şehir Meclisi finansmanı keserse, zaten çok kötü durumda olan insanların destekten yoksun kalmaları tehlikesi var."

"Evet, evet, anlıyorum" dedi Colin. "Ah, evet, katılıyorum."

Bu çekici kadının akşam karanlığında onu görmeye, ittifak teklif etmeye gelmesi hem şaşırtmış, hem de koltuklarını kabartmıştı.

"Çay ya da kahve ister misin Kay?" diye sordu Tessa.

"Ah, çok teşekkürler" dedi Kay. "Çay alayım lütfen Tessa. Şekersiz."

Şişko mutfaktaydı, buzdolabını karıştırıyordu. Sık sık, bol bol yemesine rağmen hep sıskaydı, bir kilo bile almıyordu. Tessa'nın, peynirin yanında duran, beyaz ilaç kutusunun içindeki hazır şırıngalarından tiksindiğini açıkça dile getirmişti ama şimdi pek umursamıyor gibiydi.

Çaydanlığa doğru yürüyen Tessa'nın düşünceleri, o gün Sukhvinder'den duyduğundan beri aklından çıkmayan meseleye kaydı yeniden: Şişko ile Krystal'ın "çıkıyor olmaları" meselesine. Şişko'yu bu konuda sorguya çekmemişti, Colin'e de söylememişti.

Tessa bu konuyu düşündükçe, doğru olamayacağına daha çok inanıyordu. Oldukça kibirli olan Şişko'nun hiçbir kızı, hele Krystal gibi bir kızı kendine layık görmeyeceğinden emindi. Şişko hayatta...

*Kendini küçültmez mi? Bunu mu diyorsun? Düşündüğün bu mu?*

Soğuk tavuk etini çiğneyen Şişko, çaydanlığı ocağa koyan Tessa'ya, "Kim geldi?" diye sordu.

"Babanın meclise girmesine yardım etmek isteyen bir kadın" diye karşılık verdi Tessa, dolapta bisküvi ararken.

"Niye ki? Babamdan hoşlanıyor muymuş?"

"Büyü artık Stu" diye tersledi Tessa.

Şişko açık bir paketten aldığı ince salam dilimlerini zaten dolu olan ağzına birer birer, yumruğunun içine ipek mendiller sokan bir sihirbaz gibi tıkıştırdı. Şişko bazen açık buzdolabının önünde on dakika boyunca dikilir, streç filmleri, paketleri açıp ağzına avuç avuç yiyecek atardı. Colin, Şişko'nun bu huyundan nefret ederdi; tıpkı onun neredeyse tüm davranışlarından nefret ettiği gibi.

"Neden ona yardım etmek istiyormuş ki, harbiden?" diye sordu Şişko, ağzına doldurmuş olduğu etleri yuttuktan sonra.

"Bellchapel Bağımlılık Kliniği'nin açık kalmasını istiyor."

"Niye, keş filan mıymış?"

"Hayır, keş değil" dedi Tessa; Şişko'nun son üç paket çikolatalı bisküviyi bitirmiş, boş ambalajları da rafta bırakmış olduğunu görünce sinir oldu. "O bir sosyal hizmet görevlisi ve kliniğin işini iyi yaptığını düşünüyor. Baban da kliniğin açık kalmasını istiyor, ama Miles Mollison oranın pek işe yaramadığı kanısında."

"O kadar da işe yarıyor olamaz. Fields tinercilerle ve hapçılarla dolu."

Tessa, Colin'in kliniği kapatmak istediğini söylemiş olsa, Şişko'nun hemen orayı savunmaya başlayacağını biliyordu.

"Senden iyi avukat olur Stu" dedi, çaydanlık kaynamaya başlayınca.

Tessa elinde tepsiyle oturma odasına geri döndüğünde, Kay'in büyük el çantasından çıkardığı bilgisayar çıktısını göstererek Colin'le konuştuğunu gördü.

"... iki doktorun maaşlarının bir kısmını meclis, bir kısmını da gerçekten iyi bir hayır kuruluşu olan Bağımlılığa Karşı Eylem Derneği ödüyor. Bir de kliniğe bağlı çalışan bir sosyal hizmet görevlisi var, Nina, bütün bunları bana o verdi... ah, çok teşekkürler" dedi Kay başını kaldırıp, yanındaki sehpaya bir fincan çay bırakan Tessa'ya gülümseyerek.

Kay sadece birkaç dakika içinde Wall'lara, Pagford'daki başka kimseye ısınmadığı kadar ısınmıştı. Eve girdiğinde Tessa onu tepeden tırnağa süzmemiş, onun fiziksel kusurlarını ve giyim tarzını delici bakışlarla yargılamamıştı. Kadının kocası da gergin biri olsa bile iyi bir insana benziyordu ve Fields'ın kaderine terk edilmesini engellemeye kararlı gibiydi.

"Seninki Londra aksanı değil mi Kay?" diye sordu Tessa, çayına sade bisküvi banarken. Kay başıyla onayladı.

"Pagford'a neden geldin?"

"Erkek arkadaşım sebebiyle" dedi Kay. Bunu söylemekten hoşlanmıyordu, oysa Gavin'la resmen birlikteydi artık. Tekrar Colin'e döndü.

"Belediye Meclisi'yle kliniğin arasındaki ilişkiyi tam olarak anlamadım."

"Ha, meclis binanın sahibidir" dedi Colin. "Orası eski bir kilise. Kira kontratının süresinin dolmasına az kaldı."

"Yani kliniği binadan çıkarmak zor olmayacak gibi."

"Kesinlikle. Miles Mollison'la ne zaman konuşmuştun?" diye sordu Colin; Miles'ın kendisinden bahsettiğini duymayı hem istiyor, hem de bundan ödü kopuyordu.

"Bir önceki cuma hep birlikte akşam yemeği yedik" diye açıkladı Kay, "Gavin ile ben..."

"Ah, sen *Gavin'ın* kız arkadaşısın!" diye araya girdi Tessa.

"Evet; her neyse, Fields konusu açıldı..."

"Açılır tabii" dedi Tessa.

"... ve Miles, Bellchapel'dan bahsederken ben onun mevcut meselelerden söz etme tarzından epey... epey *rahatsız* oldum. Ona bu aralar ilgilendiğim bir aileden bahsettim" diyen Kay, dikkatsizlik edip Weedon'ların isimlerini ağzından kaçırdığını anımsayınca kelimelerini seçerek devam etti, "anne metadonsuz kalırsa, tekrar uyuşturucuya başlayacağı kesin."

"Weedon'lardan bahsediyorsun galiba" dedi Tessa.

"Ben... evet, onlardan bahsediyorum" dedi Kay.

Tessa uzanıp bir bisküvi daha aldı.

"Ben Krystal'ın rehber öğretmeniyim. Annesi Bellchapel'da ikinci kez tedavi görüyor, değil mi?"

"Üçüncü" dedi Kay.

"Krystal'ı beş yaşından beri tanırız; ilkokulda oğlumuzun sınıfındaydı" dedi Tessa. "Gerçekten berbat şeyler yaşadı."

"Kesinlikle" dedi Kay. "Aslında yaşadığı onca şeye karşın bu kadar tatlı olabilmesi şaşırtıcı."

"Ah, kesinlikle katılıyorum" dedi Colin içtenlikle.

Colin'in, törendeki bağırma olayından sonra Krystal'a verdiği okulda kalma cezasında diretişini anımsayan Tessa kaşlarını kaldırdı. Sonra Sukhvinder yalan söylemediyse veya yanılmadıysa Colin'in bu duruma ne diyeceğini düşününce midesi bulandı. Sukhvinder utangaç, saf bir kızdı. Yanlış anlamıştı herhalde... yanlış duymuştu...

"Mesele şu ki, Terri'ye motivasyon sağlayan tek şey çocuklarını kaybetme korkusu" dedi Kay. "Bu aralar uyuşturucu kullanmıyor; klinikteki doktoru, Terri'de önemli değişiklikler hissettiğini söyledi. Bellchapel kapanırsa kadın biter, o zaman da ailesine ne olur kim bilir."

"Bunları öğrendiğim çok iyi oldu" dedi Colin, başını ciddiyetle sallayıp onayladı, not defterinin temiz bir sayfasına not almaya başladı. "Gerçekten çok iyi oldu. Elinde uyuşturucuyu bırakan insanlarla ilgili istatistikler olduğunu mu söylemiştin?"

Kay çıktıları karıştırıp o bilgileri aradı. Tessa, Colin'in Kay'in ilgisini kendi üzerinde tutmaya çalıştığı izlenimine kapıldı. Colin'in sempatik davranan güzel kadınlara zaafı vardı hep.

Tessa bir bisküvi daha yerken, Krystal'ı düşünmeyi sürdürdü. Son rehberlik seansları çok tatmin edici geçmemişti. Krystal soğuk davranmıştı. Bugün de değişen bir şey olmamıştı. Tessa, Krystal'dan bir daha Sukhvinder Jawanda'nın peşine düşmeyeceği, onu rahatsız etmeyeceği konusunda söz almıştı; ama kızın Tessa'nın onu hayal kırıklığına uğrattığını düşündüğü, artık ona güvenmediği belliydi. Bunun sebebi Colin'in verdiği okulda kalma cezasıydı muhtemelen. Tessa, Krystal'la arasındaki bağın, Krystal ile Barry'nin arasındaki bağ kadar güçlü olmasa da, bu cezayı kaldırabilecek kadar sağlam olduğunu sanırdı.

(Barry'nin okula kürek aletiyle gelip de, kurmaya çalıştığı takıma oyuncu aradığı gün Tessa da oradaydı. Öğretmenler odasından spor salonuna çağrılmıştı, çünkü beden öğretmeni hasta olduğu için okula gelmemişti ve bulabildikleri tek yedek öğretmen de erkekti.

Şort ve Aertex marka spor tişört giymiş olan dördüncü sınıf kızları spor salonuna gelip de Bayan Jarvis'in yerini iki yabancı adamın almış olduğunu görünce kıkırdamışlardı. Tessa öne çıkıp, yedek öğretmene laf atan Krystal, Nikki ve Leanne'i azarlamak zorunda kalmıştı; o yakışıklı genç adam da yazık ki hemen kızarıveriyordu.

Kısa boylu, kızıl saçlı ve sakallı olan Barry eşofmanlıydı. O sabah işe gitmemişti. Herkes takım kurma fikrini tuhaf bulmuştu, gerçekçi olmadığını düşünmüşlerdi: Winterdown gibi okulların kürek takımı olmazdı. Niamh ile Siobhan babalarının okula gelmesini hem eğlenceli bulmuş, hem de rezil olduklarını düşünmüş gibiydiler.

Barry ne yapmaya çalıştığını açıklamıştı: Takım kurmak

istiyordu. Yarvil kanalındaki eski bir kayıkhaneyi kullanabileceklerdi; kürek muhteşem bir spordu ve öğrencilerin hem kendilerini, hem de okullarını öne çıkarmaları için bir fırsattı. Tessa, Krystal ile arkadaşlarını dizginleyebilmek için Krystal'ın yanında durmuştu; kızlar artık daha az kıkırdasalar da sesleri duyuluyordu hâlâ.

Barry kürek aletinin nasıl kullanıldığını göstermiş, denemek isteyen gönüllü olup olmadığını sormuştu. Kimse öne çıkmamıştı.

"Krystal Weedon" demişti Barry, kızı göstererek. "Senin oyun parkındaki demirlere asılıp sallandığını görmüştüm; vücudunun üst kısmı güçlü. Gel de bir dene şunu."

Krystal ilgi odağı olduğuna pek memnundu; bir çalımla alete doğru yürüyüp oturmuştu. Nikki ile Leanne, Tessa'ya aldırmadan kahkahayı basmışlardı, sınıfın geri kalanı da onlara katılmıştı.

Barry, Krystal'a ne yapacağını göstermişti. Yedek öğretmen, Barry'nin kızın ellerini aletin ahşap tutamaçlarına koyuşunu profesyonelce bir kaygıyla, sessizce seyretmişti.

Krystal tutamaçları çekerken Nikki ile Leanne'e bakarak kaşını gözünü oynatıp komiklikler yapınca herkes yine gülmüştü.

"Şuna bakın" demişti Barry gülümseyerek. "Doğuştan yetenekli."

Krystal gerçekten doğuştan yetenekli miydi acaba? Tessa kürek sporundan hiç anlamıyordu; dolayısıyla bilemiyordu.

Barry, "Sırtını dik tut" demişti Krystal'a, "yoksa sakatlarsın. İşte böyle. Çek... çek... şu tekniğe bakın hele... bunu daha önce yapmış mıydın?"

Sonra Krystal sırtını gerçekten dikleştirmiş, hareketi gerçekten doğru düzgün bir şekilde yapmıştı. Nikki ile Leanne'e bakıp durmayı da bırakmıştı. Ritim kazanmıştı.

"Mükemmel" demişti Barry. "Şuna bakın hele... *mükem-*

*mel.* İşte böyle yapılır! Aferin kız. Tekrar. Tekrar. Tekrar..."

"Canım acıyor!" diye bağırmıştı Krystal.

"Biliyorum. Bu egzersiz sayesinde kolların Jennifer Aniston'ın kolları gibi olacak" demişti Barry.

Öğrenciler hafifçe gülüşmüşlerdi, ama artık alay etmiyorlardı. Barry'yi o kadar cana yakın kılan neydi? Öyle ilgili, öyle doğal, öyle rahat davranırdı ki. Tessa, yeniyetmelerin dalga geçilmekten ölesiye korktuklarını biliyordu. Bu korkuyu taşımayan yetişkinler –ki sayıları çok azdı– gençlerin üstünde doğal bir otorite kuruyorlardı; böyle insanlara zorla öğretmenlik yaptırmak lazımdı.

"Tamam, şimdi dinlen!" demişti Barry; yüzü kızarmış olan Krystal öne eğilip kollarını ovuşturmuştu.

Barry, "Sigarayı bırakmalısın Krystal" deyince kahkahalar kopmuştu. "Evet, başka kim denemek ister?"

Krystal sınıf arkadaşlarının arasına geri döndüğünde artık gülmüyordu. Yeni kürekçilerin her birini kıskançlıkla izlemiş ve Barry'nin sakallı yüzüne bakıp durarak, adamın onlar hakkında ne düşündüğünü anlamaya çalışmıştı. Carmen Lewis egzersizi hiç beceremeyince Barry, "Göster onlara Krystal" demişti; Krystal gülümseyerek aletin başına geri dönmüştü.

Ama sonunda Barry takıma girmek isteyenlerin ellerini kaldırmalarını söyleyince, Krystal kollarını kavuşturup öylece durmuştu. Tessa, Nikki'nin bir şeyler mırıldanması üzerine Krystal'ın alaycı bir edayla gülümseyerek başını hayır dercesine salladığını görmüştü. Barry takıma girmek isteyen kızların isimlerini tek tek yazdıktan sonra başını kaldırıp bakmıştı.

"Ve *sen*, Krystal Weedon" demişti kızı göstererek. "Sen de geliyorsun. Öyle kafa sallama bana. *Seni* görmezsem çok kızarım, ona göre. Sen doğuştan yeteneklisin. Böyle yeteneklerin ziyan edilmesinden hoşlanmam. Krys-tal" demişti adam yüksek sesle, kızın ismini yazarken, "Wee-*don*."

Krystal dersin sonunda duş alırken, doğuştan yetenekli olduğunu düşünmüş müydü? Bütün gün, beklenmedik bir Sevgililer Günü kartı gibi gelen, yeni keşfettiği bu yeteneğini düşünmüş müydü? Tessa bilmiyordu; ama Krystal'ın denemelere katılması belki Barry hariç herkesi şaşırtmıştı.)

Colin, Bellchapel'daki hastaların yeniden uyuşturucuya başlama yüzdelerini yüksek sesle okuyan Kay'e emme basma tulumba gibi kafa sallıyordu.

"Parminder bunu mutlaka görmeli" dedi. "Ona bir kopyasını veririm. Evet, evet, gerçekten çok faydalı olacak."

Biraz midesi bulanan Tessa dördüncü bisküvisini yemeye başladı.

## 10

Parminder pazartesi akşamları mesaiye kalırdı; Vikram da genellikle hastanede olduğundan, Jawanda'ların üç çocuğu yemeklerini kendileri hazırlayıp yerlerdi. Bazen tartışırlardı; bazen gülüşürlerdi; ama bugün hepsi de düşünceli gibiydi, karınlarını sessizce doyurmuşlardı.

Sukhvinder okulu kırmaya çalıştığını, Krystal Weedon'ın kendisini dövmekle tehdit ettiğini ablasına ya da ağabeyine söylememişti. Son günlerde iyice ketumlaşmıştı. Sır vermekten ödü kopuyordu, çünkü iç dünyasının tuhaflığını, Şişko Wall'un ürkütücü bir şekilde kolayca görebildiği tuhaflığını ele vermekten korkuyordu. Yine de, o gün olanların sonsuza dek gizli kalmayacağını biliyordu. Tessa ona Parminder'i aramak niyetinde olduğunu söylemişti.

"Anneni aramak durumdayım Sukhvinder, hep yaptığımız bir şeydir bu, ama okulu kırmanın sebebini açıklamaya çalışacağım."

Sukhvinder'in Tessa'ya kanı kaynar gibi olmuştu; oysa kadın Şişko Wall'un annesiydi. Sukhvinder annesinin tepkisinden korksa da, kadının kendisini savunacağını düşününce biraz da olsa umutlanmıştı. Annesi onun çaresizliğini fark ederse hoşnutsuzluğunu ve hayal kırıklığını ifade etmekten, soğuk bir yüz ifadesiyle onu durmadan eleştirmekten sonunda vazgeçer miydi acaba?

Ön kapı nihayet açıldı ve Sukhvinder annesinin Pencapça konuştuğunu işitti.

"Ah, yine o lanet olası çiftlik" diye inledi Jaswant; kulak kesilmişti.

Jawanda'ların Pencap'ta Parminder'in babasından kalma bir arazileri vardı; adamın oğlu olmadığından, bu arazi kız kardeşlerin en büyüğü olan Parminder'e kalmıştı. Jaswant ile Sukhvinder çiftliğin ailenin üstündeki etkisini konuşurlardı bazen. Yaşlı akrabalarından bazılarının, günün birinde bütün ailenin oraya geri taşınacağını umut etmelerini komik ve şaşırtıcı buluyorlardı. Parminder'in babası hayatı boyunca çiftlik için para göndermişti. Çiftlikte ikinci göbekten kuzenler oturuyor ve çalışıyorlardı; somurtkan ve hırçın görünüşlüydüler. Parminder'in akrabaları, çiftlik yüzünden sürekli tartışırlardı.

Parminder'in kapının ardından gelen boğuk sesini dinleyen Jaswant, "Nani yine olay çıkarmış" yorumunda bulundu.

Parminder ilk çocuğuna biraz Pencapça öğretmişti ve Jaz sonrasında da kuzenleri sayesinde dilini geliştirmişti. Sukhvinder ise disleksisi yüzünden ikinci bir dil öğrenemiyordu, dolayısıyla ona öğretmeye çalışmaktan vazgeçilmişti.

"... Harpreet yolun yanındaki kısmı satmak istiyormuş hâlâ..."

Sukhvinder, Parminder'in ayakkabılarını çıkardığını duydu. Annesinin bu gece çiftlik yüzünden sinirli olmamasını diledi; çiftlik konusu Parminder'i asla iyi bir ruh haline sokmazdı zaten; Parminder mutfak kapısını iterek açınca, onun maskeyi andıran gergin yüzünü gören kızı cesaretini tamamen yitirdi.

Parminder, Jaswant ile Rajpal'ı hafifçe el sallayarak selamladı, ama Sukhvinder'e mutfak sandalyesine oturmasını, telefon görüşmesini bitirmesini beklemesini işaret etti.

Jaswant ile Rajpal üst kata çıktılar. Annesinin verdiği sessiz emir yüzünden sandalyesine mıhlanan Sukhvinder, kardeşleriyle kıyaslanınca yetersizliğini dünyaya sergileyen duvar fotoğraflarının altında bekledi. Telefon görüşmesi bitmek bilmedi; en sonunda Parminder veda edip telefonu kapadı.

Dönüp kızına baktığında, daha tek kelime bile etmeden Sukhvinder boşuna umutlandığını anladı.

"Evet" dedi Parminder. "İşyerindeyken Tessa aradı. Niye aradığını biliyorsundur herhalde."

Sukhvinder başıyla onayladı. Ağzını bile açamıyordu.

Parminder'den dalga dalga yayılan hiddet Sukhvinder'in ayağa kalkmasını da, dik oturmasını da engelliyordu.

"Neden? *Neden?* Yine o Londralı kızı mı taklit ediyorsun... onu etkilemeye mi çalışıyorsun? Jaz ile Raj asla böyle davranmıyorlar, asla... sen neden böyle yapıyorsun? Senin neyin var ha? Tembelliğinle, özensizliğinle gurur mu duyuyorsun? Kabahat işlemek havalı bir şey midir sanıyorsun? Tessa'dan öğrenince ne hissettim sence? İşyerimi aradı... hayatımda hiç bu kadar utanmamıştım... senden tiksiniyorum, duyuyor musun beni? Sana verdiklerimiz yetmiyor mu? Sana yeterince destek olmuyor muyuz? *Senin neyin var Sukhvinder?*"

Çaresizlik içinde annesinin tiradını bölmeye çalışan Sukhvinder, Krystal Weedon'ın ismini söyledi...

"Krystal Weedon!" diye bağırdı Parminder. "O salak kız! Onun söylediklerini neden umursuyorsun? Lanet olası büyük ninesini hayatta tutmak için elimden geleni yaptığımı söyledin mi ona? Söyledin mi?"

"Ben... hayır..."

"Krystal Weedon gibilerin söylediklerini önemseyeceksen umutsuz vakasın sen! Belki de çapın bu kadardır Sukhvinder, ha? Okulu asma oyunu oynamak istiyorsun, kafede çalışmak istiyorsun, elindeki bütün eğitim fırsatlarını heba etmek istiyorsun; bu daha kolay diye mi? Krystal Weedon'la aynı takımda olmak sana bunu mu öğretti... onun seviyesine inmeyi mi öğretti?"

Sukhvinder yolun karşı tarafına geçmek için sabırsızlanan, arabaların azalmasını bekleyen Krystal'ı ve çetesini düşündü. Annesinin durumu anlaması için ne gerekiyordu? Sukhvinder bir saat önce annesine en azından Şişko Wall'un yaptıklarını anlatabileceğini hayal etmişti, küçücük de olsa bir umut duymuştu...

"Gözüm görmesin seni! Git! Baban gelince onunla konuşacağım... git!"

Sukhvinder yürüyüp üst kata çıktı. Jaswant yatak odasından seslendi: "Annem neden bağırıyordu?"

Sukhvinder yanıt vermedi. Kendi odasına gidip kapıyı kapadı, yatağının kenarına oturdu.

*Senin neyin var Sukhvinder?*

*Senden tiksiniyorum.*

*Tembelliğinle, özensizliğinle gurur mu duyuyorsun?*

Ne bekliyordu ki? Annesinin ona sarılmasını, sıcak bağrına basmasını, teselli etmesini mi? Parminder ona ne zaman sarılmıştı ki! Oyuncak tavşanının içindeki jilet daha çok teselli verirdi; ama Sukhvinder kendini kesip kanatma arzusunu, giderek ihtiyaca dönüşen bu arzuyu gece olmadan, ailesi ayaktayken, babası eve gelmek üzereyken tatmin edemezdi.

Çaresizlik ve acı Sukhvinder'in içinde karanlık bir göl gibiydi; bu göl sınırlarından kurtulup akmak istiyordu ama sanki benzinden oluşmuş gibi alev alev yanıyordu.

*Nasıl bir hismiş anlasın bakalım.*

Kalkıp yatak odasını birkaç adımda kat etti, masasının önündeki sandalyeye oturup klavyenin tuşlarına basmaya başladı.

O salak yedek öğretmenin bilgisayar bilgisiyle hava atmaya çalışması, Andrew Price gibi Sukhvinder'in de ilgisini çekmişti. Andrew'nun ve başka birkaç oğlanın aksine, Sukhvinder öğretmeni bilgisayar korsanlığıyla ilgili sorularla bunaltmamıştı; sessiz sedasız evine gidip bu konuyu internette araştırmıştı. Neredeyse bütün modern internet siteleri klasik SQL aşılamasına karşı korumalıydı; ama Sukhvinder annesinin Pagford Belediye Meclisi'nin internet sitesine yapılan, kimin yaptığı bilinmeyen saldırıdan bahsettiğini duyunca, beceriksizce hazırlanmış o eski sitenin korunma düzeyinin muhtemelen çok az olduğunu düşünmüştü.

Sukhvinder klavyeyle yazmayı kalemle yazmaktan çok daha kolay bulurdu hep; kod yazmak da uzun sözcükler yazmaktan daha kolayına geliyordu. En basit SQL aşılaması yöntemini açık bir dille anlatan bir site bulması uzun sürmedi. Sonra Belediye Meclisi'nin internet sitesini açtı.

Siteyi kırması beş dakika sürdü, ki ilk seferde kodu yanlış kopyalamasa daha da kısa sürerdi. Site yöneticisinin (her kimse) Barry_Fairbrother'ın_Hayaleti'nin kullanıcı bilgilerini silmediğini, sadece mesajını sildiğini keşfedince çok şaşırdı. Aynı isimle mesaj yayımlaması çocuk oyuncağıydı.

Sukhvinder'in mesajı yazması, siteyi kırmasından çok daha uzun sürdü. Daha önce hiç dillendirmediği suçlama aylardır aklından gitmiyordu; yılbaşı partisinde geceyarısına on kala annesinin yüz ifadesini saklandığı yerden fark etmiş, meraklanmıştı. Ağır ağır yazdı. Otomatik düzeltme fonksiyonu, yazım hatalarını düzeltti.

Bilgisayarının geçmiş kayıtlarını Parminder'in kontrol etmesinden korkmuyordu; annesi onunla ve bu yatak odasında olup bitenlerle ilgili öyle az şey biliyordu ki tembel, aptal, özensiz kızından asla şüphelenmezdi.

Sukhvinder fareye tetik çeker gibi bastı.

# 11

Krystal, salı sabahı Robbie'yi kreşe bırakmadı; onu Cath Nine'nin cenazesine götürmek için giydirdi. Çocuğa en az yırtığı olan ve paçaları beş santim kısa gelen pantolonunu giydirirken ona Cath Nine'nin kim olduğunu açıklamaya çalıştı, ama boşa nefes tüketiyordu. Robbie, Cath Nine'yi hatırlamıyordu; nine sözcüğünün anlamını bilmiyordu; annesiyle ablasından başka kimsesi olduğundan haberi yoktu. Krystal birbirini tutmayan hikâyeler anlatıp imalarda bulunan Terri'nin de Robbie'nin babasının kim olduğunu aslında bilmediğinin farkındaydı.

Krystal annesinin merdivenden indiğini işitti.

Terri'nin koltuğunun altında yatan boş bira kutusuna uzanan Robbie'ye, "Bırak onu" dedi sertçe. "Gel buraya."

Robbie'yi elinden tutup çekerek hole çıktı. Terri'nin üstünde geceki pijama altı ile kirli tişört vardı hâlâ ve ayakları çıplaktı.

Krystal, "Neden üstünü değiştirmedin?" diye çıkıştı.

"Gitmiycem" dedi Terri, oğlu ile kızını iterek mutfağa girerken. "Fikrimi değiştirdim."

"Neden?"

"İstemiyorum" dedi Terri. Ocakta sigara yakıyordu. "Mecbur değilim ya."

Krystal kollarını sallayan Robbie'nin elini tutuyordu hâlâ.

"Herkes gidiyor ama" dedi Krystal. "Cheryl, Shane, herkes."

"Ne olmuş yani?" dedi Terri saldırgan bir sesle.

Krystal annesinin son anda vazgeçmesinden korkuyordu zaten. Terri cenazede, kendisinin varlığından habersizmiş gibi davranan ablası Danielle'le yüz yüze gelecekti; onları reddetmiş olan diğer tüm akrabalarıyla da karşılaşacaktı. Anne-

Marie de gelebilirdi. Krystal, Cath Nine ile Bay Fairbrother için gözyaşı döktüğü gecelerde, karanlıktaki bir feneri andıran bu umuda tutunmuştu.

"Gelmek zorundasın" dedi Krystal.

"Hayır, değilim."

"Bu Cath Nine'nin cenazesi be" dedi Krystal.

"Ne olmuş yani?" dedi Terri tekrar.

"Bizim için çok şey yaptı o" dedi Krystal.

"Hayır, yapmadı" dedi Terri öfkeyle.

"Yaptı" dedi Krystal; yüzü yanıyordu, Robbie'nin elini sımsıkı tutuyordu.

"Senin için yapmış olabilir" dedi Terri. "Benim için bir bok yapmadı. Sen istiyorsan onun lanet olası mezarının başında böğüre böğüre ağlayabilirsin. Ben burada kalacağım."

"Niye ki?" dedi Krystal.

"Seni ilgilendirmez."

Odaya eski, tanıdık gölge çöktü.

"Obbo geliyor, değil mi?"

"Seni ilgilendirmez" diye tekrarladı Terri, acınası bir kibirle.

"Gel şu cenazeye" dedi Krystal sesini yükselterek.

"Sen git."

"Sakın bir şey kullanma" dedi Krystal, sesini bir oktav daha yükselterek.

"Kullanmam" dedi Terri; ama sırtını dönmüştü, kirli arka pencereden dışarıya, arka bahçe dedikleri yere, yabani otlarla ve çöplerle kaplı o toprak parçasına bakıyordu.

Robbie elini çekip Krystal'dan kurtularak oturma odasına daldı, gözden kayboldu. Ellerini eşofman altının ceplerine sokup omuzlarını kaldıran Krystal ne yapacağına karar vermeye çalıştı. Cenazeye gitmemeyi düşünüyor, ağlayacak gibi oluyordu; ama gitmezse arada sırada Cath Nine'nin evinde karşılaştığı akrabalarının düşmanca bakışlarına maruz kalmaktan da kurtulurdu, böyle düşününce de rahatlıyordu.

Terri'ye kızıyor ama garip bir şekilde onun tarafında hissediyordu kendini. *Babasının kim olduğunu bile bilmiyorsun, değil mi orospu?* Anne-Marie'yle tanışmak istiyordu, ama korkuyordu.

"Tamam öyleyse. Ben de gitmiyorum."

"Buna mecbur değilsin. İstiyorsan git. Umurumda değil."

Ama Obbo'nun geleceğinden emin olan Krystal kaldı. Obbo bir haftadan fazladır şehir dışındaydı; ne haltlar karıştırıyordu kim bilir. Krystal o adamın ölmesini, asla geri gelmemesini istiyordu.

Oyalanmak için evi toplamaya başladı; bir yandan da Şişko Wall'un verdiği sarma sigaralardan birini içti. Sigaraları beğenmese de, Şişko'nun onları kendisine vermesi hoşuna gitmişti. Sigaraları Tessa'nın kol saatiyle birlikte, Nikki'nin plastik mücevher kutusunda saklıyordu.

Mezarlıktaki düzüşmelerinden sonra, bir daha Şişko'yla görüşmeyiz belki diye düşünmüştü, çünkü sonrasında Şişko pek konuşmamıştı ve doğru dürüst veda etmeden gitmişti; ama daha sonra parkta buluşmuşlardı. Şişko bu kez daha çok zevk almış gibiydi; esrar içmemişlerdi ve Şişko'nun gelmesi daha uzun sürmüştü. Çalıların dibinde, çimlerin üstünde yan yana yatıp sigara içerlerken Krystal Cath Nine'nin ölümünden bahsedince, Şişko Sukhvinder Jawanda'nın annesinin Cath Nine'ye yanlış ilaç verdiğini filan söylemişti; Şişko meseleyi tam olarak bilmiyordu.

Krystal dehşete kapılmıştı. Cath Nine pisi pisine ölmüştü demek; Hope Sokağı'ndaki o küçük, düzenli evinde yaşayıp gidiyor olabilirdi hâlâ, Krystal'a zor zamanlarında temiz çarşafları olan bir yatak, bir sığınak sunabilirdi; takım olmayan seramik tabakları ile o yiyecek dolu ufak mutfağını, oturma odasının köşesindeki küçük televizyonu sunabilirdi: *Pis şeyler seyretmek istemiyorum Krystal, kapat şunu.*

Krystal'ın Sukhvinder'e kanı kaynamıştı, ama Sukhvinder'in

annesi Cath Nine'yi öldürmüştü. Düşman kabilenin fertleri arasında ayrım yapılmazdı. Krystal, Sukhvinder'i haşat edeceğine ant içmişti; ama sonra Tessa Wall müdahale etmişti. Krystal, Tessa'nın söylediklerini ayrıntılı olarak hatırlamıyordu; ama Şişko'nun söylediği şey yanlıştı, en azından kısmen yanlıştı anlaşılan; Krystal, Sukhvinder'e saldırmayacağı konusunda Tessa'ya gönülsüzce söz vermişti, ama Krystal'ın her şeyin bir anda değiştiği zıvanadan çıkmış dünyasında böyle sözlerin kalıcılığı yoktu.

Terri'nin, içinde uyuşturucu malzemelerini sakladığı bisküvi kutusunun kapağını açmaya çalışan Robbie'ye, "Bırak onu!" diye bağırdı.

Kutuyu çocuğun elinden kapıp canlı bir yaratık, sağ kalma mücadelesi veren ve ölmesi muazzam sonuçlar doğuracak bir yaratıkmış gibi tuttu. Kapakta çizik içinde kalmış bir resim vardı: karların içinde kestane rengi dört at tarafından çekilen, içi bavullarla tepeleme dolu, sürücüsü silindir şapkalı ve borazanlı bir at arabasının resmi. Terri mutfakta sigara içerken Krystal kutuyu üst kata götürüp yatağının altına sakladı. Robbie peşinden geldi.

"Payka gidelim, oynamak istiyoyum."

Krystal bazen onu parka götürüp salıncağa ve atlıkarıncaya bindirirdi.

"Bugün olmaz Robbie."

Çocuk sızlanıp durunca Krystal sonunda ona çenesini kapamasını söyledi.

Daha sonra, hava kararınca –Krystal Robbie'ye halka makarnalardan pişirip onu yıkadıktan sonra, cenaze merasiminin sona ermesinden epey sonra– Obbo sokak kapısını çaldı. Onu Robbie'nin yatak odası penceresinden gören Krystal kapıya koştu, ama Terri önce davrandı.

"N'aber Ter?" dedi adam davet beklemeden içeri girerek. "Geçen hafta beni arıyormuşsun."

Krystal'ın sözünü dinlemeyen Robbie, onun peşinden alt kata inmişti. Krystal, Obbo'nun ahı gitmiş vahı kalmış deri ceketinden yayılan sigara ve ter kokularının arasından, Robbie'nin şampuanlanmış saçının kokusunu alabiliyordu. Obbo içkiliydi; Krystal'a pis pis sırıtan adamdan bira kokusu geliyordu.

"N'aber Obbo?" dedi Terri, Krystal'ın ondan ancak belli zamanlarda duyduğu bir ses tonuyla. Uzlaşmacı, uysal bir ses tonuydu bu; Obbo'nun bu evde bazı haklara sahip olduğunu kabulleniyordu. "Nerelerdeydin?"

"Bristol'daydım" dedi adam. "Nasılsın Ter?"

"Bir şey istemiyor" dedi Krystal.

Adam kalın gözlük camlarının ardındaki gözlerini kırpıştırarak ona baktı. Robbie, Krystal'ın bacağına öyle sıkı tutunuyordu ki, kız onun tırnaklarının battığını hissediyordu.

"Bu kim Ter?" diye sordu Obbo. "Annen mi?"

Terri güldü. Krystal ona öfkeyle baktı; Robbie uyluğuna yapışmıştı. Obbo sulanmış gözlerini aşağıya, Robbie'ye çevirdi.

"Oğlum nasılmış?"

"O senin oğlun filan değil" dedi Krystal.

"Nereden biliyorsun?" diye sordu Obbo usulca, sırıtarak.

"Siktir git. Annem bir şey istemiyor. Söyle ona" diye bağırdı Krystal Terri'ye. "Bir şey istemediğini söyle."

Kendisinden çok daha iradeli iki kişinin arasında kalan Terri ürküp sindi. "O sadece sohbet..." diye söze başladı.

"Hayır" dedi Krystal. "Hayır, etmeyeceksiniz. Bir şey istemiyor" dedi, sırıtan Obbo'ya öfkeyle. "Haftalardır kullanmıyor."

"Bu doğru mu Terri?" dedi Obbo gülümsemeyi sürdürerek.

"Evet, doğru" dedi Krystal, Terri yanıt vermeyince. "Bellchapel'da tedavi görüyor hâlâ."

"Yakında tedavi medavi kalmayacak" dedi Obbo.

"Hassiktir oradan" dedi Krystal hiddetle.

"Orayı kapatıyorlar" dedi Obbo.

"Öyle mi?" dedi Terri birden paniğe kapılarak. "Yok canım, kapatmıyorlardır değil mi?"

"Tabii ki kapatıyorlar" dedi Obbo. "Tasarruf filan için."

Krystal, "Sen hiçbir şey bilmiyorsun" dedi Obbo'ya. "Saçmalıyor" dedi annesine. "Öyle bir şey söylemediler, değil mi?"

"Tasarruf" diye tekrarladı Obbo, şişkin cebindeki sigaralara pat pat vurarak.

Krystal, "Dosyan gözden geçirilecek" diye hatırlattı Terri'ye. "Kullanamazsın. Bunu yapamazsın."

"N'olacakmış?" diye sordu Obbo çakmağını yakmaya uğraşırken, ama iki kadın da yanıt vermediler. Terri kızıyla bir iki saniyeliğine bakıştı; gözlerini Krystal'ın bacağına tutunan, pijamalı Robbie'ye indirdi gönülsüzce.

"Tamam, ben de tam yatmaya gidiyordum Obbo" diye mırıldandı adama bakmadan. "Başka zaman görüşürüz belki."

"Duyduğuma göre ninen ölmüş" dedi adam. "Cheryl söyledi."

Terri'nin yüzü acıyla çarpıldı; bir an Cath Nine kadar yaşlı göründü.

"Hı hı, ben yatmaya gidiyorum. Gel Robbie. Benimle gel Robbie."

Robbie, Obbo varken Krystal'ı bırakmak istemiyordu. Terri pençe gibi elini uzattı.

Krystal, "Tamam, hadi git Robbie" dedi çocuğa. Terri bazen oğluna oyuncak ayıymış gibi tutunurdu; uyuşturucu kullanmasındansa Robbie'ye tutunması daha iyiydi. "Hadi git. Anneciğinle git."

Krystal'ın sesini duyunca rahatlayan çocuk, Terri'nin kendisini üst kata çıkarmasına izin verdi.

"Görüşürüz" dedi Krystal, Obbo'ya bakmadan; mutfağa girdi ve Şişko Wall'un sarma sigaralarından sonuncusunu cebinden çıkarıp, ocakta yakmak için eğildi. Sokak kapısının kapandığını duyunca kendisini zafer kazanmış gibi hissetti. *Canı cehenneme.*

"Kıçın çok güzelmiş Krystal."

Krystal öyle bir sıçradı ki, bulaşık yığınındaki tabaklardan biri kayıp kirli zemine düşerek parçalandı. Adam gitmemişti, Krystal'ın peşinden gelmişti. Kızın dar tişörtünün altındaki göğüslerine bakıyordu.

"Siktir git" dedi Krystal.

"Koca kız olmuşsun ha!"

"Siktir git."

"Duyduğuma göre bedavaya veriyormuşsun" dedi Obbo yaklaşarak. "Annenden daha çok para kazanabilirsin."

"Siktir..."

Krystal adamın elini sol memesinde hissetti. Eline vurarak uzaklaştırmaya çalıştı; Obbo diğer eliyle onu bileğinden tuttu. Kızın yanan sigarası yüzüne değince, Krystal'ın şakağını iki kez yumrukladı; kirli zemine düşen tabaklar parçalandı ve Krystal ile Obbo boğuşurlarken ayağı kayan kız yere yuvarlandı; başı yere çarpınca adam üstüne atladı. Krystal, Obbo'nun, eşofman altını bel kısmından aşağı çektiğini hissedebiliyordu.

"Hayır... Siktir git... hayır!"

Adam parmaklarını kızın karnına bastırırken kendi fermuarını indirdi... çığlık atmaya çalışan Krystal'ı tokatladı, kızın kulağına hırıltılı bir sesle, "Bağırırsan keserim seni" diye fısıldadı; adamın kesif kokusu Krystal'ın burun deliklerine dolmuştu.

Adam içine girince Krystal'ın canı acıdı; Obbo'nun hırıltılarını ve kendi hafif iniltilerini duyabiliyordu; çıkardığı sesten öyle utanıyordu ki, öyle çok korkuyor ve kendini öyle küçük hissediyordu ki.

Adam boşalınca Krystal'ın üstünden kalktı. Krystal hemen eşofmanını yukarı çekip ayağa fırladı; pis pis sırıtan adamla yüz yüze dururken yanaklarından yaşlar süzülüyordu.

Kendi ağlamaklı sesinin, "Bay Fairbrother'a söyleyeceğim"

dediğini işitti. Neden öyle dediğini bilmiyordu. Salakça bir laf etmişti.

"O kim be?" Obbo hiç acele etmeden fermuarını çekti, sigarasını yakarken kapının önünde durup, Krystal'ın dışarı çıkmasını engelledi. "Onunla da mı yatıyorsun? Küçük orospu."

Adam ağır ağır yürüyerek hole girdi, sonra da evden çıkıp gitti.

Krystal hayatında hiç böyle titrememişti. Kusacak gibi oldu; her tarafına adamın kokusu sinmişti. Başının arka tarafı zonkluyordu; içi acıyordu ve külotuna ıslaklık yayılıyordu. Koşarak oturma odasına daldı ve titreyerek, kollarıyla kendini sararak öylece durdu; sonra adamın geri dönebileceğini düşününce bir an dehşete kapıldı, hemen gidip sokak kapısını telaşla kilitledi.

Oturma odasına geri dönünce, kül tablasında yarısından azı içilmiş bir sigara bulup yaktı. Zangır zangır titreyerek, hüngür hüngür ağlayarak sigara içerken Terri'nin koltuğuna çöktü. Sonra ayağa fırladı, çünkü merdivenden ayak sesleri geldiğini işitmişti. Terri geri gelmişti, şaşkın, tetikte gibiydi.

"Senin neyin var?"

Krystal konuşmaya çalışınca öğürdü.

"Demin... demin beni becerdi."

"Ne?" dedi Terri.

"Obbo... demin..."

"Öyle şey yapmaz o."

Terri hayatı boyunca hep yaptığı gibi, içgüdüsel olarak inkâr moduna geçmişti: *Öyle şey yapmaz o, hayır, hayatta yapmam, hayır, yapmadım.*

Krystal koşarak Terri'yi itti; bir deri bir kemik olan Terri geri geri sendeleyerek hole girerken çığlığı basıp küfretti; Krystal koşup az önce kilitlediği kapıyı titreyen elleriyle açtı.

Ağlamaya devam ederek karanlık sokakta yirmi metre koştuktan sonra, Obbo'nun buralarda bir yerde onu seyrederek bekliyor olabileceğini fark etti. Bir komşunun bahçesine daldı ve ara sokaklardan zikzak çizerek geçip, Nikki'nin evine doğru koştu; bu arada külotuna ıslaklık yayılıp duruyordu ve kusacak gibi oluyordu.

Krystal tecavüze uğradığını biliyordu, o adamın ne yaptığını biliyordu. Aynı şey Leanne'in ablasının başına, Bristol'daki bir gece kulübünün otoparkında gelmişti. Bazı insanlar polise giderlerdi, Krystal bunu biliyordu; ama anneniz Terri Weedon'sa, polisleri hayatınıza davet etmek istemezdiniz.

*Bay Fairbrother'a söyleyeceğim.*

Hıçkırıkları yükseliyordu. Bay Fairbrother sağ olsa ona söyleyebilirdi. Bay Fairbrother gerçek hayatı tanıyordu. Ağabeylerinden biri hapis yatmıştı. Bay Fairbrother, Krystal'a gençliğinde yaşadıklarını anlatmıştı. Onun gençliği Krystal'ınkine benzemiyordu –Krystal kimsenin kendisi kadar sefil durumda olmadığını biliyordu– ama Nikki ile Leanne'inkine benziyordu. Yoksulluk çekmişti; annesi sosyal konutlardan bir daire satın almış ve taksitleri ödeyememişti; Bay Fairbrother'ın amcasının karavanında yaşamışlardı bir süre.

Bay Fairbrother iş bitiriciydi; sorun çözücüydü. Krystal'ın evine gelip Terri'yle Krystal ve kürek takımı hakkında konuşmuştu, çünkü Terri kızıyla tartışmıştı ve Krystal'ın takıma katılması için gerekli formları imzalamayı reddediyordu. Bay Fairbrother iğrenmiş gibi değildi veya iğrendiğini belli etmemişti, ki bunlar aynı kapıya çıkıyordu. Kimseyi sevmeyen ve kimseye güvenmeyen Terri bile, "İyi bir şeye benziyor" deyip imzayı basmıştı sonunda.

Bay Fairbrother bir keresinde Krystal'a şöyle demişti: "Senin işin bu diğerlerine kıyasla daha zor olacak Krys; benim için de daha zordu. Ama sen daha iyisini yapabilirsin. Aynı yoldan gitmen gerekmiyor."

Krystal'ın derslerine çok çalışmasını filan kastetmişti,

ama bunun için artık çok geçti; hem zaten her şey saçmaydı. Okumanın şimdi Krystal'a ne faydası olacaktı ki?

*Oğlum nasılmış?*

*O senin oğlun filan değil.*

*Nereden biliyorsun?*

Leanne'in ablası ertesi gün hapı kullanmak zorunda kalmıştı. Krystal, Leanne'den hapla ilgili şeyleri öğrenecekti, sonra da gidip o hapı alacaktı. Obbo'nun çocuğunu doğuramazdı. Bunu düşündükçe midesi ağzına geliyordu.

*Buradan gitmeliyim.*

Kay'i düşündü bir an, sonra hemen bu düşünceyi aklından kovdu: Obbo'nun evlerine girip çıktığını, insanlara tecavüz ettiğini bir sosyal hizmet görevlisine söylemek, polise söylemek kadar kötüydü. Kadın bunu öğrenirse Robbie'yi ellerinden alırdı kesin.

Krystal kafasının içinde net, anlaşılır bir sesle Bay Fairbrother'la konuşuyordu; onunla ihtiyacı olan biçimde konuşan tek kişiydi adam; Bayan Wall iyi niyetli olsa da at gözlüğü takıyordu, Cath Nine ise gerçekleri duymak istememişti.

*Robbie'yi buradan götürmeliyim. Nasıl kaçabilirim? Kaçmalıyım.*

Akrabaları onun tek sığınağını, Hope Sokağı'ndaki küçük evi ele geçirebilmek için birbirleriyle didişmeye başlamışlardı bile...

Bir sokak lambasının altından koşar adım geçen Krystal köşeyi dönerken, Obbo'nun takip etmediğinden emin olmak için başını geriye çevirip baktı.

Sonra yanıtı buldu birden; Bay Fairbrother ona doğru yolu göstermişti sanki.

Şişko Wall'dan hamile kalırsa, belediye ona ev tutardı. Böylece, Terri tekrar uyuşturucuya başlarsa Krystal, Robbie'yi yanına alabilirdi. Ve Obbo o eve asla girmeyecekti, asla. Kapıda sürgüler, zincirler, kilitler bulunacak ve Krystal'ın evi tertemiz olacaktı, hep tertemiz olacaktı, tıpkı Cath Nine'nin evi gibi.

Karanlık sokakta koşar adım yürüyen Krystal'ın hıçkırıkları yavaşladı, sonra da dindi.

Wall'lar ona para verirlerdi herhalde. Onlar öyle insanlardı. Krystal, Tessa'nın beşiğe eğilen ablak, kaygılı yüzünü hayal edebiliyordu. Torunlarını Krystal büyütecekti.

Hamile kalınca Şişko'yu kaybedecekti; hamile kaldınız mı giderlerdi hep; Fields'ta hemen her zaman böyle olduğunu görmüştü. Ama Şişko kalmak isterdi belki de; öyle tuhaf biriydi ki. Krystal için fark etmezdi. Şişko, kurduğu plan için gerekliydi; bunun dışında Şişko'ya olan ilgisi neredeyse tamamen bitmişti. Bebeği istiyordu o; bebek hedefe götürecek bir araç değildi sadece. Krystal bebekleri severdi; Robbie'yi hep sevmişti. İkisine birden kol kanat gerekecekti; Cath Nine'nin daha iyi, daha şefkatli, daha genç bir versiyonu olacaktı ailesi için.

Krystal Terri'nin yanından ayrıldıktan sonra Anne-Marie onları ziyarete gelirdi belki. Çocukları kuzen olacaktı. Anne-Marie'yle yan yana durdukları gayet net bir şekilde canlandı zihninde; Pagford'daki St. Thomas İlkokulu'nun bahçe kapısında duruyorlardı ve uçuk mavi elbiseli, kısa çoraplı iki küçük kıza el sallıyorlardı.

Nikki'nin evinin ışıkları her zamanki gibi yanıyordu. Krystal koşmaya başladı.

# Dördüncü bölüm

**Delilik**

**5.11** Genel hukukta zekâ geriliği olan kişilere oy kullanma hakkı asla tanınmasa da, akli dengesi bozuk kişiler zihinsel sağlıklarına kavuştuklarında oy kullanabilirler.

Charles Arnold-Baker
*Yerel Belediye Yönetimi*
Yedinci Baskı

# 1

Samantha Mollison, Libby'nin favori delikanlılar grubunun üç DVD'sini de satın almıştı. DVD'leri çoraplarını ve taytlarını koyduğu çekmecede, diyaframının yanında saklıyordu. Miles onları görecek olursa yalanı hazırdı: Libby'ye hediye aldığını söyleyecekti. İşyerindeyken bazen müşteri olmadığında, internette Jake'in fotoğraflarına bakıyordu. Bir gün yine fotoğraflara bakarken –Jake takım elbise giymişti ama içinde gömlek yoktu, Jake kot pantolonun üzerine sadece beyaz bir yelek geçirmişti– grubun iki hafta sonra Wembley'de konser vereceğini öğrendi.

Üniversiteden bir arkadaşı West Ealing'de yaşıyordu. Arkadaşında kalabilirdi; Libby'ye de sanki ona bir hoşluk yapmak istemiş, birlikte zaman geçirmeyi planlamış gibi yutturudu. Çoktandır hissetmediği kadar yoğun bir heyecana kapılan Samantha iki tane çok pahalı konser bileti satın almayı başardı. O akşam eve geldiğinde, bu harika sır sayesinde yüzünde güller açıyordu; sanki sevgilisiyle buluşmaktan geliyordu.

Miles çoktan mutfaktaydı, işyerinde giydiği takım elbisesini çıkarmamış, elinde telefonla duruyordu. Mutfağa giren Samantha'ya anlaşılmaz, tuhaf bir ifadeyle baktı.

"Ne?" diye sordu Samantha biraz savunmaya geçer gibi.

"Babama ulaşamıyorum" dedi Miles. "Lanet olası telefonu meşgul. Bir mesaj daha yayımlanmış."

Samantha istifini bozmayınca biraz sinirlenen Miles, "Barry Fairbrother'ın Hayaleti!" dedi. "Yeni bir mesaj! Belediye Meclisi'nin internet sitesinde!"

"Ah" dedi Samantha eşarbını çözerken. "Anladım."

"Yaa, demin sokakta Betty Rossiter'la karşılaştım; o söyledi. Mesaj panosuna baktım, ama göremedim. Annem silmiş olmalı... Eh, umarım silmiştir, yoksa Bezdiren dava açarsa başı belaya girer."

"Parminder Jawanda'yla mı ilgili?" diye sordu Samantha, ilgisini belli etmemeye çalışarak. Suçlamanın ne olduğunu hemen sormadı, çünkü Shirley ile Maureen gibi, o meraklı ve dedikoducu kocakarılar gibi olmamakta kararlıydı, üstelik yanıtı zaten bildiğini düşünüyordu: Parminder'in yaşlı Cath Weedon'ın ölümünden sorumlu olduğu yazılmıştı herhalde. Bir iki dakika sonra, biraz neşeli bir ses tonuyla, "Annenin başının belaya girebileceğini mi söyledin?" diye sordu.

"Yani, o site yöneticisi, dolayısıyla hakaret ya da hakaret olarak yorumlanabilecek sözler içeren mesajları silmesi gerekiyor. Annem ile babamın bu meselenin ciddiyetini anladıklarından emin değilim."

"Annenin avukatlığını yapabilirsin, buna bayılır."

Ama Miles bunu duymadı; kaşlarını çatmış, tekrar tekrar arama tuşuna basıyordu, çünkü babasının cep telefonu hâlâ meşguldü.

"Bu iş ciddileşmeye başladı" dedi.

"Simon Price'a saldırılınca çok sevinmiştiniz. Bu seferkinin ne farkı var ki?"

"Meclisteki ya da meclise aday olmuş herkese karşı bir karalama kampanyası başlatıldıysa..."

Samantha sırıttığını gizlemek için sırtını döndü. Miles'ın kaygılanmasının sebebi Shirley değildi demek ki.

"Ama kim, niye senin hakkında yazsın ki?" diye sordu masumca. "Senin alnın açık."

*Bu kadar açık olmasa çok daha ilginç biri olurdun.*

"Ya o mektup?"

"Hangi mektup?"

"Tanrı aşkına... annemle babam söylediler ya, imzasız bir mektup gönderilmiş benim hakkımda! Barry Fairbrother'ın yerine geçmeye uygun olmadığım yazılıymış!"

Samantha dondurucuyu açıp içindeki pek de iştah açıcı olmayan yiyeceklere baktı; dondurucunun kapağının yüzündeki ifadeyi Miles'tan gizlediğinin farkındaydı.

"Sana karşı kimsenin elinde koz yoktur, değil mi?" diye sordu.

"Evet... ama ben avukatım sonuçta, değil mi? Kin güdenler olabilir. Ben böyle isimsiz şeylerin... yani, şimdiye kadar hep rakiplerimin başına geldi, ama misillemeler olabilir... bu gidişat hoşuma gitmiyor."

"Eh, siyaset böyledir Miles" dedi Samantha eğlendiğini gizlemeden. "Pis iştir."

Miles mutfaktan çıktı, ama Samantha'nın umurunda değildi; müzik grubundaki delikanlının biçimli elmacıkkemiklerini, yay gibi kaşlarını ve gergin, sıkı karın kaslarını düşünmeye başlamıştı bile. Artık şarkıların çoğuna yüksek sesle eşlik edebiliyordu. Kendine grubun tişörtünü alacaktı... Libby'ye de. Jake, Samantha'nın bir iki metre ötesinde salınacaktı. Samantha yıllardır eğlenmediği kadar eğlenecekti.

Bu arada Howard kapalı şarküterinin içinde, cep telefonunu kulağından ayırmadan dolanıyordu. Kepenkler inik, ışıklar açıktı; duvardaki kemerli girişten geçerek, yakında açılacak kafeye girip çıkan Shirley ile Maureen bir taraftan tabakları ve bardakları kutulardan çıkarıyor, heyecanla fısıldaşıyor; bir taraftan da Howard'ın yaptığı konuşmaya, tek heceli sözcüklerle verdiği yanıtlara kulak kabartıyorlardı.

"Evet... mmm, hımm... evet..."

"Bana bağırıyordu" dedi Shirley. "Bağıra çağıra küfrediyordu. 'O *lanet olası şeyi* sil' dedi. Ben de, 'Sileceğim Doktor Jawanda, lütfen küfretmeyin' dedim."

"Bana küfretse, iki saat daha silmezdim" dedi Maureen.

Shirley gülümsedi. Aslında kendisi de önce gidip bir fincan çay yapmayı tercih etmiş, sitede yayımlanan, Parminder'le ilgili kimin yazdığı bilinmeyen mesajı ancak kırk beş dakika sonra silmişti. Maureen'le ikisi bu mesaj konusunu ıcığına cıcığına kadar konuşmuşlardı zaten; gerçi daha konuşacak başka ayrıntılar da vardı hâlâ, ama baştaki heyecanları dinmişti. Shirley, Parminder'in sırrının ifşa edilmesine vereceği tepkiyi büyük bir açlıkla bekliyordu.

"Simon Price hakkındaki mesajı yazan o değildi demek ki" dedi Maureen.

"Evet, o değildi besbelli" dedi Shirley; Maureen'in pembeyi tercih etmesine aldırmadan seçtiği güzel, mavili beyazlı porselen tabakları silerken. Shirley şarküteride çalışmasa da Howard'ın karısı olarak epey söz sahibi olduğunu Maureen'e hatırlatmaktan hoşlanıyordu bazen.

"Evet?" dedi Howard telefona. "Ama şey daha iyi olmaz mı?.. Mmm, hımm..."

"Peki, kim yazdı sence?" diye sordu Maureen.

"Cidden bilmiyorum" dedi Shirley kibar bir sesle, böyle bilgilerle ya da şüphelerle uğraşmaya tenezzül etmeyeceğini söylemeye çalışır gibiydi.

"Price'lar ile Jawanda'ları iyi tanıyan biri" dedi Maureen.

"Besbelli" dedi Shirley tekrar.

Howard nihayet telefonu kapattı.

"Aubrey de benimle hemfikir" dedi iki kadına, paytak paytak yürüyerek kafeye girerken. *Yarvil and District* gazetesinin o günkü sayısını elinde sımsıkı tutuyordu. "Berbat bir yazı. Gerçekten berbat."

İki kadın, Barry Fairbrother'ın yazdığı, ölümünden sonra yerel gazetede yayımlanan yazıya ilgi göstermeleri gerektiğinin farkına ancak birkaç saniye sonra varabildiler. Adamın hayaleti çok daha ilginçti.

"Ah, evet; şey, ben de hiç beğenmedim" dedi Shirley telaşla.

"Krystal Weedon'la yapılan röportaj komikti" dedi Maureen sevimsiz bir kahkaha atarak. "Sanatı seviyormuş gibi göstermişler. O kız sıralara graffiti yapmaya sanat diyor herhalde."

Howard güldü. Shirley sırtını dönmesine bahane olsun diye tezgâhtan Andrew Price'ın yedek EpiPen'ini aldı; Ruth bunu o sabah şarküteriye getirip bırakmıştı. İnternetteki favori tıp sitesinde EpiPen'i araştırmış olan Shirley adrenalinin vücutta neler yaptığı konusunda kendini adamakıllı bilgili hissediyordu. Ama bu konuda soru soran çıkmayınca, o küçük beyaz tüpü dolaba koydu ve Maureen'in başka espriler yapmasını engellemek için kapağı elinden geldiğince sert bir şekilde kapattı.

Howard'ın iri elindeki telefon çaldı.

"Evet, alo? Ah Miles, evet... evet, biliyoruz... Annen bu sabah görmüş..." Güldü. "Evet, sildi... Bilmiyorum... Dün yayımlanmıştır herhalde... Ah, öyle deme... Bezdiren'le ilgili o meseleyi hepimiz yıllardır biliyorduk zaten..."

Ama Miles konuştukça Howard'ın neşesi söndü. Bir süre sonra, "Ah... evet, anlıyorum" dedi adam. "Evet. Hayır, bu açıdan bakmamıştım... belki de güvenlik meselesini bir uzmana..."

Dışarıda, giderek kararan Meydan'dan geçen arabanın sesine şarküterideki üç kişi de dikkat etmedi, ama arabanın sürücüsü krem rengi kepenklerin arkasında hareket eden Howard Mollison'ın devasa gölgesini fark etti. Mary'ye bir an önce ulaşmak isteyen Gavin gaza bastı. Mary'nin telefondaki sesi perişan geliyordu.

"Kim yapıyor bunu? Kim yapıyor? Kim benden bu kadar nefret ediyor?"

"Kimsenin senden nefret ettiği yok" demişti Gavin. "Senden

kim nefret edebilir ki? Olduğun yerde kal... oraya geliyorum."

Arabayı evin önüne park edip dışarı çıktı, kapıyı sertçe kapadı ve bahçe yolunda telaşla yürüdü. Evin kapısını çalmasına fırsat kalmadan Mary açtı. Gözleri yine ağlamaktan şişmişti ve eteği yerleri süpüren sabahlığının içinde cüce gibi görünüyordu. Bu sabahlık hiç seksi değildi; bu açıdan Kay'in kızıl kimonosunun tam tersiydi, ama pejmürde bir ev kıyafeti olması yeni bir yakınlık düzeyinin göstergesiydi.

Mary'nin dört çocuğu da oturma odasındaydılar. Mary, Gavin'a mutfağa girmesini işaret etti.

"Biliyorlar mı?" diye sordu Gavin.

"Fergus biliyor. Okuldan birisi söylemiş. Diğerlerine söylememesini tembihledim. Açıkçası Gavin... dayanacak gücüm kalmadı artık. Bu kadar fesatça..."

"Doğru değil" dedi Gavin, sonra da merakına yenik düşerek ekledi: "Değil mi?"

"Değil!" dedi kadın hiddetle. "Yani... bilmiyorum... o kadını pek tanımıyorum. Ama Barry'yi o şekilde konuşturmaları... onun ağzından konuşmaları... beni *düşünmüyorlar* mı hiç?"

Tekrar gözyaşlarına boğuldu. Üzerinde sabahlık olduğu için Mary'ye sarılmaması gerektiğini düşünen Gavin bir an sonra bu kararından memnun oldu, çünkü on sekiz yaşındaki Fergus mutfağa girdi.

"Selam Gav."

Delikanlı yorgun görünüyor, yaşından büyük gösteriyordu. Gavin onun bir kolunu Mary'nin omuzlarına atmasını, Mary'nin de başını onun omzuna yaslayıp, gözlerini giysisinin bol gelen koluyla çocuk gibi kurulamasını seyretti.

Fergus, "Aynı kişi değildi bence" diyerek konuya girdi hemen. "Bir daha baktım. Bu mesajın üslubu farklı."

Mesajı cep telefonuna kaydetmiş olan delikanlı yüksek sesle okumaya başladı:

*"Bölgenin yoksullarına ve düşkünlerine kol kanat germeye*

*çok hevesliymiş gibi görünen Belediye Meclisi Üyesi Doktor Parminder Jawanda'nın gizli bir sırrı vardı. Ben ölene kadar...'"*

"Fergus, yapma" dedi Mary, mutfak masasına yığılır gibi oturarak. "Dayanamam. Gerçekten dayanamam. Bir de bugün gazetede yazısı çıktı."

Kadın yüzünü elleriyle örtüp sessizce ağlarken, Gavin masanın üstündeki *Yarvil and District* gazetesini fark etti. Gazeteyi okumamıştı. Mary'ye sormadan, ona içki hazırlamak için dolaba gitti.

"Teşekkürler Gav" dedi kadın boğuk sesle, Gavin bardağı onun eline uzatınca.

"Howard Mollison yazmış olabilir" dedi Gavin, Mary'nin yanına oturarak. "Barry'nin onun hakkında söylediklerini düşününce."

"Sanmam" dedi Mary gözlerini kurularken. "Öyle adice ki. Barry..." –hıçkırdı– "... sağken o adam böyle bir şey yapmamıştı hiç." Sonra öfkeyle oğluna döndü. "Şu gazeteyi atsana Fergus."

Delikanlı şaşırmış, incinmiş gibiydi.

"Onda babamın..."

"At dedim!" dedi Mary sinir krizi geçirecek gibi. "Babanın... evlilik yıldönümümüzde yaptığı son şeyi bilgisayardan okuyabilirim istersem!"

Fergus gazeteyi masadan aldı ve bir an öylece durup, yüzünü tekrar ellerine gömmüş olan annesine baktı. Gavin'a bir bakış attıktan sonra, elinde gazeteyle mutfaktan çıktı.

Gavin bir süre sonra, Fergus'ın geri gelmeyeceğine hükmedince, elini Mary'nin koluna koydu ve teselli niyetine okşamaya başladı. Bir süre sessizce oturdular; gazetenin masadan gitmesi, Gavin'ın kendini çok daha mutlu hissetmesine yol açmıştı.

## 2

Ertesi sabah Parminder izinliydi aslında, ama Yarvil'de toplantısı vardı. Çocuklar okula gidince Parminder evde gezinip, ihtiyaç duyacağı her şeyi tek tek yanına aldığından emin oldu; ama telefon çalınca öyle bir sıçradı ki, çantasını yere düşürdü.

"Evet?" diye bağırdı neredeyse korkuyla. Hattın diğer ucundaki Tessa afalladı.

"Minda, benim... iyi misin?"

"Evet... evet... telefon çalınca boş bulunup sıçradım" dedi Parminder çantasından mutfak zeminine saçılmış anahtarlara, kâğıtlara, bozukluklara ve tamponlara bakarak. "Ne oldu?"

"Hiç" dedi Tessa. "Laflamak için aradım. Nasılsın diye sorayım dedim."

Mesaj konusu, sırıtan bir canavar gibi aralarında asılı duruyordu sanki. Parminder dünkü telefon konuşmalarında Tessa'nın bu konudan bahsetmesine pek izin vermemişti. "*Yalan, iğrenç bir yalan bu ve sakın Howard Mollison yapmadı deme bana!*" diye bağırmıştı.

Tessa konuyu sürdürmeye cesaret edememişti.

"Şimdi konuşamam" dedi Parminder. "Yarvil'de toplantım var. Risk grubundaki bir oğlan çocuğuyla ilgili durum değerlendirmesi yapacağız."

"Ah, evet. Pardon. Belki daha sonra konuşuruz?"

"Evet" dedi Parminder. "Harika. Hoşça kal."

Yere saçılmış eşyaları çantasına geri koyup evden telaşla çıktı; bahçe kapısına vardıktan sonra koşarak geri döndü, ön kapıyı düzgün kapatıp kapatmadığını kontrol etti.

Araba sürerken zaman zaman son birkaç kilometreyi nasıl geldiğini hatırlamadığını fark etti; kendi kendine, topla kafanı dedi sertçe. Ama o kimin yazdığı bilinmeyen mesajdaki fesat sözleri aklına gelip duruyordu. Mesajı ezberlemişti artık.

Bölgenin yoksullarına ve düşkünlerine kol kanat germeye çok hevesliymiş gibi görünen Belediye Meclisi Üyesi Doktor Parminder Jawanda'nın gizli bir sırrı vardı. Ben ölene kadar bana âşıktı, bana ne zaman baksa gözlerinden okunuyordu bu, gizlemekte zorlanıyordu ve her meclis toplantısında benim istediğim şekilde oy kullanıyordu. Artık ben öldüğüme göre beş para etmez bir meclis üyesi olacak, çünkü beynini kaybetti.

Mesajı ilk kez dün sabah, yapılacak yeni toplantının ayrıntılarını öğrenmek için meclisin internet sitesine girdiğinde görmüştü. Yaşadığı şok fiziksel bir şeydi adeta; tıpkı doğum sırasında sancının en şiddetli anlarında kendini acıdan soyutlamak için yaptığı gibi, çok hızlı bir şekilde kesik kesik soluk almaya başlamıştı.

Artık herkes biliyordu mutlaka. Saklanacak yer yoktu.

Çok tuhaf düşünceler geçiyordu aklından. Örneğin ninesinin, Parminder'in bir internet forumunda başka bir kadının kocasına, hem de bir *gora*'ya[8] âşık olmakla suçlandığını bilse ne diyeceğini düşündü. *Bebe*'nin[9] ailesinin başına ağır bir felaket geldiğinde hep yaptığı gibi yüzünü sarisinin ucuyla örttüğünü, öne arkaya sallandığını görür gibiydi.

"Yerimde başka bir koca olsa" demişti Vikram ona önceki gece, "bunun doğru olup olmadığını bilmek isteyebilirdi." Konuşurken her zamanki gibi alaycı biçimde gülümsemişti ama bu seferki tuhaf biçimde çarpık bir gülümsemeydi.

"Tabii ki doğru değil!" demişti Parminder, ağzını titreyen eliyle örterek. "Bunu bana nasıl sorabiliyorsun? Tabii ki doğru değil! Sen onu tanıyordun! O benim arkadaşımdı... sadece arkadaşımdı!"

---

**8.** Hintçede, "beyaz insan". (ç.n.)

**9.** Pencapçada, "anne". (ç.n.)

Bellchapel Bağımlılık Kliniği'nin önünden geçiyordu şimdi. Onca yolu farkında bile olmadan nasıl kat etmişti? Tehlikeli bir sürücü olmaya başlamıştı. Dikkat etmiyordu.

Yaklaşık yirmi yıl öncesini, Vikram'la birlikte restoranda yediği akşam yemeğini, evlenmeye karar verdikleri geceyi anımsadı. Stephen Hoyle onu evine bırakınca ailesinin kıyameti kopardığını anlatmıştı ve Vikram bunun salakça olduğunu kabul etmişti. O zaman anlayışlı davranmıştı. Ama Parminder'i eski kafalı akrabalarının yerine Howard Mollison suçlayınca, o kadar da anlayışlı değildi. Vikram *gora*'ların dar görüşlü, yalancı ve fesat olabileceklerinin farkında değildi besbelli...

Sapağı kaçırmıştı. Konsantre olmalıydı. Dikkat etmeliydi.

"Geciktim mi?" diye seslendi, nihayet otoparkta Kay Bawden'a doğru telaşla yürürken. Sosyal hizmet görevlisiyle daha önce bir kez görüşmüştü; kadın kullandığı doğum kontrol haplarının reçetesini yeniletmek için muayenehaneye gelmişti.

"Kesinlikle hayır" dedi Kay. "Seni ofise ben çıkarayım diye düşündüm, çünkü içerisi labirent gibi..."

Yarvil Sosyal Hizmetler Kurumu'nun binası 1970'lerden kalma, çirkin bir ofis blokuydu. İki kadın asansörle çıkarlarken Parminder, Kay'in meclisin internet sitesinde yayımlanan mesajdan ve Catherine Weedon'ın ailesinin kendisine yönelttiği suçlamalardan haberdar olup olmadığını düşündü. Asansörün kapıları açılınca karşısında onu suçlamak ve kınamak için bekleyen yan yana dizilmiş takım elbiseli insanlar bulacağını hayal etti. Belki de Robbie Weedon'ın durumunu değerlendirme meselesi aslında bir tuzaktı ve Parminder kendi duruşmasına gidiyordu...

Kay onu kurumun bakımsız, tenha bir koridorundan geçirerek bir toplantı odasına soktu. İçeride üç kadın oturuyordu; Parminder'i gülümseyerek selamladılar.

"Tanıştırayım; Nina, Bellchapel'da Robbie'nin annesiyle ilgileniyor" dedi Kay, jaluzileri indirilmiş pencerelere sırtını dönüp oturarak. "Gillian denetmenim, Louise Harper da Anchor Road Kreşi'nin müdiresi. Ve Robbie'nin doktoru Parminder Jawanda" diye ekledi.

Parminder kahve ikramını kabul etti. Diğer dört kadın onu dahil etmeden kendi aralarında konuşmaya başladılar.

(*Bölgenin yoksullarına ve düşkünlerine kol kanat germeye çok hevesliymiş gibi görünen Belediye Meclisi Üyesi Doktor Parminder Jawanda...*

Hevesliymiş *gibi görünen*. Howard Mollison, tam bir piçsin sen. Ama adam Parminder'in ikiyüzlü biri olduğunu düşünmüştü hep; bunu Barry söylemişti.

"Ben Fields'lı olduğum için Pagford'a karşı Yarvil'lilerin tarafını tuttuğumu sanıyor. Ama sen düzgün bir mesleği olan bir insansın, o yüzden Fields'ın tarafını tutmaya hakkın olmadığını düşünüyor. Senin ikiyüzlü olduğuna ya da sırf eğlence olsun diye sorun çıkardığına inanıyor.")

Üç sosyal hizmet görevlisinden biri, "... ailenin neden Pagford'daki bir doktora sevk edildiğini anlamıyorum" dedi; Parminder tanımadığı bu kadınların isimlerini unutmuştu bile.

"Fields'taki birçok aile bize sevk ediliyor" dedi Parminder hemen. "Ama Weedon'larla daha önceki doktorlarının arasında sorun çıkmamış mıydı?.."

"Hı hı, Cantermill'deki sağlık ocağından kovuldular" dedi Kay; onun önündeki sayfa tomarı, meslektaşlarınınkilerden daha kalındı. "Terri orada bir hemşireye saldırdı. Sonra da sana sevk edildiler; ne kadar oldu?"

"Yaklaşık beş sene" dedi Parminder; muayenehanede ayrıntılara bakmıştı.

(Howard'ı kilisede, Barry'nin cenazesinde görmüştü; adam dua edermiş gibi yapıyordu, iri ellerini önünde kavuşturmuştu ve yanında Fawley'ler diz çökmüşlerdi. Parminder, Hıristiyanların neye inanmaları gerektiğini biliyordu. *Komşunu kendin gibi sev*... Howard daha dürüst olsa, yana doğru dönüp Aubrey'ye dua ederdi...

*Ben ölene kadar bana âşıktı, bana ne zaman baksa gözlerinden okunuyordu bu, gizlemekte zorlanıyordu...*

Parminder bunu gerçekten de gizleyememiş miydi?)

"... Robbie'yi en son ne zaman gördün Parminder?" diye sordu Kay.

"Ablası kulak enfeksiyonu yüzünden getirmişti, antibiyotik yazdırmak istemişti" dedi Parminder. "Sekiz hafta kadar önce."

"Robbie'nin fiziksel durumu nasıldı?" diye sordu diğer kadınlardan biri.

"Eh, fena sayılmaz" dedi Parminder, el çantasından birkaç sayfanın fotokopisini çıkartarak. "Onu tepeden tırnağa muayene ettim, çünkü... şey, aile geçmişini biliyorum. Kilosu iyi, gerçi dengeli beslendiğini sanmıyorum ya. Biti piresi yoktu. Poposu pişik olmuştu biraz; bir de ablasının Robbie'nin hâlâ bazen altını ıslattığını söylediğini hatırlıyorum."

"Israrla altını bağlıyorlar" dedi Kay.

"Yani" dedi Parminder'e ilk soruyu sormuş olan kadın, "çocuğun önemli bir sağlık sorunu yok?"

"Taciz belirtisi yoktu" dedi Parminder. "Hatırlıyorum, kontrol etmek için atletini çıkarmıştım; morluk veya yara izi de yoktu."

"O evde erkek yok" diye araya girdi Kay.

Kadının denetmeni, "Peki ya bu kulak enfeksiyonu?" diye sordu Parminder'e.

"Bir virüs probleminin ardından gelişen oldukça sıradan bir bakteriyel enfeksiyon. Sıra dışı bir şey değil. Robbie'nin yaşındaki çocuklarda normaldir."

"Yani genel olarak..."

"Çok daha kötülerini gördüm" dedi Parminder.

"Çocuğu annesinin değil, ablasının getirdiğini söylemiştin?

Sen Terri'nin de doktorusun, değil mi?"

Parminder, "Terri'yi beş yıldır görmüyoruz sanırım" deyince denetmen, Nina'ya döndü.

"Metadon tedavisi nasıl gidiyor?"

*(Ben ölene kadar bana âşıktı...*

*Belki de hayalet Howard değil, Shirley veya Maureen'dir* diye düşündü Parminder... o art niyetli kocakarıların Parminder'i Barry'yle birlikteyken gözetlemiş olmaları çok daha büyük bir olasılıktı...)

"... ilk kez programa bu kadar uzun süredir devam ediyor" dedi Nina. "Durum değerlendirmesinden epey bahsetti. Bence artık seçeneklerinin azaldığının farkında. Robbie'yi kaybetmek istemiyor. Bunu birkaç kez söyledi. Şunu söylemeliyim ki onu etkilemişsin Kay. Onu tanıdığımdan beri ilk kez biraz da olsa sorumluluk üstlenmeye başladı."

"Teşekkürler, ama fazla da heyecan duyamıyorum ben. Durumu hâlâ sallantıda." Kay'in heves kırıcı sözleri dudaklarında beliren hafif, bastıramadığı, memnuniyet yüklü gülümseyişle tezat oluşturuyordu. "Kreşte işler nasıl gidiyor Louise?"

"Yani, çocuk tekrar gelmeye başladı" dedi dördüncü sosyal hizmet görevlisi. "Üç haftadır gün sektirmiyor, ki büyük bir değişiklik bu. Ablası getiriyor. Robbie'nin giysileri üstüne küçük geliyor ve genellikle kirli oluyor, ama çocuk evde yıkandığından, yemek yediğinden bahsediyor."

"Davranışsal olarak nasıl peki?"

"Geç gelişiyor. Dil becerileri çok zayıf. Kreşe erkeklerin gelmesinden hoşlanmıyor. Diğer çocukların babalarından uzak duruyor; onlar geldiğinde kreş personelinin yanında duruyor ve çok huzursuzlanıyor. Bir iki kez de" dedi kadın başka bir not sayfasına geçerek, "küçük kızlara karşı ya da onların yanında bariz biçimde cinsel ilişkiyi çağrıştıran hareketleri taklit ettiği görüldü."

Kay, "Bence neye karar verirsek verelim çocuğun kreşe devam etmesi şart" deyince diğerleri mırıldanarak onayladılar.

Denetmen, "Görünen o ki her şey Terri'nin sizin programa devam edip etmemesine bağlı" dedi Nina'ya, "ve uyuşturucu kullanıp kullanmamasına."

"Bu çok önemli kesinlikle" diye katıldı Kay, "ama ben, Terri eroin kullanmadığı zamanlarda bile Robbie'ye iyi annelik yapamıyor diye kaygılanıyorum. Görünen o ki çocuğa Krystal bakıyor, oysa o daha on altı yaşında ve kendisinin de bir dolu sorunu var..."

(Parminder iki gece önce Sukhvinder'e söylediklerini anımsadı.

*Krystal Weedon! O salak kız! Krystal Weedon'la aynı takımda olmak sana bunu mu öğretti... onun seviyesine inmeyi mi* öğretti?

Barry, Krystal'ı severdi. O kızda başka kimsenin göremediği bir şeyler görürdü.

Parminder çok eskiden Barry'ye savaşta yaralanan dost ya da düşman herkese hizmet eden Sih kahramanı Bhai Kanhaiya'nın öyküsünü anlatmıştı. Bhai Kanhaiya, neden ayrım gözetmeksizin herkese yardım ettiği sorulduğunda, bütün ruhların Tanrı'nın ışığını saçtığını ve kendisinin bu yüzden onların arasında ayrım yapamadığını söylemişti.

*Bütün ruhlar Tanrı'nın ışığını saçıyor.*

Parminder, Krystal Weedon'ın salak olduğunu söylemiş, alt tabakadan olduğunu ima etmişti.

Barry asla söylemezdi bunu.

Parminder utanıyordu.)

"... eskiden büyük ninesi yardımcı oluyordu biraz, ama..."

"Öldü" dedi Parminder, başka kimsenin söylemesine fırsat bırakmadan. "Amfizem ve kalp krizinden."

"Hı hı" dedi Kay notlarına bakmayı sürdürerek. "Evet, Terri'ye geri dönelim. Yetiştirme yurdunda büyümüş. Ebeveynlik kurslarına katıldı mı?"

Kreşte çalışan kadın, "Ebeveynlik kursumuz var, ama Terri katılmaya uygun durumda olmadı hiç" dedi.

"Kursa katılmayı kabul etmesi ve derslere girmesi önemli bir adım olur" dedi Kay.

Bellchapel'da çalışan Nina, "Bizim kliniği kapatırlarsa" dedi Parminder'e bakıp iç geçirerek, "Terri'nin metadon almak için sana gelmesi gerekecek herhalde."

"Bunu yapmaz diye korkuyorum" dedi Kay, Parminder'in karşılık vermesine fırsat kalmadan.

"Ne demek istiyorsun?" diye sordu Parminder öfkeyle.

Diğer kadınlar ona bakakaldılar.

"Yani, öyle otobüslere yetişmek, randevuları hatırlamak pek Terri'nin yapabileceği şeyler değil ya" dedi Kay. "Bellchapel onun evine çok yakın, yürüyerek gidebiliyor."

"Ah" dedi Parminder utanarak. "Evet. Pardon. Evet, haklısın galiba."

(Kay'in Catherine Weedon'ın ölümüyle ilgili şikâyete gönderme yaptığını, Terri Weedon'ın Parminder'e güvenmeyeceğini düşündüğünü sanmıştı.

*Söylenenlere odaklan. Neyin var senin?*)

"Evet, genel tabloya gelelim" dedi denetmen, notlarına bakarak. "Çocuğa iyi kötü bakılıyor, ama başında doğru dürüst ebeveyn yok." İç geçirdi, ama sesinde üzüntüden çok bezginlik vardı. "Kriz şu an için geçmiş gibi... Terri uyuşturucuyu bıraktı... Robbie kreşe devam ediyor ve orada onu gözetim altında tutabiliyoruz... şu an için güvenliği konusunda kaygılanmaya gerek yok. Kay'in dediği gibi, kreşe devam etmeli... Bence dört hafta sonra tekrar toplanmalıyız..."

Toplantı kırk dakika sonra bitti. Kay ile Parminder birlikte aşağı inip otoparka gittiler.

"Geldiğin için teşekkürler; çoğu doktor rapor gönderiyor sadece."

"Bu sabahım boştu" dedi Parminder. Bunu gelmesinin sebebi olarak söylemişti, çünkü evde boş boş oturmaktan nefret ederdi; ama Parminder'in daha çok övgü beklediğini sanan Kay, onu daha çok övdü.

Parminder'in arabasına vardıklarında Kay, "Sen Belediye Meclisi'ndesin, değil mi?" dedi. "Colin'e Bellchapel'la ilgili bilgiler vermiştim; sana iletti mi?"

"Evet, iletti" dedi Parminder. "Bunu bir ara konuşsak iyi olur. Gelecek toplantıda görüşülecek."

Ama Kay telefon numarasını verip tekrar teşekkür ederek gittikten sonra Parminder yeniden Barry'yi, Hayalet'i ve Mollison'ları düşünmeye koyuldu. Arabayla Fields'tan geçerken, bastırmaya, susturmaya çalıştığı bir düşünce zayıflamış savunma hattını delip geçti sonunda.

*Belki de ona sahiden âşıktım.*

## 3

Andrew, Copper Kettle'daki ilk işgününde ne giymesi gerektiğine karar vermek için saatlerini harcamıştı. En sonunda seçmeyi başardığı kıyafeti yatak odasındaki sandalyenin arkalığına asmıştı. Sol yanağında parlak, sert, iltihaplı bir sivilce arzı endam etmeye karar vermişti; Andrew sivilceyi kapatmak için Ruth'un fondötenini makyaj masası çekmecesinden gizlice alıp sivilcenin üzerinde deneyecek kadar ileri gitmişti.

Cuma akşamı mutfakta sofrayı hazırlarken ve Gaia'yı, o kızın yanında geçireceği tam yedi saati düşünürken babası işyerinden Andrew'nun ilk kez tanık olduğu bir ruh haliyle döndü. Simon sinmiş, neredeyse sersemlemiş gibiydi.

"Annen nerede?"

Ruth kilerden fırladı.

"Selam Tatlısı! Nasılsın... ne oldu?"

"Beni yedek eleman yaptılar."

Ruth ellerini dehşetle yüzüne bastırdıktan sonra kocasına koşup adamın boynuna sarıldı ve onu kendine çekti.

"Neden?" diye fısıldadı.

"O mesaj yüzünden" dedi Simon. "O lanet olası internet sitesindeki. Jim ile Tommy'ye de aynı şeyi yaptılar. Ya yedek elemanlığa razı olursunuz ya da kovulursunuz dediler. Brian Grant'e verdikleri paradan bile daha az verecekler."

Hiç kımıldamadan duran Andrew suçluluk duygusuyla taş kesilmişti adeta.

"Lanet olsun" dedi Simon, Ruth'un omzundan bakarak.

"Başka iş bulursun" diye fısıldadı Ruth.

"Buralarda bulamam" dedi Simon.

Paltosunu çıkarmadan bir mutfak sandalyesine oturup odanın karşısına doğru baktı; konuşamayacak kadar afallamış olduğu belliydi. Ruth adamın etrafında korkuyla, şefkatle ve yaşlı gözlerle dört dönüyordu. Simon'ın sabit bir şekilde dümdüz karşıya dikilmiş gözlerine bakan Andrew, adamın her zamanki gibi biraz numara yaptığını anlayınca sevindi. Suçluluk duygusu biraz azaldı. Tek kelime etmeden sofrayı kurmaya devam etti.

Akşam yemeği sessiz geçti. Paul haberi duyunca dehşete kapılmış gibi oldu; babasının onu suçlamasından korkuyordu sanki. Simon başta, haksızlığa uğrayıp acı çekse de gurundan taviz vermeyen bir mazlum gibi, Hıristiyan çilecileri gibi davrandı ama sonra... ağzına bir kaşık elma püresi alırken, "Adam tutacağım, o adi herifin şişko suratını darmadağın ettireceğim" diye bağırdı birden; ailenin diğer üyeleri Howard Mollison'ı kastettiğini anladılar.

"O meclis sitesinde bir mesaj daha yayımlandı" dedi Ruth nefes nefese. "Sadece senin başına gelmedi yani Si. Shir... işyerinden biri söyledi. Yine aynı kişi –Barry Fairbrother'ın Hayaleti– Doktor Jawanda'yla ilgili korkunç bir şey yazmış. Howard ile Shirley siteyi birine kontrol ettirmişler; adam bu mesajları yazan kişinin Barry Fairbrother'ın oturum açma bilgilerini kullandığını fark etmiş; o yüzden, ne olur ne olmaz diye o bilgileri şeyden... veritabanı mı neyse, oradan silmişler..."

"*Bütün bunlar bana lanet olası işimi geri getirecek mi peki?*"

Ruth dakikalar boyunca bir daha ağzını açmadı.

Andrew annesinin söylediklerinden huzursuzlanmıştı. Barry_Fairbrother'ın_Hayaleti'nin araştırılması ve başka birinin Andrew'nun izinden gitmiş olması kaygı vericiydi.

Barry Fairbrother'ın oturum açma bilgilerini kullanmayı Şişko'dan başka kim akıl etmiş olabilirdi ki? Ama Şişko neden Doktor Jawanda'ya böyle bir şey yapsındı? Yoksa yine Sukhvinder'i üzmeyi mi hedeflemişti? Andrew bu işten hiç hoşlanmamıştı...

"Senin neyin var?" diye bağırdı Simon masanın karşı tarafından.

"Hiç" diye mırıldandı Andrew, sonra da geri adım atarak, "Şoke edici, değil mi... işin..." dedi.

Simon, "Ah, şoke oldun demek!" diye bağırınca Paul kaşığını düşürüp üstüne dondurma bulaştırdı. "(Sil onu Pauline, küçük hanımevladı seni!) Eh, gerçek dünya böyle işte, değil mi Pizza Surat!" diye bağırdı Simon, Andrew'ya. "Her yer sana zarar vermeye çalışan puştlarla dolu olabiliyor! *Bana* bak" dedi, parmağını büyük oğluna doğru uzatarak, "Mollison'ın kirli çamaşırlarını öğreneceksin, yoksa yarın bu eve geleyim deme!"

"Si..."

Simon ayağa fırlayıp sandalyesini geriye itti, kaşığını yere fırlattı (kaşık çınlayarak yerden sekti) ve odadan hışımla çıkıp kapıyı arkasından sertçe kapattı. Böyle olması kaçınılmazdı ve Andrew'nun beklediği olmuştu.

Çok sarsılmış olan Ruth, "Korkunç bir şok yaşadı" diye fısıldadı oğullarına. "O şirkete yıllarını verdi... bizi nasıl geçindireceğini düşünüyor..."

Andrew ertesi sabah, altı buçukta çalan alarmı hemencecik susturup yataktan fırladı. Kendisini Noel sabahına uyanmış gibi hissediyordu; çabucak giyindikten sonra kırk dakika saçıyla ve yüzüyle uğraştı; en dikkat çekici sivilcelerine azıcık fondöten sürdü.

Anne babasının yatak odasının önünden usulca geçerken bir an Simon çıkıp yolunu kesecekmiş gibi geldi, ama kimseyle karşılaşmadı ve alelacele kahvaltı yaptıktan sonra Simon'ın yarış bisikletini garajdan çıkarıp tepeden aşağıya, Pagford'a doğru hızla yola koyuldu.

Sisli bir sabahtı; az sonra güneş açacak gibiydi. Şarküterinin kepenkleri inikti hâlâ, ama kapısı kilitli değildi ve çınlayarak açıldı.

"Bu taraftan değil!" diye bağırdı Howard, paytak paytak yürüyerek yaklaşırken. "Arka taraftan gireceksin! Bisikleti çöp tenekelerinin yanına bırakabilirsin; dükkânın önünde durmasın!"

Şarküterinin dar bir geçitten geçilerek ulaşılan arka tarafında yüksek duvarlarla çevrili küçük ve rutubetli bir taş avlu, içinde büyük metal çöp tenekeleri bulunan barakalar ve yerde mahzene inen, insanın başını döndüren merdivene açılan bir kapak vardı.

Arka kapıda beliren Howard, "Şurada bir yere zincirleyebilirsin, göz önünde olmasın" dedi; hırıltılı bir sesle konuşuyordu ve yüzü terlemişti. Andrew zincirin kilidiyle uğraşırken Howard önlüğüyle alnını sildi.

"Pekâlâ, mahzenden başlayalım" dedi adam, Andrew bisikletin zincirini taktıktan sonra. Yerdeki kapağı gösterdi. "Aşağı in de içeriye bir göz at."

Andrew merdiveni inerken adam eğilip içeri baktı. Howard yıllardır kendi mahzenine inemiyordu. Maureen haftada iki kez inerdi genelde; ama artık içerisi kafenin mallarıyla tıka basa dolu olduğundan, daha genç bacaklar şarttı.

Howard, "Etrafa iyice göz gezdir" diye seslendi, artık göremediği Andrew'ya. "Kremalı pastalar ile unlu mamulleri görüyor musun? Kahve çekirdeği çuvalları ile poşet çay kutularını görüyor musun? Köşede de tuvalet kâğıtları ve çöp torbaları olacaktı, gördün mü?"

"Evet" dedi Andrew; derinlerden gelen sesi yankılandı.

"Bana Bay Mollison diyebilirsin" dedi Howard hırıltılı ve biraz sert bir sesle.

Mahzendeki Andrew böyle demeye başlasam mı hemen diye düşündü.

"Tamam... Bay Mollison."

Sesi alaycı çıkmıştı. Andrew kendini affettirmek ister gibi kibarca bir soru sordu hemen:

"Bu büyük dolaplarda ne var acaba?"

"Aç da bak" dedi Howard sabırsızca. "Oraya bu yüzden indin. Her şeyin yerini öğrenmen, neyi nereden alacağını bilmen için."

Howard, Andrew'nun açtığı ağır kapıların boğuk seslerini dinlerken, çocuğun aptalın teki olmadığını, neyi nasıl yapacağını sürekli söylemek gerekmeyeceğini umuyordu. Howard'ın astımı bugün epey azmıştı; havadaki polen miktarı mevsim normallerinin üstündeydi, bu da yetmezmiş gibi, kafeden kaynaklanan fazladan iş yükü, heyecan ve can sıkıcı ufak tefek meseleler vardı. Howard öyle terliyordu ki, şarküteriyi açmadan önce Shirley'yi arayıp temiz gömlek getirmesini istemek zorunda kalabilirdi.

"Kamyonet geldi!" diye seslendi, geçidin diğer tarafından gelen motor gürültüsünü duyunca. "Yukarı çık! Malları mahzene taşıyıp yerleştireceksin, tamam mı? Kafeye de iki galon süt getir. Anladın mı?"

"Hı hı... Bay Mollison" dedi Andrew aşağıdan.

Howard, tezgâhın arkasındaki personel odasında asılı duran ceketinin cebindeki astım spreyini almak için ağır adımlarla içeri döndü. Spreyden birkaç derin nefes çektikten sonra kendini çok daha iyi hissetti. Yüzünü tekrar önlüğüyle silip, dinlenmek için gıcırtılı sandalyelerden birine oturdu.

Cildindeki kızarıklık yüzünden Doktor Jawanda'ya gittiğinden beri, kadının kilosu hakkında söylediklerini düşünüp duruyordu. Bütün sağlık sorunlarının sebebinin fazla kiloları olduğunu söylemişti kadın.

Bunun saçma sapan bir laf olduğu ortadaydı. Hubbard'ların oğluna bakmak yeterliydi: Fasulye sırığı gibi olan o çocuğun astımı da fenaydı. Howard kendini bildi bileli iriydi. Kendisi dört beş yaşındayken çekip giden babasıyla birlikte çekilmiş birkaç fotoğrafında çok şişman sayılmazdı. Babası gidince annesi onu masanın başına oturtmaya başlamıştı; annesi ile ninesinin arasında oturur, her yemekten ikişer tabak yemezse annesi gücenirdi. Howard zamanla iki kadının arasındaki boşluğu dolduracak hale gelmişti; on iki yaşına geldiğinde, onları terk edip giden babasının kilosuna ulaşmıştı. Erkek adamın iştahı yerinde olur diye düşünüyordu Howard. İri cüssesi onu tanımlayan özelliklerden biriydi. Vücudunu keyifle, onu seven kadınlar tarafından beslenerek bu hale getirmişti ve Bezdiren'in, o hadım eden, bayıcı kadının Howard'ı kilolarından mahrum bırakmak istemesi gayet tipikti.

Ama Howard bazen, halsizleştiği zamanlarda, nefes almakta ve hareket etmekte zorlandığında korkuya kapılıyordu. Shirley atlattığı büyük tehlikeyi hafife alsa da, Howard baypas ameliyatından sonra hastanede geçirdiği uzun gecelerde kalbinin tekleyip duruvermesinden korktuğu için uyuyamadığını hatırlıyordu. Vikram Jawanda'yı her görüşünde, o uzun ve esmer parmakların kendi çıplak, atan kalbine dokundukları geliyordu aklına; o adamı ne zaman görse neşeli davranmasının sebebi hissettiği ilkel, içgüdüsel korkuyu kovmak istemesiydi. Hastanede ameliyattan sonra da ona kilo vermesi gerektiğini söylemişlerdi, ama hastanenin berbat yemekleri yüzünden kendiliğinden on üç kilo vermişti zaten ve taburcu olunca da Shirley onu tekrar şişmanlatmayı kafaya takmış gibiydi...

Howard biraz daha oturdu, astım spreyini kullandıktan sonra rahat nefes alabilmenin tadını çıkardı. Bugün onun için çok önemli bir gündü. Otuz beş yıl önce, dünyanın öbür ucundan gurme ürünleri getiren bir on altıncı yüzyıl maceraperestinin şevkiyle Pagford'u harika lezzetlerle tanıştırmıştı. Pagford halkı başta ihtiyatlı davransa da çok geçmeden Howard'ın köpük kaplarının içindekileri merakla ve ürkekçe tatmaya başlamıştı. Onunla ve işlerinin iyi gitmesiyle gurur duyan müteveffa annesini düşündü. Annesi kafeyi görebilseydi keşke. Howard ayağa kalkıp kepini kancasından aldı ve sanki tacını takar gibi başına geçirdi.

Yeni garson kızlar sekiz buçukta birlikte geldiler. Howard'ın onlara bir sürprizi vardı.

"Alın bakalım" dedi üniformaları uzatarak. Tam da Howard'ın hayal ettiği gibi, fırfırlı beyaz önlüklü, siyah elbiselerdi. "Üstünüze olur herhalde. Maureen bedenlerinizi tahmin etti. O da bu elbiseden giyiyor."

Maureen kafeden şarküteriye, onlara gülümseyerek geçince Gaia kahkahayı basmamak için kendini zor tuttu. Kadın siyah çoraplarının altına Dr. Scholl's marka sandalet giymişti. Elbisesi buruşuk dizlerinin beş santim yukarısında son buluyordu.

"Personel odasında üstünüzü değiştirebilirsiniz kızlar" dedi, Howard'ın az önce çıktığı odayı göstererek.

Gaia personel tuvaletinin yanında kot pantolonunu çıkarmaya başlamıştı bile, bir anda Sukhvinder'in yüz ifadesini gördü.

"Hayrola Sooks?" diye sordu.

Bu yeni lakabı duyan Sukhvinder, normalde söyleyemeyeceği şeyi dillendirme cesaretini buldu kendinde.

"Ben bunu giyemem" diye fısıldadı kız.

"Neden?" diye sordu Gaia. "Kötü durmaz, merak etme."

Ama siyah elbisenin kolları kısaydı.

"Yapamam."

"Ama ne... Tanrım" dedi Gaia.

Sukhvinder kazağının kollarını sıyırmıştı. Kollarının iç kısımları birbiriyle kesişen çirkin yara izleriyle kaplıydı, yeni kabuk bağlamış kırmızı kesikler bileğinden dirseğine kadar uzanıyordu.

"Sooks" dedi Gaia. "Bu nasıl oyun arkadaşım?"

Sukhvinder hayır dercesine başını sallıyordu; gözlerine yaşlar dolmuştu.

Gaia bir an düşündükten sonra, "Buldum... buraya gel" dedi. Uzun kollu tişörtünü çıkarıyordu.

Sürgüsü tam çekilmemiş olan kapı, ağır bir darbe inince açılıverdi ve iki tane ağır tuvalet kâğıdı paketini kan ter içinde taşıyan Andrew içeri dalarken Gaia'nın bağırdığını duyunca öylece kalakaldı. Çocuk geri geri çıkarken de Maureen'e çarptı.

"İçeride üzerlerini değiştiriyorlar" dedi kadın ters ters.

"Bay Mollison bunları personel tuvaletine koymamı söylemişti de."

*Hassiktir, hassiktir.* Gaia'nın üstünde sutyenle külot vardı sadece. Andrew neredeyse her şeyi görmüştü.

"Pardon" diye bağırdı kapalı kapıya doğru. Öyle kızarmıştı ki yüzünün her noktası zonkluyordu sanki.

"Geri zekâlı" diye mırıldandı Gaia diğer taraftan. Tişörtünü Sukhvinder'e uzatıyordu. "Elbisenin altına bunu giy."

"Tuhaf görünür."

"Boş ver. Gelecek hafta siyah giyersin; elbisen uzun kolluymuş gibi görünür. Adama da bir şeyler uydururuz..."

Sukhvinder'le birlikte üniformalarını giymiş, önlükleri takmış halde personel odasından çıktıklarında, "Egzaması var" dedi Gaia. "Kollarının her tarafında. Biraz kabuk bağlamışlar."

"Ha" diyen Howard, Sukhvinder'in beyaz tişörtlü kollarına şöyle bir göz attıktan sonra bakışlarını tam da umduğu gibi muhteşem görünen Gaia'ya çevirdi yeniden.

"Gelecek hafta uzun kollu siyah tişört giyerim" dedi Sukhvinder; Howard'ın gözlerine bakamıyordu.

"Tamam" diyen adam, kızları kafeye geçirirken Gaia'nın belinin arkasına hafifçe vurdu. "Hazır olun" diye seslendi personeline. "Büyük an gelmek üzere... kapıları açalım lütfen Maureen!"

Şimdiden kaldırımda bekleşen birkaç müşteri vardı. Dışarıdaki tabelada *Copper Kettle, Bugün Açılıyor... İlk Kahve Bedava!* yazıyordu.

Andrew Gaia'yı saatlerce görmedi. Howard onu çalıştırıp durdu; dik bodrum merdiveninden indirip çıkararak, süt ve meyve suyu kutuları taşıttı; arkadaki küçük mutfağın zeminini sildirdi. Andrew garson kızlardan önce öğle tatiline çıkarıldı. Gaia'yı ancak Howard kendisini kafenin tezgâhına çağırınca gördü; o sırada kız zıt yönde yürüyerek arka odaya gidiyordu ve birbirlerinin birkaç santim yakınından geçtiler.

"Kafe dolup taşıyor Bay Price!" dedi Howard keyifle. "Kendine temiz bir önlük bul da şu masaları sil; Gaia öğle yemeği yiyecek!"

Miles ile Samantha Mollison, iki kızları ve Shirley ile birlikte pencerenin yanındaki masaya oturmuşlardı.

"İşler gayet iyi gidiyor gibi, değil mi?" dedi Shirley etrafa bakınarak. "Ama Jawanda'ların kızı elbisesinin altına ne giymiş öyle?"

"Kolları bandajlı mı?" diye sordu Miles, odanın diğer tarafına doğru gözlerini kısıp bakarak.

"Selam Sukhvinder!" diye seslendi Lexie; kızı ilkokuldan tanıyordu.

Shirley torununu, "Bağırma canım" diyerek azarlayınca Samantha sinirlendi.

Maureen tezgâhın ardından kısa etekli siyah elbisesi ve fırfırlı önlüğüyle çıkınca Shirley başını kahvesine eğdi.

"Aman Tanrım" dedi usulca, Maureen neşeyle gülümseyerek yaklaşırken.

Haklı, diye düşündü Samantha; Maureen komik görünüyordu, özellikle de kendisiyle aynı kıyafeti giymiş on altı yaşındaki iki kızın yanında; ama Samantha, Shirley'yle aynı fikirde olduğunu belli ederek onu memnun edecek değildi. Başını bir çalımla çevirip, yan masaları silen delikanlıya baktı. Delikanlı zayıftı, ama omuzları epey genişti. Samantha onun bol tişörtünün altından belli olan kaslarını görebiliyordu. Miles'ın iri, tombul kıçının bir zamanlar bu delikanlınınki kadar küçük ve sıkı olduğunu hayal edemiyordu... sonra delikanlı dönüp yüzüne ışık vurunca, Samantha onun sivilcelerini gördü.

Maureen çatlak sesiyle, "Fena sayılmaz ha?" diyordu Miles'a. "Sabahtan beri doluyuz."

"Pekâlâ çocuklar" dedi Miles ailesine hitap ederek, "dedenizin kârını artırmak için ne ısmarlayalım?"

Samantha cansız bir sesle çorba sipariş ederken Howard paytak paytak yürüyerek şarküteriden çıktı; gün boyunca on dakikada bir kafeye girip çıkmış, müşterileri selamlamış ve yazarkasaya giren paraları seyretmişti.

Howard, "Müthiş bir başarı" dedi Miles'a, onların masasına sıkışarak otururken. "Mekânı nasıl buldun Sammy? Daha önce görmemiştin, değil mi? Duvar resimlerini beğendin mi? Porselen tabakları beğendin mi?"

"Mmm" dedi Samantha. "Harikalar."

"Altmış beşinci doğum günümü burada kutlamayı düşünüyordum" dedi Howard, Parminder'in kremlerinin henüz geçirmediği kızarıklığı kaşıyarak, "ama yeterince büyük değil.

Biz kilise salonunda kutlayalım en iyisi."

"Doğum günün ne zaman dede?" diye cıvıldadı Lexie. "Ben de gelebilir miyim?"

"Ayın yirmi dokuzunda; sen kaç yaşında oldun şimdi... on altı mı? Tabii ki gelebilirsin" dedi Howard mutlulukla.

"Yirmi dokuzunda mı?" dedi Samantha. "Ah, ama..."

Shirley ona ters ters baktı.

"Howard bunu aylardır planlıyor. Kaç zamandır konuşuyorduk."

"... o akşam Libby'nin konseri var" dedi Samantha.

"Okulda mı?" diye sordu Howard.

"Hayır" dedi Libby. "Annem en sevdiğim grubun konserine bilet aldı. Londra'da."

"Ben de onunla gideceğim" dedi Samantha. "Tek başına gidemez."

"Harriet'ın annesi diyor ki..."

"Londra'ya gideceksen seni *ben* götüreceğim Libby."

"Yirmi dokuzunda mı?" dedi Miles, Samantha'ya ters ters bakarak. "Seçimin ertesi günü mü?"

Samantha, Maureen konusunda atmadığı alaycı kahkahayı şimdi attı.

"Altı üstü Belediye Meclisi'nden bahsediyoruz Miles. Basın konferansı filan verecek değilsin ya."

"Eh, yokluğunu hissedeceğiz Sammy" dedi Howard, kadının sandalyesinin arkalığına tutunup doğrularak. "Ben en iyisi işe... tamam Andrew, burada işin bitti... git sor bakayım, mahzenden getirilecek bir şey var mıymış."

Andrew tezgâhın yanında durup, insanların tuvalete girip çıkmalarını beklemek zorunda kaldı. Maureen, Sukhvinder'e sandviç dolu tabaklar veriyordu.

"Annen nasıl?" diye sordu kıza birden, bu soru aklına yeni gelmiş gibi.

"İyi" dedi Sukhvinder, yüzü kızararak.

"Belediyenin internet sitesindeki o çirkin mesaj yüzünden çok üzülmedi umarım."

"Hayır" dedi Sukhvinder; gözleri yaşardı.

Andrew rutubetli avluya çıktı; şimdi, ikindi vakti burası sıcak ve güneşliydi. Andrew, Gaia'nın temiz hava almak için avluya çıktığını ummuştu, ama kız şarküterideki personel odasına girmiş olmalıydı. Hayal kırıklığına uğrayan Andrew sigara yaktı. Daha bir nefes çekmişti ki Gaia kafeden çıktı; bir kutu gazozla öğle yemeğini yiyordu.

"Selam" dedi Andrew; ağzı kurumuştu.

"Selam" dedi kız. Bir iki saniye sonra konuşmaya devam etti: "Baksana, arkadaşın neden Sukhvinder'e o kadar kötü davranıyor? Kişisel bir durum mu var, yoksa ırkçı mı?"

"Irkçı değil" dedi Andrew. Ellerinin titremesini durdurmaya çalışarak sigarasını ağzından aldı, ama söyleyecek söz bulamadı. Çöp tenekelerinden yansıyan gün ışığı terli sırtını ısıtıyordu; daracık siyah elbise giymiş kıza bu kadar yakın olmak aklını başından alıyordu, hele Andrew o elbisenin altında yatanları görmüşken. Sigaradan bir nefes daha çekti; kendini ilk kez bu kadar büyülenmiş ve hayat dolu hissediyordu.

"Sukhvinder ona ne yaptı ki?"

Kızın kalçaları dolgundu, beli incecikti; Sprite kutusunun üstünden bakan kocaman, benekli gözleri kusursuzdu. Andrew'nun içinden, *Hiçbir şey* demek geldi; *Şişko piçin tekidir, sana dokunmama izin verirsen onu döverim...*

Sukhvinder gün ışığı yüzünden gözlerini kırpıştırarak avluya çıktı; Gaia'nın tişörtünün içinde rahatsız ve terlemiş görünüyordu.

"Seni çağırıyor" dedi Gaia'ya.

"Beklesin" dedi Gaia istifini bozmadan. "Şunu bitireyim. Daha kırk dakika oldu sadece."

Kızın küstahlığının ve güzelliğinin etkisinde kalan Andrew ile Sukhvinder, onun gazozunu yudumlamasını seyrettiler.

Gaia, "O yaşlı sürtük demin annenle ilgili bir şey mi diyordu sana?" diye sordu Sukhvinder'e.

Sukhvinder başıyla onayladı.

"*Howard*'ın bir arkadaşıydı bence" dedi Gaia, tekrar Andrew'ya bakarak; Andrew kızın *Howard*'ın derken vurgulu konuşmasını gayet seksi buldu, oysa kız küçümseyici konuşmuştu; "o internet sitesine annenle ilgili mesajı yazan kişi."

"Mümkün değil" dedi Andrew biraz titrek bir sesle. "Her kimse, babamla ilgili bir şeyler de yazdı. İki hafta önce."

"Ne?" diye sordu Gaia. "O kişi babanla ilgili de mi yazdı?"

Kızın ilgisinin tadını çıkaran Andrew başıyla onayladı.

"Hırsızlıkla ilgili bir şeydi, değil mi?" diye sordu Sukhvinder cesaretini toplayıp.

"Hı hı" dedi Andrew. "Babam dün işten kovuldu o yüzden. Yani" dedi, Gaia'nın göz kamaştıran bakışlarına kilitlenmiş bir şekilde karşılık vererek, "zarar gören tek kişi onun annesi değil."

"Vay be" dedi Gaia, gazoz kutusunu ters çevirip bir çöp tenekesine atarak. "Buralılar resmen kafadan kontak."

## 4

Belediye Meclisi'nin internet sitesinde yayımlanan, Parminder'le ilgili mesaj Colin Wall'un korkularını kâbusa çevirmişti. Colin, Mollison'ların bilgi kaynaklarının kim olduğu konusunda ancak tahmin yürütebilirdi, ama eğer Parminder'in âşık olması meselesini biliyorlarsa...

"Tanrı aşkına Colin!" demişti Tessa. "Bu fesatça bir dedikodu sadece! Doğru değil!"

Ama Colin ona inanmaya cesaret edemiyordu. Başkalarının da az çok kafayı sıyırmalarına neden olan sırları olduğuna inanmaya mizacı gereği meyilliydi. Yetişkinlik hayatının çoğunu korkularla geçirmesine karşın korkularının hiçbirinin gerçekleşmemiş olması bile teselli vermiyordu; çünkü ortalamalar yasası gereği eninde sonunda biri mutlaka gerçekleşecekti.

Saat iki buçukta kasaptan dönerken, her zamanki gibi sırrının her an ifşa edilebileceğini düşünüyordu; nerede olduğunu ancak yeni kafedeki hareketlilik dikkatini çekince anladı. Copper Kettle'ın pencerelerinin tam önünde olmasa Meydan'ın diğer tarafına geçerdi. Artık Mollison'ların herhangi birinin yakınında olmaktan bile korkuyordu. Pencerenin ardında gördüğü bir şey, durup tekrar bakmasına yol açtı.

On dakika sonra evinin mutfağına girdiğinde, Tessa telefonda ablasıyla konuşuyordu. Colin kuzu budunu buzdolabına koyduktan sonra yukarıya, Şişko'nun tavan arasındaki odasına çıktı. Kapıyı açınca odanın tahmin ettiği gibi boş olduğunu gördü.

Buraya en son ne zaman geldiğini anımsayamıyordu. Yere kirli çamaşırlar atılmıştı. Şişko tavan penceresini aralık bırakmıştı ama yine de odada tuhaf bir koku vardı. Colin, Şişko'nun masasındaki büyük kibrit kutusunu fark etti. Kutuyu açınca, içinin zıvanalarla dolu olduğunu gördü. Masanın üzerinde, bilgisayarın yanında bir paket Rizla arsız arsız duruyordu.

Colin'in küt küt atan kalbi yerinden oynadı sanki.

"Colin?" diye seslendi Tessa aşağıdaki sahanlıktan. "Neredesin?"

"Yukarıdayım!" diye gürledi Colin.

Şişko'nun kapısında beliren Tessa korkulu ve tedirgin bir ifadeyle bakıyordu. Colin tek kelime etmeden kibrit kutusunu alıp içindekileri Tessa'ya gösterdi.

"Ah" dedi Tessa alçak sesle.

"Bugün Andrew Price'la gezeceğini söylemişti" dedi Colin.

Colin'in çenesini öfkeyle sıkması, çene kasının hafifçe seğirmesi Tessa'yı korkuttu. "Demin şu Meydan'daki yeni açılan kafenin önünden geçtim ve Andrew Price içeride çalışıyordu, masaları siliyordu. Stuart nerede peki?"

Haftalardır, Şişko ne zaman Andrew'yla gezeceğini söylese Tessa inanmış gibi yapıyordu. Günlerdir kendi kendine Sukhvinder'in yanıldığını, Şişko'nun Krystal Weedon'la çıkmadığını (buna asla tenezzül etmeyeceğini) söylüyordu.

"Bilmiyorum" dedi. "Aşağı gel de çay iç. Ben onu ararım."

"Burada bekleyeceğim" diyen Colin, Şişko'nun dağınık yatağına oturdu.

"Hadi Colin... aşağı gel" dedi Tessa.

Colin'i burada bırakmaya korkuyordu. Adamın çekmecelerde ya da Şişko'nun okul çantasında neler bulabileceğini bilmiyordu. Colin'in bilgisayara ya da yatağın altına bakmasını istemiyordu. Karanlık köşelere bakmayı reddetmek Tessa'nın izlediği tek yöntem haline gelmişti.

"Aşağı gel Col" dedi ısrarla.

"Hayır" diyen Colin kollarını asi bir çocuk gibi kavuşturdu, ama çene kasları seğirmeye devam ediyordu. "Odasında uyuşturucu var. Müdür yardımcısının oğlunun."

Şişko'nun bilgisayar sandalyesine oturmuş olan Tessa tanıdık bir öfkeye kapıldı. Colin'in benmerkezci olmasının, hastalığının kaçınılmaz bir sonucu olduğunu biliyordu, ama bazen...

"Böyle şeyleri deneyen bir sürü genç var" dedi.

"Hâlâ onu savunuyorsun ha! Onun kafasına eseni yapabileceğini sanmasına senin onu savunmak için sürekli bahaneler bulmanın yol açtığını düşündün mü hiç?"

Tessa adamı yatıştırmaya çalışıyordu, çünkü oğlu ile kocasının arasında tampon vazifesi görmeliydi.

"Kusura bakma ama dünya senin ve işinin etrafında dönmüyor Colin..."

"Anlıyorum... yani kovulursam..."

"Neden kovulasın yahu?"

"Tanrı aşkına!" diye bağırdı Colin hiddetle. "Bütün bunlar saygınlığımı lekeliyor... yaptıkları yetmezmiş gibi... daha şimdiden okulun en sorunlu öğrencilerinden biri..."

"Bu doğru değil!" diye bağırdı Tessa. "Stuart'ın normal bir ergen olmadığını düşünen tek kişi sensin! Dane Tully gibi değil o!"

"Tully ile aynı yolun yolcusu... odasında uyuşturucular..."

"Onu Paxton Lisesi'ne gönderelim dedim sana! Winterdown'da okursa her hareketinin sana batacağını *biliyordum*! Sürekli seni memnun etmesi gerekiyor; isyan etmesi normal değil mi? Senin okulunda okumasını hiçbir zaman istemedim!"

"Ben de" diye gürledi Colin ayağa fırlayarak, "o çocuğu hiçbir zaman istemedim!"

"Öyle deme!" diye inledi Tessa. "Kızgınsın, biliyorum... ama öyle deme!"

İki kat aşağıdaki ön kapı çarparak kapandı. Tessa korkuyla etrafa bakındı, sanki Şişko bir anda yanlarında bitiverecekti. İrkilmesine yol açan tek şey duyduğu ses değildi. Stuart ön kapıyı asla sert kapatmazdı; hayalet gibi usulca girip çıkardı genellikle.

Merdivenden Stuart'ın tanıdık ayak sesleri geldi; odasında olduklarını biliyor muydu acaba, bundan şüpheleniyor muydu? Colin kollarını iki yana sarkıtmış, yumruklarını sıkmış halde bekliyordu. Tessa orta basamağın gıcırdadığını işitti, derken karşılarında Şişko belirdi. Tessa onun yüz ifadesini önceden hazırladığından emindi. Şişko'nun yüzünde can sıkıntısı ve küçümseme vardı.

"İyi günler" dedi Şişko önce annesine, sonra da kaskatı duran gergin babasına bakarak. Colin onun kadar soğukkanlı olmayı hiçbir zaman başaramamıştı. "Sürpriz oldu bu."

Tessa çaresizlik içinde ona yol göstermeye çalıştı.

"Baban nerede olduğunu merak edip kaygılanıyordu" dedi

yalvarır gibi bir sesle. "Bugün Arf'la görüşeceğini söylemiştin, ama baban şeyde görmüş..."

"Hı hı, plan değişikliği oldu" dedi Şişko.

Az önce kibrit kutusunun durduğu yere göz attı.

"Eee, nerelerdeydin, bize söylemek ister misin?" diye sordu Colin. Ağız çevresi yer yer beyazlaşmıştı.

"Tabii ki, istiyorsanız" dedi Şişko ve bekledi.

"Stu" dedi Tessa fısıldayarak, inler gibi.

"Krystal Weedon'la birlikteydim" dedi Şişko.

*Aman Tanrım, hayır,* diye düşündü Tessa. *Hayır, hayır, hayır...*

"Ne?" dedi Colin; öyle afallamıştı ki azarlar gibi konuşmayı unutmuştu.

"Krystal Weedon'la birlikteydim" diye tekrarladı Şişko, sesini biraz yükselterek.

"Peki, onunla" dedi Colin bir an duraksadıktan sonra, "ne kadar zamandır arkadaşlık ediyorsun?"

"Epeydir" dedi Şişko.

Tessa, Colin'in dile getirilemeyecek kadar acayip bir soruyu sormaya çalıştığını görebiliyordu.

"Bize söylemeliydin Stu" dedi.

"Neyi söylemeliydim?" dedi Şişko.

Tessa, Şişko'nun tartışmayı tehlikeli bir boyuta taşımasından korkuyordu.

"Nereye gittiğini" dedi, ayağa kalkıp her şey normalmiş gibi görünmeye çalışarak. "Bir dahaki sefere bizi ara."

Colin'in kendisini takip edeceğini, kapıya doğru yürüyeceğini umarak adama baktı. Colin odanın ortasında kımıldamadan durmayı sürdürüyordu; dehşet içinde Şişko'ya bakıyordu.

"Krystal Weedon'la... münasebetin mi var?" diye sordu Colin.

Yüz yüze durdular; Colin'in boyu on santim daha uzundu, ama bütün güç Şişko'daydı.

"'Münasebet' mi?" diye tekrarladı Şişko. "'Münasebet' derken?"

"Ne demek istediğimi biliyorsun!" dedi Colin, yüzü kızarmıştı.

"Onu düzüp düzmediğimi mi soruyorsun?" diye sordu Şişko.

"Stu!" diye hafif bir çığlık atan Tessa'nın sesini, Colin'in bağırtısı bastırdı: "Böyle konuşmaya nasıl cüret edersin?"

Şişko pis pis sırıtarak Colin'e bakmakla yetindi. Her davranışında alay ve meydan okuma vardı.

"Ne?" dedi Şişko.

"Sen..." Uygun sözcükleri bulmaya çalışan Colin'in suratı kıpkırmızı olmuştu. "... Krystal Weedon'la yatıyor musun?"

"Yatsam sorun olmaz, değil mi?" diye sordu Şişko, annesine göz atarak. "Hepiniz Krystal'a yardım etmeye çalışıyorsunuz, değil mi?"

"Yardım etmek..."

"Krystal'ın ailesine yardım etmek için o kliniğin kapanmasını engellemeye çalışmıyor musun?"

"Bunun ne alakası..."

"Onunla çıkmam neden sorun olsun anlamıyorum."

"Onunla çıkıyor musun peki?" diye sordu Tessa sertçe. Şişko konuşmanın bu noktaya gelmesini istiyorsa, Tessa ona uyacaktı. "Onunla aranda *bir şey* var mı Stuart?"

Şişko'nun pis pis sırıttığını görünce midesi bulandı. Şişko azıcık terbiyeliymiş gibi davramaya bile yanaşmıyordu.

"Eh, o işi evlerimizde yapmıyoruz, eğer..."

Kaskatı kollarından birini kaldıran Colin yumruğunu savurdu. Şişko'nun çenesine vurunca, dikkati annesinde olan Şişko gafil avlandı; yana doğru sendeleyip masaya çarptı, kayıp yere düştü bir anda. Sonra hemen ayağa fırladı, ama Tessa araya girmişti bile, yüzü oğluna dönük duruyordu.

Colin kadının arkasından, "Seni piç kurusu seni. Seni piç kurusu seni" deyip duruyordu.

"Hadi ya?" dedi Şişko; pis pis sırıtmayı kesmişti. "Senin gibi olacağıma piç kurusu olurum daha iyi, göt herif!"

"Hayır!" diye bağırdı Tessa. "Colin, dışarı çık. *Dışarı çık!*"

Colin sarsılmıştı, dehşet içinde, öfkeyle bir an daha öylece durduktan sonra hışımla odadan çıktı; merdiveni inerken hafifçe tökezlediğini duydular.

Tessa, "Bunu nasıl yaparsın?" diye fısıldadı oğluna.

"Ne yaptım yahu?" dedi Stuart; Tessa onun yüz ifadesini görünce öyle kaygılandı ki gidip yatak odasının kapısını telaşla kapatıp sürgüledi.

"O kızı istismar ediyorsun Stuart, bunu biliyorsun ve az önce babanla konuşma tarzın..."

"Hadi oradan" dedi Stuart odada dolanarak; soğukkanlılığından eser kalmamıştı. "İstismar ediyormuşum. Ne istediğini gayet iyi biliyor o... sırf lanet olası Fields'ta oturuyor diye onu... işin gerçeği şu ki, sen ve Göz onu düzmemi istemiyorsunuz, çünkü onu küçük görüyorsunuz..."

"Bu doğru değil!" dedi Tessa, oysa doğruydu; Krystal için ne kadar kaygılansa da, Şişko'nun akıllılık edip prezervatif kullandığını öğrense memnun olacaktı.

"Sen de, Göz de ikiyüzlüsünüz" dedi Şişko, yatak odasında dolanmayı sürdürerek. "Weedon'lara yardım etmek istediğinizi söyleyip duruyorsunuz, ama bir yandan da..."

"Yeter artık!" diye bağırdı Tessa. "Benimle böyle konuşabileceğini sanma sakın! Farkında değil misin... anlamıyor musun... bu kadar mı bencilsin?.."

Tessa söyleyecek laf bulamıyordu. Dönüp kapıyı açtı, çıkıp giderken arkasından sertçe kapadı.

Kadının gidişi Şişko'yu tuhaf bir şekilde etkiledi; dolanmayı kesti, birkaç saniye kapalı kapıya bakakaldı. Sonra ceplerini yokladı ve bulduğu sigarayı yaktı; dumanı tavan penceresinden dışarı üfleme zahmetine girmedi. Odada turlayıp duruyordu, düşüncelerini kontrol edemiyordu. Zihnini dolduran bölük pörçük imgeler, bir hiddet dalgasına kapılıp gidiyordu.

Yaklaşık bir yıl önceki bir cuma akşamını hatırladı; Tessa buraya, yatak odasına gelip Şişko'ya babasının ertesi gün onu Barry ve oğullarıyla futbol oynamaya götürmek istediğini söylemişti.

("Ne?" demişti Şişko hayretle. Daha önce babası hiç böyle bir öneride bulunmamıştı.

"Eğlenirsiniz işte. Birlikte zaman geçirmiş olursunuz" demişti Tessa; Şişko'yla göz göze gelmemek için kaşlarını çatıp yerdeki giysilere bakmıştı.

"Neden?"

"Çünkü baban bunun hoş olabileceğini düşünüyor" demişti Tessa, eğilip yerdeki okul gömleğini alırken. "Declan antrenman filan yapmak istiyormuş. Maçı varmış."

Şişko futbolda gayet iyiydi. İnsanlar bunu şaşırtıcı buluyorlardı; onun sporu sevmemesini, takımlara dudak bükmesini bekliyorlardı. Futbol oynarken konuşurdu, ustalıkla yanıltıcı hareketler yapardı, acemileri kandırırdı, onları riske girmeye yöneltirdi, zokayı yutmazlarsa da umurunda olmazdı.

"Onun futbol oynayabildiğini bile bilmiyordum."

"Baban gayet iyi oynar, tanıştığımızda haftada iki kez maç yapardı" demişti Tessa sinirlenerek. "Yarın sabah onda, tamam mı? Eşofman altını yıkarım.")

Şişko sigarasından nefes çekerken elinde olmadan geçmişi hatırlıyordu. Neden kabul etmişti? Bugün olsa, Göz'ün küçük gösterisine katılmayı reddederdi, adam bağırmayı kesene dek yatağından çıkmazdı. Bir yıl önce, sahicilik nedir anlamıyordu henüz.

(Göz'le birlikte evden çıkmış, sessizlik içinde yaptıkları beş dakikalık yürüyüşe katlanmıştı; birbirlerine ne kadar yabancı olduklarının her ikisi de eşit derecede farkındaydılar.

Futbol sahası St. Thomas'a aitti. O gün hava güneşliydi

ve saha boştu. Üçer kişilik iki takıma ayrılmışlardı, çünkü Declan'ın bir arkadaşı hafta sonu onlarda kalmaya gelmişti. Şişko'ya taptığı, onu kahraman olarak gördüğü belli olan bu arkadaş, Şişko ile Göz'ün takımına katılmıştı.

Şişko ile Göz sessizce paslaşırlarken, içlerindeki en kötü oyuncu olan Barry sınırlarını kazaklarıyla belirledikleri sahada bir oraya bir buraya koşarak Yarvil aksanıyla, bağıra çağıra tezahürat yapmıştı. Fergus gol atınca Barry koşup onunla göğüs çarpıştırmak istemişti, ama yanlış zamanlamayla sıçrayınca kafasıyla Fergus'ın çenesine vurmuştu. Birlikte yere düşmüşlerdi; Fergus acıyla inleyerek gülerken, yerde oturan Barry şen kahkahalarının arasında özür dileyip durmuştu. Şişko sırıtmakta olduğunu fark etmişti; Göz'ün kaba, gürleyen kahkahasını duyunca da kaşlarını çatarak sırtını dönmüştü.

Sonra o an, o berbat ve acınası an gelmişti. Skor eşit, maç bitmek üzereydi; Şişko topu Fergus'tan kapmayı başarınca Göz, "Hadi Stu, hadi evlat!" diye bağırmıştı.

"Evlat." Göz hayatında ona hiç "evlat" dememişti. Bunu söylemesi zavallıca, samimiyetsiz ve anormal gelmişti. Göz, Barry gibi olmaya çalışıyordu; Barry'nin kendi oğullarını rahat ve doğal bir şekilde teşvik etmesini taklit ediyordu; Barry'yi etkilemeye çalışıyordu. Şişko'nun vurduğu top gülle gibi fırlayıp Göz'ün başına geleceklerden habersiz salak suratının ortasına inmişti; adamın gözlüğü kırılmış, gözünün altında tek bir kan damlası belirmişti; top ayağından çıktığı anda Şişko ne yapmak istediğini fark etmişti; topun Göz'e çarpmasını umuyordu, evet, çünkü intikam almak istiyordu.)

Bir daha futbol oynamamışlardı. Baba oğul olarak birlikte vakit geçirme denemeleri, bu küçük çaba felaketle sonuçlanınca rafa kaldırılmıştı; tıpkı daha önce en az on kere olduğu gibi.

*... o çocuğu hiçbir zaman istemedim!*

Şişko bunu duyduğundan emindi. Göz onu kastetmişti mutlaka. O sırada onun odasındaydılar. Göz başka kimden bahsediyor olabilirdi ki?

*Umurumdaydı sanki* diye düşündü Şişko. Bundan hep şüphelenmişti zaten. Göğsüne yayılan bu soğukluğun nedeni neydi bilmiyordu.

Şişko, Göz ona vurunca devrilmiş olan bilgisayar sandalyesini kaldırıp yerine koydu. Sahici tepki, annesini yana itip Göz'ün suratına yumruğu geçirmesi olurdu. Yine gözlüğünü kırması. Kan akıtması. Şişko bunu yapmadığı için kendinden tiksindi.

Ama başka yollar da vardı. Yıllardır kulak misafiri olduğu bir sürü şey vardı. Babasının komik korkularından haberdardı ama ailesi bunları bildiğinin hiç farkında değildi.

Şişko'nun parmakları her zamankinden daha beceriksizdi. Belediye Meclisi'nin internet sitesini açarken, ağzındaki sigaranın külü klavyeye düştü. Birkaç hafta önce, SQL aşılaması yöntemini araştırmış ve Andrew'nun paylaşmayı reddettiği kod satırını bulmuştu. Meclisin mesaj panosunu birkaç dakika inceledikten sonra Betty Rossiter adıyla kolayca oturum açtı, kullanıcı adını Barry_Fairbrother'ın_Hayaleti olarak değiştirip yazmaya başladı.

## 5

Shirley Mollison, Hayalet'in mesajlarını silmemesinin meclis için kocası ile oğlunun iddia ettikleri kadar tehlikeli olmadığından, o ikisinin abarttıklarından emindi. O mesajlar alt tarafı dedikodudan ibarettiler ve dedikodu da kanunen yasak değildi; Shirley kanunların, başkasının yazdığı şeyler yüzünden onu cezalandıracak kadar aptal ve mantıksız olduğuna da inanmıyordu. Korkunç bir haksızlık olurdu bu. Miles'ın hukuk okumuş olmasıyla gurur duysa da, onun bu konuda yanıldığından emindi.

Mesaj panolarını Miles ile Howard'ın öğütlediğinden daha sık kontrol ediyordu, ama yasal sonuçlardan korktuğundan değildi bu. Barry Fairbrother'ın Hayaleti'nin Fields yanlılarını mahvetmeyi kendine iş edindiğinden, bu misyonunu henüz tamamlamadığından emindi ve adamın bir sonraki mesajını ilk gören kişi olmak istiyordu. Günde birkaç kez Patricia'nın eski odasına dalıp internet sitesine giriyordu. Bazen, elektrik süpürgesini kullanırken veya patates soyarken birden bir ürperme geliyor, çalışma odasına koşturuyordu ama bir kez daha hayal kırıklığına uğruyordu.

Shirley, Hayalet'e karşı özel, gizli bir yakınlık duyuyordu. O adam, Howard'ın düşmanlarının ikiyüzlülüğünü ifşa etmek için Shirley'nin internet sitesini seçmişti; dolayısıyla Shirley nadide bir canlı türünün yuvalanmaya lütfettiği bir habitatı oluşturmuş bir doğabilimcisi kadar gururlanmaya hakkı olduğunu hissediyordu. Ama dahası da vardı. Shirley, Hayalet'in öfkesinden, vahşiliğinden ve cüretkârlığından hoşlanıyordu. Onun kim olduğunu merak ediyordu; onu gölgelerin içinde, kendisi ile Howard'ın arkasında duran, hasımlarını kendi çirkin gerçekleriyle telef ederek önlerini açan güçlü bir adam olarak hayal ediyordu.

Pagford'daki erkeklerin hiçbiri onun gözünde Hayalet olmaya layık değildi nedense; Shirley onun, tanıdığı Fields karşıtlarından biri olduğunu öğrense hayal kırıklığına uğrardı.

"*Belki* de erkek değildir" demişti Maureen.

"İyi bir noktaya parmak bastın" demişti Howard.

"Bence erkek" diyerek fikrini söylemişti Shirley de istifini bozmadan.

Howard pazar sabahı kafeye gitmek için evden çıkınca, hâlâ üzerinde sabahlığı olan Shirley de eline bir fincan çay alarak otomatikman çalışma odasına gitti, internet sitesine girdi.

Bir Müdür Yardımcısının Fantezileri; gönderen: Barry_Fairbrother'ın_Hayaleti.

Shirley çayını titreyen ellerle masaya bırakıp mesaja tıkladı; mesajı okurken ağzı bir karış açık kalakalmıştı. Sonra oturma odasına koşup telefonu kaptı, kafeyi aradı ama numara meşguldü.

Sadece beş dakika sonra, kendisi de meclisin mesaj panolarına her zamankinden çok daha sık bakmayı âdet edinmiş olan Parminder Jawanda siteye girdi ve mesajı gördü. Shirley gibi onun da ilk tepkisi telefona sarılmak oldu.

Wall'lar kahvaltı ediyorlardı; oğulları yukarıda uyuyordu hâlâ. Tessa telefonu açınca, Parminder arkadaşının selamını yarıda kesti.

"Meclisin internet sitesinde Colin'le ilgili bir mesaj var. Ne yaparsan yap, Colin'in o mesajı görmesine izin verme."

Tessa korkuyla kocasına baktı, ama adam ahizeye sadece bir metre uzaklıktaydı ve Parminder'in bağıra çağıra, üstüne basa basa söylediği her sözcüğü duymuştu bile.

"Seni ararım" dedi Tessa telaşla. "Colin" dedi ahizeyi yerine koymaya çalışırken, "Colin, bekle..."

Ama adam odadan çıkmıştı bile, kaskatı kollarını iki yana sarkıtmış, yaylana yaylana yürüyordu; Tessa ona yetişmek için koşmak zorunda kaldı.

"Bakmamak daha iyi olur belki de" dedi Colin'e, adamın iri ve boğumlu eli masanın üstündeki fareyi hareket ettirirken, "veya ben okuyup..."

Bir Müdür Yardımcısının Fantezileri

Halkı Belediye Meclisi düzeyinde temsil etme umudu taşıyanlardan biri de Winterdown Lisesi'nin Müdür Yardımcısı Colin Wall. Seçmenler, disiplin konusunda çok katı olan Wall'un son derece sıra dışı bir fantezi dünyasına sahip olmasını ilginç bulabilirler. Bay Wall, öğrenciler tarafından uygunsuz cinsel davranışlarda bulunmakla suçlanmaktan öyle korkuyor ki, kendini sakinleştirmek için defalarca işten izin almak zorunda kaldı. Bay Wall'un birinci sınıflardan bir öğrencisini gerçekten taciz edip etmediği konusunda Hayalet ancak tahmin yürütebilir. Bay Wall'un kurduğu ateşli fanteziler konusundaki heyecanı, bunu yapmadıysa bile yapmak istediğini gösteriyor.

*Stuart yazdı* diye düşündü Tessa anında.

Colin'in yüzü monitörün ışığında hayalet gibi görünüyordu. Tessa, Colin kalp krizi geçirirse tam da böyle görüneceğini hayal etmişti.

"Colin..."

"Fiona Shawcross birilerine söylemiş olmalı" diye fısıldadı adam.

Hep olmasından korktuğu felaket sonunda başına gelmişti. Her şey bitmişti. Böyle bir durumda uyku hapları aldığını hayal ederdi hep. Evde yeterince uyku hapı olup olmadığını merak etti.

Müdireden bahsedilmesine bir an şaşıran Tessa, "Fiona öyle şey yapmaz..." dedi, "... hem zaten bilmiyor ki..."

"Obsesif kompülsif kişilik bozukluğum olduğunu biliyor."

"Evet, ama şeyi bilmiyor... senin neden korktuğunu..."

"Biliyor" dedi Colin. "Son seferinde hastalık iznine çıkmadan önce söyledim ona."

"Neden?" diye patladı Tessa. "Neden söyledin ki?"

"İzne çıkmamın neden önemli olduğunu açıklamak istedim" dedi Colin neredeyse utana sıkıla. "Durumumun ciddiyetini anlaması gerektiğini düşündüm."

Tessa ona bağırmamak için kendini çok zor tuttu. Fiona'nın Colin'e hep biraz kötü davranmasının, arkasından konuşmasının sebebi anlaşılmıştı; Tessa o kadını hiç sevememişti zaten, katı ve hoşgörüsüz biri olduğunu düşünmüştü hep.

"Yine de" dedi, "bence Fiona'nın bu işle ilgisi yok..."

"Doğrudan ilgisi yoktur" dedi Colin, titreyen elini terleyen üstdudağına bastırarak. "Ama Mollison'ın kulağına gitmiş bir şekilde."

*Mollison'ın işi değil. O mesajı Stuart yazdı. Bunu biliyorum.* Tessa her satırda oğlunun üslubunu görmüştü. Hatta Colin bunu nasıl görmüyor, bu mesajı dünkü kavgayla, oğluna vurmasıyla nasıl ilişkilendiremiyor şaşıyordu. *Kendini tutamayıp bir üslup yaratmaya bile çalışmış. Hepsini o yazmış olmalı... Simon Price'la, Parminder'le ilgili mesajları.* Tessa'nın dehşetten dili tutulmuştu sanki.

Ama Colin, Stuart'ı düşünmüyordu. Anılar kadar, duyusal izlenimler kadar gerçek gibi gelen düşünceleri, vahşi ve iğrenç düşünceleri anımsıyordu: Genç bedenlerin arasından sıkış tıkış geçerken birini tutup sıktığını... Acı dolu çığlığı... Bir çocuğun yüzünün allak bullak olmasını... Sonrasında kaç kez kendi kendine sormuştu. Gerçekten yapmış mıydı? Hoşuna gitmiş miydi? Hatırlayamıyordu. Bildiği tek şey bunu düşünüp durduğuydu, gerçekleştiğini gördüğü ve hissettiğiydi. İncecik bir pamuklu bluzun altındaki yumuşacık et; tutmak, sıkmak, acı ve şok; bir taciz. Kaç kez olmuştu bu? Bilmiyordu. Suçlunun kendisi olduğunu çocuklardan kaçının bildiğini, aralarında bunu konuşup konuşmadıklarını, foyasının ne zaman meydana çıkacağını düşünerek saatler, saatler geçirmişti.

Kaç kez tacizde bulunduğunu bilmiyordu ve kendine güvenemediğinden, koridorlardan geçerken kimseye dokunmamak için, elleri dolu olsun diye bir sürü kâğıt ve dosya taşıyordu hep. Arı sürüsü gibi doluşmuş çocuklara yana çekilmelerini, yolundan çekilmelerini haykırıyordu. Bunların hiçbiri işe yaramıyordu. Yanından koşarak geçen, ona sürtünerek geçen çocuklar oluyordu hep ve elleri dolu olduğundan, onlarla uygunsuz bir temasta bulunmanın başka yollarını hayal ediyordu: dirseğini çabucak kaldırıp bir göğse sürttüğünü; vücudunu değdirmek için yana adım attığını; bacağının güya yanlışlıkla çocuğun kasığına sürtündüğünü...

"Colin" dedi Tessa.

Ama adam yine ağlamaya başlamıştı, iri ve hantal bedeni hıçkırıklarla sarsılıyordu; ona sarılıp yüzünü onunkine yaslayan Tessa'nın gözyaşları, Colin'in tenini ıslattı.

Birkaç kilometre ötede, Tepedeki Ev'de Simon Price oturma odasında, eve yeni alınan gıcır gıcır bilgisayarın başındaydı. Andrew'nun bisiklete atlayıp Howard Mollison'ın dükkânında çalışmaya gitmesini seyretmek ve bu bilgisayarı piyasa fiyatından almak zorunda kalmak, adamakıllı sinirlenmesine, haksızlığa uğradığını hissetmesine yol açmıştı. Simon çalıntı PC'yi attığı geceden beri Belediye Meclisi'nin internet sitesine bir kez olsun bakmamıştı; ama bir çağrışımlar zinciri, işine mal olan mesajın hâlâ sitede olup olmadığına, dolayısıyla potansiyel işverenler tarafından görülüp görülemeyeceğine bakmayı akıl etmesine yol açmıştı.

Mesaj siteden kaldırılmıştı. Simon bunu karısına borçlu olduğunu bilmiyordu; çünkü Ruth sırf mesajın kaldırılmasını rica etmek için aramış olsa da Shirley'ye telefon ettiğini itiraf etmeye korkuyordu. Mesajın silindiğini görünce keyfi biraz yerine gelen Simon, Parminder'le ilgili mesaja bakındı; ama o da silinmişti.

Tam siteden çıkacakken en yeni mesajı gördü; mesajın başlığı Bir Müdür Yardımcısının Fantezileri idi.

Mesajı iki kere okuduktan sonra, oturma odasında tek başına gülmeye başladı. Vahşice, zafer kazanmış gibi gülüyordu. O koca alınlı, yaylana yaylana yürüyen, irikıyım adamdan asla hazzetmemişti zaten. Simon en azından kendisinin ucuz kurtulduğunu düşününce sevindi.

Ruth ürkekçe gülümseyerek odaya girdi; Simon'ın kahkahalarını duymak hoşuna gitmişti, çünkü adam işini kaybettiğinden beri berbat bir ruh hali içindeydi.

"Komik olan ne?"

"Şişko'nun babasını tanıyor musun? Müdür Yardımcısı Wall'u? Herif sübyancıymış meğer."

Ruth'un gülümsemesi dondu. Hemen koşup mesajı okudu.

"Ben duş alacağım" dedi Simon neşeyle.

Ruth adamın odadan çıkmasını bekledikten sonra bu yeni skandalı haber vermek için arkadaşı Shirley'ye ulaşmaya çalıştı, ama Mollison'ların telefonu meşguldü.

Shirley şarküterideki Howard'a ulaşmıştı sonunda. Kadının üstünde sabahlığı vardı hâlâ; Howard ise tezgâhın ardındaki küçük odada dolanıyordu.

"... sabahtan beri sana ulaşmaya çalışıyorum..."

"Telefonu Mo kullanıyordu. Ne yazıyordu mesajda? Yavaş yavaş söyle."

Shirley, Colin'le ilgili mesajı haber spikeri gibi okudu. Daha sonuna varamadan Howard araya girdi.

"Bunu bir yere mi yazdın?"

"Nasıl yani?" dedi kadın.

"Ekrandan mı okuyorsun? Hâlâ orada mı? Sildin mi?"

"Şimdi siliyorum" diye yalan söyledi Shirley huzursuzlanarak. "Duymak istersin diye düşündüm..."

"Çabuk sil onu! Tanrı aşkına Shirley... bu iş çığrından çıkıyor... orada öyle mesajların durmasına izin veremeyiz!"

"Ben sadece bilmen gerek diye düşündüm..."

"Sen o mesajı sil; ben eve gelince konuşuruz!" diye bağırdı Howard.

Shirley'nin tepesi atmıştı; birbirlerine karşı asla seslerini yükseltmezlerdi.

# 6

Belediye Meclisi toplantısı, Barry'nin ölümünden sonra yapılacak ilk toplantı, Fields'la ilgili savaşta kritik önem taşıyordu. Howard, Bellchapel Bağımlılık Kliniği'nin geleceğiyle ilgili oylamayı da, Fields'ın idari sorumluluğunun Yarvil'e devredilmesiyle ilgili olanı da ertelemeyi reddetmişti.

Dolayısıyla Parminder, Colin ve Kay'e toplantıdan önceki akşam buluşup hep birlikte strateji hazırlamalarını önerdi.

"Pagford kendi sınırlarını kendi başına değiştiremez, değil mi?" diye sordu Kay.

"Evet" dedi Parminder sabırla (kasabada yeni olması Kay'in suçu değildi), "ama Şehir Meclisi, Pagford'un fikrini sordu ve Howard *kendi* fikrinin iletilmesinde kararlı."

Wall'ların oturma odasında toplanmışlardı; Tessa, Colin'i diğer ikisini kendi evlerine davet etmeye çaktırmadan ikna etmişti, çünkü konuşmalarını dinlemek istiyordu. Tessa misafirlere şarap ikram etti, sehpaya büyük bir kâse dolusu cips koydu, sonra da diğer üçü konuşurlarken sessizce oturdu.

Bitkin ve öfkeliydi. Colin'le ilgili mesaj, adamın en şiddetli ani kaygı ataklarından birini geçirmesine yol açmıştı; öyle ki Colin okula gidememişti. Parminder onun ne kadar hasta olduğunu biliyordu –Colin'in izin alması için rapor yazmıştı– ama yine de toplantı öncesinde görüşmeyi teklif etmişti ve Tessa'nın bu gece Colin'in paranoyasına ve kaygılarına katlanmak zorunda kalacak olmasını hiç umursamıyor gibiydi.

"Mollison'lara sinir olan bir sürü insan var kesinlikle" diyordu Colin; korku ve paranoya nedir bilmezmiş gibi yaptığı zamanlarda takındığı kibirli, bilmiş ses tonuyla konuşuyordu. "Bence onların bütün kasaba adına konuşabileceklerini sanmaları milletin canına tak etmeye başladı artık. Oy toplama görüşmeleri yaparken bu izlenime kapıldım ben."

Colin duygularını gizleme yeteneğini keşke biraz da *benim* yararıma kullanabilseydi ne güzel olurdu diye düşündü Tessa içi sızlayarak. Bir zamanlar, çok eskiden Colin'in tek sırdaşı olmak, onun korkularını bilen, onu rahatlatan tek kişi olmak hoşuna giderdi; ama bu artık gururunu okşamıyordu. Colin o sabaha karşı ikiden üç buçuğa kadar Tessa'yı uyutmamıştı; yatağın kenarında öne arkaya sallanarak, inleyerek ağlamış ve ölmek istediğini, dayanamadığını, adaylığını koyduğuna pişman olduğunu, mahvolduğunu söylemişti...

Tessa merdivenden Şişko'nun ayak seslerinin geldiğini duyunca gerildi; ama oğlu açık kapının önünden geçip mutfağa girerken, şöminenin önündeki deri pufa tünemiş ve dizlerini göğüs hizasına kadar kaldırmış olan Colin'e ters ters bakmakla yetindi.

"Miles'ın boşalan koltuğa aday olması milleti cidden çileden çıkarır belki de... hatta Mollison'ların yandaşlarını bile" dedi Kay umutla.

"Olabilir bence" dedi Colin başıyla onaylayarak.

Kay, Parminder'e döndü.

"Belediye Meclisi, Bellchapel'ın binadan çıkartılmasına karar verir mi sence? İnsanların sokaklara şırıngalar atılmasından ve keşlerin etrafta takılmasından hoşlanmadıklarını biliyorum, ama klinik kilometrelerce ötede... Pagford'a ne zararı var ki?"

"Howard ile Aubrey birbirlerinin sırtını sıvazlamış oluyorlar işte" diye açıkladı Parminder; yüzü gergindi ve göz altlarında koyu kahverengi torbalar vardı. (Ertesi gün meclis toplantısına katılıp da Howard Mollison ve kafadarlarıyla, yanında Barry olmadan mücadele etmek zorunda kalacak olan kişi oydu.) "Şehir bütçesinde kısıntıya gidilmesi gerekiyor. Howard kliniği o ucuz binadan çıkartabilirse kliniğin masrafları artacak ve Fawley finansmanın iptalini mazur gösterebilecek. Sonra da Fawley, Fields'ın tekrar Yarvil'e dahil edilmesi için elinden geleni yapacak."

Açıklama yapmaktan yorulan Parminder Kay'in getirdiği, Bellchapel'la ilgili yeni belgeleri inceler gibi yapmaya başladı.

*Bunu neden yapıyorum?* diye sordu kendine.

Şimdi evde Vikram'la birlikte oturuyor olabilirdi; evden çıktığında Vikram, Jaswant ve Rajpal televizyonda komedi filmi seyrediyorlardı. Kahkahaları Parminder'i sinirlendirmişti; kendisi en son ne zaman gülmüştü? Neden buradaydı, neden bu iğrenç ılık şarabı içiyordu, neden asla ihtiyaç duymayacağı bir klinik için ve tanısa muhtemelen sevmeyeceği insanların yaşadığı bir site için mücadele ediyordu? Dostları ile düşmanlarının ruhları arasında fark görmeyen Bhai Kanhaiya gibi değildi o; Howard Mollison'ın ruhunda Tanrı'nın ışığını görmüyordu. Howard'ın kaybettiğini hayal etmek, Fields'lı çocukların St. Thomas'ta okumayı sürdürdüklerini ya da Fields'lıların Bellchapel sayesinde uyuşturucu bağımlılığından kurtulduklarını hayal etmekten daha çok haz veriyordu ona; gerçi bunların da iyi şeyler olduğunu düşünüyordu ama büyük bir ilgi ve coşku duymadan...

(Ama bunu neden yaptığını biliyordu aslında. Barry için kazanmak istiyordu. Barry ona St. Thomas'ta okula başladığı günleri uzun uzun anlatmıştı; annesiyle ve iki ağabeyiyle birlikte karavanda yaşayan Barry, Hope Sokağı'nın bakımlı ve konforlu evlerini beğenmiş, Church Row'daki büyük, Victoria tarzı evlere hayran kalmıştı. Hatta bir doğum günü partisinde içine de girdiği o inek suratlı evi sonradan satın almış ve dört çocuğunu da orada yetiştirmişti.

Barry, Pagford'un nehrine, tarlalarına ve sağlam duvarlı evlerine âşık olmuştu. İçinde oyunlar oynanacak bir bahçeye ve salıncak kurulacak bir ağaca sahip olmanın, dört bir yanda açık araziler ve yeşillikler görmenin hayalini kurmuştu. Atkestanesi toplayıp Fields'a götürmüştü. St. Thomas'ta başarılarıyla sınıf birincisi olduktan sonra, ailesindeki üniversiteye giden ilk kişi olmuştu.

*Aşk ve nefret* diye düşündü Parminder, kendi dürüstlüğünden biraz ürkerek. *Aşk ve nefret, burada olmamın sebebi...*)

Kay'in getirdiği belgelerin yeni bir sayfasına geçerken, kendini yazılanlara vermiş numarası yaptı.

Kay getirdiği belgeleri doktorun böyle dikkatle incelemesinden hoşnuttu, çünkü onların üstünde epey uğraşmış, kafa patlatmıştı. Hazırladığı materyalleri okuyan herhangi birinin, Bellchapel Kliniği'nin olduğu yerde kalması gerektiği konusunda ikna olacağına emindi.

Ama onca istatistiğe, vaka incelemelerine ve birinci ağızdan aktarılan cümlelere karşın, Kay aslında klinikle yalnızca tek bir hasta için ilgileniyordu: Terri Weedon. Terri'de bir değişiklik olmuştu, Kay bunu hissedebiliyordu ve hem gurur duyuyor, hem de korkuyordu. Terri hayatının kontrolünü yeniden ele geçirmekle ilgilenmeye başlamış gibiydi. Son zamanlarda iki kez Kay'e, "Robbie'yi benden alamazlar, izin vermem" demişti ve bunu kaderine âciz bir şekilde isyan ederek değil, kararlılıkla söylemişti.

"Dün onu kreşe götürdüm" demişti Terri; Kay şaşırdığını belli etme hatasına düşmüştü. "Neden öyle afalladın? Ben o lanet olası kreşe adım atmaya layık değil miyim?"

Kay, Bellchapel'ın kapısının Terri'nin yüzüne kapanmasının, Terri'nin mahvolmuş hayatını tekrar kurma çabalarına ağır bir darbe indireceğinden emindi. Terri, Pagford'dan Kay'in anlam veremediği bir şekilde, içgüdüsel olarak korkuyor gibiydi.

"O lanet olası yerden nefret ediyorum" demişti Terri, Kay oradan laf arasında bahsedince.

Kay Terri'nin ölen ninesinin Pagford'da oturduğunu biliyordu. Terri'nin kasabayla ilgili geçmişine dair bildiği tek şey de buydu. Ama Terri'nin, her hafta metadon almak için oraya gitmesi istenirse kadının otokontrolünü yitireceğinden korkuyordu; ailenin daha çok yeni ve kırılgan olan güvenliği de tehlikeye girecekti.

Parminder'den sonra konuşmaya başlayan Colin, Fields'ın tarihini anlatıyordu; sıkılan Kay kafa sallayıp, "Hı hı" dese de, bambaşka şeyler düşünüyordu.

Bu çekici genç kadının can kulağıyla kendisini dinlemesi, Colin'in gururunu okşamıştı. Adam internet sitesinden kaldırılan o korkunç mesajı okuduğundan beri ilk kez bu gece kendini biraz sakin hissediyordu. Colin'in gecenin bir yarısı gözünde canlandırdığı felaketlerden hiçbiri gerçekleşmemişti. İşten kovulmamıştı. Kapısına öfkeli bir güruh dayanmamıştı. Belediye Meclisi'nin sitesinde de, internetin başka herhangi bir yerinde de Colin'in tutuklanmasını, hapse atılmasını talep eden bir yazı çıkmamıştı (Colin birkaç kez Google'da arama da yapmıştı).

Şişko açık kapının önünden tekrar geçti; yürürken kaşıkla yoğurt yiyordu. Odanın içine şöyle bir bakınca bir an Colin'le göz göze geldi. Colin neden bahsettiğini unutuverdi.

"... ve... evet, şey, kısacası durum bu" diyerek sözünü bitirdi ezikçe. Destek almak için Tessa'ya göz attı; ama karısı donuk gözlerle, heykel gibi öylece oturuyordu. Colin biraz gücendi; birlikte geçirdikleri berbat, uykusuz geceden sonra kendisini çok daha iyi hissetmesinin, çok daha fazla kontrol sahibi olmasının Tessa'yı sevindireceğini düşünmüştü. Korkudan midesi bulanıyordu; ama onun yaşadığı felaketi yaşamış, günah keçisi olmuş Parminder'in varlığı ve çekici sosyal hizmet görevlisinin sempatik ilgisi oldukça rahatlatıcı geliyordu.

Kay'in tersine Tessa, Colin'in az önce Fields'ın Pagford'a bağlı kalma hakkıyla ilgili söylediklerinin her kelimesini can kulağıyla dinlemişti. Colin'in kendinden emin konuştuğunu düşünmüyordu. Colin, Barry'nin inandığı şeylere inanmak istiyordu ve Mollison'ları yenmek istemesinin sebebi Barry'nin bunu istemiş olmasıydı. Colin, Krystal Weedon'ı sevmiyordu; ama Barry sevmiş olduğundan Colin o kızda kendisinin göremediği, değerli bir şeyler olduğunu varsayıyordu. Tessa kocasının küstahlık ile alçakgönüllülüğün, sarsılmaz bir kendinden emin olma hali ile özgüvensizliğin tuhaf bir karışımı olduğunu biliyordu.

*Dünyadan haberleri yok* diye düşündü Tessa, Parminder'in Kay'in notlarının arasından çıkardığı bir grafiği hep birlikte inceleyen diğer üçüne bakarken. *Altmış yıllık öfkeyi ve kini birkaç sayfa istatistikle ortadan kaldırabileceklerini sanıyorlar.* Onların hiçbiri Barry gibi değildi. Barry onların teorik olarak söyledikleri şeylerin canlı örneğiydi: ilerlemenin, eğitim sayesinde yoksulluktan refaha geçmenin, güçsüz ve âcizken topluma değerli katkılarda bulunur hale gelmenin. Ölen adama kıyasla ne kadar zavallı yandaşlar olduklarının farkında değil miydiler?

"İnsanlar Mollison'ların her şeyi yönetmeye çalışmalarına cidden sinir olmaya başladılar" diyordu Colin.

"Bence" dedi Kay, "bunları okurlarsa, kliniğin yaptığı iş çok önemli değilmiş gibi davranmaları zor olur."

"Meclisteki herkes de Barry'yi unutmuş değil" dedi Parminder biraz titrek bir sesle.

Yağlı parmaklarını kâseye daldıran Tessa cips bulamadı. Diğerleri konuşurken, bir kâse dolusu cipsi tek başına bitirmişti.

## 7

Güneşli, ılık bir sabahtı ve öğle tatili yaklaştıkça, Winterdown Lisesi'nin bilgisayar laboratuvarı giderek boğuculaştı; kirli camlardan giren ışık, monitörleri dikkat dağıtıcı beneklerle bezedi. Şişko ya da Gaia orada değildi, dikkatini dağıtacak kimse yoktu ama yine de Andrew Price kafasını yaptığı işe veremiyordu. Anne babasının dün geceki konuşmalarından başka bir şey düşünemiyordu.

Ciddi ciddi Reading'e taşınmayı konuşmuşlardı; Ruth'un ablası ile eniştesi orada oturuyordu. Andrew küçük, karanlık holde durup, açık mutfak kapısına doğru kulak kabartarak onları dinlemişti. Andrew ile Paul'ün pek tanımadıkları –çünkü Simon'ın hiç hazzetmediği– amcaları, Simon'a iş teklifinde bulunmuştu veya böyle bir ihtimal vardı anlaşılan.

"Eskisinden daha az maaş alırım herhalde" demişti Simon.

"Bunu bilmiyorsun. Öyle bir şey..."

"İlla ki öyle olur. Hem orada hayat daha pahalıdır."

Ruth hemfikir olmadığını belirtircesine bir ses çıkarmıştı. Holde neredeyse nefes almaya bile cesaret edemeden duran Andrew, annesinin taşınmayı istediğini kadının Simon'a hemen hak vermemesinden anlamıştı.

Andrew anne babasının Tepedeki Ev'den başka bir yerde, Pagford manzaralı olmayan bir yerde yaşadıklarını hayal edemiyordu. Onların sonsuza dek burada kalacaklarını düşünmüştü. Kendisi, yani Andrew günün birinde Londra'ya gidecekti, Simon ile Ruth ise hayatlarının sonuna dek tepenin yamacında, kök salmış ağaçlar gibi kalacaklardı.

Andrew usulca yukarıdaki yatak odasına geri dönüp pencereden dışarıya, tepelerin arasındaki derin ve karanlık vadide uzanan Pagford'un titrek ışıklarına bakmıştı. O manzarayı ilk kez görüyordu sanki. Aşağıda bir yerde Şişko tavan arasındaki odasında sigara içiyor ve muhtemelen bilgisayarında porno film izliyordu. Gaia da oradaydı, cinsinin gizemli ritüelleriyle uğraşmakla meşguldü. Andrew taşınma meselesini, bütün bunları Gaia'nın yaşamış olduğunu hatırladı birden. O kız, bildiği yerden koparılıp başka bir yere yerleştirilmişti. Nihayet çok önemli bir ortak noktaları vardı artık;

Andrew buralardan gitmekle Gaia'yla bir şey paylaşmış olacağı fikrinden neredeyse melankolik bir haz almıştı.

Ama Gaia kendi yaptığı bir şey yüzünden taşınmak zorunda kalmamıştı. Huzursuzluğa kapılan Andrew cep telefonunu alıp Şişko'ya mesaj göndermişti: Tatlısı Reading'den iş teklifi aldı. Kabul edebilir.

Şişko hâlâ yanıt yazmamıştı ve Andrew onu sabah boyunca hiç görmemişti, çünkü dersleri ortak değildi. Şişko'yu son iki hafta sonunda da görmemişti, çünkü Copper Kettle'da çalışmıştı. Son zamanlarda yaptıkları en uzun konuşma, Şişko'nun meclisin internet sitesinde Göz'le ilgili mesajı yayımlamasından sonra olmuştu.

Şişko, "Tessa benden şüpheleniyor galiba" demişti Andrew'ya rahat bir edayla. "Biliyormuş gibi bakıyor bana."

"Ne diyeceksin peki?" diye mırıldanmıştı Andrew korkarak.

Şişko'nun takdir edilme arzusunu biliyordu, Şişko'nun gerçeği silah olarak kullanma tutkusunu da biliyordu, ama kendisinin Barry Fairbrother'ın Hayaleti'nin faaliyetlerinde oynadığı kritik rolün asla ifşa edilmemesi gerektiğini arkadaşının anladığından emin değildi. Simon gibi bir babaya sahip olmanın nasıl bir şey olduğunu Şişko'ya anlatmakta zorlanmıştı hep ve Şişko'ya bir şeyleri açıklamaya çalışmak nedense gitgide daha zorlaşıyordu.

Andrew bilgisayar öğretmeni uzaklaşır uzaklaşmaz internette Reading'i araştırmıştı. Pagford'dan çok daha büyüktü orası. Her yıl müzik festivali yapılıyordu. Londra'ya sadece altmış beş kilometre uzaklıktaydı. Andrew tren tarifesini inceledi. Belki de hafta sonları başkente giderdi; tıpkı şimdi otobüsle Yarvil'e gittiği gibi. Ama bütün bunlar gerçekdışı geliyordu. Hayatı boyunca Pagford'dan başka yer tanımamıştı; ailesinin başka bir yerde var olabileceğini hâlâ hayal bile edemiyordu.

Öğle teneffüsünde, oyalanmadan okuldan çıkıp Şişko'yu bulmaya çalıştı. Okul bahçesindekilerin görüş alanından çıkar çıkmaz sigara yaktı ve çakmağını rahat bir edayla cebine geri koyarken bir kızın, "Selam" diyen sesini duydu, keyifle döndü. Gaia ile Sukhvinder yanına gelmişlerdi.

"N'aber" dedi Andrew, Gaia'nın güzel yüzüne duman üflememek için başını yana çevirerek.

Bugünlerde üçünün arasında başka kimsenin sahip olmadığı bir şey vardı. Kafede iki hafta sonu boyunca birlikte çalışmaları, aralarında az çok bir bağ oluşmasına yol açmıştı. Howard'ın beylik laflarını biliyorlardı, Maureen'in onların ev hayatları hakkında bilgi almak için sapık gibi sorular sorup durmasına katlanmışlardı; kadının fazla kısa etekli garson elbisesinin açıkta bıraktığı buruşuk dizlerine bakıp birlikte kıs kıs gülmüşlerdi ve özel hayatlarıyla ilgili önemsiz bilgileri yabancı bir diyardaki tacirler gibi takas etmişlerdi. Dolayısıyla kızlar Andrew'nun babasının işten kovulduğunu biliyorlardı; Andrew ile Sukhvinder, Gaia'nın Hackney'ye trenle geri dönmek için bilet parası biriktirmek amacıyla çalıştığını biliyorlardı; Andrew ile Gaia da, Sukhvinder'in annesinin onun Howard Mollison'ın yanında çalışmasından nefret ettiğini biliyorlardı.

"Arkadaşın Şişko nerede?" diye sordu Gaia, yan yana yürürlerken.

"Bilmem" dedi Andrew. "Görmedim."

"Boş ver onu" dedi Gaia. "Günde kaç sigara içiyorsun?"

"Saymıyorum" dedi Andrew; kızın ilgisine çok sevinmişti. "İster misin?"

"Hayır" dedi Gaia. "Sigara içmeyi sevmiyorum."

Andrew kızın sigara içen insanlarla öpüşmeyi sevip sevmediğini merak etti hemen. Okul diskosunda dilini Niamh Fairbrother'ın ağzına soktuğunda, o kız yakınmamıştı.

"Marco sigara içmiyor mu?" diye sordu Sukhvinder.

"Hayır, gece gündüz spor yapıyor" dedi Gaia.

Andrew, Marco de Luca'ya neredeyse alışmıştı artık. Gaia'nın Pagford'un dışında yaşayan bir müttefik tarafından korunmasının avantajları vardı. Marco ile Gaia'nın kızın Facebook sayfasındaki, birlikte çekilmiş fotoğrafları artık rahatsızlık vermiyordu; Andrew onlara alışmıştı. Gaia ile Marco giderek daha az ve daha soğuk yazışıyor gibiydiler. Andrew onların telefon ya da e-posta yoluyla neler konuştuklarını bilemese de, Marco'dan bahsedildiğinde Gaia'nın keyifsizleştiğinden emindi.

"Ah, bak oradaymış" dedi Gaia.

Yakışıklı Marco'yu değil, gazete bayisinin önünde Dane Tully ile konuşan Şişko Wall'u kastetmişti.

Sukhvinder durdu, ama Gaia onu kolundan tuttu.

"İstediğin yerde yürüyebilirsin" dedi ve kızı hafifçe çekerek yürüttü; Şişko ile Dane'in sigara içtikleri yere yaklaşırlarken benekli, yeşil gözlerini kıstı.

"Selam Arf" diye seslendi Şişko, üçü yaklaşınca.

"Şişko" dedi Andrew.

Bela çıkmasını, özellikle de Şişko'nun Gaia'nın yanında Sukhvinder'le dalga geçmesini engellemek için, "Mesajımı aldın mı?" diye sordu.

"Hangi mesajı?" dedi Şişko. "Ha, evet... Si'yle ilgili olanı diyorsun? Taşınıyorsunuz ha?"

Andrew, Şişko'nun kibirli ve umursamaz bir edayla konuşmasını Dane Tully'nin varlığına yordu.

"Hı hı, olabilir" dedi.

"Nereye gidiyorsunuz?" diye sordu Gaia.

"Babam Reading'den iş teklifi aldı" dedi Andrew.

"Aaa, benim babam orada oturuyor!" dedi Gaia şaşırarak. "Oraya gittiğim zamanlarda birlikte takılabiliriz. Festivali müthiştir. Sandviç ister misin Sooks?"

Andrew kızın birlikte zaman geçirmeleri teklifine öyle şaşırdı ki, kendini olumlu yanıt verebilecek kadar topladığında kız gazete bayisine girip gözden kaybolmuştu bile. Kirli otobüs durağı, gazete bayisi, hatta dövmeli, tişört ve eşofman altı giymiş pejmürde Dane Tully bile kutsal bir ışıkla aydınlandılar sanki.

"Eh, yapacak işlerim var" dedi Şişko.

Dane kıs kıs güldü. Andrew'nun bir şey söylemesine veya eşlik etme teklifinde bulunmasına fırsat kalmadan Şişko geniş adımlarla uzaklaştı.

Şişko soğuk tavrının Andrew'yu şaşırttığından ve gücendirdiğinden emindi ve bundan memnundu. Neden memnun olduğunu, neden son birkaç gündür en yoğun arzusunun başkalarına acı çektirmek olduğunu da sormadı kendine. İnsanın kendi davranışlarının sebeplerini sorgulamasının sahici bir tavır olmadığına karar vermişti; kişisel felsefesini geliştirmesi, kendini akışa bırakmasını kolaylaştırmıştı.

Fields'a girerken, gece evde olanları düşündü; Göz'den yumruk yemesinden sonra ilk kez annesi yatak odasına gelmişti.

("Belediye Meclisi'nin internet sitesinde yayımlanan, babanla ilgili o mesaj" demişti kadın. "Sana bunu sormak zorundayım Stuart ve umarım... Stuart, o mesajı sen mi yazdın?"

Kadının onu suçlayacak cesareti toplaması birkaç gün sürmüştü ve Şişko hazırlıklıydı.

"Hayır" demişti.

Evet demesi daha sahici bir davranış olurdu belki, ama Şişko bunu yapmamayı tercih etmişti ve kendini haklı çıkarmak zorunda olmadığını düşünüyordu.

"Sen yazmadın mı?" diye tekrar sormuştu kadın, ses tonunu ya da yüz ifadesini değiştirmeden.

"Hayır" diye tekrarlamıştı Şişko.

"Çünkü babanla ilgili o şeyi... onu kaygılandıran şeyi çok ama çok az kişi biliyor..."

"Eh, ben değildim."

"O mesaj babanla tartıştığın akşam yayımlandı, babanın sana vurduğu..."

"Ben yapmadım dedim ya."

"O hasta, bunu biliyorsun Stuart."

"Hı hı, öyle deyip duruyorsun sen de."

"Öyle deyip duruyorum, çünkü doğru! Elinde değil onun... korkunç acılar ve sıkıntılar çekmesine yol açan ciddi bir zihinsel rahatsızlığı var."

Cep telefonu bipleyen Şişko, aşağı doğru göz atmış ve Andrew'nun gönderdiği mesajı görmüştü. Mesajı okuyunca karnına yumruk yemiş gibi olmuştu. Arf temelli gidiyordu.

"Seninle konuşuyorum Stuart..."

"Biliyorum... ne?"

"Bütün o mesajlar... Simon Price, Parminder, baban... sen bu insanların hepsini tanıyorsun. Bu işin arkasında sen varsan..."

"Ben yapmadım dedim sana."

"... insanlara çok büyük zarar veriyorsun. İnsanların hayatlarını mahvediyorsun Stuart."

Şişko, Andrew'nun olmadığı bir hayatı hayal etmeye çalışmıştı. Dört yaşından beri tanışıyorlardı.

"Ben yapmadım" demişti.)

İnsanların hayatlarını mahvediyorsun.

Kendi düşen ağlamaz diye düşündü Şişko horgörüyle, Foley Yolu'na saparken. Barry Fairbrother'ın Hayaleti'nin kurbanları ikiyüzlü ve yalancıydılar, ayrıca ifşa edilmekten hoşlanmıyorlardı. Parlak ışıktan kaçan salak böceklerdi. Gerçek hayatı hiç tanımıyorlardı.

İlerideki bir evin çimenliğinde bir araba lastiği yatıyordu. O evin büyük ihtimalle Krystal'ın evi olduğunu tahmin eden Şişko, numaraya bakınca haklı olduğunu anladı. Buraya ilk kez geliyordu. İki hafta öncesine kadar, Krystal'la öğle teneffüsünde onun evinde buluşmayı asla kabul etmezdi, ama durum değişmişti. Şişko değişmişti.

Kızın annesinin fahişe olduğunu söylüyorlardı. Kadının keş olduğu kesindi. Krystal evin boş olacağını, çünkü annesinin metadon almak için Bellchapel Bağımlılık Kliniği'ne gideceğini söylemişti. Şişko bahçe yolunda yürürken adımlarını yavaşlatmasa da, beklenmedik bir kaygıya kapıldı.

Krystal onu yatak odasının penceresinden seyrediyordu. Alt kattaki bütün odaların kapılarını kapamıştı, böylece Şişko yalnızca holü görecekti; Krystal hole atılmış eşyaları oturma odası ile mutfağa koymuştu. Halı sert ve yer yer yanıktı, duvar kâğıdı da lekeliydi, ama Krystal'ın bu konuda yapabileceği bir şey yoktu. Çam kokulu dezenfektan bitmişti, ama Krystal çamaşır suyu bulmuş ve evdeki en kötü kokuların kaynağı olan mutfak ile banyoyu silmişti.

Şişko kapıyı çalınca Krystal koşarak alt kata indi. Çok zamanları yoktu; Terri muhtemelen saat birde Robbie'yle birlikte dönerdi. Bebek yapmak için çok zaman yoktu.

"Selam" dedi kapıyı açınca.

"N'aber?" dedi Şişko, burnundan duman çıkararak.

Nasıl bir yer beklediğini bilmiyordu. İçeriye ilk bakışında, evi kirli ve boş bir kutuya benzetti. Mobilya yoktu. Solundaki ve ilerideki kapalı kapılar tuhaf bir şekilde ürkütücüydü.

"Evde bizden başka kimse var mı?" diye sordu içeri girerken.

"Yok" dedi Krystal. "Yukarı çıkabiliriz. Benim odama."

Öne düştü. Evin içinde ilerledikçe koku daha berbat bir hal alıyordu: çamaşır suyu ve pislik kokusu. Şişko umursamamaya çalıştı. Sahanlıktaki bütün kapılar, bir tanesi hariç kapalıydı. Krystal o odaya girdi.

Şişko afalladığını belli etmek istemedi, ama odada çarşafla ve kılıfsız bir yorganla örtülü bir şilteden ve bir köşede ufak bir yığın halinde duran giysilerden başka bir şey yoktu. Bulvar gazetelerinden kesilmiş birkaç fotoğraf duvara selobantla yapıştırılmıştı; pop yıldızlarının, ünlü insanların fotoğrafları.

Krystal bu kolajı dün, Nikki'nin yatak odasının duvarını taklit ederek hazırlamıştı. Şişko geleceği için, odayı güzelleştirmek istemişti. İnce perdeleri kapamıştı. İçlerinden geçen gün ışığı mavimsi bir renge bürünüyordu.

"Sigara versene" dedi Krystal. "Canım çekti."

Şişko ona vermeden önce sigarayı yaktı. Kızı ilk defa bu kadar kaygılı görüyordu; onun kibirli ve fırlama halini yeğlerdi.

"Çok zamanımız yok" diyen Krystal, sigarayı ağzında tutarak soyunmaya başladı. "Annem gelecek."

"Hı hı, Bellchapel'a gitti değil mi?" dedi Şişko; Krystal'ın sert halini zihninde canlandırmaya çalıştı.

"Hı hı" diyen Krystal şilteye oturup eşofman altını çıkarmaya başladı.

"Ya orayı kapatırlarsa?" diye sordu Şişko, *blazer* ceketini çıkarırken. "Kapatmayı düşünüyorlarmış diye duydum."

"Bilmem" dedi Krystal, ama korkmuştu. Yumurtadan yeni çıkmış bir civciv kadar zayıf iradeli olan annesi küçücük bir sebepten dolayı bile pes edebilirdi.

Krystal iç çamaşırlarına kadar soyunmuştu bile. Şişko ayakkabılarını çıkarırken, kızın yere atılmış giysilerinin yanında duran bir şeyi fark etti: küçük, açık bir plastik mücevher kutusunu ve kutunun içinde kıvrılmış halde duran tanıdık kol saatini.

"O annemin mi?" dedi şaşkınlıkla.

"Ne?" dedi Krystal panikle. "Hayır" diye yalan söyledi. "Cath Ninemin. Sakın!.."

Ama Şişko saati kutudan çıkarmıştı bile.

"Annemin" dedi. Kayışı tanımıştı.

"Değil!"

Krystal dehşete kapılmıştı. Saati çaldığını, onun nereden

geldiğini unutmuştu adeta. Şişko'nun suskunluğundan hoşlanmadı.

Şişko'nun elindeki saat, hem meydan okuyor, hem de azarlıyor gibiydi. Şişko saati cebine attığını ve çıkıp gittiğini hayal etti, hemen ardından da omuz silkerek, saati Kyrstal'a geri verdiğini hayal etti.

"O benim" dedi kız.

Şişko polislik taslamak istemiyordu. Kanunsuz olmak istiyordu. Ama saati ancak, onun Göz'ün armağanı olduğunu hatırlayınca kıza geri verdi ve soyunmaya devam etti. Yüzü kızarmış olan Krystal sutyeni ile külotunu çıkarıp yorganın altına girdi.

Şişko ona yaklaştı; üstünde yalnızca *boxer*'ı vardı ve elinde bir prezervatif paketi tutuyordu.

"Ona ihtiyacımız yok" dedi Krystal boğuk sesle. "Artık hap kullanıyorum."

"Öyle mi?"

Krystal yana çekilip Şişko'ya yer açtı. Şişko yorganın altına girdi. Külotunu çıkarırken, kızın hap konusunda da saat konusunda olduğu gibi yalan söyleyip söylemediğini merak etti. Ama o işi prezervatifsiz yapmayı bir süredir istiyordu zaten.

"Hadi" diye fısıldayan kız, Şişko'nun elindeki küçük prezervatif paketini alıp, yerde buruşuk halde yatan ceketin üstüne attı.

Şişko, Krystal'ın kendisinden hamile kaldığını hayal etti; Tessa ile Göz'ün bunu duydukları zamanki yüz ifadelerini. Kanından, canından olan çocuğunun Fields'ta büyüdüğünü. Göz bu kadarını bile becerememişti.

Kızın üstüne çıktı; bunun gerçek hayat olduğunu biliyordu.

# 8

O akşam saat altı buçukta Howard ile Shirley Mollison, Pagford Kilisesi'nin salonuna girdiler. Shirley'nin kolları deste deste kâğıtlarla doluydu, Howard ise mavili beyazlı Pagford armasıyla süslü makam zincirini asmıştı boynuna.

Döşeme tahtaları, yan yana dizilmiş çizik içindeki masaların başına doğru yürüyen Howard'ın vücudunun muazzam ağırlığı altında gıcırdadılar. Howard bu salonu neredeyse kendi dükkânı kadar severdi. Burayı salı günleri Brownies Kulübü, çarşambalarıysa Kadın Enstitüsü kullanıyordu. Kullanılmış eşya satışları ve jübile kutlamaları, düğünler ve cenazeler düzenlenen bu mekânda küflenmiş giysilerin, kahve kavanozlarının, ev yapımı kekler ile et salatalarının, tozun ve insan vücutlarının, ama en çok da kadim tahtalar ile taşların kokuları vardı. Tavan kirişlerinden sarkan kalın, siyah kabloların ucunda pirinç lambalar asılıydı ve mutfağın çift kanatlı maun kapısı oymalıydı.

Shirley oradan oraya koşturarak kâğıt destelerini masalara dizmeye girişti. Meclis toplantılarına bayılırdı. Howard'ın bu toplantılara başkanlık etmesinin verdiği gurur ve hazzın yanı sıra, Maureen'in katılamıyor olması da ayrı bir keyifti; resmi bir görevi olmayan o kadın, Shirley'nin paylaşmaya tenezzül ettiği ayrıntılarla yetinmek zorunda kalıyordu.

Meclis üyeleri birer ikişer geliyorlardı. Howard onları gür sesiyle selamlıyordu; sesi kirişlerden yankılanıyordu. On altı meclis üyesinin tamamının toplantıya katılması nadir bir durumdu; Howard bugün on iki kişinin gelmesini bekliyordu.

Masaların yarısı dolmuşken Aubrey Fawley geldi; her zamanki gibi rüzgârlı bir yere girercesine, biraz öne eğilip başını iyice eğerek, sanki gönülsüzce girmişti içeriye.

Neşeyle, "Aubrey!" diye seslenen Howard, yeni gelen kişiyi

karşılamak için ilk kez öne çıktı. "Nasılsın? Julia nasıl? Gönderdiğim davetiyeyi aldın mı?"

"Kusura bakma, ben..."

"Altmış beşinci doğum günüm için? Burada... Cumartesi... seçimin ertesi günü."

"Ha, evet, evet. Howard, dışarıda genç bir bayan var... *Yarvil and District* gazetesindenmiş. Alison mı ne?"

"Ha" dedi Howard. "Tuhaf. Yazdığım yazıyı yeni gönderdim ona, bilirsin, hani şu Fairbrother'a cevap olarak yazdığım yazıyı... Belki de onunla ilgilidir... gidip bakayım."

Belli belirsiz bir kaygıya kapılan Howard paytak paytak yürüyerek uzaklaştı. Kapıya yaklaşırken, içeriye Parminder Jawanda girdi; kadın her zamanki gibi kaşlarını çatarak Howard'ın yanından selam vermeden geçti ve Howard bu sefer, "Nasılsın Parminder?" diye sormadı ona.

Howard dışarıya, kaldırıma çıkınca genç, tıknaz, dolgun bir sarışın kadın gördü; kadının sarsılmaz neşesinin, kendisininki gibi kararlılık göstergesi olduğunu anladı hemen. Elinde not defteri tutan kadın, çift kanatlı kapının üstündeki Sweetlove yazısına bakıyordu.

"Merhaba, merhaba" dedi Howard biraz soluk soluğa. "Alison, değil mi? Howard Mollison. Yazımın berbat olduğunu söylemek için mi onca yoldan geldiniz?"

Kadın gülümsedi ve Howard'ın uzattığı elini sıktı.

"Yo, hayır, yazınızı beğendik" diyerek Howard'ı rahatlattı. "İşler çok ilginç bir hal almaya başladığından, gelip meclis toplantısına katılayım dedim. Sizin için sorun olmaz değil mi? Basının toplantılara katılma hakkı var diye biliyorum. Bütün kuralları okudum."

Kadın konuşurken kapıya doğru yürüyordu.

"Evet, evet, basının öyle bir hakkı var" dedi Howard kadının peşinden giderken; kapıda kibarca duraklayıp ona yol verdi. "*Kamera* yasak ama."

Howard dönüp kendisine bakan kadının dişlerini akşam loşluğunda bile seçebildi.

"Mesaj panonuzda yapılan bütün o suçlamalara ne diyorsunuz? Barry Fairbrother'ın Hayaleti'nin suçlamalarına?"

"Aa hayır" dedi hırıltılı bir sesle Howard, kadının gülümseyişine karşılık vererek. "*Bunlar* haber değeri taşıyor olamazlar. İnternette yayımlanan bir iki salak yorum."

"Sadece bir iki tane mi? Duyduğuma göre siteden bir sürü mesaj silinmiş."

"Hayır, hayır, bu doğru değil" dedi Howard. "Bildiğim kadarıyla öyle iki üç mesaj vardı sadece. İğrenç, saçma sapan laflar. Bence" dedi anında uydurarak, "bir çocuğun işi bu."

"Bir çocuğun mu?"

"Bilirsiniz. Eğlenmek isteyen yeniyetmelerin."

"Yeniyetmeler neden meclis üyelerini hedef alsınlar ki?" diye sordu kadın gülümsemeyi sürdürerek. "Duyduğuma göre kurbanlardan biri işini kaybetmiş. Sitenizde ona karşı yöneltilen suçlamalar yüzünden olabilir."

"Bunu bilmiyordum" diye yalan söyledi Howard. Shirley, önceki gün hastanede Ruth'tan aldığı haberi Howard'a aktarmıştı.

"Anladığım kadarıyla" dedi Alison, aydınlık salona birlikte girerlerken, "gündeminizde Bellchapel varmış. Siz ve Bay Fairbrother yazılarınızda fikirlerinizi gayet iyi savundunuz... Bay Fairbrother'ın yazısını yayımladıktan sonra epey mektup aldık. Editörümün hoşuna gitti bu. İnsanlara mektup yazdıran her şey..."

"Evet, onları gördüm" dedi Howard. "Kimse klinikle ilgili iyi şeyler söylemiyordu, değil mi?"

Masada oturan meclis üyeleri o ikisini seyrediyorlardı. Gülümsemeyi sürdüren Alison Jenkins onların bakışlarına karşılık verdi.

"Size sandalye getireyim" diyen Howard, yakında üst üste duran sandalyelerden birini alıp masanın üç metre kadar uzağına koydu.

"Teşekkürler." Kadın sandalyeyi bir buçuk metre kadar öne çekti.

"Bayanlar, baylar" dedi Howard, "bugün aramızda bir basın mensubu var. *Yarvil and District* gazetesinden Bayan Alison Jenkins."

Masadakilerden birkaçı Alison'ın varlığını ilginç ve hoş bulmuş gibi görünseler de, çoğu huzursuz olmuşa benziyordu. Howard masanın başına geri döndü; Aubrey ile Shirley şimdiden ona sorgulayan gözlerle bakıyorlardı.

Howard plastik sandalyeye ihtiyatla otururken (bir önceki toplantıda oturduğu sandalye kırılmıştı), "Barry Fairbrother'ın Hayaleti" diye fısıldadı onlara. "Ve Bellchapel. İşte Tony!" diye bağırınca Aubrey yerinden sıçradı. "Gelsene Tony... Henry ile Sheila'yı birkaç dakika daha bekleyelim, tamam mı?"

Masadakiler her zamankinden alçak sesle fısıldaşıyorlardı. Alison Jenkins not defterine bir şeyler yazmaya başlamıştı bile. *Bu lanet olası Fairbrother'ın suçu* diye düşündü Howard öfkeyle. Basını o adam davet etmişti. Howard, Barry ile Hayalet'in aynı kişi olduklarını düşündü bir an; adam öldükten sonra bile sorun çıkarıyordu.

Shirley gibi Parminder de toplantıya bir deste kâğıt getirmişti ve bunların tepesinde, kimseyle konuşmak zorunda kalmamak için okur numarası yapacağı gündem duruyordu. Aslında neredeyse tam arkasında oturan kadındaydı aklı. Catherine Weedon'ın ölümü *Yarvil and District* gazetesinde haber olmuştu ve her ne kadar kadının ailesinin Doktor Parminder'den şikâyetçi olmasından bahsedilmese de, bu muhabir Parminder'in kim olduğunu biliyordu şüphesiz. Belki de Alison Belediye Meclisi'nin internet sitesinde yayımlanan, Parminder'le ilgili mesajı öğrenmişti.

*Sakin ol. Colin'e benzemeye başladın.*

Howard biraz daha beklemelerini söylüyordu, ama Parminder kendi kanının kulaklarındaki uğultusunu duyuyordu sadece.

"Şimdi, kimsenin itirazı yoksa" dedi Howard, "sekizinci ve dokuzuncu maddelerden başlayalım, çünkü Şehir Meclisi Üyesi Fawley'nin o iki maddeyle ilgili haberleri var ve kendisi fazla kalamayacak..."

"Sekiz buçuğa kadar vaktim var" dedi Aubrey kol saatine bakarak.

"... evet, yani itirazı olan yoksa... yok mu? Söz sende Aubrey."

Aubrey durumu sade bir dille ve duygusuzca açıkladı. Yeni bir sınır değerlendirmesi yapılacaktı ve ilk defa bazı Yarvil'liler de Fields'ın Yarvil'e bağlanmasını istiyorlardı. Fields'ı Yarvil'e katmanın maliyetinin göreceli olarak düşük olacağını ve Fields'taki hükümet karşıtı seçmenlerin, 1950'lerden beri seçimleri muhafazakârların kazandığı Pagford'da harcanmak yerine Yarvil'de faydalı olabileceklerini düşünenler vardı. Bu mesele işleyişi sadeleştirme ve kolaylaştırma kisvesi altında halledilebilirdi. Fields'ın masraflarının çoğunu zaten Yarvil karşılıyordu.

Aubrey son olarak, Pagford'un o siteden kurtulmak istemesi durumunda Şehir Meclisi'ne başvuru yapılmasının iyi olacağını söyledi.

"... sizden iyi ve net bir teklif gelirse" dedi, "bence bu sefer gerçekten..."

Bir çiftçi, "Daha önce hiç işe yaramadı" deyince mırıldanarak ona katılanlar oldu.

"Ama John, daha önce başvuru yapmamız istenmemişti hiç" dedi Howard.

"Kararımızı açıklamadan önce kendi aramızda netleştirmemiz gerekmiyor mu?" diye sordu Parminder buz gibi bir sesle.

"Tamam" dedi Howard alttan alarak. "Siz başlamak ister misiniz Doktor Jawanda?"

"Barry'nin gazetede çıkan yazısını kaçınız okudunuz bilmiyorum" dedi Parminder. Herkes ona bakıyordu; Parminder kendisi hakkındaki mesajı da, arkasında oturan muhabiri de düşünmemeye çalıştı. "Bence o yazıda Fields'ın neden Pagford'a bağlı kalması gerektiği gayet güzel açıklanıyor."

Parminder harıl harıl bir şeyler yazan Shirley'nin, kalemine bakarak hafifçe gülümsediğini gördü.

Masanın ucunda oturan Betty adlı yaşlı kadın, "Bunun Krystal Weedon gibi insanların yararına olacağını söyleyerek mi?" dedi. Parminder o kadından nefret etmişti hep.

"Bize Fields'ta yaşayan insanların da bizden olduklarını hatırlatarak" diye karşılık verdi.

"Onlar kendilerini Yarvil'li olarak görüyorlar" dedi çiftçi. "Hep öyle gördüler."

"Bir doğa gezisinde" dedi Betty, "Krystal Weedon'ın başka bir çocuğu iterek nehre düşürdüğünü hatırlıyorum."

"Hayır, öyle bir şey yapmadı" dedi Parminder öfkeyle, "kızım oradaydı... iki oğlan kavga ediyorlarmış... neyse..."

"Ben Krystal Weedon yapmış diye duydum" dedi Betty.

"Yanlış duymuşsunuz" dedi Parminder; ama bunu bağırarak söyledi.

Herkes afalladı. Parminder de afallamıştı. Sesi eski duvarlardan yankılandı. Parminder yutkunmakta zorlandı; başını eğip gündeme bakarken, John'un çok uzaklardan gelen sesini duydu.

"Barry o kızdan bahsedeceğine kendinden bahsetse daha iyi ederdi. St. Thomas'ta okumak ona çok şey kazandırdı."

"Mesele şu ki, her Barry'ye karşılık" dedi başka bir kadın, "bir sürü maganda var orada."

"Onlar Yarvil'liler, işin özeti bu" dedi bir adam, "Yarvil'e aitler."

"Bu doğru değil" dedi Parminder sesini yükseltmemeye özen göstererek; ama hepsi onu dinlemek için sustular; tekrar bağırmasını bekliyorlardı. "Kesinlikle doğru değil. Weedon'lara bakın. Barry'nin yazısının anafikri buydu. O aile yıllarca Pagford'da oturdu, ama..."

"Yarvil'e taşındılar!" dedi Betty.

"Burada ev bulamadılar" dedi Parminder sinirlenmemeye çalışarak, "çünkü hiçbiriniz kasabanın civarında yeni bir site kurulmasını istemediniz."

"Kusura bakma ama sen burada değildin" dedi Betty; yüzü pembeleşmişti ve yapmacık bir şekilde Parminder'e bakmamaya özen gösteriyordu. "Olanları bilmiyorsun."

Meclis üyeleri kendi aralarında konuşmaya başlamışlardı: Küçük gruplar halinde konuşuyorlardı ve Parminder söylenenleri anlamıyordu. Boğazına bir yumru oturmuştu, insanlarla göz göze gelmeye korkuyordu.

Howard, "Oylama yapalım mı?" diye bağırınca tekrar sessizlik çöktü. "Pagford'un sınırının geriye çekilmesini ve Fields'ın yetki alanımızdan çıkmasını istediğimizi Şehir Meclisi'ne söylemekten yana olanlar el kaldırsın."

Parminder'in yumrukları kucağında duruyordu ve tırnakları avuçlarına batıyordu. Giysi kollarının hışırtıları geliyordu dört bir yanından.

"Harika!" diyen Howard'ın neşeli, muzaffer sesi kirişlerden yankılandı. "Eh, Tony ve Helen'la birlikte taslak hazırlarım ben, herkese göndeririz, ardından da son halini yazarız. Harika!"

Birkaç meclis üyesi alkışladı. Bulanık görmeye başlayan Parminder gözlerini kırpıştırdı. Önündeki gündem kâh netleşiyor kâh bulanıklaşıyordu. Sessizlik uzayınca başını kaldırıp baktı: Fazla heyecanlanan Howard astım spreyini kullanmak zorunda kalmıştı ve diğer meclis üyeleri kaygıyla onu seyrediyorlardı.

Yüzü kızarmış olan Howard astım spreyini cebine koyup, "Tamam öyleyse" diye hırıldadı gülümseyerek, "kimsenin ekleyeceği bir şey yoksa" –bir an durakladı– "dokuzuncu maddeye geçelim. Bellchapel. Aubrey'nin bu konuda da bize söyleyecekleri var."

*Barry buna izin vermezdi. Tartışırdı. John'u güldürürdü ve bizi desteklemesini sağlardı. Krystal'la değil kendisiyle ilgili yazmalıydı... Onu hayal kırıklığına uğrattım.*

"Teşekkürler Howard" dedi Aubrey; kanı kulaklarında uğuldayan Parminder, tırnaklarını avuçlarına biraz daha batırdı. "Bildiğiniz gibi şehir belediyesi olarak harcamalarımızda büyük kısıntılara gitmek durumundayız..."

*Bana âşıktı, bana ne zaman baksa gözlerinden okunuyordu bu, gizlemekte zorlanıyordu...*

"... ve ele almamız gereken projelerden biri de Bellchapel" dedi Aubrey. "Sizlerle bu konuda konuşmak istedim, çünkü hepinizin bildiği gibi binanın sahibi kasaba belediyesi..."

"... ve kira kontratının süresi dolmak üzere" dedi Howard. "Evet."

"Ama o eski binayla başka ilgilenen yok, değil mi?" diye sordu emekli bir muhasebeci, masanın diğer ucundan. "Duyduğuma göre epey harap durumdaymış."

"Ah, yeni kiracı bulabileceğimizden eminim" dedi Howard istifini bozmadan, "ama asıl mesele o değil. Mesele kliniğin faydalı olduğunu düşünüp düşünmediğimiz..."

"Mesele kesinlikle bu değil" dedi Parminder, adamın sözünü keserek. "Kliniğin faydalı olup olmadığına karar vermek Belediye Meclisi'nin işi değil ki. Onların maaşlarını biz ödemiyoruz. Bizim sorumluluğumuzda değiller."

"Ama bina bizim" dedi Howard hâlâ gülümseyerek, hâlâ kibarca, "dolayısıyla çok doğal bir şekilde şunu düşünmemiz..."

"Kliniğin performansıyla ilgili bilgilere bakacaksak, önümüzde karşılaştırmalı bir tablo olması çok önemli bence" dedi Parminder.

"Kusura bakma ama" dedi Shirley, masanın başından Parminder'e gözlerini kırpıştırarak bakarken, "Başkanın sözünü kesmesen olur mu Jawanda? Herkes birden konuşunca not almak çok zor oluyor. Şimdi de ben araya girmiş oldum" diye ekledi gülümseyerek. "Kusura bakmayın!"

"Belediyenin o binadan gelir sağlamaya devam etmesi gerektiği konusunda hemfikiriz sanırım" dedi Parminder, Shirley'ye aldırmadan. "Ve bildiğim kadarıyla şu an başka kiracı adayı yok. Dolayısıyla kliniğin kira kontratını yenileyip yenilememeyi neden konuştuğumuzu anlamıyorum."

"Kimseyi iyileştirdikleri yok" dedi Betty. "Uyuşturucu dağıtıyorlar sadece. Şahsen ben gitmelerinden memnun olurum."

"Şehir Meclisi olarak çok zor kararlar vermemiz gerekiyor" dedi Aubrey Fawley. "Devlet yerel yönetimin bir milyar *pound*'dan fazla tasarruf yapmasını istiyor. Bazı hizmetleri vermeyi sürdüremeyiz artık. Durum bu."

Parminder diğer meclis üyelerinin Aubrey'nin ağzının içine düşmelerinden, onun kalın ve kontrollü sesini mest olmuş bir şekilde dinlemelerinden, o konuşurken emme basma tulumba gibi kafa sallamalarından nefret ediyordu. Bazılarının kendisine "Bezdiren" dediklerinin farkındaydı.

"Araştırmalar ekonomik kriz zamanlarında uyuşturucu kullanımının arttığını gösteriyor" dedi Parminder.

"Bu onların seçimi" dedi Betty. "Kimse onları uyuşturucu kullanmaya zorlamıyor."

Parminder destek almak için masaya bakındı. Shirley ona gülümsedi.

"Bazı zor seçimler yapmamız gerekiyor" dedi Aubrey.

"Yani Howard'la kafa kafaya verdiniz" dedi Parminder sesini yükselterek, "ve kliniği kapı dışarı etmek istiyorsunuz."

"Suçlulara harcanan paralar daha iyi şekillerde değerlendirilebilir" dedi muhasebeci.

"Bana kalsa onlara yapılan tüm yardımları keserim" dedi Betty.

"Bu toplantıya davet edilmemin sebebi, hepinizi Şehir Meclisi'nin içinde bulunduğu durumla ilgili bilgilendirmekti" dedi Aubrey. "Sadece bunun için geldim Doktor Jawanda."

Howard bir başka meclis üyesini, elini kaldırmış ve son bir dakikadır kendi fikirlerini duyurmaya çalışan bir kadını göstererek, "Helen" dedi.

Parminder kadının söylediklerini duymadı. Gündeminin altında duran kâğıt yığınını, Kay Bawden'ın üstünde onca zaman harcadığı belgeleri tamamen unutmuştu: istatistikleri, başarılı vakaların profillerini, metadonun eroin tedavisindeki faydalarını açıklayan yazıyı; eroin bağımlılığının mali ve toplumsal zararlarıyla ilgili araştırmaları. Etrafındaki her şey sanki biraz akışkanlaşmış, gerçeküstü bir hal almıştı; hayatında hiç patlamadığı gibi patlayacağını biliyordu ve pişmanlık duyması anlamsızdı, çünkü bunu engelleyemez ve gerçekleşmesini seyretmekten başka bir şey yapamazdı; artık çok geçti, çok ama çok geçti...

"... devletten geçinme kültürü" diyordu Aubrey Fawley. "Hayatlarında tek bir gün bile çalışmamış insanlar."

"Ve şunu kabul edelim ki" dedi Howard, "bu sorunun çözümü basit. *Uyuşturucu kullanmayı kessinler.*"

Uzlaşmacı bir edayla gülümseyerek Parminder'e döndü. "Buna 'soğuk hindi yöntemi' diyorlar, değil mi Doktor Jawanda?"

"Ah, bağımlılıklarının sorumluluğunu üstlenip davranışlarını değiştirsinler diyorsun yani?" dedi Parminder.

"Kısacası evet."

"Devleti daha fazla zarara uğratmadan."

"Kesinlik..."

"Peki ya sen" dedi Parminder yüksek sesle, etrafına sessizlik çökerken, "*sen* mideni tıka basa doldurmayı kesemediğin için Sağlık Bakanlığı'nı on binlerce *pound* zarara uğrattığının farkında mısın Howard Mollison?"

Howard'ın boynundan yanaklarına kırmızılık yayılıyordu.

"Geçirdiğin baypas ameliyatının, kullandığın ilaçların ve hastanede o kadar uzun süre kalmanın devlete ne kadara mal olduğunu biliyor musun? Sırf kilo vermeyi reddettiğin için astım, tansiyon ve iflah olmaz cilt sorunları yaşıyorsun; bunlar yüzünden olduğun muayenelerin kaça patladığını biliyor musun?"

Parminder'in sesi yükselip çığlığa dönüşürken, diğer meclis üyeleri Howard'ı savunmaya başladılar; Shirley ayağa kalkmıştı; Parminder el kol hareketleri yaparken, dağıtmış olduğu kâğıtları tutup buruştururken bağırmayı sürdürdü.

"Doktor hasta mahremiyeti diye bir şey yok mu?" diye bağırdı Shirley. "Rezalet bu! Resmen rezalet!"

Kendini salonun kapısında bulan Parminder sinirden ağlayarak dışarı çıkarken, Betty'nin onun hemen meclisten ihraç edilmesini talep ettiğini işitti; salondan koşar adım uzaklaşırken, adeta bir depreme neden olduğunun farkındaydı ve tek istediği karanlık tarafından yutulmak, ebediyen ortadan kaybolmaktı.

## 9

*Yarvil and District* gazetesi, Pagford Belediye Meclisi'nin bugüne kadar yaşanmış en tartışmalı toplantısını haber yaparken ihtiyatlı davrandı. Bunun pek etkisi olmadı; sansürlenmiş haber, o toplantıda yer alan görgü tanıklarının ifadeleriyle katlanarak büyüdü, kasabaya dedikoduların yayılmasına yol açtı. Üstüne üstlük, Alison Jenkins'in yazdığı ve ön sayfada yayımlanan haberde, ölen Barry Fairbrother'ın ismiyle yapılan internet saldırılarından ayrıntılarıyla bahsedildi: "*Bu saldırılar birçok spekülasyona ve öfkeye yol açtı. Haberin devamı dördüncü sayfada.*" Suçlanan kişilerin isimlerine ve onlara yöneltilen suçlamaların ayrıntılarına yer verilmese de, gazetede "ciddi suçlamalar" ve "kanunsuz faaliyetler" sözlerini görmek Howard'ı mesajlardan bile daha çok rahatsız etti.

"İlk mesaj yayımlanır yayımlanmaz sitenin güvenliğini artırmalıydık" dedi karısı ile iş ortağına, gazlı şöminesinin önünde.

Sessizce yağan bahar yağmuru pencereyi ıslatıyordu ve arka bahçedeki çimlerin üzerinde küçük, kırmızı parıltılar seçiliyordu. Üşüyen Howard sahte kömürlerden yayılan tüm ısıyı emiyordu sanki. Son birkaç gündür şarküteri ile kafeye gelen neredeyse herkes mesajlarla, Barry Fairbrother'ın Hayaleti'yle ve Parminder Jawanda'nın meclis toplantısında bağırıp çağırmasıyla ilgili dedikodu yapıyordu. Howard kadının o toplantıda haykırarak söylediği şeyleri herkesin öğrenmesinden nefret ediyordu. Hayatında ilk kez, kendi dükkânındayken rahatsızlık duyuyor ve Pagford'daki, şimdiye kadar sarsılmaz olarak gördüğü konumunu yitirmekten korkuyordu. Barry Fairbrother'ın yerine geçecek kişiyi belirleyecek seçim ertesi gün yapılacaktı ve Howard'ın iyimserliğinin, heyecanının yerini kaygı ve gerginlik almıştı.

"Bu mesele bize büyük zarar verdi. *Büyük* zarar verdi" diye tekrarladı. Eli, kaşınan karnına gitti kendiliğinden, ama Howard elini geri çekti ve kaşıntıya bir çilecinin yüz ifadesiyle katlandı. Doktor Jawanda'nın mecliste ve basının önünde haykırdığı sözleri unutmayacaktı. Howard ile Shirley, Genel Tıp Konseyi'nin kurallarını incelemiş, Doktor Crawford'la görüşmüş ve yazılı şikâyette bulunmuşlardı bile. Parminder'in o günden beri işe gitmemesi, yaptığı şeyden pişmanlık duyduğunu gösteriyordu. Yine de Howard o kadın kendisine haykırırken yüzünde gördüğü ifadeyi unutamıyordu. Bir başka insanın yüzünde öyle derin bir nefret görmek sarsıcı olmuştu.

"Bütün bunlar geçecek" dedi Shirley, Howard'ı rahatlatmak için.

"Ben o kadar emin değilim" dedi Howard. "Ben o kadar emin değilim. Bizim için kötü oldu. Meclis için. Basının önünde tartışmak. Bölünmüş gibi görünüyoruz. Aubrey, Şehir Meclisi'ndekilerin hoşnut olmadıklarını söylüyor. Bu mesele, Fields'la ilgili başvurumuza gölge düşürdü. Uluorta ağız dalaşı yapıyoruz, her şey kirleniyor... meclisimiz kasaba adına konuşuyormuş gibi görünmüyor."

"Ama öyle" dedi Shirley hafifçe gülerek. "Pagford'daki hiç kimse... neredeyse hiç kimse Fields'ı istemiyor."

"Gazetede bizi sanki Fields yandaşlarına baskı yapıyormuşuz gibi gösterdiler. Onları sindirmeye çalışıyormuşuz gibi" dedi Howard, sonunda kendini tutamayıp hatır hatır kaşınırken. "Tamam, Aubrey öyle yapmadığımızı biliyor, ama o muhabir durumu çarpıttı. Ve size şunu söyleyeyim. Eğer Yarvil bizi beceriksiz ya da lekelenmiş durumuna düşürmeyi başarırsa... bizi alt etmek için fırsat kolluyorlar yıllardır."

"Öyle bir şey olmaz" dedi Shirley hemen. "Mümkün değil."

"Bitti sanmıştım" dedi Howard, karısına aldırmadan Fields'ı düşünerek. "Başardık sanmıştım. Nihayet onlardan kurtulduğumuzu sanmıştım."

Defalarca okuduğu gazete haberinde, site ile Bellchapel Bağımlılık Kliniği'nin Pagford'un kaynaklarını sömürmesiyle ilgili kısım iki skandalın, Parminder'in bağırıp çağırmasının ve Barry Fairbrother'ın Hayaleti'nin tamamen gölgesinde kalmıştı. Howard, Simon Price'a yöneltilen suçlamalardan ne kadar haz aldığını ve o mesajı silmeyi ancak Price'ın karısı rica edince akıl ettiğini tamamen unutmuştu.

"Şehir Meclisi'nden bir e-posta aldım" dedi Maureen'e, "internet sitesiyle ilgili. Karalayıcı mesajlara karşı nasıl önlemler aldığımızı soruyorlar. Güvenliğin yetersiz olduğunu düşünüyorlar."

Kocasının kendisini suçladığını sezen Shirley soğuk bir edayla, "Dedim ya, ben o meseleyi hallettim Howard" dedi.

Dün Howard işteyken, bir arkadaşlarının yeğeni gelmişti. Delikanlı bilgisayar okuyordu. Shirley'ye, bilgisayar korsanlığına karşı son derece savunmasız olan o siteyi kapatmalarını ve "işi bilen birine" yeni bir site yaptırmalarını tavsiye etmişti.

Shirley genç adamın kullandığı teknik jargonun onda birini ancak anlamıştı. "Bilgisayar korsanlarının" sitelere izinsiz girdiklerini biliyordu ve anlaşılmaz laflar eden öğrenci sonunda susunca, aklı karışmış olan Shirley, Hayalet belki de laf arasında insanların ağızlarını arayarak, kurnazca şifrelerini ele geçirmiştir diye düşünmüştü.

Dolayısıyla tanıdığı herkese e-posta göndererek, şifrelerini değiştirmelerini ve yeni şifrelerini kimseyle paylaşmamalarını istemişti. "Ben o meseleyi hallettim" derken kastettiği buydu.

Koruyucusu ve yöneticisi olduğu sitenin kapatılması meselesine gelince, bu konuda hiçbir adım atmamış ve Howard'a bu fikirden bahsetmemişti. Shirley o bilgili genç adamın bahsettiği kadar karmaşık bir güvenlik sistemine sahip bir siteyle idari ve teknik açıdan başa çıkamayacağından korkuyordu. Şimdiki siteyle bile uğraşmakta zorlanıyordu ve yönetici olarak kalmakta kararlıydı.

"Miles seçilirse..." diye söze başladı Shirley, ama Maureen kalın sesiyle araya girdi: "Umalım ki böyle çirkin şeyler Miles'a zarar vermesin. Umalım ki Miles'a karşı tepki oluşmasın."

"İnsanlar Miles'ın bu işle ilgisi olmadığını biliyorlardır" dedi Shirley istifini bozmadan.

Maureen, "Emin misin?" deyince Shirley gıcık oldu resmen. Bu kadın hangi cüretle Shirley'nin oturma odasında oturup da ona karşı çıkabiliyordu? Daha da kötüsü, Howard'ın başıyla onaylayarak Maureen'e destek vermesiydi.

"Ben de bundan çekiniyorum" dedi adam, "ve Miles'a şimdi her zamankinden fazla ihtiyacımız var. Meclisin bütünlüğünün tekrar sağlanması gerek. Bezdiren'in söylediklerinden sonra –bütün o hengâmeden sonra– Bellchapel konusunda oylama yapmadık bile. Miles'a ihtiyacımız var."

Shirley, Howard'ın Maureen'in tarafını tutmasını sessizce protesto etmek için odadan çıkmıştı. Mutfakta çay fincanlarıyla oyalanırken için için köpürüyordu, neden oturma odasına sadece iki fincan götürüp de Maureen'e çoktan hak ettiği imada bulunmadığını merak ediyordu.

Shirley, Hayalet'e karşı asice bir hayranlık duyuyordu hâlâ. Hayalet, Shirley'nin sevmediği ve hor gördüğü insanların, yıkıcı ve yanlış fikirli insanların foyasını meydana çıkarmıştı. Shirley, Pagford seçmenlerinin kendisi gibi düşüneceklerinden ve Colin Wall denen iğrenç adama değil, Miles'a oy vereceklerinden emindi.

"Oy kullanmaya ne zaman gideceğiz?" diye sordu Howard'a, tıngırdayan çay tepsisini taşıyarak oturma odasına geri dönerken; Maureen'i görmezden geldiğini belli etmeye çalışıyordu (çünkü oy pusulasında isminin yanına çarpı koyacakları kişi kendi oğullarıydı).

Ama Howard kapanış vaktinden sonra üçünün birlikte gitmelerini önerince Shirley'nin canı daha da sıkıldı.

Miles Mollison ertesi günkü oylamadan önce kasabaya hâkim olan gerginlik konusunda en az babası kadar kaygılıydı. Daha o sabah Meydan'ın arkasındaki gazete bayisine girince, yazarkasanın ardındaki kadın ile yaşlı bir müşterinin konuşmalarına tanık olmuştu.

"...Mollison kendini Pagford'un kralı sandı hep" diyordu yaşlı adam, tezgâhtarın donuk yüz ifadesine aldırmadan. "Ben Barry Fairbrother'ı severdim. Tam bir trajedi. Trajedi. Mollison'ların oğlu vasiyetlerimizi hazırlamıştı; kendini beğenmişin teki gibi geldi bana."

Bunu duyunca siniri bozulan Miles dükkândan usulca çıkmıştı; okul çocuğu gibi yüzü kızarmıştı. Konuşması düzgün olan yaşlı adamın o isimsiz mektubu yazan kişi olup olmadığını merak etmişti. Kendini sevilen biri olarak gören Miles'ın inancı sarsılmıştı ve ertesi gün kimseden oy alamazsa ne hissedeceğini hayal etmeye çalışıp duruyordu.

O gece yatağa girmeden önce soyunurken, sessiz karısının makyaj masası aynasındaki yansımasını seyretti. Son günlerde Miles ne zaman seçimden bahsetse Samantha alaycı sözler ediyordu sadece. Miles'ın bu akşam biraz desteğe, biraz rahatlatılmaya ihtiyacı vardı. Şehvet duyguları uyanmıştı. O işi epeydir yapmıyorlardı. En son, Barry Fairbrother'ın ölümünden önceki gece yapmışlardı herhalde. Samantha o gece çakırkeyifti. Biraz içkiye ihtiyacı oluyordu son zamanlarda.

"İşler nasıl?" diye sordu Miles, kadının sutyenini çıkarmasını aynadan seyrederken.

Samantha hemen yanıt vermedi. Dar sutyenin koltukaltlarında bıraktığı derin, koyu kırmızı izleri ovuşturduktan sonra, Miles'a bakmadan "Aslında ben de seninle o konuda konuşmak istiyordum" dedi.

Bunu söylemek zorunda olmaktan nefret ediyordu. Söylememek için haftalarca beklemişti.

"Roy dükkânı kapatmam gerektiğini düşünüyor. İşler kesat."

Miles işlerin ne kadar kesat olduğunu bilse şoka girerdi. Muhasebecisi durumu tüm çıplaklığıyla anlatınca şahsen Samantha girmişti şoka. Samantha durumu zaten biliyordu aslında, ama bilmezden gelmişti. İnsanın kalbinin kabullenmeyi reddettiği şeyleri beyninin bilebilmesi tuhaftı.

"Ah" dedi Miles. "Ama internet sitesi açık kalacak, değil mi?"

"Hı hı" dedi kadın. "İnternet sitesi açık kalacak."

"Eh, bu iyi" dedi Miles moral verir gibi. Samantha'nın dükkânının kapanması ciddi bir mesele olduğundan, Miles neredeyse bir dakika boyunca saygıyla bekledi. Sonra "Bugünkü gazeteyi görmedin sanırım" dedi.

Samantha yastığının üstündeki geceliğini almak için eğilince, Miles onun memelerine bakarak göz ziyafeti çekti. Seks yaparsa rahatlayacağı kesindi.

"Çok üzüldüm Sam" dedi ve geceliğini giyen Samantha'ya arkadan usulca yaklaşıp sarıldı. "Dükkân meselesine. Küçük ama harika bir yerdi. Ve ne kadar zamandır işletiyordun... on yıl mıydı?"

"On dört" dedi Samantha.

Samantha onun ne istediğini biliyordu. Ona git kendi kendine yap sonra da misafir odasında uyu demeyi istedi; ama o zaman tartışma çıkardı, gerginlik olurdu ve Samantha'nın şu an en çok istediği şey iki gün sonra Libby ile birlikte üzerlerinde müzik grubunun tişörtleriyle Londra'ya gitmek ve bütün bir akşamı Jake'le grup arkadaşlarının yakınında geçirmekti. Şimdi Samantha'ya mutluluk verecek tek şey buydu. Dahası, Samantha Howard'ın doğum günü partisine katılmayacağı için hâlâ sinirli olan Miles seks yaparsa yumuşayabilirdi.

Dolayısıyla adamın kendisine sarılmasına ve öpmesine izin verdi. Gözlerini kapatıp adamın üstüne çıktı ve beyaz bir kumsalda Jake'in üstüne çıktığını hayal etti; hayalinde yirmi bir yaşındaki Jake'ten gençti, on dokuz yaşındaydı. Miles'ın uzaktaki bir deniz bisikletinin üstünden dürbünle, hiddetle onları seyrettiğini hayal ederken orgazm oldu.

## 10

Barry'nin koltuğu için yapılacak seçimin sabahında, saat dokuzda Parminder Eski Papaz Evi'nden çıkıp Church Row'da Wall'ların evine doğru yürüdü. Kapıyı çalıp bekledi; sonunda Colin geldi.

Adamın kanlı gözlerinin çevresi ve elmacıkkemiklerinin altı gölgeliydi; sanki derisi incelmiş, giysileri bol gelmeye başlamış gibiydi. Colin hâlâ işe geri dönmemişti. Tam yavaş yavaş kendini toplamaya başlamışken, Parminder'in Howard'la ilgili mahrem tıbbi bilgileri uluorta haykırdığını duyunca tekrar psikolojisi bozulmuştu; birkaç gece önce deri pufta oturmuş, zafer kazanacağından eminmiş gibi konuşan güçlü kuvvetli Colin hiç var olmamıştı sanki.

"Her şey yolunda mı?" diye sordu adam, kapıyı Parminder'in ardından tedirgin bir şekilde kapatırken.

"Evet, yolunda" dedi kadın. "Oy kullanmak için kilise salonuna birlikte gidebiliriz diye düşündüm."

"Ben... hayır" dedi adam usulca. "Kusura bakma."

"Ne hissettiğini biliyorum Colin" dedi Parminder alçak, gergin bir sesle. "Ama oy kullanmazsan onlar kazanır. Kazanmalarına izin vermeyeceğim. Ben oraya gidip sana oy vereceğim ve benimle gelmeni istiyorum."

Parminder işinde açığa alınmıştı. Mollison'lar adresini bulabildikleri bütün mesleki kurumlara şikâyette bulunmuşlardı ve Doktor Crawford, Parminder'e işe biraz ara vermesini tavsiye etmişti. Parminder tuhaf bir şekilde kendini özgürleşmiş hissedince çok şaşırmıştı.

Ama Colin başını hayır anlamında sallıyordu. Parminder adamın gözlerinin yaşardığını görür gibi oldu.

"Yapamam Minda."

"Yapabilirsin!" dedi Parminder. "*Yapabilirsin* Colin! Onlara karşı koymalısın! Barry'yi düşün!"

"Yapamam... üzgünüm... ben..."

Adam boğulur gibi bir ses çıkardı ve hüngür hüngür ağlamaya başladı. Colin, Parminder'in muayenehanesinde de ağlamıştı; hayatının her günü içinde taşıdığı korkuya karşı âcizliği yüzünden ağlamıştı.

Parminder rahat bir şekilde, "Yapma" diyerek adamı kolundan tutup mutfağa götürdü, ona kâğıt havlu verdikten sonra tekrar hıçkıra hıçkıra ağlamasını seyretti. "Tessa nerede?"

"İşte" diye inledi adam, gözlerini kurularken.

Mutfak masasında Howard Mollison'ın altmış beşinci doğum gününde düzenlenecek partinin davetiyesi duruyordu; biri davetiyeyi tam ortasından ikiye ayırmıştı.

"Bana da geldi" dedi Parminder. "Howard'a bağırmamdan önce. Dinle Colin. Oy kullanırsak..."

"Yapamam" diye fısıldadı Colin.

"... bizi yenemediklerini görürler."

"Ama yendiler" dedi Colin.

Parminder kahkahayı bastı. Colin ona bir an, ağzı açık halde bakakaldı ve sonra o da gülmeye başladı; gürültülü kahkahası çoban köpeği havlaması gibiydi.

"Tamam, bizi işlerimizden uzaklaştırmayı başardılar" dedi Parminder, "ve ikimiz de evden dışarı adım atmak istemiyoruz, ama bunun dışında gayet iyiyiz bence."

Colin gözlüğünü çıkarıp gözlerini kurularken sırıttı.

"*Hadi* Colin. Sana oy vermek istiyorum. Daha her şey bitmedi. Ben sinirlerime hâkim olamayıp da bütün meclisin ve yerel basının önünde Howard Mollison'a keşten farksız olduğunu söyleyince..."

Parminder, Colin'in tekrar kahkahayı basmasına çok sevindi; yılbaşından beri onun bu kadar güldüğünü duymamıştı, ki yılbaşında da Colin'i Barry güldürmüştü.

"... bağımlılık kliniğini Bellchapel'dan çıkarmak konusunda oylama yapmayı unuttular. O yüzden lütfen. Paltonu giy. Oraya birlikte gideceğiz."

Colin'in boğuk kahkahaları ve kıkırtıları giderek dindi. Adam başını eğdi, yıkar gibi birbirine sürttüğü koca ellerine baktı.

"Colin, her şey bitmedi. Sen büyük bir fark yarattın. İnsanlar Mollison'ları sevmiyorlar. Pes etmezsen mücadele gücümüz çok daha fazla olacak. Lütfen Colin."

"Tamam" dedi adam birkaç saniye sonra, kendi cesaretine şaşırarak.

Açık, temiz havada, seçmen kartlarını sımsıkı tutarak kısa bir yürüyüş yaptılar. Kilise salonunda kendilerinden başka seçmen yoktu. İkisi de Colin'in isminin yanına kalın birer çarpı çizip, ucuz kurtuldukları hissiyle dışarı çıktılar.

Miles Mollison öğleye kadar oy kullanmadı. Oy kullanmaya giderken iş ortağının kapısının önünde durakladı.

"Ben oy kullanmaya gidiyorum Gav" dedi.

Gavin kulağına yaslamış olduğu telefonu gösterdi; hatta Mary'nin sigorta şirketinden biri vardı.

"Ah... tamam... ben oy kullanmaya gidiyorum Shona" dedi Miles, sekretere dönerek.

O ikisine desteklerine ihtiyacı olduğunu anımsatmasından bir zarar gelmezdi. Miles koşarak aşağı indi ve Copper Kettle'a gitti; karısıyla seviştikten sonra kısa bir süre laflamış, kilise salonuna birlikte gitmek için orada buluşmayı kararlaştırmışlardı.

Samantha dükkânı tezgâhtarına emanet ederek sabahı evde geçirmişti. Carly'ye iflas ettiklerini, kızın işsiz kaldığını söylemeyi daha fazla erteleyemeyeceğini bilse de, bunu hafta sonundan ve Londra'daki konserden önce yapmak istemiyordu. Miles gelince, adamın hafifçe, heyecanla sırıttığını gören Samantha'nın siniri oynadı.

Adamın ilk sözü, "Babam gelmiyor mu?" oldu.

"Dükkânları kapattıktan sonra gideceklermiş" dedi Samantha.

Samantha ile Miles kilise salonuna vardıklarında oy kabinlerinde iki tane yaşlı kadın vardı sadece. Samantha onların permalı, demir grisi saçlarına, kalın paltolarına ve daha da kalın ayak bileklerine arkalarından bakarak bekledi.

Günün birinde kendisi de öyle görünecekti. Yaşlı kadınların iyice iki büklüm olanı, kabinlerden çıkarlarken Miles'ı fark edince gülümseyip, "Şimdi sana oy verdim!" dedi.

"Eh, çok teşekkürler!" dedi Miles neşeyle.

Samantha kabine girip, oy pusulasında yazılı iki isme (Miles Mollison ile Colin Wall'a) ve elindeki, ucuna ip bağlanmış kaleme baktı. Sonra pusulaya, "Lanet olası Pagford'dan nefret ediyorum!" yazdı, kâğıdı katladı, gidip seçim sandığının içine somurtarak attı.

"Teşekkürler aşkım" dedi Miles usulca, Samantha'nın sırtına hafifçe vurarak.

Şimdiye kadar her seçimde oy kullanmış olan Tessa Wall, okul dönüşü arabasıyla kilise salonunun önünden geçerken durmadı. Ruth ile Simon Price bütün günü, Reading'e taşınma olasılığını her zamankinden daha ciddi bir şekilde konuşarak geçirdiler. Ruth mutfakta akşam yemeği sofrasını hazırlarken seçmen kartlarını çöpe attı.

Gavin'ın oy kullanmaya hiç niyeti yoktu zaten; Barry sağ olup adaylığını koysa Gavin oy kullanabilirdi, ama Miles'ın hedeflerinden birine daha ulaşmasına yardım etmek gibi bir arzusu yoktu. Saat beş buçukta evrak çantasını toplarken sinirli ve keyifsizdi, çünkü Kay'in evinde akşam yemeği yememek için uydurduğu bahaneler sonunda tükenmişti. Sigorta şirketinin Mary'nin lehinde fikir değiştirme sinyalleri vermesi durumu daha da can sıkıcı hale getiriyordu, çünkü Gavin bir an önce Mary'nin evine gidip ona haberi vermek istiyordu. Oysa bunun için ertesi günü beklemek zorunda kalacaktı; haberi telefonla vererek harcamak istemiyordu.

Kay kapıyı açınca hızlı hızlı, makineli tüfek gibi konuşmaya başladı hemen; genelde kötü bir ruh halinde olduğunun göstergesiydi bu.

"Kusura bakma, berbat bir gün geçirdim" dedi kadın, oysa Gavin yakınmamıştı ve sadece selamlaşmışlardı. "Eve geç geldiğim için akşam yemeğini hazırlayamadım henüz; girsene."

Üst kattan bangır bangır bateri ve bas sesleri geliyordu. Gavin komşuların şikâyet etmemelerine şaşırdı. Kay onun gözlerini tavana çevirdiğini fark edince, "Ah, Gaia'nın sinirleri tepesinde, çünkü Hackney'deyken hoşlandığı bir çocuk başka bir kızla çıkmaya başlamış" dedi.

Kadın kadehini alıp büyük bir yudum şarap içti. Marco de Luca'dan sadece "bir çocuk" diye bahsetmek vicdanını sızlatmıştı. Londra'dan taşınmalarından önceki son haftalarda, o delikanlı evlerine yerleşmişti resmen. Kay onu etkileyici, düşünceli ve yardımsever bulmuştu. Marco gibi bir oğlu olmasını isterdi.

Bu anıları aklından kovan Kay, "Ucunda ölüm yok ya" dedikten sonra, haşladığı patateslere geri döndü. "Gaia on altı yaşında. İnsan o yaşlarda böyle şeyleri kolay atlatır. Şarap alsana."

Gavin masaya oturdu; Kay'in Gaia'ya müziğin sesini kıstırmasını istiyordu. Bas titreşimleri, takırdayan tencere kapakları ve gürültülü aspiratör yüzünden kadın bağırarak konuşmak zorunda kalıyordu. Gavin, Mary'nin büyük mutfağını, Mary'nin minnettarlığını, onun kendisine duyduğu ihtiyacı bir kez daha özledi.

"Ne?" dedi yüksek sesle, çünkü Kay'in kendisine bir şey sorduğunu anlamıştı.

"Oy kullandın mı dedim."

"Oy?"

"Meclis seçiminde!" dedi kadın.

"Hayır" diye yanıtladı Gavin. "Umurumda değil."

Kadının duyup duymadığından emin değildi. Kay tekrar konuşmaya başlamıştı ve Gavin onun ne dediğini ancak kadın çatal bıçak koymak için masaya dönünce anladı.

"... Belediye Meclisi'nin Aubrey Fawley'yle işbirliği yapması tek kelimeyle iğrenç. Miles meclise girerse Bellchapel'ın işi biter..."

Kadın patateslerin suyunu süzdü; sesi bir süre daha gürültüde boğuldu.

"O salak kadın sinirlerine hâkim olsaydı, durumumuz daha iyi olabilirdi. Klinikle ilgili bir sürü bilgi verdim ona ve hiçbirini kullandığını sanmıyorum. Howard Mollison'a fazla şişman olduğunu söylemiş haykırarak. Böyle profesyonellik olmaz..."

Gavin, Doktor Jawanda'nın mecliste bağırıp çağırdığı söylentilerini duymuştu. Biraz komik bulmuştu bunu.

"... bu belirsizlik, o klinikte çalışan insanlara ve hastalara büyük zarar veriyor."

Ama Gavin ne merhamet, ne de öfke duyabiliyordu; Kay'in belirli bir kesimi ilgilendiren bu yerel meselenin ayrıntılarına ve bu meseleye karışmış insanlara kafayı takmasını can sıkıcı buluyordu sadece. Kadının Pagford'a giderek kök saldığının bir başka belirtisiydi bu. Kay artık kolay kolay gitmezdi buradan.

Gavin başını çevirip pencereden dışarıya, ot bürümüş bahçeye baktı. Bu hafta sonu için Fergus'a, Mary'nin bahçesinin bakımı konusunda yardım teklifinde bulunmuştu. Şansım varsa, diye düşündü, Mary beni yine akşam yemeğine davet eder; Mary bunu yaparsa Gavin, Howard'ın altmış beşinci doğum günü partisine gitmeyecekti; Miles, Gavin'ın o partiyi heyecanla beklediğini sanıyor gibiydi.

"... Weedon'larla çalışmaya devam etmek istiyorum dedim, ama hayır, Gillian diyor ki kimseye özel muamele yapamazmışız. Bu özel muamele mi *sence*?"

"Pardon, ne?" diye sordu Gavin.

Kadın, "Mattie geri geldi" deyince Gavin bu kişinin Kay'in iş arkadaşı olduğunu, Kay'in onun işlerini bir süreliğine devraldığını güçbela anımsadı. "Weedon'larla çalışmayı sürdürmek istediğimi söyledim, çünkü bazen bir aileye karşı özel bir yakınlık duyarsın, ama Gillian izin vermiyor. Delilik bu."

"Şimdiye kadar Weedon'ları başından atmak istemeyen tek kişi sen olmalısın" dedi Gavin. "Yani duyduklarımdan anladığım kadarıyla."

Kay onu terslememek için tüm irade gücünü kullanmak zorunda kaldı. Fırında pişen somon filetoları çıkardı. Gaia'nın müziğinin sesi öyle yüksekti ki, kadın müziğin titreşimlerini tepsiden hissetti; tepsiyi ocağa sertçe bıraktı.

Kay, "Gaia!" diye haykırınca Gavin yerinden sıçradı; kadın onun yanından geniş adımlarla geçip merdivenin dibine gitti. "GAIA! Kıs şunu! Sana söylüyorum! KIS ŞUNU!"

Ses ancak bir desibel kadar azaldı. Kay mutfağa hışımla geri döndü. Gavin gelmeden önce Gaia'yla bugüne dek yaptıkları en şiddetli tartışmalarından birini yaşamışlardı. Gaia babasına telefon edeceğini, onun yanında kalmak istediğini söyleyeceğini ilan etmişti.

"İyi, sana iyi şanslar!" diye bağırmıştı Kay.

Ama Brendan evet derdi belki de. O gittiğinde Gaia henüz bir aylıktı. Brendan şimdi evliydi, üç çocuğu daha vardı. Büyük bir evde oturuyordu ve iyi bir işi de vardı. Ya evet derse, o zaman ne olacaktı?

Yemek yerlerken Gavin konuşmak zorunda olmadığına memnundu; ritmik müzik sessizliği doldurduğundan Gavin, Mary'yi rahat rahat düşünebiliyordu. Ertesi gün ona sigorta şirketinin uzlaşmacı tavır sergilemeye başladığını söyleyecekti, Mary de minnetini ve hayranlığını ifade edecekti...

Gavin tabağındaki yemeği bitirmek üzereyken, Kay'in tek bir lokma bile yememiş olduğunu fark etti. Masanın karşı tarafından kendisine bakan kadının yüz ifadesini görünce kaygılandı. Belki de düşüncelerini bir şekilde ele vermişti...

Gaia'nın müziği birden kesildi. Nabız gibi atan sessizlik, Gavin'a korkunç geldi; Gaia'nın çabucak başka bir şeyler çalmasını diledi.

"Çabalamıyorsun bile" dedi Kay üzüntüyle. "İlgileniyormuş gibi bile yapmıyorsun Gavin."

Gavin kolay yolu seçmeyi denedi.

"Kay, yorucu bir gün geçirdim" dedi. "İçeri girer girmez yerel siyasetin ayrıntılarına giremediğim için kusura bakma..."

"Yerel siyasetten bahsetmiyorum" dedi kadın. "Aklın başka yerde sanki... bu... bu hakaret resmen. Ne istiyorsun Gavin?"

Gavin'ın zihninde Mary'nin mutfağı, Mary'nin tatlı yüzü canlandı.

"Seni görmek için yalvarmak zorunda kalıyorum" dedi Kay; "geldiğinde de, gelmek istemediğini çok bariz bir şekilde belli ediyorsun."

Gavin'ın, "Bu doğru değil" demesini istiyordu. İnkârın işe yarayabileceği son an da geçip gitti. Gavin'ın hem çok istediği, hem de korktuğu krize doğru, giderek artan bir hızla kayıyorlardı.

"Ne istediğini söyle bana" dedi kadın bezgince. "Söyle hadi."

İlişkilerinin, Gavin'ın söylemeyi reddettiği sözlerin ağırlığı altında ezilip un ufak olduğunu ikisi de hissedebiliyorlardı. Gavin belki de asla söylemek niyetinde olmadığı, ama bir şekilde ikisini de mazur gösterir gibi olan sözleri, ikisinin de çektiği acıya son vermek için söyledi.

"Böyle olmasını istememiştim" dedi Gavin içtenlikle. "Bunu istememiştim. Gerçekten üzgünüm Kay, ama ben Mary Fairbrother'a âşığım sanırım."

Kadının bunu hiç beklemediğini yüz ifadesinden anladı.

"Mary Fairbrother'a?" diye tekrarladı kadın.

"Sanırım" dedi Gavin (Kay'i incittiğini bilse de bundan bahsetmekten buruk bir haz alıyordu; başka kimseye söyleyememişti), "epeydir âşığım ona. Bunu kendime bile itiraf edememiştim asla... yani, Barry sağken ben asla..."

"O adamı en yakın arkadaşın sanıyordum" diye fısıldadı Kay.

"Öyleydi."

"Öleli daha birkaç hafta oldu!"

Gavin bunu duymaktan hoşlanmadı.

"Bak" dedi, "sana karşı dürüst olmaya çalışıyorum. Adil olmaya çalışıyorum."

"*Adil* olmaya mı çalışıyorsun?"

Gavin ilişkilerinin şiddetli bir kavgayla biteceğini hayal etmişti hep, ama Kay onun paltosunu giymesini yaşlı gözlerle seyretti sadece.

"Üzgünüm" diyen Gavin, Kay'in evinden son kez çıktı.

Kaldırımda sevinçten uçacaktı neredeyse ve arabasına doğru koşturdu. Mary'ye sigorta şirketiyle ilgili haberi bu gece verebilecekti sonuçta.

# Beşinci bölüm

**Muafiyet**

**7.32** Karalayıcı ifadede bulunmakla suçlanan bir kişi, bunu art niyet olmaksızın ve kamu yararını gözeterek yaptığını kanıtlayabilirse, cezadan muaf tutulmayı talep edebilir.

Charles Arnold-Baker
*Yerel Belediye Yönetimi*
Yedinci Baskı

# 1

Terri Weedon insanların onu terk etmesine alışkındı. Ona ilk ve en sarsıcı terk edilmeyi yaşatan kişi annesi olmuştu; kadın günün birinde, Terri okuldayken, ona veda bile etmeden bavulunu alıp gitmişti.

Terri on dört yaşında evden kaçtıktan sonra bir sürü sosyal hizmet görevlisiyle ve doktorla tanışmıştı; bunlardan bazıları iyi insanlardı ama mesaileri bitince evlerine gitmişlerdi hepsi de. Her terk ediliş, Terri'nin özünün etrafında oluşan katmanlara bir yenisini eklemişti.

Yetiştirme yurdunda arkadaşlar edinmişti, ama on altı yaşına geldiklerinde hepsi de kendi başlarının çaresine bakmak zorunda kalmışlardı ve hayat onları birbirlerinden ayırmıştı. Terri, Ritchie Adams'la tanışmış ve ona iki çocuk doğurmuştu. O küçücük, minicik, pembe bebekler dünyanın en saf ve en güzel şeyleriydiler; Terri'nin içinden çıkmışlardı ve Terri iki kez hastanede kendini yeniden doğurmuştu sanki.

Sonra çocuklarını elinden almışlardı ve onları bir daha görememişti.

Sosis onu terk etmişti. Cath Nine onu terk etmişti. Hemen herkes gidiyordu, kimsenin kaldığı yoktu pek. Terri buna alışmış olmalıydı artık.

Her zamanki sosyal hizmet görevlisi Mattie geri gelince Terri, "Diğeri nerede?" diye sordu sertçe.

"Kay mi? O sadece benim yerime bakıyordu, ben hastayken" dedi Mattie. "Eee, Liam nerede? Yok... yani Robbie, değil mi?"

Terri, Mattie'den hoşlanmıyordu. Bir kere bu kadının çocuğu yoktu; hem çocuksuz insanlar çocuk yetiştirme konusunda ne söyleyebilirlerdi ki, nasıl anlayabilirlerdi? Terri, Kay'den de pek hoşlanmamıştı aslında... ama Kay güzel bir his uyandırıyordu insanda; bir zamanlar Cath Nine de Terri'de bu hissi uyandırırdı, ona orospu demeden önce, onu bir daha görmek istemediğini söylemeden önce... Kay'in yanındayken –o kadın da tıpkı diğerleri gibi dosyalar taşısa da, durum değerlendirme toplantıları yapılmasına yol açsa da– gerçekten onun iyiliğini istediğini hissediyordu. İnsan bunu gerçekten hissediyordu. Ama Kay gitmişti ve Terri, *Bizi çoktan unutmuştur herhalde* diye düşündü hiddetle.

Bir cuma ikindisinde Mattie, Terri'ye Bellchapel'ın kapanmasının neredeyse kesin olduğunu söyledi.

"Siyasi sebepler yüzünden" dedi çabucak. "Tasarruf yapmak istiyorlar ve Şehir Meclisi metadon tedavisine sıcak bakmıyor. Artı Pagford onları binadan çıkarmak istiyor. Bütün bunlar yerel gazetede çıktı, görmüşsündür belki."

Bazen Terri'yle böyle konuştuğu oluyordu. "Sonuçta hepimiz bu işin içindeyiz" dercesine geyik muhabbeti yapıyordu ve bu sinir bozucuydu, çünkü kadın sonra da Terri'ye oğluna yemek vermeyi unutup unutmadığını soruyordu durup dururken. Ama bu sefer kadının konuşma tarzından çok, söylediği şey Terri'nin canını sıktı.

"Kapatıyorlar mı?" diye tekrarladı.

"Öyle görünüyor" dedi Mattie ilgisizce, "ama senin için değişen bir şey olmaz. Yani, tabii ki..."

Terri, Bellchapel'da üç kez tedaviye başlamıştı. Kiliseden bozma binanın tozlu odaları, bölme duvarları ve el broşürleri, mavi floresan lambalı (damarlarınızı bulup da eroin kullanmayasınız diye) tuvaleti tanıdık, neredeyse dostane gelmeye başlamıştı. Terri oradaki görevlilerin kendisiyle konuşma tarzlarının son zamanlarda değiştiğini fark etmişti. Başta hepsi de onun yine başarısız olmasını beklemişler, ama giderek onunla Kay'in konuştuğu gibi konuşmaya başlamışlardı; onun delik deşik olmuş, tükenmiş bedeninin içinde gerçek bir insanın yaşadığını bilir gibi konuşmaya başlamışlardı.

"... tabii ki farklı *olacak*, ama pratisyen hekimden metadon alabilirsin" dedi Mattie. Terri'nin hayatıyla ilgili devlet kayıtlarının bulunduğu kabarık dosyadaki kâğıtları karıştırdı. "Senin aile hekimin Pagford'daki Doktor Jawanda, değil mi? Pagford... niye ta oraya gidiyorsun ki?"

"Cantermill'de bir hemşireyi tokatlamıştım" dedi Terri neredeyse dalgınca.

Mattie gittikten sonra Terri oturma odasındaki kirli koltuğunda uzun süre oturdu, kanatana kadar tırnaklarını kemirdi.

Krystal kreşten aldığı Robbie'yle birlikte eve girer girmez Terri, Bellchapel'ı kapatacaklarını söyledi.

"Daha karar vermediler" dedi Krystal kendinden emin bir edayla.

"Sen nereden bileceksin ki?" diye sordu Terri sertçe. "Kapatıyorlar işte ve artık lanet olası Pagford'a, Cath Nine'yi öldüren şu kaltağa gitmem gerekiyormuş. Hayatta gitmem."

"Mecbursun" dedi Krystal.

Krystal günlerdir böyleydi; annesine patronluk taslıyordu, sanki yetişkin olan kendisiymiş gibi davranıyordu.

"Hiçbir şey yapmaya mecbur değilim" dedi Terri hiddetle. "Seni küçük, küstah kaltak" diye ekledi.

"O lanet şeyi yeniden kullanmaya başlarsan" dedi Krystal, yüzü kıpkırmızı olmuştu, "Robbie'yi alacaklar."

Hâlâ Krystal'ın elini tutan Robbie gözyaşlarına boğuldu.

"Gördün mü?" diye bağırdı iki kadın birbirine.

"Senin yüzünden!" diye bağırdı Krystal. "Hem zaten o doktor, Cath Nine'ye bir şey yapmamış; Cheryl filan saçmalıyorlar!"

"Yaşın küçük ama her şeyi biliyorsun ha?" diye bağırdı Terri. "Bir bok bildiğin..."

Krystal ona tükürdü.

"Siktir git!" diye haykıran Terri, Krystal kendisinden daha iri ve kilolu olduğundan, yerde yatan bir terliği kapıp havada salladı. "Defol!"

"Olacağım!" diye bağırdı Krystal. "Robbie'yi de yanıma alacağım, görürsün; sen de burada kalıp Obbo'yla düzüşerek yenisini yaparsın!"

Terri'nin durdurmasına fırsat vermeden, ağlayan Robbie'yi de peşinden sürükleyerek evden çıktı.

Robbie'yi her zamanki sığınağına götüren Krystal, Nikki'nin ikindileri evde olmadığını unutmuştu. Kapıyı Nikki'nin annesi açtı; kadının üstünde Asda forması vardı.

"O burada kalamaz" dedi sertçe, Robbie Krystal'ın sımsıkı tuttuğu elini ağlayarak kurtarmaya çalışırken. "Annen nerede?"

"Evde" dedi Krystal; söylemek istediği diğer her şey, kendinden büyük bu kadının sert bakışlarının karşısında buhar olup uçtu.

Dolayısıyla Krystal, Robbie'yle birlikte Foley Yolu'na geri döndü; onları acı bir zafer hissiyle karşılayan Terri, oğlunu kolundan tutup içeri çektikten sonra Krystal'ın eve girmesini engelledi.

"Hemen ondan bıktın ha?" dedi Terri sırıtarak, Robbie ağlarken. "Siktir git."

Ve kapıyı sertçe kapadı.

Terri o gece Robbie'yi yanında, kendi şiltesinde uyuttu. Gözleri açık yatarken, Krystal'a o kadar da ihtiyacı olmadığını düşündü, sonra eroini özlediği kadar özledi kızını.

Krystal günlerdir sinirliydi. Obbo'yla ilgili söylediği şey...

(“*Ne* dedi?” demişti adam hayretle gülerek, sokakta karşılaştıklarında; Terri, Krystal’ın canının sıkkın olduğunu mırıldanmıştı.)

... Obbo öyle şey yapmazdı. Yapmış olamazdı.

Obbo, Terri’nin yanında kalmaya devam eden çok az insandan biriydi. Terri onu on beş yaşından beri tanıyordu. Aynı okulda okumuşlardı; Terri yetiştirme yurdundayken Yarvil’de birlikte takılmışlardı ve Fields’ın yanındaki tarlaların son kalıntısı olan küçük araziden geçen patikada, ağaçların altında birlikte elma şarabı içmişlerdi. İlk esrarlı sigaralarını birlikte tüttürmüşlerdi.

Krystal, Obbo’dan hoşlanmamıştı hiç. *Kıskanıyor* diye düşündü Terri, Robbie’nin uyumasını sokak lambasının ince perdelerden geçen ışığında seyrederken. *Obbo bana herkesten çok yardımcı oldu* diye düşündü asice, çünkü kendisini terk eden insanların yaptıkları iyilikleri yok sayıyordu. Dolayısıyla Cath Nine’nin ona gösterdiği ilginin tamamı, kadının onu reddetmesiyle silinip gitmişti.

Obbo ise bir keresinde Terri’yi Ritchie’den, Terri’nin ilk iki çocuğunun babasından saklamıştı; Terri kan revan içinde ve yalınayak evden kaçmıştı. Bazen Terri’ye bedava eroin veriyordu. Terri bunu iyilik olarak görüyordu. Adamın sunduğu şeyler Hope Sokağı’ndaki, Terri’nin bir zamanlar, üç muhteşem gün boyunca yuvası sandığı küçük evden daha güvenilir bir sığınak sağlıyordu.

Krystal cumartesi sabahı eve dönmedi, ama bu yeni bir şey değildi; Terri onun Nikki’nin evinde kaldığını tahmin etti. Yiyecekleri azalıp sigara bitince, Robbie de ağlayarak ablasını istemeye başlayınca hiddete kapılan Terri kızının odasına hışımla dalıp onun giysilerini tekmeleyerek para ve unutulmuş sigara aradı. Krystal’ın eski, buruşmuş kürek kıyafetini yana atarken bir şey takırdadı; Tessa yerde devrilmiş duran küçük, plastik mücevher kutusunun içinde Krystal’ın kazandığı kürek madalyasını ve onun altında duran, Tessa Wall'a ait kol saatini gördü.

Terri saati alıp bakakaldı. Bunu ilk kez görüyordu. Krystal'ın saati nereden bulduğunu merak etti. Önce kızın onu çaldığını varsaydı, ama sonra Cath Nine'nin vermiş hatta miras bırakmış olabileceğini düşündü. Saatin çalıntı olmasından çok daha rahatsız ediciydi bu. O sinsi, küçük kaltağın bu saati sakladığını, üstüne titrediğini, ondan hiç bahsetmediğini düşünmek...

Terri saati eşofman altının cebine koydu ve Robbie'ye seslenerek, alışverişe çıkacaklarını söyledi. Çocuğa ayakkabılarını giydirmesi epey uzun sürdü; bir ara sinirlenip onu tokatladı. Tek başına alışverişe çıkmayı tercih ederdi, ama sosyal hizmet görevlileri çocukların evde yalnız bırakılmasından hoşlanmıyorlardı, oysa çocuk olmayınca işler çok daha çabuk halloluyordu.

"Krystal neyde?" diye sızlandı Robbie, Terri onu zorla dışarı çıkarırken. "Krystal'ı istiyoyum!"

"O küçük sürtüğün nerede olduğunu bilmiyorum" dedi Terri öfkeyle, çocuğu kolundan çekerek yolda yürürken.

Obbo süpermarketin yanındaki köşedeydi, iki adamla konuşuyordu. Terri'yi görünce elini kaldırıp selam verdi, yanındaki adamlar uzaklaştılar.

"N'aber Ter?" dedi adam.

"Fena değil" diye yalan söyledi Terri. "Robbie, bırak."

Çocuk parmaklarını Terri'nin zayıf bacağına öyle bir batırıyordu ki canı acımıştı.

"Baksana" dedi Obbo, "benim için bir şeyler saklayabilir misin yine?"

"Nasıl şeyler?" diye sordu Terri, Robbie'yi bacağından zorla ayırıp elinden tutarken.

"İki çanta dolusu mal" dedi Obbo. "Harbiden çok makbule geçer Ter."

"Ne kadar zaman?"

"Birkaç gün. Bu akşam getiririm. Olur mu?"

Terri, Krystal'ı düşündü, kızın bunu bilse ne diyeceğini düşündü.

"Hı hı, tamamdır" dedi Terri.

Başka bir şeyi hatırlayınca cebinden Tessa'nın kol saatini çıkardı. "Bunu satacağım; kaça gider sence?"

"Fena değil" dedi Obbo, saati elinde tartarak. "Yirmi *pound* veririm. Bu gece getireyim mi?"

Terri saatin ederinin daha yüksek olduğunu düşünse de Obbo'ya karşı gelmek istemedi.

"Hı hı, tamam öyleyse."

Robbie'yi elinden tutarak süpermarketin girişine doğru birkaç adım attı, ama sonra birden arkasına döndü.

"Kullanmıyorum ama" dedi. "Yani şey getirme..."

"Hâlâ tedavi mi görüyorsun?" dedi adam, kalın gözlük camlarının ardından bakıp sırıtarak. "Bellchapel kapanıyor, benden söylemesi. Gazetede çıktı."

Perişan bir sesle, "Hı hı" diyen Terri, Robbie'yi çekiştirerek süpermarketin girişine doğru yürüdü. "Biliyorum."

*Pagford'a gitmem* diye düşündü, raftan bisküvi alırken. *Oraya gitmem.*

Sonu gelmez eleştirilere ve yorumlara, yoldan geçenlerin yan yan bakmalarına, komşuların tacizlerine neredeyse alışmıştı, ama metadon almak için o kibirli insanlarla dolu küçük kasabaya gitmeye, haftada bir kez geçmişe yolculuk yapmaya niyeti yoktu; Cath Nine onu Pagford'da yaşatacağını söylemişti, sonra da götürülmesine göz yummuştu. Terri oraya giderse, Krystal'la ilgili korkunç mektuplar gönderen, kızın giysilerinin üstüne küçük geldiğini ve kirli olduğunu söyleyen, davranışlarının kabul edilemez olduğunu bildiren okulun önünden geçmek zorunda kalacaktı. Çoktan unuttuğu akrabalarının, Cath Nine'nin evi yüzünden tartışarak Hope Sokağı'ndan çıktıklarını görmekten korkuyordu. Cheryl'ın

Terri'nin Cath Nine'yi öldüren Paki kaltakla görüştüğünü öğrenirse söyleyeceklerinden korkuyordu. Akrabalarının onu küçük görmeleri için yeni bir sebep olurdu bu.

"Beni o lanet Pagford'a gitmeye zorlayamazlar" diye mırıldandı, Robbie'yi yazarkasaya doğru çekiştirirken.

## 2

"Sıkı dur" dedi Howard Mollison şaka yollu, cumartesi günü öğleyin. "Annen sonuçları internet sitesinde yayımlamak üzere. Bekleyip oradan mı görmek istersin, yoksa hemen şimdi söyleyeyim mi?"

Miles karşısında, mutfağın ortasındaki adada oturan Samantha'ya içgüdüsel olarak sırtını döndü. Samantha ile Libby'nin Londra'daki konsere gitmek üzere istasyona doğru yola çıkmalarından önce son bir kahve içiyorlardı. Miles telefonunu kulağına bastırarak, "Devam et" dedi.

"Kazandın. Eze eze. Wall'dan iki kat fazla oy aldın."

Miles mutfak kapısında sırıttı.

"Tamam" dedi sesinin normal çıkmasına çalışarak. "Öğrendiğim iyi oldu."

"Bekle" dedi Howard. "Annen seni istiyor."

"Kutlarım canım" dedi Shirley neşeyle. "Kesinlikle muhteşem bir haber. Başaracağını biliyordum."

"Sağ ol anne" dedi Miles.

Bu iki sözcüğü duyan Samantha durumu anladı, ama küçümseyici ya da alaycı davranmamakta kararlıydı. Müzik grubunun tişörtünü bavula koymuştu; saçını yaptırmıştı ve yeni topuklu ayakkabılar almıştı. Gitmek için sabırsızlanıyordu.

"Meclis üyesi oldun ha?" dedi, Miles telefonu kapatınca.

"Evet" dedi Miles biraz temkinli bir şekilde.

"Tebrikler" dedi Samantha. "Bu geceki kutlama müthiş olacak desene. Kaçıracağım için üzgünüm" diye yalan söyledi, aslında birazdan kaçıp kurtulacak olmanın heyecanı içindeydi. Duygulanan Miles eğilip Samantha'nın elini tuttu ve sıktı.

Libby mutfağa girdi; ağlıyordu. Cep telefonunu sımsıkı tutuyordu.

"Ne oldu?" dedi Samantha irkilerek.

"Harriet'ın annesini arar mısın lütfen."

"Neden?"

"Arar mısın lütfen."

"Ama neden Libby?"

"Çünkü seninle konuşmak istiyor, çünkü" diyen Libby gözlerini ve burnunu elinin tersiyle sildi, "Harriet'la çok kötü tartıştık. Annesini arar mısın lütfen."

Samantha telefonu alıp oturma odasına geçti. Bu kadını pek tanımıyordu. Kızlar yatılı okula başladıklarından beri Samantha onların arkadaşlarının aileleriyle iletişim kurmak durumunda kalmamıştı hiç.

"Bunu yaptığım için öyle üzgünüm ki" dedi Harriet'ın annesi. "Harriet'a seninle konuşacağımı söyledim, çünkü ona *söyleyip* duruyorum, *Libby*'nin senin gelmeni istemediği doğru değil diyorum... onlar ne kadar yakın arkadaşlar bilirsin ve bu hallerini görmekten nefret ediyorum..."

Samantha kol saatine baktı. En geç on dakika sonra yola çıkmaları gerekiyordu.

"Harriet, Libby'nin fazladan bir bileti olduğuna ve kendisini çağırmak istemediğine inanıyor. Bu doğru değil dedim ona... sen Libby'nin tek başına gitmesini istemediğin için o bileti kullanacaksın, değil mi?"

"Şey, elbette" dedi Samantha, "tek başına gidemez."

"Biliyordum" dedi diğer kadın. Sesi tuhaf bir şekilde zafer kazanmış gibi geliyordu. "Libby'ye göz kulak olmak istemeni *kesinlikle* anlıyorum ve seni büyük bir zahmetten kurtaracağımı bilmesem böyle bir şeyi *hayatta* söylemezdim. Mesele şu ki, bizim kızlar çok yakın arkadaşlar... ve Harriet o salak gruba bayılıyor... ve az önce Libby'nin telefonda Harriet'a söylediklerinden anladığım kadarıyla, Libby de Harriet'ın gelmesini çok istiyor. Libby'nin başında olmak istemeni *kesinlikle* anlıyorum, ama mesele şu ki ablam da iki çocuğunu o konsere götürecek, yani başlarında zaten bir yetişkin olacak. Ben bu akşam Libby ile Harriet'ı arabayla stadyuma götürebilirim ve geceyi hep birlikte ablamda geçirebiliriz. Ablam ile ben Libby'yi gözümüzün önünden ayırmayacağız hiç, bunu kesinlikle garanti ediyorum."

"Ah... çok iyisin. Ama arkadaşım" dedi Samantha, kulakları tuhaf bir şekilde çınlarken, "bizi bekliyor, anlarsın ya..."

"Ama sen yine arkadaşını ziyarete gidebilirsin... ben sadece diyorum ki, senin o konsere gitmene gerek yok değil mi, yani kızların başında biri olacaksa eğer?.. Harriet o konsere gitmeyi çok istiyor... gerçekten çok istiyor... ben karışmayacaktım, ama araları açılınca..."

Kadın daha heyecansız bir sesle ekledi: "Bileti senden satın alacağız tabii."

Gidecek yer yoktu, saklanacak yer yoktu.

"Ah" dedi Samantha. "Evet. Ben sadece Libby'yle birlikte gitmem hoş olur diye düşünmüştüm..."

Harriet'ın annesi, "Onlar birbirleriyle gitmeyi çok daha fazla isterler" diye kestirip attı. "Hem sen de bütün o yeniyetme kızların arasında çömelip saklanmak zorunda kalmazsın, ha ha... ablam için sorun yok gerçi, onun boyu bir elli sekiz sadece."

## 3

Gavin, Howard Mollison'ın doğum günü partisine gitmek zorunda kalacağını anlayınca hayal kırıklığına uğradı. Şirketin müşterisi ve en yakın arkadaşının dul karısı olan Mary ondan akşam yemeğine kalmasını istese, Gavin doğum günü partisine gitmemek için gayet geçerli bir sebebi olduğunu düşünürdü... ama Mary kalmasını istememişti. Akrabaları ziyaretine gelmişlerdi ve kadın Gavin'ı görünce tuhaf bir şekilde telaşlanmış gibiydi.

*Akrabalarının bilmesini istemiyor* diye düşünen Gavin, kendisini kapıya doğru yönelten Mary'nin ihtiyatlı davrandığını düşünerek kendini avuttu.

Arabayla Demirhane'ye geri dönerken, Kay'le yaptığı konuşmayı düşündü.

*O adamı en yakın arkadaşın sanıyordum. Öleli daha birkaç hafta oldu!*

*Eh, Barry arkadaşım olduğu için Mary'ye destek oluyordum,* diye karşılık verdi kafasının içinde, *ki Barry de bunu isterdi. Böyle bir şeyin olmasını ikimiz de beklemiyorduk. Barry öldü. Bundan incinmez artık.*

Demirhane'de tek başınayken, partide giymek için temiz bir takım elbise aradı, çünkü davetiyede "resmi kıyafetle" gelinmesi söyleniyordu; küçük Pagford'un dedikoducu halkının Gavin ile Mary'nin öyküsünü birbirlerine zevkle anlattıklarını hayal etmeye çalıştı.

*Ne olmuş yani?* diye düşündü, kendi cesaretine şaşırarak. *Mary'nin sonsuza dek yalnız kalması mı gerekiyor? Böyle şeyler olur. Ben ona destek oluyordum.*

Partinin sıkıcı ve yorucu olacağı kesindi, gitmeyi pek de istemiyordu ama yine de heyecan ve mutluluk duydu biraz.

Tepedeki Ev'de Andrew Price annesinin saç kurutma makinesiyle saçlarına şekil veriyordu. Bu geceki partiyi dört gözle bekliyordu; hiçbir diskoya ya da partiye gitmeyi böyle istememişti. Howard ona, Gaia'ya ve Sukhvinder'e partide yiyecek içecek servisi yapmaları için para verecekti. Howard, Andrew'ya üniforma kiralamıştı: beyaz gömlek, siyah pantolon ve papyon. Andrew, Gaia'yla birlikte çırak değil, garson olarak çalışacaktı.

Ama heyecanının başka bir sebebi daha vardı. Gaia efsanevi Marco de Luca'dan ayrılmıştı. İkindi vakti Andrew sigara içmek için arka avluya çıkınca, Gaia'nın ağladığını görmüştü.

"Kendi kaybeder" demişti Andrew, sesindeki neşeyi gizlemeye çalışarak.

Gaia da burnunu çekerek, "Sağ ol Andrew" demişti.

"Seni küçük ibne" dedi Simon, Andrew saç kurutma makinesini nihayet kapatınca. Adam bunu söylemek için karanlık sahanlıkta dakikalarca durup kapı aralığından bakmış, Andrew'nun aynada kendine çekidüzen vermesini seyrederek beklemişti. Önce yerinden sıçrayan Andrew, sonra gülmeye başladı. Neşesi Simon'ı tedirgin etti.

"Şu haline bak" dedi adam pis pis sırıtarak; gömlekli ve kravatlı Andrew onun yanından geçip sahanlığa çıktı. "Papyon takmışsın. Dallama gibi olmuşsun."

*Sen de işsizsin ve seni ben kovdurdum sik kafalı.*

Andrew'nun babasına yaptığı şeyle ilgili hisleri sürekli değişiyordu. Bazen suçluluk duyuyor ve kendini kötü hissediyordu, ama sonra gizli zaferinden kıvanç duymaya başlıyordu. Bu gece o zaferi düşünmek, tiril tiril beyaz gömleğinin altında yanan heyecan ateşini harladı ve Simon'ın yarış bisikletiyle tepeden kasabaya hızla inerken akşam serinliği içini ürpertti. Andrew heyecanlıydı, umut doluydu. Gaia elde edilebilir ve savunmasız haldeydi. Kızın babası Reading'de yaşıyordu.

Andrew kiliseye vardığında, parti elbisesi giymiş olan Shirley Mollison salonun girişindeki tırabzanlara beş ve altı rakamları şeklindeki, devasa, altın sarısı helyum balonları bağlıyordu.

"Selam Andrew" dedi kadın titrek sesle. "Bisikleti girişe bırakma lütfen."

Andrew bisikleti köşeye götürürken, bir metre öteye park edilmiş olan gıcır gıcır, yemyeşil, üstü açılır bir BMW'nin yanından geçti. Kiliseye girerken lüks arabanın etrafından dolanıp içine göz attı.

"Andy geldi!"

Andrew patronunun da kendisi kadar keyifli ve heyecanlı olduğunu hemen anladı. Yaklaşan Howard'ın üstünde kocaman bir kadife smokin vardı; adam sihirbaza benziyordu. Sadece beş altı kişi gelmişti. Partinin başlamasına daha yirmi dakika vardı. Her yere mavi, beyaz ve altın sarısı balonlar asılmıştı. Çok büyük bir sehpa şeklindeki masanın neredeyse tamamı, çay havlularıyla örtülü tabaklarla kaplıydı ve salonun ucunda orta yaşlı bir DJ ekipman kuruyordu.

"Maureen'e yardım eder misin Andrew?"

Uzun masanın bir ucuna bardak dizen kadını tepedeki lamba aydınlatıyordu; kadın cart renkli zevksiz kıyafetler giymişti.

Andrew'nun yaklaştığını görünce, "Öyle aval aval bakma yakışıklı!" dedi çatlak sesle.

Kadın parfüm sürmüştü ve daracık, parlak elbisesi bir deri bir kemik vücudunun tüm hatlarını ortaya seriyordu; acımasız kumaş vücudunun tuhaf yerlerindeki küçük şişkinlikleri belli ediyordu. Görünmeyen biri, "Selam" dedi hafifçe; Gaia çömelmişti, yerdeki tabak dolu bir kutunun üstüne eğilmişti.

"Bardakları kutulardan çıkar lütfen Andy" dedi Maureen, "ve buraya diz; burası bar olacak."

Andrew söyleneni yaptı. Kutuyu açarken, ilk kez gördüğü bir kadın birkaç şişe şampanya getirdi.

"Bunları varsa buzdolabına koymak gerek."

Kadın Howard gibi düz burunlu, iri mavi gözlü ve kıvırcık sarı saçlıydı; ama adamın yağlı yüzü yumuşak ve kadınsı görünürken, kızının –kızıydı mutlaka– yüzü güzel olmasa da dikkat çekiciydi; gözlerinin hemen yukarısındaki kaşları kalındı, çenesi de gamzeliydi. Pantolon giymişti ve ipek gömleğinin yaka düğmesini açık bırakmıştı. Şişeleri masaya koyduktan sonra sırtını döndü. Edası ve üzerindeki kaliteli giysiler, Andrew'nun bu kadının dışarıdaki BMW'nin sahibi olduğunu düşünmesine yol açtı.

Gaia, Andrew'nun kulağına, "Bu Patricia" diye fısıldadı; Andrew kızdan elektrik akımı almışçasına ürperdi. "Howard'ın kızı."

"Hı hı, tahmin ettim" dedi Andrew, ama Gaia'nın bir votka şişesini açıp kendine içki koyduğunu görmek çok daha fazla ilgisini çekti. Kız içkiyi fondip yapıp hafifçe titredi. Şişenin kapağını kapattığı anda Maureen buz kovası getirdi.

"Lanet olası yaşlı sürtük" dedi Gaia, Maureen uzaklaşırken; Andrew kızın nefesinden içki kokusu aldı. "Şunun haline *bak*."

Andrew kahkaha atıp döndü ve tam yanı başlarında duran Shirley'yi görünce birden kalakaldı; kadın kedi gibi gülümseyerek duruyordu.

"Bayan Jawanda gelmedi mi henüz?" diye sordu kadın.

"Yoldaymış, mesaj attı" dedi Gaia.

Ama Sukhvinder'in nerede olduğu Shirley'nin umurunda değildi aslında. Andrew ile Gaia'nın Maureen'le ilgili konuşmalarını duymuştu ve Maureen'in kendi kıyafetinden pek hoşnut olduğunu görünce kaçan keyfi bu konuşma sayesinde yerine gelmişti. O kadın kadar kalın kafalı, dünyadan habersiz birinin özgüvenini şöyle adamakıllı bir sarsmak güçtü; ama Shirley yeniyetmelerin yanından ayrılıp DJ'e doğru yürürken, Howard'ı yalnız yakaladığında söyleyeceklerini planladı. *Gençler Maureen'e bakıp gülüyorlardı maalesef... o elbiseyi giymeseydi keşke... kendini salak durumuna düşürdüğünü görmekten nefret ediyorum.*

Shirley aslında mutlu hissetmesi için bir sürü neden olduğunu anımsattı kendine, çünkü biraz morale ihtiyacı vardı.

Kendisi, Howard ve Miles hep birlikte mecliste olacaklardı; harika olacaktı, kesinlikle harika olacaktı.

DJ'in Howard'ın en sevdiği şarkının, "The Green, Green Grass of Home"un Tom Jones versiyonu olduğunu bildiğinden emin olduktan sonra etrafa bakınarak, yapacak başka ufak tefek işler aradı. Ama bakışları bu gece tam anlamıyla mutlu olamamasının sebebinde odaklandı.

Patricia tek başına duruyordu, gözlerini dikmiş, duvardaki Pagford armasına bakıyor, kimseyle konuşmak için çaba harcamıyordu. Shirley, Patricia'nın arada sırada etek giymemesine hayıflandı; ama en azından Patricia tek başına gelmişti. Shirley BMW'de başka birinin de olmasından korkmuştu; başka birinin olmayışı bir kazançtı.

Kendi çocuğundan hoşlanmamak diye bir şey olmazdı. İnsan istediği gibi olmasalar da çocuklarını sevmeliydi; akrabalık bağı olmasa sokakta yanından bile geçmek istemeyeceğiniz tipler de olsalar sevmeliydi. Howard bu konuda oldukça geniş düşünüyordu; hatta Patricia'nın duymayacağı zamanlarda esprisini yaptığı bile oluyordu. Shirley ise kendini o kadar soyutlayacak seviyeye gelememişti. İçinden Patricia'nın yanına gitmek geliyordu, çünkü onun tuhaflığını kendi örnek kıyafetiyle ve davranışlarıyla hafifletmeyi umuyordu az da olsa.

"İçki ister misin canım?"

"Şimdilik hayır" dedi Patricia, yukarıdaki Pagford armasına bakmayı sürdürerek. "Dün gece çok içtim. Çevirme olsa hâlâ ceza yerim herhalde. Melly'nin işyerinden arkadaşlarıyla içtik dışarıda."

Shirley yukarıdaki armaya doğru hafifçe gülümsedi.

"Melly iyi, sorduğun için teşekkürler" dedi Patricia.

"Ah, iyi" dedi Shirley.

"Davetiyeyi beğendim" dedi Patricia. "Pat ve *misafiri*."

"Kusura bakma ama şey durumunda, bilirsin, insanlar evli değillerse öyle yazılır canım..."

"Ah, *Debrett's*'te öyle yazıyor ha? Eh, Melly davetiyede ismini görmeyince gelmek istemedi, bu yüzden epey tartıştık ve işte gördüğün gibi burada, tek başımayım. Sonuç bu ha?"

Patricia içkilere doğru yürüdü; Shirley biraz sarsılmış halde kalakaldı. Patricia'nın sinir krizleri çocukluğunda bile ürkütücüydü.

"Geciktiniz Bayan Jawanda" diye seslendi Shirley, yüzü kızarmış Sukhvinder'in telaşla yaklaştığını görünce kendini toplayarak. Shirley'ye göre, bu kızın gelmesi bile başlı başına küstahlıktı; sonuçta Sukhvinder'in annesi burada, bu salonda Howard'a korkunç sözler söylemişti. Kızın koşarak Andrew ile Gaia'nın yanına gitmesini seyrederken, Howard'a Sukhvinder'i işten çıkarmaları gerektiğini söylemeyi düşündü. Kız ağırkanlıydı ve uzun kollu siyah tişörtünün altında gizlediği egzaması hijyen sorunu çıkarabilirdi; Shirley egzamanın bulaşıcı olup olmadığını internetteki en sevdiği tıp sitesinde araştırmaya karar verdi.

Saat tam sekizde davetliler gelmeye başladılar. Howard, Gaia'ya gelip yanında durmasını, insanların paltolarını almasını söyledi; çünkü o küçük siyah elbiseli, fırfırlı önlüklü kıza emir verdiğini herkesin görmesini istiyordu. Ama insanlar peş peşe geldikçe Gaia'nın paltolarla baş edemeyecek hale gelmesi uzun sürmedi; bunun üzerine Howard, Andrew'yu yardıma çağırdı.

Gaia, "Bir şişe aşır" diye emretti Andrew'ya, küçük vestiyerde paltoları üçer dörder asarlarken, "ve mutfağa sakla. Sırayla gidip içeriz."

"Tamam" dedi Andrew sevinçle.

"Gavin!" diye haykırdı Howard, oğlunun iş ortağı saat sekiz buçukta içeri tek başına girince.

"Kay seninle gelmedi mi Gavin?" diye sordu Shirley hemen. (Maureen sehpa şeklindeki masanın arkasında parlak stiletto ayakkabılarını giymekle meşguldü, dolayısıyla Shirley'nin ona karşı avantaj elde etmek için çok az vakti vardı.)

"Hayır, gelemedi maalesef" dedi Gavin; sonra da paltosunu almak için bekleyen Gaia'yla burun buruna gelince dehşete kapıldı.

"Annem gelebilirdi" dedi Gaia yüksek ve net bir sesle; Gavin'a öfkeyle bakıyordu. "Ama Gavin onu terk etti, değil mi Gav?"

Bunu duymamış gibi yapan Howard, Gavin'ın sırtına hafifçe vurarak, "Seni görmek harika, git de kendine bir içki al" diye gürledi.

Shirley sakin görünmeye çalışsa da yaşadığı heyecan hemen dinmedi, sonraki birkaç davetliyi selamlarken biraz şaşkın ve rüyada gibiydi. Maureen selamlama ekibine katılmak için, üstünde o berbat elbisesiyle, sarsak adımlarla gelince Shirley ona usulca, "Çok gergin bir an yaşadık" dedi büyük bir keyifle. "Ortalık çok gerildi. Gavin ile Gaia'nın annesi... tüh... bilseydik..."

"Ne? Ne oldu?"

Ama başını hayır dercesine sallayan Shirley, Maureen'in merakının tadını çıkardı; salona Miles, Samantha ve Lexie'nin girdiklerini görünce kollarını ardına kadar açtı.

"İşte geldi! Meclis Üyesi Miles Mollison!"

Samantha, Shirley'nin Miles'a sanki çok uzak bir yolculuktan dönmüş gibi sarılmasını seyretti. Mutluluk ve beklentiden şok ve hayal kırıklığına öyle hızlı bir geçiş yapmıştı ki, düşüncelerinin yarattığı parazit yüzünden dış dünyayı duymakta zorlanıyordu.

("Bu harika!" demişti Miles. "Babamın partisine gelebileceksin bu durumda..."

"Evet" diye karşılık vermişti Samantha, "biliyorum. Harika, değil mi?"

Ama Samantha bir haftadan fazladır giymeyi planladığı kot pantolon ile grup tişörtünü üzerine geçirince, Miles şaşırmıştı.

"Resmi kıyafet şartı var."

"Miles, Pagford kilise salonuna gideceğiz alt tarafı."

"Biliyorum, ama davetiyede..."

"Ben böyle gideceğim.")

"Selam Sammy" dedi Howard. "Şu haline bak. Bu kadar süslenmene gerek yoktu."

Ama adam her zamanki kadar şehvetle sarıldı ve Samantha'nın daracık kotunun içindeki kalçalarına vurdu.

Samantha, Shirley'nin önünden yapmacık, soğuk bir gülümsemeyle geçip içki almaya gitti. Kafasının içindeki fesat bir ses sorular sorup duruyordu: *Konsere gitsen ne olacaktı ki? Ne anlamı vardı? Neyin peşindeydin?*

*Hiç. Biraz eğlenmek istemiştim o kadar.*

Güçlü, genç kolların ve kahkahaların hayali (ki işler yolunda gitseydi bu gece hislerini serbest bırakacaktı); Samantha'nın incecik beline dolanan kollar, yeninin, keşfedilmemiş olanın kekremsi tadı; Samantha'nın fantezisi kanatlarını yitirmişti ve yeryüzüne düşüyordu...

*Sadece bakmak istemiştim.*

"İyi görünüyorsun Sammy."

"Selam Pat."

Samantha görümcesini bir yıldan fazladır görmemişti.

*Bu ailedeki en sevdiğim kişi sensin Pat.*

Miles geldi; kız kardeşini öptü.

"Nasılsın? Mel nasıl? O gelmedi mi ki?"

"Gelmek istemedi" dedi Patricia. Şampanya içiyordu, ama sanki sirke içiyormuş gibi yüzünü ekşitmişti. "Davetiyede, *Pat ve misafiri* yazıyordu... büyük bir tartışma yaşadık. Annem sağ olsun."

"Ah, yapma Pat" dedi Miles gülümseyerek.

"Ah, yapma Pat da ne demek Miles?"

Samantha delice bir sevince kapıldı. Saldırmak için bahane bulmuştu.

"Kardeşinin partnerinin o şekilde davet edilmesi büyük kabalık Miles; bunu sen de biliyorsun. Bana sorarsan annen biraz görgü kurallarını öğrense fena olmaz."

Miles'ın bir yıl önceki halinden daha şişman olduğu kesindi. Samantha, adamın gömlek yakasından taşmış gıdısını görebiliyordu. Miles'ın nefesi kokuyordu. Babası gibi ayak parmaklarının üstünde yaylanarak yürüyordu artık. Midesi bulanır gibi olan Samantha sehpa şeklindeki masanın ucuna, Andrew ile Sukhvinder'in bardakları doldurup dağıtmakla meşgul oldukları yere gitti.

"Cin var mı?" diye sordu. "Büyük bir bardak ver."

Andrew'yu tanıyamayacaktı neredeyse. Delikanlı içki koyarken, Samantha'nın daracık tişörtünün içindeki memelerine bakmamaya çalıştı; ama güneşe bakarken gözlerini kısmamaya çalışmak gibi bir şeydi bu.

"Bunları biliyor musun?" diye sordu Samantha, yarım bardak cin tonik içtikten sonra.

Düşüncelerini toplamaya çalışan Andrew'nun yüzü kızardı. Samantha'nın fütursuzca kıkırdadığını duyunca dehşete kapıldı; "Grubu diyorum. Müzik grubundan bahsediyorum" dedi kadın.

"Hı hı, ben... hı hı. İsimlerini duymuştum. Benim... tarzım değil."

"Öyle mi?" dedi kadın içkisinin kalanını fondipleyerek. "Bir tane daha alayım lütfen."

Bu çocuğun kim olduğunu çıkardı. Şarküteride çalışan ürkek çocuktu. Üniforması onu yaşından büyük gösteriyordu. Belki de birkaç haftadır mahzene inip çıkmak çocuğun kaslarını geliştirmişti biraz.

"Ah, bak" dedi Samantha, giderek büyüyen kalabalığa doğru yürüyerek uzaklaşan birini göstererek, "Gavin bu. Pagford'un en sıkıcı ikinci adamı. Birincisi kocam tabii."

Samantha yeni içkisini alıp, kendinden memnun bir halde uzaklaştı; cin ilaç gibi gelmişti, hem uyuşturuyor, hem de canlandırıyordu ve Samantha yürürken şöyle düşündü: *Memelerimi beğendi; bakalım kıçımı nasıl bulacak.*

Samantha'nın yaklaştığını gören Gavin birilerinin, herhangi birilerinin sohbetine katılarak kadını savuşturmayı düşündü; en yakındaki kişi Howard olduğundan, Gavin telaşla parti sahibinin çevresinde toplanmış gruba katıldı.

"Riske girdim" diyordu Howard, diğer üç adama; elindeki puroyu sallıyordu ve kadife ceketinin önüne biraz kül dökülmüştü. "Riske girip şarküteriyi açtım. Bu kadar basit. Sihirli formül filan yoktu. Kimse bana... ah, Sammy gelmiş. Bu genç adamlar kim Samantha?"

Dört yaşlı adam, Samantha'nın memelerinin üstüne yayılmış pop grubuna bakarlarken kadın Gavin'a döndü.

"Selam" dedi ve eğilerek onu kendisini öpmeye zorladı. "Kay gelmedi mi?"

"Gelmedi" diye kestirip attı Gavin.

"İş hayatından bahsediyorduk Sammy" dedi Howard mutlulukla; Samantha kendi dükkânını, başarısız olmuş ve kapanacak olan dükkânını düşündü. "Ben kendi ayaklarımın üstünde durarak bugünlere geldim" dedi Howard gruptakilere. "Bütün mesele bu. Gereken tek şey bu. Kendi ayaklarının üstünde duracaksın."

Howard devasa bir küre gibiydi; tatmin ve hoşnutluk yayan minyatür bir kadife güneşti sanki. Elindeki brendi yüzünden sesi şimdiden yumuşamıştı. "Riske girmeye hazırdım... her şeyimi kaybedebilirdim de."

"Daha doğrusu annen her şeyini kaybedebilirdi" diye düzeltti Samantha. "Hilda dükkân parasının yarısını vermek için evini ipotek ettirmemiş miydi?"

Samantha, Howard'ın gözlerinde bir parıltı gördü; ama adam gülümsemeyi sürdürdü.

"Öyleyse asıl annem övgüyü hak ediyor" dedi Howard,

"çalışıp çabaladığı, tutumluluk edip para biriktirdiği, oğlunun kendi hayatını kurmasını sağladığı için. Bana verilenleri katbekat çoğalttım ben ve kazandıklarımı aileme harcıyorum... mesela sizin kızları St. Anne'de okutan benim... vereceksin ki alasın, değil mi Sammy?"

Samantha bunu Shirley'den beklerdi, ama Howard'dan değil. İkisi de içkilerini bitirmişlerdi; Gavin'ın usulca uzaklaşmasını seyreden Samantha, onu durdurmaya çalışmadı.

Gavin çaktırmadan sıvışmasının mümkün olup olmadığını düşünüyordu. Gürültü yüzünden huzursuzluğu iyice artıyordu. Kapıda Gaia'yla karşılaştığından beri o korkunç düşünce aklından çıkmıyordu. Kay kızına her şeyi anlatırsa ne olacaktı? O kız, Gavin'ın Mary Fairbrother'a âşık olduğunu öğrenirse ve bunu başkalarına söylerse ne olacaktı? On altı yaşındaki, öç almak isteyen bir çocuğun yapabileceği türden bir şeydi bu.

Gavin'ın istediği son şey, Mary'ye âşık olduğunu ona söyleme fırsatı bulamadan bütün Pagford'un öğrenmesiydi. Âşık olduğunu aylar sonra, belki bir yıl sonra söylemeyi planlamıştı... önce Barry'nin ilk ölüm yıldönümünün geçmesini bekleyecekti... bu arada Mary'nin kendisine duyduğu güvenin ve bağımlılığın artmasını sağlayacaktı, böylece Mary ona âşık olduğunu zamanla anlayacaktı, tıpkı kendisinin Mary'ye âşık olduğunu anladığı gibi...

"İçki almamışsın Gav!" dedi Miles. "Bu durum hemen düzeltilmeli!"

Miles iş ortağını kararlı bir şekilde içki masasına götürüp ona bira koyarken durmadan konuştu; Howard gibi o da neredeyse elle tutulur bir mutluluk ve gurur ışığı saçıyordu.

"Koltuğu kazandığımı duydun mu?"

Gavin bunu duymamıştı, ama şaşırmış gibi yapmak gelmedi içinden.

"Hı hı. Tebrikler."

"Mary nasıl?" diye sordu Miles içtenlikle; bu gece bütün kasabanın dostuydu, çünkü onu seçmişlerdi. "İyi mi?"

"Hı hı, sanırım..."

"Liverpool'a taşınabilirmiş diye duydum. Belki de onun için en iyisi bu olur."

"Ne?" dedi Gavin tiz bir sesle.

"Maureen daha bu sabah söylüyordu; Mary'nin kız kardeşleri onun çocukları da alıp baba evine dönmesini istiyorlarmış, onu ikna etmeye çalışıyorlarmış. Liverpool'da bir sürü akrabası varmış hâlâ..."

"Onun evi burası."

"Bence Pagford'u seven Barry idi. Barry öldüğüne göre, Mary'nin burada kalmak isteyeceğini sanmıyorum."

Gaia, Gavin'ı mutfak kapısındaki aralıktan seyrediyordu. Andrew'nun onun için çaldığı votkadan birkaç parmak konmuş bir kâğıt bardağı tutuyordu elinde.

"Şerefsiz" dedi. "Annemin kanına girmese hâlâ Hackney'de olacaktık. Annem öyle aptal ki. Sorsa, bu herifin kendisiyle o kadar da ilgilenmediğini söyleyebilirdim ben ona. Annemi gezdirmiyordu hiç. Onunla düzüştükten sonra hemen gitmeye can atıyordu."

Gaia'nın arkasındaki, neredeyse boşalmış bir servis tabağına sandviç dizmekte olan Andrew, kızın düzüşmek gibi kelimeler kullandığına inanamıyordu. Fantezilerindeki Gaia, cinsel açıdan yaratıcı ve maceracı bir bakireydi. Gerçek Gaia'nın Marco de Luca'yla neler yaptığını veya yapmadığını bilmiyordu. Kızın annesiyle ilgili sözleri, erkeklerin seksten sonra ne yaptıklarını bildiğini, hoşlanıp hoşlanmadıklarını anladığını gösteriyordu...

"Bir şeyler içsene" dedi Gaia, servis tabağını taşıyarak kapıya yaklaşan Andrew'ya; elindeki köpük bardağı Andrew'nun dudaklarına götürdü ve Andrew onun votkasından içti biraz. Kız hafifçe kıkırdayarak geri çekilip Andrew'ya yol verdi ve arkasından seslendi: "Sooks'a söyle, o da gelip içsin biraz!"

Salon kalabalık ve gürültülüydü. Andrew taze sandviçlerle dolu servis tabağını masaya bıraktı, ama artık yiyeceklerle ilgilenen yok gibiydi; içki masasındaki Sukhvinder herkese yetişmekte zorlanıyordu, birçok kişi kendi içkilerini kendileri koymaya başlamışlardı.

Andrew, "Gaia seni mutfağa çağırıyor" dedi Sukhvinder'e ve kızın yerine geçti. Barmen rolü yapması anlamsız olurdu; bunun yerine, isteyen alsın diye bulabildiği bütün bardakları doldurup masaya bıraktı.

"Hey Yerfıstığı!" dedi Lexie Mollison. "Şampanya alabilir miyim?"

St. Thomas'ta birlikte okumuşlardı ama Andrew onu epeydir görmüyordu. Kızın aksanı St. Anne'de okumaya başladığından beri değişmişti. Andrew kızın kendisine Yerfıstığı diye seslenmesine gıcık oldu.

"Önünde duruyor" dedi göstererek.

Kalabalığın arasından çıkan Samantha, "Lexie, içki içmeyeceksin" dedi öfkeyle. "Hayatta olmaz."

"Dedem dedi ki..."

"Umurumda değil."

"Herkes içi..."

"Hayır dedim!"

Lexie öfkeyle uzaklaştı. Onun gitmesine sevinen Andrew, Samantha'ya gülümsedi ve kadının aynı şekilde karşılık vermesine şaşırdı.

"Sen annen ile babana laf yetiştiriyor musun?"

Andrew, "Hı hı" deyince kadın güldü. Memeleri gerçekten kocamandı.

"Bayanlar, baylar!" diye gürledi hoparlörlerden gelen bir ses; herkes Howard'ı dinlemek için sustu. "İki çift laf etmek istedim... oğlum Miles'ın Belediye Meclisi'ne seçildiğini artık çoğunuz biliyorsunuzdur!"

Alkış kopunca Miles içkisini başının yukarısına kaldırdı. Andrew, Samantha'nın alçak ama anlaşılır bir sesle, "Aman ne güzel" dediğini duyunca irkildi.

Artık içki almaya gelen yoktu. Andrew usulca mutfağa geri döndü. Gaia ile Sukhvinder baş başa vermiş, içki içip gülüşüyorlardı, Andrew'yu görünce aynı anda, "*Andy!*" diye bağırdılar.

Andrew da güldü.

"İkiniz de sarhoş mu oldunuz?"

"Evet" dedi Gaia; Sukhvinder ise, "Hayır" dedi. "Ama *o* sarhoş."

"Umurumda değil" dedi Gaia. "Mollison isterse beni kovsun. Artık Hackney bileti için para biriktirmeme gerek kalmadı zaten."

"Seni kovmaz" dedi Andrew kendine votka koyarken. "Onun gözdesisin sen."

"Hı hı" dedi Gaia. "O şerefsiz moruk bir tuhaf zaten."

Üçü yeniden güldüler.

Cam kapının ardından, mikrofonla konuşan Maureen'in çatlak sesi geldi.

"Hadi öyleyse Howard! Hadi gel... doğum gününde düet yapalım! Hadi... bayanlar, baylar... Howard'ın en sevdiği şarkı!"

Üçü dehşete kapılmış gibi yaparak bakıştılar. Gaia kıkırdayarak gidip, kapıyı iterek açtı.

"The Green, Green Grass of Home" bangır bangır çalmaya başladı ve sonra Howard'ın kalın sesi ile Maureen'in kulak tırmalayıcı altosu duyuldu:

*The old home town looks the same,*
*As I step down from the train...*[10]

**10.** Memleketim aynı görünüyor, Ben trenden inerken. (ç.n.)

Kıkırtılarla kahkahaları bir tek Gavin duydu, ama dönüp bakınca mutfak kapısının kanatlarının hafifçe sallandığını gördü sadece.

Miles gidip Aubrey ve Julia Fawley ile sohbete başlamıştı; o ikisi geç gelmişlerdi ve kibarca gülümsüyorlardı. Gavin korku ile kaygı karışımı bir duygunun pençesindeydi, tanıdık bir duyguydu bu. Özgürlük ve mutluluk güneşiyle kısa süreliğine aydınlanan dünyası çifte tehdit altındaydı: Gaia Gavin'ın annesine söylediklerini başkalarına söyleyebilirdi... Mary Pagford'u sonsuza dek terk edebilirdi... Bu olasılıkların gölgesi dünyasını karartmıştı. Gavin ne yapmalıydı?

*Down the lane I walk, with my sweet Mary,*
*Hair of gold and lips like cherries...*[11]

"Kay gelmedi mi?"

Samantha gelmişti, Gavin'ın yanındaki masaya yaslanmış sırıtıyordu.

"Bunu sormuştun zaten" dedi Gavin. "Gelmedi."

"Aranızda bir sorun yok ya?"

"Bu seni ilgilendirir mi gerçekten?"

Gavin kendini tutamayıp söylemişti sonunda; Samantha'nın sürekli insanı sorguya çekmesinden, alay etmesinden bıkmıştı. İlk kez baş başa kalmışlardı; Miles, Fawley'lerle meşguldü hâlâ.

Samantha yapmacık bir şekilde afallamış gibi yaptı. Gözleri kanlanmıştı, tane tane konuşuyordu; Gavin ilk kez, bu kadına karşı korkudan çok antipati duydu.

"Kusura bakma. Ben sadece..."

"Öylesine sormuştun. Tabii tabii" dedi Gavin, Howard ile Maureen kol kola sallanırlarken.

"Ben senin yuva kurmanı isterim. Kay'le birbirinize yakışıyorsunuz."

**11.** Yolda yürüyorum, tatlı Mary'mle, Saçı altın sarısı, dudakları kiraz gibi. (ç.n.)

"Tabii tabii, eh, ben özgürlüğümü seviyorum" dedi Gavin. "Tanıdığım evli çiftlerin çoğu mutsuz."

Samantha bu iğnelemeyi tam olarak anlayamayacak kadar sarhoş olsa da, iğnelendiğini sezdi.

"Evliliklerin içyüzünü dışarıdan bakanlar bilemezler asla" dedi dikkatle konuşarak. "Gerçekte olup bitenleri o iki kişiden başkası bilemez. O yüzden peşin hüküm vermemelisin Gavin."

"Aydınlattığın için teşekkürler" dedi Gavin; Samantha'ya daha fazla katlanamayacaktı, boş bira kutusunu bırakıp vestiyere doğru yürüdü.

Samantha onun gitmesini seyrederken, Gavin'a ağzının payını verdiğinden emindi; sonra dikkatini kaynanasına çevirdi; Howard ile Maureen'in şarkı söylemelerini seyreden kadını kalabalığın içindeki bir boşluktan görebiliyordu. Shirley'nin akşam boyunca yüzünden eksik olmayan, son derece gergin, buz gibi gülümsemesiyle ifade ettiği öfkesinin tadını çıkardı. Howard ile Maureen yıllar boyunca birçok kez birlikte şarkı söylemişlerdi; Howard şarkı söylemeye bayılırdı, Maureen ise bir zamanlar yerel bir *skiffle*[12] grubunda vokalistlik yapmıştı. Şarkı bitince Shirley bir kez, uşak çağırır gibi el çırptı; kahkahayı basan Samantha masanın ucundaki bara gitti ve papyonlu çocuğu orada bulamayınca hayal kırıklığına uğradı.

Andrew, Gaia ve Sukhvinder mutfaktaydılar hâlâ. Howard ile Maureen'in düeti yüzünden, ayrıca votkanın üçte ikisini içtikleri için, ama en çok da gülmek istedikleri için gülüyorlardı; sonunda gülmekten ayakta duramaz hale geldiler neredeyse.

Lavabonun üstündeki, mutfak fazla buharlanmasın diye aralık bırakılmış küçük pencere takırdayıp zangırdadı ve pencereden içeriye Şişko'nun başı girdi.

"İyi akşamlar" dedi Şişko. Dışarıdaki bir şeyin üstüne çık-

---

**12.** İngiltere'de 1950'lerde gelişen, halk müziği tarzında popüler müzik türü. (ç.n.)

mış olmalıydı, çünkü sürtünme sesi ve devrilen ağır bir nesnenin gürültüsü geldi; pencereden yavaş yavaş geçen Şişko sonunda bulaşıklığın üstüne olanca ağırlığıyla düştü; yere düşen birkaç bardak kırıldı.

Sukhvinder hemen mutfaktan çıktı. Andrew kendisinin de Şişko'yu burada istemediğini düşündü anında. Bir tek Gaia rahatsız olmamış gibiydi. Kıkırdamayı sürdürerek, "Kapı var, biliyorsun" dedi.

"Hadi ya?" dedi Şişko. "İçki nerede?"

"Bu bizim" dedi Gaia, votka şişesini kucaklayarak. "Andy aşırdı. Kendi içkini kendin bul."

İstifini bozmadan, "Sorun değil" diyen Şişko salona çıktı.

Gaia, "Tuvalete gitmem lazım..." diye mırıldandı ve o da votka şişesini lavabonun altına geri koyup mutfaktan çıktı.

Andrew onun peşinden gitti. Sukhvinder bara geri dönmüştü, Gaia tuvalete giriyordu; Şişko ise sehpa şeklindeki masaya bir elinde sandviç, diğer elinde birayla yaslanmıştı.

"Buraya gelmek istemezsin sanıyordum" dedi Andrew.

"Davet edildim dostum" dedi Şişko. "Davetiyede yazıyordu. Bütün Wall ailesi."

"Göz burada olduğunu biliyor mu?"

"Bilmem" dedi Şişko. "Saklanıyor. Bizim Barry'nin koltuğuna oturamadı ya. Göz olmayınca toplumsal yapı tamamen çökecek. Bu ne ya, iğrenç resmen" diye ekledi, ağzındaki sandviç lokmasını tükürerek. "Sigara ister misin?"

Salon öyle gürültülüydü, davetliler öyle zilzurna sarhoş olmuşlardı ki, Andrew'nun nereye gittiği artık kimsenin umurunda değil gibiydi. Dışarı çıktıklarında Patricia Mollison'ın spor arabasının yanında tek başına durduğunu, bulutsuz ve yıldızlı gökyüzüne bakarak sigara içtiğini gördüler.

Kadın, "Bundan içebilirsiniz" dedi sigara paketini uzatarak, "isterseniz."

Onların sigaralarını yaktıktan sonra bir elini cebine daldırıp yumruk yaparak, rahat bir edayla öylece durdu. Bu kadında Andrew'ya ürkütücü gelen bir şey vardı; Andrew, Şişko'nun tepkisini tartmak için ona bakamıyordu bile.

"Ben Pat" dedi kadın bir süre sonra. "Howard ile Shirley'nin kızıyım."

"Selam" dedi Andrew. "Ben Andrew."

"Stuart" dedi Şişko.

Kadın sohbeti uzatmaya gerek görmüyor gibiydi. Bunu bir çeşit iltifat sayan Andrew, kadının kayıtsızlığını taklit etmeye çalıştı. Sessizliği ayak sesleri, boğuk kız sesleri bozdu.

Gaia, Sukhvinder'i elinden tutmuş sürükleyerek dışarı çıkarıyordu. Gülüyordu; Andrew onun hâlâ votkanın etkisinde, gittikçe daha çok sarhoş olduğunu anladı.

Gaia, "Sen" dedi Şişko'ya, "Sukhvinder'e cidden korkunç davranıyorsun."

"Kes şunu" dedi Sukhvinder, elini kurtarmaya çalışarak. "Ciddiyim... bırak beni..."

"Ama öyle!" dedi Gaia nefes nefese. "Korkunç davranıyorsun! Onun Facebook'una bir şeyler yazıyor musun?"

"Kes şunu!" diye bağırdı Sukhvinder. Kendini kurtarmayı başardı ve koşarak partiye geri döndü.

"Ona *cidden* korkunç davranıyorsun" diyen Gaia tırabzana tutundu. "Lezbiyen filan diyorsun kıza..."

"Lezbiyen olmakta bir terslik yok" dedi Patricia, sigara dumanı yüzünden gözlerini kısarak. "Ama benim böyle dememem normal tabii."

Andrew, Şişko'nun Pat'e yan gözle baktığını gördü.

"Ben terslik var demedim. Şaka yapıyordum sadece" dedi Şişko.

Gaia tırabzandan kayarak inip buz gibi kaldırıma oturdu, başını kollarının arasına aldı.

"İyi misin?" diye sordu Andrew. Yanında Şişko olmasa, kızın yanına otururdu.

"Sarhoş oldum" diye mırıldandı kız.

"İstersen parmaklarını boğazına sok" diye öneride bulundu Patricia, kıza tepeden sakince bakarak.

"Güzel araba" dedi Şişko, BMW'yi incelerken.

"Hı hı" dedi Patricia. "Yeni. Erkek kardeşimden iki kat fazla para kazanıyorum ben" dedi, "ama Miles Çocuk İsa. Miles Mesih... Pagford'da meclis üyesi olan ikinci... Mollison. Pagford'u seviyor musun?" diye sordu Şişko'ya; Andrew, başını dizlerinin arasına almış derin derin soluyan Gaia'yı seyrediyordu.

"Hayır" dedi Şişko. "Boktan bir yer."

"Hı hı, eh... Ben şahsen fırsatını bulur bulmaz kaçtım. Barry Fairbrother'ı tanır mıydın?"

"Biraz" dedi Şişko.

Sesindeki bir şey Andrew'yu kaygılandırdı.

"St. Thomas'ta okuma rehberimdi" dedi Patricia, sokağın ucuna bakmayı sürdürerek. "Hoş adamdı. Cenazesine gelecektim, ama Melly'yle birlikte Zermatt'taydım. Annemin ballandıra ballandıra anlattığı şu mesele... Barry'nin Hayaleti meselesi nedir?"

"Birisi Belediye Meclisi'nin internet sitesine bir şeyler yazıyor" dedi Andrew hemen, müdahale etmezse Şişko'nun söyleyebileceklerinden korkuyordu. "Söylentiler filan."

"Ya, annem öyle şeylere bayılır" dedi Patricia.

"Hayalet yeni mesajında neler diyecek acaba?" diye sordu Şişko, Andrew'ya yan gözle bakarak.

"Seçim bittiğine göre artık yazmayı keser herhalde" diye mırıldandı Andrew.

"Ah, bilmem ki" dedi Şişko. "Bizim Barry'nin Hayaleti'ni hâlâ gıcık eden şeyler varsa..."

Andrew'yu kaygılandırdığını biliyordu ve bu hoşuna gidiyordu. Andrew bugünlerde bütün zamanını bu boktan işte çalışarak geçiriyordu ve yakında taşınacaktı. Şişko, Andrew'ya hiçbir şey borçlu değildi. Tam manasıyla sahicilik suçluluk ve yükümlülük hisleriyle birlikte var olamazdı.

Patricia, "İyi misin?" diye sordu Gaia'ya; yüzünü gizlemeyi sürdüren kız, başını evet anlamında salladı. "Mideni ne bulandırdı, içki mi, yoksa düet mi?"

Andrew hem kibarlık olsun diye, hem de Barry Fairbrother'ın Hayaleti konusunun kapanması için hafifçe güldü.

"Benim de midem kalktı" dedi Patricia. "O yaşlı Maureen ile babamın birlikte şarkı söylediklerini görünce. Kol kola." Patricia sigarasından son bir derin nefes çektikten sonra izmariti yere atıp topuğuyla ezdi. "On iki yaşımdayken onları bastım; Maureen babama sakso çekiyordu" dedi. "Babam beş *pound* verdi bana, anneme söylemeyeyim diye."

Andrew ile Şişko kalakalmışlardı; birbirlerine bakmaya bile korkuyorlardı. Patricia yüzünü elinin tersiyle sildi. Ağlıyordu.

"Bu kahrolası yere gelmemeliydim" dedi. "Gelmemem gerektiğini biliyordum."

BMW'ye bindi, afallamış iki delikanlı gözlerini dikmiş bakarken motoru çalıştırdı, geri geri giderek park yerinden çıktı ve gaza basıp gecenin içinde gözden kayboldu.

"Hassiktir" dedi Şişko.

"Kusacağım galiba" diye fısıldadı Gaia.

"Bay Mollison içeri geri dönmenizi istiyor... içki servisi için."

Sukhvinder mesajı verdikten sonra tekrar kaçıp gitti.

"Yapamam" diye fısıldadı Gaia.

Andrew kızı orada bırakıp gitti. Kapıyı açınca salonun gürültüsü suratına çarptı. Bangır bangır disko müziği çalıyordu. Andrew giden Aubrey ile Julia Fawley'ye yol vermek için yana çekilmek zorunda kaldı. İkisi de partiye sırtlarını dönmüşlerdi, somurtuyorlardı, gittiklerine memnundular herhalde.

Samantha Mollison dans etmiyordu; daha az önce sıra sıra içkilerle kaplı olan sehpa şeklindeki masaya yaslanmıştı. Sukhvinder ortalıkta koşuşturup bardakları toplarken Andrew son temiz bardak kutusunu açtı ve bardakları çıkarıp içkiyle doldurdu.

"Papyonun eğri duruyor" dedi Samantha ve masanın üstünden eğilip Andrew'nun papyonunu düzeltti. Utanan Andrew, kadın kendisini bırakır bırakmaz mutfağa kaçtı. Bardakları bulaşık makinesine koyarken bir yandan da arada bir, çaldığı votkadan bir fırt çekiyordu. Gaia gibi sarhoş olmak istiyordu; birlikte deli gibi kahkahalar attıkları ana, Şişko gelmeden önceki ana geri dönmek istiyordu.

On dakika sonra, içki masasına tekrar göz attı; Samantha hâlâ masaya yaslanmış duruyordu, gözleri cam gibiydi ve Andrew'nun yeni doldurduğu içkiler ona bol bol yeterdi. Howard dans pistinin ortasında kan ter içinde dans ederken, Maureen'in söylediği bir şeye kahkahalarla gülüyordu. Andrew kalabalığın içinden geçip dışarı çıktı.

Gaia'yı göremedi önce. Sonra onları fark etti. Gaia ile Şişko kapının on metre ilerisindeki bir tırabzana yaslanmışlardı, sarmaş dolaş olmuş, dillerini birbirlerinin ağzına sokarak öpüşüyorlardı.

"Bak, kusura bakma ama bütün işleri ben tek başıma yapamam" dedi Sukhvinder çaresiz bir sesle, Andrew'nun arkasından. Sonra Şişko ile Gaia'yı fark edince çığlıkla hıçkırık arası bir ses çıkardı. Hisleri tamamen alınmış gibi olan Andrew, kızla birlikte salona geri döndü. Mutfakta votkanın kalanını bardağa koyup fondip yaptı. Lavaboyu doldurdu ve bulaşık makinesine sığmayan bardakları mekanik hareketlerle yıkamaya girişti.

Alkol uyuşturucu gibi değildi. Kendini bomboş hissetmesine yol açıyordu; ama birilerine, örneğin Şişko'ya vurma arzusunu da uyandırıyordu.

Bir süre sonra, aradan bir saat geçmiş olduğunu, mutfak duvarındaki plastik saatin biri gösterdiğini, insanların gitmek için hareketlendiklerini fark etti.

İnsanlara paltolarını vermesi gerekiyordu. Bir süre bu işi yapmayı denedi, ama sonra Sukhvinder'e devretti ve yalpalayarak mutfağa geri döndü.

Samantha buzdolabına yaslanmış tek başına duruyordu; elinde içki bardağı vardı. Andrew'nun gözleri bulanık görmeye başlamıştı sanki; dünyayı peş peşe geçen titrek film kareleri şeklinde algılıyordu. Gaia geri dönmemişti. Şişko'yla birlikte çoktan gitmişti besbelli. Samantha bir şeyler söylüyordu. O da sarhoştu. Andrew o kadından utanmıyordu artık. Birazdan kusacak gibi hissetti kendini.

"... lanet olası Pagford'dan nefret ediyorum..." dedi Samantha, "ama sen kaçıp kurtulabilecek kadar gençsin."

"Hı hı" dedi Andrew; dudaklarını hissedemiyordu. "Kurtulacağım. Kurtulacağım."

Kadın onun alnına düşmüş saç tutamını geriye attı ve ona ne kadar tatlı olduğunu söyledi. Gaia'nın dilini Şişko'nun ağzına sokmasının görüntüsü Andrew'nun gözünün önünden gitmiyordu. Andrew, Samantha'nın sıcak teninden buram buram yayılan parfüm kokusunu alıyordu.

"Bu grup boktan" dedi kadının göğsünü göstererek, ama kadının duymadığını düşündü.

Kadının ağzı sıcaktı, dudakları çatlaktı ve Andrew'nun göğsüne yaslanmış memeleri kocamandı; sırtı genişti ve...

"Lanet olsun, ne oluyor burada?"

Andrew bulaşıklığın üstünde yatarken, kısa kır saçlı iriyarı bir adam Samantha'yı mutfaktan sürükleyerek çıkarıyordu. Andrew kötü bir şeyler olduğunu hayal meyal fark etti; ama gerçeklik giderek tuhaflaşıyor, her şey titreyip duruyordu sanki. Sonunda sendeleyerek çöp kutusuna gidip defalarca kusmaktan başka bir şey yapamadı...

Sukhvinder'in birilerine, "Kusura bakmayın, giremezsiniz!" dediğini duydu. "Kapının arkasında eşyalar yığılı!"

Andrew içine kustuğu çöp torbasını sımsıkı bağladı. Sukhvinder'in yardımıyla mutfağı temizledi. İki kez daha kusmak zorunda kaldı, ama ikisinde de tuvalete gitmeyi başardı.

Howard onlara kan ter içinde, ama gülümseyerek iyi geceler dilediğinde saat ikiye geliyordu.

"Çok iyi çalıştınız" dedi adam. "Yarın görüşürüz öyleyse. Çok iyiydiniz... bu arada Bayan Bawden nerede?"

Andrew yalan uydurma işini Sukhvinder'e bıraktı. Sokağa çıkıp Simon'ın bisikletinin zincirini çözdü ve bisikleti yanında sürerek karanlığın içine daldı.

Soğuk havada Tepedeki Ev'e doğru yaptığı uzun yürüyüş zihnini açsa da, hıncını ya da üzüntüsünü azaltmadı.

Şişko'ya Gaia'dan hoşlandığını söylemiş miydi? Söylememiş olabilirdi, ama Şişko biliyordu. Andrew, Şişko'nun bildiğini *biliyordu*... şu an düzüşüyor olabilirler miydi acaba?

*Buralardan gidiyorum zaten* diye düşündü, bisikleti tepeye doğru, soğuktan titreyerek ve iki büklüm halde çıkarırken. *O yüzden canları cehenneme...*

Sonra şöyle düşündü: *Gitsem iyi olur sahiden...* Az önce Lexie Mollison'ın annesiyle mi öpüşmüştü? Kadının kocası onları basmış mıydı? Bu gerçekten olmuş muydu?

Miles'tan korkuyordu, ama olanları Şişko'ya söylemek istiyordu, yüzünün alacağı hali görmeyi istiyordu...

Eve bitkin halde girdiğinde, mutfağın karanlığından Simon'ın sesi geldi.

"Bisikletimi garaja bıraktın mı?"

Adam mutfak masasında oturuyordu, bir kâse dolusu kahvaltılık gevrek yiyordu. Saat sabahın iki buçuğuydu neredeyse.

"Uyuyamadım" dedi Simon.

İlk defa sinirli değildi. Ruth orada olmadığından, Simon'ın

oğullarından daha büyük ya da daha zeki olduğunu kanıtlamasına gerek yoktu. Yorgun ve ufak tefek görünüyordu.

"Reading'e taşınmak zorunda kalacağız galiba Pizza Surat" dedi Simon. Bu lakabı neredeyse sevgiyle söylemişti.

Hafifçe titreyen, kendini büyümüş ve çökmüş hisseden Andrew bir anda şiddetli bir suçluluk duygusuna kapıldı, babasına yaptığı şeyi telafi etmek istedi. Artık dengeleri değiştirmenin, Simon'la ittifak kurmanın vakti gelmişti. Onlar bir aileydiler. Birlikte hareket etmeleri gerekiyordu. Başka bir yerde yaşamaları daha iyi olurdu belki de.

"Sana bir şey göstereceğim" dedi. "Gelsene benimle. Bunu yapmayı okulda öğrendim..."

Babasını bilgisayara götürdü.

## 4

Sisli, mavi gökyüzü Pagford ile Fields'ın üzerine kubbe gibi kapanmıştı. Şafak sökerken Meydan'daki taştan eski savaş anıtı, Foley Yolu'ndaki beton binaların çatlak ön cepheleri aydınlanıyor, Tepedeki Ev'in beyaz duvarları uçuk altın sarısı bir renk alıyordu. Ruth Price uzun nöbeti için hastaneye gitmek üzere arabasına binerken aşağıya, uzaklarda gümüşi bir kurdele gibi parıldayan Orr Nehri'ne baktı ve kendi evine, bu manzaraya başka birilerinin sahip olmasının ne büyük bir haksızlık olacağını düşündü.

Bir buçuk kilometre aşağıdaki Church Row'da, Samantha Mollison misafir odasında mışıl mışıl uyuyordu hâlâ. Kapıda kilit yoktu, ama Samantha kapının arkasına koltuk dayamıştı; sonra da yarı giyinik halde yatağa yığılmıştı. Şiddetli bir baş ağrısının ilk zonklamaları kadının uykusunu kaçırdı ve perde arasından giren gün ışığı, bir gözünün kenarını lazer ışını gibi aydınlattı. Uyanır gibi olan Samantha hafifçe kımıldadı; ağzı kupkuruydu, kaygılıydı ve suçluluk hissetmesine neden olan tuhaf rüyalar görmüştü.

Aşağıdaki tertemiz, ışıl ışıl mutfakta Miles önündeki çay fincanına el sürmeden, tek başına, dimdik oturmuş, buzdolabına bakıyor ve sarhoş karısını on altı yaşındaki bir okul çocuğuyla bastığı sahneyi zihninde tekrar tekrar canlandırıyordu.

Üç ev ötede, Şişko Wall, üstünde Howard Mollison'ın doğum günü partisinde giydiği giysilerle yatak odasında uzanmış sigara içiyordu. Sabaha kadar uyanık kalmak istemişti ve bunu başarmıştı. İçtiği onca sigara yüzünden ağzı biraz uyuşmuş gibiydi, karıncalanıyordu ama yorgunluğu umduğunun tam tersi bir etki yaratmıştı. Doğru dürüst düşünemiyordu, ama mutsuzluğunda ve huzursuzluğunda bir azalma olmamıştı.

Colin Wall yıllardır mustarip olduğu kâbusların bir yenisinden kan ter içinde uyandı. Rüyalarında korkunç şeyler yaptığını görürdü hep, uyanıkken ödünü patlatan şeyler görürdü; bu sefer de Barry Fairbrother'ı öldürdüğünü görmüştü ve bunu öğrenen polisler gelip gerçeği bildiklerini, Barry'nin cesedini mezarından çıkardıklarını ve Colin'in kullandığı zehri tespit ettiklerini söylüyorlardı.

Abajurun tavandaki tanıdık gölgesine bakan Colin, Barry'yi belki de kendisinin öldürdüğünü neden hiç düşünmediğini merak etti; hemen ardından da şu soru geldi aklına: Öldürmediğini nereden biliyorsun?

Alt katta Tessa karnına insülin iğnesi yapıyordu. Şişko'nun dün akşam eve geldiğini biliyordu, çünkü onun tavan arasındaki yatak odasına çıkan merdivenin dibinde sigara kokusu almıştı. Şişko'nun nereye gittiğini, kaçta geldiğini bilmemek korkutuyordu onu. İşler bu raddeye nasıl gelmişti?

Howard Mollison çift kişilik yatağında mışıl mışıl, mutlu mutlu uyuyordu. Desenli perdeler onu pembe taçyapraklarla beziyor ve güneş yüzünden uyanmasını engelliyordu, ama hırıltıları, horultuları karısını uyandırmıştı. Shirley mutfakta kızarmış ekmek yiyip kahve içiyordu; gözlüğünü takmıştı ve üstünde fitilli sabahlığı vardı. Maureen'in kilise salonunda Howard'la kol kola sallanışı gözünün önüne gelince resmen midesi bulandı, yediğinden içtiğinden tat almaz hale geldi.

Pagford'un birkaç kilometre dışındaki Demirhane'de Gavin Hughes sabunlanıp sıcak suyla duş alırken, neden başka erkekler kadar cesur olamadığını düşünüyordu; başka erkekler neredeyse sonsuz alternatifler arasından doğru seçimi yapmayı nasıl beceriyorlar acaba diye merak ediyordu. Tanık olduğu fakat asla tatmadığı bir hayatı özlüyordu, ama korkuyordu da. Seçim yapmak tehlikeliydi: Seçim yapınca diğer bütün seçeneklerden vazgeçmek zorunda kalıyordu insan.

Kay Bawden, Hope Sokağı'ndaki yatağında gözleri açık, bitkin bir halde uzanmış, Pagford'un sabah sessizliğini dinliyordu; çift kişilik yatakta yanında uyuyan, gün ışığında solgun ve susuz kalmış gibi görünen Gaia'yı seyrediyordu. Yerde, Gaia'nın yanında kova vardı; kovayı oraya Kay koymuştu, sabahın köründe tuvalette o kusarken bir saat boyunca kızının saçlarını tutmuş, ardından onu sürükleyerek yatak odasına getirmişti.

"Bizi neden buraya getirdin?" diye sızlanmıştı Gaia, öğürerek klozete kusarken. "Bırak beni. Bırak. Siktir... *senden nefret ediyorum.*"

Kay uyuyan kızın yüzünü seyrederken, on altı yıl önce yanında uyuyan güzel, minik bebeği anımsadı. Sekiz yıl birlikte yaşadığı sevgilisi Steve'den ayrıldığında Gaia'nın döktüğü gözyaşlarını anımsadı. Steve, Gaia'nın okulundaki veli toplantılarına katılırdı ve ona bisiklete binmeyi öğretmişti. Kay kurduğu hayali hatırladı (ki şimdi düşününce, Gaia'nın dört yaşındayken tek boynuzlu at istemesi kadar salakça geliyordu): Gavin'la birlikte yaşama, Gaia'ya nihayet kalıcı bir üvey baba ve taşrada güzel bir ev sunma hayalini kurmuştu. Masal kitaplarındaki gibi bir sonu ve Gaia'nın hep geri dönmek isteyeceği bir hayatı öyle çok hayal etmişti ki; çünkü kızının gideceği gün meteor gibi yaklaşıyordu ve Gaia giderse Kay'in dünyası paramparça olacaktı.

Kay elini yorganın altına sokup Gaia'nın elini tuttu. Bu dünyaya kazara getirdiği o ılık bedeni hissedince usulca –ama şilteyi titretecek kadar şiddetli– ağlamaya başladı.

Church Row'un dibinde Parminder Jawanda geceliğinin üstüne palto giydi, kahvesini alıp arka bahçeye çıktı. Soğuk gün ışığında bir ahşap banka oturdu; güzel bir gün olacak gibiydi, ama Parminder'in gözleri ile kalbinin arası tıkanmıştı sanki. Göğsündeki ağırlık her şeyi cansızlaştırıyordu.

Barry'nin Belediye Meclisi'ndeki koltuğuna Miles Mollison'ın seçilmesine şaşırmasa da, Shirley'nin internet sitesinde yayımladığı, özenle yazılmış kısa haberi görünce son toplantıdaki gibi delireceğini hissetmişti bir an. Saldırma arzusuna, hemen ardından da boğucu bir umutsuzluğa kapılmıştı.

"Meclisten istifa edeceğim" demişti Vikram'a. "Ne anlamı var ki?"

"Ama orada olmayı seviyorsun" demişti adam.

Parminder, Barry yanındayken seviyordu bunu. Bu sabah, ortalık sessiz ve dinginken, Barry'yi hayalinde canlandırması kolaydı. O ufak tefek, kızıl sakallı adamı; Parminder ondan bir baş uzundu. Barry'ye karşı hiçbir zaman en ufak bir fiziksel çekim duymamıştı. *Sonuçta aşk nedir ki?* diye düşündü, büyük arka bahçelerini çevreleyen yüksek çalı çitin leylandileri bir esintiyle sallanırken. Bir insan hayatınızdan çıkınca içinizde boşluk kalıyorsa, bu aşk mıydı?

*Onunla* gülmeyi seviyordum ama diye düşündü Parminder. *Gülmeyi gerçekten özlüyorum.*

Ve gözyaşlarının nihayet akmasına yol açan şey, gülme anıları oldu. Gözyaşları burnundan süzülüp kahvesine damladılar ve orada açtıkları küçük mermi delikleri anında kapandı. Parminder ağlıyordu, çünkü artık asla gülemiyor gibiydi ve önceki akşam, uzaktaki kilise salonundan gelen neşeli pop müziğini dinlerlerken Vikram, "Bu yaz Amritsar'a gidelim mi?" demişti.

Altın Tapınak, Vikram'ın umursamadığı dininin en kutsal mabediydi. Parminder, Vikram'ın niyetini anlamıştı hemen. Parminder'in hayatında ilk defa bu kadar çok boş zamanı vardı. İkisi de Genel Tıp Konseyi'nin, Parminder'in Howard Mollison'a karşı etik dışı davranışta bulunmasıyla ilgili ne karar vereceğini bilmiyorlardı.

Parminder, "Mandeep orasının tam bir turist tuzağı olduğunu söylüyor" diye karşılık vererek, Amritsar'a gitme fikrini reddetmişti hemen.

*Neden öyle dedim ki?* diye düşündü Parminder; bahçede hiç ağlamadığı kadar ağlıyor, elindeki kahve soğuyordu. Çocuklara Amritsar'ı göstermek iyi bir şey. Vikram *bir hoşluk yapmaya* çalışıyordu. Neden evet demedim?

Altın Tapınak'a gitmeyi reddetmekle sanki ona ihanet etmiş gibi hissediyordu az da olsa. Tapınağın lotus çiçeği şeklindeki kubbesinin sudaki yansıması, bu bal sarısı yansımanın ardındaki beyaz mermer bina hayalinde canlandı.

"Anne."

Parminder, Sukhvinder'in çimenlikten geçtiğini fark etmemişti. Kızın üstünde kot pantolon ve bol bir kazak vardı. Parminder yüzünü çabucak sildi, gözlerini kısarak sırtını güneşe vermiş olan Sukhvinder'e baktı.

"Bugün işe gitmek istemiyorum."

Parminder, Amritsar'ı reddetmesine yol açan itiraz güdüsüyle karşılık verdi hemen. "Bu sorumluluğu üstlenen sendin Sukhvinder."

"Kendimi iyi hissetmiyorum."

"Yani yorgunsun. Bu işi isteyen sendin. Şimdi sorumluluklarını yerine getir."

"Ama..."

"İşe gidiyorsun, o kadar" dedi Parminder öfkeyle, hükmü okuyan bir yargıç gibi. "Mollison'lara şikâyet etmeleri için yeni bir bahane vermeyeceksin."

Sukhvinder eve geri dönünce Parminder kendini suçlu hissetti. Kızını geri çağırmak geldi içinden ama yapmadı; bir ara kızıyla karşılıklı oturup, tartışmadan konuşması, buna zaman ayırması gerektiğini aklının bir köşesine yazmakla yetindi.

## 5

Krystal sabah aydınlığında Foley Yolu'nda muz yiyerek yürüyordu. Muzun tadı ve dokusu yabancıydı; Krystal muzu sevip sevmediğine karar veremiyordu. Terri ile Krystal meyveye para vermezlerdi hiç.

Nikki'nin annesi onu az önce gayet normal bir şekilde evden kovmuştu.

"Yapacak işlerimiz var Krystal" demişti. "Nikki'nin ninesine akşam yemeğine gideceğiz."

Sonra Krystal'a kahvaltı niyetine muz vermek gelmişti aklına. Krystal itiraz etmeden gitmişti. Nikki'nin ailesi mutfak masasına zor sığıyordu zaten.

Gün ışığı Fields'ı güzelleştirmiyordu; kirleri, yıkıntıları, beton duvarlardaki çatlakları, tahta çakılmış pencereleri ve çöpleri daha çok ortaya çıkarıyordu sadece.

Ne zaman güneş çıksa, Pagford Meydanı yeni boyanmış gibi görünürdü. İlkokul çocukları yılda iki kez, Noel ve paskalya ayinleri için kiliseye giderken kasabanın ortasından sıra halinde yürüyerek geçerlerdi. (Kimse Krystal'ın elini tutmak istemezdi. Şişko herkese onun pireli olduğunu söylemişti. Şişko'nun bunu hatırlayıp hatırlamadığını merak etti.) Asma sepetler çiçeklerle dolu olurdu; Krystal, Black Canon'ın önündeki mavili, pembeli, yeşilli sepetlerin yanından her geçişinde bir taçyaprak koparırdı. Parmaklarının arasındaki o serin ve kaygan yapraklar, avucunda tuttukça yapış yapış olur, çabucak kahverengileşirlerdi; Krystal elini St. Michael'ın ılık, ahşap sıralarından birinin altına silerdi genellikle.

Eve girip de hemen soldaki açık kapıdan içeriye bakınca, Terri'nin yatağa gitmemiş olduğunu gördü. Kadın koltuğunda, gözleri kapalı, ağzı açık bir şekilde oturuyordu. Krystal kapıyı sertçe kapattı, ama Terri kımıldamadı.

Krystal dört geniş adımda Terri'nin yanına gidip kadının ince kolunu sarstı. Terri'nin başı, çökmüş göğsünün üstüne düştü. Kadın horluyordu.

Krystal onu kendi haline bıraktı. Banyodaki ölü adamı hatırladı.

"Geri zekâlı kaltak" dedi.

Sonra Robbie'nin orada olmadığını fark etti. Koşarak üst kata çıkarken ona seslendi.

Yatak odasının kapalı kapısının ardından çocuğun, "Buydayım" diyen sesini duydu.

Kapıyı omuzlayarak açtığında Robbie'nin odanın ortasında çırılçıplak durduğunu gördü. Arkasında, Krystal'ın şiltesinin üstünde Obbo, çıplak göğsünü kaşıyarak yatıyordu.

"N'aber Krys?" dedi adam sırıtarak.

Krystal, Robbie'yi kolundan tutup kendi odasına götürdü. Elleri öyle titriyordu ki çocuğu giydirmesi epey zaman aldı.

"Sana bir şey yaptı mı?" diye fısıldadı Robbie'ye.

"Acıktım" dedi Robbie.

Krystal onu giydirdikten sonra kucağına alıp koşarak aşağı indi. Yatak odasında Obbo'nun hareket ettiğini duyabiliyordu.

Gözlerini açmış ama uyuşuk bir halde koltuğunda oturan Terri'ye, "O adamın burada ne işi var?" diye sordu. "Robbie'nin yanında ne işi var?"

Robbie onun kucağından inmek için çırpındı; birilerinin bağırmasından hoşlanmıyordu.

"Bu ne peki?" diye haykırdı Krystal, Terri'nin koltuğunun yanında duran iki siyah sırt çantasını fark edince.

"Hiç" dedi Terri belli belirsiz.

Ama Krystal sırt çantalarından birinin fermuarını açmıştı bile.

"*Hiç*" diye bağırdı Terri.

Streç filmle düzgünce sarmalanmış, tuğla şeklinde, kocaman haşhaş paketleri... Doğru düzgün okuma yazması olmayan, süpermarketteki sebzelerin yarısının ne olduğunu çıkaramayan, başbakanın adını bilmeyen Krystal, eve polis gelirse ve bu çantanın içindekileri bulursa annesinin hapse gireceğini biliyordu. Sonra kapağında sürücülü at arabası resmi bulunan teneke kutunun yarısının, koltukta oturan Terri'nin altından çıkmış olduğunu gördü.

"Sen kullanmışsın" dedi Krystal nefes nefese; üstüne görünmez bir felaket yağmuru yağıyordu ve her şey çöküyordu sanki. "Seni adi..."

Obbo'nun merdivenden indiğini duyunca Robbie'yi tekrar kucağına aldı. Kızın öfkesinden korkan çocuk sızlanarak çırpınsa da, Krystal'ın kollarından kurtulamadı.

"Bırak onu" diye seslendi Terri boş yere. Krystal ön kapıyı açmıştı bile, kucağında mızırdanıp direnen Robbie'yle yolda gerisingeri, var gücüyle koşuyordu.

## 6

Howard horul horul uyurken Shirley duş aldı, gardıroptan giysilerini çıkardı. Hırkasının önünü iliklerken, St. Michael and All Saints Kilisesi'nin çanının insanları saat ondaki sabah ayinine çağırmak için çalındığını işitti. Kilisenin tam karşısında oturan Jawanda'larda çanın sesi çok yüksek duyuluyor olmalıydı; Shirley onların bu sesi Pagford'un –kendilerinin ait olmadığı– âdetlere ve geleneklere bağlılığının yüksek sesle ilanı olarak yorumladıklarını umardı hep.

Shirley otomatik bir şekilde, her zamanki gibi holde yürüyüp Patricia'nın eski yatak odasına girdi ve bilgisayarın başına oturdu.

Patricia burada olmalıydı; kanepede, Shirley'nin ona hazırladığı yatakta uyuyor olmalıydı. Ama bu sabah onunla uğraşmak zorunda kalmamak rahatlatıcıydı. Sabaha karşı Ambleside'a vardıklarında hâlâ "The Green, Green Grass of Home"u mırıldanan Howard, Patricia'nın yokluğunu ancak Shirley anahtarı ön kapının kilidine soktuğunda fark etmişti.

Verandanın parmaklıklarına sırtını yaslayarak, "Pat nerede?" demişti hırıltılı sesle. "Ah, Melly'nin gelmek istemeyişine çok canı sıkılmış" demişti Shirley iç geçirerek. "Tartışmışlar filan... Barışmak için eve gitmiştir herhalde."

"Olaysız tek bir an bile yok" diyen Howard, duvarlara hafifçe çarpa çarpa dar holden geçip yatak odasına gitmişti.

Shirley en sevdiği tıp sitesini açtı. Araştırmak istediği hastalığın ilk harfini yazınca, site tekrar EpiPen sayfasını önerdi; dolayısıyla Shirley bu sayfayı hızla gözden geçirdi, çünkü bu bilgiler sayesinde günün birinde çıraklarının hayatını kurtarabilirdi. Sonra dikkatle "egzama" diye yazdı; bu hastalığın bulaşıcı olmadığını, dolayısıyla Sukhvinder Jawanda'yı kovmak için bahane olarak kullanılamayacağını anlayınca biraz hayal kırıklığına uğradı.

Sırf alışkanlıktan Pagford Belediye Meclisi'nin internet sitesine girdi ve mesaj panosuna tıkladı.

Barry_Fairbrother'ın_Hayaleti mahlasının şeklini ve uzunluğunu ilk bakışta, tıpkı bir âşığın sevdiği kişiyi başının arkasından, omuzlarından ya da yürüyüşünden tanıması gibi tanımayı öğrenmişti.

En üstteki mesaja göz atması yetti. Heyecandan bayılacak gibi oldu. Hayalet onu terk etmemişti. Shirley, Doktor Jawanda'nın öyle bağırıp çağırmasının cezasız kalamayacağını biliyordu.

Pagford'un Birinci Yurttaşı'nın Aşk İlişkisi

Shirley mesajı okudu ama ilk seferinde anlamadı. Parminder'in ismini görmeyi beklemişti. Tekrar okuyunca, üzerine buzlu su atılmış gibi nefesi kesildi.

Pagford'un Birinci Yurttaşı Howard Mollison ile kasabanın köklü sakinlerinden Maureen Lowe'un yıllardır iş ortaklığının çok ötesinde bir ilişkileri var. Maureen'in, Howard'ın en güzel salamının tadına düzenli olarak baktığı herkesçe biliniyor. Görünüşe göre, bu sırrı bilmeyen tek kişi Howard'ın karısı Shirley.

Sandalyesinde taş kesilen Shirley, *Bu doğru değil* diye düşündü.

Doğru olamazdı.

Evet, bir iki kez şüphelendiği olmuştu... hatta Howard'a imalı laflar da etmişti...

Hayır, buna inanmayacaktı. İnanamazdı.

Ama başkaları inanacaktı. Hayalet'e inanacaklardı. Ona herkes inanıyordu.

Mesajı silmeye çabalarken elleri içi boş eldivenler gibiydi, beceriksiz ve güçsüzdüler. Mesaj orada kaldığı sürece, her an birilerinin onu okuyup inanması, gülmesi, mesajı yerel gazeteye iletmesi olasılığı artıyordu... Howard ile Maureen, Howard ile Maureen...

Mesaj silinmişti. Shirley oturduğu yerden bilgisayar monitörüne bakakaldı; düşünceleri bir cam fanusun içindeki fareler gibi koşturarak kaçmaya çalışıyorlardı, ama kaçış yolu yoktu, tutunacak yer yoktu. Shirley'nin tüm dünya görsün diye yazılmış o korkunç mesajı okumadan önceki mutluluğunu geri kazanması olanaksızdı...

Howard, Maureen'e gülmüştü.

Hayır, Maureen'e gülen *kendisiydi*. Howard, Kenneth'a gülmüştü.

Sürekli birlikteydiler: tatillerde, işgünlerinde, hafta sonlarında...

... *Görünüşe göre, bu sırrı bilmeyen tek kişi...*

... Shirley ile Howard sekse ihtiyaç duymuyorlardı. Yıllardır ayrı yataklarda yatıyorlardı, aralarında sessiz bir anlaşma vardı...

... *Howard'ın en güzel salamının tadına düzenli olarak baktığı...*

(Shirley'nin annesi hayatta, odadaydı sanki. Şarap içerek kıkır kıkır gülüyor, alay ediyordu... Shirley o pis gülüşe katlanamıyordu. Terbiyesizliklere, kendisiyle dalga geçilmesine asla katlanamamıştı.)

Ayağa fırlarken sandalyeyi devirecekti az kalsın; yatak odasına koştu. Howard hâlâ uyuyordu, sırtüstü yatıyordu, domuz gibi horluyordu.

"Howard" dedi Shirley. "*Howard*."

Adamı uyandırması tam bir dakika sürdü. Howard sersemlemiş haldeydi, şaşkındı; ama onun tepesinde duran Shirley, Howard'ı kendisini kurtarabilecek koruyucu bir şövalye olarak görüyordu hâlâ.

"Howard, Barry Fairbrother'ın Hayaleti yeni bir mesaj yazdı."

Böyle kaba bir şekilde uyandırıldığı için sinirlenen Howard, yüzünü yastığına bastırarak, homurtu ile inleme karışımı bir ses çıkardı.

"Seninle ilgili" dedi Shirley.

Howard'la ikisi birbirlerine karşı açık konuşmazlardı pek. Shirley bundan hep hoşlanırdı. Ama bugün açık konuşmaya mecburdu.

"Seninle ilgili" diye tekrarladı, "ve Maureen'le. Diyor ki sizin... ilişkiniz varmış."

Howard iri elini yüzüne götürüp gözlerini ovuşturdu. Shirley adamın bu işi bilerek uzattığından emindi.

"Ne?" dedi Howard, yüzünü gizleyerek.

"Maureen'le ilişkin varmış."

"Bunu nereden duymuş?"

İnkâr yoktu, sinir krizi yoktu, alaycı kahkahalar yoktu. İhtiyatlı bir şekilde haber kaynağının sorulması vardı sadece.

Shirley sonradan bu anı ölüm anı olarak anımsayacaktı hep; bir hayatın gerçekten bittiği an olarak.

## 7

"Kapa çeneni Robbie! Kapa çeneni!"

Krystal, Robbie'yi peşinden çekiştire çekiştire birkaç sokak ötedeki otobüs durağına gitmişti, Obbo ya da Terri'nin onları bulmaması gerekiyordu. Yanında bilet almaya yetecek kadar para olup olmadığından emin değildi, ama Pagford'a gitmekte kararlıydı. Cath Nine ölmüştü, Bay Fairbrother ölmüştü, ama Şişko Wall yaşıyordu ve Krystal'ın bebek yapması gerekiyordu.

Robbie'ye, "O adam seninle aynı odada ne yapıyordu?" diye sormuştu bağırarak; çocuk mızırdanmakla yetinmiş, yanıt vermemişti.

Terri'nin cep telefonunun şarjı bitmek üzereydi. Krystal, Şişko'yu aradı, ama sesli mesaj servisi çıktı.

Şişko, Church Row'da kızarmış ekmek yemekle, anne babasının holün diğer tarafındaki çalışma odasında her zamanki tuhaf konuşmalarından birini yapmalarını dinlemekle meşguldü. Böylece kafasını dağıtmış oluyordu. Cebindeki telefon titreşti, ama Şişko telefonu açmadı. Şu an kimseyle konuşmak istemiyordu. Arayan Andrew olamazdı nasılsa. Dün geceden sonra aramazdı.

"Colin, ne yapman gerektiğini biliyorsun" diyordu annesi. Sesi bitkin çıkıyordu. "Lütfen Colin..."

"Cumartesi gecesi onlarla birlikte akşam yemeği yemiştik. O ölmeden önceki gece. Yemeği ben yapmıştım. Ya..."

"Colin, *yemeğe bir şey koymadın...* Tanrı aşkına, bak beni de etkilemeye başladın... böyle yapmamam gerek Colin, böyle etkilenmemem gerek biliyorsun. Hastalığın yüzünden böyle konuşuyorsun."

"Ama yapmış olabilirim Tess, birden aklıma geldi, ya yemeğe bir şey koyduysam..."

"Öyleyse biz niye hayattayız, sen, ben ve Mary? Otopsi yaptılar Colin!"

"Kimse ayrıntıları söylemedi bize. Mary söylemedi. Bence o yüzden benimle konuşmak istemiyor artık. Şüpheleniyor."

"Colin, Tanrı aşkına..."

Tessa'nın telaşlı sesi fısıltıya dönüştü, anlaşılamayacak kadar alçaldı. Şişko'nun cep telefonu tekrar titreşti. Telefonu cebinden çıkardı. Krystal'ın numarası. Telefonu açtı.

"Selam" dedi Krystal; arkadan çocuk bağırmasına benzer bir ses geliyordu. "Görüşmek ister misin?"

"Bilmem" dedi Şişko esneyerek. Yatağa gitmek istiyordu.

"Otobüsle Pagford'a geliyorum. Buluşabiliriz."

Şişko dün gece Gaia Bawden'ı kilisenin önündeki tırabzana yaslamıştı; sonunda kız ondan uzaklaşıp kusmuştu. Sonra da Şişko'yu tekrar azarlamaya başlamıştı; Şişko kızı orada bırakıp yürüyerek eve gitmişti.

"Bilmem" dedi. Kendini çok yorgun, çok fena hissediyordu.

"Hadi ama" dedi kız.

Şişko çalışma odasından Colin'in sesinin geldiğini duydu. "Öyle diyorsun ama otopside belli olur mu ki? Ya ben..."

"Colin, bunları konuşmamalıyız... böyle düşünceleri ciddiye almamalısın."

"Bunu bana nasıl söyleyebilirsin? Nasıl ciddiye almayayım? Onun ölümünden ben sorumluysam..."

Şişko, "Hı hı, tamam" dedi Krystal'a. "Yirmi dakika sonra Meydan'daki barın önünde buluşalım."

## 8

Samantha çişini daha fazla tutamayacak hale gelince misafir odasından çıktı. Midesi bulanana kadar banyodaki musluktan kana kana su içti, lavabonun üstündeki ecza dolabından aldığı iki parasetamolü yuttu, sonra da duş aldı.

Aynada kendine bakmadan giyindi. Miles'ın yerini belli edecek seslere kulak kabartıyordu sürekli, ama ev sessiz gibiydi. Belki de Miles, Lexie'yi dışarı çıkarmıştı; sarhoş, azgın, sübyancı annesinden uzaklaştırmıştı...

("Lexie'nin sınıf arkadaşıydı o!" demişti Miles öfkeyle, yatak odalarında baş başa kaldıklarında. Samantha, Miles'ın kapının önünden çekilmesini bekledikten sonra dışarı fırlayıp misafir odasına kaçmıştı.)

Mide bulantısı ve rezil olduğu hissi dalga dalga üzerine geliyordu. Keşke unutabilseydi, keşke belleği silinmiş olsaydı; ama üstüne saldırdığı delikanlının yüzünü hâlâ görür gibiydi... o zayıf, genç vücuda yaslanmanın verdiği hissi hâlâ hatırlıyordu...

Vikram Jawanda'yla öpüşse bu kadar utanmazdı en azından... Kahve içmeliydi. Banyoda sonsuza dek kalamazdı. Ama kapıyı açmak için dönüp de aynada kendi yüzünü görünce, bütün cesaretini kaybedecek gibi oldu. Yüzü şişmişti, göz altlarında torbalar oluşmuştu, gerginlik ve su kaybı yüzünden cildindeki kırışıklıklar derinleşmişti.

*Ah Tanrım, o çocuk hakkımda ne düşünmüştür kim bilir...*

Mutfağa girdiğinde Miles masada oturuyordu. Samantha ona bakmadan, kahvenin bulunduğu dolaba gitti dosdoğru. Tam dolabı açacakken Miles, "Burada var" dedi.

"Sağ ol" diye mırıldanan Samantha, onunla göz göze gelmemeye çalışarak kendine bir fincan kahve koydu.

"Lexie'yi annem ile babamın evine gönderdim" dedi Miles. "Konuşmamız gerek."

Samantha mutfak masasına oturdu.

"Tamam öyleyse, başla" dedi.

"Başla... tek söyleyeceğin bu mu?"

"Konuşmak isteyen sensin."

"Dün gece" dedi Miles, "babamın doğum günü partisinde seni arıyordum ve on altı yaşında bir çocukla yiyiştiğini gördüm..."

"On altı yaşında, evet" dedi Samantha. "Kanunlara aykırı değil. Bu iyi en azından."

Afallayan Miles ona bakakaldı.

"Bunun komik olduğunu mu düşünüyorsun? Aynı şey senin başına gelse, benim ne yaptığımın farkında olmayacak kadar sarhoş olup..."

"Ben farkındaydım" dedi Samantha.

Shirley olmayı reddediyordu; her şeyin üstünü kibar masallardan oluşan küçük bir fırfırlı masa örtüsüyle örtmeyi reddediyordu. Dürüst olmak istiyordu ve bir zamanlar âşık olduğu adamı sarmalayan, onu görünmez kılan kalın kibir kabuğunu delmek istiyordu.

"Neyin... farkındaydın?" dedi Miles; Samantha'nın utanmasını, pişmanlığını göstermesini beklediği öyle açıktı ki Samantha gülecekti neredeyse.

"Onu öptüğümün farkındaydım" dedi kadın.

Miles ona bakakalınca Samantha'nın cesareti kırıldı, çünkü adamın şimdi ne diyeceğini biliyordu.

"Peki ya Lexie görseydi?"

Samantha'nın buna verecek yanıtı yoktu. Lexie'nin bu meseleyi öğrendiğini düşününce, kapıyı açmak, bir daha dönmemek üzere kaçıp gitmek istiyordu... Ya o delikanlı Lexie'ye söylerse, o zaman ne olacaktı? Aynı okula gitmişlerdi. Samantha, Pagford'un nasıl bir yer olduğunu unutmuştu...

"Sana neler oluyor?" diye sordu Miles.

"Ben... mutsuzum" dedi Samantha.

"Neden?" diye sordu Miles, ama sonra çabucak ekledi: "Dükkân yüzünden mi? Sebep bu mu?"

"Biraz" dedi Samantha. "Ama Pagford'da yaşamaktan nefret ediyorum. Annen ile babanın yakınında yaşamaktan nefret ediyorum. Bazen de" dedi yavaşça, "senin yanında uyanmaktan nefret ediyorum."

Miles'ın kızabileceğini düşündü, ama adam gayet sakin konuştu: "Beni artık sevmediğini mi söylüyorsun?"

"Bilmiyorum" dedi Samantha.

Yakası açık gömleği, adamı zayıf gösteriyordu sanki. Samantha uzun zamandır ilk kez, masada karşısında oturan yaşlanmaya yüz tutmuş bedenin içinde tanıdık ve kırılgan bir şey gördü. *Ve beni hâlâ istiyor* diye düşündü hayretle, yukarıdaki aynada gördüğü kırışmış yüzünü anımsayarak.

"Ama" diye ekledi, "Barry Fairbrother'ın öldüğü gece, sen hayatta olduğun için sevindim. Rüyamda öldüğünü gördüm galiba ve uyanıp da nefesini duyunca mutlu olduğumu biliyorum."

"Bana... bana tüm söyleyeceğin bu mu yani? Ölmediğime sevindin, öyle mi?"

Samantha, Miles'ın kızmadığını düşünmekle hata etmişti. Miles şoktaydı sadece.

"*Bana tüm söyleyeceğin bu mu?* Babamın doğum günü partisinde dağıtıyorsun..."

"Lanet olası babanın doğum günü partisinde değil de başka bir yerde dağıtsam daha mı iyi olacaktı?" diye bağırdı Samantha; o da sinirlenmişti. "Asıl sorun bu mu yani, anneciğin ile babacığının karşısında seni küçük düşürmem mi?"

"*On altı yaşında bir çocuğu* öpüyordun..."

"Belki gerisi de gelir artık!" diye haykırdı Samantha, masadan kalkıp fincanını lavaboya sertçe bırakarak; fincanın sapı elinde kaldı. "Anlamıyor musun Miles? Bıktım artık! Lanet olası hayatımızdan nefret ediyorum, lanet olası annen ile babandan nefret ediyorum..."

"... kızlarımızın okul parasını ödedikleri zaman ses etmiyorsun ama..."

"... gözlerimin önünde babana dönüşmenden nefret ediyorum..."

"... hadi oradan, sen mutlu değilsin diye ben de mutsuz olayım istiyorsun..."

"... ama ne hissettiğim sevgili kocamın umurunda değil..."

"... burada yapabileceğin bir sürü şey var, ama sen evde oturup surat asmayı seçiyorsun..."

"... artık evde oturmaya niyetim yok Miles..."

"... buranın halkıyla iç içe yaşıyorum diye özür dileyecek değilim..."

"... eh, söylediğimde ciddiydim... *sen onun yerine geçmeye uygun değilsin!*"

"Ne?" diyerek ayağa fırlayan adam, sandalyesini devirecekti neredeyse; Samantha uzun adımlarla mutfak kapısına doğru yürüdü.

"Dediğimi duydun" diye bağırdı. "Mektubumda söylediğim gibi, sen Barry Fairbrother'ın yerine geçmeye uygun değilsin

Miles. Barry içtendi."

"O mektubu *sen* mi yazdın?" dedi adam.

"Aynen" dedi Samantha nefes nefese, elini kapı koluna koyarak. "O mektubu *ben* gönderdim. Bir akşam içkiyi fazla kaçırdım, sen annenle telefonda konuşurken. Ve" dedi kapıyı açarken, "sana da oy vermedim."

Miles'ın yüzündeki ifadeden huzursuz oldu. Hole çıkınca bulduğu ilk şeyi, takunyalarını ayağına geçirip Miles'ın yetişmesine fırsat vermeden ön kapıdan çıkıp gitti.

## 9

Yolculuk Krystal'ı çocukluğuna geri götürdü. Çocukken her gün tek başına, bu otobüsle St. Thomas'a gidip gelirdi. Manastırın ne zaman görünmeye başlayacağını biliyordu ve orayı Robbie'ye gösterdi.

"Şu büyük kale harabesini görüyor musun?"

Robbie acıkmıştı, ama otobüste olmanın heyecanı dikkatini az da olsa dağıtıyordu. Krystal onun elini sımsıkı tutuyordu. Otobüsten indiklerinde onun karnını doyuracağına söz vermişti, ama bunu nasıl yapacağını bilmiyordu. Şişko'dan borç alabilirdi belki, bir paket cips ve geri dönüş bileti almaya yetecek kadar para alırdı.

"Bak ben burada okudum" dedi Robbie'ye, çocuk kirli pencerelere parmağıyla soyut desenler çizerken. "Sen de burada okuyacaksın."

Hamile kalınca onu Fields'taki bir eve yerleştirecekleri kesindi; o evler öyle haraptı ki, kimse satın almak istemiyordu. Ama Krystal'a göre bu iyi bir şeydi, çünkü harap olsalar da Robbie ve bebek St. Thomas'ta okuyabileceklerdi. Hem zaten çocuğu doğurunca Şişko'nun ailesinin ona çamaşır makinesi alacak kadar para vereceği kesindi. Televizyon bile alabilirlerdi ona.

Otobüs Pagford'a doğru yokuş aşağı inerken Krystal ışıldayan nehri gördü bir an. Kürek takımına katıldığında, Orr'da değil, Yarvil'in eski, pis kanalında antrenman yapacaklarını öğrendiğinde hayal kırıklığına uğramıştı.

"İşte geldik" dedi Robbie'ye, otobüs çiçeklerle bezeli Meydan'a ağır ağır girerken.

Şişko, Black Canon'ın önünde beklemenin Mollison and Lowe ile Copper Kettle'ın karşısında durmak anlamına geldiğini unutmuştu. Kafenin açılmasına bir saatten fazla zaman vardı, çünkü pazar günleri öğleyin açılıyordu; ama Şişko, Andrew'nun işe kaçta gelmesi gerektiğini bilmiyordu. Bu sabah en eski dostunu görmeyi hiç istemediğinden, barın yan tarafında gizlendi ve ancak otobüs gelince ortaya çıktı.

Otobüs gidince geride Krystal ve yüzü gözü kir içinde küçük bir oğlan çocuğu kaldı.

Şaşıran Şişko onlara doğru yürüdü.

"Bu benim kardeşim" dedi Krystal saldırgan bir şekilde, Şişko'nun yüzünde gördüğü bir şeylere tepki gösterir gibi.

Şişko delikanlıca yaşanan sahici hayatın tanımını bir kez daha değiştirdi zihninde. Krystal'ı hamile bırakmayı (ve böylece Göz'e gerçek erkeklerin hiç çaba harcamadan neler başarabildiklerini göstermeyi) istemişti, ama ablasının eline tutunan, bacaklarına sarılan bu oğlan çocuğu huzursuzlanmasına yol açmıştı.

Krystal'la buluşmayı kabul ettiğine pişman oldu. Bu kız yüzünden saçma bir duruma düşmüştü. Şimdi kızı Meydan'da görünce, onun leş gibi kokan pis evine gitmeyi tercih edeceğini düşündü.

"Paran var mı?" diye sordu Krystal sertçe.

"Ne?" dedi Şişko. Öyle yorgundu ki zihni yavaş çalışıyordu. Neden geceyi uyumadan geçirmek istediğini anımsayamıyordu şimdi; içtiği onca sigara yüzünden dili zonkluyordu.

"Para" diye tekrarladı Krystal. "Çocuğun karnı aç; beş *pound*'um vardı, ama kaybettim. Sonra veririm sana."

Şişko'nun, kot pantolonunun cebine soktuğu eli buruşuk bir banknota değdi. Krystal'da çok zenginmiş izlenimi uyandırmak istemediğinden, elini cebine iyice daldırıp bozukluk aradı ve sonunda birkaç tane gümüş ve bakır para buldu.

Meydan'ın iki sokak ötesindeki küçük bir gazete bayisine gittiler. Şişko dışarıda takılırken Krystal, Robbie'ye cips ve bir paket Rolo çikolata aldı. Hiçbiri tek kelime etmedi, Robbie bile; çocuk Şişko'dan korkuyor gibiydi. Krystal kardeşine cips paketini verdikten sonra Şişko'ya, "Nereye gidelim?" dedi.

Düzüşeceğimizi kastetmiş olamaz, diye düşündü Şişko. Çocuk varken olmazdı. Kızı Göz Deliği'ne götürmeyi düşündü: Orası tenhaydı ve kızı oraya götürmesi, Andrew'yla olan arkadaşlığına son darbeyi indirmesi anlamına gelirdi; artık kimseye borcu yoktu. Ama üç yaşında bir çocuğun önünde düzüşmek istemiyordu.

"O sorun çıkarmaz" dedi Krystal. "Artık çikolatası da var. Hayır, sonra" dedi, elindeki Rolo paketini mızırdanarak almaya çalışan Robbie'ye. "Önce cipsini bitir."

Eski taş köprüye doğru yürüdüler.

"O sorun çıkarmaz" diye yineledi Krystal. "Söz dinler. Dinlersin değil mi?" dedi Robbie'ye yüksek sesle.

"Çikolata istiyoyum" dedi çocuk.

"Hı hı, birazdan."

Krystal, Şişko'nun bugün gönülsüz olduğunu görebiliyordu. Robbie'yi getirmesinin sorun çıkaracağını otobüsteyken tahmin etmişti, ama başka seçeneği yoktu.

"Neler yaptın?" diye sordu.

"Dün gece partideydim" dedi Şişko.

"Hadi ya! Kimler vardı?"

Şişko ağzını ardına kadar açıp esnedi; Krystal yanıtı bir

dakika boyunca beklemek zorunda kaldı.

"Arf Price. Sukhvinder Jawanda. Gaia Bawden."

"O kız Pagford'da mı oturuyor?" diye sordu Krystal tiz bir sesle.

"Hı hı, Hope Sokağı'nda" dedi Şişko.

Biliyordu, çünkü Andrew ağzından kaçırmıştı. Andrew o kızdan hoşlandığını asla söylemese de, Şişko ortak derslerinde onun gözünü Gaia'dan neredeyse hiç ayırmadığına dikkat etmişti. Andrew'nun kızın civarındayken ve kızdan bahsedildiğinde epey gerildiğini fark etmişti.

Krystal ise Gaia'nın annesini düşünüyordu. Şimdiye kadar sevdiği tek sosyal hizmet görevlisini, annesini etkileyebilen tek sosyal hizmet görevlisini. O kadın Hope Sokağı'nda oturuyordu demek, Cath Nine'nin sokağında. Şu an oradaydı muhtemelen. Ya şimdi...

Ama Kay onları terk etmişti. Mattie geri gelmişti. Hem zaten sosyal hizmet görevlilerini evlerinde rahatsız etmemek gerekiyordu. Shane Tully bir keresinde sosyal hizmet görevlisini evine kadar takip etmişti; kadın uzaklaştırma emri çıkartmıştı. Gerçi öncesinde Shane de kadının arabasının camını tuğlayla kırmaya kalkışmıştı...

Hem, diye düşündü Krystal, yılankavi yola, nehirdeki, insanın gözünü alan, kamaştıran parıltılara kısık gözlerle bakarken, Kay dosya taşıyandı hâlâ, çetele tutandı, yargıçtı. İyi bir insan gibi görünüyordu, ama sunduğu çözümlerden hiçbiri Krystal ile Robbie'yi bir arada tutamazdı...

"Şuraya gidebiliriz" diye önerdi, köprünün biraz ilerisindeki, nehir kıyısındaki gür çalıları göstererek. "Robbie de bankta bekleyebilir."

Böylece Robbie göz önünde olacaktı, ama bir şey görmeyecekti. Gerçi hiç görmemiş de değildi; Terri'nin eve yabancıları getirdiği zamanlarda bol bol tanık olmuştu o işe...

Ama Şişko bitkin de olsa tiksintiye kapıldı. O işi otların

üstünde, bir çocuğun karşısında yapamazdı.

"Yok" dedi, rahat görünmeye çalışarak.

"Rahatsız etmez" dedi Krystal. "Rolo'su var. Anlamaz bile" dedi, bunun yalan olduğunu bilse de. Robbie çok fazla şeyi anlıyordu. Bir keresinde kreşte sorun çıkmıştı; Robbie, bir başka çocuğun üstüne çıkıp köpek pozisyonunda seks yapar gibi hareketler yapmıştı.

Şişko, Krystal'ın annesinin fahişe olduğunu hatırladı. Kızın teklif ettiği şeyi yapmaktan nefret ediyordu, ama sahiciliğe ters bir şey değil miydi bu?

"Ne oldu?" diye sordu Krystal saldırgan bir sesle.

"Hiç" dedi Şişko.

Dane Tully yapardı. Pikey Pritchard yapardı. Göz hayatta yapamazdı.

Krystal, Robbie'yi banka götürdü. Şişko bankın arkasına eğilip aşağıdaki gür yabani otlar ile çalılara baktı; çocuğun bir şey göremeyeceğini düşündü, ama yine de işini olabildiğince çabuk halledecekti, ne olur ne olmaz diye.

Krystal, "Sen burada otur" dedi Robbie'ye, uzun Rolo paketini çocuğun heyecanla uzanan ellerine vererek. "Hepsi senin; tek yapman gereken burada bir dakika oturmak, tamam mı? Sen uslu uslu otur Robbie; ben çalıların arasında olacağım. Anlıyor musun Robbie?"

"Hı hı" dedi çocuk mutlu mutlu; şimdiden yanaklarına çikolata ve karamel bulaşmıştı.

Krystal çalıların arasına girerken, Şişko'nun prezervatif kullanmakta ısrar etmeyeceğini umdu.

## 10

Gavin parlak sabah güneşi yüzünden güneş gözlüğü takmıştı, ama gizlenmesine yetmezdi bu. Samantha Mollison'ın onun arabasını tanıyacağı kesindi. Gavin kaldırımda elleri ceplerinde, başını önüne eğmiş yürüyen kadını görünce, Mary'nin evine doğru dümdüz gitmek yerine hemen sola sapıp eski taş köprüden geçti ve nehrin diğer tarafındaki bir ara sokağa park etti.

Samantha'nın, onun Mary'nin evinin önüne park ettiğini görmesini istemiyordu. İşgünlerinde, Gavin üzerinde takım elbisesi, elinde evrak çantasıyla geldiğinde önemli değildi bu; Gavin'ın Mary'ye karşı olan hislerini kendine itiraf etmesinden önce önemli değildi, ama artık önemliydi. Hem zaten sabah havası muhteşemdi ve biraz yürümek zaman kazandırırdı.

*Hâlâ seçeneklerim var* diye düşündü, köprüden yürüyerek geçerken. Aşağıdaki bankta tek başına oturan bir oğlan çocuğu çikolata yiyordu. *Bir şey söylemek zorunda değilim... Dinleyeceğim sadece...*

Ama avuçları terliydi. Mary'ye âşık olduğunu Gaia'nın Mary'nin çocuklarına söyleyeceğini düşünüp durmuş, gözüne uyku girmemişti.

Mary onu gördüğüne memnun olmuş gibiydi.

"Araban nerede?" diye sordu, Gavin'ın omzunun üstünden bakarak.

"Nehir kıyısına park ettim" dedi Gavin. "Bu sabah hava muhteşem. Yürüyüş yapayım dedim, sonra da aklıma şey geldi; istersen çimlerini biçebilirim..."

"Ah, Graham o işi halletti" dedi kadın, "ama çok tatlısın. Gel de kahve iç."

Kadın mutfakta dolanıp dururken bir yandan da konuşmayı sürdürdü; eski bir kot şort ve tişört giymişti; giysileri vücudunun zayıflığını belli ediyordu, ama saçı parlaktı yine, Gavin'ın hep hayalinde canlandırdığı gibiydi. Gavin, ikiz kızların yeni biçilmiş çimlere serdikleri bir battaniyenin üstünde yattıklarını ve kulaklıkla iPod dinlediklerini görebiliyordu.

"Nasılsın?" diye sordu Mary, onun yanına oturarak.

Gavin kadının sesinin bu kadar kaygılı olmasına anlam veremedi; sonra dünkü kısa ziyaretinde Mary'ye Kay'den ayrıldığını söyleyecek zamanı bulabildiğini anımsadı.

"İyiyim" dedi. "Böylesi en iyisi oldu herhalde."

Kadın gülümseyerek onun koluna hafifçe vurdu.

"Dün gece duyduğuma göre" dedi ağzı biraz kurumuş olan Gavin, "taşınabilirmişşin."

"Pagford'da haberler çabuk yayılıyor" dedi kadın. "Bir fikir sadece. Theresa, Liverpool'a geri dönmemi istiyor."

"Çocuklar ne diyorlar peki?"

"Eh, kızlar ile Fergus'ın hazirandaki sınavları bitene kadar bekleyeceğim. Declan pek sorun değil. Yani, hiçbirimiz bırakmak istemiyoruz..."

Gavin'ın karşısında ağlamaya başladı, ama Gavin öyle mutlu olmuştu ki elini uzatıp onun narin bileğine dokundu.

"İstemezsiniz tabii..."

"... Barry'nin mezarını."

"Ah" dedi Gavin; mutluluğu mum alevi gibi sönmüştü.

Mary yaşlı gözlerini elinin tersiyle sildi. Gavin onu biraz ürkütücü buldu. Kendi ailesi ölülerini yaktırırdı. Barry'nin cenazesi hayatında katıldığı ikinci cenaze olmuştu ve her şeyiyle korkunç gelmişti. Gavin'e göre mezarlar içinde ölülerin çürüdüğü yerlerden ibaretti; sevimsiz bir düşünceydi bu ama insanlar sanki bunu yapmak ölüleri diriltebilirmiş gibi mezarları ziyaret edip çiçek bırakmak istiyorlardı hep nedense. Kadın kâğıt peçete almak için kalkmıştı. Dışarıdaki çimenlikte yatan ikizler tek bir kulaklığı paylaşıyorlardı şimdi; aynı şarkıyı dinleyerek kafa sallıyorlardı.

"Barry'nin koltuğu Miles'ın oldu demek" dedi Mary. "Dün gece kutlama sesleri ta buraya kadar geldi."

"Şey, aslında Howard'ın... hı hı, evet, öyle" dedi Gavin.

"Ve Pagford, Fields'tan kurtulmak üzere" dedi kadın.

"Hı hı, öyle görünüyor."

"Ayrıca Miles artık mecliste olduğuna göre Bellchapel'ı kapatmaları da kolaylaşacak" dedi kadın.

Gavin, Bellchapel'ın ne olduğunu ilk anda hatırlamakta zorlanıyordu hep; böyle meselelerle hiç ilgilenmiyordu.

"Hı hı, sanırım."

"Yani Barry'nin istediği şeylerin hiçbiri gerçekleşmeyecek" dedi kadın.

Ağlamayı kesmişti ve yanakları öfkeden kızarmaya başlamıştı yine.

"Biliyorum" dedi Gavin. "Gerçekten üzücü."

"Bilemiyorum" dedi kadın yüzü hâlâ kırmızıydı ve öfkeyle konuşmuştu. "Fields'ın masraflarını neden Pagford karşılasın ki? Barry tek taraflı bakıyordu hep. Fields'taki herkesi kendisi gibi sanıyordu. Krystal Weedon'ı kendisi gibi sanıyordu, oysa yanılıyordu. Fields'lıların hallerinden memnun olabileceklerini düşünmedi hiç."

"Hı hı" dedi Gavin; Mary'nin Barry'yi haksız bulmasına sevinmişti ve adamın mezarının gölgesinin aralarından kalktığını hissediyordu. "Ne demek istediğini anlıyorum. Krystal Weedon hakkında duyduğum her şey..."

"Kendi kızlarından çok o kızla ilgileniyordu, ona zaman ayırıyordu" dedi Mary. "Oysa o kız, Barry'nin çelengi için bir peni bile vermedi. Kızlardan duydum. Kürek takımındaki herkes para vermiş, bir tek Krystal vermemiş. Hem cenazesine de gelmedi, onun için yaptıklarına rağmen gelmedi."

"Evet, yani, ortada işte.."

"Kusura bakma, ama böyle düşünmekten alamıyorum kendimi" dedi heyecana kapılmış gibi. "Bir de hâlâ benim o lanet olası Krystal Weedon için endişelenmemi isterdi gibi geliyor. Elimde değil. Barry hayatının son gününü, üstelik başı ağrırken, o lanet olası yazıyı yazmakla geçirdi!"

"Biliyorum" dedi Gavin. "Biliyorum. Bence" dedi, kendisini

eski bir halat köprüye ihtiyatla adım atıyormuş gibi hissederek, "erkek olmasından kaynaklanıyordu bu. Miles da aynı. Samantha onun meclise adaylığını koymasını istemedi, ama Miles yine de aday oldu. Bilirsin, bazı erkekler gücü çok severler..."

Mary, "Barry'nin derdi güç elde etmek değildi" deyince Gavin hemen geri adım attı.

"Evet, evet, Barry'nin derdi o değildi. Onun amacı..."

"Elinde değildi" dedi Mary. "Herkesin kendisi gibi olduğunu sanıyordu, yardım görürlerse kendilerini geliştirmeye başlarlar diye düşünüyordu."

"Hı hı" dedi Gavin, "ama mesele şu ki, yardıma ihtiyacı olan başkaları da var... buradaki insanlar..."

"Evet, aynen öyle!" diyen Mary tekrar gözyaşlarına boğuldu.

"Mary" dedi Gavin, sandalyesinden kalkıp kadının yanına giderek (artık halat köprüdeydi, panik ve heves karışımı bir his duyuyordu), "bak... gerçekten çok erken... yani henüz çok erken... ama eninde sonunda başka biriyle tanışacaksın."

"Kırk yaşında" dedi Mary hıçkırarak, "dört çocukla..."

"Çoğu erkek" diye söz başladı Gavin, ama böyle söylemesi iyi bir fikir değildi; Mary'nin fazla seçeneği olduğunu düşünmesini istemiyordu. "Doğru erkek" diye lafını düzeltti, "senin çocuklu olmana aldırmaz. Hem çocukların öyle hoşlar ki... onları herkes seve seve kabul eder bence."

"Ah Gavin, çok tatlısın" dedi kadın, gözlerini tekrar kurularken.

Gavin kolunu onun omuzlarına atınca, Mary kurtulmaya çalışmadı. Bir süre kımıldamadan durdular; Mary burnunu sildi ve sonra Gavin kadının kasıldığını, uzaklaşacağını hissedince, "Mary..." dedi.

"Ne?"

"Sana söylemem gereken... Mary, ben sana âşığım galiba."

Sağlam zeminden sınırsız boşluğa atlayan serbest paraşütçünün muhteşem gururuna kapıldı bir an.

Sonra kadın geri çekildi.

"Gavin. Ben..."

"Üzgünüm" dedi Gavin, kadının yüzündeki geri püskürten ifadeyi görünce kaygılanarak. "Bunu benden duymanı istedim. Kay'e bu yüzden ayrılmak istediğimi söyledim ve senin başkasından duymandan korktum. Yoksa aylarca söylemeyecektim. Yıllarca" diye ekledi, kadının gülümsemesini ve Gavin'ı tatlı bulduğu ruh halini geri getirmeye çalışarak.

Ama kollarını zayıf göğsünde kavuşturmuş olan Mary başını hayır dercesine sallıyordu.

"Gavin, ben hiçbir zaman, asla..."

"Dediğimi unut" dedi Gavin salakça. "Unutalım."

"Anlıyorsun sanmıştım" dedi kadın.

Gavin, kadının matemin görünmez zırhını kuşandığını Gavin'ın bilmesi gerektiğini, bu zırhın kendisini ondan koruması gerektiğini kastettiğini düşündü.

"Anlıyorum" diye yalan söyledi. "Sana söylemeyecektim, ama..."

"Barry senin benden hoşlandığını söylerdi hep" dedi Mary.

"Hoşlanmıyordum" dedi Gavin telaşla.

"Gavin, bence sen çok hoş bir adamsın" dedi kadın nefes nefese. "Ama ben... yani zaten..."

"Hayır" diye bağırdı Gavin, kadının sesini bastırmaya çalışarak. "Anlıyorum. Bak, gitmeliyim."

"Buna gerek yok..."

Gavin şu an ondan nefret ediyordu neredeyse. Kadının ne demek istediğini anlamıştı: *Kocamın yasını tutmasam bile seni istemezdim.*

Ziyareti öyle kısa sürmüştü ki, Mary onun kahvesini biraz titreyerek dökerken kahve hâlâ sıcaktı.

# 11

Howard, Shirley'ye kendini iyi hissetmediğini, yatakta kalıp dinlenmek istediğini ve Copper Kettle'ın öğleden sonra onsuz idare edebileceğini söylemişti.

"Mo'yu arayayım" dedi adam.

"Hayır, ben ararım" dedi Shirley sertçe.

Yatak odasından çıkıp kapıyı kapatırken, *Kalbini bahane ediyor* diye düşündü.

Adam önce, "Saçmalama Shirl"; sonra da, "Yalan bu, pis bir yalan" demişti ve Shirley üstelememişti. Korkunç konulardan kibarca kaçınmaya alışmıştı yıllardır (Patricia yirmi üç yaşındayken, "Ben lezbiyenim anne" deyince Shirley kelimenin tam anlamıyla apışıp kalmıştı).

Zil çaldı. "Babam buraya gelmemi söyledi" dedi Lexie. "Annemle işi varmış. Dedem nerede?"

"Yatakta" dedi Shirley. "Dün gece içkiyi biraz fazla kaçırdı."

"Güzel partiydi, değil mi?" dedi Lexie.

"Evet, harikaydı" dedi Shirley; içinde fırtınalar kopuyordu.

Torununun gevezeliğinden sıkıldı bir süre sonra.

"Kafede öğle yemeği yiyelim" diye önerdi. "Howard" diye seslendi yatak odasının kapalı kapısına doğru. "Lexie'yi Copper Kettle'a götürüyorum; öğle yemeği yiyeceğiz."

Adamın sesinin kaygılı gelmesine sevindi. Maureen'den korkmuyordu. Maureen'in gözlerinin tam içine bakacaktı...

Ama yürürken, tek katlı evden çıktığı anda Howard'ın Maureen'i aramış olabileceği geldi aklına. Öyle aptalca davranmıştı ki... Maureen'i bizzat arayıp da Howard'ın hasta olduğunu söylerse o ikisinin iletişim kurmalarını engelleyeceğini sanmıştı... unutuyordu...

Tanıdığı, sevdiği sokaklar gözüne farklı, tuhaf görünüyordu. Bu güzel, küçük dünyada bir eş, bir anne, gönüllü hastane çalışanı, Belediye Meclisi sekreteri, Birinci Yurttaş olmuştu; Pagford ise aynasıydı, onun değerini, değerliliğini kibarca, saygıyla yansıtmıştı. Ama Hayalet, Shirley'nin yaşamının lekesiz yüzeyine her şeyi değersizleştiren bir damga basmıştı: Kocası iş ortağıyla yatıyordu ve Shirley'nin ruhu bile duymamıştı.

Adı geçtiğinde insanlar sadece bundan bahsedeceklerdi; onu sadece bununla hatırlayacaklardı.

Kafenin kapısını açtı; çan çınladı ve Lexie, "İşte Yerfıstığı Price" dedi.

"Howard iyi mi?" diye sordu Maureen çatlak sesiyle.

"Yorgun sadece" diyen Shirley çabucak bir masaya gidip oturdu; kalbi öyle hızlı atıyordu ki, kendisinin de kalp krizi geçirip geçirmeyeceğini düşündü.

"Söyle ona, kızların ikisi de gelmedi" dedi Maureen huysuz huysuz, onların masasının yanında dururken, "telefon bile etmediler. İyi ki yoğun değiliz."

Lexie garsonluğa getirilmiş olan Andrew'yla konuşmak için tezgâha gitti. Masada tek başına otururken sıra dışı yalnızlığının farkına varan Shirley, Barry'nin cenazesinde dimdik oturan, dulluğunu kraliçe elbisesi gibi kuşanmış, sıska Mary Fairbrother'ı anımsadı. Mary kocasını yitirmekle sessiz, pasif bir takdir odağına dönüşmüştü; kendisini aldatan bir adama zincirlenmiş olan Shirley ise kirlenmişti, alay konusu olacaktı...

(Çok eskiden, Yarvil'de yaşarken erkekler annesi yüzünden Shirley'yle ilgili müstehcen espriler yaparlardı, oysa Shirley insan ne kadar iffetli olabilirse o kadar iffetliydi.)

Lexie, "Dedem hastaymış" diyordu Andrew'ya. "O kekler neli?"

Andrew kızaran yüzünü gizlemek için tezgâhın arkasında eğildi.

*Annenle yiyiştim.*

Andrew işe gelmeyecekti neredeyse. Howard'ın onu geliniyle öpüştüğü için işten kovmasından ve Miles Mollison'ın onu bulmak için hışımla dükkâna dalmasından korkmuştu. Öte yandan, asıl Samantha'nın suçlanacağını düşünmeyecek kadar saf değildi; kadının herhalde kırkını epey geçmiş olduğunu düşündü acımasızca. Bahanesi basitti. "O kadın sarhoştu ve üstüme saldırdı."

Utancın yanı sıra gurur da duyuyordu biraz. Gaia'yı görmek istemişti; Gaia'ya yetişkin bir kadının kendisini öptüğünü söylemek istemişti. Tıpkı Maureen'e güldükleri gibi buna da birlikte güleceklerini, ama kızın içten içe etkileneceğini ummuştu; ve gülerlerken, kızın Şişko'yla tam olarak neler yaptığını, Şişko'nun ne kadar ileri gitmesine izin verdiğini öğrenmeyi ummuştu. Gaia'yı affetmeye hazırdı. Sonuçta Gaia da sarhoştu o sırada. Ama kız işe gelmemişti.

Lexie'ye kâğıt peçete getirmeye giderken tezgâhın ardında, elinde EpiPen'le duran Shirley'ye çarpacaktı az kalsın.

"Howard bir şeyi kontrol etmemi istedi de" dedi Shirley. "Hem bu iğnenin burada durmaması lazım. Arka odaya koyacağım."

## 12

Robbie, Rolo paketinin yarısını bitirince çok susadı. Krystal ona içecek almamıştı. Robbie banktan inip, ılık otların üstüne çömeldi; çalıların arasındaki Krystal ile yabancıyı görüyordu hâlâ. Bir süre sonra nehir kıyısına inip onlara yaklaşmaya başladı.

"Susadım" diye sızlandı.

"Robbie, git!" diye haykırdı Krystal. "Git bankta otur!"

"İçecek istiyoyum!"

"Hay senin... git bankta bekle, birazdan içecek getiririm sana. Gitsene Robbie!"

Çocuk kaygan toprakta gerisingeri yukarı tırmanıp banka gitti ağlayarak. İstediklerinin verilmemesine alışkındı, itaatsizlik etmeye de alışkındı, çünkü yetişkinlerin hiddetlerinin ve kurallarının keyfi olduğunu görmüş, küçük hazların peşinde olabildiğince koşmayı öğrenmişti.

Krystal'a kızdığından, yol kenarında yürüyerek banktan biraz uzaklaştı. Kaldırımda yürüyen güneş gözlüklü bir adam kendisine doğru geliyordu.

(Gavin arabayı nereye park ettiğini unutmuştu. Mary'nin evinden çıktıktan sonra, Church Row'da yürürken Miles ile Samantha'nın evine varınca, yanlış yönde gittiğini fark etmişti. Fairbrother'ların evinin önünden tekrar geçmek istemediğinden, köprüye dolambaçlı bir yoldan geri dönüyordu.

Eline yüzüne çikolata bulaşmış, bu bakımsız, kılıksız oğlan çocuğunun yanından geçerken kendini çok mutsuz hissediyordu ve Kay'in evine gidebilmeyi, Kay'in ona sessizce sarılmasını istiyordu... Kay'in ona en iyi davrandığı zamanlar, Gavin'ın üzgün olduğu zamanlardı hep; Gavin onu bu yüzden çekici bulmuştu.)

Nehrin sesi Robbie'nin susuzluğunu artırdı. Yönünü değiştirip köprüden uzaklaşırken, Krystal'ın saklandığı yere geri dönerken daha yüksek sesle ağlamaya başladı. Çalılar sarsılmaya başlamıştı. İçecek isteyen Robbie yürümeyi sürdürürken, yolun solundaki uzun bir çalı çitin ortasındaki boşluğu fark etti. Yaklaşınca, çitin ardındaki spor sahasını gördü.

Çalı çitteki boşluktan geçip büyük ceviz ağacına, geniş ve yeşil alana, futbol kalelerine baktı. Robbie bunların ne olduğunu biliyordu, çünkü kuzeni Dane oyun parkında futbol oynamayı öğretmişti ona. Robbie bu kadar geniş bir yeşil alanı ilk kez görüyordu.

Sahadan geniş adımlarla geçen bir kadın yaklaşıyordu; kollarını kavuşturmuş, başını eğmişti.

(Samantha rasgele yürüyordu, durmadan yürüyordu,

Church Row'dan uzaklaşmak için yürüyordu. Kendine birçok soru sormuş ve çok az yanıt bulmuştu; kendine sorduğu sorulardan biri, o salak mektubu sarhoşken kendisinin yazdığını Miles'a söylemekle fazla ileri gidip gitmediğiydi; o mektubu sırf fesatlık olsun diye göndermişti ve yaptığı şey hiç akıllıca gelmiyordu şimdi...

Başını kaldırınca Robbie'yle göz göze geldi. Hafta sonları çocuklar sahada maç yapmak için çalı çitteki boşluktan geçerlerdi genelde. Kendi kızları da küçükken bunu yapmışlardı.

Samantha kapıya tırmanıp üstünden atladıktan sonra sırtını nehre verip Meydan'a doğru yürüdü. Kendinden tiksiniyordu ve bu histen kaçamıyordu.)

Robbie çalı çitteki boşluktan tekrar geçip, geniş adımlarla yürüyen kadının peşinden gitti bir süre; ama kadın çabucak gözden kayboldu. Yarısı bitmiş Rolo paketindeki çikolatalar eriyordu; çikolataları bırakmak istemiyordu, ama öyle susamıştı ki. Krystal'ın işi bitmişti belki de. Dönüp ters yönde yürümeye başladı.

Nehir kıyısındaki ilk çalılara vardığında, çalıların kımıldamadığını gördü ve dolayısıyla yaklaşmasında sorun olmadığını düşündü.

"Krystal" dedi.

Ama çalıların arası boştu. Krystal gitmişti.

Robbie sızlanmaya, Krystal'a seslenmeye başladı. Tekrar yukarı tırmandı ve yolda sağa sola telaşla bakındı, ama Krystal'dan eser yoktu.

"Krystal!" diye bağırdı.

Karşı kaldırımda hızlı adımlarla yürüyen, kısa kır saçlı bir kadın ona kaşlarını çatarak baktı.

Shirley, Lexie'yi Copper Kettle'da bırakıp çıkmıştı (kız orada mutlu görünüyordu), ama Meydan'da biraz yürüyüp de Samantha'yı, yani karşılaşmak istediği en son kişiyi görünce dönüp ters yönde yürümeye başlamıştı.

Telaşla yürürken, çocuğun sızlanmaları ve haykırışları yankılanıyordu ardından. Shirley cebindeki EpiPen'i sımsıkı tutuyordu. Müstehcen esprilere konu olmayacaktı. Saf olmak istiyordu, tıpkı Mary Fairbrother gibi birileri ona acısın istiyordu; hiddeti öyle şiddetli, öyle tehlikeliydi ki doğru düzgün düşünemiyordu. Eyleme geçmek, cezalandırmak, son vermek istiyordu.

Eski taş köprünün önünden geçerken, solundaki çalılar titreşti. Aşağı göz atıp da iğrenç, pis ve rezil bir şey gören Shirley'nin hırsı pekişti.

## 13

Sukhvinder, Pagford'da Samantha'dan daha uzun süredir dolanmaktaydı. Annesinin işe gitmesi gerektiğini söylemesinden hemen sonra Eski Papaz Evi'nden çıkmıştı ve o zamandan beri sokaklarda dolanıyordu; Church Row'un, Hope Sokağı'nın ve Meydan'ın etrafındaki görünmez sınırı gözetliyordu.

Cebinde, kafeden ve partiden kazandığı yaklaşık elli *pound* ile jilet vardı. Babasının çalışma odasındaki küçük dosya dolabında duran mevduat cüzdanını almak istemişti, ama Vikram masasında oturuyordu. Durakta Yarvil otobüsünü beklemişti bir süre, ama sonra Shirley ile Lexie Mollison'ın yaklaştıklarını görünce kaçmıştı.

Gaia'nın ihaneti zalimce ve beklenmedik olmuştu. Şişko Wall'u baştan çıkarmıştı o kız... Şişko artık Gaia'yla birlikte olduğuna göre Krystal'ı terk ederdi. Her delikanlı Gaia uğruna her kızı terk edebilirdi, Sukhvinder bunu biliyordu. Ama işe gidip de, tek müttefikinin ona Şişko'nun aslında fena çocuk olmadığını anlatmaya çalışmasını istemiyordu.

Cep telefonu vızıldadı. Gaia ona iki mesaj göndermişti bile.

Dün gece ne kadar sarhoş oldum ben?
İşe gidiyor musun?

Şişko'yla ilgili tek kelime yoktu. Sukhvinder'in işkencecisiyle yiyişmek konusunda tek kelime yoktu. Yeni mesaj şuydu: İyi misin?

Sukhvinder cep telefonunu cebine geri koydu. Yarvil'e doğru yürüyüp, kasabanın dışına çıkınca otobüse binebilirdi; böylece onu kimse görmezdi. Anne babası yokluğunu ancak beş buçukta, kafeden dönmesini bekledikleri saatte fark ederlerdi.

Terleyerek, yorgun argın yürürken çaresizce bir plan kurdu kafasında. Elli *pound*'dan ucuza bir oda bulabilirse... tek istediği jiletiyle baş başa kalmaktı.

Nehir yolundaydı, yanında Orr akıyordu. Köprüden geçerse, bir arka sokaktan çevre yoluna çıkabilirdi.

"Robbie! *Robbie!* Neredesin?"

Krystal Weedon nehir kıyısında ileri geri koşuyordu. Bir eli cebinde olan Şişko Wall, Krystal'ın koşturmasını sigara içerek seyrediyordu.

Kendisini görmelerinden korkan Sukhvinder sağa sapıp köprüye girdi hemen. Krystal'ın haykırışları, akan sulardan yankılanıyordu.

Sukhvinder aşağıdaki nehirde bir şey gördü.

Ne yaptığını düşünmeden ellerini taş köprünün ılık duvarına koydu ve duvarın üstüne çıkıp, "*Nehirde Krys!*" diye seslendikten sonra suya çivileme atladı. Suya dalınca, kırık bir bilgisayar monitörü bacağını yardı geçti.

# 14

Shirley yatak odası kapısını açınca iki boş yatak gördü sadece. Döndüğünde onu uyurken bulması daha yerinde olurdu oysa; Shirley onu yatağa geri dönmeye ikna etmek zorunda kalacaktı.

Ama mutfaktan da, banyodan da ses gelmiyordu. Shirley belki de eve nehir yolundan döndüğü için Howard'la karşılaşmamış olduğunu düşündü kaygıyla. Howard giyinip işe gitmiş olmalıydı; belki de şimdi Maureen'le birlikte arka odadaydı ve Shirley'den bahsediyorlardı; belki de Howard, Shirley'yi boşayıp Maureen'le evlenmeyi planlıyordu; ne de olsa foyası meydana çıkmıştı artık ve rol yapmasına gerek kalmamıştı.

Shirley, Copper Kettle'ı aramak için oturma odasına koşar adım girdi. Pijamalı Howard halının üstünde yatıyordu.

Yüzü morarmış, gözleri pörtlemişti. Hafifçe hırıldıyordu. Bir eliyle göğsünü tutuyordu dermansızca. Pijamasının üstü yukarı sıyrılmıştı. Shirley iğneyi batırmayı planladığı yeri, kabuk tutmuş kızarıklığı görebiliyordu.

Howard ona sessizce, yalvaran gözlerle baktı.

Shirley dehşet içinde kocasına bakakaldı, sonra odadan dışarı fırladı. Önce EpiPen'i bisküvi kutusuna sakladı; sonra oradan alıp yemek kitaplarının arkasına koydu.

Koşarak oturma odasına dönüp telefonu kaptı ve acil yardımı aradı.

"Pagford? Orrbank Binası değil mi? Ambulans yola çıktı."

"Ah, sağ olun, sağ olun" dedi Shirley ve tam telefonu kapatacakken, ne dediğini fark edince, "Hayır, hayır, Orrbank Binası değil..." diye haykırdı.

Ama operatör kapatmıştı, dolayısıyla Shirley tekrar aramak zorunda kaldı. Öyle panikledi ki telefonu düşürdü. Yanında, halının üstünde yatan Howard'ın iniltileri giderek hafifliyordu.

"Orrbank Binası değil" diye bağırdı Shirley. "Evertree Crescent, otuz altı numara, Pagford... kocam kalp krizi geçiriyor..."

## 15

Miles Mollison, Church Row'daki evinden terlikleriyle fırladı ve sarp sokaktan aşağıya, köşedeki Eski Papaz Evi'ne doğru koştu. Kalın meşe kapıya sol eliyle vururken, sağ eliyle karısına telefon etmeye çalıştı.

"Evet?" dedi Parminder kapıyı açarak.

"Babam" dedi Miles soluk soluğa... "yine kalp krizi geçirdi... annem ambulans çağırdı... gelir misin? Lütfen, gelir misin?"

Parminder doktor çantasını almak için koşacak gibi oldu, ama sonra kendini engelledi.

"Yapamam. Ben askıya alındım Miles. Yapamam."

"Şaka yapıyorsun... lütfen... ambulansın gelmesine daha..."

"Yapamam Miles" dedi kadın.

Miles döndü ve koşarak açık bahçe kapısından çıkıp gitti. İleride, evlerinin bahçe yolunda yürüyen Samantha'yı gördü. Kadına seslenirken sesi çatladı; Samantha şaşkınlıkla döndü. Adamın kendisi yüzünden böyle paniklediğini sandı önce.

"Babam... yığılıp kalmış... ambulans geliyor... lanet olası Parminder Jawanda gelmeyi reddetti..."

"Tanrım" dedi Samantha. "Aman Tanrım."

Arabaya binip yolda ilerlediler; Miles terlikliydi, Samantha'nın takunyalarıysa ayaklarının su toplamasına yol açmıştı.

"Miles, dinle, siren sesi... ambulans geldi..."

Ama Evertree Crescent'a saptıklarında orada ambulans

falan yoktu ve siren sesi kesilmişti bile.

Bir buçuk kilometre ötedeki bir çimenlikte, bir söğüt ağacının dibinde Sukhvinder Jawanda nehir suyu kusuyordu ve giysileri Sukhvinder'inkiler kadar ıslanmış olan yaşlı bir kadın, kızın omuzlarına battaniyeler örtüyordu. Biraz ötede, Sukhvinder'i saçından ve kazağından çekerek nehirden çıkarmış olan köpek gezdiricisi yerde yatan küçük, hareketsiz bir bedenin üstüne eğilmişti.

Sukhvinder, Robbie'nin kollarının arasında çırpındığını hisseder gibi olmuştu; yoksa çocuğu alıp götürmeye çalışan nehrin zalim akıntısının işi miydi bu? Sukhvinder iyi bir yüzücüydü, ama Orr onu aşağıya çekmişti, dermansız bırakıp istediği yere çekmişti. Sukhvinder nehrin kıvrımında kıyıya doğru savrulunca çığlık atmayı başarmıştı ve köpekli adamın koşarak yaklaştığını görmüştü...

"Maalesef" dedi adam; Robbie'nin minik bedeninin üstünde yirmi dakikadır uğraşıyordu. "Öldü."

Sukhvinder soğuk, ıslak toprağa çöktü inleyerek; geç gelen ambulansın siren sesini duyunca öfkeden titredi.

Evertree Crescent'ta, ilk yardım görevlileri Howard'ı sedyeye yatırmakta oldukça zorlanıyorlardı; Miles ile Samantha yardım etmek durumunda kaldılar.

Miles şaşkın görünen ve ambulansa binmek istemeyen Shirley'ye, "Sen babamla git, biz arabayla takip ederiz" diye bağırdı.

Son müşteriyi Copper Kettle'dan uğurlayan Maureen kapı eşiğinde durup kulak kabarttı.

Başını geriye çevirip, "Amma çok siren sesi var" dedi, masaları bitkin bir şekilde silen Andrew'ya. "Bir şey oldu mutlaka."

Derin bir nefes aldı; ılık ikindi havasından felaketin keskin kokusunu almayı umar gibiydi.

# *Altıncı bölüm*

**Gönüllü Kuruluşların Dezavantajları**

**22.23** Böyle kuruluşların en büyük dezavantajları zor kurulup kolay dağılmalarıdır...

Charles Arnold-Baker

*Yerel Belediye Yönetimi*

Yedinci Baskı

# 1

Colin Wall kapısına polisin dayandığını kaç kez hayal etmişti. Polisler nihayet bir pazar akşamı, alacakaranlıkta geldiler: Bir kadın ile bir adam; Colin'i tutuklamaya değil, oğlunu aramaya gelmişlerdi.

Ölümcül bir kaza olmuştu ve Stuart ("Adı Stuart, değil mi?") görgü tanığıydı. "Evde mi?"

"Hayır" dedi Tessa, "ah, aman Tanrım... Robbie Weedon... ama o Fields'ta yaşıyor... burada ne işi varmış ki?"

Kadın polis, olanlara ilişkin tahminlerini kibarca açıkladı. "Gençler göz kulak olamamışlar" dedi.

Tessa bayılacak gibi oldu.

"Stuart'ın yerini bilmiyor musunuz?" diye sordu kadın polis.

"Hayır" dedi Colin; bir deri bir kemik kalmıştı, gözlerinin altı morarmıştı. "En son nerede görülmüş?"

"Meslektaşımız geldiğinde Stuart, eee, kaçmış galiba."

"Ah, aman Tanrım" dedi Tessa tekrar.

"Telefonunu açmıyor" dedi Colin sakince; Şişko'nun numarasını aramıştı bile. "Gidip onu aramamız gerek."

Colin hayatı boyunca kendini felakete hazırlamıştı. Hazırdı. Paltosunu aldı.

"Ben Arf'ı arayayım" dedi Tessa, telefona koşarak.

Küçük kasabanın yukarısında, kasabadan kopuk vaziyetteki Tepedeki Ev'e felaket haberi ulaşmamıştı henüz. Mutfaktaki Andrew'nun cep telefonu çaldı.

"Alo" dedi, ağzı kızarmış ekmekle doluyken.

"Andy, ben Tessa Wall. Stu yanında mı?"

"Hayır" dedi Andrew. "Üzgünüm."

Şişko'nun yanında olmamasına üzüldüğü falan yoktu oysa.

"Bir şey oldu Andy. Stu, Krystal Weedon'la birlikte nehir kıyısındaymış ve kızın yanında erkek kardeşi varmış, çocuk boğulmuş. Stu kaçmış... bir yerlere kaçmış. Nerede olabileceğini biliyor musun?"

"Hayır" dedi Andrew otomatikman, çünkü Şişko'yla arasındaki bir kuraldı bu. Ailelere asla söylenmezdi.

Ama kadının söylediklerinin korkunçluğu, telefondan yapış yapış bir sis gibi yayılıyordu. Her şeyin netliği, kesinliği azaldı birden. Kadın telefonu kapatmak üzereydi.

"Bayan Wall, durun" dedi Andrew. "Bir tahminim var... nehir kıyısında bir yer var..."

"Şu an nehir kıyısına yaklaşacağını sanmam" dedi Tessa.

Saniyeler geçtikçe Andrew, Şişko'nun Göz Deliği'nde olduğundan giderek daha çok emin oluyordu.

"Aklıma gelen tek yer orası" dedi.

"Neresi olduğunu söyle..."

"Size göstermem gerek."

"On dakikada oradayım" diye bağırdı kadın.

Colin, Pagford sokaklarında dolanmaya başlamıştı bile. Nissan'a atlayan Tessa yılankavi tepe yoluna çıktı ve Andrew'nun köşede, normalde otobüse bindiği yerde kendisini beklediğini gördü. Birlikte kasabaya indiler ve Andrew kadına yolu tarif etti. Alacakaranlıkta sokak lambalarının ışığı solgundu.

Andrew'nun genellikle Simon'ın yarış bisikletini attığı yere, ağaçların yanına park ettiler. Tessa arabadan indi, şaşkınlık ve korku içinde Andrew'yu takip ederek nehir kıyısına gitti.

"Burada değil" dedi kadın.

"Şurada" dedi Andrew, sarp ve karanlık Pargetter Tepesi'ni göstererek; tepe ile nehrin arasında dar toprak şeridi uzanıyordu.

"Ne demek istiyorsun?" diye sordu Tessa dehşetle.

Andrew tıknaz kadının kendisiyle birlikte gelemeyeceğini baştan beri biliyordu.

"Ben gidip bakarım" dedi. "Siz burada beklerseniz."

"Ama çok tehlikeli!" dedi kadın, güçlü akıntının gürültüsü yüzünden bağırarak.

Kadına aldırmayan Andrew tanıdık yerlere basmaya ve tutunmaya başladı. Andrew dar toprak şeritte ufak adımlarla ilerlerken, ikisinin de aklına aynı düşünce geldi; Şişko, Andrew'nun ayaklarının hemen yanından gürleyerek akan nehre düşmüş ya da atlamış olabilirdi.

Tessa nehir kıyısında artık Andrew'yu göremez olunca sırtını döndü; ağlamamaya çalışıyordu, çünkü Stuart buradaysa onunla sakin sakin konuşması gerekecekti. İlk defa Krystal'ın nerede olduğunu merak etti. Polisler söylememişlerdi, Tessa da Şişko için kaygılandığından başka her şeyi unutmuştu...

*N'olur Tanrım, Stuart'ı bulayım* diye dua etti. *Stuart'ı bulayım, n'olur Tanrım.*

Sonra hırkasının cebinden cep telefonunu çıkarıp Kay Bawden'ı aradı.

Nehrin gürültüsü yüzünden bağırarak, "Haberin var mı bilmiyorum" dedi ve Kay'e olanları anlattı.

"Ama ben artık Krystal'ın sosyal hizmet görevlisi değilim ki" dedi Kay.

Altı metre ötede, Andrew Göz Deliği'ne ulaşmıştı. İçerisi zifiri karanlıktı; Andrew buraya ilk kez bu kadar geç saatte geliyordu. İçeri atladı.

"Şişko?"

Mağaranın dibinde bir hışırtı işitti.

"Şişko? Orada mısın?"

"Çakmağın var mı Arf?" dedi yabancı bir ses. "Lanet olası kibritlerimi düşürdüm."

Andrew, Tessa'ya seslenmeyi düşündü, ama kadın Göz Deliği'ne ulaşmanın ne kadar sürdüğünü bilmiyordu. Birkaç dakika daha bekleyebilirdi.

Çakmağını uzattı. Andrew çakmağın titrek ışığında, arkadaşının görünüşünün de neredeyse sesi kadar değişmiş olduğunu gördü. Şişko'nun suratı balon gibi olmuştu; yüzünün tamamı şişmiş gibiydi.

Alev söndü. Karanlıkta Şişko'nun sigarasının yanan ucu parladı.

"Öldü mü? Krystal'ın kardeşi?"

Andrew, Şişko'nun çocuğun öldüğünü bilmediğini düşünmemişti.

"Hı hı" dedikten sonra ekledi, "sanırım. Yani öyle... öyle duydum."

Bir sessizlik oldu ve sonra karanlığın içinden domuz yavrusu sesini andıran hafif bir inilti geldi.

"Bayan Wall" diye seslendi Andrew, nehrin sesi Şişko'nun hıçkırıklarını bastırsın diye başını dışarıya olabildiğince çıkararak. "Bayan Wall, o burada!"

## 2

Nehir kıyısındaki dağınık kulübede, kadın polis onlara iyi ve kibar davranmıştı; içerideki battaniyeler, ucuz sandalyeler ve eski kilimler ıslanmıştı. Sukhvinder kulübenin sahibi olan kadının getirdiği sıcak su şişesini de, kaynar çayla dolu fincanı da kaldıramamıştı, çünkü zangır zangır titriyordu. Bazı bilgiler vermişti: kendisinin, Krystal'ın ve ambulansa konulan ölü çocuğun isimlerini. Onu nehirden çıkaran köpek gezdiricisi sağırdı; Sukhvinder yan odada polise ifade veren adamın bağırarak konuşmasından nefret etmişti. Adamın pencerenin önündeki ağaca bağladığı köpeği durmadan inlemişti.

Sonra Sukhvinder'in ailesi, polisin araması üzerine gelmişti; Parminder kucağında temiz giysilerle odada yürürken masaya çarpıp yaşlı kadının biblolarından birini kırmıştı. Sukhvinder küçük banyoya girince, bacağındaki derin ve kirli yarığı görmüştü ve tüylü banyo paspasında siyah kan lekeleri kalmıştı; Parminder yarayı görünce, holde herkese yüksek sesle teşekkür etmekte olan Vikram'a, Sukhvinder'i hastaneye götürmeleri gerektiğini haykırmıştı.

Sukhvinder arabada tekrar kusmuştu, arka koltukta yanında oturan annesi onun üstünü başını silmişti ve Parminder ile Vikram yol boyunca yüksek sesle konuşmuşlardı; babası aynı lafları tekrarlayıp duruyordu, "Ağrı kesici alması gerek" ve "O kesiğe dikiş atılması şart" diyordu sürekli; arka koltukta, titreyerek öğüren Sukhvinder'in yanında oturan Parminder ise, "Ölebilirdin. Ölebilirdin" diyordu.

Sukhvinder hâlâ suyun altındaydı sanki. Nefes alamadığı bir yerdeydi. Sesini duyurmaya çalıştı.

"Krystal kardeşinin öldüğünü biliyor mu?" diye sordu dişleri takırdarken; Parminder soruyu tekrarlamasını istemek zorunda kaldı birkaç kez.

"Bilmiyorum" diye yanıtladı sonunda. "Ölebilirdin Neşeli."

Hastanede Sukhvinder tekrar soyundu, ama bu sefer perdeli kabinde annesi yanındaydı ve Sukhvinder yaptığı hatayı Parminder'in yüzündeki dehşeti görünce fark etti.

"Tanrım" dedi kadın, Sukhvinder'in kolunu kavrayarak. "Tanrım. Kendine ne yaptın böyle?"

Sukhvinder ne diyeceğini bilemediğinden sarsıla sarsıla ağlamaya başladı; Vikram, Parminder de dahil olmak üzere herkese bağırıyordu, Sukhvinder'i yalnız bırakmalarını, o kesiğin temizlenmesi, yaraya dikiş atılması, ağrı kesici verilmesi ve derhal röntgeninin çekilmesi gerektiğini haykırıyordu...

Daha sonra Sukhvinder'i bir yatağa yatırdılar; anne babası her iki yanında duruyor, onun ellerini okşuyorlardı. Sukhvinder ısınmıştı ve uyuşuk haldeydi; bacağı acımıyordu artık. Pencerelerin ardındaki gökyüzü karanlıktı.

Annesinin babasına, "Howard Mollison yine kalp krizi geçirmiş" dediğini duydu. "Miles yardım etmemi istedi."

"Yüzsüzlüğün bu kadarı" dedi Vikram.

Howard Mollison'dan daha fazla bahsetmemeleri, uykusu gelmiş olan Sukhvinder'i şaşırttı. Onun ellerini okşamayı sürdürdüler ve kısa süre sonra uykuya daldı.

Binanın diğer tarafında, içinde plastik sandalyeler ve bir köşesinde akvaryum bulunan bakımsız, mavi bir odada Miles ile Samantha, Shirley'nin iki yanında durmuş, ameliyathaneden gelecek haberi bekliyorlardı. Miles terlikliydi hâlâ.

"Parminder Jawanda'nın gelmemesine inanamıyorum" dedi Miles çatlak sesle, belki yüzüncü kez. Samantha kalkıp Shirley'nin önünden geçerek Miles'a sarıldı, onun kırlaşmış gür saçını öptü, tanıdık kokusunu içine çekti.

"Ben gelmemesine şaşırmadım" dedi Shirley yüksek ve boğuk bir sesle. "Hiç şaşırmadım. Korkunç kesinlikle."

Eski hayatından, eski güvenliğinden geride kalan tek şey, tanıdık hedeflere saldırmaktı. Yaşadığı şok, neredeyse her şeyini elinden almıştı. Neye inanacağını, hatta ne umacağını bile bilmiyordu artık. Ameliyathanedeki adam, evlendiğini sandığı adam değildi. O berbat mesajı okumadan önceki mutluluğuna, güvenliğine geri dönebilseydi keşke...

Belki de o internet sitesini tamamen kapatması en iyisiydi. Mesaj panolarının hepsini kaldırması. Hayalet'in geri gelip tekrar korkunç şeyler söylemesinden korkuyordu...

Hemen eve gidip internet sitesini kapatmak istedi; oraya gitmişken EpiPen'i de ortadan kaldırabilirdi...

*Howard onu gördü... gördüğünü biliyorum...*

*Ama yapmayacaktım aslında. Yapmayacaktım. Altüst olmuştum sadece. Hayatta yapmazdım...*

Howard kendine gelir gelmez şöyle diyebilirdi: "Beni görünce odadan kaçtı. Hemen ambulans çağırmadı. Elinde büyük bir şırınga vardı..."

*Ben de o sırada kriz geçirdiği için hayal gördüğünü söylerim* diye düşündü başkaldırır gibi.

Howard ölürse ne olacaktı peki?

Yanındaki Samantha, Miles'a sarılıyordu. Shirley bundan hoşlanmadı; *kendisinin* ilgi odağı olması gerekiyordu asıl; yukarıda yaşam mücadelesi veren kişi *kendi* kocasıydı. Mary Fairbrother gibi trajik bir kahraman olmak ve takdir edilmek istemişti; üzerine titrenmesini istemişti. Böyle olacağını hiç hayal etmemişti...

"Shirley?"

Hemşire üniformalı Ruth Price odaya dalmıştı; zayıf yüzünde üzüntülü, anlayışlı bir ifade vardı.

"Şimdi duydum... gelmem gerekiyordu benim de... Shirley, çok korkunç, öyle üzgünüm ki."

"Ruth, canım" dedi Shirley, ayağa kalkıp kadının kendisine sarılmasına izin verdi. "Çok iyisin. Çok."

Shirley tıp dünyasından olan arkadaşını Miles ve Samantha'yla tanıştırmaktan ve kadının onların önünde kendisine merhametli ve iyi davranmasından hoşlandı. Dulluğun az çok böyle bir şey olduğunu hayal etmişti...

Ama sonra Ruth işe dönmek zorunda kaldı, Shirley de plastik sandalyesine ve huzursuz edici düşüncelerine geri döndü.

Samantha, "İyileşecek" diye mırıldanıyordu, başını onun omzuna yaslamış olan Miles'a. "Kurtulacak, biliyorum. Geçen sefer kurtulmuştu."

Shirley akvaryumdaki, neon gibi parlayan balıkların bir oraya bir buraya yüzmelerini seyretti. Geçmişi değiştirebilseydi keşke; gelecekse bomboş bir sayfaydı.

"Mo'yu arayan oldu mu?" diye sordu Miles bir süre sonra, bir elinin tersiyle gözlerini silerken, diğer eliyle Samantha'nın bacağını tutuyordu. "Anne, aramamı ister misin?.."

"Hayır" dedi Shirley sertçe. "Sonucu... bekleyelim."

Yukarıdaki ameliyathanede, Howard Mollison'ın vücudu ameliyat masasının kenarlarından taşıyordu. İyice açılmış göğsünün içinde, Vikram Jawanda'nın eserinin kalıntıları görülüyordu. Hasarı onarmak için on dokuz kişi çalışıyordu ve Howard'ın bağlandığı makinelerin düzenli olarak çıkardığı hafif sesler, adamın yaşamayı sürdürdüğünü gösteriyordu.

Ve çok aşağıda, hastanenin derinliklerinde, Robbie Weedon'ın donmuş beyaz cesedi morgda yatıyordu. Kimse ona hastaneye kadar eşlik etmemişti ve metal çekmecede yatarken, ziyaretine gelen yoktu.

## 3

Andrew onu Tepedeki Ev'e bırakmaları teklifini reddettiğinden, Tessa ile Şişko arabada baş başaydılar ve Şişko, "Eve gitmek istemiyorum" dedi.

"Tamam" diye karşılık verdi Tessa ve araba kullanırken telefonda Colin'le konuştu. "Onu buldum... Andy buldu. Birazdan döneriz... Evet... Evet, tamam..."

Şişko'nun gözlerinden yaşlar akıyordu; vücudu ona ihanet ediyordu; Simon Price'ın karşısında altına işediği, bacağından süzülen sıcak idrarın çorabının içine aktığı zamanki gibi olmuştu tıpkı.

Cenazeyi hayal edip duruyordu. Küçük, minik bir tabutu.

O işi çocuğun yanında yapmak istememişti.

Vicdan azabından kurtulabilecek miydi?

"Kaçtın demek" dedi Tessa soğuk bir edayla, Şişko ağlarken.

Tessa onu sağ bulabilmek için dua etmişti, ama şimdi duyduğu en yoğun his tiksintiydi. Şişko'nun gözyaşları onu yumuşatmıyordu. Erkeklerin ağlamalarına alışkındı. Şişko'nun nehre atlamamış olmasının utancını duyuyordu bir tarafıyla.

"Krystal'ın polise söylediğine göre, siz ikiniz çalıların arasındaymışsınız. Çocuğu tek başına bıraktınız ha?"

Şişko konuşamadı. Tessa'nın zalimliğine inanamıyordu. Tessa, Şişko'nun iç dünyasında patlayan kederi, dehşeti, kirlenmişlik hissini anlamıyor muydu?

"Eh, umarım o kızı hamile *bırakmışsındır*" dedi Tessa. "Hayata tutunmasını sağlayacak bir şeyi olur en azından."

Ne zaman bir köşeyi dönseler Şişko, Tessa'nın kendisini eve götürdüğünü düşünüyordu. Şimdiye kadar en çok Göz'den korkmuştu, ama artık anne babası arasında bu konuda ayrım yapmıyordu. Arabadan inmek istiyordu, ama Tessa bütün kapıları kilitlemişti.

Kadın birden direksiyon kırıp fren yaptı. Koltuğunun kenarlarına tutunan Şişko, Yarvil çevre yolunun yanındaki bir park yerinde olduklarını gördü. Kadının arabadan inmesini emretmesinden korkarak, şişmiş yüzünü ona çevirdi.

"Öz annen" dedi kadın, Şişko'nun onun yüzünde ilk kez gördüğü acımasız ve sevgisiz bir ifadeyle bakarak, "on dört yaşındaydı. Orta tabakadan ve çok zeki bir kız olduğu söylenmişti bize. Babanın kim olduğunu söylemeyi reddetti. Erkek arkadaşı reşit olmadığı için mi, onu korumak için mi, yoksa daha kötü bir sebepten dolayı mı söylemedi, kimse bilmiyordu. İleride sende zihinsel ya da fiziksel sorunlar çıkarsa bunları bilelim diye her şeyi anlattılar. Her halükârda" dedi kadın, sınavda çıkacağı kesin olan bir konuyu vurgulamak isteyen bir öğretmen gibi tane tane konuşarak, "sen ensest ilişki ürünüsün."

Şişko sinerek geri çekildi. Tabancayla vurulmayı yeğlerdi.

"Seni evlat edinmeyi çok istiyordum" dedi kadın. "Çok ama çok istiyordum. Ama baban çok hastaydı. 'Yapamam' dedi bana. 'Bebeğe zarar vermekten korkuyorum. Önce iyileşmemi bekleyelim; zaten hastayım, bir de bebekle başa çıkamam' dedi.

Ama ben, sana sahip olmakta öyle kararlıydım ki" dedi Tessa, "babanı yalan söylemeye zorladım; sosyal hizmet görevlilerine iyi olduğunu söylemeye ve mutluymuş, normalmiş numarası yapmaya zorladım. Seni eve getirdiğimizde miniciktin, erken doğmuştun ve geldiğinin beşinci gecesi baban usulca yataktan çıkıp garaja gitti, arabanın egzozuna hortum taktı ve intihar etmeye çalıştı, çünkü seni boğduğunu sanmıştı. Az kalsın ölüyordu.

Yani babanla sen kötü bir başlangıç yaptınız ve bunun için beni suçlayabilirsin, daha sonra olan her şey için de suçlayabilirsin belki. Ama sana şunu söyleyeyim Stuart. Baban hayatı boyunca hiç yapmadığı şeylerin pişmanlığını duymak zorunda kaldı. Onun cesaretini anlamanı beklemiyorum. Ama" derken kadının sesi sonunda çatladı ve Şişko tanıdığı annesinin geri geldiğini işitti, "o seni seviyor Stuart."

Tessa kendini tutamayıp bu yalanı eklemişti. Bunun *sahiden* de yalan olduğundan ilk kez bu gece emin oldu; hayatında yaptığı her şeyin, kendine en iyisinin bu olduğunu söyleyerek yaptığı her şeyin, çevresinde karmaşaya ve sorunlara yol açan kör bir bencillikten kaynaklandığından da emin oldu. *Ama hangi yıldızların çoktan sönmüş olduğunu bilmeye kim katlanabilir ki?* diye düşündü, gece göğüne gözlerini kırpıştırarak bakarken; *hepsinin sönmüş olduğunu bilmeye katlanabilecek biri var mıdır?*

Kontak anahtarını çevirdi, vites değiştirdi ve çevre yoluna geri döndüler.

"Fields'a gitmek istemiyorum" dedi Şişko dehşet içinde.

"Fields'a gitmiyoruz" dedi kadın. "Seni eve götürüyorum."

## 4

Pagford sınırında, nehir kıyısında perişan bir şekilde koşarak çatlayan sesiyle kardeşine seslenmeyi sürdüren Krystal Weedon'ı polisler sonunda buldular. Kıza yaklaşan kadın polis, ona ismiyle hitap etti ve haberi yavaş yavaş vermeye çalıştı, ama Krystal ona vurarak kaçmaya kalktı yine de ve kadın polis onu arabaya neredeyse yaka paça bindirmek zorunda kaldı. Krystal, Şişko'nun ağaçların arasında gözden kaybolduğunu fark etmemişti; onun için Şişko diye biri yoktu artık.

Polisler Krystal'ı evine götürdüler, ama kapıyı çaldıklarında Terri kapıyı açmayı reddetti. Onları üst kat penceresinden görmüştü ve Krystal'ın asla olmaması gereken, bağışlanamaz tek şeyi yaptığını, Obbo'nun sırt çantalarındaki uyuşturucuları domuzlara ihbar ettiğini düşünmüştü. Polis kapıyı yumruklarken Terri ağır sırt çantalarını sürükleyerek üst kata çıkardı ve kapıyı ancak başka çaresi olmadığına kanaat getirince açtı.

"Ne istiyorsunuz?" diye bağırdı kapıyı aralayarak.

Kadın polis üç kez içeri girmek istediklerini söyledi ve Terri her seferinde reddetti; ne istediklerini öğrenmek istiyordu hâlâ. Birkaç pencerede komşular belirmişti. Kadın polis, "Oğlunuz Robbie'yle ilgili" deyince bile Terri durumu anlamadı.

"O iyi. Bir şeyi yok. Krystal'ın yanında."

Ama sonra Krystal'ı gördü; arabada kalmayı reddeden kız, bahçe yolunun yarısına kadar gelmişti. Terri kızının bacaklarına baktı; Robbie'nin tuhaf adamlardan korkarak o bacaklara tutunuyor olması gerekirdi.

Terri pençe gibi ellerini öne uzatarak öfkeyle evden dışarı fırlayınca kadın polis onu belinden tutup çekerek Krystal'dan uzaklaştırmak zorunda kaldı; Terri, Krystal'ın yüzünü parçalamaya çalışıyordu.

"Küçük orospu, küçük orospu, Robbie'ye ne yaptın?"

Krystal boğuşan kadınların yanından geçip eve daldı ve ön kapıyı ardından sertçe kapattı.

"Hayda" diye mırıldandı erkek polislerden biri.

Kilometrelerce ötedeki Hope Sokağı'nda, Kay ile Gaia Bawden karanlık holde karşı karşıya duruyorlardı. İkisi de günler önce yanmış olan ampulü değiştirecek kadar uzun boylu değildi ve merdivenleri de yoktu. Gün boyunca tartışmış, ara ara barışır gibi olmuşlardı. Sonunda, tam uzlaşacak gibi olurlarken, tam Kay kendisinin de Pagford'dan nefret ettiğini ve hata yaptığını, Londra'ya geri dönmek için çaba göstereceğini söylerken, cep telefonu çalmıştı.

"Krystal Weedon'ın kardeşi boğulmuş" diye fısıldadı Kay, Tessa'yla yaptığı konuşmayı bitirince.

"Ah" dedi Gaia. Üzüntüsünü ifade etmesi gerektiğini bilse de, annesinden kesin bir söz almadan Londra konusunun kapanmasını istemiyordu; gergin ve alçak bir sesle, "Bu üzücü" diye ekledi.

"Burada, Pagford'da olmuş" dedi Kay. "Yol kenarında. Krystal, Tessa Wall'un oğluyla birlikteymiş."

Gaia'nın Şişko Wall'un kendisini öpmesine izin vermesinden duyduğu utanç iyice arttı. Çocuğun ağzının tadı korkunçtu, ağzında Alman birası ve sigara tadı vardı; Şişko ellerini onun vücudunda gezdirmeye çalışmıştı. Gaia, Şişko Wall'dan çok daha iyisine layık olduğunu biliyordu. Andy Price'la öpüşmüş olsa kendini bu kadar kötü hissetmezdi. Sukhvinder'i gün boyunca aramıştı, ama kız telefonunu açmamıştı.

"Krystal tamamen dağılacak" dedi Kay dalgın gözlerle.

"Ama *senin* yapabileceğin bir şey yok" dedi Gaia. "Değil mi?"

"Şey..." dedi Kay.

"*Yine başlama!*" diye haykırdı Gaia. "Hep ama hep aynı şey! O kız senin sorumluluğunda değil artık! *Ben*" dedi küçükken yaptığı gibi tek ayağıyla tepinerek, "ne olacağım?"

Foley Yolu'ndaki polis memuru, bir sosyal hizmet görevlisini çağırmıştı bile. Çığlık çığlığa çırpınan Terri sokak kapısına vurmaya çalışıyordu; kapının arkasından gelen mobilya sesleri, bir çeşit barikat kurulmakta olduğunu gösteriyordu. Evlerinden çıkan komşular, Terri'nin sinir krizi geçirmesini ilgiyle ve hayretle seyrediyorlardı.

"Oğlu ölmüş" dediler birbirlerine. Kimse onu teselli etmeye, sakinleştirmeye çalışmadı. Terri Weedon'ın arkadaşı yoktu.

Kay, "Benimle gel" diye yalvardı asi kızına. "O eve gidiyorum, elimden bir şey gelir mi diye bakacağım. Krystal'la aram iyi. Onun kimsesi yok."

"Kardeşi boğulurken o Şişko Wall'la düzüşüyordu eminim!" diye bağırdı Gaia; ama son itirazıydı bu ve birkaç dakika sonra Kay'in külüstür Vauxhall'ına binerken, her şeye rağmen Kay'in kendisini çağırmasından memnundu.

Ama onlar çevre yoluna vardıklarında, Krystal evde aradığı şeyi bulmuştu bile: havalandırma boşluğuna saklanmış bir paket eroini. Obbo'nun Terri'ye Tessa Wall'un saatine karşılık verdiği iki paketin ikincisiydi bu. Krystal eroin paketini ve Terri'nin uyuşturucu malzemelerini alıp banyoya, kapısında kilit olan tek odaya girdi.

Cheryl Teyzesi haberi almış olmalıydı, çünkü Krystal onun uzaktan gelen, Terri'nin çığlıklarına karışan yüksek ve bet sesini aradaki iki kapıya rağmen duyabiliyordu.

"Kapıyı aç küçük orospu! Annen görsün seni!"

Polisler de bağırıyorlardı, iki kadını susturmaya çalışıyorlardı.

Krystal eroin kullanmamıştı hiç, ama nasıl kullanıldığına birçok kez tanık olmuştu. Kaşık kullanıldığını, kaşığı ısıtmak gerektiğini, çözünen eroine küçük bir pamuk parçası batırmak ve şırıngayı doldururken bunu filtre niyetine kullanmak gerektiğini biliyordu. Dirseğin iç tarafının en kolay damar bulunan yer olduğunu biliyordu, iğneyi deriye mümkün olduğunca paralel sokmak gerektiğini de biliyordu. Bunları biliyordu, çünkü defalarca duymuştu; daha önce kullanmamış insanların, bağımlıların alışık olduğu dozu kaldıramayacaklarını da duymuştu, ki bu iyiydi, çünkü vücudunun dozu kaldırmasını istemiyordu zaten.

Robbie ölmüştü ve bu kendisinin suçuydu. Krystal, Robbie'yi kurtarmaya çalışırken öldürmüştü. Parmakları yapılması gerekeni yaparken, zihnini titrek görüntüler dolduruyordu. Takım kürek çekerken kanal kıyısında koşan eşofmanlı Bay Fairbrother. Cath Nine'nın acı ve sevgi dolu sert yüzü. Koruyucu ailesinin evinin penceresinin ardında, hiç olmadığı kadar temiz halde Krystal'ı bekleyen ve onun ön kapıya yaklaştığını görünce heyecanla zıplamaya başlayan Robbie...

Erkek polislerden birinin kapıdaki mektup deliğinden seslendiğini, ona aptal bir kız gibi davranmamasını söylediğini, kadın polisinse Terri ile Cheryl'ı susturmaya çalıştığını duyabiliyordu.

İğne Krystal'ın damarına kolayca girdi. Krystal şırınganın pompasını sertçe, umut içinde ve pişmanlık duymadan bastırdı.

Kay ile Gaia geldiğinde ve polisler kapıyı kırmaya karar verdiğinde, Krystal Weedon tek emeline ulaşmıştı. Kardeşiyle buluşmuştu, kimsenin onları ayıramayacağı bir yerdeydi.

# Yedinci bölüm

**Yoksullara Yardım...**

**13.5** Yoksullara yardım... hayırseverliktir, zenginlere çıkar sağladığı zamanlarda bile...

Charles Arnold-Baker

*Yerel Belediye Yönetimi*

Yedinci Baskı

Güneşli bir nisan sabahı, insanlar uyurken, Pagford'da sirenlerin çalmasından yaklaşık üç hafta sonra Shirley Mollison yatak odasında tek başına durmuş, gardırop aynasındaki yansımasına bakıyordu. Artık her gün South West General'a gidiyordu ve o gün yola çıkmadan önce kıyafetinin son rötuşlarını yapmakla meşguldü. Son iki haftada zayıflamış, kemerini bir delik ileriye almıştı; gümüş rengi saçları uzamış, kesim zamanı gelmişti; gün ışığıyla aydınlanan odada yüzünü ekşitmesi, sadece ruh halinin ifadesiydi belki de.

Shirley bir yıl boyunca hastane koridorlarında kütüphanenin el arabasını itmiş, klipsli panolar, çiçekler taşımıştı ve o süre içinde, yenik düşmüş, vücutlarında derman kalmamış kocalarının yataklarının yanında duran o çökmüş, zavallı, hayatları mahvolmuş kadınlardan biri haline dönüşeceği hiç aklına gelmemişti. Howard yedi yıl önceki gibi çarçabuk iyileşememişti. Bipleyen makinelere bağlıydı hâlâ, içine kapanık ve halsizdi, cildi kötü bir renk almıştı, huysuz ve âcizdi. Shirley onun nefret dolu bakışlarından kaçmak için, tuvalete gitmesi gerekiyormuş gibi yapıyordu bazen.

Hastaneye Miles'la birlikte gidince, Howard'la konuşma işini ona bırakabiliyordu; Miles da sağ olsun anlattıkça anlatıyor, Pagford'la ilgili haberler veriyordu durmadan. Shirley buz gibi koridorlarda yürürken, yanında Miles olunca kendini çok daha iyi hissediyordu – hem daha dikkat çekici, hem de daha güvende olduğunu hissediyordu. Miles hemşirelerle kibarca sohbet ediyordu; Shirley'nin arabadan inip binmesine yardım ediyor ve onun kendisini yeniden iyi davranılmayı, korunmayı hak eden nadide bir varlık gibi hissetmesini sağlıyordu. Ama Miles her gün gelemiyordu ve yerine Samantha'yı gönderip durması Shirley'yi çileden çıkarıyordu. Bu kesinlikle aynı şey değildi; her ne kadar Samantha, Howard'ın morarmış, dalgın yüzünü gülümsetebilen çok az kişiden biri olsa da değildi.

Evdeki sessizliğin ne kadar korkunç olduğunun kimse farkında değil gibiydi. Doktorlar Howard'ın kendini toplamasının aylar süreceğini söyleyince Shirley, Miles'ın ona Church Row'daki evin misafir odasına taşınması teklifinde bulunacağını veya arada sırada gelip evde kalacağını ummuştu. Ama hayır. Shirley yapayalnız bırakılmıştı; Pat ile Melly'ye ev sahibesi rolü oynadığı üç sıkıntılı gün hariç yapayalnız kalmıştı.

*Yapmadım* diyerek kendini rahatlatmaya çalışmıştı, sessiz gecelerde, uyuyamadığında. *Hiçbir zaman da gerçekten yapmayı düşünmedim. Sinirim bozulmuştu sadece. Hayatta yapmazdım.*

Andrew'nun EpiPen'ini bahçedeki kuş besleme masasının dibindeki yumuşak toprağa, minik bir cesedi gömercesine gömmüştü. Onun orada olduğunu bilmek hoşuna gitmiyordu. Yakında, bir akşam karanlığında, çöplerin toplanacağı günden önceki gece, EpiPen'i gömdüğü yerden çıkarıp bir komşunun çöp tenekesine atacaktı.

Howard şırıngadan ne ona, ne de başka kimseye bahsetmişti. Shirley'nin kendisini görünce neden kaçtığını sormamıştı.

Shirley ailesinin başına gelen felaketten sorumlu tuttuğu kişilere verip veriştirdikçe rahatlıyordu. Bu kişilerin başında Parminder Jawanda geliyordu elbette, Howard'a yardım etmeyi zalimce reddetmişti kadın. Sonra iğrenç sorumsuzlukları yüzünden, ambulansın Howard'a daha çabuk ulaşmasını engelleyen o iki yeniyetme vardı.

Yeniyetmeleri suçlaması biraz yersizdi belki de, ama Stuart Wall ile Krystal Weedon'ı kötülemek moda olmuştu bu aralar ve herkes tadını çıkarıyordu bu modanın. Shirley'nin yakın çevresindeki birçok kişi onun verip veriştirmelerini ilgiyle dinliyordu. Dahası, Barry Fairbrother'ın Hayaleti'nin Wall'ların oğlu olduğu anlaşılmıştı. O fesat çocuk bunu anne babasına itiraf etmişti, onlar da mağdurları arayıp özür dilemişlerdi. Kısa sürede Hayalet'in kimliğini herkes öğrenmişti ve Stuart üç yaşındaki bir çocuğun boğulmasından da sorumlu olduğundan, ona kötü davranmak hem zevkliydi, hem de bir ödevdi.

Shirley herkesten daha ağır konuşuyordu. Stuart'ı vahşice kötülüyordu; bir zamanlar Hayalet'e karşı duyduğu yakınlıktan ve hayranlıktan kurtulmak için ve henüz kimsenin gördüğünü itiraf etmediği o korkunç, son mesajı yadsımak için yapıyordu bunu. Wall'lar Shirley'yi arayıp özür dilememişlerdi henüz, ama Shirley sürekli diken üstündeydi, çünkü çocuk ailesine o mesajdan bahsedebilirdi veya herhangi birisi, Stuart'ın adına ölümcül, son darbeyi indirmek için o konuyu açabilirdi.

Buz gibi ve vakur bir edayla, "Ah evet, Howard'la ikimiz biliyoruz" demeyi planlıyordu, "ve bence Howard o mesajı görünce yaşadığı şok yüzünden kalp krizi geçirdi."

Mutfakta yüksek sesle bunu nasıl söyleyeceğinin provasını yapmıştı.

Stuart Wall'un, Shirley'nin kocası ile Maureen arasındaki ilişki konusunda haklı olup olmadığı çok önemli değildi artık, çünkü Howard bir daha asla Shirley'yi o şekilde rezil edemeyecek kadar kötü durumdaydı ve bu konuda dedikodu yapan da yok gibiydi. Her ne kadar Shirley'nin Howard'la kaçınılmaz olarak baş başa kaldığı zamanlarda sergilediği sessizlik iki tarafın da duyduğu üzüntüyle yüklü olsa da Shirley, Howard'ın yatalak kalması ihtimaliyle, evde olmayışıyla, üç hafta önce hayal bile edemeyeceği kadar metin bir şekilde yüzleşebiliyordu.

Zil çalınca Shirley telaşla kapıya koştu. Maureen gelmişti, aşırı yüksek topuklu ayakkabılarının üstünde sallanıyordu, elbisesi parlak deniz yeşiliydi.

"Selam canım, girsene" dedi Shirley. "Çantamı alayım."

Hastaneye tek başına gitmektense Maureen'le gitmeyi bile yeğlerdi. Maureen, Howard'ın dilsizliğini umursamıyordu; car car konuşuyordu, böylece Shirley de kedi gibi gülümseyerek, rahatça, huzur içinde oturabiliyordu. Her halükârda, Howard'ın şarküterideki işini geçici olarak devraldığından, dinmeyen şüphelerini Maureen'in her kararına itiraz ederek belli etmek için bol bol fırsat buluyordu.

"Yolun ilerisinde ne var, biliyor musun?" diye sordu Maureen. "St. Michael'da? *Weedon'ların çocuklarının cenaze töreni.*"

"*Burada mı?*" dedi Shirley dehşetle.

"Dediklerine göre millet para toplamış" dedi Maureen; Shirley'nin durmadan hastaneye gidip geldiği için kaçırdığı dedikoduları anlatmak için can atıyordu. "Kimler diye sorma. Neyse, çocuğun ailesinin nehir kıyısında cenaze töreni düzenlemek isteyeceğini tahmin etmezdim ben şahsen, ya sen?"

(Eskiden varlığından pek az kişinin haberdar olduğu ve annesi ile ablasından başka kimsenin sevmediği o yüzü gözü kir içinde, ağzı bozuk çocuk boğulunca Pagford'un kolektif zihninde öyle büyük bir değişim gerçekleşmişti ki, artık ondan su bebeği, saf ve tatlı bir melek şeklinde bahsediliyordu; insanlar onu kurtarabilmiş olsalar, sevgiye ve şefkate boğacaklardı sanki.

Oysa şırıngayla alev, Krystal'ı daha saygın biri yapmak gibi bir etki yaratmamıştı; tam tersine Pagford'un yaşlılarının gözünde, eskilerin tabiriyle zina arzusu yüzünden masum bir çocuğun ölümüne yol açan ruhsuz bir yaratık olarak kalacaktı hep.)

Shirley paltosunu giyiyordu.

"Biliyorsun değil mi, ben onları görmüştüm o gün" dedi, yanakları pembeleşirken. "Çocuk bir çalının yanında avaz avaz bağırıyordu, Krystal Weedon ile Stuart Wall da başka bir çalının arasındaydılar..."

"*Onları gördün mü?* Sahiden şey mi yapıyorlardı?.." diye sordu Maureen hevesle.

"Ah evet" dedi Shirley. "Uluorta. Açık havada. Çocuğu gördüğümde, nehrin hemen yanındaydı. İki adım atsa nehre düşerdi."

Maureen'in yüz ifadesindeki bir şey canını yaktı.

"Acelem vardı" dedi Shirley sertçe, "çünkü Howard kendini iyi hissetmediğini söylemişti ve çok kaygılıydım. Aslında dışarı çıkmak istemiyordum, ama Miles ile Samantha Lexie'yi göndermişlerdi –açık konuşmak gerekirse tartışmışlardı bence– sonra da Lexie kafeye gitmek istedi... çok dalgındım ve *Howard'a geri dönmeliyim* diye düşünüyordum sadece... ve işin en korkunç tarafı şu ki" dedi Shirley iyice kızararak ve en sevdiği nakaratına geri dönerek, "Krystal Weedon çalılarda eğlenirken o çocuğun uzaklaşıp gitmesine göz yummasa, Howard'ın ambulansı çok daha erken gelecekti. Çünkü, anlarsın ya, şey yüzünden... karışıklık..."

"Evet" diye sözünü kesti Maureen birlikte arabaya doğru yürürlerken, çünkü bütün bunları daha önce de duymuştu. "Cenaze törenini neden burada, Pagford'da düzenliyorlar *anlamıyorum...*"

Hastaneye giderken kilisenin önünden geçmek istiyordu – Weedon ailesini, özellikle de o dejenere keş anneyi görmek istiyordu– ama bu arzusunu dillendirmenin yolunu bulamıyordu.

"En azından bir tesellimiz var Shirley" dedi, çevre yoluna

doğru giderlerken. "Fields'tan kurtulmak üzereyiz. Howard için bir teselli oluyordur bu. Bir süre meclis toplantılarına katılamayacak olsa da, o işi halletti."

Tepedeki Ev'den bisikletle yola çıkan Andrew Price sarp tepeden hızla inerken sırtında güneşi, saçındaysa rüzgârı hissediyordu. Gözündeki morluk bir haftada önce sarıya, sonra yeşile dönmüştü; gözünün neredeyse kapalı olduğu zamanki halinden (Andrew okula o halde gitmişti) bile daha kötü görünüyordu. Andrew sorular soran öğretmenlere bisikletten düştüğünü söylemişti.

Şimdi paskalya tatiliydi ve Gaia önceki akşam Andrew'ya mesaj çekerek, Krystal'ın cenaze törenine gidip gitmeyeceğini sormuştu. Andrew gideceği yanıtını vermişti hemen ve şimdi üstünde, epey düşünüp taşındıktan sonra giydiği giysiler, yani en temiz kot pantolonu ve koyu gri gömleği vardı (takım elbise giymemişti, çünkü takım elbisesi yoktu).

Gaia'nın neden cenazeye gitmek istediğini anlamıyordu; belki de kız, görünüşe göre eskisinden de fazla bağlandığı Sukhvinder Jawanda'yla zaman geçirmek istiyordu, çünkü annesiyle birlikte Londra'ya geri dönecekti.

Gaia, "Annem Pagford'a hiç gelmemeliydik diyor" demişti Andrew ile Sukhvinder'e mutlulukla. O sırada üçü öğle teneffüsünde gazete bayisinin yanındaki alçak duvarda oturuyorlardı. "Gavin'ın şerefsizin teki olduğunu biliyor."

Andrew'ya cep numarasını vermişti ve Reading'e babasını ziyarete gittiğinde görüşebileceklerini söylemişti; hatta Andrew'ya, Londra'ya gelirse onu hep gittiği mekânlardan bazılarına götüreceğini söylemişti laf arasında. Terhis olmuş bir askerin sevinciyle etrafa lütuf saçıyordu ve düşünmeden verdiği bu sözler, Andrew'nun kendisinin de taşınacak olmasına iyimser gözle bakmasına yol açıyordu. Andrew Tepedeki Ev'e alıcı çıktığını duyunca, hem acı duymuş, hem de sevinmişti.

Church Row'a saparken kendini iyi hissederdi genellikle, tasalarından sıyrılırdı. Mezarlıkta yürüyen insanları görünce, bu cenazenin nasıl geçeceğini merak etti ve o sabah ilk kez gerçek anlamda Krystal Weedon'ı düşündü.

Zihninin en derinlerinde uzun süredir gömülü olan bir anı yüzeye çıktı; St. Thomas'ın oyun bahçesinde, Şişko'nun tarafsız bir araştırmacı ruhuyla ona içine yerfıstığı gizlenmiş marşmelov verdiğini anımsadı... Yanan boğazının tıkanmaya başladığını, boğulacak gibi olduğunu dün gibi hatırlıyordu. Bağırmaya çalıştığını, dizlerinin bağının çözüldüğünü, etrafını saran çocukların tuhaf, soğuk bir ilgiyle onu seyrettiklerini, sonra da Krystal Weedon'ın boğuk bir çığlık attığını hatırladı.

"Andiprice alerji krizi geçiriyor!"

O tıknaz ve kısa bacaklı kız ta öğretmenler odasına kadar koşmuştu, sonra da müdür gelip Andrew'yu kucağına almış ve en yakın hastaneye götürmüştü; hastanede Doktor Crawford, Andrew'ya adrenalin iğnesi yapmıştı. Öğretmenlerinin sınıfta yaptığı konuşmayı, Andrew'nun ölümcül bir alerjisi olduğunu söylediğini bir tek Krystal hatırlamıştı; Andrew'nun sergilediği semptomları bir tek o tanımıştı.

Krystal'a altın renkli ödül yıldızı verilmeliydi, belki Haftanın Öğrencisi de seçilmeliydi; ama hemen ertesi gün (Andrew bunu geçirdiği kriz kadar net anımsıyordu) Krystal, Lexie Mollison'ın ağzına öyle sert vurmuştu ki kızın iki dişini kırmıştı.

Andrew, Simon'ın bisikletini Wall'ların garajına dikkatle bıraktıktan sonra kapı zilini daha önce hiç hissetmediği bir gönülsüzlükle çaldı. Kapıyı Tessa Wall açtı; üstünde en güzel gri paltosu vardı. Andrew kadına kızgındı; gözü onun yüzünden morarmıştı.

"Girsene Andy" dedi Tessa gergin bir suratla. "Hemen geliyoruz."

Andrew holde bekledi; kapının yukarısındaki renkli camdan geçen ışık, döşeme tahtalarını aydınlatıyordu. Tessa mutfağa girerken Andrew siyah takım elbiseli Şişko'nun bir mutfak sandalyesinde, ezilmiş bir örümcek gibi iki büklüm oturduğunu, sanki kendini darbelerden korumak ister gibi tek kolunu başının üstünde tuttuğunu gördü bir an.

Andrew sırtını döndü. İki delikanlı, Andrew'nun Tessa'yı Göz Deliği'ne götürdüğü günden beri konuşmuyorlardı. Şişko iki haftadır okula gitmiyordu. Andrew ona iki mesaj göndermişti, ama Şişko yanıt yazmamıştı. Facebook sayfasında, Howard Mollison'ın parti verdiği günden beri hiçbir hareket yoktu.

Tessa bir hafta önce durup dururken Price'ları arayıp, Şişko'nun Barry_Fairbrother'ın_Hayaleti mahlasını kullanarak o mesajları yazdığını itiraf etmiş ve çektikleri sıkıntılar için çok üzgün olduğunu söylemişti.

"Bende o bilgisayarın olduğunu nereden biliyordu peki?" diye gürlemişti Simon, Andrew'nun üstüne yürüyerek. "Şişko Wall benim mesai saatleri dışında el altından çalıştığımı nereden biliyordu?"

Andrew'nun tek tesellisi vardı: Babası gerçeği bilse Ruth'un itirazlarına kulak asmadan onu bayıltana kadar döverdi.

Andrew, Şişko'nun neden bütün o mesajları kendisinin yazdığını söylediğini bilmiyordu. Belki de Şişko'nun egosu, bir dâhi gibi görünme arzusu, en yıkıcı ve en kötü insan olarak tanınma arzusu devreye girmişti. Belki de bütün suçu üstlenmekle soylu davrandığını düşünmüştü. Her halükârda, Şişko sandığından çok daha fazla belaya yol açmıştı; Andrew holde beklerken, onun Simon gibi bir babayla birlikte yaşamanın nasıl bir şey olduğunu bilmediğini düşündü; Şişko tavan arasındaki odasında, mantıklı ve uygar ailesinin yanında, güven içinde yaşıyordu.

Andrew, Şişko'nun anne babasının fısıldaştıklarını duyabiliyordu; mutfak kapısını kapatmamışlardı.

"*Hemen* gitmeliyiz" diyordu Tessa. "Onun ahlaki bir sorumluluğu var ve gidecek."

"Yeterince ceza çekti bence" dedi Göz'ün sesi.

"Ben ceza olsun diye istemiyorum gitmesini..."

"İstemiyorsun öyle mi?" dedi Göz sert bir şekilde. "Tanrı aşkına Tessa. Onu orada görmek isterler mi sence? Sen git. Stu burada benimle kalabilir."

Bir dakika sonra Tessa mutfaktan çıkıp, kapıyı arkasından sertçe kapadı.

"Stu gelemiyor Andy" dedi; çok sinirlendiği belliydi. "Üzgünüm."

"Sorun değil" diye mırıldandı Andrew. Sevinmişti. Şişko'yla arasında konuşacak bir şey kaldığını sanmıyordu. Hem böylece Gaia'nın yanında oturabilecekti.

Samantha Mollison biraz ötedeki evinde, oturma odası penceresinin önünde elinde kahveyle duruyor ve cenazeye katılmak için St. Michael and All Saints'e giderken evinin önünden geçenleri seyrediyordu. Tessa Wall'u ve Şişko sandığı Andrew'yu görünce bir an soluğu kesildi.

"Tanrım, o çocuk cenazeye gidiyor" dedi yüksek sesle kendi kendine.

Sonra Andrew'yu tanıyınca kıpkırmızı kesildi ve telaşla geriye çekilerek pencereden uzaklaştı.

Samantha evden çalışacaktı güya. *Laptop*'u arkasındaki kanepede açık duruyordu; ama o sabah eski siyah bir elbise giymişti, Krystal ile Robbie Weedon'ın cenaze törenine gidip gitmemekte kararsızdı. Kararını vermek için sadece birkaç dakikası kaldığını düşündü.

Hayatında Krystal Weedon'la ilgili tek iyi söz etmemişken sırf *Yarvil and District* gazetesinde kızın ölüm haberini okuyup ağladı diye, Lexie'nin St. Thomas'tayken çekilmiş sınıf fotoğraflarının hepsinde Krystal'ın sırıtan, tombul yüzünü gördü diye onun cenazesine katılması ikiyüzlülük olurdu herhalde.

Samantha kahvesini bırakıp telefona koştu ve Miles'ın işyerini aradı.

"Selam bebek" dedi Miles.

(Howard hastanede makinelere bağlı yatarken –sonuçta hâlâ hayattaydı– Samantha yatağın yanında mutluluktan hüngür hüngür ağlayan Miles'a sarılmıştı.)

"Selam" dedi Samantha. "Nasılsın?"

"Fena değil. Yoğun bir sabah. Sesini duymak ne güzel" dedi adam. "İyi misin?"

(Dün gece sevişmişlerdi ve Samantha sevişirken başka birini hayal etmemişti.)

"Cenaze töreni başlamak üzere" dedi Samantha. "İnsanlar evin önünden geçiyorlar..."

Şimdi söyleyeceği şeyi söylememek için üç haftadır kendini tutuyordu; Howard yüzünden, hastane yüzünden ve Miles'la arasında geçen korkunç tartışmayı hatırlamak istemediğinden tutmuştu kendini; ama daha fazla dayanamayacaktı.

"... Miles, *ben o çocuğu gördüm.* Robbie Weedon'ı. *Onu gördüm Miles.*" Panik içindeydi, yalvarıyordu sanki. "O sabah St. Thomas'ın futbol sahasından geçerken."

"Futbol sahasında mı gördün?"

"Geziniyordu herhalde, onlar şey yaparken... tek başınaydı" dedi kadın, çocuğun kirli ve bakımsız halini anımsayarak. Çocuk daha temiz görünse, onunla daha çok ilgilenip ilgilenmeyeceğini sorup duruyordu kendine; bilinçaltının o çocuktaki bariz ihmal edilmişlik belirtilerini sokak hayatına alışkınlıkla, sertlikle ve dayanıklılıkla karıştırıp karıştırmadığını soruyordu. "Oyun oynamaya geldi herhalde diye düşündüm, ama yanında kimse yoktu. *Sadece üç buçuk yaşındaydı Miles.* Kiminle geldiğini neden sormadım ki?"

"Hey, hey" dedi Miles, "Dur bakalım orada" demek istemiş

gibiydi; Samantha rahatladı hemen. Miles dizginleri ele alıyordu ve Samantha'nın yaşlı gözleri yanıyordu. "Senin suçun yok. Bilemezdin ki. Annesinin oralarda olduğunu düşündün herhalde."

(Miles ondan nefret etmiyordu demek; onun kötü bir insan olduğunu düşünmüyordu. Samantha son zamanlarda kocasının affetme kapasitesini takdir etmeye başlamıştı.)

"Öyle düşündüğümden emin değilim" dedi usulca. "Miles, o çocukla konuşsaydım..."

"Onu gördüğünde nehrin yakınında değildi ki."

*Ama yolun yakınındaydı* diye düşündü Samantha.

Samantha son üç haftadır, kendisinden daha büyük bir şeyin onu içine almasını arzuluyordu. Günbegün bu yeni ve tuhaf ihtiyacın geçmesini beklemişti (*İnsanlar böyle dindar oluyor işte* diye düşünerek, gülerek bu ruh halinden sıyrılmaya çalışmıştı), ama bu arzusu daha da artmıştı.

"Miles" dedi, "biliyorsun, mecliste... baban hastalanınca, Parminder Jawanda da istifa edince... iki yeni üyeyi kendi aranızda belirlemek istersiniz herhalde, değil mi?" Prosedürü biliyordu; yıllardır dinliyordu. "Yani tekrar referanduma gitmek istemezsiniz herhalde, bütün bu olanlardan sonra?"

"Hayır, asla istemeyiz."

"Yani bir koltuğa Colin Wall geçebilir" dedi kadın çarçabuk, "ve düşünüyordum da, benim zamanım var... nasılsa artık internetten çalışıyorum... diğer koltuğa da ben geçebilirim."

"Sen mi?" dedi Miles hayretle.

"Ben de meclis işleriyle ilgilenmek isterim" dedi Samantha.

Foley Yolu'ndaki bakımsız, küçük eve kendini kapatan on altı yaşındaki Krystal Weedon ölmüştü... Samantha iki haftadır şarap içmiyordu. Bellchapel Bağımlılık Kliniği'nin açık kalması gerektiği yönündeki tezleri dinlemek isteyebileceğini düşünmüştü.

Hope Sokağı'ndaki on numaralı evin telefonu çalıyordu. Kay ile Gaia'nın, Krystal'ın cenazesine gitmek için çoktan yola çıkmış olmaları gerekiyordu, şimdiden geç kalmışlardı. Arayan kişiye kim olduğunu soran Gaia'nın güzel yüzü sertleşti. Birden yaşlanıverdi sanki.

"Gavin" dedi annesine.

"Ben onu aramadım!" diye fısıldayan Kay telefonu kaygılı bir kız öğrenci gibi aldı.

"Selam" dedi Gavin. "Nasılsın?"

"Cenazeye gidiyorum" dedi Kay, Gaia'yla bakışarak. "Weedon'ların çocuklarının cenazesine. Çok iyi değilim yani."

"Ah" dedi Gavin. "Tanrım, tabii ya. Kusura bakma. Farkında değildim."

O tanıdık soyadını *Yarvil and District* gazetesinin manşetinde görünce biraz meraklanmış, sonunda gazeteyi satın almıştı. Olay günü yürürken o yeniyetmeler ile oğlan çocuğunun bulunduğu yerin yakınından geçmiş olabileceğini düşünmüştü, ama Robbie Weedon'ı gördüğünü anımsamıyordu.

Gavin'ın son iki haftası tuhaf geçmişti. Barry'yi çok özlüyordu. Kendini anlamıyordu. Mary tarafından reddedildiği için çok üzgün olması gerekirdi; oysa yapmak istediği tek şey, karısına göz koyduğu adamla bir bira içmekti...

(Mary'nin evinden yüksek sesle mırıldanarak uzaklaşırken kendine, "En iyi arkadaşının hayatını çalmaya çalışırsan böyle olur işte" demişti, "karısını" yerine "hayatını" dediğini fark etmemişti o an.)

"Baksana" dedi. "Sonra bir şeyler içelim mi?"

Kay gülecekti neredeyse.

"Seni reddetti ha?"

Kapatsın diye telefonu Gaia'ya verdi. Evden telaşla çıkıp sokağın sonuna doğru koşturarak gittiler, Meydan'dan geçtiler. Black Canon'ın önünden geçerlerken, Gaia on adım boyunca annesinin elini tuttu.

Cenazeye vardıklarında cenaze arabaları da yolun başında görünmüştü; tabut taşıyıcılar kaldırımda ayaklarını sürüyerek yürürken, telaşla kiliseye girdiler.

(Colin Wall, "Çekil pencerenin önünden" diye emretti oğluna. Ama artık hayatının sonuna kadar kendi korkaklığının bilinciyle yaşamak zorunda olan Şişko, en azından bu kadarına dayanabileceğini kanıtlama çabasıyla pencereye yaklaştı...

Tabutları taşıyan, siyah camlı, büyük arabalar süzülerek geçtiler. İlk tabut parlak pembeydi ve bunu gören Şişko'nun nefesi kesildi; diğer tabutsa küçüktü ve parlak beyazdı...

Şişko'yu korumak için onun önüne geçen Colin çok geç kalmış olsa da perdeyi çekti. Tanıdık oturma odasına bir loşluk çöktü; Şişko babasının hastalığını dünyaya ifşa edenin kendisi olduğunu onlara burada itiraf etmişti; onun deli ve hasta olduğu sonucuna varsınlar diye, aklına gelen her şeyi itiraf etmişti; kendini öyle çok suçlamıştı ki, onu dövsünler, bıçaklasınlar ya da hak ettiğini bildiği her şeyi yapsınlar istiyordu; Colin yavaşça elini oğlunun sırtına koyup onu gün ışığıyla aydınlanan mutfağa doğru döndürdü.)

St. Michael and All Saints'in önünde, tabut taşıyıcılar tabutları kilisenin bahçe yolunda taşımaya hazırlanıyorlardı. Aralarında Dane Tully de vardı; küpeliydi, boynundaki örümcek ağı dövmesini bizzat kendisi çizmişti ve kalın, siyah bir pardösü giyiyordu.

Jawanda'lar porsukağacının gölgesinde Bawden'larla birlikte bekliyorlardı. Yakınlarında duran Andrew Price ile Tessa Wall'un yüzleri solgundu, heykel gibi duruyorlardı. Cenazeye gelen diğer grup kilise kapısının çevresinde apayrı bir topluluk oluşturmuştu. Kimileri acı içinde, başkaldırır gibi görünüyorlardı; kimileriyse pes etmiş ve yenilmiş gibiydi; birkaçının üstünde ucuz siyah giysiler vardı, ama çoğu kot pantolonlu ya da eşofmanlıydı; kızlardan biri kısa belli tişört giymişti ve hareket ettikçe göbeğindeki hızması ışıldıyordu.

Bahçe yolunda taşınan tabutlar gün ışığında parlıyorlardı.

Krystal'ın parlak pembe tabutunu Sukhvinder Jawanda seçmişti, çünkü onun bu rengi isteyeceğinden emindi. Neredeyse her şeyi Sukhvinder halletmişti; organizasyonu o yapmış, o seçmiş, insanları o ikna etmişti. Parminder kızına yan gözle bakıp duruyor ve ona dokunmak için bahaneler buluyordu: Kızın gözlerine düşmüş saç tutamını geriye atıp, yakasını düzeltiyordu.

Robbie nasıl nehirden çıktığında Pagford'un gözünde bir saflık kazanıp, insanların vicdanlarını sızlattıysa, çocuğu kurtarmak için kendi canını tehlikeye atan Sukhvinder Jawanda da kahraman olmuştu. *Yarvil and District* gazetesinde haberi çıkmıştı; Maureen Lowe ona özel polis ödülü verilmesini önermişti; okul müdiresi bir konuşmasında ondan bahsetmişti; Sukhvinder hayatında ilk kez ağabeyi ile ablasından daha popüler olmuştu.

Bunun her dakikasından nefret ediyordu. Geceleri kollarında ölü çocuğun ağırlığını, kendisini derinlere çeken ağırlığı hissediyordu; çocuğu bırakıp kendini kurtarma dürtüsü hissettiğini ve kendine bu dürtüye daha ne kadar direnebileceğini sorduğunu hatırlıyordu. Bacağındaki derin yara hareket ettiğinde, kımıldadığında kaşınıyor, sızlıyordu. Krystal Weedon'ın ölümünden öyle korkunç bir şekilde etkilenmişti ki, annesi ile babası onu bir rehber öğretmenle görüştürmüşlerdi, ama Sukhvinder nehirden çıkarıldıktan sonra kendini bir kez bile kesmemişti; boğulmaktan kıl payı kurtulmak, onu bu ihtiyaçtan arındırmış gibiydi.

Sonra, okula geri döndüğü ilk gün (Şişko Wall hâlâ okula gelmiyordu), insanların hayran bakışları altında koridorlardan geçerken, Terri Weedon'ın çocuklarına cenaze töreni düzenleyecek parasının olmadığı söylentisini duymuştu; mezar taşı olmayacağı, en ucuz tabutların kullanılacağı söyleniyordu.

"Bu çok üzücü Neşeli" demişti annesi o akşam, duvardaki

aile fotoğraflarının altında ailecek akşam yemeği yerlerken. Parminder tıpkı kadın polis gibi şefkatli konuşmuştu; kızıyla sert konuşmuyordu artık.

"Para toplamak istiyorum" demişti Sukhvinder.

Mutfak masasında karşılıklı oturan Parminder ile Vikram bakışmışlardı. Pagford'lulardan böyle bir amaç için para isteme fikrini ikisi de içgüdüsel olarak reddetmişler, ama bunu söylememişlerdi. Sukhvinder'in kollarını gördükten sonra, onu üzmekten korkuyorlardı artık ve henüz görüşmedikleri rehber öğretmenin gölgesi her konuşmalarında tepelerinde salınıyordu sanki.

"Ve" diye devam etmişti Sukhvinder ateşli bir şekilde (enerjisi Parminder'inkini andırıyordu), "bence cenaze töreni burada, St. Michael'da yapılmalı. Bay Fairbrother'ınki gibi. Krys, St. Thomas'ta okurken oradaki bütün ayinlere giderdi. Hayatında başka kiliseye adım atmamıştır bence."

*Bütün ruhlar Tanrı'nın ışığını saçar* diye düşünmüştü Parminder ve birden, "Evet, tamam o zaman. Elimizden geleni yapalım" diyerek Vikram'ı şaşırtmıştı.

Masrafların çoğunu Jawanda'lar ile Wall'lar karşılasa da Kay Bawden, Samantha Mollison ve kürek takımındaki birkaç kızın annesi de katkıda bulunmuşlardı. Sukhvinder daha sonra Fields'a bizzat gidip Terri'ye neyi neden yaptıklarını anlatmakta, ona kürek takımını ve Krystal ile Robbie'nin cenaze töreninin neden St. Michael'da düzenlenmesi gerektiğini açıklamakta diretmişti.

Parminder, Sukhvinder Fields'a gideceği, hele o pis eve tek başına gireceği için epey kaygılanmıştı, ama Sukhvinder sorun çıkmayacağını biliyordu. Weedon'lar ile Tully'ler onun Robbie'nin hayatını kurtarmaya çalıştığını biliyorlardı. Dane Tully İngilizce dersinde onu görünce hayvan sesleri çıkarmayı kesmişti, arkadaşlarının da bunu yapmayı kesmelerini sağlamıştı.

Terri, Sukhvinder'in bütün önerilerini kabul etmişti. Kadın bir deri bir kemikti, kir içindeydi, tek heceli sözcüklerle konuşuyordu ve tamamen pasifti. Sukhvinder kolları delik deşik ve dişleri eksik olan o kadından korkmuştu; bir cesetle konuşuyordu sanki.

Cenaze törenine gelenler kilisede düzgünce ikiye ayrıldılar; Fields'lılar soldaki sıralara, Pagford'lularsa sağdaki sıralara oturdular. Shane ile Cheryl Tully aralarında Terri'yle yürüyerek en ön sıraya oturdular; üstüne iki beden büyük gelen bir palto giymiş olan Terri nerede olduğunun pek farkında değil gibiydi.

Tabutlar kilisenin ön tarafındaki tabut sehpalarının üstünde yan yana yatıyorlardı. Krystal'ın tabutunun üstünde tunç rengi kasımpatılardan yapılmış bir kürek, Robbie'nin tabutunun üstündeyse beyaz kasımpatılardan yapılmış bir oyuncak ayı vardı.

Ayin sırasında, Robbie'nin yatak odasındaki kirli plastik oyuncakları anımsayan Kay Bawden'ın parmakları titredi. İşyerinde soruşturma başlatılacaktı kesin, çünkü gazeteler ortalığı ayağa kaldırmışlardı; baş sayfada çıkan bir yazıda, o küçük çocuğun bir çift uyuşturucu bağımlısının eline bırakıldığı ve sosyal hizmet görevlilerinin ihmalkârlığı yüzünden öldüğü söylenmişti. Mattie stres yüzünden izin almıştı yine ve Kay'in durum değerlendirmesindeki performansı inceleniyordu. Kay, bütün yerel belediyelerin kadrolarındaki sosyal hizmet görevlilerinin sayısını azaltmalarının Londra'da iş bulma ihtimalini nasıl etkileyeceğini düşünüyor; Pagford'da yaşamak zorunda kalırlarsa Gaia'nın nasıl tepki vereceğini merak ediyordu... Onunla bu konuyu konuşmaya cesaret edememişti henüz.

Andrew, Gaia'ya yan gözle baktı ve birbirlerine hafifçe gülümsediler. Tepedeki Ev'de Ruth taşınma hazırlıklarına başlamıştı bile. Andrew iflah olmaz bir iyimser olan annesinin, evlerinden ve tepelerin güzelliğinden feragat etmeleri karşılığında yeniden doğuşla ödüllendirileceklerini umduğunu görebiliyordu. Evliliği boyunca Simon'ın öfke nöbetlerini ve yaptığı dolandırıcılıkları görmezden gelmiş olan Ruth, bunların taşınırken unutulmuş kutular gibi geride kalacağını umuyordu... Ama en azından, diye düşündü Andrew, taşınacakları yer Londra'ya daha yakındı ve Gaia onu Şişko'yla öpüştüğünde ne yaptığını bilmeyecek kadar sarhoş olduğu konusunda ikna etmişti; Gaia cenaze töreninden sonra Andrew ile Sukhvinder'i evine, bir kahve içmeye davet ederdi belki...

St. Michael'a ilk kez gelen Gaia papazın okuduğu duayı yarım kulakla dinlerken bir yandan da yüksek, yaldızlı tavana ve mücevher gibi parlayan pencerelere bakıyordu. Taşınma vakti yaklaştıkça, Pagford'un güzelliğini ileride çok özleyebileceğini düşünüyordu...

Tessa Wall herkesin arkasında, tek başına oturmayı tercih etmişti. Boynuzlu ve kuyruklu, kıvranan Şeytan'ın üstüne ayağıyla basmış olan Aziz Mikail yukarıdan ona sakin gözlerle bakıyordu. Tessa iki parlak tabutu gördüğü andan beri ağlıyordu ve ses çıkarmamaya çalışsa da, hafif hıçkırıklarını etrafındaki insanlar duyuyordu. Tessa, Weedon'lardan birinin onun Şişko'nun annesi olduğunu fark ederek üstüne saldırmasını beklemişti biraz, ama böyle bir şey olmamıştı.

(Aile hayatı altüst olmuştu. Colin ona çok kızmıştı.

*"Ona ne dedin sen?"*

"Gerçek hayatı tatmak istiyordu" demişti Tessa ağlayarak, "hayatın çirkin yönünü görmek istiyordu... o kenar mahallelere neden ilgi duyuyordu sanıyorsun."

"Sen de ona ensest ürünü olabileceğini, benim de onu evlat edindik diye intihara kalkıştığımı söyledin, öyle mi?"

Tessa onları uzlaştırmak için yıllarca uğraşmıştı, ama bunun gerçekleşmesi için bir çocuğun ölmesi, Colin'in suçluluk duygusunu gerçek anlamda kavraması gerekmişti. Tessa dün akşam ikisinin Şişko'nun tavan arası odasında konuştuklarını duymuştu ve merdivenin başında duraklayıp kulak kabartmıştı.

"... annenin söylediği o... o şeyi aklından tamamen çıkarabilirsin" diyordu Colin boğuk sesle. "Fiziksel ya da zihinsel bir anormalliğin yok, değil mi? Yani... artık o konuda kaygılanmana gerek de yok. Ama rehber öğretmenin sana bütün bu konularda yardımcı olacak...")

Tessa ıslak mendille burnunu silerken, banyo zemininde cansız yatan Krystal'a pek yardımının dokunmadığını düşündü... Aziz Mikail o parlak pencerenin önünden inip de hepsini yargılasa, Tessa'nın tam olarak ne kadar suçlu olduğunu, mahvolmuş hayatlardan ve yaşanan korkunç şeylerden ne kadar sorumlu olduğunu söylese ne iyi olurdu... Tully'lerin, aradaki koridorun diğer tarafında kıpırdanıp duran oğlanlarından biri kalkıp gitmeye davranınca, dövmeli bir kadın güçlü eliyle onu tutup geriye çekti. Tessa hıçkırıklarının arasında hafifçe, hayretle inledi. O kalın bilekteki saatin kendisinin kaybettiği saat olduğundan emindi.

Tessa'nın hıçkırıklarını duyan Sukhvinder ona acıyordu, ama dönüp bakmaya cesaret edemiyordu. Parminder, Tessa'ya çok kızgındı. Sukhvinder kolundaki yara izlerinin nasıl meydana geldiğini açıklarken Şişko Wall'dan bahsetmek zorunda kalmıştı. Annesine Wall'ları aramaması için yalvarmıştı, ama sonra Tessa Parminder'i arayıp da meclisin internet sitesinde Barry_Fairbrother'ın_Hayaleti mahlasıyla yayımlanan mesajları Şişko'nun yazdığını söyleyince Parminder öyle sunturlu küfürler savurmuştu ki, o zamandan beri konuşmuyorlardı.

Sukhvinder'in yazdığı mesajı Şişko'nun üstlenmesi öyle tuhaftı ki; Sukhvinder, Şişko'nun bunu özür dilemek için yaptığına inanacaktı neredeyse. Şişko, Sukhvinder'in aklını okur gibiydi hep. Sukhvinder'in kendi annesine saldıran kişi olduğunu biliyor muydu? Sukhvinder anne babasının çok güvendiği bu yeni rehber öğretmene ve artık şefkatli ve pişman olmuş gibi davranan Parminder'e gerçeği itiraf edip edemeyeceğini düşündü...

Ayini takip etmeye çalışıyordu, ama ayin umduğu kadar iyi gelmemişti ona. Lauren'in annesinin kasımpatılardan yaptığı kürek ile oyuncak ayı hoşuna gitmişti; Gaia ile Andrew'nun ve kürek takımındaki kızların gelmelerine sevinmişti, ama Fairbrother'ların ikizleri gelmeyi reddetmeseydiler keşke.

(Siobhan, "Annem kızar" demişti Sukhvinder'e. "Anlarsın ya, babamın Krystal'la fazla ilgilendiğini düşünüyordu."

"Ah" demişti Sukhvinder afallayarak.

"Ve" demişti Niamh, "annem babamın ziyaretine her gidişimizde Krystal'ın mezarını görmek zorunda kalacak olmaktan da hoşlanmıyor. Babam ile Krystal'ın mezarları birbirine çok yakın olur herhalde."

Sukhvinder bu itirazları bencilce ve fesatça bulsa da, Bayan Fairbrother hakkında öyle düşünmek istememişti. İkizler son zamanlarda hep yaptıkları gibi birbirlerine sarılarak uzaklaşmışlardı; dışarıdan gelen birinin, Gaia Bawden'ın tarafına geçmiş olan Sukhvinder'e soğuk davranıyorlardı.)

Sukhvinder birilerinin ayağa kalkıp da Krystal'ın gerçekte kim olduğundan ve hayatında neler yaptığından bahsetmesini bekleyip durdu; tıpkı Niamh ile Siobhan'ın amcasının Bay Fairbrother'dan bahsettiği gibi birilerinin de Krystal'ı anlatacağını düşündü, ama papaz Krystal ile kardeşinin "hayatlarının trajik bir şekilde kısa sürdüğünü" ve onların "Pagford kökenli olduklarını" söylemekle yetindi; adam gerçeklerden söz etmemekte kararlı gibiydi.

Dolayısıyla Sukhvinder kürek takımlarının bölge finalinde yarıştığı günü düşünmeye başladı. St. Anne'li kızlarla yarışacaklardı ve Bay Fairbrother onları minibüsle götürmüştü. Özel okulun arazisinden geçen bir su kanalı vardı; St. Anne'in spor salonunda üzerlerini değiştirmelerine ve yarışın o kanalda yapılmasına karar verilmişti.

"Bu sportmenliğe sığmaz elbette" demişti Bay Fairbrother onlara yolda. "Saha avantajları var. Kararı değiştirtmeye çalıştım, ama beni dinlemediler. Siz korkmayın yeter, tamam mı?"

"Onların a..."

"Krys..."

"Korkmuyorum."

Ama okul arazisine girdiklerinde Sukhvinder korkmuştu. Göz alabildiğine uzanan yumuşak, yeşil çimenlikler ve kubbeli, yüz pencereli, büyük, simetrik, altın sarısı bir taş bina. Sukhvinder böylesini ancak kartpostallarda görmüştü.

Lauren arkadan, "Buckhingham Sarayı'na benziyor!" diye haykırınca Krystal'ın dudakları O şeklini almıştı; bazen küçük bir çocuk gibi doğal olurdu.

Hepsinin anne babası ve Krystal'ın büyük ninesi bitiş çizgisinde (artık her nerede ise) bekliyorlardı. O güzel binanın girişine yaklaşırlarken Sukhvinder kendini küçücük, korkmuş ve değersiz hisseden tek kişi olmadığından emindi.

Binadan çıkan öğretmen gibi giyinmiş bir kadın, eşofmanlı Bay Fairbrother'ı selamlamıştı.

"Siz Winterdown olmalısınız!"

"Tabii ki değil, adamın neresi binaya benziyor?" demişti Krystal yüksek sesle.

St. Anne'li öğretmenin bunu duyduğundan emindiler ve Bay Fairbrother dönüp Krystal'a kaş çatar gibi bakmaya çalışmıştı, ama gülmemek için kendini zor tuttuğu belliydi. Takımdaki herkes kıkırdamaya başlamıştı ve Bay Fairbrother onları binaya sokup soyunma odalarına götürdüğünde hâlâ gülüşüyorlardı.

"Isının!" diye bağırmıştı adam.

St. Anne takımı da, başlarında antrenörleriyle birlikte içerideydi. Rakip takımlardaki kızlar, sıraların üstünden birbirlerini süzmüşlerdi. Sukhvinder diğer takımdaki kızların saçlarından etkilenmişti. Hepsinin de saçları uzun, doğal görünümlü ve parlaktı: Şampuan reklamlarında oynayabilirlerdi. Kendi takımındaki Siobhan ile Niamh'ın saçları küttü, Lauren'ın saçıysa kısaydı; Krystal her zamanki gibi saçını sımsıkı toplayıp atkuyruğu yapmıştı, Sukhvinder'in saçıysa at yelesi gibi sert, kalın telli ve darmadağındı.

St. Anne'li kızlardan ikisinin fısıldaşarak, alay edercesine sırıttıklarını görür gibi olmuştu; emindi, alay ediyorlardı ve tam o sırada Krystal birden ayağa kalkıp o kızlara öfkeyle bakarak, "Sizin sıçtığınız bok da gül gibi kokuyor sanki, di mi?" demişti.

"*Pardon?*" demişti antrenör.

Krystal tatlı bir edayla, "Soruyorum sadece" dedikten sonra sırtını dönüp eşofman altını giymişti.

Kıkırdama dürtüsü karşı konulamayacak kadar güçlüydü; Winterdown takımındakiler üzerlerini değiştirirken kahkahalarla gülmüşlerdi. Krystal şaklabanlık yapmış, eşofman altını indirip, dışarı çıkmak için sıraya dizilen St. Anne takımına poposunu göstermişti.

"Aman ne hoş" demişti dışarı çıkan son kız.

"Sağ ol" diye seslenmişti Krystal onun arkasından. "İstersen sonra gene gösteririm sana. Alayınız lezbosunuz zaten, biliyorum" diye bağırmıştı, "burada böyle erkeksiz, kız kıza tıkılıp kalmışsınız!"

Holly öyle çok gülmüştü ki, iki büklüm olmuş, başını soyunma dolabının kapağına çarpmıştı.

"Aman Hol, dikkatli ol" demişti Krystal, yarattığı etkiden memnun bir şekilde. "O kafaya ihtiyacın olacak."

Kanala gittiklerinde Sukhvinder, Bay Fairbrother'ın neden yarışın başka bir yerde yapılmasını istediğini anlamıştı. Onları destekleyecek kimse yoktu burada, oysa St. Anne takımının taraftarları çığlıklar atıyor, alkışlıyor, hoplayıp zıplıyorlardı; hepsi de aynı uzun, parlak saçlara sahipti.

"Baksanıza!" diye bağırmıştı Krystal, bu grubun önünden geçerlerken parmağını uzatarak. "Lexie Mollison bu! Dişlerini eline verdiğim zamanı hatırlıyor musun Lex?"

Sukhvinder öyle çok gülmüştü ki karnına ağrılar girmişti. Krystal'ın arkasında yürümekten mutluluk ve gurur duyuyordu, diğerlerinin de böyle hissettiğini biliyordu. Krystal'ın dünyaya karşı duruşu, üzerlerinde dolaşan bakışlardan, dalgalanan flamalardan ve arka plandaki, saraya benzeyen binadan koruyordu onları.

Ama teknelerine binerlerken Sukhvinder, Krystal'ın bile gergin olduğunu hissedebiliyordu. Krystal hep arkasına oturan Sukhvinder'e dönmüştü. Elinde bir şey tutuyordu.

"Şans tılsımı" diyerek göstermişti.

Tılsım dediği anahtarlığa geçirilmiş kırmızı, plastik bir kalpti ve içinde Krystal'ın kardeşinin fotoğrafı vardı.

"Ona madalya götüreceğimi söyledim" demişti Krystal.

"Hı hı" demişti Sukhvinder, hem inanç, hem de korkuyla. "Kazanacağız."

"Hı hı" demişti Krystal, önüne dönüp anahtarlığı sutyeninin içine geri koyarak. "Bunlar bizimle başa çıkamazlar" demişti, bütün takım duysun diye yüksek sesle. "Birbirlerini yalamaktan başka bir halt beceremezler. Hadi günlerini gösterelim şunlara!"

Sukhvinder yarış tabancasının patladığını, kalabalığın tezahüratlar yaptığını, kendi kaslarının çığlık atar gibi seğirdiğini anımsıyordu. Kusursuz ritimlerinin verdiği coşkuyu, az önce kahkahalarla gülerken artık ölümcül bir ciddiyete bürünmüş olmalarının hazzını anımsıyordu. Yarışı Krystal sayesinde kazanmışlardı. Krystal saha avantajını sıfırlamıştı. Sukhvinder, Krystal gibi olmak isterdi: eğlenceli ve sert; sinmeyen, hep mücadele eden.

Terri Weedon'dan iki şey istemişti ve kadın ikisini de kabul etmişti, çünkü Terri herkesin her isteğini kabul ederdi.

Krystal'ın o gün kazandığı madalya, gömülmeden önce boynuna asılmıştı. Diğer isteğiyse ayinin sonunda yerine getirildi; bu kez papaz, yapılacak şeyi duyururken kaderine razı olmuş görünüyordu.

*Good girl gone bad –*
*Take three –*
*Action.*
*No clouds in my storms...*
*Let it rain, I hydroplane into fame*
*Comin' down with the Dow Jones...*

Terri Weedon kollarına girmiş akrabalarının yardımıyla koyu mavi halıda yürüyerek kiliseden çıkarken, cemaattekiler gözlerini kaçırdılar.